GOLDMANN

Buch

Jake Grafton ist Kampfpilot in Vietnam Anfang der 70er Jahre. Tag und Nacht fliegt er von einem Flugzeugträger aus mit seiner A-6-Intruder Einsätze, um Bomben über dem vom Krieg zerrissenen Land abzuwerfen. Als bei einem nächtlichen Einsatz sein Bordschütze ums Leben kommt, vergißt er für einen Augenblick die Gewissensbisse, von denen er sonst immer geplagt wird, und fliegt in einem Anfall von Bitterkeit und Schmerz einen unautorisierten Angriff auf das Parlamentsgebäude in Hanoi. Daraufhin wird Grafton vor das Kriegsgericht gestellt und schließlich freigesprochen. Doch gleich bei seinem ersten Einsatz nach der Verhandlung wird er hinter den feindlichen Linien abgeschossen. Jake Grafton und sein Copilot Tiger können zwar das Flugzeug rechtzeitig über die Schleudersitze verlassen, landen dann aber verletzt im Dschungel und glauben sich bereits verloren, als in letzter Minute Rettung vor den angreifenden Vietcong naht...

Diese außergewöhnlich realistische und dramatische Schilderung des modernen Luftkriegs vermittelt dem Leser den Eindruck, als sitze er selbst im Cockpit einer A-6, wo er von Angst, Zweifeln bis hin zu begeisterter Entschlossenheit die Gefühle eines Kampfpiloten nachvollziehen kann. Mit *Flug durch die Hölle* ist Stephen Coonts ein packender Techno-Thriller ersten Ranges gelungen, der die Action und Dramatik von Filmen wie »Top Gun« mit dem Engagement und der Authentizität von Meisterwerken wie »Apokalypse Now« oder »Full Metal Jackett« verbindet.

Autor

Stephen Coonts studierte politische Wissenschaften an der Universität von West Virgina und flog von 1971 bis 1973 unzählige Einsätze in Vietnam und Laos. Heute ist er Reserveoffizier der Naval Air Force und lebt, nachdem er seit dem Ausscheiden aus der Air Force zunächst als Berater für einen Mineralölkonzern tätig war, als freier Schriftsteller in Boulder, Colorado. *Flug durch die Hölle* ist sein erster Roman.

Vom gleichen Autor ist außerdem im Goldmann Verlag erschienen:

Die Stunde der Jäger. Roman (9826)

STEPHEN COONTS

FLUG DURCH DIE HÖLLE

Roman

Aus dem Amerikanischen
von Wulf Bergner

GOLDMANN VERLAG

Deutsche Erstveröffentlichung

Die Originalausgabe erschien unter dem Titel
»Flight of the Intruder« bei The United States
Naval Institute, Annapolis, Maryland

Der Goldmann Verlag
ist ein Unternehmen der Verlagsgruppe Bertelsmann

Made in Germany · 4/91 · 2. Auflage

Umschlaggestaltung: Design Team München
Umschlagphoto: ZEFA-Stockmarket, Düsseldorf
Satz: IBV Satz- und Datentechnik GmbH, Berlin
Druck: Elsnerdruck, Berlin
Verlagsnummer: 9751
Lektorat: Ursula Walther/SD
Herstellung: Heidrun Nawrot/Sc
ISBN 3-442-09751-7

Zum Gedenken an Eugene Ely, dem ersten Piloten, der mit einem Flugzeug auf einem Schiff gelandet ist, und an alle Männer und Frauen der U.S. Naval Aviation, die im Dienst ihres Landes ihr Leben gelassen haben.

Als sich der Knabe begann des verwegenen Fluges zu freuen,
Und den Führer verließ, und, gereizt von Begierde des Himmels,
Höhere Bahn sich erkor. Die Gewalt der näheren Sonne
Weichte das duftende Wachs, das der Fittiche Spulen gefüget;
Bald war geschmolzen das Wachs; und er schwingt die nackenden Arme.

Ovid, Verwandlungen

1

Das Bugkatapult an Steuerbord wurde ausgelöst, und die A-6A Intruder beschleunigte mit einem Röhren, das den Flugzeugträger einhüllte und über die nachtdunkle See hinweghallte. Dann erzeugten die Tragflügel der Maschine Auftrieb, und die Maschine begann in den Nachthimmel zu steigen. Fünfzehn Sekunden später wurde der Bomber von den tiefhängenden Wolken verschluckt.

Nach wenigen Minuten ließ die Intruder im Steigflug die Wolkendecke unter sich. Kapitänleutnant Jake Grafton, ihr Pilot, hob den Kopf von seiner Instrumententafel und betrachtete den gestirnten Nachthimmel. Eine schmale Mondsichel beleuchtete die Wolkendecke unter ihm. »Sieh dir bloß diesen Sternenhimmel an, Morg!«

Oberleutnant zur See Morgan McPherson, der rechts neben dem Piloten sitzende Bombenschütze und Navigator, hatte sein Gesicht bisher gegen die schwarze Maske gepreßt, die den Radarschirm vor Nebenlicht abschirmte. Jetzt richtete er sich auf und musterte flüchtig den Nachthimmel. »Ja«, sagte er, bevor er die Maske zurechtrückte und sich wieder der nie endenden Aufgabe widmete, das Radarbild zu optimieren. Er beobachtete die noch hundert Seemeilen entfernte nordvietnamesische Küste. »Ich habe den neuen Kurs und schalte auf den Überflugpunkt um.« Als er auf eine Taste des Bordcomputers drückte, bewegte sich die Steuermarke in der Blickfelddarstellung des Piloten um einen halben Zentimeter nach rechts und gab so den Kurs zu dem Punkt an, an dem die Intruder nach Nordvietnam einfliegen sollte.

Um diesem Steuerbefehl nachzukommen, änderte Grafton seinen Kurs um einige Grad. »Hast du dich schon mal gefragt, ob du vielleicht zu sehr in deiner Arbeit aufgehst?« erkundigte er sich. »Ob du in eingefahrenen Gleisen steckst?«

Morgan McPherson hob den Kopf vom Radarschirm und sah erneut zu den Sternen auf. »Sie sind noch immer dort oben, und wir sind hier unten. Überprüfen wir lieber noch mal das ECM.«

»Dein Problem ist, daß du einfach zu romantisch bist«, behauptete Grafton und streckte die linke Hand nach seinem ECM-Schaltpult aus. Die beiden Männer nahmen die Selbsttests vor, die ihnen bestätigten, daß das ECM funktionierte. Zwei Augenpaare nahmen jede Leuchtanzeige wahr; zwei Ohrenpaare hörten jedes Piepsen. Das ECM-Gerät empfing feindliche Radarsignale und identifizierte sie für die Besatzung. Entdeckte es Signale, die es durch seine Programmierung als bedrohlich erkannte, sendete es Scheinsignale, um das feindliche Radar zu täuschen. Nachdem die Besatzung sich davon überzeugt hatte, daß alles funktionierte, stellten sie den ECM-Warnton wieder so leise, daß er weder ihre Bordsprechanlage noch den Funkverkehr störte.

Die beiden Männer flogen schweigend weiter und horchten auf die periodischen Baßtöne der die Nacht absuchenden kommunistischen Radaranlagen. Jeder Gerätetyp erzeugte ein charakteristisches Geräusch: ein tiefes Brummen war ein Überwachungsradar, das den Himmel absuchte; höhere Töne stammten von Feuerleitradargeräten, die versuchten, ein Ziel zu erfassen; und ein alptraumhaft schriller Pfeifton kam vom Zielsuchradar einer Lenkwaffe, das ein Flugzeug erfaßt hatte.

Fünfzig Seemeilen vor der nordvietnamesischen Küste senkte Jake Grafton den Bug der Intruder um vier Grad, und die A-6 begann ihren langen Sinkflug. Sobald die Maschine ausgetrimmt war, zog Jake die Gurte, die ihn mit seinem Schleudersitz verbanden, straff, atmete ganz aus und zog sie nochmals fester. Danach verlangte er die Kampf-Checkliste.

Ohne auf sein Gedächtnis zu vertrauen oder etwas dem Zufall zu überlassen, las McPherson Punkt für Punkt von seiner Kniebrettliste ab, und die beiden Männer überprüften die entsprechenden Knöpfe oder Schalter. Nach dem letzten

Punkt der Checkliste schaltete Jake die Positionslichter der Maschine aus und das IFF-Gerät auf Betriebsbereitschaft. Das als »Papagei« bezeichnete Kennungsgerät strahlte ein elektronisches Signal ab, das die Maschine auf amerikanischen Radarschirmen durch ein codiertes Echo als eigenes Flugzeug identifizierte. Grafton hatte nicht den Wunsch, als codiertes oder uncodiertes Echo auf irgendeinem nordvietnamesischen Radarschirm zu erscheinen. Tatsächlich hoffte er, nicht entdeckt zu werden, deshalb flog er so tief, daß das Radarecho seines Flugzeugs im allgemeinen Bodenecho untergehen würde.

Der Pilot drückte auf die Sprechtaste seines Funkmikrofons. Nachdem der Scrambler gepiepst hatte, meldete sich Jake: »Devil fünf-null-fünf würgt Papagei ab. Küste in drei Minuten.« »Devil« war das Rufzeichen der A-6-Staffel.

»Verstanden, Fünf-null-fünf«, antwortete der Leitoffizier, der in einer E-2 Hawkeye – einer zweimotorigen Turbopropmaschine mit einer schüsselförmigen Radarantenne über dem Rumpf – über dem Golf von Tonking kreiste. Die Hawkeye war auch vom Flugzeugträger gestartet.

Die Intruder befand sich in der Angriffsphase. Durch die Nacht getarnt und vor den elektronischen Augen des Gegners durch die Erde selbst verborgen, würde Jake Grafton so tief fliegen, wie es sein Können und seine Nerven erlaubten – und das war verdammt tief.

Der Pilot warf einen letzten raschen Blick auf die fernen Sterne. Dann tauchte die Maschine mit 450 TAS in die Wolken ein. Jake spürte einen Adrenalinstoß. Er beobachtete den Zeiger des barometrischen Höhenmessers und sah zwischendurch immer wieder besorgt zu dem Radarhöhenmesser hinüber, der seine Informationen von einem kleinen Radargerät an der Unterseite der Maschine bezog, das die Flughöhe über Grund oder Wasser maß. Er hätte dieses Gerät lieber ausgeschaltet, weil es den Standort der Intruder verraten konnte, aber er brauchte den Radarhöhenmesser. Der barometrische Höhenmesser zeigte ihm seine Höhe über dem Meeresspiegel – aber in dieser Nacht mußte Jake wissen, wie hoch er sich über dem Erdboden befand. Bei 5000 Fuß begann der Radarhöhenmesser zu funktionieren und zeigte – wie es über dem Meer nicht anders sein durfte – genau die Werte des anderen Höhenmessers an. Der Pilot atmete mehrmals tief durch und zwang sich dazu, sich zu entspannen.

Bei 2000 Fuß nahm er den Steuerknüppel etwas zurück und verringerte so die Sinkgeschwindigkeit. Mit der linken Hand schob er die Leistungshebel nach vorn, bis eine hohe Marschgeschwindigkeit erreicht war, die sich bei 420 Knoten stabilisierte – Jake Graftons bevorzugte Tieffluggeschwindigkeit. Trotz des Gewichts und des Luftwiderstands ihrer Bombenlast war die A-6 bei dieser Geschwindigkeit noch sehr beweglich. Die Maschine würde so schnell über feindliche Feuerstellungen hinwegrasen, daß die Kanoniere ihre Waffen nicht rechtzeitig in Stellung bringen könnten, selbst wenn sie den Schatten am Nachthimmel zufällig sahen.

Jake Graftons Puls jagte, als er mit der Intruder auf 400 Fuß über dem Meeresspiegel herunterging. Jetzt befanden sie sich unter den Wolken und flogen in völliger Dunkelheit, ohne in der Leere zwischen See und Himmel auch nur den geringsten Lichtschein wahrzunehmen. Nur die Instrumente, die abgeblendet rot beleuchtet waren, damit das Nachtsehvermögen der Besatzung nicht beeinträchtigt wurde, bestätigten, daß es eine Welt außerhalb des Cockpits gab. Jake starrte nach vorn in die Dunkelheit und versuchte, den markanten weißen Sandstreifen zu entdecken, der selbst in finstersten Nächten die vietnamesische Küste bezeichnete. Noch nicht, sagte er sich. Er spürte, daß ihm Schweißbäche über Gesicht und Nacken liefen, und bekam Schweißtropfen in die Augen, die zu brennen begannen. Er schüttelte heftig den Kopf, ohne jedoch zu wagen, den Blick mehr als eine Sekunde von den rot beleuchteten Anzeigen der schwarzen Instrumententafel vor ihm zu wenden. Dicht unter ihm lauerte das unsichtbare Meer, um den Piloten zu verschlingen, der einige Sekunden lang vergaß, auf seine Sinkgeschwindigkeit zu achten.

Dort vorn links... die Küste. Der helle Sandstreifen war auffällig. Nicht verkrampfen... Ganz locker – und trotzdem konzentriert. Der weiße Streifen flitzte unter ihnen vorbei.

»Überflug«, teilte Jake dem Bombenschützen mit.

McPherson aktivierte mit der linken Hand die Stopuhr der Instrumententafel und trat mit dem linken Fuß auf seine Funksprechtaste. »Devil fünf-null-fünf hat trockene Füße. Devil fünf-null-fünf trockene Füße.«

»Fünf-null-fünf, Black Eagle«, antwortete eine freundliche amerikanische Stimme. »Verstanden, trockene Füße. Viel Erfolg!« Danach herrschte wieder Funkstille. Sobald Devil 505 auf dem Rückflug die Küste erreichte, würden sie melden, daß sie »nasse Füße« hatten. Grafton und McPherson wußten, daß sie jetzt auf sich allein gestellt waren, weil das Radar der Hawkeye die A-6 ohne das IFF-Gerät nicht von den Bodenechos unterscheiden konnte.

Jake sah schwaches Mondlicht, das von Reisfeldern zurückgeworfen wurde – ein Zeichen dafür, daß die Wolkendecke über ihnen aufgerissen war. Zur Abwechslung stimmt die Wettervorhersage mal, dachte er. Aus dem Augenwinkel heraus beobachtete er einzelne Lichtblitze in der Dunkelheit unter ihnen.

»Gewehrfeuer, Morg.«

»Okay, Jakey Baby.« Der Bombenschütze konzentrierte sich weiter auf den Radarschirm. Seine linke Hand bewegte das Fadenkreuz des Computers über den Schirm, während seine Rechte das Radarbild optimierte. »Dieser Computer arbeitet großartig, aber er ist ein bißchen...«, murmelte er ins Mikrofon der Bordsprechanlage.

Jake versuchte, das Mündungsfeuer zu ignorieren. Jeder Jugendliche und Reisbauer in Nordvietnam hatte ein Gewehr und verbrachte die Nächte offenbar damit, blindlings in die Luft zu schießen, sobald irgendwo Düsentriebwerke zu hören waren. Obwohl sie ihre Ziele nie sahen, hofften sie offenbar auf einen Zufallstreffer. Das stärkt den Durchhaltewillen, dachte Jake. So hat jeder Bürger das Gefühl, sich persönlich wehren zu können. Dann sah er das stotternde Mündungsfeuer einer Maschinenpistole. Da keine dieser Handfeuerwaffen Leuchtspurmunition verschoß, waren die todbringenden kleinen Projektile überall und nirgends.

Mondhelle Flecken zeigten weitere Wolkenlöcher vor ihnen. Der Pilot ging auf 300 Fuß herunter. Das Mondlicht half ihm, den Boden zu erkennen. Er flog viel lieber nach Sicht als nach Instrumenten. Solange der Boden sichtbar war, konnte er instinktiv fliegen; der Instrumentenflug erforderte weit mehr Konzentration.

Rechts von ihnen eröffnete Flak das Feuer. Die Leuchtspurgranaten schienen im Zeitlupentempo durch die Nacht zu brennen. Das Trillern eines Firecan-Feuerleitradars war sekundenlang hörbar und verstummte dann wieder.

Vor ihnen schoß die Flak Sperrfeuer. »Verdammt noch mal, Morg«, sagte Jake leise zu seinem Bombenschützen. Er suchte eine Lücke in dem Vorhang aus Leuchtspurgranaten, ließ den Bomber über die linke Flügelspitze abkippen und mogelte sich durch. McPherson hob nicht einmal den Kopf vom Radarschirm. »Hast du die Flußbiegung schon?« fragte Jake, als der Granathagel hinter ihnen abflaute.

»Ich hab' sie gerade reingekriegt. Noch drei Minuten auf diesem Kurs.« McPherson streckte die linke Hand aus, betätigte den Hauptschalter des Bombenzielgeräts und kontrollierte dann nochmals jeden einzelnen Scharfstellschalter. Jetzt waren die zwölf 230-kg-Bomben abwurfbereit. »Dein Knopf ist heiß«, meldete er und meinte damit den roten Knopf am Steuerknüppel, mit dem der Pilot die Bomben auslösen konnte.

Wieder und wieder stiegen feurige Ströme von Flakgranaten wie Projektile aus einem Vulkan auf. Was davon ungefähr in Richtung Devil 505 flog, schien den Kurs zu wechseln und hinter ihnen zurückzubleiben – eine durch die bei über 200 Sekundenmetern liegende Geschwindigkeit des Flugzeugs hervorgerufene optische Täuschung. Der Pilot ignorierte die seitlich oder hinter ihnen schießende Flak und konzentrierte sich darauf, den vor ihnen aufsteigenden Leuchtspurgranaten auszuweichen. Die Mündungsblitze von MGs und Gewehren, die nur Funken in diesem Inferno waren, nahm er längst nicht mehr wahr.

»Devil fünf-null-acht hat trockene Füße, trockene Füße«, meldete eine Stimme über Funk.

Das ist Cowboy, dachte Jake. Cowboy war Korvettenkapitän Earl Parker, der Pilot der kurz nach ihnen gestarteten zweiten A-6A Intruder. Wie Jake und McPherson rasten Cowboy und sein Bombenschütze jetzt mit ihrer Bombenlast im Tiefstflug auf ein Ziel zu, das keines Mannes Leben wert war, wie Jake sich jetzt sagte, während er Leuchtspurgranaten ausweichend tiefer und tiefer nach Nordvietnam hinein vorstieß.

»Zwei Meilen bis zum Wendepunkt«, erinnerte sein Bombenschütze ihn.

Aus ihren Kopfhörern drang plötzlich ein schrilles Trillern. Fünfzig Zentimeter vor dem Gesicht des Piloten begann ein rotes Warnsignal mit der Aufschrift MISSILE zu blinken. Diesmal sah auch McPherson auf. Die beiden Männer suchten den Himmel ab. Ihre Chancen gegen eine Boden-Luft-Lenkwaffe waren am besten, wenn sie die Rakete sichteten und dann ausmanövrierten.

»Da ist die SAM! Zwei Uhr!« Grafton mußte gegen übermäßigen Harndrang ankämpfen. Beide Männer beobachteten den weißen Feuerschweif der Rakete, während Jake mit dem Zeigefinger den Düppelabwurfknopf am rechten Leistungshebel betätigte. Bei jedem Druck wurde ein kleiner Plastikbehälter in den Luftstrom ausgestoßen, wo er eine Wolke schmaler Metallstreifen verbreitete, die Radarenergie reflektierten und auf dem gegnerischen Radarschirm ein Scheinziel erzeugten. Der Pilot drückte den Steuerknüppel etwas nach vorn und ging auf 200 Fuß herunter. Dort warf er in rascher Folge vier weitere Düppelbehälter ab.

Die Warnleuchte hörte zu blinken auf, und in den Kopfhörern herrschte wieder Totenstille.

»Sie hat uns verloren, glaub' ich«, stellte McPherson hörbar erleichtert fest. »Mann, ist das wieder lustig!« fügte er trocken hinzu. Grafton äußerte sich nicht dazu. Sie rasten jetzt fast in Baumhöhe übers Land. Der Bombenschütze beobachtete noch, wie die Lenkwaffe einige tausend Fuß über ihnen mit dreifacher Schallgeschwindigkeit in der Dunkelheit verschwand, und konzentrierte sich dann wieder auf sein Radar. »Enge Linkskurve«, wies er den Piloten an.

Jake senkte den linken Flügel und nahm den Steuerknüppel etwas zurück. Er ließ das Flugzeug auf 300 Fuß steigen. Unter ihnen glitzerte der Fluß im Mondschein. »Siehst du das Ziel schon?«

»Augenblick, Mann.« Schweigen. »Geradeaus.« Jake nahm die Flügelspitze hoch. »Ich hab' das Ziel. Erfaßt! Schalte auf Angriff um!« Als der Bombenschütze einen Kippschalter betätigte, begann der Computer den Angriff durchzurechnen. Am unteren Rand der Blickfelddarstellung erschien in Rot das Wort ATTACK; gleichzeitig wurde die computergesteuerte Darstellung komplexer. Neue Zahlen und Symbole zeigten die Zeit bis zum Bombenabwurf, die relative Position des Ziels, den Abtriftwinkel und den Kurs zum Abwurfpunkt an.

Jake schob die Leistungshebel bis zum Anschlag nach vorn und stieg auf 500 Fuß über Grund. Die Mehrzweckbomben Mark 82 brauchten mindestens 500 Fuß Fallhöhe, damit ihre Zünder scharf wurden, und waren mit Metallbremsklappen ausgerüstet, die nach dem Abwurf automatisch ausgefahren wurden und die Bomben so stark verzögerten, daß die Intruder sich aus ihrem Splitterbereich in Sicherheit bringen konnte.

Die Nadel des Fahrtmessers zitterte um 480 Knoten TAS. Der Steuerknüppel in der Hand des Piloten bebte. Jeder kleinste Ausschlag ließ das Flugzeug ausbrechen. Jake mußte sich auf seine Instrumente, die Blickfelddarstellung und gelegentlich aufsteigende gelbe und rote Leuchtspurgranaten konzentrieren. Er hatte das Gefühl, ungewöhnlich lebendig zu sein und absolut alles unter Kontrolle zu haben. Er nahm alles gleichzeitig wahr: jede Nadel, jede Anzeige, jeden Feuerball in der Nacht. Am äußersten Rand seines Gesichtsfelds beobachtete er sogar, wie McPherson das Anflugradar einschaltete.

»Ziel erfaßt!« meldete der Bombenschütze dem Piloten überrascht. Das verdammte Anflugradar war nur allzuoft defekt. Für McPherson, der vor dem Radarschirm klebte, bestand die ganze Welt nur noch aus diesem flimmernden grünen Bild. »Verflucht, wir kriegen sie!«

Er spürt's also auch, dachte Jake. Sobald das Anflugradar

ein Ziel erfaßt hatte, erhielt der Computer genaueste Angaben über Azimut und Anstellwinkel.

In dieser Oktobernacht des Jahres 1972 raste Devil 505 auf sein Ziel zu: einen »vermuteten Lastwagenpark«, wie der Fachausdruck für ein in die Karte eingezeichnetes Dreieck lautete, wo die Vietnamesen nach Meinung der Unbekannten, die Angriffsziele festlegten, einige LKWs unter Bäumen abgestellt haben konnten, um sie vor amerikanischen Aufklärern zu tarnen. Aber mit oder ohne Lastwagen war das Ziel nur irgendein Punkt im Urwald.

Für Jake Grafton existierte jetzt nur noch der Zielanflug. Sein ganzes Leben schien ohne Vergangenheit oder Zukunft in diesen Augenblick komprimiert zu sein. Nun hing alles davon ab, wie präzise er Devil 505 an den Punkt heranflog, an dem der Computer die Bomben auslösen würde, damit sie ins Ziel fielen.

Während die Intruder mit 490 Knoten TAS auf den Zielpunkt zuraste, wanderte die Auslösemarke auf der Blickfelddarstellung unaufhaltsam weiter nach unten. Als sie dann verschwand, fielen im selben Augenblick die Bomben von den Aufhängepunkten. Beide Männer spürten eine Serie von Rucken, die sie körperlich daran erinnerten, daß sie den Abzug betätigt hatten. Das Leuchtsignal ATTACK erlosch, als die letzte Bombe ausgelöst war. Erst jetzt zog Grafton links ab und sah nach draußen. Mündungsfeuer und Leuchtspurgeschosse erhellten die Nacht. »Sieh nach hinten«, forderte er seinen Bombenschützen auf, während er die Kehrtkurve flog.

Morgan McPherson blickte über die linke Schulter des Piloten in Richtung auf das im Dunkel liegende Ziel. Er sah die Bombendetonationen: zwölf weiße Todesblitze in zwei Dritteln einer Sekunde. Jake beobachtete sie in seinem Rückspiegel und beendete die Kurve, um nach Osten abzufliegen. Ohne den Luftwiderstand seiner Bombenlast beschleunigte der zweistrahlige Bomber auf 500 Knoten – über 900 Stundenkilometer.

»Rockeyes scharfstellen, Morg.«

Der Bombenschütze betätigte weitere Schalter, damit Grafton die noch unter den Flügeln hängenden vier Rockeye-Schüttbomben manuell auslösen konnte. »Dein Knopf ist heiß«, meldete er dem Piloten. Er drückte sein Gesicht wieder gegen die Maske und musterte das vor ihnen liegende Gelände.

Grafton ließ die Leistungshebel bis zum Anschlag nach vorn geschoben, während er die Dunkelheit nach einer Flakstellung absuchte, die er mit den abwurfbereiten Rockeyes vernichten konnte. Sie mußte etwa an seinem Flugweg liegen und nach einer Seite schießen, damit er sie ungefährdet ansteuern konnte. Diesen Teil des Einsatzes bezeichnete Jake als »Klapperschlangenjagd«.

Irgendwo unter ihnen hörte ein nordvietnamesischer Bauer das anschwellende Heulen näherkommender Düsentriebwerke: zuerst nur schwach, dann rasch lauter werdend. Als es zu einem ohrenbetäubenden Crescendo anschwoll, legte er seinen uralten Karabiner an, zielte in einem Winkel von 45 Grad in die Luft und drückte ab.

Die Kugel stanzte ein winziges Loch aus der unteren Ecke des rechten vorderen Plexiglasfensters der A-6A. Sie durchschlug Morgan McPhersons Sauerstoffmaske, wurde vom Unterkiefer abgelenkt, streifte den Kehlkopf und riß die Halsschlagader auf, bevor sie aus seinem Hals austrat und harmlos von Graftons Schleudersitz abprallte. In einer Reflexbewegung betätigte Morgan den Sprechknopf der Bordsprechanlage mit dem rechten Fuß, während er würgte und sich an den Hals griff.

Jake Grafton sah zu seinem Bombenschützen hinüber. Blut, das im roten Licht der Instrumentenbeleuchtung schwarz aussah, quoll zwischen McPhersons Fingern hervor.

»Morg?«

McPherson würgte erneut. Er starrte den Piloten mit aus den Höhlen quellenden Augen an. Seine Augenbrauen waren gerunzelt. Er spuckte Blut. »Jake«, gurgelte er. Dann hustete er mehrmals bei eingeschaltetem Mikrofon.

Grafton zwang sich dazu, wieder nach vorn zu sehen, und dachte angestrengt nach, während er seine Instrumente überprüfte. Was konnte passiert sein? Ohne es zu merken, hatte er den Steuerknüppel etwas gezogen, so daß die Intruder jetzt in 700 Fuß über dem Flußdelta auf sämtlichen feindlichen Radarschirmen in Reichweite zu sehen sein mußte. Jake drückte den Knüppel nach vorn. »Versuch, nicht zu reden, Morg. Ich bring' dich heim.« Als er in 300 Fuß in den Horizontalflug überging, war das Flugzeug wieder durch Bodenechos getarnt.

Scheiße! Verdammte Scheiße! Irgend etwas mußte die Cockpitverglasung durchschlagen haben – ein Granatsplitter oder eine verirrte Kugel.

Ein Flüstern: »Jake...« McPhersons Linke umklammerte Jakes Arm und glitt dann kraftlos herab. Er sackte nach vorn, bis sein Kopf auf der Maske über dem Radarschirm lag. Die Vorderseite seiner Schwimmweste wies große Blutflecken auf. Jake hielt den Steuerknüppel mit der linken Hand, während er sich bemühte, Morgans Sauerstoffmaske zu lösen. Aus der Gummischale quoll Blut. Der Ärmel von Jakes Fliegerkombi wies dunkle Flecken auf, wo McPhersons Hand seinen Arm umklammert hatte.

Dicht vor ihnen eröffnete eine Zwillingsflak, die orangerote Leuchtspurgranaten – Kaliber 37 Millimeter – verschoß, mit kurzen Stößen das Feuer. Sie zielte im allgemeinen nach rechts, deshalb drehte Jake Grafton leicht ab, um direkt übers Mündungsfeuer zu fliegen. Er ließ die Intruder etwas steigen und drückte energisch auf den Auslöseknopf am Steuerknüppel, bevor die Flakstellung unter dem Bug der A-6 verschwand. Rumms, rumms, rumms, rumms – so fielen die Rockeyes in Abständen von einer Drittelsekunde.

»Das ist für euch, ihr Scheißkerle!« kreischte er beinahe hysterisch in seine Sauerstoffmaske.

Dann sah er wieder zu Morgan McPherson hinüber, dessen Arme schlaff herabbaumelten. Aus seiner Kehle quoll noch immer Blut.

Mit der linken Hand am Steuerknüppel zog Jake den Bombenschützen hoch, bis der Schultergurt einrastete und McPherson festhielt. Er tastete mit den Fingern nach der Wunde. Mit den Fliegerhandschuhen konnte er nichts fühlen, deshalb riß er sich den Handschuh ab und tastete mit bloßen Fingern weiter. Trotzdem fand er die Wunde nicht.

Jake starrte wieder die Instrumente an. Er war dabei, zuviel auf einmal tun zu wollen – ein Fehler, der McPherson und ihn das Leben kosten würde. Die Maschine flog nicht von allein, und der sichere Tod lag dicht unter ihnen. Linke Flügelspitze heben, Knüppel leicht ziehen, auf 500 Fuß steigen und sich dann um den Verwundeten kümmern.

Er tastete Morgans von pulsierendem Blut glitschigen Hals erneut nach der Wunde ab, fand sie endlich, drückte sie mit den Fingern der Rechten zu und konzentrierte sich danach wieder aufs Fliegen. Zu hoch! Flak voraus. Maschine trimmen. Jake ließ den Steuerknüppel kurz los, um die Leistungshebel nach vorn zu schieben. Aber sie standen bereits am Anschlag. Er spürte den pulsierenden Blutstrom aus Morgans Hals merklich nachlassen. Im ersten Augenblick war Jake in Hochstimmung, während er sich bemühte, die Intruder auf Kurs zu halten, aber diese Euphorie schwand rasch. Wie sollte er so landen können?

Er sah zu dem Bewußtlosen neben sich und beobachtete, wie sein schlaffer Körper von den Tiefflugturbulenzen durchgeschüttelt wurde. Jake drückte die Wundränder noch fester zusammen, bis seine Rechte vor Anstrengung und wegen der unnatürlichen Haltung schmerzte.

Dann fiel ihm der Schalter ein, mit dem er eine ständige Sprechverbindung zu McPherson herstellen konnte, ohne jedesmal die Sprechtaste drücken zu müssen. Jake ließ den Steuerknüppel kurz los und betätigte den Schalter. »He, Morgan«, drängte er, »halt durch, Maat. Du schaffst es! Halt durch, Morg.«

Jake fühlte jetzt nichts mehr – keinen Puls, kein zwischen seinen Fingern hervorquellendes Blut. Er nahm widerstrebend die Hand von der Wunde und wischte sie an seinem Oberschenkel ab, bevor er wieder den Steuerknüppel umfaßte. Dann betätigte er die Funksprechtaste und wartete, bis der Scrambler gepiepst hatte. »Black Eagle, hier Devil fünf-null-fünf, kommen.«

»Devil fünf-null-fünf, hier Black Eagle, kommen.«

»Mein Bombenschütze ist schwer verwundet. Ich erkläre den Notfall. Veranlassen Sie, daß an Bord alles für eine Direktlandung vorbereitet wird. Ich wiederhole: Mein Bombenschütze ist angeschossen und schwer verwundet.« Zu Jakes Überraschung klang seine Stimme fest und ruhig, obwohl er völlig durcheinander war.

»Verstanden, Fünf-null-fünf. Geben Ihre Meldung weiter.« Das Funkgerät verstummte.

Während Jake wartete, sprach er mit McPherson. »Laß mich bloß nicht im Stich, du Hundesohn. Du hast noch nie aufgegeben, Morg. Halt jetzt durch!«

Voraus wieder Flakfeuer. Jake griff erneut nach den Leistungshebeln, als ließen die 505 Knoten TAS sich noch steigern. Sollte er einen Teil seines Treibstoffs ablassen? Immerhin hatte er noch gut 4500 Kilogramm. Nein, denn selbst mit weniger Treibstoff konnte das alte Mädchen nicht schneller fliegen; es hatte seine Höchstgeschwindigkeit längst erreicht, und er würde den Treibstoff möglicherweise brauchen, falls er nach Da Nang ausweichen mußte, weil das Schiff ihn nicht gleich an Bord nehmen konnte.

Schließlich flitzte der weiße Strand unter ihnen vorbei. Grafton stellte das IFF-Gerät auf den Notfallcode ein. »Devil fünf-null-fünf hat nasse Füße.« Morgan McPherson hatte sich nicht mehr bewegt.

»Black Eagle verstanden, Fünf-null-fünf. Wagon Train ist über Ihren Notfall informiert. Haben Sie sonstige Probleme, sonstige Beschädigungen? Kommen.« Wagon Train war das Rufzeichen des Flugzeugträgers.

Jake Grafton überprüfte seine Instrumente und sah rasch zu McPherson hinüber. »Nur einen BN in schlimmer Verfassung, Black Eagle.«

»Verstanden. Wir haben Sie auf dem Radar. Ihr Steuerkurs zum Schiff ist eins-drei-null Grad. Squawken Sie eins-sechs-null-null.«

»Wird ausgeführt.«

Der Pilot steuerte den empfohlenen Kurs und schaltete seinen TACAN-Empfänger ein, um den Sender des Flugzeugträgers anfliegen zu können. Während der Zeiger sich langsam einpendelte, stellte er auf dem IFF-Gerät den ihm zugeteilten Code 1600 ein. Der TACAN-Zeiger blieb schließlich bei 132 Grad stehen, und Jake steuerte diesen Kurs. Er ging bei Maximalleistung in 5000 Fuß in den Horizontalflug über. Der TACAN-Entfernungsmesser sprach endlich an und zeigte Jake, daß er noch 95 Seemeilen bis zum Schiff zu fliegen hatte.

Die Wolkendecke verbarg den Mond und die Sterne. In den Wolken hatte Jake das Gefühl, das einzige Lebewesen auf Erden zu sein. Er sah wiederholt zu McPherson hinüber, dessen Kopf im Rhythmus zu den Bewegungen des Flugzeugs von einer Seite auf die andere fiel. Jake drückte McPhersons Hand, ohne eine Reaktion wahrzunehmen. Trotzdem hielt er weiter seine Hand, weil er hoffte, Morgan konnte die Nähe eines Freundes spüren. Er versuchte, über die Bordsprechanlage mit ihm zu reden, aber seine Stimme war nur ein heiseres Krächzen.

Der Kommandant des Flugzeugträgers USS *Shiloh* war auf der Brücke, als er die Meldung über den bei Devil 505 eingetretenen Notfall erhielt. Kapitän zur See Robert Boma hatte 27 Dienstjahre in der US Navy aufzuweisen und trug ein Pilotenabzeichen auf der linken Brustseite seiner Uniform. Der große, hagere, grauhaarige Offizier hatte gelernt, mit drei Stunden Schlaf pro Nacht und gelegentlichen Nickerchen bei Tag auszukommen; er saß in seinem erhöhten Ledersessel auf der Brücke, solange Maschinen des Flugzeugträgers in der Luft waren. »Wie weit ist's nach Da Nang?« fragte er den wachhabenden Offizier, während er die sich ihnen bietenden Möglichkeiten abwog. Da Nang war der nächste eigene Flugplatz an Land.

»Fast zweihundert Seemeilen, Sir.«

»Wir nehmen ihn an Bord.« Der Kapitän beugte sich zur Seite und betätigte einige Schalter der Bordsprechanlage. »Hier spricht der Kapitän. Landefläche frei machen. Deck für eine Notlandung vorbereiten.«

Innerhalb weniger Sekunden herrschte auf dem Flugdeck organisiertes Chaos. Tankmannschaften und Waffenwarte stellten ihre Tätigkeit ein, und die Decksmannschaft begann die Flugzeuge nach vorn zum Bug zu schleppen, um die Landefläche des Winkeldecks frei zu machen. Fünf Minuten nach Bomas Befehl war die Landefläche des Trägers, der jetzt in den Wind gedreht hatte, frei und benützbar. Der »Engel«, der SAR-Hubschrauber der *Shiloh,* war gestartet und schwebte an Steuerbord neben dem Schiff. Das Bergungsteam, das Asbestanzüge trug, ließ den Motor des an Deck stationierten Feuerlöschfahrzeugs an. Ein Arzt und vier Sanitäter kamen aus den Tiefen des Schiffs an Deck und hielten sich in der Nähe der Inselaufbauten in Bereitschaft.

Sammy Lundeen, der sich mit Grafton eine Kabine teilte, saß im Bereitschaftsraum der A-6-Staffel und rauchte eine Zigarre, als die Meldung aus dem Wandlautsprecher über dem Schreibtisch des Offiziers vom Dienst kam. Fregattenkapitän Frank Camparelli, der Staffelchef, ließ seine Zeitung sinken, während er der Lautsprecherstimme zuhörte. Lundeen nahm die Zigarre aus dem Mund und starrte das Metallgitter des Lautsprechers an.

»Sam, Sie gehen rauf zur LSO-Plattform und bleiben über Funk erreichbar.« Camparelli nickte dem Offizier vom Dienst zu. »Hargis, ich gehe ins CATCC. Sagen Sie dem Exekutivoffizier, daß er sofort in den Bereitschaftsraum kommen und hier die Stellung halten soll.«

Als Fregattenkapitän Camparelli den Raum verließ, um ins Carrier Air Traffic Control Center hinüberzugehen, war Sammy Lundeen auf seinem Weg zur Plattform des Landing Signal Officers dicht hinter ihm. Lundeens Zigarre steckte erloschen in einem mit Sand gefüllten Aschenbecher, in den er sie gedrückt hatte.

»Wie schwer ist der BN verwundet?« fragte der Air Operations Officer den Einsatz-Controller übers Bordtelefon. Im Raum nebenan betätigte der Controller, der sich auf den kleinen grünen Lichtpunkt konzentrierte, der sich langsam auf die Mitte seines Radarschirms zubewegte, den Fußschalter seines Mikrofons.

»Devil fünf-null-fünf, Wagon Train Strike. Melden Sie Art

und Umfang der Verwundung Ihres Bombenschützen, kommen.«

Jake Graftons Stimme drang aus den Wandlautsprechern des Kontrollzentrums. »Strike, Devil fünf-null-fünf. Ich glaube, daß mein BN einen Halsdurchschuß hat. Das ist schwer zu beurteilen. Er ist jetzt bewußtlos. Ich brauche bei Ankunft sofort einen Charlie.«

»Devil fünf-null-fünf, Strike. Charlie bei Ankunft, verstanden.« Charlie war der Befehl zur Landung.

»Richtig.«

»Fünf-null-eins, schalten Sie mit Knopf drei auf Approach um, und squawken Sie eins-drei-null-null, kommen.«

»Schalte um und squawke.«

Auf dem nächsten Radarschirm sah der für den Landeanflug zuständige Controller den Lichtpunkt, der mit dem neuen IFF-Code entstanden war. Als sich der Pilot auf der neuen Frequenz meldete, gab der Conroller ihm Landeanweisungen.

Der Boß von Air Ops wandte sich an den Skipper der A-6-Staffel, der eben hereingekommen war. »Frank, deinen Jungen scheint's schwer erwischt zu haben. Er müßte in sechs, sieben Minuten landen.«

Fregattenkapitän Camparelli nickte wortlos und ließ sich auf den freien Stuhl neben ihm fallen. Der Raum, in dem sie saßen, war ganz in trübes rotes Licht getaucht. An der Wand gegenüber war auf einer zwei Meter hohen und sechs Meter langen Plexiglastafel der Status aller in der Luft befindlichen Maschinen und der an Deck startbereiten Flugzeuge verzeichnet. Vier Mannschaftsdienstgrade mit akustisch gesteuerten Kopfhörern standen hinter der Plexiglastafel und hielten die Informationen auf dem neuesten Stand, indem sie die Tafel mit gelben Fettstiften rückseitig in Spiegelschrift beschrieben. Die rote Beleuchtung und ein schwarzer Vorhang hinter ihnen machten die Männer fast unsichtbar und ließen die gelben Buchstaben leuchten.

Fregattenkapitän Camparelli starrte die Tafel an, auf der *505, Grafton, 4,0* stand, und dachte an die Besatzung von Devil 505. Grafton und McPherson. Morgan war mit einer hübschen Schwarzhaarigen verheiratet, die als Stewardeß bei United Airlines arbeitete, und hatte einen zweijährigen Sohn. Jesus, dachte er, hoffentlich muß ich ihr nicht schreiben, daß sie Witwe geworden ist...

»Was für ein Pilot ist dieser Grafton?« fragte der Boß von Air Ops.

»Dies ist sein zweiter Törn an Bord. Zuverlässig«, antwortete Camparelli. »Guter Pilot«, fügte er hinzu, aber der Air Operations Officer hatte sich bereits abgewandt und überlegte, welche Maschinen gestartet werden konnten, sobald Grafton gelandet war.

Frank Camparelli atmete tief durch und versuchte, sich zu entspannen. Zwei Jahrzehnte Erfahrung mit schnellen Flugzeugen, stürmischen Nächten und schwankenden Decks hatten ihm mehr als eine nur flüchtige Bekanntschaft mit gewaltsamen Toden verschafft. Und er hatte eine Methode gefunden, damit umzugehen. Er begann mit offenen Augen, während er halb auf das Stimmengemurmel um ihn herum achtete, zu beten.

Der Wind auf der Plattform des Landing Signal Officers zerrte an Sammy Lundeens Haar und Uniform und brauste in seinen Ohren, während er auf der an Backbord neben der Landefläche über die Bordwand hinausragenden kleinen Plattform stand. Er sah den SAR-Hubschrauber an Steuerbord etwa hundert Meter von der *Shiloh* entfernt kreisen. Ein Blick nach achtern zeigte ihm das phosphoreszierende Kielwasser des Flugzeugträgers und die Positionslichter des Wachzerstörers, der eine Seemeile Abstand hielt und darauf wartete, Flieger zu retten, die im Endanflug mit dem Schleudersitz aussteigen mußten. Falls der Hubschrauber sie nicht finden konnte – und falls die Zerstörerbesatzung sie finden konnte. Nur schwach erkennbare Lichter beidseits querab zeigten, daß dort zwei weitere Zerstörer standen.

»Hier ist ein Funkgerät, Lundeen.« Kapitänleutnant Sonny Bob Battles, der diensthabende Landing Signal Officer, gab ihm eine Handfunkgerät, das wie ein Telefonhörer aussah, und wandte sich an den »Sprecher«, einen Mannschaftsdienstgrad, der das akustisch gesteuerte Telefon bediente. »Wo ist er?« fragte Battles.

Der Mann sprach in das vor seiner Brust hängende große Mikrofon. »Entfernung zwölf Meilen, Sir. In elfhundert Fuß im Horizontalflug.«

»Welche Frequenz?«

»Knopf drei.«

Der LSO bückte sich und drehte den Kanalwahlschalter seiner an die Deckskante angebauten Konsole. Als Lundeen und er ihre Funkgeräte ans Ohr hielten, hörten sie die Stimme des für den Landeanflug zuständigen Controllers: »Fünf-null-fünf, Fahrwerk erst bei acht Meilen ausfahren.«

»Verstanden.« Jakes Stimme klang müde.

Der LSO war ein A-7-Pilot, aber wie die meisten Flieger, die sich als Landing Signal Officer qualifiziert hatten, war er berechtigt, sämtliche Flugzeugtypen der *Shiloh* »an Bord zu winken«. Um einen Piloten herunterzusprechen, verließ er sich lediglich auf sein gutes Auge und seine Erfahrungen aus der Beobachtung von über zehntausend Trägeranflügen und fast so vielen simulierten Anflügen auf Flugplätzen. Auf der Konsole zu seinen Füßen waren verschiedene Anzeigen zu sehen, die er jedoch aus Zeitmangel nur selten wahrnahm.

»Wer fliegt die Fünf-null-fünf, Sam?«

»Grafton.«

»Fliegt mit McPherson?«

»*Yeah.*«

Sonny Bob nickte. Die beiden hörten, wie Grafton das Ausfahren des Fahrwerks meldete. Der Controller ließ Devil 505 auf dem Gleitpfad sinken. »Fünf-null-fünf, geben Sie Zeigerstellung an.«

»Hoch und rechts.«

»Richtig.« Ein Computer an Bord des Trägers berechnete die Position der A-6 und lieferte den Piloten eine Gleitpfad- und Azimutdarstellung im Cockpit. Aber Jake würde den Bomber auf dem Gleitpfad halten und manuell landen müssen – eine Aufgabe, die zu den anspruchvollsten und nervenaufreibendsten der Fliegerei gehörte.

Auf der LSO-Plattform suchten Battles und Lundeen die

Dunkelheit ab. Der LSO drückte auf seine Sprechtaste. »Lichter.«

Jake Grafton hatte vergessen, beim zweiten Überfliegen der vietnamesischen Küste wieder die Positionslichter einzuschalten. Jetzt flammten sie auf und machten Devil 505 sichtbar. Lundeen überlegte sich, daß Jake auch vergessen haben könnte, die Waffensysteme zu sichern, wenn er schon die Lichter vergessen hatte. »Waffenhauptschalter prüfen«, forderte er Jake auf. Die Antwort bestand aus einem Doppelklikken der Sprechtaste, womit der Pilot andeutete, er sei im Augenblick zu beschäftigt, um zu sprechen.

»Deck grün!« rief der Telefonist.

»Verstanden, Deck grün«, antwortete Battles. Die Landefläche war jetzt frei, und die Haltevorrichtungen waren für die A-6 bereit.

Die Intruder schwankte in der Höhe um die Mittelachse des Gleitpfads und kam dann etwas nach links – von Battles aus gesehen nach rechts – von der Mittellinie ab. Der LSO drückte auf seine Sprechtaste. »Paddel hat Sie jetzt, Fünf-null-fünf. Achten Sie auf die Mittellinie.«

Die A-6 kehrte auf die Mittellinie zurück, wo sie hingehörte.

»Einfach so weiter. Wie fühlen Sie sich?«

»Okay.« Die Stimme klang gepreßt. Und müde, sehr müde.

»Vorsichtig mit der Leistung. Melden Sie den Ball.« Diese Meldung war entscheidend wichtig. Sie zeigte dem LSO, daß der Pilot das kugelförmige Licht des optischen Landesystems am linken Rand der Landefläche sehen konnte. Das System arbeitete mit einem gelben Licht zwischen zwei grünen Begrenzungsleuchten, um dem Piloten seine Position im Verhältnis zum idealen Gleitpfad anzuzeigen. Gelang es ihm, den Ball bis zum Aufsetzen zwischen den beiden grünen Leuchten zu halten, erfaßte der Fanghaken seiner Maschine das dritte der vier quer übers Deck gespannten Drahtseile des Rückhaltesystems.

»Intruder Ball, zwei-komma-sieben.«

Unten im CATCC wischte einer der unsichtbaren Männer

hinter der Plexiglastafel den Treibstoffstatus von Devil 505 weg und schrieb 2,7 hinter den Namen des Piloten. Grafton hatte noch 2700 Kilogramm Treibstoff. Fregattenkapitän Camparelli und der Air Operations Officer sahen auf den Monitor, der ihnen das Bild einer am Rand des Flugdecks in Richtung Gleitpfad eingebauten Fernsehkamera zeigte. Sie warteten.

Von seiner Plattform neben der Landefläche aus konnte der LSO beobachten, wie die Lichter der anfliegenden Maschine heller wurden. Im CATCC und in sämtlichen Bereitschaftsräumen des Schiffs waren alle Augen auf die Bildschirme gerichtet, die das Fadenkreuz aus Gleitpfad und Mittellinie zeigten und dahinter die Landescheinwerfer von Devil 505 erkennen ließen.

Lundeen hörte die Triebwerke. Das zuerst nur leise Pfeifen wurde rasch lauter, und er konnte mitverfolgen, wie die Verdichterdrehzahlen wechselten, während der Pilot die Leistungshebel bewegte, um das Flugzeug auf dem Gleitpfad zu halten.

»Sie kommen zu tief«, sagte Battles. Die Triebwerksdrehzahl stieg leicht an. »Etwas mehr Leistung.« Die Triebwerke heulten auf. »Zuviel, Sie sind zu hoch.« Dem Pfeifen, mit dem die Leistung zurückging, folgte ein erneutes Aufheulen, als Jake die Leistung erhöhte, um die A-6 im Sinkflug zu stabilisieren.

Die Intruder schwebte mit pfeifenden Triebwerken aufs Heck des Flugzeugträgers zu. Battles hatte die Plattform verlassen, stand zwei Meter weit auf der Landefläche und mußte sich gegen den mit 30 Knoten heulenden Wind weit nach vorn beugen, während er sich auf die rasch einschwebende A-6 konzentrierte. Als er merkte, daß die Maschine etwa einen Meter zu hoch anflog, hörte er bereits, wie ihre Leistung zurückgenommen wurde, und sah ihren Bug nach unten sacken. So knallt er aufs Deck, sagte sich der LSO, während er in sein Funkgerät brüllte: »Fluglage!«

Die Intruder, deren Flügelspitze keine fünf Meter von dem LSO entfernt war, raste an ihm vorbei: ein gigantischer Vogel, der mit Hauptfahrwerk und Heckfanghaken nach dem

Landedeck zu greifen schien. Battles fühlte mehr, als er wirklich sah, daß Jake den Knüppel als Reaktion auf seine letzte Warnung zurückriß. Die A-6 knallte aufs Deck, und ihr Fanghaken erfaßte das zweite Bremsseil und zog es hinter sich her. Während das Flugzeug übers Deck raste, röhrten seine Triebwerke mit Höchstleistung auf, so daß ohrenbetäubender Lärm und ein Schwall heißer Abgase über die beiden ungeschützten Männer hereinbrach. Lundeen, der sich in Bewegung gesetzt hatte, um das Flugdeck enlangzulaufen, sobald der Fanghaken das Drahtseil erfaßt hatte, wäre beinahe umgeblasen worden.

Ausbildung und eine reflexartige Reaktion hatten Jake Grafton dazu gebracht, im Augenblick des Aufsetzens für den Fall, daß der Fanghaken die Bremsseile verfehlte und er durchstarten mußte, beide Leistungshebel nach vorn zu schieben und die Bremsklappen einzufahren. Sobald er spürte, wie die Haltevorrichtung das Flugzeug abbremste, brachte er die Leistungshebel in Leerlaufstellung, schaltete die Außenbeleuchtung ab und drückte den Klappenhebel nach oben. Die A-6 kam ruckartig zum Stehen und begann zurückzurollen. Der Pilot fuhr mit einem Knopfdruck den Fanghaken ein und trat auf die Bremsen. Die Maschine kam mit einem weiteren Ruck erneut zum Stehen und bewegte sich dann nicht mehr.

Jake sah, wie Männer von den Inselaufbauten aus herübergerannt kamen. Er stellte das rechte Triebwerk ab und öffnete das Cockpitdach. Ein Sanitäter in weißem Hemd kam hastig die auf der Seite des Bombenschützen angelegte Leiter herauf und griff nach McPherson. Er hob den Kopf des Bombenschützen an, tastete nach seiner Wunde und machte Grafton ein Zeichen, die Beleuchtung an der das Cockpit teilenden Längsstrebe über ihnen einzuschalten. Der Pilot knipste sie an, kniff die Augen zusammen und blinzelte, als grelles weißes Licht das Cockpit erhellte.

Überall Blut, dunkelrotes Blut. McPherson und die Instrumente auf seiner Seite waren blutig. Auch Graftons rechte Hand, der Steuerknüppel und alles, was er angefaßt hatte, war voller Blut. Das Cockpit glich einem Schlachthaus.

Weitere Männer kamen heraufgeklettert und beugten sich ins Cockpit. Sie klappten die Sicherungshebel des Schleudersitzes nach oben, damit der Sitz nicht versehentlich abgeschossen wurde, und lösten danach das Gurtzeug des Bombenschützen. Sie hoben die leblose Gestalt aus dem Cockpit und reichten sie an die unten wartenden Hände weiter.

Jake, der Mühe hatte, seine Selbstbeherrschung zu bewahren, klappte die Flügel hoch und schaltete die Elektronik ab. Dann merkte er, daß Sammy neben ihm auf der Pilotenleiter stand. Lundeen beugte sich ins Cockpit, zog die Handbremshebel hoch und stellte zuletzt das linke Triebwerk ab. Grafton löste den Schnappverschluß seiner Sauerstoffmaske und nahm den Helm ab. Seine Augen verfolgten die Tragbahre mit Morgan McPherson, bis sie hinter der in die Inselaufbauten führenden Stahlschwingtür verschwand.

Im Cockpit wurde es still. Der übers Flugdeck pfeifende Wind trocknete Jakes schweißnasses Gesicht und seine naßgeschwitzten Haare. Er begann zu frösteln. Dann starrte er wieder das Blut an: Blut an seiner Hand, am Steuerknüppel, überall im grellen weißen Lichtschein. Die Borduhr gehörte zu den wenigen Instrumenten, die nicht verschmiert waren. Der Pilot sah ins Gesicht seines Kameraden auf.

»Sammy...« Jake spürte, daß er sich übergeben mußte, und riß seinen Helm hoch.

2

Am frühen Nachmittag ging Jake Grafton durch den Hangar nach achtern, wobei er sich zwischen Flugzeugen und dem an ihnen arbeitenden Wartungspersonal hindurchschlängeln mußte. Aufklärer RA-5 Vigilante, Jäger F-4 Phantom, Jagdbomber A-7 Corsair, Bomber A-6 Intruder und einige Hubschrauber – sie alle waren so abgestellt, daß kein Quadratmeter Bodenfläche ungenutzt blieb. Hier im Hangar wurden die Wartungs- und Reparaturarbeiten durchgeführt, die nicht in Wind und Regen auf dem Flugdeck vorgenommen werden konnten. Hier standen auch die Maschinen, die Ersatzteile brauchten, die per Schiff oder Versorgungsflugzeug angeliefert werden würden. Der Hangar mit seinen eindrucksvollen 6000 Quadratmetern voller Flugzeuge faszinierte Jake im allgemeinen, aber heute würdigte er sie kaum eines Blickes.

An der Rückwand des Hangars trat er durch eine offene feuerfeste Doppeltür in die Abteilung Triebwerksinstandsetzung. Junge Männer in dem bei der Mannschaft auf See üblichen Arbeitszeug – unten ausgestellte Jeans und ausgebleichte Jeanshemden mit Flecken von Öl, Schmierfett und Hydraulikflüssigkeit – arbeiteten an einem halben Dutzend drehbar aufgehängter Düsentriebwerke auf tischhohen Transportwagen. Putzlumpen hingen aus Hüfttaschen; Gabelschlüssel und Schraubenzieher steckten schief dahinter. Zuhause in den Staaten mußten die jungen Männer ganz ähnlich ausgesehen haben, wenn sie an langen Sommerabenden an ihren Fords und Chevys herumgebastelt hatten.

Jake wandte sich an den Werkstattleiter, einen sportlich schlanken Mittvierziger. »Chief, haben Sie irgendwo einen kaputten großen Schraubenschlüssel oder ein Stück Schrott, das ich haben könnte?«

Der Stabsbootsmann betrachtete den in Khakiuniform vor ihm stehenden Offizier. Jake Grafton, der bei 1,82 Meter Größe knapp 80 Kilogramm wog, trug ein Pilotenabzeichen über der linken Brusttasche und das blaue Namensschild eines Piloten der A-6-Staffel über der rechten. Er hatte klare graue Augen und eine Nase, die für sein Gesicht mindestens eine Nummer zu groß war, und sein braunes Haar wich bereits auf der Stirn ein wenig zurück. Unter einem Arm trug er eine zusammengerollte Fliegerkombi.

»Klar, Mister Grafton.« Der Chief wühlte in einer Metallbox herum, die neben einem mit Vordrucken und Werkstatthandbüchern überladenen Schreibtisch stand, wählte zwei eigenartig geformte rostige Stahlteile aus, die zusammen fünf oder sechs Pfund wiegen mochten, und reichte sie dem Piloten.

»Danke, Chief.«

Jake ging durch die Werkstatt nach achtern weiter und trat durch eine offene Tür auf die geräumige Heckplattform des Trägers, die sich etwa fünf Meter über dem Meeresspiegel befand und vom Flugdeck überdacht wurde. Normalerweise benützten die Mechaniker diese Plattform, um ihre Triebwerke, die hier auf massiven Prüfständen festgeschraubt waren, zu testen, bevor sie wieder eingebaut wurden. Manchmal veranstalteten auch die an Bord stationierten Marines dort Schießübungen mit Handfeuerwaffen auf ins Kielwasser geworfene Büchsen oder Pappscheiben. Aber heute war die Heckplattform menschenleer.

Jake rollte die Fliegerkombi auseinander, steckte die Metallteile in ihre schrägen Brusttasche und zog die Reißverschlüsse zu. Getrocknetes Blut, das jetzt rostbraun war, bedeckte den rechten Ärmel und hatte große Flecke auf dem einteiligen Anzug hinterlassen. Jake warf ihn über die Reling ins Kielwasser, das sich als breite Schaumspur bis zur Kimm erstreckte. Der grüne Nomexanzug trieb einige Zeit an der Oberfläche, bevor er im aufgewühlten Wasser versank und seine lange Reise zum Meeresboden antrat. Das Gewebe würde sich in wenigen Jahren auflösen, aber der Stahl würde vielleicht ein Jahrtausend überdauern, bevor er ganz im zeitlosen Meer aufging. Aber das Meer würde zuletzt Sieger bleiben. Das wußte er.

Selbst als die Fliegerkombi mehrere hundert Meter achteraus verschwunden war, blieb Jake wie hypnotisiert an der Reling stehen und beobachtete das Kielwasser, das die vier riesigen Schiffsschrauben aufwirbelten. Das weißschäumend und mit einem Stich ins Grüne heraufkommende Wasser erneuerte sich ständig. Bis auf den Stahl und das blutgetränkte Gewebe, die langsam in die Tiefe sanken, würde keine Menschenspur zurückbleiben, wenn sich das Kielwasser wieder geglättet hatte.

Vielleicht ende ich eines Tages dort, dachte er: in einem zerschossenen Cockpit eingeklemmt oder ertrunken, weil ich nachts mit dem Schleudersitz aussteigen muß. Er stellte sich Haie vor. Angelockt von Blutgeruch oder dem Umsichschlagen eines Mannes, der über Wasser zu bleiben versucht, würden die grauen Ungeheuer aus dem Dunkel heranschießen, um ihn in Stücke zu reißen. Jake versuchte sich vorzustellen, wie es sein würde, wenn die Haie ihn zerfleischten. Dann verzog er das Gesicht und wandte sich ab.

Fregattenkapitän Camparelli hatte eine Kabine zwei Decks unterhalb des Hangars am Ende eines ruhigen Ganges. Jake überzeugte sich davon, daß sein Hemd richtig in der Hose steckte, bevor er anklopfte und eintrat.

Camparelli saß in seinem Sessel hinter dem Schreibtisch. Korvettenkapitän Cowboy Parker, der Operationsoffizier der Staffel, saß auf der Koje, und Fregattenkapitän Harvey Wilson, der Exekutivoffizier, hatte das Sofa für sich. Auf der Ablagefläche eines kleinen Kühlschranks, der praktischerweise gleich neben dem Schreibtisch stand, hatte Camparelli Akten gestapelt. Die einzigen weiteren Möbelstücke waren ein kniehoher Tisch vor dem Sofa und der in die Kabinenwand eingebaute Kleiderschrank.

Als Chef der A-6-Staffel an Bord der *Shiloh* war Frank Camparelli für 16 Flugzeuge, 40 Offiziere und 360 Unteroffiziere und Mannschaftsmitgleider verantwortlich. Er hatte zwanzig Jahre gebraucht, um diese Stellung zu erreichen, die er als den Höhepunkt seiner Laufbahn betrachtete. Allmählich gewöhnte er sich daran, daß alle diese Männer ihn »Skipper« nannten. Hinter seinem Rücken war er jedoch nur »der Alte«. Diesen Spitznamen erhielt in der Marine jeder Kommandeur, aber gelegentlich – so zum Beispiel an diesem Abend – hatte Camparelli das Gefühl, er hätte ihn besonders verdient. Er war klein und stämmig und hatte die Gewohnheit, sich mit den Fingerspitzen über seinen Bürstenhaarschnitt zu fahren, wenn er angestrengt nachdachte. Heute abend befanden sich seine Fingerspitzen in ständiger Bewegung.

Zu Camparellis größten Problemen gehörte die Tatsache, daß er mehrere Bosse hatte. Sein unmittelbarer fliegerischer Vorgesetzter war der Kommodore des Geschwaders aus den acht an Bord befindlichen Staffeln. Dieser Offizier, ein dienstälterer Fregattenkapitän, wurde als CAG bezeichnet –

eine Abkürzung aus früheren Zeiten, als er der Commander Air Group gewesen wäre. In Verwaltungsdingen unterstand Camparelli einem Vizeadmiral in den Staaten, der alle A-6-Staffeln der Pacific Fleet der US Navy unter sich hatte. Und da die Staffel sich an Bord eines Kriegsschiffs befand, hatte Kapitän zur See Boma, der Kommandant der *Shiloh,* in bezug auf Einsatz- und Verwaltungsfragen ein gewichtiges Wort mitzureden.

Camparelli mußte ein gewiefter Politiker sein, um sich in dieser durch starke Persönlichkeiten und einander überlappende operative und verwaltungstechnische Interessen komplizierten Welt zu behaupten. Dieses Taktieren war eine Herausforderung an seine Geduld und seinen Einfallsreichtum, aber er hatte das Gefühl, ihr im allgemeinen gewachsen zu sein. Tatsächlich genoß er sie meistens sogar.

»Nehmen Sie Platz, Jake.« Camparelli deutete auf seine Koje. Grafton setzte sich neben Cowboy. »Wir möchten, daß Sie uns den Flug noch mal schildern und ein paar Fragen beantworten. Cowboy schreibt den Verlustbericht, und der X. O. leitet die Unfalluntersuchung. Ihren Einsatzbericht kennen wir bereits.« Der Alte tippte mit dem Zeigefinger auf ein Schriftstück auf seinem Schreibtisch.

Jake wiederholte die wichtigsten Punkte seines Einsatzberichts. Die anderen stellten gelegentlich Zwischenfragen, hörten aber meistens nur zu. Cowboy Parker machte sich auf einem Stenoblock Notizen. Als Operationsoffizier der Staffel war er dafür verantwortlich, daß die Flugzeuge vorschriftsgemäß betrieben wurden. Er überwachte die Aufstellung der Einsatzpläne und sorgte dafür, daß alle Besatzungen richtig ausgebildet waren. Er war Ausbilder, Trainer und notfalls Sklaventreiber in einem. Da Parker immer wieder selbständige Entscheidungen treffen mußte, steckte sein Hals in der Schlinge, sobald es die geringsten Probleme gab. Trotz seiner Autorität war er bei den jüngeren Offizieren sehr beliebt, die sein Fachwissen respektierten und von seiner Bereitschaft, gelegentlich bei ausgelassenen Streichen mitzumachen, entzückt waren. An diesem Abend verriet sein hageres Gesicht wie üblich nicht, was er dachte.

Harvey Wilson, der als X. O. abgekürzte Exekutivoffizier, schrieb nur wenig mit, obwohl er nominell die Unfallermittlungen leitete. Er hatte einen Schmerbauch und kleine schwarze Brombeeraugen, die fast zwischen Speckfalten verschwanden. Grafton wußte, daß Wilson von den jüngeren Offizieren seiner Untersuchungskommission erwartete, daß sie die Ermittlungen durchführten und den Bericht verfaßten, den er schließlich in der dritten oder vierten von ihm befohlenen Neufassung unterschreiben würde. Wilson sollte Staffelchef werden, wenn Camparelli in einem Jahr versetzt wurde. Aber Jake rechnete damit, nicht mehr bei der Staffel zu sein, wenn Harvey Wilson seine Chance bekam, Männer im Kampf zu führen. Er hatte sogar beim Marinepersonalamt in Washington angerufen, um sich diese Tatsache bestätigen zu lassen.

Im Gegensatz dazu war Frank Camparelli als Staffelchef unübertrefflich. Während er sich Jakes Einsatzbericht anhörte, musterte er den Piloten mit klaren blauen Augen, denen nichts zu entgehen schien. Zuletzt lehnte sich Camparelli in seinen Sessel zurück und legte die Füße auf den Papierkorb.

»Das Ganze scheint eine unvermeidbare Tragödie gewesen zu sein«, begann er. »Die besten Ergebnisse mit unseren Flugzeugen erzielen wir, wenn wir sie dafür einsetzen, wofür sie gebaut sind: für Tiefangriffe bei Nacht. Die Trefferwahrscheinlichkeit steigt, je tiefer wir anfliegen. Wie Sie recht gut wissen, Gentlemen, führen die Winkelfehler in Radar, Computer und Trägheitsnavigationssystem bei größeren Flughöhen zu mehr Fehlwürfen. Und wenn wir allein dort oben in fünf- bis zehntausend Fuß sind, machen die SAMs uns das Leben schwer. Und über zehntausend Fuß haben wir nicht genügend Bomben für einen wirklich erfolgreichen Angriff. Nein«, schloß Campanelli, »wir müssen nachts im Tiefflug angreifen. Und gelegentlich wird ein Zufallstreffer Schaden anrichten, uns ein Flugzeug kosten.« Er sah zu Grafton hinüber. »Oder ein Leben.«

»Falls sie sich zu gut auf Tiefflieger einschießen, müssen wir wahrscheinlich mischen und unsere Jungs teils hoch, teils tief losschicken, um sie zu verunsichern«, schlug der X. O. vor.

Der Skipper ignorierte seinen Kommentar. Jake fragte sich, wie ein paar hoch anfliegende Maschinen das Risiko verringern sollten, wenn die Gomers lernten, Tiefflieger abzuschießen. Seiner Meinung nach war jeder Tiefflieger unabhängig von der Anzahl der Flugzeuge über ihm gefährdet. Aber er war nur ein Kapitänleutnant.

Camparelli sprach ihn an. »In Ihrem Einsatzbericht steht, daß eine auf Sie abgeschossene SAM Sie verloren hat, als Sie auf zweihundert Fuß runtergegangen sind?«

»Ja, Sir, das stimmt.«

»Zweihundert Fuß ist viel zu tief«, knurrte der X.O. »Ein Schluckauf in dieser Höhe – und Sie sind erledigt!«

»Schön möglich«, sagte der Skipper und blätterte weiter in dem Bericht. Jake kämpfte gegen die Versuchung an, Wilson zu erklären, daß er nicht dazu neigte, über Nordvietnam Schluckauf zu bekommen. Er sah zu Cowboy hinüber, der wie gewohnt sein Pokergesicht aufgesetzt hatte, konzentrierte sich wieder auf den Skipper und beobachtete den X.O. trotzdem aus dem Augenwinkel heraus. Wilsons Widerstreben, nachts zu fliegen, veranlaßte die jüngeren Offiziere zu hämisch geflüsterten Kommentaren. Hinter seinem Rücken war Wilson als »Rabbit« oder »Angsthase« bekannt. McPherson geht drauf, dachte Grafton, und Arschlöcher wie Wilson machen unbeirrt weiter. Verdammt noch mal, Morg, warum hat's gerade dich erwischen müssen?

»Was mir Sorgen macht, ist folgendes«, erklärte der Skipper. »Erhalten die Nordvietnamesen genügend technische Verbesserungen von den Sowjets, um uns auf ihren Radarschirmen von Bodenechos unterscheiden zu können? Oder bekommen sie Infrarotsuchköpfe für ihre SAMs? In beiden Fällen müssen wir damit rechnen, daß diese Lenkwaffen uns im Tiefflug verfolgen – und dann sitzen wir echt in der Patsche.«

»Tiefer können wir nicht mehr«, stellte Cowboy fest, ohne von seinem Notizblock aufzusehen.

Der Skipper kaute auf seinem Bleistift herum. Dann

wandte er sich an Cowboy. »Parker, sorgen Sie dafür, daß die Waffenwarte ein paar dieser Infrarotleuchtkörper in die Düppelrohre stecken. Vielleicht in die vierte und zwölfte Röhre. Damit hätten wir die beiden ersten Lenkwaffen mit Infrarotsuchkopf bereits ausgetrickst, falls sie eines Tages auftreten sollten.« Cowboy notierte sich den Befehl. »Und teilen Sie Jake heute nacht nicht zum Fliegen ein.« Cowboy sah rasch zu Grafton hinüber.

»Okay, Leute, das war's vorläufig. Ich möchte noch kurz mit Jake reden.« Der X.O. und Cowboy gingen. Camparelli wartete, bis ihre Schritte im Gang verhallt waren, bevor er Jake ansprach. »Ich kann mir vorstellen, wie Ihnen zumute ist. Morgans Tod muß ein verdammt schwerer Schlag für Sie sein.«

»Ja, Sir, das stimmt.«

»Ich möchte, daß Sie einen Brief an seine Frau schreiben. Ich gebe ihn in ein paar Tagen mit einem von mir zur Post. Dann hat sie etwas Zeit, über den ersten Schock hinwegzukommen.«

»Klar.«

»Möchten Sie mir irgendwas über diesen Einsatz erzählen, das nicht in den dienstlichen Meldungen stehen soll?«

Jake ließ sich seine Überraschung anmerken. »Nein, Sir.«

»Sollte es doch was geben, muß ich's wissen. Ich muß alles wissen, was diese verdammten Flugzeuge betrifft. Ich bin für sechzehn Maschinen und achtzehn Besatzungen verantwortlich und büße ungern Männer oder Maschinen ein.«

Jake schluckte trocken. »Skipper, dieser Einsatz ist völlig normal verlaufen. Niemand hat Scheiß gemacht. Die Gomers haben bloß Glück gehabt.«

Camparelli zündete sich eine Zigarette an. Sein kurzgeschnittenes Haar war graumeliert, und er hatte Krähenfüße in den Augenwinkeln. Wie die meisten Flieger hatte er ein dunkelbraunes Gesicht, aber seine Arme, die ständig in der feuerfesten Fliegerkombi steckten, waren weiß. Mitten auf der Stirn trug er eine auffällige Narbe: ein Andenken an seine Zeit als Jungpilot, als er bei einer Bauchlandung mit einer A-1 Skyraider mit der Stirn ans MG-Visier geknallt war.

»Keinen Scheiß? Vom Arzt weiß ich, daß Sie so stark gegen McPhersons Hals gedrückt haben, daß Sie das Gewebe beschädigt haben. Und gleichzeitig sind Sie mit dem Knüppel in der linken Hand über die Baumwipfel gerast und haben versucht, in der Luft zu bleiben. Das muß 'ne schöne Achterbahnfahrt gewesen sein!« Er blies Grafton Rauch ins Gesicht. »Die Blutung wäre nur zum Stehen gekommen, wenn Sie einen Finger ins Einschußloch gesteckt und die Schlagader zugehalten hätten. Dann wäre McPherson an Sauerstoffmangel im Gehirn gestorben.«

Camparelli beugte sich nach vorn, stützte die Ellbogen auf seine Knie und starrte Grafton an. »Ich weiß, daß Sie nicht gewußt haben, wie schwer verwundet er gewesen ist, aber Sie hätten aufschlagen können, während Sie Doktor gespielt haben. Dann hätten McPherson und Sie beide eine dieser kleinen Farmen mit Steinen und Blumen gekriegt. Allerdings nicht wirklich, denn Ihre Einzelteile wären weit über die nächsten Reisfelder verstreut gewesen. Sie haben die besten Absichten gehabt, aber lassen Sie sich von mir sagen, daß Sie nur durch vernünftiges Handeln in allen Situationen so lange überleben, daß Sie eines Tages im Bett sterben. Und selbst das wird vielleicht nicht ausreichen.«

Camparellis Finger trommelten auf der Schreibtischplatte. Seine Stimme wurde leiser. »Auf Glück kommt's dabei nicht an. Wer sich einbildet, ein Glückspilz zu sein und damit durchkommen zu können, macht's nicht lange.« Er führte jetzt ein Selbstgespräch. »Alle Männer mit Fortüne, die ich je kennengelernt habe, sind jetzt tot. Sie haben sich eingebildet, von ihrem Glück wie von einem undurchdringlichen Zauberschild umgeben zu sein.« Camparelli starrte Grafton an. »Und jetzt sind sie tot!« Er betonte jedes einzelne Wort.

»Ich weiß, daß Sie recht haben, Sir, aber was ich nicht begreife...« Jakes Zorn über McPhersons Tod war stärker als sein Respekt vor Camparelli. »Ich begreife nicht, warum zum Teufel wir unsere Männer und Maschinen immer wieder wegen absolut wertloser Ziele aufs Spiel setzen. Wegen eines ›vermutlichen Lastwagenparks‹, verdammt noch mal! Das Leben eines guten Mannes im Austausch gegen ein paar klapprige Lastwagen? Falls sie überhaupt existiert haben, was nicht gerade wahrscheinlich ist. Im Gomerland muß es doch bessere Ziele geben! Warum können wir nicht Ziele bombardieren, die wirklich wichtig sind?«

Der Alte lehnte sich in den Sessel zurück. »Hier an Bord gibt's keinen, der Einfluß auf die Festlegung der Ziele hat. In diesem Krieg werden sie von Politikern und Generalen aufgrund politischer Erwägungen festgelegt.« Er sprach das Wort »Politiker« wie ein Schimpfwort aus. Danach tat er das Thema »Ziele und die für ihre Festlegung Verantwortlichen« mit einer Handbewegung ab. »Ich will, daß Sie erst wieder fliegen, wenn Sie hundertprozentig fit sind. Ich habe keinen Bombenschützen übrig und will ganz bestimmt kein Flugzeug verlieren. Sie brauchen sich bloß Sorgen um Ihren Arsch und den Ihres Bombenschützen zu machen, aber ich bin für achtzehn Besatzungen verantwortlich. Kapiert?«

»Ja, Sir.«

Camparelli sprach energisch weiter. »Und ich will nicht, daß sich einer meiner Piloten wie John Wayne auf einem Rachefeldzug vorkommt.«

Jake Grafton äußerte sich nicht dazu.

»Okay, schlafen Sie sich erst mal aus. Heute nacht haben Sie frei, damit Sie den Brief schreiben können. Er wird Ihnen schwerfallen, aber auch helfen, darüber hinwegzukommen.«

»Ja, Sir.« Er blieb zögernd stehen und sah zu, wie Camparelli eine Dose Cola aus dem Kühlschrank nahm. »Danke, Skipper.«

»Wenn Sie sich umbringen, Sohn, spucke ich in Ihr Grab.«

»Ich verstehe.«

Der Staffelchef nickte geistesabwesend und riß die Coladose auf. »Schlafen Sie sich aus, Jake.«

Auf dem Weg in seine eigene Kabine kam Jake zu dem Schluß, daß Frank Camparelli in Ordnung war. Er konnte einem Mann sagen, er solle sich zum Teufel scheren, und ihm zugleich das Gefühl vermitteln, es sei gut, dorthin unterwegs zu sein.

Jake und Sammy tranken. Zuvor hatte der Staffelarzt vorbeigeschaut und zwei Flaschen zwölf Jahre alten Bourbon mit dem Etikett einer Fluggesellschaft abgeliefert. Er war dafür bekannt, daß er medizinischen Whisky ausgab, wenn er von einem besonders schlimmen Flug erfuhr.

»Das mit McPherson tut mir echt leid«, hatte er bei der Übergabe der Flaschen gesagt und dann hinzugefügt: »Aber so was passiert eben.«

In diesem Augenblick hatte Jake den Mann gehaßt. »Ja, das sind eben die Zufälligkeiten der Marinefliegerei.«

Grafton merkte, daß sein Sarkasmus bei dem Arzt angekommen war, der bei den Fliegern »Mad Jack der Dschungelquacksalber« hieß, weil er bis vor kurzem bei den Marines in Südvietnam gedient hatte, wo er sich eine tropische Hautkrankheit zugezogen hatte, von der seine Arme rot und entzündet waren – seine Patienten hofften inbrünstig, daß diese Krankheit nicht übertragbar sei.

»Tut mir leid, war nicht böse gemeint.« Der Arzt sah sich geistesabwesend in der kleinen Kabine um und betrachtete die verknitterten Fliegerkombis an den Kleiderhaken, die in einer Ecke liegenden Fliegerstiefel und die Unordnung auf den beiden Schreibtischen. Als übergewichtiger Mittdreißiger wirkte er unter Piloten fehl am Platz.

Bevor Mad Jack ging, blieb er noch kurz an der Tür stehen. »Wenn du mit jemandem reden oder bloß so vorbeikommen möchtest...« Aber Grafton reagierte nicht darauf.

Unterdessen waren die beiden Piloten zur Sache gekommen. Sie hatten die beiden PanAm-Flaschen geleert, und Jake war bei einer weiteren Flasche Bourbon, während Lundeen, der in acht bis zehn Stunden fliegen mußte, jetzt Cola trank. Sammy hatte die Flasche in seinem eigentlich für Verschlußsachen bestimmten Schreibtischsafe aufbewahrt. Da die beiden im Gegensatz zum Skipper keinen Kühlschrank hatten, gab es kein Eis. Nach dem ersten Glas hatte sich Jake auch das Wasser gespart.

Jake beobachtete, wie sein Kamerad die Coladose ansetzte und einen Schluck nahm. Lundeen, der mit gut über 1,90 Meter fast zu groß für einen Piloten war, bewegte sich trotz seiner beachtlichen Muskelpakete katzenhaft geschmeidig. Obwohl er im College ein ausgezeichneter Footballverteidiger gewesen war, wäre er für die Profis zu klein gewesen. In der beengten Kabine wirkte er riesig.

Sammy Lundeen war nicht nur Pilot, sondern fungierte auch als Personalchef der Staffel, dem ein Chief und fünf Schreiber unterstanden. Der einzige Teil seiner Verwaltungsarbeit, der ihm offensichtlich nicht widerstrebte, war die Tätigkeit als Belobigungsoffizier. Er setzte Belobigungen und Empfehlungen für Auszeichnungen auf und übergab sie dem X.O. Harvey Wilson, der sie befürwortete und auf den Dienstweg nach oben brachte. Lundeen bewahrte in seinem Schreibtisch ein Synonymwörterbuch auf, das er ständig benützte, wenn er Belobigungen ausarbeitete. Er machte sich einen Spaß daraus, Jake seine Texte vorzulesen, um damit seine Theorie zu untermauern, daß das Militär im allgemeinen und die Navy im besonderen »völlig beknackt« sei.

»Wie habt ihr heute nacht abgeschnitten?« erkundigte sich Sammy, weil er wußte, daß es Morgan nach einem Angriff erwischt hatte.

»Nun, du weißt ja selbst, wie schwer das nachts zu beurteilen ist. Keine Sekundärexplosionen. Aber Morg hatte das Ziel genau erfaßt, und das System hat gut funktioniert. Sollten wir nichts getroffen haben, hat's bestimmt nicht daran gelegen, daß wir's nicht versucht hätten. Trotzdem haben wir wahrscheinlich wieder nur ein Stück Dschungel aufgerissen, das nach Meinung irgendeines Idioten mit ein paar Bomben belegt werden sollte.«

»Die Zahnstocherhypothese«, bestätigte Sammy. »Sobald wir alle großen Bäume in Zahnstocher verwandelt haben, muß sich der böse Feind ergeben.«

»Verdammt noch mal, ich wollte, wir bekämen ein paar anständige Ziele zugewiesen! In Nordvietnam muß es irgendwas geben, das sich anzugreifen lohnt. Morgan wird erschossen – und wir haben nichts dafür vorzuweisen, nicht mal 'ne Sekundärexplosion!« Jake schenkte sich Bourbon nach. »Und der Skipper behauptet, wir könnten nichts dagegen unternehmen.«

Grafton stand auf und ging in der kleinen Kabine auf und ab. Er wußte, daß die Angriffsziele jeden Tag neu zu einer Zielliste zusammengestellt wurden, die auch die Gruppenziele für jede Staffel enthielt. Dafür war das Strike Operations Department zuständig, das die Ziele entsprechend den Fähigkeiten der einzelnen Flugzeugtypen und der Zahl der Maschinen jeder Staffel aufteilte und jedem Ziel eine Einsatznummer gab. Die Zielliste erhielt der Einsatzplaner jeder Staffel, der sich mit dem Operationsoffizier und vielleicht auch mit ihrem Skipper beriet, bevor er jeder Besatzung ein Ziel zuteilte.

Der Einsatzplan wurde vervielfältigt und mindestens drei, vorzugsweise vier Stunden vor dem ersten Start unter der Tür jedes Besatzungsmitglieds durchgeschoben. Nachdem die Piloten und Bombenschützen der A-6-Staffel den Plan eingesehen hatten, gingen sie zur Einsatzplanung der Nachrichtenabteilung des Trägers, wo für die codierten Einsatznummern Luftbilder, Kartenkoordinaten und möglichst auch Radarphotos der vorgesehenen Ziele bereitlagen. Diese Informationen wurden für jeden Einsatz von den Luftaufklärungsoffizieren der Staffel zusammengestellt, die selbst keine Piloten, aber auf diese Arbeit spezialisiert waren.

Mit Hilfe aller verfügbaren Informationen machte der Bombenschütze-Navigator sich nun daran, den Flug zu planen, wobei sein Pilot ihm im allgemeinen über die Schulter sah. Der BN wählte einen Flugweg, der die bekannten stärksten Massierungen feindlicher Luftabwehr mied, wählte Kontrollpunkte für die Navigation aus, legte Kurse und Entfernungen fest und berechnete die Flugzeit für jeden Streckenabschnitt. Während der Pilot große Karten zerschnitt und zu einer streifenförmigen Cockpitkarte zusammenklebte, hielt der BN aufgrund seiner langen Erfahrung in einer Skizze fest, wie das Ziel vermutlich auf dem Radarschirm aussehen würde. Da das Flugzeug mit 500 Knoten – über 250 Meter in der Sekunde – aufs Ziel zuraste, hatte der BN nur einen Augenblick Zeit, um es von Hunderten von anderen Objekten zu unterscheiden, die Radarechos erzeugten und seinen Schirm füllten. Ein Fehler in dieser Phase bedeutete, daß der ganze Einsatz vergebens gewesen war, weil die Bomben nicht getroffen hatten.

Jake erinnerte sich daran, daß McPherson ein Genie am Radarschirm gewesen war. Er hatte es mit fast unheimlicher Präzision verstanden, ein Gebäude oder einen Kontrollpunkt von einer Vielzahl verwirrender Bodenechos zu unterscheiden. Das Problem sind nicht die Einsätze, dachte Jake, sondern die unbedeutenden Ziele, die wir zugewiesen bekommen.

»Na ja, wenigstens geht's nicht mehr lange so weiter«, behauptete Sammy und unterbrach damit Jakes Überlegungen.

»Wie meinst du das?«

»Hast du's noch nicht gehört? ›Der Frieden steht vor der Tür‹, hat Kissinger verkündet. Gestern abend im Bordfernsehen. Der Krieg ist so gut wie vorbei.«

Jake kam sich vor, als hätte er einen Magenhaken verpaßt bekommen.

»Ach, Scheiße!« sagte Sammy. »Du bist mit Morgan unterwegs gewesen, als die Meldung gekommen ist. Hat dir niemand davon erzählt?«

»Nein.« Jakes Stimme war kaum mehr als ein Flüstern.

»Tut mir leid, Mann. Tut mir ehrlich leid.«

3

Beide Feuerwarnleuchten glühten hellrot. Das Flugzeug war außer Kontrolle. Der Hydraulikdruck befand sich noch im grünen Bereich. Trotzdem stampfte der Bug mit bösartiger Hartnäckigkeit, und die Maschine kippte nach links weg. Er drückte den Steuerknüppel bis zum Anschlag nach rechts, aber die Rolle links ging weiter. Er sah zu Morgan hinüber. Sein Kopf fehlte, und aus dem Halsstumpf spritzten kleine Blutfontänen. Auf der rechten Seite fehlte die Cockpitverglasung, und der Wind heulte durchs Cockpit. Obwohl am Steuerknüppel Widerstand zu spüren war, reagierte das Flugzeug nicht mehr. Während der Höhenmesserzeiger rasend schnell nach links kreiste, tastete er nach dem Schleudersitzgriff zwischen seinen Beinen. Aber der Griff war nicht da! Er streckte die Hände nach dem Primärgriff über seinem Kopf aus – wieder nichts! Er konnte den Blick nicht von dem wild kreisenden Höhenmesser wenden. Das Brausen des orkanartigen Windes machte ihm solche angst, daß er aufschrie.

Von diesem Schrei wachte er auf. Die Dunkelheit und seine Panik waren real. Da er sich nicht gleich orientieren konnte, kämpfte er mit der Bettdecke. Dann knallte seine Faust gegen die Stahlwand hinter der Koje, und der Schmerz ließ ihn zur Besinnung kommen. Er tastete nach dem Schalter des Kojenlichts.

Jake strampelte die Bettdecke beiseite und stellte die Füße auf den Boden. Seine Stirn war schweißnaß. Er zündete sich mit zitternden Händen eine Zigarette an. Kurz nach drei Uhr. Sammy Lundeen war irgendwo über Nordvietnam unterwegs. Morgan McPherson lag in der Leichenkammer des Schiffs.

Er hatte zuviel Bourbon getrunken. Er hatte bohrende Kopfschmerzen, und seine Hände zitterten noch immer. Er stemmte sich hoch und tastete nach dem Aspirin im Schränkchen über dem Waschbecken. Nachdem er zwei Tabletten geschluckt hatte, machte er einen Waschlappen naß, streckte sich wieder aus und legte ihn auf seine Stirn. Das Licht ließ er an. Er brauchte das Licht.

Jake konzentrierte sich auf die Schiffsgeräusche. Metall, das sich auf Metall rieb, das Riesengewicht des in der Dünung kaum merklich rollenden Schiffs, der Rhythmus seiner Eigenbewegung. Und er hörte die Geräusche von Männern und Maschinen. Aus den Werkstätten unter seiner Kabine drangen klirrende Hammerschläge herauf. Im stillen verfluchte Jake den Kerl mit dem Hammer – bestimmt irgendein Kesselschmied, der gerade ein Präzisionsinstrument justierte.

Aber seine Gedanken kehrten zwanghaft immer wieder zu dem Flug zurück. Die Kugel, die Morg getroffen hat, hätte auch mich erwischen können, dachte er. Fünf Zentimeter tiefer hätte sie sein Kinn verfehlt und mein Ohr getroffen. Ich hätte sie nicht mal gespürt. Nur ein Schlag – dann nichts mehr.

Ein stummer Schrei begann. Jake würgte und war nahe daran, sich zu übergeben. Hör auf! Wenn du nur noch daran denkst, liegst du auch bald in der Leichenkammer – genau wie McPherson.

Jake wälzte sich aus der Koje, griff nach seinem Handtuch und marschierte den Korridor entlang zur Dusche. Wegen häufiger Probleme mit den Verdampfern des Schiffs mußte Wasser gespart werden: Ein Zettel an der Tür verkündete, daß nur von $06.^{00}$–$07.^{00}$ und von $18.^{00}$–$19.^{00}$ Uhr geduscht werden dürfe. Jake ignorierte den Hinweis. Er drehte eine Dusche auf, stellte fest, daß Wasser lief, und blieb zehn Minuten darunter. Zum Teufel mit der Navy! Und zum Teufel mit dem Arschloch, das nicht imstande ist, die gottverdammten Wasserverdampfer in Betrieb zu halten!

Er zog eine frischgewaschene Khakiuniform an. Bevor er in die Hose schlüpfte, stieß er mit der Faust durch die Beine, die wegen der Stärke zusammenklebten. Er ging am Bereitschaftsraum vorbei, hatte aber keine Lust auf Gesellschaft und schlenderte in den Hangar. Devil 505 stand in der Nähe von Aufzug I. Zwei Mechaniker auf einer Arbeitsbühne neben dem Rumpf wechselten die beschädigte Cockpitscheibe aus. Einer der Männer, ein Oberbootsmann, den Jake vom Sehen kannte, drehte sich nach ihm um.

»Wirklich schade um Mister McPherson.«

Yeah, verdammt schade.

»Sonst ist die Maschine völlig unbeschädigt, Mister Grafton. Wir haben sie eine halbe Stunde nach weiteren Einschüssen abgesucht.«

Der Pilot nickte nur und ging weiter. Er trat auf eine Nock mittschiffs an Backbord hinaus. Das einzige Licht fiel durchs offene Luk zum Hangardeck. Hier standen zwei massive Verholspills für die Trossen, wenn das Schiff in einem Hafen an der Pier anlegte. Jake setzte sich auf ein Verholspill. Von seinem Platz aus konnte er die Lichter eines mit einigen Seemeilen Abstand mitlaufenden Zerstörers sehen. Der Wind trug Salzwassergeruch zu ihm herauf.

Nach ungefähr einer halben Stunde ging Jake ins Schiff zurück und stieg zum O-3-Deck hinauf, das über dem Hangar und unmittelbar unter dem Flugdeck lag. Statt Salzwasser roch er dort frische Farbe und das Schmieröl der Lukenangeln. Er marschierte durch das Labyrinth aus Gängen weiter, bis er die Gemeinschaftskammer für jüngere Offiziere erreichte, die McPherson bewohnt hatte.

Die Tür stand offen. Zwei marinegraue Stahlkisten standen nebeneinander auf dem Fußboden des mit acht Kojen eingerichteten Raums. Little Augie Odegard und sein Bombenschütze Joe Canfield packten Kleidungsstücke und persönliches Eigentum in die Kisten.

»Wie geht's?« murmelte Jake, während er sich auf eine der Kojen fallen ließ.

»Wir verpacken Morgs Sachen. Ein Scheißjob«, sagte Little Augie. »Alles muß verpackt werden, damit sie's seiner Frau schicken können, wenn wir in drei Tagen auf den Philippinen sind.« Da diese Aufgabe stets den Kabinengenossen der Gefallenen oder Vermißten zufiel, durften die beiden Männer, die eine Besatzung bildeten, nicht gemeinsam in einer Doppelkabine wohnen.

Canfield saß an McPhersons Schreibtisch und sortierte die Briefe, Magazine und Andenken, die sich im vergangenen halben Jahr bei McPhersons angesammelt hatten. Canfield hatte den Spitznamen Big Augie, weil er eine Handbreit größer als der kleinwüchsige Pilot war, dem er auffallend ähnlich sah, obwohl der Pilot ein Weißer und der Bombenschütze ein Farbiger war. »Morg ist blitzsauber gewesen, Jake. Nicht mal ein Pornoheft oder ein Brief von 'ner alten Freundin. Mann, wer mal meinen Schreibtisch aufräumen muß, kann sich auf einiges gefaßt machen!« Er öffnete einen weiteren Umschlag, stellte fest, daß der Brief von Morgans Frau stammte, und legte ihn auf den Stapel, der zuletzt in eine der Stahlkisten wandern würde. »Festzustellen, wie brav und bieder Morg wirklich gewesen ist, rüstet mich moralisch auf.«

»Er ist ein guter Kerl gewesen«, sagte Jake.

»Er wird uns fehlen.« Little Augie musterte Jake mit hochgezogenen Augenbrauen. »Wie geht's dir also wirklich, Maat?«

»So einigermaßen. Der Skipper hat mir heute nacht freigegeben, aber morgen fliege ich wieder.«

»Bloß noch ein paar Tage, bis wir nach Subic Bay abdampfen«, erinnerte Big Augie ihn.

»Dort liege ich bloß am Pool und trinke Gin-Tonics«, sagte Little Augie.

»Um diese Jahreszeit kann's verdammt viel regnen.«

Jake beobachtete die beiden Männer bei der Arbeit. Little Augie legte Uniformen, Unterwäsche und Zivilkleidung sorgfältig zusammen, bevor er sie in den Kisten verstaute. Sobald McPhersons pesönliches Eigentum verpackt und der Papierkram erledigt war, hatten die Männer der Staffel ihn endgültig begraben. Wann werde ich ihn begraben? fragte sich Jake.

»Glaubt ihr auch, Jungs, daß der Krieg so gut wie vorbei ist?«

»Meinst du etwa Kissingers Behauptung: ›Der Frieden steht vor der Tür‹?« Little Augie machte eine wegwerfende Handbewegung.

»Ja.« Graftons Stimme klang so leise, daß Big Augie ihn kritisch musterte.

»Der ist erst vorbei, wenn der Friedensvertrag unterzeichnet ist und die Gomers ihre Kriegsgefangenen entlassen«, erklärte Little Augie. »Das dauert noch seine Zeit.«

»Meinst du wirklich?«

»Mann, darüber verhandeln sie doch schon seit drei Jahren – und ein Jahr haben sie gebraucht, um sich auf die Form des Konferenztisches zu einigen! Ich schätze, daß wir bei diesem Tempo um die Jahrhundertwende mit einem Friedensvertrag rechnen können.«

»Morgan bleibt nicht der letzte, Jake«, sagte Big Augie. »Du darfst dir seinetwegen keine Vorwürfe machen. In diesem Krieg werden noch viele sterben.«

Jake stand auf, um zu gehen.

»Paß auf dich auf«, riet Little Augie ihm.

»Du mußt in frühestens vierundzwanzig Stunden wieder

fliegen«, stellte Big Augie fest. »Nimm einen anständigen Drink.«

»Das hab' ich schon getan.«

»Dann nimm noch einen.«

In seiner Kabine zog Jake die Uniform aus und klappte aus dem Einbaukleiderschrank ein Scharnierbrett heraus, das eine Schreibfläche bildete. Der Hohlraum dahinter bot Platz für Akten und Bücher sowie den Safe für Verschlußsachen. Er griff hinein und schaltete die Leuchtstoffröhre ein, die den Arbeitsplatz beleuchtete, aber den Rest der Kabine größtenteils im Dunkel ließ. Dadurch entstand eine an Bord eines Kriegsschiffs mit 95000 Tonnen und 5000 Mann Besatzung fast undenkbar intime Atmosphäre. Jake schaltete die übrige Raumbeleuchtung aus, um sich in die sichere Welt der Schreibtischlampe flüchten zu können.

Was sollte er Sharon McPherson nur schreiben? Liebe Sharon, tut mir leid, daß ich am Tod deines Mannes mitschuldig bin. Wie konnte er sein Beileid so ausdrücken, daß es wirklich etwas bedeutete? Sharons Welt lag in Trümmern – und er sprach ihr sein »Beileid« aus.

Seine Hände zitterten noch immer. Erhöhter Adrenalinausstoß als Nachwirkung eines Schocks. Jake legte ein Blatt Papier auf seine gespreizten Finger. Das Papier vibrierte. Wie alles andere in seinem Leben – wie die Sache mit den Zielen, die Sache mit Morgan – entzog sich dieser Vorgang seiner Kontrolle. Er starrte ins Dunkel der Kabine. Er erinnerte sich an Morgans Gesichtsausdruck, an sein Würgen und an das Blut. Überall Blut. Der menschliche Körper enthielt unglaubliche Mengen Blut. Vielleicht waren die Menschen, die McPherson und er getötet hatten, auch auf diese Weise gestorben – verblutet. Oder vielleicht waren sie im Bombenhagel augenblicklich tot gewesen. Das würde er nie erfahren.

Jake kaute auf seinem Beistift herum. Sein Gehirn war so leer wie das Konzeptpapier vor ihm. Was schrieb man einer verwitweten jungen Mutter? Liebe Sharon, wir haben gerade ein Ziel angegriffen, das wahrscheinlich wertlos gewesen ist. Jetzt liegt dein Mann unten im Leichenraum in einem Leichensack. Tut mir leid, daß er tot ist; tut mir verdammt leid, aber er ist mausetot, und daß es mir leid tut, macht ihn nicht wieder lebendig, und du und ich und Morgans Junge werden damit leben müssen.

Was schrieb man der Witwe eines Mannes, der einem das Leben gerettet hatte?

Damals waren sie jünger gewesen, und der Flugzeugträger war für sie noch Zukunftsmusik. Sie hatten ihre Ausbildung bei der Ersatzstaffel am selben Tag abgeschlossen und waren miteinander über den Parkplatz zum neuen Hangar, zur neuen Staffel – der Einsatzstaffel – gegangen. Sie waren dazu eingeteilt worden, miteinander zu fliegen.

Ein Flug ohne Fluglehrer war damals noch eine neue Erfahrung für sie. Sie lernten sich erst richtig kennen – wie Jungverheiratete in den Flitterwochen. Die Flitterwochen endeten in dieser Nacht.

Als die Sonne am westlichen Horizont versank, flogen sie mit 20 Seemeilen Abstand die Küste des Bundesstaats Washington entlang. Rechts von ihnen ging der Tageshimmel mit Gelb-, Orange- und Rotschattierungen langsam in die Nacht über. Auf der linken Seite reflektierten dunkle Wolkenbänke das letzte Tageslicht. Die Blau- und Purpurtöne der Räume zwischen den Wolkenschichten wurden allmählich nachtschwarz.

Sie erreichten die Mündung des Columbia Rivers und flogen weitere 80 Seemeilen nach Süden. Jake nahm die Leistungshebel zurück und ging in den Sinkflug über. In 5000 Fuß gab ihm McPherson das Zeichen zum Einkurven, und der Pilot drehte im Sinkflug landeinwärts nach Osten ab.

In 1000 Fuß über Grund gingen sie mit 360 Knoten Marschgeschwindigkeit in den Horizontalflug über. Das letzte Tageslicht verschwand, als sie unter die Wolken kamen. Jake schaltete die Blickfelddarstellung auf Kollisionsvermeidung durch Terrainfolgeradar um und verstellte die Warnmarke, um stets 1000 Fuß Sicherheitsmindesthöhe einzuhalten. Die vom Bordcomputer auf der Grundlage von Radarechos erzeugte Blickfelddarstellung zeigte ihm das zu überfliegende Gelände als eine Serie oben offener Rechtecke, von denen eines mit senkrechten Streifen gekennzeichnet war. Damit die Maschine die gewünschte Sicherheitsmindesthöhe einhielt, mußte der Pilot die Flughöhe so verändern, daß die Warnmarke stets auf das codierte Rechteck zeigte.

Schon nach kurzem Flug über Land gerieten sie in Wolken. Der rote Lichtschein des rotierenden Zusammenstoßwarnlichts wurde von den Wolken zurückgeworfen und wirkte im Cockpit irritierend, so daß der Pilot es ausschaltete. Morgan McPherson, dessen Gesicht gegen die Maske des Radargeräts gedrückt war, wußte vermutlich nicht einmal, daß sie in dichte Wolken geraten waren. Die Dienstanweisung der Staffel untersagte Instrumentenflüge auf dieser Ausbildungsstrecke durchs Küstengebirge. Obwohl Grafton das wußte, entschied er sich dafür, in dieser Nacht weiterzufliegen. Vielleicht ging es ihm darum, seine Angst zu besiegen, indem er sich ihr stellte.

Wenige Minuten später folgte die Maschine einem ansteigenden Gebirgstal, und Jake war in Schweiß gebadet. Er konzentrierte sich auf die Blickfelddarstellung. Sie wurde einmal pro Sekunde erneuert, und er mußte die dargestellten Veränderungen augenblicklich in entsprechende Kurskorrekturen umsetzen. Das Flugzeug reagierte auf seine Steuerbewegungen, durch die Korrekturen jedoch erst eingeleitet, nicht schon vollzogen wurden. Hier das richtige Maß zu finden, war anstrengend und eine Kunst. Schweiß lief ihm über die Stirn und brannte in seinen Augen.

Von McPherson, der sich ganz auf sein Radargerät konzentrierte, hörte Grafton einen ständigen Kommentar: »Wir sind mitten im Tal... die nächsten fünf Meilen sind okay, Berge auf beiden Seiten... vor uns biegt das Tal rechts ab... in zwei Meilen kommt eine Rechtskurve... unsere Höhe sieht gut aus... Rechtskurve einleiten... steiler... noch enger... sieht gut aus... geradeaus weiter...«

Und so rasten sie das Tal hinauf. Nach fünf Minuten hatten sie die Wasserscheide überflogen und sanken ins nächste Tal, das in Richtung Wüste führte. Anfangs waren die Kurven steil, und der Pilot zögerte, den Steuerknüppel nach vorn zu drücken, aber als das Tal breiter und gerader wurde, ließ er die Maschine sinken, bis die Warnmarke neben dem codierten offenen Rechteck stand und der Radarhöhenmesser 1000 Fuß anzeigte.

»Sieht erstklassig aus ... das Tal wird immer breiter ... diesen Kurs halten ... unsere Höhe sieht gut aus ...«

Sie gingen auf einen Kurs, der sie zu einem 70 Meilen entfernten See führen sollte. Etwa auf halber Strecke richtete sich McPherson auf und begann, die Koordinaten ihres nächsten Wendepunkts auf der Computertastatur zwischen seinen Knien einzutippen.

Nach der anstrengenden Konzentration der letzten Viertelstunde entspannte sich der Pilot unwillkürlich, holte mehrmals tief Luft und warf einen Blick auf die Triebwerksinstrumente, während McPherson mit der Tastatur und seinen Kniebrettkarten beschäftigt war. Nachdem der Bombenschütze sich davon überzeugt hatte, daß der Computer die neuen Informationen verarbeitet hatte, beugte er sich wieder über den Radarschirm. Im nächsten Augenblick hörte Jake ihn ensetzt aufschreien.

»Ziehen!«

Jetzt sah Grafton, was die Blickfelddarstellung anzeigte. Sie waren so gut wie tot. Das codierte offene Rechteck stand hoch über der Warnmarke am oberen Rand der Darstellung. Er drückte die Leistungshebel nach vorn und riß den Steuerknüppel zurück. Dann starrte er den Radarhöhenmesser an, dessen Zeiger sich an der 200-Fuß-Marke vorbei nach unten bewegte.

Wir sind tot!

Das akustische Warnsignal ertönte. Der Höhenmesserzeiger unterschritt die 100-Fuß-Marke. Jake hielt den Knüppel bis zum Anschlag gezogen.

So ist's also, wenn man stirbt.

Der Zeiger des Radarhöhenmessers sank auf 50 Fuß, verharrte kurz dort und setzte sich dann nach oben in Bewegung. Der Pilot starrte wieder die Blickfelddarstellung an. Anstellwinkel 20 Grad. Er ließ den Steuerknüppel ganz gezogen. Der Höhenmesserzeiger drehte sich rasend schnell nach rechts.

Jake schaffte es nicht, den Knüppel nach vorn zu drücken. Anstellwinkel 40 Grad... 50... 60... 70...

Bei 80 Grad Anstellwinkel spürte Jake, wie die abreißende Strömung die Maschine durchrüttelte. Erst jetzt schob er den Knüppel in Mittelstellung nach vorn.

Geschwindigkeit 200 Knoten, weiter abnehmend. Sie durchstiegen 9000 Fuß.

Grafton starrte die Instrumente an. Er mußte irgend etwas tun! Sie stiegen fast senkrecht und wurden immer langsamer!

»Komm schon, Jake.« Das war Morgans ruhige Stimme.

Der Pilot stellte das Flugzeug auf die linke Tragfläche und ließ den Bug in Richtung Horizont abkippen. Die Maschine senkte langsam, ganz langsam die Nase und holte dabei Fahrt auf. Als ihr Bug auf den Horizont zeigte, kippte Jake sie wieder nach rechts in die Normalfluglage.

Sie waren in 13000 Fuß. Er zitterte unbeherrschbar. Was hatte er bloß getan? Er hätte sie beinahe umgebracht!

Morgan schien zu spüren, wie mitgenommen er war. Während der eingeschaltete Autopilot sie einen großen Kreis fliegen ließ, sprach der Bombenschütze mit seinem Piloten. Jake wußte später nicht mehr, was Morgan eigentlich gesagt hatte. Er redete nur, damit Jake seine ruhige und beruhigende Stimme hörte und um ihm über seine Panik hinwegzuhelfen. Und nach der Landung sprach McPherson mit keinem Menschen über diesen Vorfall, erstattete keine Meldung über den beinahe tödlichen Pilotenfehler. Er schüttelte Jake lediglich auf dem Parkplatz die Hand und verabschiedete sich mit einem Lächeln.

Und er hatte ihnen beiden das Leben gerettet!

Jetzt war er tot. Zwei Jahre und Hunderttausende von Meilen später war er tot.

Jake Grafton begann zu schreiben. Nach drei Versuchen hatte er den Entwurf eines brauchbaren Briefs vor sich liegen. Er war nicht wirklich brauchbar, aber das Beste, was er zu Papier bringen konnte. Zwei weitere Anläufe mit Tinte führten schließlich zu einem Brief, den er zu unterschreiben bereit war.

Liebe Sharon,
inzwischen hast Du die Nachricht erhalten, daß Morgan im Einsatz gefallen ist. Er ist bei einem Nachtangriff auf ein Ziel in Nordvietnam umgekommen, während er sein Bestes für sein Vaterland gegeben hat. Auch diese Tatsache kann die Lücke, die sein Tod gerissen hat, niemals ausfüllen, aber sie wird sein Bild in meiner Erinnerung noch strahlender leuchten lassen.

Ich bin über zwei Jahre mit Morgan geflogen. Wir haben über 600 Flugstunden miteinander verbracht. Da ich ihn so gut gekannt habe, weiß ich genau, wie sehr er Dich und Bobby geliebt hat, und bin mir bewußt, welche Tragödie sein Tod für seine Familie bedeuten muß. Ich spreche Euch beiden meine aufrichtige und tiefempfundene Anteilnahme aus.

Jake

Was würde Sharon denken, wenn sie diesen Brief las? Würde sie ihn aufheben und in Augenblicken des Erinnerns nochmals lesen? Würde sie in zehn, fünfzehn Jahren an einem kühlen Frühjahrstag beim Aufräumen des Dachbodens diesen Brief aus ihrer verlorenen Vergangenheit finden? Das Papier würde dann schon ausgebleicht und vergilbt sein. Sie würde sich daran erinnern, wie der Brief ausgesehen hatte, als sie ihn bekommen hatte: die endgültige Bestätigung, daß ihre Jugendträume damals in einem vergessenen Land und für eine vergessene Sache gestorben waren. Vielleicht würde sie ihn ihrem Sohn zeigen, wenn er mehr über seinen Vater wissen wollte.

Jake starrte sich im Spiegel über dem Waschbecken an. Wo würde er in zehn, fünfzehn Jahren sein? Tot wie McPherson und all die Namenlosen, die durch seine Bomben umgekommen waren? Oder würde er sich als Versicherungsvertreter durchschlagen, eine Hypothek auf sein Haus tilgen und mit Alltagsdingen ausgelastet sein, die das Leben füllen, aber doch irgendwie leer zurücklassen?

Er schaltete das Licht aus und legte sich in seine Koje. Obwohl er todmüde war, fand er keinen Schlaf. Er ging in Gedanken den letzten Flug nochmals von Anfang bis zum Ende durch. Es mußte irgendwas geben, das er anders hätte machen können. Aber die Kugel war aus dem Nichts gekommen; Jake hätte ihr nicht ausweichen können.

Jetzt war Morgan tot – und wofür? Das wollte er den Hundesöhnen heimzahlen! Er erinnerte sich an den Rockeye-Angriff auf die Batterie. Der war befriedigend gewesen! Er hatte die vier Schüttbomben genau im richtigen Augenblick geworfen. Zu schade, daß die A-6 keine Maschinenkanone wie die A-7 Corsair hatte. Hätte er bloß eine! Dann könnte er den Bug senken, das Ziel etwas kurz anvisieren, den Abzug betätigen und mit den 20-mm-Geschossen eine Spur zwischen die Gomers hineinlegen. Während er in seiner Koje lag, glaubte er, das Hämmern der MK zu spüren. Dieses Gefühl war so real, daß Jake in Panik geriet und nach dem Lichtschalter tastete.

Bei Licht hatte er wieder nur die kleine Kabine vor sich. Er fand Lundeens Flasche, ließ sich in seinen Schreibsessel fallen und trank einen Schluck Bourbon. Dabei fiel ihm ein, was Camparelli zuletzt gesagt hatte. »Ich will nicht, daß sich einer meiner Piloten wie John Wayne auf einem Rachefeldzug vorkommt.« Aber es war verdammt schwierig, keine Rachegefühle zu empfinden. Auge um Auge, Zahn um Zahn, Leichnam um Leichnam...

Okay, er ist also tot, und nichts kann ihn wieder zum Leben erwecken. Er ist gefallen, während er eine Baumgruppe an einem beschissenen kleinen Ort in einem beschissenen kleinen Krieg, den wir zu gewinnen zu feige sind, bombardiert hat – und das bringt ihm einen Sternenbanner auf dem Sarg ein. Jesus, lohnt es sich denn, *dafür* zu sterben? Hätte er nicht wenigstens beim Angriff auf ein wirklich wichtiges Ziel umkommen können? Damit man ehrlich sagen konnte, damit Sharon wehmütig sagen konnte, damit sein Sohn in späteren Jahren stolz sagen konnte: Er hat sein Leben geopfert, damit... Mein Dad hat mitgeholfen, den Krieg zu gewinnen, indem... Er ist gefallen, weil... Wozu? Für nichts. Jesus, man wollte nur, daß sein Tod etwas *bedeutete*. Man wollte eine Begründung dafür.

Vielleicht kannst *du* dafür sorgen, daß sein Tod nachträglich etwas bedeutet. Du könntest in einer dunklen Nacht heimlich nach Norden fliegen und ein lohnendes Ziel bombardieren. Den Gomers richtig in die Eier treten.

Jake war aufgestanden und ging in der kleinen Kabine auf und ab. Das *ist* möglich! sagte er sich. Außer deinem Bombenschützen weiß keiner, welches Ziel du nach dem Überfliegen der Küste angreifen sollst. Die Amerikaner können dich nicht mit Radar verfolgen, und die Gomers haben keinen Schimmer, welchen Auftrag du hast. Deshalb kannst du fliegen, wohin du willst, und angreifen, was dir Spaß macht.

Eine verrückte Idee! Wenn du das versuchst, Jake, kommst du vors Kriegsgericht... dafür kreuzigen sie dich.

Das ist mir scheißegal. McPherson ist tot. Ich will einen Angriff fliegen, der die Gomers wirklich bluten läßt. Wie sie Morgan haben bluten lassen. Und Sharon. Und mich...

Als Jake sich wieder in seiner Koje ausstreckte, ließ er das Licht brennen und konzentrierte sich auf das Knarren und Ächzen des Schiffs, mit dem seine Stahlplatten und -spanten unter den wechselnden Belastungen durch die Dünung nachgaben.

So lag er lange da und horchte auf die Schiffsgeräusche.

4

Es war eine scheußliche Nacht in den Tropen. Kurz nach Sonnenuntergang setzte der Regen wieder ein. Auf der Brücke der *Shiloh* notierte der Wachoffizier diese Tatsache im Logbuch. Wenige Minuten später ließ er die Scheibenwischer der Brückenfenster einschalten und suchte die Dunkelheit nach den Lichtern des vorauslaufenden Zerstörers ab. Bis vor kurzem waren sie noch zu sehen gewesen. Er warf einen Blick auf den Radarschirm. Der Zerstörer stand weiterhin genau dort, wo er stehen sollte: 2,5 Seemeilen vor dem Träger.

»Melden Sie mir, falls die *Fannon* ihre Position verläßt«, wies er den jungen Offizier an, der mit ihm Wache ging, bevor er mit dem Combat Informations Center telefonierte und dem Wachhabenden, der dort unten von Luftabwehr- und Überwasserradarkonsolen umgeben saß, denselben Befehl erteilte. Sogar auf der Brücke war die Luft mit Feuchtigkeit gesättigt. Die hundertprozentige Luftfeuchtigkeit verhinderte jegliche Schweißverdunstung, so daß feuchte Haare, Hemden und Unterwäsche jedem Mann seinen charakteristischen Eigengeruch verliehen.

Der Wachoffizier trat auf die Backbordnock und warf einen Blick auf das in strömendem Regen unter ihm liegende Flugdeck. In dem verschwommenen roten Licht schienen sich die Flugzeuge schutzsuchend zusammenzudrängen. Ihre hochgeklappten Flügel erinnerten ihn an bittend erhobene Arme. Der Tropenregen tat den Maschinen gut – er würde einen Teil des Schmutzes und der Salzwasserflecken abspülen. Das Geräusch des gegen den Stahl der Brücke prasselnden Regens und das rhythmische Hin und Her der Scheibenwischer bewirkten, daß der Wachoffizier das Gefühl hatte, allein in der Nacht zu stehen.

In zwei Tagen war dieser Fronteinsatz zu Ende. Dann sollte der Träger Yankee Station verlassen, um nach 36 Stunden Fahrt übers Südchinesische Meer die Vergnügungen der Subic Bay zu erreichen. An diesem schönen Morgen würden die Urwaldberge, die den Heimathafen der US Navy im Südpazifik umgaben, aus der See auftauchen und die Einförmigkeit der Wasserwüste ablösen. Dort warteten auf die meisten der Männer fünf herrliche und sorglose Tage und Nächte mit unbeschränktem Landgang. Manche würden allerdings selbst in Subic Bay lange und schwer arbeiten müssen, aber selbst sie konnten sich auf Abende an Land freuen.

Die US Naval Station Subic Bay und die benachbarte US Naval Air Station Cubi Point auf den Philippinen waren keine Traumziele, mit denen Reiseveranstalter hätten werben können, aber trockenes Land war trockenes Land. Nun, es war trocken, bis der Himmel während eines Tropengewitters seine Schleusen öffnete, aber dann konnte man sich als Seemann immer noch sagen, daß Schlamm besser als Salzwasser wäre.

Hatten Seeleute auf Landgang keine Lust mehr, in den Bars zu trinken, unter sengender Sonne Golf zu spielen oder einen Einkaufsbummel durch die Navy Exchanges zu machen, konnten sie auf einer Brücke über den Perfume River – eigentlich nur ein Entwässerungskanal – schlendern, um die exotischen Genüsse von Ologapo City zu kosten. In dieser übervölkerten Stadt mit halb asphaltierten, halb ungepflasterten Straßen kämpften rund 150000 Menschen ums Überleben.

Die meisten Einwohner von Po City verdienten ihren kümmerlichen Lebensunterhalt durch die Jagd auf Yankeedollars, die von durstigen, sexuell ausgehungerten amerikanischen Seeleuten, die Mutter, Gott und der US Navy für einige Stunden entronnen waren, mit über die Brücke gebracht wurden. In einem Kaleidoskop sinnlicher Freuden bot die Stadt dünnes Bier, das wie Pferdepisse schmeckte, billigen Schnaps und Legionen zierlicher brauner Mädchen mit kleinmädchenhaftem Schamhaar, die auf sexuellem Gebiet zu fast allem bereit waren, wenn der Preis stimmte. Und zum immerwährenden Entzücken der geilen Amerikaner war der geforderte Preis stets lächerlich gering.

An diesem Abend, zwei Tage vor dem Einlaufen, setzten die Ärzte und Sanitäter im Schiffslazarett ihre fünf Dollar im Tripperlotto: Wer der genauen Zahl der beim nächsten Fronteinsatz diagnostizierten Fälle von Geschlechtskrankheiten am nächsten kam, hatte gewonnen und strich die Gesamtsumme ein. Oben im Kapitänsbüro stellte ein Schreiber eine dienstliche Meldung über einen Fall von Drogenmißbrauch mit Todesfolge nach dem letzten Hafenbesuch der *Shiloh* fertig. In der Kombüse rechnete sich die Nachtschicht, die jetzt die für den kommenden Tag benötigten 1500 Brote und 5000 Doughnuts buk, schon aus, wie viele Brote und Doughnuts noch zwischen ihr und Subic Bay lagen. Vom Kiel bis zur Signalbrücke freute sich jedes Besatzungsmitglied auf die Nächte an Land, während das Schiff an der Trägerpier der NAS Cubi Point lag.

Im Strike Operations Office unter dem Flugdeck saßen die für den Einsatz der Trägerflugzeuge verantwortlichen Männer bei Kaffee und Zigaretten vor einer auf dem Tisch ausgebreiteten großen Karte des Kriegsgebiets. Auf der Karte lag die neueste Wettervorhersage, die häufig zu Rate gezogen wurde. Der Golf von Tonking, in dem die *Shiloh* stand, und Nordvietnam lagen unter Regenwolken, die auch die Insel Hainan und den Norden Südvietnams bedeckten. Nach kurzer Beratung mit den Meteorologen entschieden sich die Männer für einen neuen Einsatzplan für die um Mitternacht beginnende Zwölfstundenperiode. Dieser Plan wurde rasch getippt, vervielfältigt und an Bord verteilt.

Der Träger sollte nach Süden laufen. Ab Mitternacht würden die A-6 starten, um die ihnen zugewiesenen Ziele im Norden anzugreifen. Ihre elektronischen Augen konnten Wolken, Regen und Dunkelheit durchdringen. Die Phantoms sollten Jagdschutz für die Trägerkampfgruppe gewährleisten und die Frühwarnflugzeuge E-2 über dem Wetter fliegend dafür sorgen, daß Meer und Himmel frei von feindlichen Schiffen und Flugzeugen blieben. Bei Tagesanbruch würde alles, was fliegen und Bomben tragen konnte, nach Süden starten, um von Forward Air Controlers (FACs) der Luftwaffe Ziele zugewiesen zu bekommen. »Mich ärgert's, wenn die Jungs im Norden einen freien Tag haben, aber ich sehe keine andere Möglichkeit«, sagte der Boß von Strike Ops zu seinem Stab.

Sobald der neue Einsatzplan herausgegeben war, legte der Navigationsoffizier der *Shiloh* den Kurs zur ersten Startposition fest und übergab ihn dem Wachoffizier. Dieser benachrichtigte die Geleitschiffe von der beabsichtigten Kursänderung und überprüfte ihre Standorte, bevor er den Befehl zum Kurswechsel gab. Nachdem er beobachtet hatte, wie der Rudergänger auf den neuen Kurs ging, behielt er den Radarschirm im Auge, um sich zu vergewissern, daß keines der Geleitschiffe dem Leviathan in die Quere geriet. Während der Riese langsam einen weiten Bogen beschrieb, krängte er nur um zwei bis drei Grad. Auf dem Flugdeck floß Regenwasser zusammen und lief durch die Speigatts in das 20 Meter tiefer liegende Meer ab.

Irgend jemand schüttelte ihn. Er tauchte langsam aus tiefem Schlaf auf und merkte, daß jemand ihn am Arm rüttelte. »Jake! Zeit zum Fliegen.« Lundeen schüttelte ihn nochmals, um sicherzugehen, daß er wirklich wach war.

Jake beobachtete von seiner Koje aus, wie sich sein großer Kabinengenosse mit Rasierschaum einseifte, und fühlte sich wundervoll entspannt. »Wie lange hab' ich geschlafen?«

»Mindestens vierzehn Stunden. Du bist wirklich k. o. gewesen.« Lundeen summte, während er sich rasierte. »In fünf Minuten beginnt die Einsatzbesprechung für den ersten Start um Mitternacht«, sagte er. »Du hast einen Tanker.«

»Wetter?«

»Schwerer Seegang. Sintflutartiger Regen. Wieder ein großartiger Seemannstag.« Lundeen summte weiter.

Jake sah auf seine Armbanduhr. 22.25 Uhr. Er setzte sich widerstrebend auf. Sein ganzer Körper war mit einem Schweißfilm bedeckt. Er reckte sich gähnend. »Dein Summen ist wirklich inspirierend. Wie heißt der Song?«

»Keine Ahnung. Ich improvisiere bloß.«

Jake schlüpfte in eine olivgrüne Fliegerkombi aus feuerfestem Nomex und zog den Reißverschluß hoch. Während er seine Fliegerstiefel mit den Stahlkappen zuschnürte, fragte er: »Sammy, welches Ziel in Nordvietnam würdest du bombardieren, wenn du freie Wahl hättest?«

»Wie kommst du darauf?«

»Was ist ihr wertvollster Besitz?«

»Ho Chi Minhs Grab.«

»Im Ernst?«

»Das ist mein Ernst. Sie haben nichts Wertvolles. Hätten sie was, hätten wir's längst bombardiert.«

»Quatsch! Du weißt, daß das nicht stimmt.«

Sammy spülte den Rasierapparat ab und wusch sich das Gesicht. »Jedenfalls wär's in Hanoi. Sollten sie was Wertvolles haben, steht's in Hanoi, wo sie's verteidigen können. Und die Navy hat dort bloß Brücken und den Güterbahnhof bombardiert. Vielleicht auch ein, zwei Kraftwerke.«

Beide öffneten ihre Safes, nahmen ihre Revolver heraus und steckten sie in eine Brusttasche. Ihre ausgebeulten Overalls sahen aus wie Säcke. Sie verschlossen die Safes, machten das Licht aus und sperrten die Kabine hinter sich ab. »Aber du kannst nicht einfach irgendwas auf eigene Faust bombardieren, Jake, das weißt du genau«, sagte Sammy, als sie zum Bereitschaftsraum gingen.

»Ja.«

»Komm bloß nicht auf dumme Ideen!«

»Natürlich nicht, Sam. Du kennst mich doch.«

Jake betrat die Pantry der Offiziersmesse neben ihrem Bereitschaftsraum. Er füllte sich einen Becher mit Kaffee und schwatzte dem Steward eine dicke Scheibe Roastbeef ab, die vom Abendessen, das er verpaßt hatte, übriggeblieben war. Er bekam sogar ein Brötchen dazu, das er auseinanderriß, um sich ein Roastbeefsandwich zu machen.

Im Bereitschaftsraum hatte die Einsatzbesprechung begonnen. Grafton setzte sich in den bequemen Sessel neben Razor Durfee, seinen BN für diesen Flug. Razor schrieb die Wettervorhersage von einem hoch in einer Ecke des Raums angebrachten Monitor mit. Dieses Programm lief jetzt in allen acht Bereitschaftsräumen der *Shiloh*. Abe Steiger, einer der Air Intelligence Officers der A-6-Staffel, führte die Einsatzbesprechung vor dem ersten Start fürs gesamte Geschwader durch. Jake aß sein Sandwich, während Razor mitschrieb.

»Scheiße, daß das mit Morgan passiert ist«, flüsterte Durfee, ohne den Monitor aus den Augen zu lassen. Jake grunzte, während er weiterkaute. Ja, wirklich Scheiße. Und Morgan hatte Razor nicht ausstehen können. Während er darüber nachdachte, kam Jake zu dem Schluß, daß er ebenfalls nicht allzu viel von Durfee hielt. Er beobachtete, wie sich der Bombenschütze Notizen machte. Gewissermaßen als Ausgleich für seine starke Stirnglatze trug Razor einen gewaltigen Schnurrbart, an dem er zwanghaft herumspielte.

Sammy Lundeen und Marty Greve sollten einen, Cowboy Parker und Miles Rockwell den zweiten Angriff fliegen. Little Augie und Big Augie hatten den Reservetanker; sie würden in ihrem Cockpit sitzen, aber nur starten, falls bei Graftons Maschine technische Probleme auftraten. Alle Anwesenden saßen in ihre Sessel zurückgelehnt, und die meisten hatten die Füße auf die Armlehnen vor ihnen gelegt. Eine Ansammlung noch lockerer Typen war schwer vorstellbar. Sie alle wußten aus bitterer Erfahrung, daß erzwungene Entspannung das beste Mittel gegen die vor dem Start unvermeidliche Nervosität und Übelkeit war. Spürbare Nervosität konnte ansteckend sein, deshalb bemühte sich jeder, einem ungeschriebenen Gesetz nach cool zu bleiben.

Nachdem Abe Steiger auf dem Bildschirm die Ziele beschrieben hatte, schwenkte die Kamera zu ›Clouds‹, dem Meteorologen vom Dienst. Alle konzentrierten sich auf die Wetterkarten, die Clouds mit Hilfe seines Zeigestocks erläuterte.

»Kein schöner Abend, Gentlemen. Dichte Bewölkung und Regen im Golf von Tonking, über der Insel Hainan und über dem größten Teil Nordvietnams. Diese Wolkendecke erstreckt sich landeinwärts bis zu der Gebirgskette, die Vietnam von Laos und Kambodscha trennt. Die Wolkenobergrenze dürfte bei achtzehntausend Fuß liegen, der Bodenwind kommt mit zwölf bis fünfzehn Knoten aus Nordost. Mittelhoher Seegang gegenwärtig aus Südost. Die Höhenwindkarte zeige ich Ihnen anschließend. Die Vorhersage für die nächsten zwölf Stunden: Auffrischende Winde, höherer Seegang und weitere starke Regenfälle. Im Süden – etwa ab einer Linie fünzig Meilen südlich von Da Nang – lockern die Wolken sich jedoch auf. Nach Sonnenaufgang können sich die Leute dort unten auf einen halbwegs schönen Tag mit gelegentlichen Regenschauern einrichten.«

Auf dem Bildschirm erschienen Tabellen mit Wind- und Temperaturmessungen, die Clouds den Besatzungen erläuterte.

Jake schloß kurz die Augen. Er konnte die Bewegungen der *Shiloh* spüren. Achtern am Heck – 170 Meter hinter dem Schwerpunkt des Flugzeugträgers – würden diese Bewegungen noch viel größer sein. Eine schlimme Nacht für an Bord kommende Maschinen.

»Und jetzt zurück zu Mister Steiger, der Ihnen eine Einsendung in seinem ›Dirty-Baby-Wettbewerb‹ vorstellt.« Steiger, der hauptsächlich aus Ohren, Brille und Zähnen zu bestehen schien, kehrte auf den Bildschirm zurück. Er hielt eine 15 Zentimeter große Puppe hoch: ein übertrieben üppiges nacktes Weibchen. Die Kamera zeigte jetzt nur auf die Puppe, die er zwischen Daumen und Zeigefinger an der Taille hielt.

»Diese Einsendung kommt aus Bereitschaftsraum drei«, verkündete Steiger, während die Kamera auf das Dirty Baby gerichtet blieb. »Ich tippe auf Bob Battles als Einsender. ›Peggy Pussylos, die Olongapo-Pussykatze‹.« Irgendwo im Hintergrund klatschte jemand, dann wurde der Bildschirm dunkel.

»Dieser Steiger ist der größte Schweinigel an Bord!« behauptete Razor laut. Wie allgemein bekannt war, erhielt Abe Steiger nur selten Einsendungen für seinen Wettbewerb, sondern erfand die meisten Namen selbst.

»Nein, das ist er nicht«, widersprach Jake. »Er versucht nur, nicht den Verstand zu verlieren.« Er wußte, daß für Steiger jeder Tag ohne einen Brief von seiner Frau – was immer häufiger vorkam – ein verlorener Tag war. Da war eine College-Romanze, die früher oder später an diesem Krieg zerbrechen würde.

»Sehr erfolgreich ist er damit nicht«, stellte Razor fest. »Du siehst übrigens gräßlich aus. Soweit alles in Ordnung bei dir?« fragte er, während er sich über den Schnurrbart strich und Grafton musterte, als suche er nach verräterischen Anzeichen für einen bevorstehenden Nervenzusammenbruch.

»Danke, mir geht's bestens«, versicherte der Pilot ihm angewidert und stand auf, um in seinem Postfach – einem der mit Namen gekennzeichneten Fächer in dem ehemaligen Bücherregal unter dem Monitor – nachzusehen. Dort warteten zwei Briefe auf ihn: einer von seinen Eltern und einer von seiner Freundin Linda. Jake überlegte, wann sie zuletzt geschrieben hatte; im vergangenen Vierteljahr war ihr literarischer Ausstoß dramatisch zurückgegangen. Ihren Brief steckte er in die Zigarettentasche am linken Oberarm seiner Fliegerkombi, um ihn später in der Luft zu lesen. Bei Tankerflügen bestand die größte Schwierigkeit oft darin, sich wachhalten zu müssen.

Einer der Chiefs aus der Instandsetzungskontrolle brachte die Wartungsbücher der eingeteilten Flugzeuge und legte sie auf den Tisch an der Rückwand des Bereitschaftsraums. Jake suchte sich sein Buch heraus und las alle Eintragungen über die bei den letzten zehn Flügen aufgetretenen Defekte. Die Sicherheit des Flugzeugs gefährdende schwere Defekte mußten repariert werden, bevor die Maschine wieder geflogen werden konnte; weniger ernste Defekte konnten bei Gelegenheit beseitigt werden. Ein Flugzeug mit vielen kleinen Defekten konnte verdammt anstrengend zu fliegen sein. Da die A-6-Staffel nur sechs Tanker hatte und die einsatzfähigen Maschinen pro Tag mindestens dreimal flogen, enthielt jenes Wartungsbuch eine lange Liste kleinerer Defekte. Jake las sie sorgfältig durch, zeichnete sie ab und legte den in Metall gebundenen Band auf den Stapel zurück.

Nachdem Jake einen neuen Kaffee geholt hatte, setzte er sich in eine ruhige Ecke und las den Brief seiner Eltern. Vorn in der ersten Sitzreihe sprachen die Besatzungen der beiden Einsatzmaschinen ihren Auftrag und die Notfallmaßnahmen durch.

Die Flieger verließen einzeln und in kleinen Gruppen den Bereitschaftsraum, gingen auf die Toilette und fanden sich danach im Umkleideraum ein, in dem jeder seine persönliche Ausrüstung aufbewahrte: Druckanzug, Körpergurtzeug, Überlebensweste und die Tragtasche für Helm, Sauerstoffmaske, Kniebrett und Luftfahrkarten für Südostasien. Viele Piloten und BNs trugen außerdem Pistolenhalfter.

Als Jake in den Umkleideraum kam, waren die meisten Besatzungsmitglieder schon dort. Er öffnete seinen Spind und nahm den Druckanzug heraus. Sein Anzug war wie die Überlebensweste mit angetrocknetem Blut bedeckt. Das hatte er ganz vergessen.

Jake starrte die rostig dunkelbraunen Flecken an. Es sah ganz anders als die rote, kupfrig riechende Flüssigkeit aus, die aus Morgan McPhersons Hals ausgetreten war. Er ließ die Sachen fallen, rannte zur Toilette und übergab sich. Er spuckte den Kaffee und das vorhin gegessene Roastbeefsandwich aus.

Als sich sein Magen wieder beruhigt hatte, ging er in den Umkleideraum zurück. Sammy Lundeen war damit beschäftigt, den Druckanzug mit seinem Überlebensmesser abzukratzen. »Nach dem Einsatz kannst du das Zeug abliefern und dir vom Fallschirmpacker neue Sachen geben lassen«, sagte er.

Razor sah, daß Jake kreidebleich war. »Kannst du fliegen?« fragte er zweifelnd.

»Ja«, antwortete der Pilot, nahm Lundeen den Druckanzug aus der Hand und zog die Beinreißverschlüsse hoch.

»Schon möglich, daß du das glaubst – aber mein Hintern ist auch an Bord, verstehst du?«

»Hör zu, Arschloch«, knurrte Lundeen. »Warum sagst du's nicht einfach, wenn du nicht den Mut hast, heute nacht zu fliegen?«

In diesem Augenblick tauchte Cowboy im Gang auf und beobachtete, wie Jake in sein Körpergurtzeug schlüpfte, an dem der Fallschirmgurt und die Sitzgurte befestigt wurden. Er wartete, bis Jake aufblickte. »Kannst du fliegen?« Jake nickte. »Dann fliegst du«, stellte Cowboy abschließend klar und wandte sich ab.

»Einfach so?« fragte Razor Durfee Cowboys Rücken, während er an einer Schnurrbartspitze riß. »Ich soll einfach so mein Leben mit Cool Hand riskieren?« Er wechselte die Schnurrbartseite. »Vielleicht sollte er mal zu Mad Jack gehen.«

Cowboy drehte sich um und musterte den Bombenschützen mit kaltem Blick. »Er fliegt – und Sie auch, Durfee. Und jetzt halten Sie die Klappe und ziehen sich an!«

»Sie sind nicht der Skipper. Hier geht's um meinen Arsch! Was gibt Ihnen das Recht, mir zu sagen, daß ich mit ihm fliegen muß?« Cowboy ignorierte ihn und ging zu seinem Spind zurück.

Big Augie lachte halblaut. »Das Recht hat er, weil du ein Oberleutnant bist und er ein Korvettenkapitän ist, Razor. Und weil er der Operations Officer ist. Oder sind solche Feinheiten der militärischen Etikette bei euch an der Canoe University nicht gelehrt worden?«

»Falls du die Naval Academy meinst, du windiger ROTC-Aufsteiger...«, begann Durfee mit erhobenem Zeigefinger.

»Hey, seht mal, Jungs!« unterbrach Little Augie ihn. »Razor zeigt uns, wie viele Blumen wir seinen Angehörigen schicken sollen, falls es ihn heute nacht erwischt.«

»Wäre dein Pimmel so scharf wie deine Zunge, Razor«, warf Big Augie ein, »müßtest du 'ne Seriennummer drauftätowieren lassen und ihn in deinem Safe aufbewahren.«

»Schluß mit diesem Scheiß, Gentlemen!« befahl Cowboy im gedehnten Tonfall eines Texaners. »Seht zu, daß ihr aufs Flugdeck kommt!«

Razor knallte seinen Spind zu und verstellte das Zahlenschloß. »Sollte ich heute noch ein Bad nehmen müssen, Parker, trete ich Sie anschließend persönlich in den Arsch! Und mir ist's scheißegal, ob Sie's zwischenzeitlich zum Admiral gebracht haben.« Er reckte den Augies seinen linken Mittelfinger entgegen, stapfte hinaus und knallte die Tür hinter sich zu.

»Damit wären deine Hämorrhoiden kuriert, Cowboy«, behauptete Big Augie lachend.

»Dann wäre Cowboy das perfekte Arschloch«, erklärte Little Augie seinem BN.

»Ah, die Kameradschaft tapferer Männer! Die wärmt einem das Herz.«

Die Augies sperrten ihre Spinde ab und folgten Razor, noch immer scherzend, in Richtung Flugdeck. Parker blinzelte Jake beim Hinausgehen zu und reckte dabei einen Daumen hoch, Jake zog seinen Pistolengurt durchs Körpergurtzeug, damit er sich nicht lösen konnte, falls er mit dem Schleudersitz aussteigen mußte, und legte dann die Überlebensweste an. Das sperrige Kleidungsstück enthielt fast sieben Kilo Überlebensrüstung und eine aufblasbare Schwimmweste. Besonders sorgfältig prüfte er die Aufreißschnüre der Kohlensäurepatronen.

Lundeen ließ sich beim Anziehen viel Zeit. Als er zuletzt mit Jake allein war, blieb er mit seiner Helmtragetasche neben ihm stehen. »Sei heut nacht vorsichtig, okay? Laß dich von Arschlöchern wie Razor nicht irritieren.« Er schlug Jake auf den Oberarm und grinste. »Also – Kopf hoch und vorsichtig!«

»Klar, Sammy. Klar.«

Jake Grafton trat aus den Inselaufbauten aufs Flugdeck. Rotes Licht beleuchtete die Flugzeuge und die vielen im Regen arbeitenden Männer. Der stürmische Wind trieb die Regentropfen schräg vor sich her und ließ die roten Sicherheitsleuchten an den Bombenaufhängepunkten wild schwanken.

Sein Flugzeug – Devil 522 – stand nur einen halben Meter vor der Laufkatze des Bugkatapults. Er brauchte es lediglich dieses kleine Stück vorrollen zu lassen, damit sich die Laufkatze in die Zugstange des Bugkatapults einhaken konnte. Razor saß bereits im Cockpit. Jake machte zur Vorflugkontrolle einen Rundgang um die Maschine, wobei er seine Taschenlampe auf weißes Licht umschaltete, weil etwa austretende rote Hydraulikflüssigkeit bei rotem Licht praktisch unsichtbar gewesen wäre.

Besonders genau kontrollierte er die Zusatztanks, die etwa fünf Meter vor dem Heckleitwerk unter dem Rumpf saßen. Durch sie unterschied sich das Tankerflugzeug KA-6D von der Bomberversion der A-6. Dem für maximale Nutzlast ausgelegten Tanker fehlten der Bordcomputer, die beiden Radargeräte und das Trägheitsnavigationssystem des Bombers. Statt Waffenlasten trug die KA-6D an ihren externen Aufhängepunkten insgesamt fünf Zusatztanks mit je 900 Kilogramm Treibstoff. Zählte man den in Flügel- und Rumpftanks mitgeführten Treibstoffvorrat dazu, kamen 11 800 Kilogramm oder fast 12 Tonnen zusammen. Das war eine schöne Ladung.

Nach dem Rundgang stieg Jake die linke Cockpitleiter hinauf und überprüfte seinen Schleudersitz. Erst nachdem er alle fünf Sicherungsstifte herausgezogen und verstaut hatte, nahm er Platz. Der Flugzeugwart, ein unter dem Namen Maggot bekannter Neunzehnjähriger aus Oklahoma, stand oben auf der Leiter und beugte sich ins Cockpit, um Jake beim Anschnallen zu helfen.

Hätte jemand danach gefragt, hätte Maggot behauptet, das Flugzeug gehöre ihm. Er war für seine Wartung vor und nach jedem Flug, seine Routineinspektionen und seine Bewegungen an Bord verantwortlich. Devil 522 war sein Baby, und um sein Verantwortungsbewußtsein zu stärken, hatte die Staffel Maggots Dienstgrad – Airman – und seinen Namen in Schwarz auf den Rumpf gemalt: AN D. E. Shutts, FW.

»Großartige Nacht für 'nen kleinen Rundflug, Mister Grafton.«

»Wäre ich ein fliegender Fisch, Maggot, würde ich Ihnen vermutlich zustimmen.«

»Freuen Sie sich auch schon auf die Zeit im Hafen?«

»Klar – und Sie?«

»Logisch. Diese Arbeit im Regen ist nichts für mich. Ich hab's mir schon so oft beim Duschen gemacht, daß ich bei Regen jedesmal 'nen Steifen kriege.«

Der Pilot grinste. »Fallen Sie bloß nicht hin, sonst brechen Sie sich was. Haben Sie übrigens schon Nachricht, wie's Ihrem Vater geht?«

Maggots Vater hatte vor kurzem einen Herzinfarkt erlitten, aber die Familie hatte noch keinen Sonderurlaub für den Sohn beantragt. »Noch nicht, Sir. Ich rufe von Cubi aus daheim an, falls ich bis dahin nichts gehört habe.«

»Reden Sie mit Mister Lundeen von der Personalabteilung, damit er dafür sorgt, daß Sie von einem Diensttelefon aus telefonieren können. Das kostet Sie dann keinen Cent.«

»Okay, Mister Grafton, das mach' ich.« Maggot war fertig, aber er blieb trotzdem noch auf der Leiter stehen. »Uns Wartern hat das mit Mister McPherson wirklich leid getan. Er ist ein prima Kerl und ein guter Offizier gewesen.«

Jake sah zu dem Matrosen auf. Das regennasse, ernste Gesicht des Jungen glänzte im roten Licht der Scheinwerfer. Er war niemals von einem Katapult gestartet und kannte die Flak und die Lenkwaffen nur vom Hörensagen, aber er respektierte die Männer, die sie kannten. Verdienten sie diesen Respekt? Nun, zumindest McPherson hatte ihn verdient. »Er wird uns allen fehlen«, antwortete der Pilot.

»Guten Flug, Gents, mit 'ner Ladung an Seil drei!« Maggot stieg die Leiter hinunter und drückte auf den externen Schließknopf, damit sich das Cockpit schloß und die Besatzung vor Regen geschützt war. Razor hatte den Kopf an die Kopfstütze zurückgelegt und die Augen geschlossen; er bemühte sich offenbar, seine Selbstbeherrschung wiederzugewinnen.

Jake hielt seinen Helm auf den Knien und starrte über den Rand des Flugdecks ins schwarze Nichts. Er haßte Katapultstarts bei Nacht. Während das Flugzeug auf dem Katapult beschleunigt wurde, konnte alles mögliche passieren – lauter unangenehme Dinge. Und jedes Problem erforderte das sofortige Eingreifen des Piloten, noch während er sich von der starken Beschleunigung erholte und das Flugzeug in 20 Meter über dem Meer ins Steigen zu bringen versuchte.

In Gedanken spielte Jake die häufigsten Ausfälle durch und überlegte sich, was er tun mußte. Er ließ die Leistungshebel los und griff nach dem Fahrwerkshebel. Bei Triebwerkausfall oder Brandmeldung – Fahrwerk einfahren! Seine Finger tasteten etwas höher nach dem Notabwurfknopf. Eine Sekunde lang drücken, damit die fünf Zusatztanks abgeworfen werden. Vielleicht fliegt die um 4,5 Tonnen erleichterte Maschine dann mit nur einem Triebwerk weiter. Dann sah er auf den zweiten künstlichen Horizont. Unter allen Umständen acht Grad Steigung beibehalten. Steigen wir viel flacher, geht's ins Wasser; steigen wir viel steiler, überziehen wir und klatschen auch ins Wasser. Jake starrte die Instrumente an: Fahrtmesser, barometrischer Höhenmesser, Neigungsmesser und künstlicher Horizont. Diese Geräte lieferten die Informationen, die sie zum Überleben brauchten. Und falls eines von ihnen versagte, mußte er blitzartig erkennen, daß seine Anzeige nicht mit denen der anderen übereinstimmte, und dieses Gerät ignorieren.

Jake spürte, wie sich seine Magennerven verkrampften, und griff automatisch zwischen seine Beine, um die Position des zweiten Auslösegriffs für den Schleudersitz zu kontrollieren. Im Notfall blieb ihm vielleicht nicht genug Zeit, den Primärgriff über seinem Kopf zu erreichen.

Jeder verstreichende Augenblick diente nur der Vorbereitung auf den Augenblick, in dem er übers nachtschwarze Meer hinausgeschossen werden würde: mit einer Maschine, die fast ihr maximales Startgewicht erreichte und deren Geschwindigkeit dann nur 15 Knoten höher als ihre Überziehungsgeschwindigkeit war. Ob er überlebte, würde davon abhängen, daß er die richtigen Entscheidungen traf, daß seine Hand den Steuerknüppel richtig führte, daß seine Reaktionen schnell genug waren und daß sein Wissen und seine Erfahrung für diese Aufgabe genügten. Die Strafe für ein Versagen würde schnell und gründlich kommen. Und der Mann neben ihm mußte wie er dafür büßen.

Was ist, wenn die Generatoren aussetzen? Jake griff nach links hinten, um die Stellung des Hebels für die Staustrahlturbine zu kontrollieren. Ein Zug daran genügte, damit der von vorbeiströmender Luft angetriebene Notgenerator aus dem Flügel klappte und Strom für Fluginstrumente und Warnleuchten lieferte. Jake schloß die Augen und begann, sämtliche Hebel, Knöpfe und Schalter um ihn herum zu berühren und zu identifizieren. Dieses Cockpit kannte er besser als sein Auto; er kannte es besser als irgendwas anderes auf der Welt. Er starrte das Katapult entlang, wie er's schon unzählige Male getan hatte. Jenseits des Flugdecks begann das Ende der Welt. Er war auf einer durch ein schwarzes Universum treibenden Insel aus rotem Licht gestrandet. Nur das Hier und Jetzt – dieser Ort und diese Zeit – existierten.

Der Regen trommelte auf die Cockpitverglasung. Die Männer auf dem Flugdeck standen unbeweglich da, während sie auf das Zeichen ›Triebwerke anlassen!‹ warteten. Sie warteten wie im Regen stehende Pferde, die ihr Elend resigniert ertragen. Das Schiff begann, in den Wind zu drehen, und die Matrosen neigten sich schräg. Die Höhe des Flugzeugs über Deck und die Unnachgiebigkeit der Hochdruckreifen vergrößerten die Wirkung dieses Kurswechsels. Der Pilot konnte die Bewegungen spüren, mit denen das Schiff die herankommende Dünung zerteilte.

Er sah nochmals zu Razor hinüber. Der BN saß noch immer so da wie vorhin, aber sein Gesichtsausdruck wirkte entspannt. Hatte er sich völlig von seinen im Umkleideraum geäußerten Zweifeln erholt – oder machte er nur Überstunden, um vor dem Start ganz cool zu wirken?

Wenn er wüßte, wie's in meinem Magen rumort, wäre er nicht so verdammt gelassen, überlegte der Pilot. Wie schaffen die BNs das nur? Wie hat Morgan das geschafft? Die BNs sitzen da und fliegen mit diesen Mühlen in die Hölle und zurück, ohne ihr Schicksal wirklich beeinflussen zu können. Und sie klettern tagein, tagaus wieder in den rechten Sitz.

Die Männer, die rechts saßen, die komplizierte Elektronik beherrschten und die natürlichen Reaktionen ihres Magens unterdrückten, waren Profis, die sehr stolz auf ihre Fähigkeiten waren. Wie die meisten Piloten, die Respekt vor den Bombenschützen-Navigatoren hatten, mit denen sie flogen, zollte Jake ihnen seinen Tribut, indem er das Unerklärliche akzeptierte. Er hatte noch nie daran gedacht, einen BN zu fragen, weshalb er weiterhin flog. Das hätte bedeutete, sich diese Frage selbst zu stellen. Deshalb betrachtete er die Motivation der BNs als mysteriös – so unerklärlich wie Glaube, Liebe oder Treue.

Die Deckslautsprecher plärrten los. Der Augenblick war gekommen. Grafton und Durfee setzten ihre Helme auf. Der Flugzeugwart machte eine kreisende Bewegung mit dem Zeigefinger: »Triebwerke anlassen!« Als beide Triebwerke im Leerlauf liefen und alle Systeme einwandfrei funktionierten, schalteten Jake und Razor ihre roten L-förmigen Taschenlampen ein. Jake hängte sich seine vorn an die Überlebensweste. Razor nickte, als er auf den zweiten künstlichen Horizont tippte.

Der Bombenschütze mußte seine Taschenlampe in der Hand behalten und damit in den kritischen Sekunden nach dem Start den zweiten künstlichen Horizont beleuchten. Sollten beide Generatoren ausfallen, konnte der Pilot auf diese Weise noch immer ihre Fluglage beurteilen. Auch bei Stromausfall lieferte der zweite künstliche Horizont mit nur drei Zoll Durchmesser mindestens 30 Sekunden lang lebenswichtige Informationen. Das genügte reichlich. Bevor der Horizontkreisel zum Stillstand kam, waren sie längst in Sicherheit oder schon tot. Jake senkte die Flügel und verriegelte sie, bevor er die Klappen in Startstellung brachte.

Der Einweiser machte Jake das Zeichen, nach vorn zu rollen. Er löste die Feststellbremse und ließ die schwerbeladene Maschine langsam auf die wartende Laufkatze zurollen, bis ein Ruck ihm zeigte, daß die Verbindung hergestellt war. Der Pilot schob die Leistungshebel bis zum Anschlag nach vorn und bewegte das Seitenruder und die Klappenruder, die er in seinen Außenspiegeln beobachten konnte. Dann stemmte er die linke Handwurzel gegen die Leistungshebel und umfaßte mit den Fingern den Katapultgriff. Das verhinderte ein unbeabsichtigtes Zurücknehmen der Leistungshebel beim Katapultstart. Ein weiterer Blick auf die Instrumente, ein Wackeln mit dem Knüppel, Triebwerkstemperaturen normal, Ruder frei und leicht beweglich: Alles, wie es sein sollte.

Bei Startschub bebte die Maschine wie ein Jagdhund an der Leine. Jakes Puls jagte, und er spürte, wie seine Schläfenadern klopften.

»Fertig?« fragte er Razor.

»Ich bin schon fertig auf die Welt gekommen. Laß es krachen!«

Jake lehnte seinen Kopf an die Kopfstütze und betätigte mit dem linken Daumen den Außenlichtschalter am Katapultgriff. Im Rückspiegel sah er, daß das Zusammenstoßwarnlicht auf dem Seitenleitwerk zu blinken begann.

Der Katapultoffizier salutierte und schwang seinen gelben Leuchtstab in einem weiten Bogen, bis er das Flugdeck berührte; dann hob er ihn waagerecht und ließ ihn starr in Richtung Katapultspur ausgestreckt.

Gleich geht's los... nur noch eine Sekunde...

Das Katapult riß die KA-6D mit sich.

5

Der Höhenmesser meldete ihren Aufstieg. 10000 Fuß, 11000, 12000... Sie flogen noch immer in Wolken.

»Mit der Wolkenobergrenze scheinen die Wetterfrösche sich geirrt zu haben«, meinte Razor. Er angelte ein Päckchen Kaugummi aus seiner linken Ärmeltasche und hielt es Jake hin. »Willst du einen?« Der Auftritt im Umkleideraum war offenbar längst vergessen.

»Ja, wickel mir einen aus.«

Sie stiegen in gleichmäßigen Kreisen mit fünf Seemeilen Radius. Im Mittelpunkt der Kreise lag die *Shiloh*.

»Wie hoch dieses Zeug wohl reicht?« fragte Razor.

»Wahrscheinlich bis zum Mond. Vielleicht sogar bis halb zum Mars.«

In 20000 Fuß ging Jake weiterkreisend in den Horizontalflug über. »Das solltest du melden«, wies er den Bombenschützen an.

Razor hielt sich seine Sauerstoffmaske vors Gesicht. »Tanker Control, hier Devil fünf-zwo-zwo.«

»Was gibt's, Fünf-zwo-zwo?«

»Wir sind bei Basis plus zwölf im Dreck.« Bei Funkverkehr im Klartext bestand die wahre Höhe aus der Summe der gemeldeten Höhe und der nie erwähnten Basiszahl, die heute eine positive Acht war. »Bis hierher ist alles dicht. Sollen wir feststellen, wo die Obergrenze liegt? Kommen.«

Das Funkgerät schwieg einige Sekunden. Dann kam die Antwort: »Steigen Sie auf Basis plus zwoundzwanzig.«

»Wird ausgeführt.« Jake schob die Leistungshebel nach vorn und nahm den Steuerknüppel etwas zurück. Der Höhenmesser begann wieder zu steigen. Razor kaute methodisch seinen Kaugummi. »Wird 'ne üble Nacht in Black Rock für die Jäger, falls sie unten Sprit brauchen«, sagte er durch die Bordsprechanlage.

Das Nachtanken in der Luft war ein Präzisionsmanöver, das gute Sichtverhältnisse voraussetzte – vor allem nachts. Das Flugzeug, das Treibstoff brauchte, wurde in die Nähe des Tankers gelotst, aber sein Pilot mußte den Tanker in Sicht haben und nah zu ihm aufschließen. Sobald die beiden Maschinen Seite an Seite flogen, konnten sie Wolken durchfliegen, aber die Verbindung zur Treibstoffübernahme ließ sich nur außerhalb von Wolken herstellen.

In dieser Nacht schien der Himmel nur aus Wolken zu bestehen. Aber in 27000 Fuß sahen die beiden Männer blasses Mondlicht über sich. In 28000 Fuß brachen sie durch die Wolkendecke. Jake stieg weitere 500 Fuß über die unregelmäßig geformten Wolkenberge, bevor er wieder in den Horizontalflug überging. Im Mondschein erinnerten Wolken an eine aus Watte geformte Landschaft.

»Tanker Control, Fünf-zwo-zwo. Obergrenze bei Basis plus zwanzig.«

»Verstanden. Zwei Kunden sind nach oben unterwegs. Geben Sie beiden je dreizehnhundertfünfzig.«

Jake drückte zweimal auf den Sprechknopf seines Mikrofons und ließ die Maschine dann langsam auf 30000 Fuß steigen, wo er bei 250 Knoten TAS in den Horizontalflug überging und den Autopiloten einschaltete. Er hielt den Vogel schön gleichmäßig in einer 12-Grad-Linkskurve. Kurze Zeit später sah Jake die erste Phantom – eigentlich nur ihr blinkendes Zusammenstoßwarnlicht – aus den Wolken auftauchen. Der Jagdflieger befand sich anfangs auf Gegenkurs, aber sobald er den Tanker sah, schwenkte er steil ab, um die KA-6D abzufangen. Jake aktivierte das Tankpult und stellte den Zähler auf 1350 Kilogramm ein. Er ließ den 15 Meter langen Tankschlauch heraus, der in einem Trichter mit 65 Zentimeter Durchmesser endete. Die Betankung konnte beginnen, sobald der Schlauch ganz abgespult war. Wenn die fast eineinhalb Tonnen Kerosin hinübergepumpt waren, wurde der Tankvorgang automatisch beendet.

Die Führungsmaschine schloß mit Kurs 45 Grad rasch zu ihnen auf; die zweite F-4 war auf dem gleichen Rendezvouskurs noch einige Meilen entfernt. Beide Jäger flogen einen engeren Kreis als Jake, um den Abstand zu verkürzen. »Da kommen sie«, sagte Jake zu seinem Bombenschützen.

In weniger als einer Minute hatte die erste Phantom zu ihnen aufgeschlossen und sich links neben das Tankerflugzeug gesetzt. Jake beobachtete die F-4 und sah, wie ihre Tanksonde auf der rechten Seite der Maschine unterhalb des Cockpits in einem Winkel von 45 Grad ausgefahren wurde. Er beschrieb mit seiner roten Taschenlampe einen Kreis, der durch zweimaliges Blinken vom Rücksitz des Jägers aus beantwortet wurde. Dann wurde die Phantom etwas langsamer und verschwand nach hinten. Jake schaltete den Autopiloten ab – er neigte dazu, die Maschine Nickbewegungen ausführen zu lassen, wenn das zu betankende Flugzeug seine Sonde in den Trichter schob – und konzentrierte sich darauf, einen gleichmäßigen großen Kreis zu fliegen.

Dem Jagdflieger gelang es gleich beim ersten Versuch, die Tanksonde einzuführen. Sobald er den Trichter knapp zwei Meter weit nach vorn in Richtung Tanker geschoben hatte, leuchtete am Tankpult der KA-6D ein grünes Licht auf, und der Zähler begann, den abgegebenen Treibstoff in 50-Kilo-Mengen zu messen. Jake beobachtete, wie der zweite Jäger, dessen grinsendes Haifischmaul mit dem gelben Auge darüber im rotierenden Schein des Zusammenstoßwarnlichts des Tankers eben sichtbar war, sich links neben ihn setzte. Der Bombenschütze meldete inzwischen der *Shiloh*, daß die Betankung klappte, so daß der startbereite Reservetanker nicht gebraucht wurde.

Nachdem die erste Maschine betankt war, stellte Razor den Zähler zurück, und Jake blinkte den Piloten des zweiten Jägers an. Während die erste Phantom sich rechts neben die Intruder setzte, glitt die andere nach hinten. Dieser Pilot brauchte zwei Anläufe, um seine Tanksonde in den Trichter zu bringen. Dieses Manöver erforderte geschickte Feinarbeit mit Leistungshebeln und Steuerknüppel – vor allem, wenn die Flugzeuge von Turbulenzen durchgeschüttelt wurden.

Sobald die zweite Phantom ihren Treibstoff erhalten hatte, setzte sie sich rechts neben die Führungsmaschine. Für den unwahrscheinlichen Fall, daß der Trichter während des Einholens vom Schlauch abriß, vergewisserte Razor sich, daß kein Flugzeug mehr hinter dem Tanker war. Als eine Signalleuchte am Tankpult anzeigte, daß der Trichter verstaut war, sah der Bombenschütze zur ersten Phantom hinüber. Ein rotes Blinkzeichen vom Rücksitz aus bestätigte ihm, daß der Einholvorgang abgeschlossen war.

Die beiden Jäger drehten ab und nahmen Kurs auf die ihnen zugewiesene Position 150 Seemeilen nordwestlich der *Shiloh*. Sie bildeten die Barrier Combat Air Patrol (BARCAP), die den Auftrag hatte, aus Nordvietnam kommende nicht identifizierte Flugzeuge abzufangen und abzuschießen.

Razor beobachtete, wie sie am mondhellen Himmel verschwanden. Dann drückte er auf seinen Sprechknopf und meldete dem Schiff, daß die Betankung abgeschlossen war.

»Verstanden. Fliegen Sie einen Kreis mit vierzig Meilen Radius um das Schiff, um festzustellen, wie umfangreich dieses Wolkengebiet ist.«

Jake ließ die Maschine sinken, bis sie dicht über der Wolkendecke waren. Obwohl er nur noch mit geringster Marschgeschwindigkeit – 220 Knoten TAS – flog, erzeugten die unter ihnen vorbeirasenden Wolkenberge die Illusion hoher Geschwindigkeit. Von Zeit zu Zeit kollidierten sie mit einem silberglänzenden Wolkenkamm, bohrten sich hindurch und schossen auf der anderen Seite wieder heraus. Wegen der in dieser Flughöhe – gut 8,5 Kilometer über dem Meeresspiegel – ganz fehlenden Turbulenzen hatten die beiden Männer das Gefühl, ihre Maschine hänge bewegungslos im Raum, während die Erde sich unter ihnen hinwegdrehe.

Nachdem sie die *Shiloh* mit 40 Seemeilen Abstand umkreist hatten, meldeten sie, daß die Wolkendecke nach allen Richtungen hin geschlossen war, und kehrten zu ihrem Kreis mit fünf Meilen Radius zurück. Jetzt begann die große Warterei. Bei eingeschaltetem Autopiloten konnte die Besatzung wenig mehr tun, als ihre Cockpitanzeigen zu überwachen und den Nachthimmel nach anderen Flugzeugen abzusuchen. Nachdem Jake sich davon überzeugt hatte, daß alles in Ordnung war, zog er seine Handschuhe aus und stopfte sie in den Spalt zwischen dem linken Rand der Instrumententafel und der Cockpitverglasung. Danach zog er den Brief von seiner Freundin aus der Ärmeltasche und las ihn im winzigen roten Lichtkreis der in die Mittelstrebe des Kabinendachs eingelassenen Leselampe.

Seine Verzagtheit wurde von Zeile zu Zeile größer. Auf der ersten Seite sprach sie von den schönen Zeiten, die sie miteinander erlebt hatten. Auf der zweiten Seite teilte sie ihm mit, daß sie einen anderen heiraten wollte. Die dritte und letzte Seite enthielt eine Aufzählung aller Gründe, aus denen ihre Beziehung aus ihrer Sicht nicht hätte funktionieren können. Jake las den Brief nochmals langsam durch, steckte ihn in den Umschlag zurück und schob ihn wieder in seine Ärmeltasche.

Als die A-6-Staffel nach seinem ersten Törn vom Flugzeugträger nach Whidbey Island geflogen war, hatte Linda ihn dort abgeholt. Sie hatte beobachtet, wie Jake aus dem Cockpit geklettert und übers Vorfeld auf sie zugekommen war; sie hatte gewartet, bis er sie erreichte, und erst dann die Arme ausgebreitet, um ihn zu begrüßen. Die anderen Frauen waren ihren Männern entgegengelaufen. Schon damals hätte er etwas ahnen müssen.

Bei ihrer letzten Begegnung an jenem Sonntag in San Francisco hatten sie einen Spaziergang vom Fisherman's Wharf zu den korinthischen Säulen des Palace of Fine Arts gemacht. Sie waren mit Cable Cars gefahren, hatten den Straßenmusikanten zugehört und hatten die Vögel beobachtet, die über der von der Sonne aufgeheizten pastellfarbenen Stadt segelten. »Du paßt nicht in die Navy«, hatte sie behauptet. »Mein Gott, Jake, du bist jemand, der am Straßenrand hält, um einen Regenbogen zu bewundern. Wozu willst du Bestandteil dieses Systems bleiben? Und so viele Marineflieger aus unserem Freundeskreis sind bei Abstürzen ums Leben gekommen. Nach jeder Begegnung, nach jedem Telefongespräch mit dir frage ich mich, ob ich dich jemals lebend wiedersehen werde.« Warum hatte er nicht schon damals gewußt, was kommen würde?

Eine Stimme aus dem Lautsprecher des Funkgeräts. Tanker Control wies sie an, nach Nordwesten zu fliegen und die BARCAP erneut zu betanken. Die Jäger hatten genügend Treibstoff, um bis zur vorgesehenen Landezeit in der Luft zu bleiben, aber für den Fall, daß die Trägerkampfgruppe angegriffen wurde, war es vernünftig, ihnen mehr als genug mitzugeben. Diesmal kam der Tanker zu den Jägern. Nachdem beide Phantoms je 1150 Kilogramm Treibstoff übernommen hatten, kehrte die KA-6D mit 220 Knoten zu ihrem Fünfmeilenkreis zurück.

Sie stellten das zweite Funkgerät – ein Luxus, den Tankerflugzeuge den Bombern voraushatten – auf die Strike-Frequenz ein und hörten schließlich, wie sich Cowboy Parker und dann Sammy Lundeen über der Küste zurückmeldeten. Vor ihnen allen lag jetzt die schwierige Aufgabe, nachts auf dem Träger landen zu müssen.

Die Minuten verstrichen langsam. Jake hatte Mühe, wachzubleiben, obwohl er zuvor vierzehn Stunden durchgeschlafen hatte. Nachdem er den Kabinendruck kontrolliert hatte, nahm er Maske und Helm ab und legte sie in seinen Schoß. Der Geräuschpegel war hoch, aber nicht unerträglich. Aus einer Tasche seiner Überlebensweste zog er eine kleine Plastikflasche und kippte sich einen Schuß Wasser übers Genick. Davon wurde er wieder wach. Er trank einen Schluck warmes Wasser, das nach Plastik schmeckte, goß sich etwas übers Haar und befeuchtete auch sein Gesicht. Dann schraubte er die Flasche zu, steckte sie weg und setzte Helm und Sauerstoffmaske wieder auf.

»Fünf-zwo-zwo, hörst du mich?« Das war Lundeens Stimme.

»Positiv«, antwortete er über Funk.

»Auf Taktische umschalten.«

Jake betätigte den Frequenzwahlschalter, stellte die der Staffel zugewiesene taktische Frequenz ein, wartete fünf Sekunden und sagte: »Hier Devil, kommen.«

»Wo bist du, Jake?«

»Oben in Basis plus zwoundzwanzig.«

»Gut, ich komme zu dir rauf.«

Klick, klick.

»Aber vorher Scrambler einschalten.«

Während Jake ihren Srambler einschaltete, meldete sich Razor über die Bordsprechanlage. »Was kann er wollen?«

Grafton zuckte mit den Schultern. Er hatte keine Ahnung, weshalb sich Sammy mit ihnen über dem Schiff treffen wollte. Vielleicht brauchte er Treibstoff oder hatte irgendeinen Defekt am Flugzeug. Vielleicht wollte er bloß grinsen und winken und im Mondschein neben ihnen herfliegen, weil Jake sein Kamerad war und Sammy eine Schwäche für solche Gesten hatte. Sie würden es bald erfahren.

Der Pilot überprüfte jetzt die in den Abwurf- und Innentanks noch vorhandene Treibstoffmenge. Dazu drückte er auf einen Knopf für den jeweiligen Tank und konnte die Menge dann am Treibstoffmesser ablesen. Normalerweise zeigte er automatisch die restliche Gesamtmenge an – aber er konnte versagen wie jedes andere elektronische oder mechanische Gerät. Der kluge Mann, der eines Tages im Bett zu sterben hoffte, rechnete stets nach. Die Arithmetik der Treibstoffrechnung verzieh keinen Fehler: Sie kannte keine negativen Zahlen.

Sie hatten 1000 Kilogramm Treibstoff für Start und Steigflug verbraucht, 5000 Kilogramm abgegeben und verbrauchten bei 220 Knoten TAS jetzt nur 1800 Kilogramm pro Stunde. Nach Jakes Rechnung mußten sie nach eineinhalb Stunden Flugzeit etwa 3100 Kilogramm Treibstoff haben. Die Addition der angezeigten Werte ergab 3200 Kilogramm. Das war übereinstimmend genug. Die Abwurftanks waren jetzt ebenso leer wie die Flügeltanks; der restliche Treibstoff befand sich in den beiden Rumpftanks. Da sie in 20 bis 30 Minuten auf der *Shiloh* landen würden, konnte er beim Aufsetzen mit mindestens 2200 Kilogramm Treibstoffvorrat rechnen. Er lehnte sich zurück.

»Wie weit ist's bis Da Nang?« fragte er Razor. Falls sie aus irgendeinem Grund nicht auf dem Träger landen konnten, wäre das der nächste Ausweichflugplatz gewesen.

Der Bombenschütze blätterte in seinen Notizen. »Hundertfünfzig«, erklärte er dem Piloten.

»Laß es dir lieber noch mal bestätigen.« Razor erkundigte sich bei dem Controller vor dem Radarschirm in Strike Ops tief im Inneren eines großen Schiffs. Nach kurzer Pause teilte der Controller ihm mit, die Entfernung betrage 140 Seemeilen, und gab den Kurs dorthin an. Beide Männer notierten ihn sich auf ihren Kniebrettern.

Sammy mußte aus Nordwesten zu ihnen aufschließen. Jake begann, diesen Quadranten nach dem auffällig blinkenden roten Zusammenstoßwarnlicht abzusuchen. Nach weniger als einer Minute hatte er es entdeckt. Er beobachtete, wie es größer wurde, als die Intruder näher kam, und wartete auf den Kurswechsel, der zeigen würde, daß die Bomberbesatzung sie gesehen hatte. Als die A-6A ihren Kurs beibehielt, drückte Jake auf seine Sprechtaste. »Ich bin bei zehn Uhr, Sam.« Jetzt kurvte die andere Maschine ein.

Lundeen setzte sich links neben Grafton. »Sieh dir meinen Vogel mal an, Jake«, forderte er ihn auf. »Ich führe jetzt.« Durch diesen Führungswechsel war nun Grafton für die Einhaltung des Sicherheitsabstands zwischen den beiden Flugzeugen verantwortlich.

Jake klickte zweimal und nahm die Leistungshebel etwas zurück. Er setzte sich hinter und unter die Intruder, die nun die Windschutzscheibe ausfüllte. »Mit der weißen Taschenlampe ableuchten«, wies er Razor an. McPherson hätte das unaufgefordert getan.

Der Lichtstrahl glitt über die hellgraue Beplankung des Bombers. Die Aufhängepunkte waren leer; nur die Scharfstelldrähte aus Kupfer glänzten im schwachen Lampenlicht. An der Spitze jeder mechanischen Bombe saß ein vom Luftstrom angetriebener Propeller, den dieser Draht festhielt, solange die Bombe eingehängt war. Beim Ausklinken wurde der Scharfstelldraht herausgezogen. Der Luftstrom drehte den Propeller für zuvor eingestellte kurze Zeit, wodurch die Bombe in sicherer Entfernung von dem Flugzeug scharfgestellt wurde. Fehlten die Scharfstelldrähte eines vom Einsatz zurückkehrenden Bombers, hatte er lauter Blindgänger geworfen: Die Drähte hatten verhindert, daß die Propeller sich drehten und die Bomben scharfstellten.

Razor leuchtete mit seiner Taschenlampe den rechten Flügel ab und ließ den Lichtstrahl dann nach hinten gleiten. Hinter der Flügelwurzel entdeckten sie in der rechten Rumpfseite vor dem Höhenleitwerk die ersten Löcher. Viele kleine Löcher mit ausgefransten Rändern.

»Nach hinten leuchten!« verlangte Jake. Seiten- und Höhenleitwerk wiesen weitere kleine Löcher auf. Jake steuerte den Tanker näher heran, bis er keine drei Meter mehr vom Heck des Bombers entfernt war. Er spürte, wie die Wirbel hinter der anderen Maschine seinen linken Flügel nach unten drückten, und glich sie durch leichten Steuerdruck aus.

»Sammy, du hast hinter dem rechten Flügel mindestens hundert kleine Löcher im Rumpf und Leitwerk – wahrscheinlich von Flaksplittern.«

»Sieh mal nach der Röhre des Fahrtmessers.«

Jake suchte die Oberkante des Bomberleitwerks ab. Die Röhre war verschwunden. Er meldete es Lundeen.

»Hab' ich mir gedacht«, seufzte der andere. »Unser Fahrtmesser zeigt hundertzehn Knoten an. Am besten überprüfst du auch die andere Seite.«

Jake glitt nach links, und Razor leuchtete auch diese Seite des Bombers ab. Sie entdeckten ein mittelgroßes Loch im linken Klappenruder.

»Jetzt sieh dir die Fahrwerksklappen an«, verlangte Lundeen.

Jake glitt nach vorn, bis sie sich unmittelbar unter dem Bomber befanden. Die Fahrwerksklappen waren von Schmierfett und gelbem Konservierungsmittel fleckig, schienen aber unbeschädigt zu sein. Hätten sie Löcher aufgewiesen, wären die Reifen in den Fahrwerksschächten vermutlich platt gewesen. Razor meldete der Bomberbesatzung, daß keine weiteren Schäden festzustellen seien.

»Der Fahrtmesser zeigt nicht an, der Computer ist steifgefroren wie ein Eiswürfel, der Radarhöhenmesser ist futsch, der TACAN-Empfänger arbeitet nur ab und zu, die Bordsprechanlage ist ausgefallen, und der Funkkompaß mag nicht mehr. Mal sehen, ob wenigstens der Haken runterkommt.« Der Fanghaken fiel einwandfrei, und Jake meldete diese Tatsache. »Vielleicht lassen wir uns lieber von dir runterführen«, schlug Sammy vor.

»Okay«, sagte Jake. Er setzte sich links vor den Bomber. »Ich führe jetzt. Ich schlage vor, daß wir die Anflugkontrolle rufen, damit du deine Story erzählen kannst.«

»Äh ... wie wär's mit einem Schluck, solange wir damit beschäftigt sind? Ich könnte fünfhundert brauchen.«

Jake sah erneut auf den Treibstoffmesser. Er würde ohnehin keine Reserve mehr haben und hatte Tanker Control schon gemeldet, daß er keinen Treibstoff mehr abgeben könne. Aber Sammy hätte nicht danach gefragt, wenn er den

Sprit nicht gebraucht hätte. Er betätigte einen Schalter des Tankpults und ließ den Schlauch mit dem Trichter abrollen.

»Dann wird's aber verdammt knapp für uns«, beschwerte sich Razor.

»Falls wir aussteigen müssen, werd' ich so naß wie du«, sagte der Pilot. »Die beiden dort drüben könnten wir sein.«

Razor erhob keine weiteren Einwände.

Nach längerem Gespräch mit der Anflugkontrolle erhielten die Intruder eine Warteposition zugewiesen. »Ihr Abrufpunkt ist eins-sechs-null Grad bei zwo-vier. Übergang zum Landeanflug null-eins-vier-acht. Fünf-zwo-zwo entläßt Fünf-null-sechs am Ball, fliegt erneut an und landet unmittelbar danach.«

Razor wiederholte die Anweisungen des Controllers, erhielt sie bestätigt und sah dann zu Grafton hinüber. »Neuntausend Fuß bei vierundzwanzig Meilen.«

»Richtig.«

Die Abrufpunkte dienten zur Staffelung landender Maschinen bei Nacht oder bei schlechtem Wetter, das keine Sichtanflüge zuließ. Die niedrigste Höhe, die zugewiesen werden konnte, war 5000 Fuß in 20 Seemeilen Entfernung vom Schiff. Jedem weiteren Flugzeug wurde ein Abrufpunkt zugeteilt, der 5000 Fuß höher lag und eine Meile weiter entfernt war. So entstanden Abrufpunkte in 5000 Fuß bei 20 Seemeilen, in 10000 bei 21, in 15000 bei 22 und so weiter. Die Höhe wurde nicht mit durchgegeben, weil sie stets um 15 niedriger als die Entfernung in Seemeilen war. Zu der für den Übergang zum Landeanflug genannten Zeit sollten die Piloten mit Kurs auf die *Shiloh* genau über ihrem Abrufpunkt sein.

Diese Zeiten wurden in Abständen von einer Minute gestaffelt, und da der Landeanflug mit 250 Knoten erfolgte, bis in zwölf Meilen Entfernung das Fahrwerk ausgefahren wurde, folgen die anfliegenden Maschinen einander in Minutenabständen. Zumindest theoretisch, dachte Jake – und die Sache klappte auch in der Praxis meistens recht gut, wenn nicht gerade so ein miserables Wetter wie in dieser Nacht herrschte.

Er hörte zu, wie andere Flugzeuge ihre Abrufpunkte zugeteilt bekamen. Sie alle erhielten niedrigere Höhen und frühere Landezeiten zugewiesen. Gegenwärtig warteten nur sechs Maschinen auf Landeerlaubnis: die beiden Phantoms der BARCAP, die beiden A-6-Bomber, das ECM-Flugzeug EA-6B Prowler und Jakes Tanker KA-6D. Auch ein Frühwarnflugzeug E-2 Hawkeye befand sich in der Luft, aber da seine Propellerturbinen so wenig Treibstoff verbrauchten, würde es wie üblich vier Stunden lang patrouillieren. Jakes Tankerflugzeug sollte diesmal als letzte Maschine landen. Falls Lundeen aufs Deck knallte oder nicht von der Landefläche geschleppt werden konnte, befand sich der Tanker mit knapper werdendem Treibstoff in einer kritischen Lage. Daran ließ sich nichts ändern, weil irgend jemand Sammy hinunterführen mußte.

Als Lundeen seinen Treibstoff hatte, senkte Jake den Bug seiner Maschine, ließ die Fahrt auf 250 Knoten ansteigen und nahm dann die Leistungshebel zurück. »Dreh deinen Spiegel ein bißchen nach außen«, forderte er Razor auf. Der Bombenschütze drehte den Spiegel etwas nach außen. Nun konnte Jake die A-6 im Spiegel beobachten. Er griff mit der linken Hand nach einem Schalter und stellte das Zusammenstoßwarnlicht ab, dessen von den Wolken zurückgeworfenes rotes Blinken Lundeen stören würde.

Sie streiften einen Wolkenberg und verließen dann Mond und Sterne, um in eine dunkle Welt hinabzutauchen. Anfangs hielt Lundeen etwa fünf Meter Abstand zwischen seinem Cockpit und Jakes rechter Flügelspitze. Aber als sie durch die Wolken tiefer gingen, strömte Regenwasser in horizontalen Linien über sein Cockpit und ließ die Lichter des Tankers verschwimmen. Deshalb schloß Lundeen dichter auf, bis der Abstand zwischen seinem Plexiglas und der Flügelspitze der KA-6D weniger als drei Meter betrug. Sammy begann zu schwitzen. Er wußte genau, daß der kleinste Steuerfehler bewirken konnte, daß dieser Abstand sich so vergrößerte, daß die Verbindung zu dem Tanker in der Dunkelheit abriß – oder daß ihre Maschinen zusammenstießen und sich überschlagend ins Meer stürzten.

»Das TACAN ist ausgefallen«, meldete Marty Greve seinem Piloten. Da ihre Bordsprechanlage nicht mehr funktionierte, mußte der BN schreien, um den Cockpitlärm zu übertönen. Ohne TACAN-Empfänger konnte der Bomber die *Shiloh* nur noch mit seinem Radar finden. Natürlich konnte Lundeen sich vom Träger mit Radar führen lassen, solange sein Funkgerät arbeitete, aber der ausgefallene Fahrtmesser bedeutete, daß er seine Anfluggeschwindigkeit nicht kontrollieren konnte. Erst wenn er das Fahrwerk ausgefahren hatte, konnte er sich an die Anzeige des Neigungsmessers halten. Er mußte bei Jake bleiben, um die *Shiloh* finden zu können, welbst wenn seine Avionik ganz ausfiel.

Solange er Grafton hatte... »Wieviel Sprit, Marty?« fragte Lundeen, ohne den Tanker aus den Augen zu lassen.

»Dreizehnhundertfünfzig«, antwortete der BN laut. Das würde knapp werden.

Jake ging in 9000 Fuß in den Horizontalflug über und flog den Wartepunkt an. Als sie ihn erreichten, meldete Razor der *Shiloh*: »Fünf-zwo-zwo um drei-neun über Wartepunkt. Status zwo-komma-zwo.«

Auch Marty Greve meldete sich. »Fünf-null-sechs um drei-neun über Wartepunkt. Status eins-komma-drei.«

Jake konnte der Versuchung nicht widerstehen, Razor nochmals darauf hinzuweisen. »Hast du das gehört?« fragte er ihn. »Hätten wir ihnen keinen Sprit gegeben, könnten sie praktisch schon aussteigen.«

In der A-6 beugte sich Marty Greve zu seinem Piloten hinüber und meinte so beiläufig, wie das schreiend möglich war: »Wir hätten uns von Jake etwas mehr Sprit geben lassen sollen.«

»Dort oben sind noch andere, die vielleicht auch was brauchen«, antwortete Sammy ebenso laut. »Wir schaffen's mit dem, was wir haben.«

Greve zuckte lediglich mit den Schultern. Aus langer Erfahrung wußte er, das für einen guten Piloten ein monumentales Selbstbewußtsein ebenso wichtig wie seine Fliegerkombi war. Piloten waren restlos von sich selbst überzeugt. Die Navy bildete junge Männer aller Gesellschaftsschichten aus, eliminierte jeden, der Anzeichen von Selbstzweifel erkennen ließ – mit anderen Worten jeden, auf dem die übliche Bescheidenheit lastete, die der größte Teil der Menschheit mit sich herumschleppt –, und behielt nur die mit viel Mut und wenig Hirn, wie Marty nach ein paar Drinks im Officers Club gern behauptete. Trotzdem, so überlegte er sich jetzt, besaß Lundeen die bemerkenswerte Fähigkeit, einer Katastrophe ins Gesicht zu sehen, ihr den Vogel zu zeigen und unbekümmert weiterzumachen.

In dieser Nacht sah der Bombenschütze immer wieder besorgt auf den Treibstoffmesser. Greve hatte ihr Ziel nicht gleich beim ersten Versuch finden können, und Lundeen hatte darauf bestanden, eine Schleife und einen zweiten Angriff zu fliegen. Da Lundeen der Pilot war, hatte er seinen Willen durchgesetzt – aber dabei waren sie in eine Flakfalle geraten. Lundeen hatte geflucht und gebrüllt und gedroht, den BN zu erwürgen, wenn er das Ziel wieder nicht finde. Aber diesmal hatte Greve es gefunden.

Nach dem Angriff war Sammy steil eingekurvt, um die Flakstellung mit seinen Rockeyes anzugreifen. Dabei hatte die Maschine zum zweiten Mal Treffer abbekommen. Die Rockeyes waren Schüttbomben: Jeder der 225 Kilogramm schweren Behälter enthielt fast 250 Kleinbomben, die einen ovalen Bombenteppich von 60 x 100 Metern bildeten. Die Sprengwirkung einer dieser Kleinbomben reichte aus, um einen Panzer außer Gefecht zu setzen.

Sie hatten zuviel Treibstoff verbraucht, waren zu lange mit voller Leistung geflogen. Sammy hatte dem Träger bewußt nicht gemeldet, daß sie einen kleinen Schluck aus dem Tanker brauchten, um Strike Control nicht erklären zu müssen, daß Marty das Ziel nicht beim ersten Anflug hatte finden können. Der Pilot würde niemals darüber sprechen, sondern ihm auf die Schulter klopfen und überall laut verkünden, Marty Greve sei der gottverdammt beste Bombenschütze, der je eine A-6 unter seinem Arsch gehabt habe. Aber im Augenblick, das wußte Greve genau, hätte Lundeen seine Seele dem Teufel verkauft, wenn ihm das weitere 500 oder 1000 Kilogramm Treibstoff verschafft hätte.

Noch während er sich darüber Sorgen machte, ließ die KA-6D wieder ihren Tankschlauch abrollen. Greve machte Lundeen darauf aufmerksam, der nicht zu stolz war, um ein Geschenk anzunehmen, und seine Sonde in den Trichter einführte. Als die grüne Signalleuchte des Tankers erlosch, hatten sie fast 1700 Kilogramm Treibstoff in den Tanks.

»Jake ist ein echter Kamerad«, stellte Greve fest.

Die Anflugkontrolle kündigte einen Uhrenvergleich an, und Marty und Razor stellten ihre Uhren nach dem Zeitsignal. Jake überflog den Wartepunkt um 01.44 Uhr und leitete eine weite Kurve mit 90 Grad Richtungsänderung pro Minute ein.

Rechts von ihm flog Lundeen etwas höher und so nach rückwärts gestaffelt, daß er jetzt das rote Kniebrettlicht am Cockpitrand neben Razors rechtem Knie sehen konnte. Sobald sich die muschelförmigen Bremsklappen an den Flügelspitzen zu öffnen begannen, würden sie das Kniebrettlicht verdecken. Sollte Lundeen diesen Augenblick verpassen, würde er die Geschwindigkeit seiner Maschine selbst bei Leerlaufstellung der Leistungshebel nicht auf die des führenden Flugzeugs herabsetzen können. Aus seiner Sicht würde dieser Vorgang so aussehen, als überhole er Grafton.

Greve warnte ihn 30 Sekunden vor Beginn des Landeanflugs, und Lundeen verdoppelte seine Konzentration. »Gleich ist's soweit!« rief der Bombenschütze in dem Augenblick, in dem das rote Licht im Tankercockpit verschwand. Lundeen fuhr seine Bremsklappen aus und veränderte die Stellung der Leistungshebel. Jake hatte seine Bremsklappen ein Stück weit ausgefahren und eine halbe Sekunde gewartet, um Sammy Zeit zum Reagieren zu geben, bevor er sie ganz ausfuhr. Das war das richtige Verfahren, an das sich leider viele Piloten nicht hielten.

»Fünf-zwo-zwo verläßt Abrufpunkt mit Fünf-null-sechs im Schlepp. Status eins-komma-sieben.« Damit hatte Jake gerade noch genug Treibstoff für seinen zweiten Anflug, nachdem er den Bomber auf den Gleitpfad gesetzt hatte.

»Fünf-null-sechs verläßt Abrufpunkt«, meldete auch Greve. »Status eins-komma-sechs.«

Der Controller in der Anflugkontrolle bestätigte ihre Meldung und teilte ihnen eine neue Frequenz zu. Die beiden Bombenschützen nahmen den Wechsel vor und meldeten sich erneut.

In 5000 Fuß verringerte Jake die Sinkgeschwindigkeit und kurvte ein, um Kurs auf den Gleitpfad zu nehmen. Sie flogen noch immer in Wolken. In 4000 Fuß warf Sammy einen Blick auf seinen Radarhöhenmesser, der jedoch nicht funktionierte. Die schwarzen Boxen mit der Avionik befanden sich im hinteren Rumpfteil des Bombers, wo sie vermutlich durch Flaksplitter beschädigt worden waren.

In 2000 Fuß setzte Jake seine Sinkgeschwindigkeit weiter herab und fuhr die Bremsklappen ein. Lundeen blieb dicht bei ihm. Mit zurückgenommenen Leistungshebeln sanken sie – noch immer in Wolken – auf 1200 Fuß und flogen in Turbulenzen mit 250 Knoten auf die *Shiloh* zu. Sie waren noch zwölf Seemeilen von ihr entfernt, als die erste Phantom alle vier Halteseile verfehlte und durchstarten mußte. »Abbruch! Abbruch! Abbruch!« rief der LSO über Funk.

Jake bestätigte seine Funksprechtaste. »Klappen«, wies er Lundeen an und fuhr seine Bremsklappen aus. »Fahrwerk«, fügte er hinzu und fuhr Fahrwerk und Klappen aus.

Auch beim Übergang in die Landekonfiguration blieb Sammy unbeirrbar neben ihm. »Wie bei den Blue Angels«, erklärte er Marty mit unüberhörbarem Stolz in der Stimme. Eine erfolgreicher Pilot – und das war jeder, der noch lebte – fand selbst Kleinigkeiten befriedigend: ein gelungenes Rendezvous, einen guten Instrumentalanflug, einen glatten Konfigurationswechsel im Instrumentenflug. Die Fluglehrer förderten diese Tendenz von Ausbildungsbeginn an, indem sie mit ihren Schülern sämtliche Details der Kunst des Fliegens ausführlich besprachen. Marty Greve hatte einmal eine zehnminütige Diskussion darüber gehört, wie ein rollendes Flugzeug am sanftesten abzubremsen und zum Stehen zu bringen sei.

Die Turbulenzen machten Lundeen seine Aufgabe noch schwerer. Er wußte nicht mehr, in welcher Fluglage er sich befand. Seine einzigen Orientierungshilfen waren die Flügelspitze und der schemenhafte Rumpf des Tankers. Regenwasser floß in wahren Sturzbächen über sein Cockpit.

Die Tankerbesatzung stellte ihr zweites Funkgerät auf die LSO-Ausweichfrequenz ein und hörte gerade noch, wie Cowboy Parker landete. Ausweichfrequenzen wurden benützt, um die Gefahr zu verringern, daß der Pilot der nachfolgenden Maschine die Anweisungen des LSOs für den landenden Piloten auf sich bezog. Jake hörte, wie auch die zweite F-4 durchstarten mußte und Anweisungen für den erneuten Landeanflug erhielt. In einer schlimmen Nacht, in der vielleicht 20 Maschinen landen wollten, herrschte auf allen Frequenzen großes Durcheinander, und der LSO hatte Mühe, sich mit seinen Anweisungen für den jeweils landenden Piloten durchzusetzen. Nun konnte Jake die erfolgreiche Landung der Ea-6B verfolgen.

Jake verringerte seine Geschwindigkeit auf 116 Knoten. Der Neigungsmesser und der Indexer – eine Ampel am linken Rand der Windschutzscheibe, wo er sie beim Anflug im Blickfeld hatte – zeigten ihm, daß er zu schnell war. Aber er zog es vor, lieber zu schnell zu sein, um plötzliche Geschwindigkeitsänderungen durch Turbulenzen auszuschließen, bis er den Gleitpfad erreicht hatte.

Sie steckten noch immer in dichten Wolken. »Fünf-zwo-zwo, Sie sind am Gleitpfad. Sinken einleiten.« Jake nahm die Leistungshebel zurück und sah den Zeiger des Neigungsmessers absacken. »Fünf-zwo-zwo, Sie sind auf dem Gleitpfad.« Jake bestätigte die Meldung mit einem Doppelklicken. »Fünf-zwo-zwo, melden Sie Ihre Zeigerstellung.«

Jake sah auf das Kreuzzeigergerät des automatischen Trägerlandesystems, das ihm vom Computer der *Shiloh* errechnete Gleitpfad- und Azimutangaben lieferte, und meldete: »Nadeln rechts und Mitte.« Das bedeutete, daß er sich dem Gerät nach auf dem Gleitpfad, aber etwas links der Mittellinie befand.

»Anzeige nicht beachten. Sie sind etwas zu hoch und leicht rechts. Nach links verbessern und Sinken erhöhen.« Offenbar verwirrten die beiden in Formation fliegenden Maschinen den Schiffscomputer. Jake konzentrierte sich auf die Instrumente und überprüfte Kurs, Sinkgeschwindigkeit und Indexer. Seine Augen waren in ständiger Bewegung. Sie nahmen alle Informationen auf, die ständig mit der Realität in Übereinstimmung zu bringen waren, daß eine schwierig zu fliegende Maschine in labiler Luft einem mit 3,5 Grad geneigten Gleitpfad folgen sollte. Jetzt nahm Jake etwas Leistung weg und trimmte den Bug eine Kleinigkeit nach oben, um bei 112 im grünen Bereich des Indexers zu bleiben. Dann kontrollierte er den barometrischen Höhenmesser und verglich ihn mit der Anzeige des Radarhöhenmessers. »Sie sind auf Gleitpfad, auf Mittellinie. Verbessern Sie zwei Grad nach rechts.« Grafton führte die Anweisung aus.

Der LSO sprach mit der Phantom vor ihnen. »Deck schwankt ziemlich... weiter so... etwas mehr Leistung... nicht zu viel! ... Abbruch! Abbruch! Abbruch!«

»Fünf-zwo-zwo auf Gleitpfad, etwas links der Mittellinie.« Jake senkte die rechte Flügelspitze, um zu korrigieren. Sie unterschritten 500 Fuß. Wie weit reichte dieses Zeug hinunter? »Fünf-zwo-zwo, auf Gleitpfad, auf Mittellinie.«

In 300 Fuß kamen sie aus den Wolken. »Ball«, meldete Razor seinem Piloten.

»Fünf-zwo-zwo, eine Dreiviertelmeile. Fünf-null-sechs, Ball melden.«

Marty Greve drückte seine Sprechtaste. »Fünf-null-sechs, Intruder-Ball, eins-komma-fünf.« Sammy Lundeen behielt den Tanker im Auge, bis er sah, daß Grafton die Bremsklappen einfuhr, schneller wurde und nach links abdrehte. Er hörte, wie Jake dem Controller das Abdrehen meldete und angewiesen wurde, auf 1300 Fuß zu steigen und zum Gegenanflug einzukurven.

Lundeen starrte nach vorn. Dort lag das Schiff. Er sah den Ball links neben der Landefläche, die weiße Mittellinienbefeuerung und die roten Lichter der Höhenmarkierung, die am Heck bis zum Wasser hinunterreichten und eine dreidimensionale Wirkung erzeugten. Die Windschutzscheibe der A-6 wurde nicht von Scheibenwischern, sondern von Triebwerksabluft freigehalten, die Greve bereits angestellt hatte. Der Indexer zeigte, daß ihre Geschwindigkeit stimmte, und der Ball ließ erkennen, daß sie etwas zu niedrig waren. Lundeen korrigierte ihre Höhe.

»Mir ist schwindlig«, erklärte er Marty. Er warf unwillkürlich einen Blick auf den künstlichen Horizont, um sich zu vergewissern, daß die Flügel waagerecht waren. Er hatte das Gefühl, eine Linkskurve zu fliegen, und mußte dem Drang widerstehen, durch Senken der rechten Flügelspitze zu korrigieren. Seine Augen sagten ihm, daß sie sich im Horizontalflug befanden – folglich trog sein Instinkt.

»Flügel waagerecht!« rief Greve. Lundeen riß sich von dem Instrument los und konzentrierte sich wieder auf Ball und Landefläche. Weil das Schiff stampfte, tanzte auch der Ball zwischen den Begrenzungsleuchten auf und ab. Lundeen kämpfte gegen die mit räumlicher Desorientierung verbundene Übelkeit und gegen den Drang an, jeden Ausschlag der Gleitpfad-Signalleuchte zu korrigieren. Aus Instinkt schob er die Leistungshebel etwas nach vorn.

»Zuviel Leistung«, sagte der LSO über Funk.

»Flügel waagerecht«, versicherte Marty ihm. Lundeen schob die Leistungshebel nach vorn, als sie in die durch die Inselaufbauten erzeugten Turbulenzen sanken, und riß sie wieder zurück, sobald sie unverwirbelte Luft erreichten.

Dann waren sie über der Deckskante. Wie durch ein Wunder sank der Ball, was bedeutete, daß das Deck sich der landenden Maschine entgegenhob. Das Hauptfahrwerk setzte hart auf, der Bug knallte nach unten, und Sammy Lundeen schob die Leistungshebel bis zum Anschlag nach vorn und fuhr automatisch die Bremsklappen ein. Dann spürte er den willkommenen Ruck, mit dem die starke Verzögerung einsetzte. Sammy riß die Leistungshebel in Leerlaufstellung zurück und atmete auf. »Wieder mal Schwein gehabt«, erklärte er Marty. Alle Trägerlandungen waren kaum mehr als kontrollierte Abstürze.

Im Gegenanflug wußte Jake Grafton, daß Lundeen glatt gelandet sein mußte, weil der LSO keinen Abbruch gemeldet hatte. Seine Aufmerksamkeit konzentrierte sich jetzt auf die zweite F-4, deren Treibstofflage kritisch zu werden begann. Ihr Pilot hatte zweimal durchstarten müssen, während die erste Phantom beim zweiten Versuch erfolgreich gewesen war. Die Flugeigenschaften dieser überschallschnellen Jäger waren das Ergebnis konstruktiver Kompromisse. Ihre Landegeschwindigkeit lag 30 Knoten höher als die der A-6, und sie waren im Langsamflug schwieriger zu beherrschen. In geringer Höhe und mit ausgefahrenem Fahrwerk verbrauchten ihre Triebwerke Unmengen von Treibstoff.

Als Jake zum Endanflug einkurvte, meldete Stagecoach 203, die noch nicht gelandete zweite F-4, den Ball mit 1800 Kilogramm Treibstoff. »Warum schicken sie ihn nicht nach Da Nang oder zum Tanken nach oben?« fragte Razor über die Bordsprechanlage.

»Keine Ahnung«, antwortete Grafton, während er zum Landeanflug Fahrwerk und Klappen ausfuhr. »Sie werden schon wissen, was sie tun.« Hoffentlich! fügte er im stillen hinzu.

Während er seine Geschwindigkeit herabsetzte, um im grünen Bereich des Indexers zu bleiben, hörte er, wie sich der eben gestartete Tanker auf einer der Landefrequenzen meldete. »Er scheint Probleme zu haben«, sagt Jake zu Razor.

Nun war kein Tankerflugzeug, das Treibstoff abgeben konnte, mehr in der Luft. Aber das Schiff würde bestimmt gleich den mit seiner Besatzung an Deck bereitstehenden Reservetanker starten. Wurde diese Entscheidung zu lange aufgeschoben, hatte der Jäger, der noch immer zu landen versuchte, nicht mehr genug Treibstoff, um die Mindesthöhe zu erreichen, in der er den Tanker anfliegen konnte. Das wußte der Jagdflieger am Ball natürlich auch – und dieses Wissen würde seine Konzentrationsfähigkeit nicht gerade erhöhen.

»Abbruch! Abbruch! Abbruch!« rief der LSO über Funk. Seine Stimme klang hörbar frustriert. »Zwo-null-drei, Sie korrigieren zuviel. Sie versuchen, dem Ball nachzujagen. Halten Sie ihn ungefähr in der Mitte, und bleiben Sie cool.«

Der hat gut reden, dachte Grafton, bevor der LSO ihn ansprach.

»Fünf-zwo-zwo, Sie sind am Gleitpfad. Sinken einleiten... Fünf-zwo-zwo, Sie sind noch etwas zu hoch... Fünf-zwo-zwo, melden Sie Ihre Zeigerstellung.«

»Hoch und rechts.«

»Richtig. Fliegen Sie nach den Zeigern.«

Jake Grafton konzentrierte sich auf das Kreuzzeigergerät, was bedeutete, daß er es etwa die Hälfte der Zeit im Auge behielt und die restliche Zeit für die Kontrolle von Höhenmesser, Neigungsmesser, Variometer und künstlichem Horizont verwendete. Da der Schiffscomputer den elektronischen Gleitpfad unabhängig von den Decksbewegungen stabilisierte, war es viel leichter, nach den Zeigern als nach dem Ball zu fliegen. Das optische Landungssystem der *Shiloh* glich horizontale Bewegungen automatisch aus, aber es konnte das Stampfen des Trägers nicht kompensieren.

Im Sinkflug hörte er den Piloten der Phantom fragen, ob er tanken oder nach Da Nang ausweichen könne. »Da Nang ist wegen eines Raketenangriffs vorübergehend geschlossen, und der Tanker ist trocken. Wir bringen bald etwas Sprit in die Luft.«

»Bald ist vielleicht ein bißchen zu spät«, stellte der Pilot bissig fest.

Bei 280 Fuß kam der Tanker aus den Wolken. Jake ging sofort vom Instrumentenflug in den Sichtflug über und kontrollierte ihren Anstellwinkel, den Ball und die Ausrichtung zur Mittellinie, während Razor den Ball meldete. Der Bombenschütze stellte den Abluftstrom an, der die Windschutzscheibe freihielt. Bei seinem Anflug beobachtete Jake, wie das Licht – der Ball – zwischen den grünen Begrenzungsleuchten auf und ab tanzte: Ohne daß er Leistungshebel oder Steuerknüppel bewegt hätte, schwankte es zwischen diesen beiden Extremen. Er versuchte zu erreichen, daß die Ausschläge nach oben und unten etwa gleich groß blieben. Während des Landeanflugs dauerte jeder dieser Zyklen etwa acht Sekunden.

Dann waren sie da! Die roten Lichter der Höhenmarkierung glitten unter dem Bug hinweg, und der Ball schien zu steigen, weil die Maschine flacher ausschwebte – oder weil das Schiff unter ihr wegsackte. Jake nahm etwas Leistung weg, drückte den Steuerknüppel leicht nach vorn und zog ihn dann ganz zurück, während er wieder auf volle Leistung ging. Dieses Manöver – ein ›Sturzflug an Deck‹ – verstieß gegen sämtliche Betriebsvorschriften, aber es brachte eine Maschine in kritischen Lagen zuverlässig an Bord. Das Hauptfahrwerk krachte aufs Deck, und das Bugrad kam aus einem Meter Höhe herunter, weil die Stoßdämpfer des Hauptfahrwerks zusammengestaucht wurden. Die Triebwerke brachten schon fast wieder ihre Startleistung, als die einsetzende Verzögerung die beiden Männer nach vorn gegen ihr Gurtzeug warf.

»Toll!« sagte Razor. »Mein Gott, wie ich diese Scheißlandungen hasse!«

Der Einweiser winkte den Tanker auf einen Abstellplatz vor den Inselaufbauten. Sobald er dort stand, klappte ein Chief vom Wartungsdienst die Pilotenleiter herunter, öffnete das Cockpit und kletterte hinauf. Jake hielt seinen Helm mit der linken Hand vom Ohr weg, damit er hören konnte, was der Chief sagte. »Wir füllen Ihre Innentanks. Sie starten wieder!« rief der andere, um das Pfeifen der im Leerlauf arbeitenden Triebwerke zu übertönen. »Der Reservetanker ist defekt. Dies ist unsere letzte gute Maschine.« Noch während der Chief sprach, schleppten Betanker in purpurroten Sweatshirts einen Treibstoffschlauch heran und verriegelten ihn am Einfüllstutzen. Jake entlüftete die Tanks und signalisierte den Männern mit hochgerecktem Daumen, daß das Tanken beginnen konnte.

»Wir starten wieder«, teilte er Razor über die Bordsprechanlage mit. »Die Reservemaschine ist defekt.«

»Das nennt man Glück! Warum gerade *wir*? Warum schikken sie nicht 'ne andere Besatzung los? Ruf den Chief her. Sag ihm, daß die Reservebesatzung diesen Vogel übernehmen soll. Cowboy hat's auf mich abgesehen, weil ich im Umkleideraum neben ihm gefurzt habe.«

»Er ist eben erst gelandet, Razor. Halt die Klappe, ja?«

»Bei Scheißwetter erwischt's immer mich in dieser gottverdammten Schiffsschaukel. Das ist jedesmal so! Will denn kein anderer ein bißchen Spaß haben?« Jake ignorierte den Bombenschützen, der über die Bordsprechanlage weiter meckerte.

Das Betanken dauerte fünf Minuten. In dieser Zeit landete der Tanker, der keinen Treibstoff hatte abgeben können, aber Stagecoach 203 mußte mit einem Funkenregen von dem übers Deck scharrenden Fanghaken durchstarten.

Vielleicht würde der Air Boss nun die Konturenfanganlage aktivieren lassen. Dieses riesige Netz aus Nylongurten, das unmittelbar hinter dem vierten Fangseil zwischen umklappbaren Netzstützen ausgespannt wurde, konnte ein Flugzeug einfangen, ohne es wesentlich zu beschädigen. Aber sein Pilot mußte es an Deck bringen, bevor er in die Fanganlage raste, sonst drohte eine Katastrophe. Wahrscheinlich sprach der Air Boss jetzt mit dem Air Operations über die Vor- und Nachteile dieser Lösung. Jake sah kurz zu der als ›Pri-Fly‹ bezeichneten Glaskanzel hinauf, in der ihr Air Boss thronte. Er war froh, diese Entscheidung nicht treffen zu müssen.

»Bloß schade, daß die Netzstützen verbogen sind«, meinte Razor.

Jake schwieg verlegen. Das mußte in ihren Unterlagen gestanden haben – und er hatte darüber hinweggelesen. Verdammt noch mal! Er war heute nacht wirklich nicht ganz auf der Höhe. Und er hatte Sammy Sprit gegeben, ohne das Schiff zu informieren. Razor hatte recht gehabt: Er hätte nicht fliegen sollen.

Als das Cockpit nach dem Tanken wieder geschlossen war, wurde der Tanker bis zur Haltelinie am rechten Rand der Landefläche vorgewinkt. Sie würden von einem der Mittelkatapulte starten müssen, denn vor beiden Bugkatapulten waren Maschinen abgestellt. Stagecoach 203 stieß erneut durch Nebel und Regen herab, aber diesmal erkannte der Pilot, daß sein Anflug hoffnungslos war, und startete noch vor dem Aufsetzen wieder durch. Der Einweiser winkte Grafton nach vorn zu Katapult 3. Der Pilot klappte die Flügel der KA-6D ab, kontrollierte die Steuerung und rollte langsam gegen die einrastende Laufkatze. Zwanzig Sekunden später war der Tanker in der Luft.

Jake drückte seine Sprechtaste. »Zwo-null-drei. Ihr Status?«

»Sechshundertachtzig«, antwortete der andere Pilot.

»Okay, Sie haben nicht mehr genug Sprit, um die Wolken zu übersteigen, deshalb treffen wir uns unten, falls der nächste Anflug wieder schiefgehen sollte. Bleiben Sie in zweihundertfünfzig Fuß unter dem Dreck, und fahren Sie Klappen und Fahrwerk ein. Ich schließe dann zu Ihnen auf. Wo sind Sie im Augenblick?«

Der F-4-Pilot gab seine Position durch: 1200 Fuß, sieben Seemeilen vom Schiff entfernt im Gegenanflug. Jake ging in 1500 Fuß auf Gegenanflugkurs, der dem Schiffskurs genau entgegengesetzt war.

Der Air Operations Officer meldete sich über Funk. »Zwo-null-drei, falls Sie diesmal wieder durchstarten müssen und keine Verbindung zu dem Tanker bekommen, gehen Sie im Geradeausflug auf fünftausend Fuß und steigen dort aus. Der Engel holt euch dann aus dem Teich. Verstanden?«

»Zwo-null-drei, wird ausgeführt.« Als ob sie eine andere Wahl gehabt hätten!

»Und ich will nicht, daß einer von euch beiden ins Wasser fliegt.«

Grafton machte sich nicht einmal die Mühe, mit der Sprechtaste zu klicken. Schließlich wollte keiner der beiden Piloten Selbstmord verüben. Aber wenn sie nicht verdammt vorsichtig waren, konnten sie ebenso tot sein. Und falls die Besatzung der Phantom aussteigen mußte, ging sie das große Risiko ein, sich in ihren Fallschirmleinen zu verheddern und zu ertrinken, bevor der Rettungshubschrauber bei ihnen war.

Jake konzentrierte sich auf die vor ihm liegende Aufgabe. Die Phantom würde langsamer werden, wenn ihr Pilot Fahrwerk und Klappen ausfuhr, und der Tanker würde zu ihr aufschließen. Zu diesem Zeitpunkt mußten sie unter den Wolken sein – ungefähr 250 Fuß über dem Meeresspiegel. Er hatte vermutlich keine Zeit, ständig auf den Höhenmesser zu achten. »Sobald wir unter dreihundert sind, meldest du alle fünf Sekunden unsere Höhe«, wies er Razor an. Der Bombenschütze mußte den Höhenmesser aufmerksam beobachten. Jedes unbemerkte Sinken konnte binnen weniger Sekunden zum Aufschlag aufs Meer führen.

»Falls du mich umbringst, Grafton«, erklärte Razor, »trete ich dir in den nächsten zehntausend Jahren in der Hölle in den Arsch.« Als der Pilot nicht reagierte, fragte Razor sich: »Scheiße, warum bin ich bloß nicht so schlau gewesen, zur gottverdammten Army zu gehen?«

Jake Grafton blieb im Gegenanflug, während die Phantom zum Queranflug einkurvte. Als er sicher war, genügend Abstand zu haben, schwenkte er ebenfalls zum Queranflug und ließ die Maschine dabei langsam sinken. Er war noch 500 Fuß hoch, als er seinen Endanflug begann. Zwo-null-drei befand sich zwei Seemeilen von der *Shiloh* entfernt auf dem Gleitpfad.

Los, du Hundesohn, diesmal schaffst du's!

Aber Jake wußte, daß er vergeblich hoffte. Der Jagdflieger war entmutigt wie ein Footballteam, das 20 Punkte zurückliegt. Er brauchte etwas, das ihm neues Selbstvertrauen gab. Vielleicht war ein voller Tank das beste Beruhigungsmittel. Jake sank langsam weiter. Auch in 250 Fuß befand er sich noch teilweise in Wolken, aber er hielt diese Höhe, weil er Angst davor hatte, noch tiefer zu gehen.

Sein Fahrtmesser zeigte 275 Knoten, die TACAN-Entfernung war fünf Seemeilen. Die F-4 war jetzt eine Meile vom Schiff entfernt und meldete den Ball. Diesmal mußte es klappen!

Wenn Razor nicht gerade ihre Flughöhe meldete, hörte Jake dem LSO zu, als plötzlich eine Ansammlung von Lichtern vor ihnen in der Dunkelheit auftauchte.

Verdammte...

»Ziehen!« kreischte Razor.

Jake riß den Steuerknüppel zurück und schob die Leistungshebel nach vorn, während Verwirrung und Adrenalin ihn überfluteten. Er starrte die Entfernungsanzeige des TACAN-Empfängers an, während der Andruck ihn in den Sitz preßte und sich der Bug der Maschine steil hob. Das konnte nicht der Träger sein!

Nein – aber Wachzerstörer!

Er zog die Leistungshebel zurück und drückte den Knüppel nach vorn. Die beiden Männer schwebten über ihren Sitzen, als ihre Maschine nach vorn kippte. Sie waren in 1000 Fuß Höhe zwei Meilen vom Schiff entfernt und mußten schnellstens wieder hinunter. Jake senkte den Bug um zehn Grad und fing den Tanker in 250 Fuß ab.

»Abbruch! Abbruch! Abbruch!«

Nachdem Jake sich erneut vergewissert hatte, daß er waagerecht flog, sah er sich im Regen um. Sein Adrenalinausstoß war noch immer hoch. Er konnte nichts sehen und mußte gegen aufkommende Panik ankämpfen.

»Halt dich bereit, den Schlauch auszufahren«, forderte er Razor zwischen zwei Höhenmeldungen auf.

Endlich sah Jake den Träger als rötlich beleuchtete Masse aus dem Regen auftragen. Er schob seine Leistungshebel etwas nach vorn. Der Jäger flog mit 250 Knoten vor ihm her. Grafton erhöhte die Leistung noch mehr. Sie rasten in 250 Fuß mit 350 Knoten an der *Shiloh* vorbei. »Stagecoach zwo-null-drei, Ihre Position?«

»Zwei Meilen voraus, hundertachtzig Kilogramm.« Der Treibstoffvorrat der Phantom lag fast unter der Anzeigengenauigkeit ihres Treibstoffmessers; die Triebwerke konnten jeden Augenblick aussetzen.

»Fahrt?«

»Zwo-fünfzig.« Dann hatte Jake ihn in Sicht. Hochstimmung verdrängte die Angst, die er noch vor wenigen Sekunden empfunden hatte. Er nahm die Leistungshebel zurück und fuhr die Bremsklappen ein Stück weit aus.

»Wir tanken bei dreihundert«, kündigte er an. Sekunden später waren sie beieinander. Jake überholte den Jäger links und stabilisierte seine Geschwindigkeit bei 300 Knoten, während der F-4-Pilot beschleunigte – wahrscheinlich zum letzten Mal, wenn er jetzt keinen Treibstoff bekam –, sich hinter den Tanker setzte und seine Sonde rasch und glatt in den Schlauchtrichter einführte. Sobald das Transfersignal aufleuchtete, ging Jake in den Steigflug über. »Ihr bekommt jetzt Sprit«, meldete er über Funk.

Der F-4-Besatzung schien es die Sprache verschlagen zu haben, denn ihre Antwort bestand aus dem Doppelklicken zweier Sprechtasten.

»Wieviel kriegt Stagecoach zwo-null-drei?« fragte Razor das Schiff.

»Gebt ihm zwotausendfünfhundert, und wenn's beim nächsten Versuch wieder nicht klappt, kann er Da Nang anfliegen. Der Platz ist wieder offen. Ist das verstanden, Zwo-null-drei?«

»Verstanden. Wir versuchen's noch einmal.«

In 1200 Fuß kurvte Jake in den Gegenanflug ein und führte die F-4 zum nächsten Landeanflug zurück. Als die Phantom betankt war, meldete ihr Pilot sich: »Dafür sind wir euch einen schuldig, Jungs!« Er fuhr Klappen und Fahrwerk aus und wurde im Rückspiegel des Tankers kleiner. Alles Gute! dachte Jake, während seine Lichter schwächer wurden und erloschen.

Selbstvertrauen läßt sich nicht erzwingen; im entscheidenden Augenblick hat man's – oder man hat's nicht. Der F-4-Pilot, dessen Namen Jake nicht kannte, hatte es wieder, denn er landete beim nächsten Anflug glatt.

»So, jetzt sind wir dran«, murmelte Razor fast wie betend, nachdem die Phantom gelandet war.

»Fünf-zwo-zwo, noch fünf Meilen im Endanflug. Auf Landegeschwindigkeit gehen. Melden Sie Ihren Status.«

»Dreizehnhundertsechzig Kilogramm.« Grafton betätigte die Fahrwerks- und Klappenhebel und fuhr den Fanghaken aus.

»Drei unten und verriegelt, Klappen in Startstellung, Vorflügel ausgefahren, Bremsklappen ausgefahren, Haken unten«, meldete er seinem BN, der ihm den Rest der Landungscheckliste vorlas, während der Pilot ihre Geschwindigkeit in den grünen Indexerbereich brachte.

»Fünf-zwo-zwo, Sie sind vor dem Gleitpfad.« Jake nahm etwas Leistung weg und klickte die Bugtrimmung nach vorn.

»Fünf-zwo-zwo, Sie sind unter dem Gleitpfad.« Verdammt! Er hatte die Leistung zu früh verringert. Jake schob die Hebel etwas nach vorn und beobachtete das Variometer, während er flacher zu sinken versuchte, um auf den Gleitpfad zu kommen. Die Maschine wurde von Turbulenzen durchgeschüttelt, und die Zeiger tanzten wie verrückt.

»Etwas unter dem Gleitpfad. Melden Sie Zeigerstellung.«

»Tief und rechts.«

»Anzeige nicht beachten. Sie sind unter dem Gleitpfad auf der Mittellinie.«

Jake kämpfte mit der Steuerung des Tankerflugzeugs. Er war sich darüber im klaren, aber er konnte nichts daran ändern. Sein sonstiges Feingefühl schien ihn verlassen zu haben. Keine Bewegung von Steuerknüppel oder Leistungshebeln bewirkte die genau richtige Reaktion der Maschine; alle Veränderungen waren entweder zu klein oder zu groß.

»Sie sind unter dem Gleitpfad, eine Dreiviertelmeile, melden Sie den Ball.«

»Fünf-zwo-zwo, Intruder-Ball, zwölfhundertfünfzig«, meldete Razor.

»Sie sind zu tief«, sagte der LSO.

Jake klickte seine Sprechtaste und erhöhte die Leistung.

»Sie sind zu hoch und zu schnell.«

Das merkte Jake selbst. Er nahm frustriert eine Menge Leistung weg und klickte den Bug höher, um zu sinken und gleichzeitig langsamer zu werden. Das funktionierte. Der Ball sank. Jake erhöhte die Leistung, um ihn einzufangen. Nicht genug. Der gelbe Ball sank unter die grüne Begrenzungsleuchte des Gleitpfads und wurde rot. Hier unten darfst du nicht bleiben; hier unten lauern die Flugdeckkante, unnachgiebiger Stahl, das dunkle Meer und der Tod im Wasser. Jake erhöhte die Leistung und drückte leicht nach.

Er überquerte die Flugdeckkante bei steigendem Ball und verringerte die Leistung zu spät! Als die Räder aufsetzten, verschwand der Ball nach oben vom Spiegel. Jake rammte die Leistungshebel bis zum Anschlag nach vorn und fuhr die Bremsklappen ein.

»Abbruch! Abbruch! Abbruch!«

Diesmal blieb die Verzögerung aus. Die Triebwerke lieferten fast wieder Vollschub, als das durchstartende Flugzeug in 20 Meter über dem Meeresspiegel das Deck verließ und ins Dunkel hinausraste. Jake hielt acht Grad Steigen ein und beobachtete die Höhenmessernadel, die sich nach oben bewegte.

Dann ertappte er sich dabei, daß er einzelne Instrumente anstarrte und kostbare Sekunden brauchte, um ihre Anzeigen zu entziffern. Offenbar verlor er allmählich den Überblick.

Reiß dich zusammen, Jake! sagte er sich. Nur noch einmal! Noch einen guten Anflug!

Als sie beim nächsten Landeanflug unter die Wolken gingen, betätigte Razor den Schalter, der Abluft vor die Windschutzscheibe leiten sollte. Aber diesmal passierte nichts. Regentropfen, die bei 300 Knoten weggeblasen wurden, bildeten bei 120 Knoten senkrecht über die Scheibe laufende Streifen, die ein prismatisches Miasma aus Doppelbildern erzeugten.

»Abluft!« verlangte Jake.

»Funktioniert nicht. Die Flügel sind waagerecht.«

Der gelbe Ball und die grünen Begrenzungsleuchten bildeten nur Lichtflecken auf der Windschutzscheibe. Jake unterdrückte aufkommende Panik und versuchte, auf die nur halb wahrgenommenen Anweisungen des LSOs zu reagieren. Sein Drang, diesmal das Fangseil zu fassen zu bekommen, war zwanghaft geworden. Er war zu schnell – darin waren sich der LSO und sein Indexer einig –, aber in diesem Wirklichkeit gewordenen Alptraum konnte er die Leistung nicht zurücknehmen. Jake hielt den Steuerknüppel wie in Todesangst umklammert. Die roten Lichtflecken der Höhenmarkierung flitzten unter dem Bug vorbei, und er beugte sich zur Seite, um den Ball im Auge zu behalten. Der Ball war etwas zu hoch und begann zu sinken!

Jake spürte, wie das Hauptfahrwerk aufs Deck knallte und der Bug absackte. Er hielt den Atem an, während er die Leistungshebel nach vorn schob und auf die Verzögerung wartete, und atmete dann stoßartig auf, als sie einsetzte. Oh, dieses Glückgefühl, als die Bremsvorrichtung unter Deck die kinetische Energie des landenden Flugzeugs aufzehrte! Jake spürte die Maschine schwanken, als sie wie ein gefangener Barsch am Fanghaken zitterte. Dann kam sie zum Stehen und begann, rückwärts zu rollen.

Später rief sich Jake in der Dunkelheit seiner Kabine den

gesamten Ablauf der Landung ins Gedächtnis zurück. Er inspirierte sein Selbstbewußtsein und versuchte, es wieder zu kitten. Und er sagte sich, daß kein Mensch jemals den Schaden bemerken würde.

Als Jake Grafton und Razor Durfee auf dem zweiten Deck von der Rolltreppe traten, ging der Pilot auf die Toilette. Nachdem er ausgetreten war, setzte er sich aufs WC und zündete sich eine Zigarette an. Auf der Toilette stank es nach Desinfektionsmitteln, aber die Zigarette schmeckte nach stundenlanger Abstinenz trotzdem gut. Jake stützte beide Ellbogen auf die Knie und legte sein Kinn in die Hände, als seine Müdigkeit ihn zu überwältigen drohte.

Seine Fliegerstiefel waren alt und abgetragen. Eine Sohle war seitlich zwei Zentimeter weit aufgeplatzt. Das Oberleder wies Risse auf. In den vergangenen fünf Jahren hatte er seine Stiefel kein einziges Mal geputzt.

Die Blutflecken von Druckanzug und Überlebensweste waren weitgehend verschwunden – beim Gehen und Sitzen abgerieben. Die feuerfeste Nomex-Außenhaut des Druckanzugs war ölig und schmutzig und an einigen Stellen eingerissen, aber die stärksten braunen Flecken waren zu kaum mehr erkennbaren bloßen Verfärbungen verblaßt. Wie unsere Trauer, dachte er. Sie verblaßt im Lauf des Lebens.

Jake schloß die Augen und genoß die Dunkelheit. Dann öffnete er sie wieder und starrte seine Hände an. Sie zitterten unbeherrschbar.

Dann ging die Tür auf. Sammy Lundeen kam herein und lehnte sich an die Tür. »Mit der Betankung der Phantom hast du verdammt viel riskiert, Cool Hand.«

»Ja.« Jake starrte die verblassenden braunen Flecken an, die alles waren, was von Morgan McPherson übriggeblieben war. »Ist der Skipper sauer?«

»Nein. Er raucht wie üblich seine Zigarre. Die Jungs aus der Phantom sind im Bereitschaftsraum und erzählen jedem, was für'n Held du bist. Sie behaupten sogar, du hättest ihnen das Leben gerettet, aber alle Jagdfliegerärsche sind verrückt und erzählen alles mögliche.«

Jake nahm einen tiefen Zug von seiner Zigarette. »Junge, heut ist's wieder lustig«, sagte er und dachte dabei an Morgan. »Was ist übrigens bei deinem Einsatz passiert?«

»Wir sind in eine Flakfalle geraten und wären beinahe abgeschossen worden. Ich weiß noch immer nicht, warum sie uns nicht erwischt haben. Dann haben wir das Ziel ohne den Computer angreifen müssen.«

»Mit Erfolg?«

»Wer weiß? Keine Sekundärexplosionen. Vermutlich haben wir den Lastwagenpark um ein, zwei Meilen verfehlt. Wahrscheinlich beklagt sich jetzt irgendein Commie bei 'nem schwachsinnigen Reporter darüber, daß die amerikanischen Kriegstreiber schon wieder eine Kirche bombardiert haben.«

»Einen Lastwagenpark?«

»Einen vermuteten Lastwagenpark.«

»Lohnt es sich, dafür zu sterben?«

»In ganz Indochina gibt's nichts, wofür es sich zu sterben lohnt, Mann, das kannst du mir glauben! Aber heute nacht haben die Gomers geballert, als wollten wir Ho Chi Minhs Grab bombardieren. Ich möchte wetten, daß der Kreml weniger stark geschützt ist. Wir haben wirklich Glück gehabt.« Er schüttelte den Kopf. »Verdammt viel Glück. Aber mit meinen Rocks auf die Flakfalle hab' ich drei Sekundärexplosionen erzielt.« Er grinste. »Dafür hat sich der Flug gelohnt.«

Jake ließ seine Kippe ins WC fallen. »Wie kommt's, daß der Reservetanker nicht hat starten können?«

»Weißt du das nicht? Ein Flugzeugwart ist ins rechte Eintrittsteil gesaugt worden.«

»Mein Gott, was für ein gräßlicher Tod!«

»Erstaunlicherweise hat er's überlebt. Der Chief hat gesehen, wie er dem Eingangsteil gefährlich nahe gekommen ist, und hat sich mit einem Hechtsprung auf ihn gestürzt. Er hat gerade noch seine Beine zu fassen bekommen. Der Wart ist mit dem Kopf voraus bis zu den Knien reingerutscht. Das hat ihn ziemlich fertiggemacht, wie du dir denken kannst. Helm, Schutzbrille und Taschenlampe sind ins Triebwerk geraten. Das sind wieder hundertfünfzigtausend Dollar, für die der Steuerzahler aufkommen muß.«

»Wer ist das arme Schwein gewesen?«

»Maggot. Er liegt unten im Lazarett.«

»Maggot! Der arme Kerl!« Jake stand mit seiner Helmtasche in der Hand auf. »Ich schaue mal bei ihm vorbei.«

»Danach verstaust du am besten deine Klamotten und kommst in den Bereitschaftsraum. Der Jagdflieger lechzt danach, dich zu küssen und mit seiner Schwester bekanntzumachen, die noch Jungfrau ist.«

Jake fand Maggot in einer der Kabinen des Schiffslazaretts. Mad Jack stand neben seinem Bett.

»Er hat den Schock noch nicht überwunden«, sagte der Arzt. »Er ist auch ein bißchen taub, aber das gibt sich in ein paar Tagen. Bleib nicht zu lange.« Mit einem Blick auf den fleckigen, schmuddeligen Druckanzug des Piloten fügte er hinzu: »Und faß hier unten nichts an, ja?«

Jake stellte seine Helmtasche neben das Bett und nahm auf dem einzigen Stuhl Platz. Maggots Gesicht war fast so weiß wie die Bettwäsche. Grafton beugte sich nach vorn und sprach laut: »Sie tun auch alles, um sich vor der Arbeit zu drücken, was?« Die Mundwinkel des Jungen zuckten. »Wie man hört, hätten Sie beinahe die Papiere abgegeben.«

Maggot nickte nervös und fuhr sich mit der Zungenspitze über die Lippen. »Ich bin eingesaugt worden wie'n Blatt oder so was, Mister Grafton. Eben bin ich noch gegangen – und im nächsten Augenblick bin ich schon mit dem Kopf voraus reingerutscht. Ich hab' gedacht, jetzt wär' alles aus.«

»Aber Sie haben verdammtes Glück gehabt.«

Der Junge hatte feuchte Augen. »Verdammt, Mister Grafton, ich hab' solche Angst gehabt! Dort drinnen ist's stockfinster gewesen, und der Lärm war unglaublich, und ich hab' nichts sehen können, und gespürt, wie der Verdichter mich ansaugt. Ich hab' gewußt, daß die Turbinenschaufeln bloß darauf warten, Hackfleisch aus mir zu machen, *aber ich hab' sie nicht sehen können!*« Er starrte die Wand hinter Jake an und blinzelte heftig, um seine Tränen zurückzudrängen. »Ich hab' mir in die Hose gemacht, glaub' ich. Aber das dürfen Sie nicht weitererzählen.«

»Natürlich nicht. Aber ich weiß, wie's ist, wenn man Angst hat. McPherson und ich haben so oft Angst gehabt, daß wir zuletzt gar nicht mehr mitgezählt haben.« Jake beugte sich noch weiter nach vorn und flüsterte laut wie auf der Bühne. »Wer sich noch nie vor Angst in die Hose gemacht hat, hat einfach noch nichts erlebt!« Er stand auf und griff nach seiner Helmtasche. »Aber wischen Sie keine Lufteinlässe mehr aus, okay?« Die Antwort bestand aus einem schwachen Lächeln.

Aus dem Bereitschaftsraum klang Stimmengewirr, als Jake die Tür öffnete. Lundeen hatte recht gehabt: Die Besatzung von Stagecoach 203 war mehr als dankbar. Der Pilot klopfte Jake auf die Schulter und schüttelte ihm wiederholt die Hand. Er hatte einen schwarzen gepflegten Schnurrbart, unter dem seine Zähne porzellanweiß leuchteten, wenn er grinste. »Scheiße, das war toll, Grafton! Einfach toll! Ich schulde Ihnen eine Flasche von Ihrer Lieblingsmarke – und die kriegen Sie, sobald wir im Hafen sind, das können Sie mir glauben!«

Jake winkte verlegen ab. »Das hätten Sie auch getan, wenn die Lage umgekehrt gewesen wäre.«

Der Jagdflieger, dessen Namensschild verkündete, daß er Fighting Joe Brett war, ließ Jakes Hand los. »So stell' ich's mir auch gern vor, Grafton. Aber das mit der Flasche ist mein Ernst.«

Um sie herum wurden ein Dutzend lauter Gespräche gleichzeitig geführt, während vorn der Skipper und Cowboy Parker halblaut miteinander sprachen. Lärmende Geselligkeit dieser Art war ein notwendiger Bestandteil der Entspannung nach jedem Einsatz. Dann trat der LSO in seinem weißen Sweatshirt zu der Gruppe, die sich um Jake gebildet hatte. In der Rechten hielt er das kleine grüne Buch, in dem er mit geheimnisvollen Kürzeln seine Beurteilung der Landeanflüge jedes Piloten vermerkte.

»Grafton, Sie haben heute nacht fast einen Rekord aufgestellt – zwei Anflüge mit null Punkten und einen mit Minuspunkten. Ihre letzte Landung ist die schlimmste gewesen, die ich seit Monaten zu sehen bekommen habe.«

Die Männer verstummten. Die Hälfte von ihnen starrte den LSO an, die andere beobachtete Jake. Minuspunkte bedeuteten, daß der Anflug gefährlich unfallträchtig gewesen war. Eine Landung mit null Punkten war kaum besser.

Der LSO sprach weiter. »Daß Sie bei stampfendem Schiff besonders vorsichtig sein müssen, wissen Sie so gut wie ich. Nachdem Sie bei der ersten Landung ins Deck geflogen sind, haben Sie beim nächsten Mal vor dem Abbruch überkorrigiert und beim dritten Mal wirklich hingelangt. Sie hätten leicht an die Flugdeckkante knallen oder das Fahrwerk Ihrer Maschine abreißen können. Ich sehe schon kommen, daß eines Nachts Ihre Fahrwerksbeine oben aus den Flügeln ragen.«

Das ließ sich Durfee nicht gefallen. »Hey, Arschloch, du hast doch gehört, daß ich gemeldet habe, daß die Abluft ausgefallen ist. Jake hat bei der Landung vor Regen praktisch nichts gesehen.«

Der LSO drehte sich nach ihm um. »Warum seid ihr beiden Genies nicht auf die Idee gekommen, euren Anflug abzubrechen und den Schalter im Gegenanflugteil zu überprüfen? Hast du den Schalter überprüft?« fragte er Razor.

Der Bombenschütze war rot angelaufen. »Hast *du* das gottverdammte Abbruchsignal gegeben, Arschloch?«

Der LSO ignorierte ihn und konzentrierte sich wieder auf den Piloten. »Noch 'ne Landung dieser Art, dann sorge ich dafür, daß Sie mit keinem Flugzeug mehr von diesem Schiff starten dürfen.« Er wandte sich ab und ging nach vorn.

Jake kam sich wie ein Nackter in einer Kirche vor. Er betrachtete die verlegenen Gesichter um sich herum und zuckte mit den Schultern. »Was soll ich dazu sagen, Jungs? Ich bin eben verzweifelt gewesen.«

Als Brett erneut nach Jakes Hand griff, sagte der Skipper laut: »Jake, sehen Sie zu, daß Sie ein bißchen Schlaf kriegen. Die nächste Einsatzbesprechung ist in vier Stunden.« Der Pilot wandte sich wortlos ab und machte sich auf den Weg in seine Kabine.

Aber Fregattenkapitän Camparelli war noch nicht fertig. Er winkte den LSO heran, der gehorsam herüberkam und vor dem Sessel des Skippers stehenblieb. »Hören Sie, Mister«, sagte Camparelli. »Sie beherrschen Ihren Job und halten fest, was passiert ist. Aber wenn Sie noch mal einen meiner Piloten so abkanzeln wie vorhin, sorge ich dafür, daß *Sie* abgelöst werden. Haben Sie verstanden?«

»Ja, Sir, aber...«

»Wer in dieser Staffel fliegt oder nicht, entscheide ich, nicht Sie. Von Ihnen will ich bloß Ihre Meinung hören.«

»Ja, Sir.«

»Verschwinden Sie jetzt! Ich will Sie nicht mehr sehen.« Der LSO marschierte hinaus. Der Skipper sah sich in dem Raum um, in dem es still geworden war. Er grinste, als sein Blick auf den schnauzbärtigen Piloten fiel. »Haben Sie eine Schwester?« fragte er ihn.

6

Die beiden Intruder waren am kristallklaren Morgenhimmel allein. Mehrere Kilometer unter ihnen verdeckten Haufenwolken Teile der südvietnamesischen Landschaft. Über ihnen brannte die Tropensonne mit voller Kraft herab, wärmte die Nacken der Männer und ließ sie in ihren olivgrünen Nomexanzügen beinahe ins Schwitzen geraten.

Jake Grafton flog ganz entspannt. Er hielt seine Position etwa 100 Meter rechts hinter der Maschine des Skippers, ohne sich bewußt anzustrengen. Beide Flugzeuge trugen je 16 225-kg-Bomben Mark 82 an Aufhängepunkten unter den Flügeln sowie den üblichen 900-kg-Zusatztank unter dem Rumpf. Im hellen Sonnenlicht wirkten die dunkelgrünen Bomben fast schwarz – in auffälligem Gegensatz zu den cremeweißen Flugzeugen, die sauber und wie poliert aussahen.

Jake Grafton und Marty Greve, der heute sein Bombenschütze war, blickten oft nach draußen. Bei den meisten Einsatzflügen kamen sie nicht dazu, und über dem Meer gab es außer Wolken nicht viel zu sehen.

Der Radarcontroller in einer anonymen Baracke bei Da Nang dirigierte die beiden Bomber nach Süden. Links von ihnen warf das Südchinesische Meer das Sonnenlicht durch Löcher in der Wolkendecke zurück; rechts sahen sie mit geschlossenen Urwäldern bedeckte Landstriche. Während die Erde unter ihnen vorbeizugleiten schien, wurden die Wolkenlöcher ständig größer. Der Controller übergab die Bomber einem Forward Air Controller (FAC), der irgendwo vor ihnen mit einem leichten Aufklärungsflugzeug unterwegs war und das Rufzeichen ›Covey‹ hatte. Greve stellte die zugewiesene Frequenz ein, und Grafton drückte zweimal die Sprechtaste, damit der Skipper wußte, daß er auf der neuen Frequenz hörbereit war.

»Covey zwo-zwo, hier Devil fünf-null-eins. Kommen.«

»Fünf-null-eins, hier Covey zwo-zwo. Melden Sie bitte Zusammensetzung und Bewaffnung.«

»Die Rotte Devil besteht aus zwei Alpha Sechs mit den Seitennummern fünf-null-eins und fünf-null-fünf. Fünf-null-eins führt. Beide haben je sechzehn Mark zwoundachtzig. Kommen.«

»Devil, verstanden. Nennen Sie Ihre Position.«

»Ungefähr fünf Minuten nördlich von Ihnen.«

»Verstanden. Die Lage ist folgende: Eigene Truppen haben Feindberührung mit ungefähr zwei Kompanien Vietkong, die sich entlang einer Baumreihe eingegraben haben. Wir wollen versuchen, sie dort rauszubomben. Die Baumreihe verläuft in Nord-Süd-Richtung. Ungefähr dreihundert Meter östlich davon liegen eigene Truppen. Sie können aus Norden oder Süden angreifen – ganz wie Sie wollen. Das beste Gelände zum Aussteigen liegt im Osten zum Meer hin. Feindliche Flak ist nirgends festgestellt worden. Ist das verstanden? Kommen.«

»Alles verstanden.«

»Wie viele Anflüge wollen Sie machen?«

»Je zwei.« Der Skipper ging kein unnötiges Risiko ein und flog nie mehr als zwei Angriffe. Wenn zwei Anflüge nicht ausreichten, um ein Ziel zu treffen, riskierte man seiner Überzeugung nach nur unnütz seine Maschine.

Marty beugte sich nach links und aktivierte das Waffenpult für den Abwurf der ersten acht Bomben. Jake konsultierte eine Tabelle auf seinem Kniebrett und stellte das vor ihm über den Instrumenten montierte Bombenzielgerät entsprechend ein. Um nach vorn sehen zu können, mußte er durch die Optik des Bombenvisiers blicken. Er stellte seinen Sitz eine Kleinigkeit höher, damit sich sein rechtes Auge genau in Höhe des gelben Fadenkreuzes befand. Dann kontrollierte er nochmals die Schalter des Waffenpults. Bis auf den Hauptschalter für die Stromversorgung der Zündkreise waren alle Schalter betätigt, die umgelegt werden mußten.

Der Skipper führte Jake in einer weiten Kurve aus 22000 Fuß herab. Über der Landschaft hingen nur einzelne niedrige Wolken. Hinter dem weißen Sandstrand verlief eine Straße parallel zur Küste. Aus ihrer Höhe sahen die Flieger ein Flüßchen, das sich ins Meer schlängelte, eine kleine Brücke, die es überquerte, und Reisfelder, die an der Straße begannen und sich bis zum Horizont nach Süden erstreckten.

»Der Punkt, der uns heute interessiert, Gents«, sagte der FAC, »ist das Reisfeld westlich der Straße und südlich des Flusses.« Eine einzelne Baumreihe bezeichnete den Westrand dieses Reisfelds. Hinter den Bäumen war niedrige Vegetation zwischen Wassertümpeln zu erkennen. Aus dieser Höhe sah die Landschaft wie eine Wiese aus, aber sie bestand vermutlich aus Sumpf mit hohem Schilf. Dorthin konnte sich der Vietkong zurückziehen, wenn er wollte.

»Okay, Devils, die Charleys sind unter der Baumreihe südlich des Flusses. Ich möchte, daß die Führermaschine am Fluß anfängt und ihre Bomben die Baumreihe entlang wirft. Nummer zwei, Sie machen dort weiter, wo Nummer eins aufgehört hat, und belegen den Rest der Baumreihe mit Bomben. Ist das verstanden?«

Der Skipper bestätigte die Anweisungen und blieb weiter im Sinkflug. Die Intruder hatten inzwischen 15000 Fuß erreicht und umkreisten das Ziel entgegen dem Uhrzeigersinn. Grafton wußte, daß die Männer am Boden die weißen Punkte am blauen Himmel hören und sehen konnten. Der Vietkong – möglicherweise auch reguläre nordvietnamesische Truppen – versuchte bestimmt, sich schnell noch tiefer einzugraben. Auf der anderen Seite beobachtete der ARVN-Kommandant zweifellos die wie Habichte kreisenden Bomber und grinste vor sich hin. Vietkong, jetzt ist's aus mit dir!

Jake nahm die Leistungshebel zurück und blieb weiter und weiter hinter der führenden Maschine zurück. Er wollte sehen, wohin Camparellis Bomben fielen, bevor er seinen Angriff begann.

»Devils, haben Sie Covey in Sicht?«

Beide A-6-Piloten bemühten sich, den kleinen Aufklärer zu finden, und entdeckten ihn im Osten, wo er über dem Strand kreiste. Im nächsten Augenblick kurvte er ein und schoß eine Rauchrakete in die Baumreihe. Jake beobachtete die Rauchwolke aufmerksam. Sie schien mit etwa zehn Knoten nach Nordwest zu treiben. Wenn er zielte, würde er diesen Wind berücksichtigen müssen.

»Das ist das Ziel, Jungs.«

Beide Piloten bestätigten den Hinweis.

»Okay, Devils, frei zum Angriff mit Covey in Sicht. Meldet heiß rein und gesichert raus.« Diese Meldungen ›heiß‹ und ›gesichert‹ bezogen sich auf die Stellung des Hauptschalters am Waffenpult. Da in unmittelbarer Nähe eigene Truppen lagen, konnte ein aus irgendeinem Grund erfolgender unbeabsichtigter Bombenwurf katastrophale Folgen haben.

Der Skipper kurvte in Richtung Ziel ein. Die Sonne ließ Camparellis Flügel aufblitzen, als er den Sturzflug begann. »Führer heiß rein.«

Jake beobachtete, wie das beschleunigende Flugzeug der Erde entgegenraste. Er sah die Kondensstreifen an den Flügelspitzen, als Camparelli seine Maschine aus dem Sturzflug abfing. Trotzdem passierte an der Baumreihe nichts.

»Führer gesichert raus, aber mit dem Werfen hat's nicht geklappt«, meldete Camparelli. Ein Defekt irgendwo im Auslösemechanismus hatte bewirkt, daß seine Bomben an den Aufhängepunkten geblieben waren.

Jake trimmte das Flugzeug für 500 Knoten. Nach einem letzten Blick auf den Höhenmesser konzentrierte er sich auf die Baumreihe und versuchte, den genauen Punkt im Raum zu finden, von dem aus er die Maschine auf den Rücken legen und dann in einem Winkel von 40 Grad so aufs Ziel zuschießen konnte, daß der Flugzeugrumpf stets knapp vor den Bäumen blieb.

Als er glaubte, diesen Punkt erreicht zu haben, drückte er auf seine Sprechtaste. »Zwo heiß rein.« Während Marty den Hauptschalter betätigte, legte Jake seine A-6 auf den Rücken und zielte mit dem Bug auf die Baumreihe.

Er brachte die Maschine wieder in Normalfluglage und veränderte die Stellung der Leistungshebel. Während ihre Geschwindigkeit rasch zunahm, überwachte er automatisch Fahrtmesser und Höhenmesser. Das gelbe Fadenkreuz des Bombenzielgeräts blieb stetig auf einen Punkt knapp links der Baumreihe gerichtet. Jake verbesserte etwas nach rechts, um den Bodenwind zu kompensieren. Aus seinem Kopfhörer drang Martys Stimme: »Zehntausend... neuntausend. Etwas zu flach. Achttausend, sechsunddreißig Grad...« Jake drückte etwas nach. Als ihre Fahrt die 500 Knoten erreichte, für die er die Maschine ausgetrimmt hatte, fühlte er das Nachlassen des Steuerdrucks.

Jetzt! Sein Daumen drückte auf den Abwurfknopf am Steuerknüppel. Die Maschine erzitterte, als die ersten acht Bomben ausgelöst wurden. Als das Zittern abgeklungen war, zog Jake den Knüppel zurück, und der Andruck preßte die beiden Männer in ihre Sitze.

Während der Bug über den Horizont stieg, suchte Jake den Himmel nach dem weißen Punkt der Führermaschine ab. Der Bombenschütze hob trotz des Andrucks mühsam den linken Arm, betätigte den Hauptschalter und meldete dann über Funk: »Zwo gesichert raus.«

»Gut gemacht, Devil zwo. Genau im Ziel.«

Jake sah sich um. Die Bäume verschwanden fast unter dunklen Rauchschwaden, die träge in der klaren Luft aufstiegen. Er senkte die linke Flügelspitze und begann kreisend zu steigen.

Er befand sich wieder in 15000 Fuß, als der Skipper seinen zweiten Angriff flog und dann wieder hochzog. »Heute ist nichts zu machen, Covey. Sie wollen einfach nicht fallen.«

Nun war Jake wieder an der Reihe. Nachdem er die Trimmung eingestellt hatte, legte er seine Maschine auf den Rükken. Marty betätigte wieder den Hauptschalter und meldete die Höhen. Diesmal hielt Jake genau 40 Grad ein. Die Baumreihe im Bombenvisier wurde größer, bis er einzelne Bäume unterscheiden konnte. In 6000 Fuß löste er seine Bomben aus. Beim Abfangen behielt er den Höhenmesser im Auge. Die Nadel kam in 3700 Fuß zum Stillstand und zeigte dann zunehmendes Steigen an, als der Bug der Maschine höher und höher stieg.

Jake sah die Intruder des Skippers vor sich und ließ die Leistungshebel nach vorn geschoben, um zu ihr aufzuschließen. Als die beiden Maschinen nach Norden abflogen, meldete der FAC sich erneut: »Devil zwo, Sie haben hundertprozentig getroffen. Gut gemacht! Devil eins, tut mir leid, daß Sie Ihre Bomben wieder mitnehmen müssen.«

»Ja, wir heben sie uns fürs nächste Mal auf.«

»Guten Heimflug. Horrido von Covey zwo-zwo.«

Er hielt das Photo unter die Schreibtischlampe. Es zitterte leicht in seinen Fingern, deshalb hielt er es fester. Er und Linda und Morgan und Sharon saßen mit den Olympic Mountains im Hintergrund auf der Motorhaube seines Olds 442. Sie hatten einen Tagesausflug zur Hurricane Ridge gemacht. Wann war das gewesen? Ah, richtig, irgendwann im August 1971 – nach ihrem ersten Seetörn. Die Gesichter auf dem Photo waren alle jung, alle unbekümmert fröhlich. Diese Zeit lag lange zurück.

Er legte das Photo auf den Schreibtisch und starrte ins Halbdunkel der Kabine. Er nahm einen Briefbogen aus der Kassette in einer Schublade und spielte mit seinem Kugelschreiber, zeichnete Strichmännchen aufs Papier und faltete Lindas Brief auseinander und las ihn mehrmals durch. Er beobachtete, wie die Minenspitze herauskam und verschwand, wenn er oben auf den Knopf drückte. Er schraubte den Kugelschreiber auseinander und begutachtete die Mine, die Feder und den kleinen Druckstift aus Plastikmaterial. Er ließ die Teile einzeln in den Papierkorb fallen. Den Briefbogen knüllte er zusammen. Er zerriß Lindas Brief in kleine Schnitzel und ließ sie langsam in den Papierkorb fallen.

Sharon hatte wenigstens den Mut gehabt, einen Versuch zu wagen. Er legte das Photo in den Safe zurück und knallte die Tür zu. Wo bewahrte Lundeen seinen Whisky auf?

Am nächsten Tag flog Jake erneut über Südvietnam, aber diesmal hatte er die Führung. Auf dem Sitz rechts neben ihm saß Big Augie Canfield. Sein Rottenflieger war Corey Ford, ein wortkarger Flugzeugbauingenieur vom MIT, der Testpilot werden wollte, weil das der erste Schritt zur Astronautenlaufbahn war. Fords Bombenschütze war Bob Walkwitz, dessen Persönlichkeit der des Piloten genau entgegengesetzt war. Während Ford sich jedes Wort zweimal überlegte, war Walkwitz ein Meister des flapsigen Kommentars. Er war unbekümmert respektlos – ein Mann, der nur für den Augenblick lebte. Wegen seines Drangs nach weiblicher Gesellschaft, der durch Alkohol noch verstärkt wurde, hatte Walkwitz von seinen Kameraden den Spitznamen »Boxmann« erhalten.

An diesem Morgen flogen die beiden Maschinen nach Süden, während die Controller am Boden miteinander sprachen, um ein Ziel für sie ausfindig zu machen. Bomben waren wertvolle Waffen, die eingesetzt werden mußten, bevor die Flugzeuge wegen Treibstoffmangels umkehren mußten. »Irgendwas in deinem Sektor?«

»Ich habe zwei schnelle Maschinen, die ein Ziel brauchen.«

»Ist bei euch drüben was los?«

Fünfzig Seemeilen nördlich von Saigon ließ der Controller sie nach Nordwesten ins zentrale Hochland abdrehen. »Na, hoffentlich wird das keine Pleite«, murmelte Big Augie mit einem Blick auf den Treibstoffmesser.

Die Reisfelder der Küstenebene wurden durch ein mit dichtem Urwald bewachsenes Gewirr aus Tälern und Hügelketten abgelöst. Gelegentlich wurde die aufgerissene rote Erde alter Bombenkrater sichtbar, aber im Gegensatz zur Umgebung von Hue oder der entmilitarisierten Zone weit im Norden wies dieses unzugängliche Gelände kaum Narben des Krieges auf, weil hier der Vietkong umumschränkt herrschte.

Die Hügelketten lagen im Dunst, aber vom wolkenlosen Himmel brannte die Sonne herab. Die Flieger schwitzten in ihren Nomexanzügen. Big Augie bemühte sich vergeblich, die Klimaanlage noch kälter zu stellen.

Der Controller befahl einen Frequenzwechsel, und Jake meldete sich bei einem FAC mit dem Rufzeichen »Nail zwovier«, der die beiden A-6 und zwei Jabos A-5 Corsair einwies.

»Als ich diese Straße entlanggeflogen bin, habe ich eine Gruppe von neun Kerlen in schwarzer Kluft gesichtet. Sobald sie mich entdeckt haben, sind sie südlich der Straße im Unterholz verschwunden. Jeder von ihnen hat ein Gewehr. Wir wollen versuchen, sie auszuräuchern.«

»Sind eigene Truppen in der Nähe?« fragte einer der Corsair-Piloten.

»Die nächsten sind zehn Meilen entfernt.«

Als die Intruder eintrafen, begannen sie in 18000 Fuß Höhe Linkskreise zu fliegen. Jake erkannte die beiden A-7 mehrere tausend Fuß unter ihnen auf der anderen Seite des Kreises. Ganz tief über dem Boden hob sich der Aufklärer als Silhouette von den Bäumen ab. Nachdem sein Pilot das Gebiet erkundet hatte, schoß er eine Rauchrakete ab.

»Der Rauch bezeichnet den westlichsten Punkt des Zielgebiets. Ich möchte, daß ihr die Bomben nach Osten fortschreitend paarweise ins Gelände knapp südlich der Straße werft. Frei zum heißen Anflug mit Nail in Sicht. Meldet Beginn und gesichert raus.«

Die erste A-7 löste sich von ihrem Rottenflieger und setzte zum Sturzflug an. Sekunden später bereiteten sich die Druckwellen ihrer paarweise detonierenden Bomben in konzentrischen Kreisen durchs Blätterdach des Dschungels aus. Die Detonationen folgten dem Straßenrand mindestens 300 Meter weit. Dichter schwarzer Rauch stieg auf. Im Funk waren nur die erforderlichen Meldungen zu hören: »Führer rein.«

»Gesichert raus.«

»Zwo rein.«

»Gesichert raus.«

Besorgte Blicke suchten den Dschungel und die Luft um jedes herabstoßende Flugzeug nach Mündungsfeuer und Flaksprengwolken ab. Im Sturzflug waren die Maschinen am verwundbarsten, weil sie der Erde in einer berechenbaren geraden Bahn näher kamen. Die besorgten Blicke waren überflüssig. Möglicherweise schossen einige der neun feindlichen Soldaten mit ihren Sturmgewehren – aber dann vergeudeten sie nur ihre Munition. Keine der angreifenden Maschinen unterschritt die bei etwa 3500 Fuß liegende maximale wirksame Schußhöhe von Handfeuerwaffen.

Nachdem jede Corsair ihre zehn Bomben geworfen hatte, meldete sich der Pilot der ersten Maschine erneut: »Nail, wir haben noch reichlich Zwanzigmillimetermunition. Welchen Sektor sollen wir damit unter Feuer nehmen?«

»Nehmen Sie sich den Streifen südlich des Angriffsgebiets vor.«

Diesmal stieß jede Corsair vor dem Abfangen aus dem Sturzflug einige Sekunden lang eine weiße Rauchspur aus. Ihre 20-mm-Maschinenkanonen spuckten pro Sekunde 100 Geschosse in den Dschungel.

Jake Grafton sah schweigend zu.

Wie mußte es dort unten sein? Wie mußte es sein, an einen Baum gepreßt dazuhocken oder vielleicht in verzweifelter Hast den mitleiderregenden Versuch zu machen, sich einzugraben, um Schutz vor dem Tod, der vom Himmel stürzte, zu finden? Der Pilot fuhr sich mit den Fingerspitzen unters Helmvisier und wischte sich den Schweiß aus den Augen.

Als die A-7 gemeinsam nach Nordosten abgeflogen waren, begannen die Intruder ihre Angriffe. Jede A-6 trug 16 225-kg-Bomben, die ebenfalls paarweise abgeworfen wurden. Das Treffergebiet südlich der Straße vergrößerte sich zwangsläufig. Die Bomben detonierten mit weißen Lichtblitzen, die sofort von schwarzen Rauchwolken aufgesogen wurden. Nachdem die Gewalt der Detonationen abgeklungen war, erfaßte eine leichte Brise den Rauch und trug ihn langsam davon.

Jake behielt den FAC und Corey Ford in Sicht und konzentrierte sich auf das gelbe Fadenkreuz des Bombenvisiers, das über den Dschungel dahinglitt. Solange sie sich im Sturzflug befanden, las Big Augie monoton die Höhen ab, ohne jedoch den Winkel zu erwähnen. Sie bombardierten mit riesigem Materialaufwand ein Gebiet, in dem sich neun winzige Männer aufhielten; dabei kam es wirklich nicht auf Präzision an.

Während die Bomber ihre letzten Angriffe flogen, wies der FAC zwei eben eingetroffene A-7 Corsair ein. Nach dem Abfangen ging Jake in einen flachen Steigflug über, damit Ford zu ihm aufschließen konnte. Während sein Rottenflieger auf der Innenkurve blieb, um den Weg abzukürzen, warf der Pilot einen letzten Blick in die Tiefe. Wo die Bomben ihn zerfetzt und aufgerissen hatten, wies der üppiggrüne Dschungel jetzt rote Narben auf. Die Erde selbst schien zu bluten. Schmutziggraue Rauchwolken trieben in einer Kette nach Nordwesten davon.

Sobald Ford sich rechts neben ihn gesetzt hatte, flog Jake nach Nordosten, wo das Meer und der wartende Flugzeugträger lagen. Er warf einen Blick auf seine Borduhr. Sie würden sich mit der Landung beeilen müssen. Jake schob die Leistungshebel nach vorn, nahm den Steuerknüppel zurück und ließ sich vom Schub der Triebwerke ins blaue Nichts emportagen.

Kumuluswolken, alle in gleicher Höhe, segelten übers Meer dahin. Jake Grafton ging tiefer, bis er sie fast streifte, sank dann noch weiter und begann sich durch die silberglänzenden Wolkenberge zu schlängeln. Erstmals an diesem Tag nahm Jake die Sonne, die ins Cockpit schien und die Wolken anstrahlte, bewußt wahr. Er fühlte, wie seine Anspannung nachließ, und reckte sich behaglich. Dies war sein letzter Flug in der gegenwärtigen Einsatzperiode. Er beobachtete Ford im Rückspiegel und stellte zufrieden fest, mit welcher Präzision der andere seine Position hielt, während sie tiefer gingen.

Jake suchte sich eine Wolke vor ihnen aus und flog geradewegs auf sie zu. Kurz davor zog er seine A-6A etwas hoch und leitete eine langsame Rolle ein. Dabei behielt er die andere Maschine im Rückspiegel im Auge und sah, daß Ford auch während der Rolle seine Position hielt. Jake stieß durch eine Lücke zwischen den Wolkenbergen in Steilkurven – die nur notwendig waren, weil er aus einer Laune heraus frei von den Wolken bleiben wollte – aufs Meer hinunter.

Nun waren sie unter den Wolken. Die blaugrauen Untergrenzen der Kumuluswolken befanden sich ebenso weit entfernt wie ihre weißleuchtenden Obergrenzen. Dies war eine dunklere Welt, in der die Wolkenberge Schatten auf das sonst glitzernde Meer warfen. Von seiner hohen Warte aus hatte Jake das Gefühl, sich in einem Tempel ohne Mauern zu befinden: in einem nur aus Licht und Schatten bestehenden Heiligtum. Selbst Piloten untereinander waren nicht imstande, das Gefühl zu beschreiben, das sie beim Fliegen hatten: eine Illusion der Vollkommenheit, die ihnen nur Gott – oder vielleicht ein dummer Zufall – nehmen konnte.

Sie sichteten das Schiff aus zwölf Seemeilen Entfernung. Jake führte seinen Rottenflieger durch eine weite Kurve, die sie in 3000 Fuß übers Kielwasser des Trägers brachte. Dann flog er auf der Backbordseite der *Shiloh* eine Warteschleife, die ihn in regelmäßigen Abständen übers Schiff führte. Nach der ersten Schleife begann der Flugzeugträger, um 180 Grad in den Wind zu drehen. Bisher war sein Kielwasser lediglich ein schmaler Streifen gewesen. Jetzt wühlten seine riesigen Schrauben die See auf, um den 95000 Tonnen schweren schwimmenden Flugplatz auf 22 Knoten zu beschleunigen. Rechnete man den mit acht Knoten wehenden Passat dazu, fegte ein Wind mit 30 Knoten übers Deck der *Shiloh*.

Jake konnte verfolgen, wie die Flugzeuge an Deck mit noch hochgeklappten Flügeln zu den Katapulten rollten. Er beobachtete, wie die Maschinen auf den Katapulten ihre Flügel herunterklappten, und sah, daß die beiden ersten Flugzeuge – ein Tanker KA-6D auf einem Bugkatapult und eine F-4 Phantom auf einem der Rumpfkatapulte – fast gleichzeitig gestartet wurden. In dieser Höhe und aus dieser Entfernung hatte der Beobachter kein Gefühl dafür, wie gewaltsam ein Katapultstart ablief. Die Vögel bewegten sich langsam auf die Deckskante zu, ließen sie hinter sich und streiften dann wie tief fliegende Möwen fast den Meeresspiegel.

Er suchte den Himmel ab und entdeckte weitere Maschinen, die ähnliche Warteschleifen, aber nicht in seiner Höhe flogen. Unten auf dem Flugdeck wurde die Landefläche allmählich frei, weil die Katapulte eine Maschine nach der anderen starteten. Grafton beobachtete die Phantoms, die sich in der untersten Warteschleife befanden. Sie gingen ebenso tiefer wie die A-5 direkt unter ihm. Jake ließ den Bug seiner Maschine sinken und folgte ihnen.

Die in lockerer Viererkette fliegenden F-4 Phantom holten weit aus, um zwei Seemeilen geradeaus anfliegen zu können, während sie in 800 Fuß AMSL dem Kielwasser des Trägers folgten. Der Jäger links neben der führenden Maschine tauchte unter seinen Kameraden weg und setzte sich an die vierte Position einer Kettenreihe rechts. Über dem Schiff löste sich der Führer von der Formation und schwenkte steil in den Gegenanflugteil hinab, während er seine Fahrt auf Landegeschwindigkeit abbremste. Die restlichen Maschinen zogen in Achtsekundenabständen nach. Der erste Jäger war inzwischen querab des Hecks des Flugzeugträgers und begann seinen Endanflug.

Hatte er alles richtig berechnet? Würde die Landefläche bereit sein, wenn er am Kurvenausgang den Ball meldete? Bisher war kein Wort über Funk gesagt worden: Taglandungen bei gutem Wetter fanden bei völliger Funkstille statt. Jake beobachtete, wie die vertrauten Umrisse der Phantom dem Kielwasser folgten und an Deck zum Stehen kamen. Unterdessen kurvte der zweite Jäger zum Endanflug ein. Die vier A-7 – ebenfalls in Kettenreihe rechts – flogen das Schiff an, um sich vor der Landung zu trennnen.

Jake holte weiter aus und führte Ford nach unten. Er war damit beschäftigt, die Flugzeuge vor ihnen zu beobachten und ihre Abstände zu schätzen. Alle 30 Sekunden konnte eine Maschine landen; größere Intervalle bedeuteten verschenkte Zeit; kürzere bedeuteten, daß man weggewinkt wurde, weil das zuvor gelandete Flugzeug noch die Landefläche blockierte. Wie gut man in der Umgebung des Schiffs flog, wo alle einen beobachten konnten, bildete den Grundpfeiler des Rufs eines Trägerpiloten.

Die beiden Intruder flogen mit herabgelassenen Fanghaken in 800 Fuß das Kielwasser entlang. Corey Ford schien an Jakes rechter Flügelspitze zu kleben. Grafton beobachtete die letzte A-7 im Gegenanflug. Noch nicht... beinahe...

»Jetzt!«

Rechts neben ihm spreizte Big Augie die Finger seiner rechten Hand in Fords Richtung, um ihm das Zeichen zum Abdrehen zu geben. Jake riß den Knüppel zur Seite und legte die Maschine in eine 60-Grad-Kurve, während er die Leistungshebel zurücknahm und die Bremsklappen ausfuhr. Die Höhenmessernadel klebte bei 600 Fuß. Als der Fahrtmesser weniger als 250 Knoten anzeigte, fuhr er Klappen und Fahrwerk aus und verringerte den Andruck etwas. Die Maschine erreichte allmählich ihre Landegeschwindigkeit.

Im Gegenanflug beteten Jake und Big Augie die Landecheckliste herunter. Der Abstand zwischen ihnen und der letzten A-7 sah gut aus. 118 Knoten – genau richtig. Der Indexer an der Sonnenblende stimmte mit dem Fahrtmesser überein. Jake erfaßte alles mit einem einzigen Blick. Querab des Hecks der *Shiloh* kurvte er ein... Geschwindigkeit gut... stärker einkurven... Sinken gut... 90 Grad bis zum Endanflug... Anstellwinkel okay. Beim Überfliegen des Kielwassers sah er den Ball... im Endanflug, Ball mittig... Mittellinie beachten... langsam weitersinken...sieht gut aus... exakt Landegeschwindigkeit, Ball mittig... nun über die Deckskante... Krach! Sie waren unten und wurden nach vorn gegen ihr Gurtzeug geworfen. Während sie rollten, öffnete Jake die Plexiglashaube, und der salzige Seewind wehte durchs Cockpit.

7

Grafton schlief bist fast fünf Uhr nachmittags, als Lundeen ihn wachrüttelte. »Zeit zum Essenfassen, sonst kriegst du heute nacht verdammt Hunger, Kumpel.«

»Was gibt's zum Abendessen?«

»Curry.«

»Lohnt nicht. Ich schlag' mich im Kino mit Popcorn voll. Verschwinde und laß mich weiter schlafen.«

»Wenn du jetzt nicht aufstehst, kannst du später gar nicht mehr einschlafen.«

»Sind wir zu den Philippinen unterwegs?«

»Du sagst es! Vor uns liegen fünf herrliche Tage und geile Nächte im tollsten Nest diesseits von Tijuana.«

Jake schaltete die Kojenbeleuchtung ein und setzte sich im Bett auf. »Ich habe einen wichtigen Entschluß gefaßt, Sammy. Ich scheide aus der Navy aus.«

»Was willst du tun, wenn du draußen bist?« fragte Lundeen.

»Genau das, was jeder andere ehemalige Geschichtsstudent tut, wenn er die große weite Welt erobern will: Gebrauchtwagen oder Versicherungen verkaufen.«

»Das Leben ist beschissen, und dann stirbt man«, verkündete Lundeen in seiner besten weltmännischen Art. »Du solltest dir lieber den Kopf über Wichtigeres zerbrechen – beispielsweise darüber, mit wem du diesmal bumsen willst.«

»Klar. Zu meinem Gück fehlt mir bloß noch ein ausgewachsener Tripper.« Jake nahm Seife, Shampoo und Handtuch mit und verschwand in Richtung Dusche.

Scheiße! dachte Jake, während heißes Wasser seinen Körper massierte. Das Fliegen ist eine gottverdammte Droge. Ich habe mein ganzes Leben danach ausgerichtet, und wenn die Euphorie abklingt, ist die Realität schrecklich. Hier stehe ich mit beiden Beinen fest in der Duschwanne und weiß nur, daß Morgan tot ist – und daß die Ziele Scheiße sind. Wahrscheinlich hinterläßt irgendein Sowjetspion jede Nacht eine Liste wertloser Orte auf einem Schreibtisch im Pentagon, und unser Oberkommando gibt sie am nächsten Tag weiter. Fast ein Wunder, daß wir noch keinen Auftrag erhalten haben, die Müllkippe von Haiphong zu bombardieren.

Irgend jemand trommelte gegen die Seitenwand der Duschkabine. »Hey, nimm gefälligst 'ne Marinedusche, Kumpel!«

Jake stellte das Wasser ab und seifte sich gründlich ein. Danach drehte er den Hahn wieder auf, um den Schaum abzuspülen. Als er sich eben abtrocknete, kam Cowboy Parker, nur mit einem Handtuch bekleidet, herein.

»Jake, wenn dich dieser Jagdflieger auch nur einen einzigen Drink selbst zahlen läßt, solange wir im Hafen sind, ist er ein schäbiger Geizhals.«

»Er hat gesagt, daß er mir 'ne Flasche kaufen will.«

»Eine kümmerliche Flasche!« Cowboy trat in eine Duschkabine und stellte das Wasser an. »Eine einzige kümmerliche Flasche!« wiederholte er laut. »Die Jagdfliegerärsche sind verdammt knickrig. Aber dann glaubt er doch, daß sein Arsch bloß 'ne Flasche Fusel wert ist? Bei Gott, eigentlich müßte er die ganze Staffel freihalten!«

Cowboy plapperte weiter und ließ dabei das Wasser laufen. Im Hinausgehen trommelte Jake gegen die Seitenwand der Duschkabine. »Laß ein bißchen Wasser für andere übrig, Cowboy.«

»Wasser? Du unverschämter Feigling! Ich hab' schon Marineduschen genommen, als du noch zur Schule gegangen bist. Als Junge in Texas bin ich morgens mit 'nem Stück Seife rausgegangen und hab' mich im taunassen Gras gewälzt. Das ist eine Texasdusche.« Das Wasser rauschte weiter. »Den ersten Regen hab' ich als Zehnjähriger erlebt. Bis dahin hab' ich geglaubt, ein Bachbett sei ein trockener Graben, in dem Klapperschlangen leben.«

Während Cowboy seinen Monolog fortsetzte, blieb Jake an einem Waschbecken stehen und drehte dann den Kaltwasserhahn weit auf. Aus der Duschkabine drangen ein lauter Schrei und eine Dampfwolke. Jake wich dem in seine Richtung fliegenden Seifenstück aus und verschwand hastig nach draußen.

Lundeen saß an seinem Schreibtisch, als Jake in die Kabine zurückkam. »Ich hab' grade Cowboy unter der Dusche den Hintern versengt.«

»Das zahlt er dir irgendwann heim, wenn du's am wenigsten erwartest.« Sammy blätterte weiter in seinem Magazin.

»Hast du 'ne Idee, wen ich als BN kriegen soll?«

»Nein. Soviel ich weiß, hat keine unserer Besatzungen das

Bedürfnis nach einem Wechsel. Darüber entscheiden Cowboy und der Skipper. Vielleicht kriegst du den neuen Bombenschützen, der in Cubi an Bord kommt. Ich hab' vorhin das Fernschreiben über seine Versetzung gelesen.«

»Was hat drin gestanden? Irgendwas über seine Erfahrung?«

»Nö, kein Wort. Tatsächlich kommen ein Pilot und ein Bombenschütze von VA-128, und ein weiterer BN kommt von VA-42.« Die VA-128 war die A-6-Ersatzstaffel des NAS Whidbey Island, die alle für den Dienst auf Flugzeugträgern der Pacific Fleet bestimmten Besatzungsmitglieder ausbildete. Die VA-42 erfüllte dieselbe Aufgabe an der Ostküste.

»Hoffentlich kriege ich kein Nugget.« Ein Nugget war ein Neuling auf seinem ersten Seetörn.

»Warum nicht?«

Jake hängte sein Handtuch an die Tür und setzte sich auf seine Koje. »Weil ich einen BN brauche, der seinen Kram versteht.«

»Diese Bombenschützen sind alle gut. Sie sind Profis.«

»Ich brauche einen Kerl, der wirklich kämpfen will.«

Sammy warf sein Magazin auf den Schreibtisch und faltete die Hände hinter dem Kopf, während er Jake nachdenklich betrachtete. »Mach bloß keine Dummheiten, Jake! Daran darfst du nicht mal denken. Du bist doch sonst der Mann, der sämtliche Möglichkeiten berücksichtigt, bevor er was riskiert.«

»Ich hab's satt, Bäume zu bombardieren, Sammy.«

»Sobald du den Krieg persönlich nimmst, bist du verdammt schnell tot. Ich weiß, was dir fehlt: Du mußt dich im Hafen besaufen und mal wieder bumsen. Ich hab' geglaubt, das ginge mir ab, aber du scheinst's noch viel dringender zu brauchen.«

»Ja.«

»So ist das Auf und Ab des Lebens, Maat. Eine heiße Frau und ein kaltes Bier bringen alles wieder in die richtige Perspektive.«

Nach dem Abendessen berief der Skipper eine Offiziersbesprechung im Bereitschaftsraum ein, der die 40 Offiziere der Staffel kaum fassen konnte. Mehrere Männer saßen auf dem Schreibtisch des Wachhabenden, und drei Nachzügler hatten Mühe, noch in den Raum zu gelangen. Fregattenkapitän Camparelli, der auf dem Podium stand, fragte Cowboy, ob alle anwesend seien.

»Nein, Sir. Big Augie ist oben und holt den Abendfilm ab.« Big Augie war zum Filmoffizier ernannt worden, nachdem Camparelli den Kommandanten der *Shiloh* hatte aufsuchen müssen, um sich Beschwerden über das bedauerliche Verhalten des jungen Gentlemans am Abend vor dem Auslaufen im Officer's Club in Alameda anzuhören. Als Filmoffizier hatte er jeden Abend nach Dienstschluß einen Spielfilm abzuholen und den Projektor im Bereitschaftsraum zu bedienen. Big Augie hatte jetzt Übung im Spulenwechseln und hielt mit 32 Sekunden den inoffiziellen Schiffsrekord.

»Wir können nicht auf ihn warten«, entschied der Skipper. »Morgen um zehn Uhr findet auf dem Flugdeck der Gedächtnisgottesdienst für McPherson statt. Die Offiziere treten in weißer Tropenuniform an.« Er machte eine Pause, als überlege er, was sich noch hinzufügen ließe. Als die Stille peinlich zu werden begann, fuhr er fort: »Die Beurteilungen der Mannschaftsdienstgrade E-1 bis E-3 sind zum Monatsende fällig. Ich verlange, daß sie den Abteilungsleitern vorgelegt werden, bevor wir in Cubi Point anlegen. Ihr werdet mir zu nachlässig, Leute! Dieser Papierkram muß erledigt werden, ob ihr nun fliegt, bumst oder sonst was macht. Keine Beurteilungen, kein Landgang.

Nun zu einem anderen Thema: Während dieser Hafenliegezeit schicken wir ein paar Flugzeuge an Land. Da wir einen neuen Piloten und einen oder zwei Bombenschützen kriegen, wollen wir die Gelegenheit nutzen, mit dem Piloten ein paar Landungen zu üben. Lundeen und Greve, Grafton und Mad Jack fliegen nach Cubi voraus. Der Quacksalber hat ziemlich schwer gearbeitet, deshalb darf er mal mitfliegen. Start übermorgen um sieben Uhr.«

Ein bedauerndes Seufzen ging durch den Raum. Ein paar

zusätzliche Stunden an Land waren stets willkommen. »Das Schiff legt gegen zehn Uhr an. Die Gangway müßte um halb elf drüben sein.« Diese Ankündigung wurde mit lautstarkem Beifall quittiert. Die *Shiloh* war 52 Tage auf See gewesen.

»Ihr Leute dort hinten – schließt mal die Türen.« Allgemeines Gemurmel. Was jetzt kam, konnte nichts Gutes sein.

»Was ich euch jetzt erzähle, muß unter uns bleiben. Sollte meine Frau mir schreiben, daß im Officers Wives Club darüber diskutiert wird, kann der Hundesohn, der etwas darüber heimgeschrieben hat, sich auf was gefaßt machen! Das Thema, das ich mit euch besprechen muß, geht die Clubdamen nichts an.«

Camparelli machte eine Pause, um seinen Worten Nachdruck zu verleihen. Die Versammlung schwieg erwartungsvoll.

»Heute nachmittag bin ich gemeinsam mit den anderen Staffelchefs eine halbe Stunde auf der Brücke gewesen. Wir scheinen einen Phantomscheißer an Bord zu haben.«

Die meisten der Männer quittierten diese Mitteilung johlend, aber einige machten verständnislose Gesichter.

Camparelli musterte die Versammelten. »Wie ich sehe, ist eine Erklärung für die Ahnungslosen unter uns erforderlich. Das Phantom ist ein Phänomen, das gelegentlich auf Kriegsschiffen auftritt. Der letzte Fall, von dem ich gehört habe, liegt schon Jahre zurück – aber jetzt scheint's uns erwischt zu haben.« Einige der Männer stießen sich grinsend an. »In letzter Zeit haben Besatzungsmitglieder in Räumen, die mehrere Stunden lang leergestanden haben, menschliche Exkremente gefunden. Danach ist das Phantom frecher geworden. Es hat Zettel in den Kasten für Verbesserungsvorschläge geworfen und beispielsweise angekündigt: ›Heute nacht scheiße ich in den Katapultraum vier – Das Phantom.‹ Und am nächsten Morgen ist prompt ein kleiner brauner Haufen gefunden worden.«

Die Männer lachten schallend. Frechheit gegenüber jeglicher Form von Autorität kam immer gut an. Als das Gelächter abgeklungen war, sprach der Alte weiter.

»Gestern nachmittag ist eine weitere Warnung eingegangen, das Phantom werde nachts auf dem Achterdeck zuschlagen. Der Kapitän hat es sperren lassen und an den Aufgängen Marines stationiert, die Befehl hatten, niemand an Deck zu lassen.« Der Skipper machte eine Pause und sah sich um. Seine Männer schwiegen gespannt. Camparelli hatte Mühe, ein Grinsen zu unterdrücken. »Heute morgen haben sie auf dem Achterdeck ein Häufchen gefunden.«

Die Männer lachten, bis ihnen Tränen in den Augen standen. Sie schlugen sich gegenseitig auf den Rücken und trampelten vor Begeisterung.

Das alles war zuviel für Sammy Lundeen. Er stand von seinem Platz auf, schlich auf Zehenspitzen im Mittelgang nach vorn und sah sich dabei wachsam um. Hier und da kicherte noch jemand. Als Sammy das Podium erreichte, sah er sich erneut verstohlen um, ließ dann seine Hose herunter und hockte sich hin. Die Männer in den letzten Reihen standen auf ihren Stühlen und verrenkten sich den Hals, um mehr zu sehen.

Der Skipper ergriff das Wort. »Sam, wenn Sie in meinen Bereitschaftsraum scheißen...« Der Rest seiner Warnung ging im Johlen der Männer unter. Sammy mußte sich beherrschen, um nicht mitzulachen. Er stand auf, zog die Hose hoch, sah sich erneut wachsam um und schlich dann hastig zu seinem Platz zurück. Stürmischer Beifall und Gelächter ließen die Wände erzittern.

»Okay, das reicht. X. O., haben Sie den Ordner da?«

»Äh, ja, Sir, aber, äh... wollen Sie wirklich...?«

Der Alte streckte die rechte Hand aus, und Harvey Wilson übergab ihm widerstrebend einen grünen Schnellhefter, bevor er mit ernster Miene wieder Platz nahm. Camparelli legte den Ordner vor sich aufs Rednerpult und blätterte langsam darin.

»Parker, vortreten und Front machen.« Cowboy stand langsam auf und kam nach vorn. Da vor dem Podium kein Platz war, baute er sich daneben auf und machte Front zur Versammlung.

Der Skipper hielt ein Blatt Papier in der Hand, überflog es mit gerunzelter Stirn und wandte sich dann an den Operationsoffizier. »Hier steht, daß Sie am sechsten Oktober von mehreren Offizieren, deren Ruf untadelig ist... na ja, ihr Ruf ist ziemlich gut... vielleicht eher durchschnittlich... ach was, diese Kerle rauchen, saufen und bescheißen beim Kartenspielen. Jedenfalls haben sie beobachtet, wie Sie splitterfasernackt durch die Gänge gelaufen sind.« Im Hintergrund wurde wieder gekichert. »Was haben Sie dazu zu sagen?«

»Nun, Skipper, ich hab' unter der Dusche gestanden, und jemand hat mir mein Handtuch geklaut.«

»Mister Parker!« Aus der Stimme des Alten sprach Verachtung. »Versuchen Sie bitte nicht, Ihre Perversionen auf Offizierskameraden abzuwälzen. Sie sind fast dreißig Meter von Ihrer Kabine entfernt gesehen worden, wie Sie nackt an sämtlichen Türen geklopft haben.«

»Äh, irgend jemand hatte meine Kabine abgesperrt, Sir. Ich bin das Opfer einer Verschwörung gewesen, glaube ich.« Cowboy starrte die Männer aufgebracht an. Die Versammlung johlte. »Der oder die unbekannten Täter haben versucht, mich dadurch in Verruf zu bringen, Sir. Das ist die Wahrheit, so unglaublich es auch klingen mag.«

Der Skipper grinste. »Wir haben einen Orden für Sie, Mister Parker – für unter widrigen Umständen bewiesene Perversität.« Aus einem Umschlag zog er ein langes rotes Band, das er Cowboy um den Hals hängte. An dem Band hing ein Kabinenschlüssel. »Tragen Sie den, wenn Sie auch sonst nichts anhaben, mein Junge.« Er schickte Parker mit einer Handbewegung auf seinen Platz zurück.

Als sich das Gelächter allmählich legte, merkten die Männer in den letzten Reihen, daß jemand von außen gegen die Tür trommelte. Sie machten auf und ließen Big Augie ein, der mit mehreren Filmspulen beladen war. »Was geht hier vor, verdammt noch mal? Ich hab' das Gebrüll schon aus fünfzig Meter Entfernung gehört.«

Alle versuchten, gleichzeitig zu antworten. Camparellis Stimme setzte sich schließlich durch: »Was kriegen wir heute zu sehen, Big?«

Das Stimmengewirr verstummte. »Äh, Skipper, der Film heißt *Two Lane Blacktop*.«

»Nie davon gehört«, sagte Frank Camparelli, der keine Gelegenheit ausließ, den Filmoffizier zu hänseln.

Cowboy meldete sich zu Wort. »Den kenn' ich, Skipper. Er ist nicht allzu schlecht.«

Der Alte musterte ihn aus zusammengekniffenen Augen. »Mit nackter Haut?«

»Teilweise.«

»Wie würden Sie ihn auf einer Skala von eins bis zehn bewerten?«

Cowboy sah zur Decke auf und rieb sich das Kinn. Schließlich sah er wieder den Skipper an. »Mit ungefähr zwölf Punkten.«

»Blödmann!« fauchte jemand hinter ihm.

»Film ab, Filmoffizier«, befahl der Alte und ließ sich in seinen Sessel fallen.

Nach dem Film ging Jake in die Personalstelle der Staffel, die in einer nur drei mal vier Meter großen Außenkabine untergebracht war. Er ließ sich die Personalakten der beiden Mannschaftsdienstgrade seiner Abteilung geben, deren Beurteilung fällig waren. Mit den Akten unter dem Arm machte er sich auf den Weg in die Zellenwerkstatt, die auf der anderen Seite des Schiffs über dem Hangardeck lag.

Chief Eugene Styert war da – wie immer, wenn er nicht gerade schlief oder aß, was er täglich viermal tat. »Abend, Mister Grafton.«

»Hallo, Chief.« Jake nahm auf dem angebotenen Stuhl Platz. Chief Styert hatte einen Polsterstuhl mit Armlehnen, der außer dem Schreibtisch das einzige Möbelstück in seinem Dienstraum war. Jake sah sich darin um. Überall hing Werkzeug, und die Regale gegenüber dem Schreibtisch quollen von Ersatzteilen über. Der Fußboden war von Schmierfett und Hydraulikflüssigkeit fleckig. »Wie läuft der Laden?«

Chief Styert faltete die Hände über seinem Wanst und lehnte sich zurück. In seinen fünfundzwanzig Dienstjahren in der Navy hatte er für viele Junioroffiziere gearbeitet und kannte sich mit ihnen aus. Er leitete ein Team, das für die Zelleninstandsetzung aller Flugzeuge der Staffel verantwortlich war, sorgte dafür, daß die Arbeiten vorschriftsmäßig ausgeführt wurden, und hielt seine kleine Gruppe energisch zusammen. In den Augen seiner Männer verkörperte Chief Styert die US Navy. Er war der Mann, dem sie bei den seltenen Gelegenheiten daheim in den Staaten, wenn die Verwandtschaft das Schiff besuchte, ihre Eltern vorstellten.

Wie jeder Chief unterstand er einem Junioroffizier, einem jungen Collegeabgänger, der vielleicht gar nicht Berufsoffizier werden wollte. Chief Styert fand, daß der junge Offizier an Bord war, um zu lernen, anstatt ihm die Arbeit zu erschweren. Er wußte, daß Werkstattbesuche des Offiziers gut für die Moral der Truppe waren, aber je seltener er den jungen Gentleman sah, desto lieber war es ihm. Es sei denn, er brauchte einen Offizier, der sich für seine Männer einsetzte. Und das hatte Grafton immer getan.

»Alles in bester Ordnung«, antwortete der Chief. »Morgen machen wir hier noch sauber, bevor sich die Männer für den Gedenkgottesdienst umziehen.« Der Chief sprach rasch weiter: »Das mit Mister McPherson tut mir echt leid. Schlimm, wenn's einen so erwischt.«

Jake nickte wortlos. Er zog seine Zigaretten aus der Hemdtasche und bot dem Chief eine an. Nachdem Styert ihm Feuer gegeben hatte, deutete Jake auf die Personalakten auf seinen Knien. »Die Beurteilungen für Jones und Hardesty sind fällig. Haben Sie sie schon aufgesetzt?«

Der Chief wühlte in einer Schublade herum und legte Grafton dann zwei karierte Notizblätter hin. Jake überflog den Text. Schriftlicher Ausdruck gehörte nicht zu den Stärken des Chiefs. Nachdem Jake ausgelesen hatte, sprachen sie darüber, welche Noten die beiden Männer bekommen sollten. Der Offizier würde die Beurteilungen überarbeiten und jeweils fünf Noten einsetzen, aber die Zahlen auf dem Papier würden das Urteil des Chiefs wiedergeben. Hätten die Männer jemals das Gefühl gehabt, Chief Styert entscheide nicht allein über ihre Beurteilungen, wäre seine Fähigkeit, sein kleines Reich zu regieren, ernstlich beeinträchtigt gewesen.

Nachdem sie über die Beurteilungen gesprochen hatten und der Offizier die Entwürfe in die Personalakten gesteckt hatte, zeigte ihm der Chief ein Urlaubsgesuch. Hardesty wollte auf den Philippinen vier Tage Urlaub. Als Grund hatte er auf auf das Gesuch gekritzelt: *Will meine Frau besuchen.*

Jake zog die Augenbrauen hoch. »Ich dachte, er ist ledig?«

Styert zuckte mit den Schultern. »Anscheinend nicht mehr.«

»Wann haben Sie davon erfahren?«

»Vor 'ner halben Stunde, als Hardesty mir diesen Wisch gegeben hat.«

»Okay, wollen Sie, daß ich sein Gesuch genehmige?«

Der Chief verzog das Gesicht. »Scheiße, falls er wirklich verheiratet ist, gibt's vielleicht Schwierigkeiten, wenn wir ihn nicht weglassen. Dann kriegt der Kapitän womöglich 'nen Brief von seiner Mutter oder 'nem Abgeordneten.« Aus seinem Tonfall schloß Jake, daß der Chief fand, Mütter und Abgeordnete seien für Seeleute nur hinderlich – etwa wie ein Blinddarm, der sich zum unpassendsten Zeitpunkt entzünden konnte.

»Brauchen Sie ihn diesmal im Hafen am Arbeitsplatz?«

Styert schüttelte den Kopf. »Augenblick, ich rufe in der Unterkunft an und lasse ihn runterkommen.« Er wählte die Nummer.

Während sie warteten, fragte Jake: »Glauben Sie, daß diese Ehe hält, Chief? Glauben Sie, daß sich Hardesty die Sache gut überlegt hat?«

»Das bezweifle ich. Hardesty ist noch nie der Hellste gewesen. Er hat ein Photo von ihr. Verdammt hübsches Mädchen. Wahrscheinlich hat er sie in 'ner Bar oder im Puff kennengelernt. Ich schätze, daß sie ihm den ersten Fick seines Lebens verpaßt hat.«

Hardesty kam herein und blieb vor dem Schreibtisch stehen, ohne jedoch Haltung anzunehmen. Grafton zwang sich dazu, ruhig sitzen zu bleiben. Er betrachtete den Mann, bevor er ihn ansprach. Sein Urlaubsgesuch lag neben ihm auf der Schreibtischkante. Hardesty war neunzehn, diente seit zehn Monaten in der Navy, hatte die Schule nach der elften Klasse verlassen, litt unter starker Akne und rasierte sich bestenfalls einmal in der Woche.

»Wie ich höre, sind Sie verheiratet, Hardesty. Ich dachte, Sie seien ledig.«

»Ich hab' keinem was davon erzählt, bis ich dieses Gesuch eingereicht hab'. Sehen Sie, ich will mit ihr nach Manila und ihre Verwandtschaft besuchen.«

»Wann haben Sie geheiratet?«

»Beim letzten Mal im Hafen. Vor ungefähr zwei Monaten.« Hardesty starrte seine Schuhspitzen an. Er erinnerte Jake an einen kleinen Jungen, der etwas angestellt hat.

»Haben Sie gewußt, daß Sie die Genehmigung der Navy einholen müssen, bevor Sie eine Ausländerin heiraten dürfen?«

»Nein, Sir.« Hardesty blickte nicht auf.

»Wie alt ist Ihre Frau?«

»Sechzehn.« Sein Kopf blieb gesenkt.

Jake seufzte. »Haben Sie Ihre Eheschließung der Personalabteilung gemeldet?«

»Nein.«

»Warum nicht?«

»Nun, ich hab' noch keine Heiratsurkunde. Auf den Philippinen kriegt man nichts schnell.« Außer einem Tripper, dachte Jake. »Und ich hab' gewußt, daß ich die Urkunde hinbringen muß, sobald ich sie hab' – deshalb hab' ich mir den ersten Besuch vorläufig gespart.«

»Warum hat Ihre Frau Ihnen die Urkunde nicht einfach geschickt?«

»Sie hat gewußt, daß ich in ein paar Monaten zurückkomme und sie dann mitnehmen kann.«

»Was wäre gewesen, wenn Sie bei diesem Seetörn umgekommen wären? Dann hätte Ihre Frau keinen Cent aus Ihrer GI-Versicherung gekriegt. Bei keiner amerikanischen Stelle liegt ein Nachweis, daß Sie überhaupt verheiratet sind. Die Soldstelle haben Sie vermutlich auch nicht informiert?«

»Nein, ich hab's niemandem gesagt.«

Der Chief mischte sich ein. »Nein, *Sir*, wenn du mit 'nem Offizier redest, Hardesty.«

Der Junge blickte auf. »Klar, Chief.«

Jake sprach weiter. »Dienstgrade von E-4 abwärts sind gesetzlich verpflichtet, monatliche Zahlungen an Unterhaltsberechtigte zu leisten. Haben Sie das gewußt?«

»Ja, Sir. Das will ich alles regeln, sobald ich kann.«

»Haben Sie Ihren Angehörigen mitgeteilt, daß Sie geheiratet haben?«

»Ja, Sir.«

»Was haben sie dazu gesagt?«

»Nun, Pop ist schon 'ne längere Zeit tot, und Ma hat noch nicht zurückgeschrieben.« Er starrte wieder seine Schnürsenkel an.

»Lieben Sie Ihre Frau?« Sobald Jake diese Frage gestellt hatte, bereute er sie auch schon.

»Und wie, Sir!« Hardestys Augen leuchteten. »Hier ist Ihr Bild.« Er zog ein Paßphoto aus der Hemdtasche. Sie hatte langes rabenschwarzes Haar, die übliche kleine Nase und leicht mandelförmige Augen. Sie sah zum Anbeißen aus.

Der Offizier gab Hardesty das Bild zurück und sah zu dem Chief hinüber, dessen Blick stur auf die Wand neben der Tür gerichtet blieb. Liebe? Jake glaubte zu hören, wie die Story in der Unteroffiziersmesse erzählt wurde: »Und dann hat er gefragt: ›Lieben Sie Ihre Frau?‹« Der Pilot kam leicht verlegen auf das eigentliche Thema zurück.

»Ich unterschreibe Ihr Urlaubsgesuch, Hardesty, aber ich will Ihnen reinen Wein einschenken. Durch Ihre Eheschließung ohne Genehmigung haben Sie gegen die Dienstvorschriften verstoßen. Der Skipper kann beschließen, ein Disziplinarverfahren gegen Sie einzuleiten.«

»Sir, ich hab' nichts von dieser Vorschrift gewußt.« Der Matrose schob das Kinn vor und fixierte Jakes Namensschild.

»Sie sind aber verpflichtet, die Vorschriften zu kennen, und können bestraft werden, wenn Sie dagegen verstoßen. Aber das ist nicht der springende Punkt. Wenn wir wieder auslaufen, möchte ich eine beglaubigte Abschrift der Heiratsurkunde sehen, sonst kriegen Sie verdammt große Schwierigkeiten wegen Vernachlässigung Ihrer Unterhaltspflichten. Ist Ihnen klar, daß Sie in Zukunft gesetzlich und moralisch verpflichtet sind, zum Unterhalt dieser Frau beizutragen, die Sie geheiratet haben?«

»Ja, Sir. Das ist mir klar. Ich bringe 'ne Abschrift der Heiratsurkunde mit.« Der Kapitänleutnant unterschrieb sein Urlaubsgesuch und wies Hardesty an, es in die Personalstelle hinunterzutragen. Der Matrose bedankte sich und ging.

Grafton stand auf. »Wenn er glaubt, er könne eine dieser Frauen heiraten«, sagte er zu Styert, »jede Nacht im Hafen mit ihr bumsen und sie einfach sitzenlassen, wenn wir in die Staaten zurückkehren, wird er sich gewaltig wundern!«

Der Chief zuckte mit den Schultern. »Er ist eben noch verdammt jung«, meinte er.

»Schöne Bescherung!« Jake ging zum Skipper hinauf, um ihn zu informieren.

»Was schlagen Sie vor, Jake?« fragte Camparelli. »Kapitänsmast?« Routinemäßige Disziplinverstöße wurden vom Kommandanten bei regelmäßig stattfindenden Verhandlungen geahndet, die seit den Tagen, in denen der Kapitän vor dem Hauptmast seines Segelschiffs Recht gesprochen hatte, als »Kapitänsmast« bezeichnet wurden.

»Nein, Sir. Ich würde lieber auf eine Disziplinarstrafe verzichten, ihm Urlaub gewähren und dafür sorgen, daß er sich nicht vor seiner Unterhaltspflicht drückt.«

»Okay. Hoffentlich geht alles gut. Nehmen Sie doch Platz, Jake.« Der Pilot zog sich einen Stuhl heran. »Den Ulk heute abend im Bereitschaftsraum haben Sie doch hoffentlich richtig verstanden?«

»Ja, Sir.«

»Das ist keine Mißachtung Morgan gegenüber gewesen. Aber wir müssen was für die Stimmung tun, sonst kann diese Einheit bald nicht mehr kämpfen.« Der Skipper musterte ihn prüfend. »Verstehen Sie das?«

»Ich verstehe, Sir.«

»Ich bezweifle, daß viele Zivilisten das verstehen würden. Aber dies ist Morgans Beruf gewesen. Wir müssen weitermachen, ohne uns davon beeinflussen zu lassen, wen's gerade erwischt hat. Tatsächlich machen Menschenverluste solche Gelegenheiten zum Dampfablassen noch wichtiger.« Camparelli beugte sich nach vorn. »Die Besatzungen sind die eigentlichen Waffen, wissen Sie, nicht die Flugzeuge.«

Jake nickte wortlos.

»Okay. Ich wollte nur sichergehen, daß Sie das verstanden haben.«

Als Jake wieder in der Kabine war, machte er sich an die Beurteilungen, mit denen er bis fast ein Uhr morgens beschäftigt war. Dann ging er in die vordere Offiziersmesse auf dem O-3-Deck unmittelbar unter dem Flugdeck, um noch einen Hamburger zu essen. Abe Steiger saß allein an einem der Tische. »Hey, Jake, wirf Anker!« Neben seinem Teller hatte der Nachrichtenoffizier ein aufgeschlagenes Buch liegen.

»Hallo, Spion. Wie geht's immer?« Der Pilot ließ sich auf einen Stuhl fallen. Während er in seinen Hamburger biß, versuchte er zu erkennen, um welches Buch es sich handelte.

»Jake, wir haben eine Erfolgsmeldung über den Einsatz bekommen, den du gestern mit dem Skipper drunten im Süden geflogen hast.« Abe Steiger grinste.

»Ja?« Jake hob das Buch hoch und las den Titel. *Aufstieg und Fall des Dritten Reiches.* Dieses Buch hatte er im College gelesen.

»Allerdings! Ich kann dir sagen, daß du's den Gomers richtig gegeben hast, Baby. In der Meldung werden siebenundvierzig Gefallene bestätigt.«

Jake ließ das Buch sinken. »Siebenundvierzig?« fragte er mit gepreßter Stimmer.

»Richtig! Siebenundvierzig Gefallene.« Abe grinste erneut. »Du hast's ihnen tüchtig gegeben. Das ist unser erfolgreichster Einzeleinsatz dieser Frontperiode. Wahrscheinlich bringt er dir 'ne Navy Commendation Medaille, Jake – vielleicht sogar 'ne Air Medaille.«

»Hör zu, du schmieriger kleiner...« Steigers Grinsen erstarrte zu einer Grimasse. Jake spürte, wie sein Magen rebellierte. »Du Scheißkerl! Warum hast du mir das erzählt? Glaubst du, daß ich das wissen will?« Er brüllte jetzt. »Kennst du auch ihre Namen? Los, raus damit! Ich möchte wetten, daß du auch ihre Namen weißt!«

»Hey, ich hab' bloß gedacht, daß dich interessieren könnte, was...«

»Wozu sollte mich dieser Scheiß interessieren? Jetzt bin ich das arme Schwein, das damit leben muß. Ich – Grafton. Du Arschloch!«

»Ich wollte dich nicht...«

»Und ein beschissener Orden! Glaubst du, daß ich mir was aus 'nem beschissenen Orden mache? Wie schätzt du mich überhaupt ein? Hältst du mich für 'nen Idioten, der Orden nachjagt?« Jake merkte, daß er beim Reden spuckte, und fuhr sich mit dem Handrücken über den Mund.

»Hey, Jake, ich...«

»Einen beschissenen Orden zur Uniform, der mich bei jedem Anziehen daran erinnert, daß ich siebenundvierzig Männer auf dem Gewissen habe. Ja, das hab' ich gebraucht, du Idiot! Diesen Orden hab' ich dringend gebraucht. Warum haust du nicht ab, läufst runter und schmückst die Meldung noch ein bißchen aus? Am besten läßt du dir von Lundeen helfen. Der schreibt solchen Scheiß für Wilson. Lauf schon zu ihm!« Er warf sich über den Tisch, um Steiger zu packen, der so hastig aufsprang und zurückwich, daß sein Stuhl umkippte. »Hau bloß ab, Steiger! Lauf zu ihm!«

Der Nachrichtenoffizier verließ rasch die Messe. Jake funkelte die Gaffer an, die diesen Auftritt neugierig beobachtet hatten. Als sie wegsahen, setzte sich Jake schweratmend und starrte in seine Kaffeetasse. Was versteht Steiger vom Fliegen? Was versteht Steiger vom Töten? Großer Gott!

8

Die weißen Uniformen der auf dem Flugdeck angetretenen Männer leuchteten in der Morgensonne. Eine leichte Brise streckte die Flaggen und Wimpel am Mast der Inselaufbauten. Jake Grafton saß hinter dem Podium auf einem der für die Offiziere der A-6-Staffel reservierten Stühle. Sein Blick blieb auf die ständig wechselnden Lichtreflexe auf den Wogenkämmen des Südchinesischen Meeres gerichtet.

Woher wußten sie, daß es 47 Männer gewesen waren? Weshalb nicht 46 oder 48? Was hatten sie gezählt, um auf 47 zu kommen? Nasen, Zungen, Penisse? Was konnte übriggeblieben sein, nachdem vier Tonnen Sprengstoff und Bombensplitter menschliche Leiber zerfetzt und pulverisiert hatten?

Als Flugschüler war Jake einmal einer Unfalluntersuchungskommission zugeteilt worden. Sie waren in Reihen über Weideland in Missouri gezogen, um die Trümmer eines Schulflugzeugs zu suchen, das mit über 400 Knoten aufgeschlagen war. Seine Triebwerke hatten lange Furchen gerissen, aber der Rest der Maschine war förmlich zerplatzt und lag auf einer Strecke von weit über 500 Metern verteilt. Jake hatte ein kleines Stück Haut – etwa von der Größe eines Quarters – gefunden und sorgfältig in einen Plastikbeutel gelegt. Ein winziges Stück von einem Menschen, das einfach so im Gras gelegen hatte...

Bodenberührung im Tiefflug war keine schlechte Todesart. Die beiden jungen Männer in dem Schulflugzeug waren tot gewesen, bevor auch nur ein Sinneseindruck ihr Gehirn erreicht hatte. Vielleicht war der Tod im Bombenhagel ebenso schnell gewesen. Dieses Glück hatte Morgan nicht gehabt.

Nach dem Angriff hatte Jake in Richtung Küste abgedreht. Morgan hatte den Abwurf der Rockeyes vorbereitet und sich danach wieder auf das Gelände vor ihnen konzentriert. Hätte er nur...

»Komm, wir gehen, Jake.« Sammy stand neben ihm. Alle anderen gingen bereits.

Morgan hatte kein Glück gehabt.

An diesem Abend zitierte Harvey Wilson Jake in seine Kabine und gab dem Piloten die Beurteilungen von Jones und Hardesty zurück. »Die sind nicht gut genug, Grafton. Wo haben Sie bloß Englisch gelernt? Ich möchte, daß Sie sie umschreiben, bevor Sie morgen an Land fliegen.«

»Ja, Sir.«

»Sie verstehen einfach nichts von Schriftverkehr, Grafton. Sie sollten mal mit Lundeen darüber reden. Die Belobigungen, die er schreibt, sind hervorragend. Lassen Sie sich von ihm ein paar Tips geben.« Wilson lehnte sich in seinen Sessel zurück. Er hatte eine Einzelkabine, die jedoch kleiner als die des Skippers war. Jake stand neben dem Schreibtisch.

Wilson klopfte mit seinem Bleistift auf die Schreibtischplatte. »Als Sie neulich diese Phantom ›gerettet‹ haben, bin ich unten im CATCC gewesen.« Er erläuterte diese Feststellung nicht weiter. Dann hörte er auf, mit dem Bleistift zu spielen, und musterte Grafton. »Ihr kleiner Trick, Lundeen Sprit zu geben, hätte in die Hose gehen können.«

»Ja, Sir.«

»Diese Leuten halten Sie für 'ne Art Helden, Grafton, aber ich weiß es besser. Sie legen Vorschriften aus, wie Sie's für richtig halten, und das wird Sie eines Tages teuer zu stehen kommen. Sie sind ein gottverdammter Hot Dog.«

Jake musterte den anderen wortlos. Rabbit Wilson hatte die Angewohnheit, das Kinn vorzustrecken, wenn er sich in der Offensive befand. Er war der lebende Beweis für die Unzulänglichkeiten des Beförderungssystems der US Navy. Als nächstes würde die Drohung erfolgen.

»Reißen Sie sich lieber zusammen.« Sollte das schon alles gewesen sein? »Noch ein Trick dieser Art, dann fliegen Sie eines dieser Dinger...« Er hielt seinen Bleistift hoch. »...als Vollzeitbeschäftigung. Und jetzt überarbeiten Sie gefälligst die Beurteilungen!«

»Ja, Sir.« Draußen im Gang fügte Jake hinzu: »Ja, Sir, du altes Arschloch.«

Grafton mußte grinsen, während er den Arzt betrachtete. Der rundliche Medizinmann, der in fast 20 Kilo Ausrüstung steckte, wirkte ein bißchen lächerlich. Wie eine Riesenbirne oder – Jake grinste noch breiter – wie ein Ei mit Beinen. »Okay, Jack, du kennst diese Vögel schon?« Mad Jack nickte zustimmend. Ein dünner Schweißfilm bedeckte seine Stirn, und der Pilot fand, daß sein Fluggast blasser als sonst war.

»Hast du schon einen Katapultstart mitgemacht? Nein? Gut, dann steht dir das Erlebnis des Monats bevor. Er wird ungefähr das Aufregendste, was du jemals vollständig bekleidet gemacht hast. Laß deine Hände im Schoß, faß nichts an und tu bloß, was ich sage.« Mad Jack nickte wieder. »Zu tun brauchst du nur was, falls wir aussteigen müssen. Der Befehl lautet: ›Aussteigen! Aussteigen! Aussteigen!‹ Dreimal hintereinander.«

»Und wenn ich ›Ha?‹ sage, rede ich bereits mit mir selbst, nicht wahr?«

»Solltest du nach diesem Befehl noch etwas sagen, bist du auf deinem ersten – und vermutlich letzten – Alleinflug mit einer A-6. Sollte ich zu beschäftigt sein oder vergessen, den Befehl zu geben, wär's eine gute Idee, mir zu folgen, sobald du mich aussteigen siehst.« Wieder ein Nicken – schon ziemlich nervös, wie Jake mit gewisser Befriedigung feststellte.

»So, jetzt wollen wir besprechen, wie dein Schleudersitz funktioniert.« Jake ging mit dem Arzt an die Tafel, zeichnete den Sitz auf und erläuterte den Ablauf des Aussteigens mit dem Schleudersitz. Er wußte recht gut, daß Mad Jack das alles schon mehrmals gehört hatte, aber sie waren beide schon lange genug in der Navy, um den Wert wiederholter Unterweisungen zu kennen und sie nicht als langweilig zu empfinden.

Danach erklärte Grafton das Funktionieren der Bordsprechanlage. »Du betätigst deinen Sprechknopf mit dem rechten Fuß. Nicht sprechen solltest du, wenn du mich funken hörst. Mein Teil der Anlage ist so geschaltet, daß ich Funkanrufe auch höre, wenn du redest. Unterwegs kannst du Fragen stellen, reden, Witze erzählen, lügen – was dir so einfällt. Ich möchte, daß dir der Flug Spaß macht.« Jake lächelte. Das war wirklich sein Ernst.

Bevor sie den Bereitschaftsraum verließen, steckte Jake die überarbeiteten Beurteilungen in Wilsons Brieffach. Der Hundesohn konnte sie lesen, wenn er endlich aufstand.

Lundeens Maschine flog links vor Jakes A-6, als sie sich zehn Minuten nach dem Start der Küste von Luzon näherten. Niedrige grüne Berge stiegen aus der kobaltblauen See auf, und Wolkenschatten spielten über den schneeweißen Strand.

Die beiden Flugzeuge gingen auf 200 Fuß herunter, um der Küste in etwa 500 Meter Abstand nach Norden zu folgen. Gelegentlich sahen sie ein Fischerboot, aber meistens blickten sie auf eine menschenleere See, die der von Horizont zu Horizont reichende schmale Strand von dichten Tropenwäldern trennte. Hier und dort unterbrach eine Fischerhütte die eintönige Leere des Strandes.

Jake Grafton fühlte sich erfrischt. Es war schön, einmal wieder sorglos fliegen und die Aussicht genießen zu können. Das Cockpit war behaglich wie ein vertrauter Lehrstuhl.

»Na, ist der Katapultstart nicht toll gewesen?« fragte Jake. Der Arzt, dessen rechter Fuß noch immer auf dem Sprechknopf stand, atmete keuchend. »Beim nächsten Mal darfst du nicht vergessen, auf dem Katapult einen Kriegsschrei auszustoßen. Dadurch wird alles noch großartiger.« Der Arzt lachte in sich hinein, und seine Atmung beruhigte sich.

Lundeen ging jetzt tiefer und tiefer. Weit vor ihnen wurde eine einzelne Hütte sichtbar. Die beiden Maschinen gingen auf etwa 50 Fuß herunter. Nachdem sie die Brandung überflogen hatten, donnerten sie den Strand entlang auf die Hütte zu und rasten mit 300 Knoten über sie hinweg. Als sie danach steil hochzogen, rief Lundeen über Funk »Juhu!« und flog eine Siegesrolle. Jake setzte sich rechts neben Sammy. Lundeen winkte ihm zu, und Marty Greve grüßte mit hochgerecktem rechten Mittelfinger.

Sie kurvten landeinwärts nach Osten ein und folgten einem ansteigenden Tal in etwa 500 Fuß über Grund. Jake ließ sich etwas zurückfallen und blieb mit leichter Überhöhung 50 Meter hinter der führenden Maschine. Nach einigen engen Kurven überquerten sie die Bergkette, indem sie durch eine schmale Lücke schossen, wo die Wolken fast auf den Felsen auflagen. Dahinter fiel das Gelände wieder ab und ging in eine bewaldete Landschaft mit Feldern, Wäldern, kurvenreichen Straßen und einzelnen Dörfern über.

Sammys Stimme drang aus Jakes Kopfhörer, »Komm, wir gehen rauf und üben ein bißchen Luftkampf!« Ohne eine Antwort abzuwarten, schob er die Leistungshebel nach vorn und zog seine Maschine hoch. Wenig später durchstiegen sie eine von der Sonne hell beleuchtete große Wolkenhalle. Auf ihren Flügelrossen reitend ließen sie Walhall mühelos hinter sich, um das Blau des offenen Himmels zu erreichen.

Die Wolkenobergrenze lag bei 12000 Fuß. Einige der jetzt entstehenden Gewittertürme würden am frühen Nachmittag große Höhen erreichen, aber vorerst war noch reichlich Platz für eine Luftkampfübung. In 23000 Fuß ging Sammy in den Horizontalflug über, winkte und drehte 30 Grad nach links ab. Jake erwiderte sein Winken und drehte 30 Grad nach rechts ab. Er konzentrierte sich auf Lundeens rasch kleiner werdende Maschine. Wie schnell die Weite des Himmels die winzigen Fluggeräte der Menschen verschluckte! »Zieh lieber die Gurte fester«, riet Jake dem Arzt, der seinen Rat befolgte.

»Verdammte Piloten!« hörten sie Marty Greve über Funk schimpfen.

»Kurve jetzt ein«, meldete Jake.

»Ebenso«, bestätigte Sammy lachend. »Du kannst dich auf was gefaßt machen!«

Die beiden Flugzeuge rasten aufeinander zu. Jake hatte die Leistungshebel nach vorn geschoben, und seine Maschine beschleunigte gut. Es war eine faire Methode, einen Luftkampf so zu beginnen, daß keiner der beiden Piloten im Vorteil war. Jake sah sich um. Der Himmel war leer. Jakes Blick glitt über seine Instrumente, deren Anzeigen er automatisch registrierte. Die heranrasende A-6 wurde größer.

»Der Verlierer zahlt.«

Ihre kombinierte Annäherungsgeschwindigkeit lag bei 1800 Stundenkilometern. Lundeen, dessen Flügelspitze kaum 15 Meter von Jakes entfernt war, raste links an Jake vorbei. Grafton riß den Steuerknüppel nach links unten.

Den Andruck, der ihn in seinen Sitz preßte, nahm er kaum wahr. Er sah angestrengt über seine linke Schulter, um zu beobachten, in welche Richtung Lundeen einkurvte. Sekundenlang konnte er seinen Gegner nicht finden. Er stellte die Maschine auf die linke Flügelspitze und zog noch mehr. »Sechs g«, ächzte Mad Jack. Immerhin wußte er, wo der Beschleunigungsmesser war.

Dann sah Jake die andere Intruder. Lundeen und er befanden sich auf gegenüberliegenden Seiten eines unsichtbaren Kreises auf Gegenkurs. Während Jake die andere Maschine weiter im Auge behielt, verringerte er bei gleichbleibender Beschleunigung seine Schräglage. Dadurch richtete sich der Bug auf, und seine Fahrt verwandelte sich in Steigen. Je langsamer die A-6 wurde, desto enger wurde ihr Kurvenradius, so daß Jake die Schräglage jetzt wieder vergrößern konnte. Erstaunlich schnell war er mit einigen 1000 Fuß Überhöhung und 135 Grad Schräglage nur noch 90 Grad Entfernung von Lundeens Kurs entfernt und schloß von hinten zu ihm auf.

Aber das ließ Sammy Lundeen sich nicht einfach gefallen. Er drehte ab und ging in den Sturzflug über.

Jake brachte den Knüppel in Mittelstellung, kehrte langsam in den Horizontalflug zurück und drückte dann nach. Der Fahrtmesser zeigte nur 300 Knoten an. Lundeen war schneller und entfernte sich im Sturzflug immer weiter. Beide Maschinen beschleunigten, aber Sammys Vorsprung betrug schon fast fünf Kilometer; er war tief unter Jake und ging weiter steil nach unten. Dann sah Jake, wie die andere Intruder sich aufrichtete. Er macht einen Immelmann-Turn, dachte Jake – einen halben Looping mit anschließender halber Rolle. Er fing seine Maschine ab, und die beiden A-6 rasten wieder aneinander vorbei: Grafton in Normalfluglage, Lundeen auf dem höchsten Punkt des halben Loopings mit etwas mehr als 200 Knoten im Rückenflug.

Jake riß den Steuerknüppel zurück. Diesmal behielt er den Beschleunigungsmesser im Auge und blieb stetig bei 4 g, bis der Bug der Intruder senkrecht in den Himmel wies.

Ihre Geschwindigkeit nahm rasch ab. Der niedrigste Anzeigewert des Fahrtmessers war 50 Knoten – und dort blieb die Nadel jetzt stehen. Mit hochgerecktem Bug und auf den Regenwald zeigenden Schubdüsen hing der Bomber in 30000 Fuß unbeweglich am Himmel. Während die beiden Männer im Cockpit gewichtslos waren, hielt der Schub seiner Triebwerke ihn mehrere Herzschläge lang in dieser Position. Der Pilot ließ den Knüppel los und stieß den Arzt spielerisch an. »Großartig, was?«

Im nächsten Augenblick wurde diese Schwerelosigkeit durch ein Gefühl des Fallens abgelöst, als die Maschine nach hinten abzurutschen begann. Dann überschlug sie sich schwankend rückwärts. Das Gewicht des Flugzeugbugs und die Stromlinienform begannen sich auszuwirken: Die Schwankungen hörten sekundenschnell auf, und die Intruder raste der Erde entgegen, wobei Schwerkraft und Triebwerksschub gemeinsam bewirkten, daß sich die Nadel des Fahrtmessers jetzt rasend schnell im Uhrzeigersinn bewegte.

Jake war wieder beschäftigt. Er zog die Leistungshebel in Leerlaufstellung zurück und fuhr die Bremsklappen aus, während er nach Lundeen Ausschau hielt.

»Siehst du ihn?« fragte er seinen Fluggast besorgt. Beide suchten den Himmel ab.

Jake schluckte trocken und starrte nach vorn. Da kam der Schweinehund auf gleicher Höhe herangerast! Jake legte seine A-6 blitzschnell auf den Rücken, fuhr die Bremsklappen ein, erhöhte die Leistung und ging in einen steilen Sturzflug über, um unter Lundeen hinwegzutauchen.

Es war befriedigend, wie das Flugzeug auf den geringsten Steuerdruck reagierte und wie sich Erde und Himmel zu drehen schienen, um dann die Positionen zu wechseln. Gelegentliche kurze Blicke auf Treibstoffmesser und Triebwerksüberwachungsinstrumente waren die einzigen Konzessionen an die Maschine. Die Piloten betätigten ihre Knüppel und Ruder so instinktiv, wie Ausbildung und Erfahrung sie gelehrt hatten. Beide konzentrierten sich ganz auf die Position des anderen Flugzeugs und versuchten, dem nächsten Manöver des Gegners zuvorzukommen. Mensch und Maschine waren gewissermaßen eins geworden: der Treibstoff war Blut, die Triebwerke waren Muskeln, Flügel, Geschwindigkeit und kühner Flug ihr Geist. Dies war das Fliegen, von dem die Menschen früherer Jahrtausende geträumt hatten, wenn sie kreisenden, segelnden und herabstoßenden Vögeln zugesehen hatten.

Der Arzt hockte schweigend in seinem Sitz und durchlitt einen Flug, der schlimmer als jede Achterbahnfahrt war. Dies war etwas für einen jüngeren Mann mit gußeisernem Magen. Mad Jack schaffte es noch, die Sauerstoffmaske abzunehmen, aber an die kleine Plastiktüte, die er in weiser Voraussicht in die untere Beintasche seines Druckanzugs gesteckt hatte, kam er nicht mehr heran. Er riß sich den linken Handschuh herunter und spuckte hinein.

Die A-6 manövrierte nicht mehr; sie verharrte so gleichmäßig im Flug mit 1 g Beschleunigung, als stünde sie als Ausstellungsstück auf einem Sockel. Mad Jack sah nach links und begegnete Jakes amüsiertem Blick. Der Pilot blinzelte ihm zu, während er Sammy Lundeen anwies, zu ihnen aufzuschließen.

Nach der Landung auf der NAS Cubi Point rollten die Flugzeuge zur Abstellfläche in der Nähe der Trägerpier. Ein Matrose wies ihnen die Abstellplätze zu, und ein weiterer Uniformierter legte Bremsklötze vor die Räder der beiden Maschinen.

Bei geöffneter Haube und allmählich verstummenden Triebwerken nahm Grafton seinen Helm ab und ließ die leichte Brise sein klatschnasses Haar kühlen. Der Arzt folgte seinem Beispiel. Jake fuhr sich mit einer Hand durchs Haar und benützte einen Finger, um sich Schweißtropfen aus den Augenbrauen zu wischen. »Na, was hältst du davon, Jack? Ist das den eines Tages unvermeidlichen Absturz wert?«

Bevor Mad Jack antworteten konnte, wurden sie unterbrochen.

»Hallo, Jake!« Eine Gestalt in Khakiuniform warf ihm eine Dose Bier zu. Der Pilot fing sie aus der Luft, gab sie Mad Jack und fing eine zweite Dose für sich. Das Bier war eiskalt – ein Lebenselixier, das sich in Jakes ausgedörrte Kehle ergoß. Der Arzt trank sein Bier mit kleinen Schlucken.

»Willkommen in Cubi, Jake!« rief der an Land abkommandierte Offizier der *Shiloh*.

»Danke, Steve.« Der Pilot sah Lundeen mit seiner Helmtasche in der Hand auf sich zukommen. »Sam, ich will das Bier, das du mir schuldig bist.«

»Du kannst alles haben, was du willst, Jake. Heute zahlst nämlich du.«

»Ha! Ich bin dir so überlegen gewesen, daß ich dich schon fast für 'nen F-4-Piloten gehalten habe!«

Lundeen blickte anklagend zum Himmel auf. »Hast du

überhaupt kein Ehrgefühl? Gott beobachtet dich, Grafton, um zu sehen, ob du 'ne Ehrenschuld begleichst, nachdem du 'ne ehrliche Wette ehrlich verloren hast. Dort oben gibt's zwei Tore, weißt du – eines für Gewinner und eines für Betrüger. Du stehst dann vor dem hinteren Tor an, und ich werde zum vorderen reingebeten, während Sankt Peter meine sämtlichen Tugenden aufzählt.«

»Und das«, rief Marty Greve dazwischen, »ist 'ne verdammt kurze Liste!«

Als der Flugzeugträger die Landzunge umrundete und in den Kanal einlief, saßen die vier Männer längst im Officers Club beim Bier. Die Aussicht von dem hoch über der Subic Bay und Olongapo City auf einem Hügel liegenden Club war atemberaubend. Bis das große Schiff etwa 100 Meter von der Pier entfernt stoppte, um von vier Schleppern an seinen Liegeplatz bugsiert zu werden, hatte jeder der vier Zeit, noch ein Bier zu trinken.

»Kommt, wir gehen in die Unterkunft«, schlug Marty vor. »Wir lassen uns Zimmer geben, bevor die Jungs von Bord kommen, und drehen vielleicht eine Runde im Pool.«

»Okay, Jungs, ich hab' heute Dienst«, erklärte Mad Jack den Fliegern, als sie aufstanden, »deshalb muß ich an Bord zurück.« Er streckte Jake die Hand hin. »Vielen Dank für den Flug.« Der Arzt lächelte. »Den werde ich so schnell nicht vergessen. Vielleicht hast du recht. Vielleicht ist ein aufregendes Leben den eines Tages unvermeidlichen Absturz wert. Vielleicht ist das ein Geheimnis, das nur ihr Flieger kennt.«

Grafton schüttelte ihm grinsend die Hand. »Bis zum nächsten Mal, Jack.«

9

Der Filipino-Steward in der Unterkunft für ledige Offiziere beäugte die drei Flieger mißtrauisch. »Wann Ihr Schiff einlaufen?« wollte er wissen. Die Unterkunft durfte von Offizieren, deren Schiffe im Hafen lagen, nicht benutzt werden.

»Diese Information ist geheim«, behauptete Lundeen ernst. »Wissen Sie nicht, daß wir uns im Krieg befinden?« Er unterschrieb für sein Zimmer.

Der Steward verschränkte die Arme vor der Brust. Er hatte Erfahrung mit vielen Marinefliegern, von denen die meisten dazu neigten, sich großzügig über alle Vorschriften hinwegzusetzen. »Sie müssen Zimmer räumen, wenn Ihr Schiff kommen. Zimmer sein sehr knapp.«

»Auf uns können Sie sich verlassen«, versicherte Lundeen, griff nach seinem Gepäck und ging den Korridor entlang voraus. »Nur gut, daß wir raufgekommen sind, bevor die Jungs von der *Shiloh* am Pool aufkreuzen. Dann hätte er gewußt, daß ein Schiff eingelaufen ist.« Sie vereinbarten, sich in einer Viertelstunde am Pool zu treffen.

Nachdem Jake geduscht hatte, begegnete er seinen Kameraden auf dem Flur und ging mit ihnen zum Pool hinter dem weitläufigen U-förmigen Gebäude. »Sechs Gin-Tonic für meine Freunde und mich!« rief Jake dem Mädchen hinter der Bar zu, bevor er sich ins Wasser stürzte. Marty und Sammy folgten ihm dichtauf. Bis die erste Gruppe von Offizieren der *Shiloh* die Bar am Pool erreichte, hatten Gin, Wasser und Sonne zusammengewirkt, um die drei Männer in entspannte Urlaubsstimmung zu versetzen.

»Wie ist das Wasser, Jungs?« fragte Little Augie.

»Alles schon verbraucht. Schade, daß du's verpaßt hast.«

Little Augie ließ seine Helmtasche fallen und stellte ein Glas auf den Tisch. »Gar nichts hab' ich verpaßt!« sagte er und hechtete vollständig bekleidet in den Pool.

»Klasse!« sagte Marty, als er wieder auftauchte. »Und wo kriegst du jetzt trockene Sachen her?«

Litte Augie stemmte sich aus dem Wasser und leerte seine Schuhe aus. »Die sind in der Tasche. Ich plane eben voraus.«

Bob Walkwitz, der Boxmann, kam mit einem großen Rumdrink herüber. Er zog sich einen Stuhl heran.

»Gehst du heut abend über die Brücke, Box?« wollte Sammy wissen.

Der Boxmann trank einen Schluck und bewegte die Schultern. »Schon möglich.«

»Daß ich nicht lache! Keine zwanzig Pferde könnten dich zurückhalten!«

»Kann ich was dafür, daß ich Frauen mag?« fragte Box. »Was ist eigentlich mit euch los? Seid ihr schwul?« Er trank noch einen Schluck und starrte die Bedienung lüstern an. »Ich bin bereits verliebt.«

»Ich dachte, du hättest dich in sie verliebt, als wir zum ersten Mal nach Cubi gekommen sind. Hat sie dir damals nicht ein Andenken mitgegeben?«

Der Boxmann sah den schwingenden Hüften der Davonstöckelnden nach. »Nö, die ist's nicht gewesen. Ausgeschlossen!« Er schüttelte den Kopf. »Nö, an mich erinnert sich jede.«

»Hab' ich das richtig gehört?« Sammy bewegte den kleinen Finger im rechten Ohr auf und ab.

»Das nenne ich Selbstbewußtsein!« meinte Jake leicht verblüfft. »Was hast du, was wir nicht haben?«

»Das fragst du am besten Mad Jack«, antwortete Box grinsend. »Er kriegt ihn so oft zu sehen, daß ich ihn als Referenz angeben kann.«

Zumindest vorläufig waren sie den Zwängen der Navy und des Einsatzplanes entronnen, und ein Lachen machte die Welt wieder zu einem behaglichen Aufenthaltsort.

Als Lundeen und Grafton abends in den Cubi Point Officers Club kamen, fanden sie Cowboy Parker und einige ihrer Kameraden an einem Tisch an der Rückwand des Speisesaals, wo sie Whisky tranken, Steaks aßen und miteiander schwatzten. Cowboy ließ sich gerade über das Phantom aus.

»Gott sei diesem armen Idioten gnädig, wenn sie ihn erwischen! Der erlebt das erste Kielholen seit hundert Jahren – nachdem sie ihn in kochendem Öl gesotten haben und bevor er an einer Rahnock aufgeknüpft wird.«

Jake und Sammy bestellten und lehnten sich dann zurück, um Cowboy zuzuhören. »Sie versuchen mit ganz falschen Methoden, ihn zu erwischen, schätze ich. Wahrscheinlich überwachen sie die in Frage kommenden Abteilungen und fangen riesige Ermittlungen an.«

»Okay, wie sollten sie's denn sonst anfangen?«

»Um diesen Kerl zu fangen, braucht man bloß 'ne gute Nase und ein bißchen praktische Menschenkenntnis.« Cowboy schnitt sich ein Stück Steak ab und kaute es langsam. »Der Bursche, den wir suchen, ist ein Individualist, ein unverbesserlicher Individualist, wie's in solchen Fällen immer heißt. Er tut, was er für richtig hält, ohne sich viel um die Meinung anderer zu kümmern. Er hat Sinn für Humor und bringt seine Umgebung gern zum Lachen.«

»Damit dürften nur noch die Hälfte der Offiziere des Geschwaders in Frage kommen«, meinte Sammy.

»Oh, das ist noch nicht alles! Unser Junge ist ausgesprochen risikofreudig. Ihm macht es Spaß, etwas zu riskieren.«

»Das eliminiert eine Menge Kerle, die ich kenne, Cowboy«, stellte Little Augie grinsend fest.

Cowboy ignorierte die sarkastische Bemerkung. »Klar, viele unserer Jungs finden Gefahr spannend. Das tut fast jeder, wenn sie nicht allzu groß ist. Aber das Phantom ist ganz anders. Unser Mann liebt die Gefahr; er sucht sie und genießt sie. Er braucht weder den Beifall der Menge noch Orden, noch Photos in der Zeitung. Er ist einfach süchtig nach Gefahr.«

Jake schüttelte den Kopf. »Das sind wir alle. Wir würden nicht immer wieder in unsere Flugzeuge klettern, wenn wir's nicht aufregend fänden.«

»Okay, nehmen wir mal dich als Beispiel, Jake. Du fliegst gern, aber du gehst keine unnötigen Risiken ein und tust selten was einfach so aus Spaß. Bei dir muß alles irgendeinen Grund haben.« Cowboy deutete mit der Gabel auf Lundeen. »Unser Phantom ist ein Mann, dem solche Überlegungen völlig fremd sind – wie Sammy hier. Findet Sammy Lundeen einen Job nicht aufregend oder gefährlich genug, übernimmt er ihn nicht – oder sorgt selbst für etwas Pfeffer.«

»Amateurpsychologe!« protestierte Lundeen. »Ich bin ein guter Offizier, das weißt du genau. Routinesachen erledige ich so gut wie jeder andere. Du kannst mal in der Personalstelle vorbeischauen und dich davon überzeugen, daß die Stammakten erstklassig geführt sind. In meinem Laden funktioniert der Papierkram. Außerdem könntest *du* das Phantom sein!«

Cowboy Parker grinste. »Auf diese Idee sind die Bonzen bisher nicht gekommen.« Er sah sich um, als wolle er feststellen, wer zugehört haben könnte. »Was wohl passiert, wenn sie darauf kommen?«

Danach wandte sich das Gespräch dem einzigen nie langweiligen Thema zu – dem Fliegen. Sie sprachen bei jeder Gelegenheit übers Fliegen und lernten durch ihr Fachsimpeln viel dazu. Alle Stories handelten davon, wie man überlebte, wenn um einen herum alles zusammenbrach. Da es als unfein galt, eine Story zu erzählen, die eigene fliegerische Virtuosität demonstrierte, überlebte der Erzähler trotz seiner eigenen Unfähigkeit, Unwissenheit und Dummheit, wenn die Welt zu Scheiße wurde und das Bremsseil riß, das Katapult nicht genug Dampfdruck hatte, um ihn auf Startgeschwindigkeit zu bringen, oder die Halteketten rissen und ihn übers Flugdeck rutschend ins aufgewühlte Meer stürzen ließen.

Nach dem Abendessen gingen Jake und Sammy an die Bar, bestellten sich frische Drinks und schlenderten dann zum Musikpodium hinüber, um der Sängerin zuzuhören. Sie hatte eine ausgezeichnete Stimme und sang akzentfrei amerikanische Schlager.

Lundeen sah sich forschend um. »Wo ist übrigens die niedliche Bedienung geblieben?«

»Das hab' ich mich auch schon gefragt. Wahrscheinlich hat sie heute abend frei.«

»Na ja, ich werd' 'ne kleine Taxifahrt machen und meine Lehrerinfreundin besuchen.« Er kippte den Rest seines Drinks.

»Was findest du eigentlich an dieser Frau? Sie geht doch bestimmt schon auf die Vierzig zu.«

»Sie ist hier, und ich bin's auch. Bis später, Jake.«

Grafton durchquerte den Raum und kam an einem Tisch vorbei, an dem der Boxmann, Razor Durfee, Big Augie und ein Unbekannter vor einem Stapel leerer Bierdosen hockten. »Komm längsseits und wirf Anker, Maat!« rief der Boxmann. »Jake, ich möchte dich mit Ferdinand Magellan bekannt machen.« Walkwitz legte dem Unbekannten neben ihm einen Arm um die Schultern. Der Mann wirkte sympathisch, und seine Hornbrille gab ihm etwas Intellektuelles. »Das hier ist der großartigste BN, den du je kennengelernt hast.«

»Jake Grafton.« Er schüttelte dem Neuen die Hand.

»Fred Mogollon.«

»Ferdinand Magellan, wie ich gesagt hab'!« trompetete der Boxmann. »Er ist einer unserer Neuen. Ist heute an Bord gekommen, als das Schiff angelegt hat. Kann Kuhscheiße nicht von Erdnußbutter unterscheiden.«

»Woher kommen Sie, Fred?« fragte Jake, während er sich einen Stuhl heranzog.

»St. Louis. Na ja, aus einem Vorort von St. Louis.«

»Der Boxmann und die anderen haben Sie vermutlich schon über das hiesige Freizeitangebot aufgeklärt?« erkundigte sich Jake.

»So ziemlich. Ich habe hier zwei Tage auf das Schiff gewartet und mich selbst ein bißchen umgesehen.«

»Sei unbesorgt, Jake«, sagte Box, »wir kümmern uns um den jungen Ferdinand. Wir sorgen dafür, daß dieses leicht zu beeindruckende Unschuldslamm in bester A-6-Tradition eingeweiht wird – ›in altbewährter Marinetradition‹, wie's manchmal so schön heißt. Tatsächlich wollen wir demnächst über die Brücke abhauen.« Er machte der Bedienung ein Zeichen. »Eine letzte Runde, Liebste.«

Big Augie wandte sich an Jake. »Ferdinand möchte gern wissen, wie's ist, Einsätze zu fliegen, und was für ein Typ sein neuer Pilot sein könnte. Er hat ein bißchen Bammel davor, dir zugeteilt zu werden.«

»Nein, das stimmt nicht!« protestierte Ferdinand hastig. Er wünschte sich offensichtlich, er hätte dieses Thema nie angeschnitten.

Jake grinste nur. »Die Antworten auf diese Fragen müssen Sie einfach selbst rauskriegen.«

»Lüg den Jungen nicht an, Jake. Sag's ihm, wie's ist.«

»Ich will's dir ehrlich sagen«, erbot sich Durfee. »Wenn du den ersten Einsatz durchstehst, ohne dir in die Hose zu scheißen, kommst du auch in Zukunft zurecht.«

»Amen.«

»Natürlich ist's wenig wahrscheinlich, daß deine Unterwäsche sauber bleibt, aber hoffen kannst du's immerhin.«

»Kommt, wir fahren los«, sagte der Boxmann und stand auf. »Auf zur Brücke!«

»Trink erst dein Bier aus«, forderten die anderen ihn auf.

»Bier mag ich keines mehr. Ich hab's jetzt eilig. Auf zur Brücke!«

»Wer kümmert sich um Box?« wollte Jake wissen. Für den gelegentlich eintretenden Fall, daß seine Begeisterung seine Urteilskraft trübte, mußte ihn immer jemand begleiten und notfalls an Bord zurückbringen.

»Dafür ist heute Ferdinand zuständig.«

»Um mich braucht sich niemand zu kümmern. Ich kann selbst auf mich aufpassen.« Box griff nach seiner Bierdose und leerte sie. »Kommst du mit, Jake?«

»Ich wollte eigentlich noch ein bißchen hierbleiben.«

»Komm lieber mit, Jake. In Po City findest du bestimmt 'ne Kleine, in die du dich verlieben kannst.«

»Nun...« Jake hatte eigentlich keine Lust mitzufahren, aber Ferdinand erinnerte ihn an ein zur Schlachtbank geführtes Lamm. »Okay, ich komme für 'ne Weile mit.«

»Du bist 'n echter Kerl, Cool Hand.«

»Danke, Box. Das hab' ich gebraucht.«

Vor dem Club winkten die fünf Männer ein Taxi heran. Während sie sich in den kleinen japanischen Wagen zwängten, befahl der Boxmann dem Fahrer: »Zum Haupttor – und ohne Rücksicht auf beide Pferde.« Der Wagen fuhr, eine blaue Qualmwolke ausstoßend, an.

Auf Jake wirkte der Fußmarsch über die Brücke zwischen dem Marinestützpunkt und Olongapo City stets ernüchternd. In Booten, die im schmutzigen Wasser des Kanals trieben, saßen Kinder und bettelten die Seeleute an, ihnen Geldstücke zuzuwerfen. Jake schaute übers Geländer. Der Gestank eines der größten offenen Abwasserkanäle der Welt warf ihn fast um. »Hey, Joe, wirf mir 'nen Quarter runter!« Ein etwa zehnjähriger Junge stand mit einem Kescher in der Hand im Bug eines Ruderboots. Ein etwas jüngeres Mädchen, wahrscheinlich seine Schwester, saß hinter ihm an den Riemen und hielt das Boot mit wenigen Ruderbewegungen in Position. Jake schüttelte den Kopf.

»Wirf 'nen Dime runter, Joe! Mach schon, Joe! 'nen lausigen Dime!«

»Heute nicht, Kid.« In der Nähe des Boots trieb ein aufgedunsenes Schwein in der trüben Brühe.

»Du geiziger Hundesohn, Joe. Wirf 'nen Nickel runter und zeig mir, du kein geiziger Hundesohn.« Jake fand einen Quarter und warf ihn dem Jungen zu, der ihn mit seinem Netz geschickt aus der Luft fing. »Danke, Joe. Hoffentlich kriegst du keinen Tripper.« Die weißen Zähne des Jungen blitzten in seinem braunen Gesicht.

»Und du wirst hoffentlich reich, Kid, und Präsident einer Bank.«

Der Boxmann packte ihn am Arm. »Siehst du den Scheißkanal heute zum ersten Mal?«

»Nein, aber...«

»Hör zu, die Action ist im American Club. Und dort wollen wir hin!« Die fünf Männer bahnten sich einen Weg durchs Gedränge und hatten dabei Mühe, die Hey-Joe-Kinder abzuschütteln, die um Geld bettelten oder Glasperlenketten zu verkaufen versuchten. Sie wichen Schlamm und Spritzwasser von vorbeifahrenden Jeepneys – uralten Willis-Jeeps mit Segeltuchdächern – aus. Einheimische Soldaten mit Patronengurten und Schrotflinten oder Maschinenpistolen schlenderten die Straße entlang. Am Eingang jeder Bar hielt ein bis an die Zähne bewaffneter Rausschmeißer Wache.

»Irgendwie erwartet man fast, Pancho Villa die Straße entlangreiten zu sehen«, meinte Jake. Po City setzte ihm jedesmal schwer zu. »Die Stadt wäre ein großartiges Fallbeispiel für einen Fernsehprediger: ›Lest eure Bibel, Leute, sonst endet ihr eines Tages hier.‹ Und der Trailer könnte lauten: ›An Originalschauplätzen in der Hölle gedreht.‹«

»Ja, ja, schon gut«, wehrte der Boxmann ab. »Komm, wir gehen hier rein. Ich kenne ein paar von den Mädchen.« Er verschwand durch den Eingang unter einer defekten Leuchtreklame, die den AMER CAN C UB anpries.

Eines der Girls begrüßte den Boxmann begeistert. »Ah, Box, du bist wieder da!« quietschte sie und schlang ihm die Arme um den Hals.

»Das hier ist Suzy. Sie ist meine *bonita señorita.* Komm, Schätzchen, wir müssen einen Tisch für mich und meine Freunde finden.«

»Wollt ihr auch Mädchen?« fragte sie.

»Nein«, sagten Jake und Ferdinand wie aus einem Mund.

»Klar, für jeden 'ne Lady, Suzy Baby!« rief der Boxmann.

Bald saßen sie an einem großen runden Tisch: fünf Männer und fünf Frauen. Suzy, zu der die anderen offenbar aufblickten, schien noch keine achtzehn Jahre alt zu sein. Eine Bedienung stellte den Männern je eine Flasche San-Miguel-Bier und den Girls je ein Glas mit einer undefinierbaren braunen Flüssigkeit hin.

»Wie du heißen?« fragte die kleine braune Filipina rechts neben Jake.

»Jake«, antwortete er, ohne sie anzusehen.

»Haje?«

»Nein, Jake – mit J.«

»Oh... Hake. Ich bin Teresa. Magst du mich, Hake?«

Er blickte auf sie herab. »Du bist sehr hübsch.«

Sie drängte sich gegen ihn und rieb ihren Busen an seinem Arm. »Ich mag dich auch, Hake.«

Auch an den übrigen Tischen saßen Amerikaner mit einheimischen Mädchen. Die Barkeeper waren Filipinos, und der einzige weitere Einheimische war ein junger Mann mit einem Colt Kaliber 45 an der rechten Hüfte und einer kurzläufigen Repetierschrotflinte im Arm. Er lehnte ganz hinten an der Bar und beobachtete den Eingang. Weiß der Teufel, wozu er dort Wache hält, dachte Jake. Wenn er mit seiner Flinte losballert, räumt er die halbe Bar ab. Jake beobachtete den Jungen, der nur einen Anflug von Schnurrbart hatte, und überlegte, ob er jemals von einer Schießerei in einem dieser Amüsierlokale gehört hatte.

Teresa bemühte sich tapfer, ihn anzutörnen. »Was tust du auf deine Schiff, Hake?« Sie griff lächelnd nach Jakes Händen. Sie hob den Kopf und wirkte ehrlich interessiert.

»Ich bin Heizer und schaufle Kohle.«

»Oh, das sein heiße Arbeit!« rief sie aus. »Aber Amerikaner sind alle reich. Wozu reiche Mann Kohle schaufeln?«

»Wie alt bist du, Teresa?«

»Ich achtzehn.« Sie blickte zu Suyz hinüber, die damit beschäftigt war, über die Witze des Boxmanns zu lachen. Jake hielt sie für eine Vierzehn- oder Fünfzehnjährige. Er trank sein San Miguel und ließ sich von der fremdartigen Atmosphäre des Lokals umgarnen. Teresa fand den Versuch, mit ihm Konversation zu machen, offenbar zu anstrengend und begann kichernd mit dem neben ihr sitzenden Mädchen zu flüstern.

Nach dem dritten Bier wollte der Boxmann weiter. »Hey, Jake, wir lösen die Girls aus und hauen ab. Ich weiß 'nen Club, der Pauline's Place heißt und 'ne Reise wert ist.«

Grafton hatte keine rechte Lust. »Was kann's dort drüben geben, was es hier nicht gibt?« Jake fand, daß er das hiesige Nachtleben ausreichend besichtigt hatte, und wollte sich jetzt in aller Ruhe die Nase begießen.

»Los, komm, Jake! Auf mich kannst du dich verlassen. Dort zieht's dir die Socken aus!«

Der Pilot zuckte mit den Schultern. Ferdinand Magellan ergriff die Gelegenheit, um sich zu verabschieden, und Big Augie und Razor folgten seinem Beispiel. Der Boxmann gab den Versuch auf, sie zum Mitkommen überreden zu wollen. »Los, Jake!« sagte er und stand auf.

Mehrere Scheine überzeugten den Nachtclubbesitzer davon, daß er die beiden Girls für einige Stunden entbehren konnte. Wenig später saßen Jake, Box, Suzy und Teresa auf den Rücksitzen eines davonrumpelnden Jeepneys.

Pauline's Place sah wie jedes andere Nepplokal in Po City aus, aber vor der Kneipe befand sich ein Teich mit rund einem halben Dutzend Alligatoren oder kleinen Krokodilen. Auf dem Gehsteig verkauften Straßenhändler betrunkenen Amerikanern Hühner- und Entenküken, mit denen sie die Reptilien im Teich fütterten.

Als sich Box, Jake und die beiden Frauen dem Club näherten, sahen sie, wie sich ein junger Amerikaner, der Jeans und ein ärmelloses Trikot trug und einen Goldring im linken Ohr hatte, mit einem Entenküken in der Hand über das hüfthohe Geländer beugte. »Hier, Boys – bedient euch!« Er warf den kleinen Vogel in den Teich. Das Entenküken flatterte etwas, quakte mehrmals und paddelte durch die Algen ans Ufer. Aus dem Wasser tauchte eine schleimige lange Schnauze auf. Als sich die Wellen wieder geglättet hatten, trieben zwei kleine weiße Federn auf der Wasseroberfläche.

»Entensuppe!« grölte der Matrose. »Wie findet ihr das? Ein Schnapp – und weg sind sie! Gebt mir noch so 'ne Ente. Nein, diesmal versuchen wir's mit 'nem Huhn. Daß sie Enten mögen, wissen wir. Mal sehen, ob sie sich auch Hühnerküken schnappen.« Seine Kameraden und er lachten schallend. »Das wird ein wissenschaftlicher Versuch. Ob das Flügelschlagen die Krokos anlockt?«

»Kommt, wir gehen rein, bevor ich kotzen muß«, drängte Grafton.

Sie fanden einen Tisch in einer Ecke. Noch bevor die Bedienung kam, kreuzten zwei Hostessen auf und schienen Suzy und Teresa, die ihnen nichts schuldig blieben, mit Blicken durchbohren zu wollen. Der Boxmann lachte und forderte sie mit einer Handbewegung auf, sich zu ihnen zu setzen. Aber die beiden Frauen lehnten ab, weil eben eine Gruppe Marines hereinkam.

Suzy und Teresa bestellten die übliche braune Flüssigkeit, während Box ein San Miguel und Jake einen Bourbon bestellte. Der Pilot kostete einen Schluck davon und bekam prompt einen Hustenanfall.

»Box, ich geh' bald wieder zurück. Ich hab' schon soviel Spaß gehabt, wie ich an einem Abend vertragen kann.« Er kippte seinen Drink auf den Fußboden.

In diesem Augenblick kamen der Mann mit dem Ohrring und seine Kameraden herein und besetzten die Theke. Sie bestellten lärmend Bier und waren bald von Damen des Hauses umringt.

Ohrring amüsierte sich großartig. Er lachte und trank und steckte seine Hand in die Hose des neben ihm stehenden Mädchens. Die Filipina flüsterte ihm etwas zu und starrte dann in den Spiegel hinter der Bar. Ohrring schob seine Hand noch tiefer hinein und sagte etwas zu dem Mann neben ihm. Beide brüllten vor Lachen. Das Gesicht des Mädchens war ausdruckslos.

Grafton starrte Boxmann an. »Bin ich hier der einzige Normale – oder der einzige Verrückte?«

»Der Kerl ist wirklich ein Arschloch. Das muß am hiesigen Wasser liegen.« Box zuckte mit den Schultern. »Vielleicht am Bier.« Er griff nach seiner Flasche und begutachtete sie kritisch. »Ich spüre noch keinen Anfall kommen, aber vielleicht hab' ich noch nicht genug getrunken.«

»Wozu trägt er diesen Ohrring?«

»Daheim in den Staaten ist das der letzte Schrei. Ein Ring beweist, daß man modern ist, daß man dazugehört. Wetten, daß er ihn an Bord nicht trägt?«

»Komm, Box«, sagte der Pilot und stand auf.

»Wir wieder gehen?« fragte Teresa. Offenbar waren Suzy und sie ihre festen Freundinnen – zumindest für diesen Abend.

»Was hast du vor?« erkundigte sich Box.

»Machst du mit oder nicht?«

Box trank sein San Miguel aus und stand auf. »Meinetwegen kann's losgehen, Cool Hand.« Er warf eine Handvoll Pesos auf den Tisch.

Jake schlenderte zur Bar hinüber, klopfte Ohrring auf die Schulter und bedachte ihn mit seinem freundlichsten Lächeln. »Bring dein Girl mit, Maat, und kommt mit uns nach draußen. Wir wollen die Krokos füttern.« Ohrring starrte ihn verständnislos an. Der Pilot wandte sich an die anderen. »Hey, Leute, wir gehen raus und füttern die Alligatoren!«

Nun stimmte auch Box an. »Bringt die Girls mit und kommt nach draußen!« Zehn bis zwölf Mann drängten zum Ausgang. Jake bugsierte Ohrring vor sich her. »Mögen die Alligatoren Enten und Hühner?«

»Und wie, Mann! Ein Schnapp – und weg sind sie. Aber vorher machen sie noch richtig Lärm.«

Draußen kaufte Ohrring ein junges Huhn und warf es in den Teich. Es verschwand in einer Explosion aus Wasser und

Federn. Ohrring klatschte begeistert Beifall. Er griff in seine Geldbörse, zog einige Pesos heraus und kaufte zwei weitere Vögel.

Als der Matrose wieder ans Geländer trat, nickte Jake Box zu, der sich links neben Ohrring aufstellte. »Macht ein bißchen Platz!« verlangte Jake. Der junge Mann beugte sich übers Geländer, um einen Vogel ins Wasser zu werfen. Gleichzeitig bückten sich Box und Jake und umfaßten jeder einen Knöchel. Sie rissen sie hoch, und Ohrring kippte übers Geländer. Sein schriller Angstschrei verstummte abrupt, als sein Kopf ins schlammige Wasser tauchte.

Jake hielt Ohrrings rechten Knöchel fest umklammert, aber der Boxmann ließ los und riß jubelnd die Arme hoch. Das doppelte Gewicht zog Jake nach vorn gegen das Geländer, und er hätte beinahe losgelassen. Er wollte etwas sagen, aber seine Stimme versagte. »Idiot!« fauchte er, als er wieder sprechen konnte. »Los, hilf mir, ihn rauszuziehen!«

Der Boxmann biß die Zähne zusammen. Er beugte sich blitzschnell übers Geländer und griff mit beiden Händen nach der Hose. Die beiden Männer strengten sich keuchend an, aber Ohrring war zu schwer.

Grafton sah Ferdinand Magellan, der in der Menge stand und ihn mit offenem Mund angaffte. »Los, hilf uns gefälligst!« Zu dritt gelang es ihnen dann, Ohrrings Kopf aus dem Wasser zu ziehen. Nun packten auch andere Männer zu.

Sie zogen den schluchzend Würgenden, der zu schreien versuchte, herauf und ließen ihn in den Dreck fallen. An seinem Haar und dem leichenblassen Gesicht hingen Schlammklumpen. Er schluchzte und sah sich wild um. Grafton, der weiche Knie hatte, mußte sich am Geländer festhalten.

Der Boxmann beugte sich über Ohrring. »Na, wie hat's dir gefallen, Arschloch?«

Der Pilot fand, daß der Junge jetzt mitleiderregend aussah, und wandte sich ab, um in der Menge unterzutauchen. Er sah die Faust gerade noch rechtzeitig, um sich ducken zu können, und der Rundschlag streifte nur sein Ohr. Jake schlug mit aller Kraft zurück und fühlte, daß Zähne nachgaben, bevor der andere zu Boden ging.

Trillerpfeifen schrillten.

»Küstenstreife!«

Jake rannte davon. Er stieß mit mehreren Leuten zusammen, aber es gelang ihm, sich durch die auseinanderlaufende Menge zu drängen und auf dem Gehsteig davonzutraben. Er war gerade dabei, seinen Laufrhythmus zu finden, als er plötzlich Suzy sah, die ihm zuwinkte. »Hier rauf!«

Er stürmte ins Haus und eine schmale Treppe hinauf. Suzy und der Boxmann blieben dicht hinter ihm. Im ersten Stock, der nur von einer nackten Glühbirne erhellt wurde, schloß Suzy eine Tür auf, und die drei verschwanden hastig in dem unbeleuchteten Zimmer. Das von der Straße hereinfallende Licht ließ eben noch erkennen, daß der Raum mit Möbeln vollgestopft war.

Dann standen sie schweratmend am Fenster und spähten auf die Straße zu Pauline's Place. Fahrbahn und Gehsteig waren leer bis auf Ohrring, der noch immer im Dreck lag, und die Militärpolizisten in weißen Uniformen. Junge Enten und Hühner watschelten und liefen durcheinander, weil sie nach dem hastigen Verschwinden ihrer früheren Besitzer nichts mit der neu gewonnenen Freiheit anfangen konnten. Zwei Weißuniformierte halfen Ohrring auf die Beine und führten ihn weg.

»Das wird dem Hundesohn 'ne Lehre sein!« stellte der Boxmann fest.

»Wir hätten's nicht tun sollen.« Jakes Aufregung und die erhöhte Adrenalinzufuhr klangen allmählich ab.

»Geschieht ihm recht!«

»Er hat in die Hose geschissen. Das hab' ich gemerkt, als wir ihn hochgezogen haben. Solche Angst hat er gehabt.«

»Vielleicht erzählt er ihnen, daß wir ihn gerettet haben, nachdem er reingefallen war.«

»Vielleicht geht morgen die Sonne nicht auf.«

Suzy lachte übers ganze Gesicht. »Er verdankt euch große Lehre: Nicht allein schwimmen.«

Die drei lachten schallend. »Der Kerl sollte sich bei uns bedanken!« meinte Box wiehernd. »Schließlich verdankt er uns den aufregendsten Moment seines Lebens.«

»Ich möchte wetten, daß er an nichts anderes als die gierigen ollen Aligatoren gedacht hat!« keuchte Jake.

Zuletzt legte sich ihre Heiterkeit. Graftons Ohr pochte. »Warum hast du sein Bein losgelassen?«

»Weiß ich nicht mehr.« Der Boxmann kratzte sich den Kopf. »Ich muß die Alligatoren irgendwie vergessen haben. Jedenfalls ist's mir im Augenblick richtig vorgekommen. Warum haben wir ihn überhaupt reingeworfen?«

»Weil er ein Arschloch ist.«

Suzy umarmte den Boxmann und lächelte ihn dabei strahlend an. »Aber mich würdest du nicht reinwerfen?«

»Nein, nein! Bloß Seeleute.«

»Magst du mich?«

Box drückte sie an sich und küßte sie. »Ich mag dich mit ein bißchen mehr Salz, glaub' ich.« Sie lachte wieder, griff nach seiner linken Hand und legte sie auf ihren festen kleinen Busen. »Mmmh!« sagte der Bombenschütze.

Jake tastete sich durch den dunklen Raum zur Tür zurück. Als er sie öffnete, fiel das Licht der nackten Glühbirne auf eine alte Frau, die im hintersten Winkel des Flurs in einem Lehnstuhl saß. Sie hatte ein runzliges Gesicht und war weißhaarig und sehr klein. Hinter sich hörte er Suzy kichern. Die Alte grinste ihn zahnlos an. Jake schloß leise die Tür. Auf der Straße stand die Küstenstreife noch immer vor Pauline's Place. Jake wartete, bis die Uniformierten ihm den Rücken zudrehten, und ging dann in die Gegenrichtung davon.

10

Der Sonnenstrahl kroch übers Bett und weckte Jake Grafton. Er drehte seinen Kopf zur Seite, um ihm zu entkommen, aber der Strahl bewegte sich weiter und ließ ihn nicht mehr einschlafen. Irgendwo draußen krächzte ein Vogel.

Er setzte sich auf und blieb unbehaglich ans Kopfende gelehnt sitzen. Seine Zunge klebte am Gaumen. Die linke Kopfseite pochte – vermutlich von dem Schlag, den er beinahe mit der Nase gestoppt hätte. Und wenn ich hundert werde, rauche ich nie wieder eine Zigarette, schwor er sich, und trinke nie mehr Alkohol. Die Kopfschmerzen waren am geringsten, wenn er mit geschlossenen Augen absolut bewegungslos liegenblieb. Er war gerade dabei, wieder einzudösen, als seine Zimmertür aufgestoßen wurde.

»Wie geht's deinem Kater?« fragte Sammy. Er hatte zwei Aspirin mitgebracht, die er jetzt in Jakes Hand legte. »Hier, nimm die. Die helfen wenigstens etwas.«

Jake öffnete ein Auge, betrachtete die weißen Tabletten und wog ihre möglichen Vorteile gegen den mühsamen Weg zum Wasserhahn im Bad ab. Schließlich stemmte er sich hoch, wankte hinaus, kam zurück und ließ sich wieder ins Bett fallen. Lundeen saß im Schatten auf der Bettkante.

»Wieviel Uhr haben wir?« fragte Jake.

»Wir beide müssen bald nach Hongkong abfliegen.«

Jake starrte seinen Kameraden verständnislos an.

»Ja, ganz recht! Du hast richtig gehört. Hongkong. Du und ich. Ich bin schon an Bord gewesen, um mit dem Alten zu sprechen, und habe ihn unsere Urlaubsscheine unterschreiben lassen.« Lundeen sprang auf und hielt zwei Vordrucke hoch. »Vor uns liegen vier Tage Hongkong, mein Junge!«

»Siehst du nicht, daß ich an einer Überdosis Alkohol eingehe? Ich bin schon halb tot. Das kann nicht dein Ernst sein. Was willst du überhaupt in Hongkong? Ich habe nicht das Geld, kreuz und quer durch den Fernen Osten zu fliegen. Und auch nicht den Wunsch danach. Laß mich in Frieden sterben, okay?«

»Zum Teufel mit dir, Grafton!« brüllte Lundeen. »Sieh zu, daß du deinen Arsch aus dem Bett kriegst, damit wir abhauen können!«

»Okay, okay. Nicht so brüllen, sonst platzt mein Kopf.« Jake atmete langsam aus. »Und du willst wirklich nach Hongkong?«

»Ja, ich will wirklich hin, du alte Jungfer. Beeil dich gefälligst, damit die Show auf die Straße kommt!«

Jake stand auf. »Mein Magen denkt, daß meine Kehle durchgeschnitten worden ist.«

»Essen kannst du im Flugzeug.«

»Heute triefst du wieder mal von Mitgefühl. *Du* kannst im verdammten Flugzeug essen. Ich esse in zwanzig Minuten unten im Club.«

Eine Viertelstunde später waren sie mit ihrer ganzen Ausrüstung – die an Bord geschickt werden sollte – und ihren Reisetaschen zum Club unterwegs. Auf halbem Weg stellte Jake sein Gepäck ab und übergab sich auf dem Rasen.

»Und da willst du unbedingt was essen?«

»Suppe. Muß was in den Bauch kriegen, sonst ist mir den ganzen Tag schlecht.«

»Trink nicht wieder so viel.«

»Du hättest Pfarrer werden sollen.«

»Keuschheit ist nichts für mich«, antwortete Lundeen und marschierte weiter.

Im kühlen Halbdunkel des Clubs fühlte sich Jake gleich etwas besser. Als die Bedienung kam, bestellte Lundeen als erster: »Eier Bénédict, eine Portion Schinken, eine halbe Flasche Champagner.«

Jakes Magen rebellierte. Er setzte seine Sonnenbrille auf und bestellte Tomatensuppe, Milch und Toast ohne Butter. Als die Bedienung gegangen war, stützte er sein Kinn in die Hände und starrte aus dem Fenster. Er versuchte, die Ereignisse der vergangenen Nacht zu rekonstruieren, aber er brachte alles durcheinander.

»Ich hab' schon alles über dein kleines Abenteuer in Po City gehört«, erklärte Lundeen. »Vielleicht interessiert dich, daß wir auch deshalb für ein paar Tage abhauen. Irgendwann packt nämlich jemand aus – und dann kann's nicht schaden, in Hongkong zu sein, während hier der Sturm tobt. Wenn das Schiff dann ablegt und die Bonzen wieder dringend Piloten brauchen, erscheint ihnen diese kleine Episode bestimmt in milderem Licht.«

Grafton zuckte mit den Schultern. »Wie kommen wir eigentlich hin?«

»Alles arrangiert. Ich hab' gestern einen Mann kennengelernt, der hier stationiert ist und Mitglied im hiesigen Fliegerclub ist. Gegen Mittag fliegt er mit seiner Cessna nach Manila, wo wir eine Linienmaschine nach Hongkong erwischen können. Er nimmt uns mit, wenn wir die Flugzeugcharter zahlen.«

»Und wie hoch ist die?«

»Zehn Dollar für jeden von uns.«

»Worauf warten wir dann noch?«

Sobald sie den Zoll auf dem Hongkonger Flughafen Kai Tak passiert und etwas Geld gewechselt hatten, hielten Lundeen und Grafton ein Taxi an und ließen sich ins riesige alte Luxushotel Peninsula fahren, das mit Blick auf den Hafen in Kowloon am Wasser aufragte. Die Insel Hongkong war etwa eine Meile entfernt übers Wasser hinweg sichtbar. »Warum willst du hier wohnen?« fragte Jake.

»Robert L. Scott hat dieses Hotel im Zweiten Weltkrieg mit seiner P-40 mit Bordwaffen beschossen. Die Japse hatten hier ihr Oberkommando einquartiert.«

»Wer ist Robert L. Scott?«

»Der Kerl, der *Gott ist mein Kopilot* geschrieben hat.«

»Und ich hab' geglaubt, daß dir nur die Aussicht gefällt.«

Lundeen hatte auf einem Zimmer mit Meeresblick bestanden. An der hohen Decke hing ein großer Kronleuchter, und die beiden viktorianischen Betten waren riesig. Auch die übrige Einrichtung entsprach den Abmessungen des Raums. Nachdem der Page sein Trinkgeld bekommen hatte und gegangen war, öffnete Jake das Fenster. Vom Meer her wehte eine frische Brise herein.

»Tust du mir einen Gefallen, Sam?«

»Vielleicht.«

»Red in den kommenden vier Tagen kein Wort über die Staffel oder Bombenangriffe oder den Krieg. Das ist alles Scheiße. Das ist alles Scheiße, und ich hab' die Schnauze voll davon!«

»Kein Problem«, antwortete Sammy. Wenig später fuhren sie in die Hotelhalle hinunter und steuerten die Bar an.

Am nächsten Morgen stand Grafton leicht benommen neben seinem Bett. Er starrte seine zitternden Hände an. Die

Schreie, von denen er aufgeschreckt war, gellten noch immer in seinen Ohren. Er schlurfte zu dem Sessel am Fenster und ließ sich in die weichen Polster fallen.

Teile seines Alptraums entglitten seinem Bewußtsein, als würden sie auf den Meeresgrund sinken. Er wußte noch, daß er allein in einer Intruder gesessen und ein in der Nacht glitzerndes Ziel angegriffen hatte – ein so bedeutendes Ziel, daß er, Jake Grafton, den Krieg beenden konnte, indem er es bombardierte. Aber was war das Ziel? Wie konnte er es ohne Bombenschützen angreifen? Er erinnerte sich daran, daß er nach dem Auslösen seiner Bomben keinen Andruck gespürt hatte, als er hochzuziehen versucht hatte. Statt dessen vibrierte die Intruder, geriet in wildes Schütteln und montierte dann unter heulenden Windgeräuschen ab, die plötzlich von den gellenden Schreien von Hunderten von Menschen in Todesqualen übertönt wurden.

Jake seufzte. Okay, er hatte also Scheiß gebaut. Er hatte versucht, ein ausnahmsweise wirklich wichtiges Ziel zu bombardieren – und hatte es verfehlt. Soviel schien festzustehen. Sollte er jetzt glauben, seine Bomben hätten statt dessen ein überfülltes Krankenhaus getroffen? Aber er war nicht bereit, sich von einem Traum Schuldgefühle verpassen zu lassen. Zum Teufel damit!

Er stand auf und reckte sich. Dann sah er zu Lundeen hinüber, der auf dem Rücken liegend schlief und geräuschvoll mit offenem Mund atmete. Jake lächelte. Hey, Maat, sagte er zu sich selbst, weißt du, was ich tun sollte? Für dich und Morgan und die anderen Jungs, die ihr Leben für nichts und wieder nichts riskieren? Ich sollte mir ein lohnendes Ziel im Norden suchen und mit Bomben flachlegen. Ein gutes Ziel. Für uns alle.

Jake mußte über seine tollkühne Idee grinsen, als er ins Bad ging. Warum denn nicht? fragte er sich dann. Vielleicht tu' ich's wirklich.

Er machte sich nicht die Mühe, sich zu rasieren. Aus den Tiefen seiner Reisetasche förderte er Laufschuhe, Shorts und ein T-Shirt zutage. Er zog sich im durchs Fenster einfallenden schwachen Licht an.

Jake begann zu traben, sobald er das Hotel durch den Hinterausgang verlassen hatte. Schon nach wenigen Minuten wurde ihm klar, wie untrainiert er war. Seine Atemzüge kamen keuchend, ohne den gewohnten Rhythmus, und seine Beine waren hölzern. Außerdem herrschte nicht gerade ideales Laufwetter: Die Luft war kühl, und der feine Nieselregen mußte seine Sachen in kurzer Zeit durchnäßt haben. Nach seiner Rückkehr ins Hotel würde er ein langes heißes Bad nehmen.

Auf den schmalen Gassen mußte Jake immer wieder Hindernissen ausweichen: Radfahrern, einzelnen Autos, Fußgängern, die ihn verwundert betrachteten, plappernden schwarzhaarigen Kindern, die ihn meistens ignorierten, und Ladenbesitzern, die bunte Markisen herauskurbelten und einen Teil ihres Angebots auf der Straße vor dem Laden aufbauten. Jake staunte darüber, wieviel Betrieb hier schon kurz nach acht Uhr herrschte.

Er war froh, als er die Nathan Road erreichte, denn an diesem vierspurigen Boulevard waren die Gehsteige breiter. Er kam an Geschäften vorbei, die Unterhaltungselektronik, Kameras, Uhren, Kosmetika und Kleidung verkauften; Busse mit aufheulenden Motoren und hupende Taxis rollten über die breiten Fahrbahnen. Die rot-weißen Doppeldeckerbusse erinnerten ihn an London, aber die vielen um diese Zeit nicht mehr eingeschalteten Leuchtreklamen – SONY, WINSTON FILTER CIGARETTES, COCA-COLA – erinnerten an den New Yorker Times Square.

Nachdem Jake ungefähr eineinhalb Meilen getrabt war, fiel ihm ein leuchtend roter Farbklecks auf. Als er näher herankam, sah er einen roten Pullover, den eine junge Frau mit Strohhut und Jeans trug. Sie saß auf einem Klapphocker unter einer Markise, die einen Durchgang zwischen zwei Apartmentgebäuden überspannte. Auf den Knien hatte sie einen Zeichenblock, auf den Jake im Vorbeilaufen einen Blick warf. Er sah vage Umrisse von Gebäuden und Anfänge menschlicher Gestalten.

Jake beschloß, noch zehn Minuten zu joggen. Nach fünf Minuten wollte er umkehren und versuchen, die junge Frau wiederzufinden. Seine Atmung war jetzt rhythmischer, und seine Schritte waren geschmeidiger. Das bedeutete, daß er morgen einen Muskelkater in den Waden haben würde. Jedenfalls hatte er damit sein Laufpensum für einen Tag erfüllt.

Als er zurückkam, saß sie noch immer auf ihrem Hocker unter der Markise und zeichnete. Mehrere Kinder zwischen fünf und acht Jahren spielten im Durchgang und auf dem Gehsteig, ohne auf den Nieselregen zu achten. Die Zeichnung war merklich weiter gediehen. Die Gebäude und Ladenfronten waren ausgeführt, und sie zeichnete jetzt die Kinder, die sie vor gewisse Probleme zu stellen schienen, denn sie hatte einige Beine wieder wegradiert.

Jake blieb kurz hinter ihr stehen, bevor er sich links neben sie stellte.

»Sehr hübsch«, sagte er anerkennend.

»Danke«, antwortete die Zeichnerin mit amerikanischem Akzent. Sie sah kurz zu Jake auf, der dabei feststellte, daß sie sehr dunkle Augen hatte und Mitte Zwanzig zu sein schien. »Aber nicht wirklich gut, fürchte ich.« Sie wischte mit der Handkante einige Radiergummikrümel vom Blatt.

»Natürlich ist's schwierig, wenn die Modelle nicht stillhalten.«

Sie arbeitete weiter und ging nicht gleich auf seine Bemerkung ein. »Ich weiß nicht mal, ob ich sie besser aufs Papier brächte, wenn sie wie Statuen dort stehen würden«, entgegnete sie dann, ohne aufzusehen. »Mit Beinen habe ich immer Probleme – jedenfalls mit nackten Beinen. Und Kinderbeine sind am schlimmsten. Zum Teufel mit ihren niedlichen kleinen Knubbelknien!«

Jake lachte. »Ich weiß eine Lösung: Ich ziehe los und kaufe allen lange Hosen.«

»Auch den Mädchen?«

»Klar«, antwortete Jake. »Ich erkläre ihnen, daß sie Hosen tragen müssen, damit ein großes Kunstwerk entstehen kann.«

Sie lachte kurz. »Das überzeugt sie bestimmt!«

»Ich wette, daß sie überzeugt sind, wenn ich jedem einen Dollar schenke.«

Sie sah zu ihm auf. »Bestechung kommt in Hongkong überall gut an«, lächelte sie. Aus ihrem sonnengebräunten Gesicht leuchteten perlweiße Zähne, und ihr Teint war bis auf einen kleinen Leberfleck an der linken Schläfe makellos. Soviel Jake beurteilen konnte, trug sie keinerlei Make-up.

»Über Hongkong weiß ich nicht viel«, sagte er und wünschte sich, er hätte sich rasiert.

Sie ging nicht auf seine Bemerkung ein, sondern kaute auf dem Bleistift herum, während sie ihre Zeichnung betrachtete. Während Jake auf eine Antwort wartete, studierte er die Kinder, die sie skizziert hatte: Sie schwebten über dem Gehsteig, als mache es ihnen nichts aus, keine Beine zu haben. Zuletzt fragte er: »Haben Sie schon mal versucht, Motive zu photographieren?«

»Nein«, sagte sie, ohne den Kopf zu heben.

»Ich meine, Sie könnten zum Beispiel die Kinder aufnehmen und danach Ihre Zeichnung fertigstellen. Sie könnten die Beine sogar nachziehen, um Ihr Problem in den Griff zu bekommen.« Jake ging neben ihr in die Hocke und stützte seine Ellbogen auf die Knie. »Hey, ich verstehe nichts von Kunst. Was weiß ich schon von Zeichnen oder Malerei? Sollte ich einen dämlichen Vorschlag gemacht haben, dürfen Sie...«

»Laufen Sie immer mit Shorts durch den Regen?« fragte sie mit hochgezogenen Augenbrauen. »Vielleicht sollten *Sie* losziehen und sich lange Hosen kaufen.« Die Andeutung eines Lächelns. »Wenn Sie's tun, schenke ich Ihnen einen Dollar.«

Jake grinste. »Einen richtigen Dollar? Oder einen Hongkongdollar? Und wenn ich schon mal dabei bin, kaufe ich Ihnen eine Kamera.«

»Touché!« sagte sie. Dann drehte sie sich auf dem Hocker nach ihm um und strich ihre Jeans glatt, als trage sie einen Rock. »Sie sind beim Militär, stimmt's?« Das war keine Frage, sondern eine Feststellung.

Jake war überrascht. »Woher wissen Sie das?«

»Ihr Haarschnitt verrät Sie. Soldaten sind leicht zu erkennen. Aber Ihr T-Shirt hat mich unsicher gemacht. Sind Sie wirklich Mitglied im Jersey City Athletic Club?«

»Nein, dieses T-Shirt habe ich Cowboy Parker geklaut. Und er hatte es Little Augie geklaut. Es gehört mir nur, bis jemand es mir klaut.«

»›Cowboy‹, ›Little Augie‹ – von welcher Teilstreitkraft reden wir denn?«

»Marine. Ich bin Pilot.«

»Auf Flugzeugträgern? Fliegen Sie über Vietnam?«

»Leider.«

»Wieso leider?«

»Weil das ein schreckliches Geschäft ist.«

»Warum tun Sie's dann?«

Jake sah zu Boden. »Man trägt eine Uniform, man nimmt den Sold, man fliegt hin, wo's einem befohlen wird.«

»Nicht sehr aufschlußreich«, stellte sie fest. »Sie sind also auf Urlaub hier. Wie lange bleiben Sie in Hongkong?«

»Nur ein paar Tage. Ich muß am Montag morgen zurück.« Jake stand ächzend auf. »Ich bin ein bißchen steif.«

»Sie sind bestimmt ganz durchgefroren«, sagte sie. »Sehen Sie lieber zu, daß Sie was Heißes zu trinken bekommen.«

»Ist Ihnen nicht auch kalt?«

»Eigentlich schon. Ich hab' vom Zeichnen *und* diesem Wetter genug, glaub' ich.« Sie wandte sich ab und verstaute ihren Skizzenblock und die Zeichenstifte in einer großen Umhängetasche aus Wildleder. Aus der Seitentasche zog sie einen zusammengerollten Khakiregenmantel.

Jake steckte seine Hände in die Achselhöhlen, um sie zu wärmen. »Was halten Sie davon, wenn wir irgendwo was Heißes trinken? Kaffee, Tee, was Sie wollen. Wir könnten beide was brauchen, glaub' ich.«

»Sie bestimmt nötiger als ich«, sagte sie lächelnd. Dann beugte sie sich über ihren Hocker. »Tut mir leid, aber ich bin heute morgen mit einer Freundin verabredet. Wir wollen Einkäufe machen.« Als sie die Verriegelung löste, ließ der Hocker sich zusammenklappen. »Wir treffen uns um zehn.« Der zusammengelegte Hocker paßte ebenfalls in ihre Tasche.

»Tolle Konstruktion«, meine Jake anerkennend. »Könnten wir uns nicht später treffen? Mittags oder zum Abendessen? Ich möchte Sie gern näher kennenlernen.«

Sie stand mit verschränkten Armen vor ihm. »Nun, der Auftakt ist nicht gerade vielversprechend, fürchte ich. Bisher habe ich die meisten Fragen gestellt. Ich weiß einiges über Sie, aber Sie wissen nichts über mich.«

»Sie haben mich nicht nach meinem Namen gefragt«, stellte er fest.

»Da haben Sie recht. Wie heißen Sie denn?«

»Jake. Jake Grafton.«

»Hallo, Jake.« Sie faltete ihren Regenmantel auseinander. »Hat mich gefreut, Sie kennenzulernen.«

Ohne sich viel dabei zu denken, legte Jake ihr seine rechte Hand leicht auf die Schulter, die genau in seine Handfläche paßte. Er spürte, wie zart ihre Knochen waren, und fühlte die Wärme ihres Körpers durch den Pullover. Sie trat einen Schritt zurück.

»Hey, Sie haben mich vorhin zu Unrecht beschuldigt«, sagte Jake. »Ich bin kein Mann, der viele Fragen stellt.« Sie begann, ihren Regenmantel anzuziehen. Er wollte sie irgendwie festhalten. »Ich möchte Sie wirklich besser kennenlernen. Da wär's gut, wenn ich Ihren Namen wüßte.«

Sie holte tief Luft. »Callie.«

»Callie?«

»Ganz recht.«

»Nachname?«

»McKenzie.« Sie sah ihn erwartungsvoll an. »Na, finden Sie nicht, daß Callie ein ungewöhlicher Name ist?«

»Nie gehört«, gab Jake zu.

»Wollen Sie nicht wissen, wie ich ihn bekommen habe?«

»Gut, ich beiße an. Wie haben Sie ihn bekommen?«

»Freut mich, daß Sie auch mal was fragen«, erwiderte Callie. »Als ich klein gewesen bin, hat mein noch kleinerer Bruder Schwierigkeiten gehabt, meinen Namen Carolyn auszusprechen. Deshalb hat Theron – mein Bruder – mich Callie genannt. Das ist leichter auszusprechen gewesen.«

Jake lächelte. »Theron?«

»Richtig, Theron«, bestätigte sie. »Da muß ich Ihnen übrigens gleich die faszinierende Geschichte erzählen, wie er zu diesem Namen gekommen ist.«

»Ja?«

»Als mein Bruder klein gewesen ist, hat seine noch kleinere Schwester Schwierigkeiten gehabt, seinen Namen Aloysius auszusprechen. Deshalb...« Callie begann zu lachen, und Jake stimmte ein. Passanten drängten sich an ihnen vorbei, während sie einander gegenüberstanden.

»Wie ist Ihr Bruder wirklich zu diesem Namen gekommen?« fragte Jake. »Und wie schreibt man den?«

Callie buchstabierte ihn. »Mein Vater hat ihn während der Schwangerschaft meiner Mutter in einem Roman gelesen. Wahrscheinlich hat er... Jake! Sie zittern!« Sie berührte seine Brust über dem Herzen. »Kein Wunder, Ihr Hemd ist klatschnaß. Sehen Sie lieber zu, daß Sie was Trockenes auf den Leib bekommen. In welchem Hotel wohnen Sie?«

»Im Hotel Peninsula.«

»Oh, im Peninsula. Ein wundervolles Hotel! Absolut erstklassig. Gefällt's Ihnen dort?«

»Ja, aber es ist verdammt teuer. Andererseits stimmt das Preis-Leistungs-Verhältnis.«

»Im Peninsula immer. Als ich nach Hongkong gekommen bin, habe ich ein paar Tage dort gewohnt, bis ich ein Apartment gefunden hatte. Mir hat's so gut gefallen, daß ich sehr ungern ausgezogen bin. Aber jetzt habe ich eine hübsche Wohnung nur wenige Minuten vom Büro entfernt.«

Callie McKenzie nahm ihren Strohhut und fuhr sich mit einer Hand durch die Haare. Sie hatte schulterlange tiefbraune Locken, aber ihre Augen waren noch dunkler und glänzten wie schwarze Murmeln.

»Na«, fragte sie, »wollen Sie nicht wissen, wo ich arbeite?«

Jake grinste. »Natürlich! Darüber hab' ich gerade nachgedacht.«

»Da es Sie zu interessieren scheint: Ich arbeite im amerikanischen Generalkonsulat.«

»Was tun Sie dort?«

»Oh, alles mögliche. Aber hauptsächlich bearbeite ich die Visumanträge chinesischer Flüchtlinge, die vom Festland herübergekommen sind.«

»Macht Ihnen die Arbeit Spaß?«

»Sie ist okay. Das Außenministerium erteilt solche Visa erst, nachdem ein Haufen Papierkrieg erledigt ist, und ich habe manchmal das Gefühl, daß wir das Elend der chinesischen Flüchtlinge mit Papier zudecken. Dabei haben diese Leute alles riskiert, um nach Hongkong zu entkommen.«

»Bürokraten! Aber die gibt's überall. Eines Tages wird die Welt ihnen gehören.«

»Wie wahr! Hören Sie, Jake, ich muß wirklich gehen. Und Sie müssen ins Peninsula zurück.« Sie griff nach ihrer Tasche und hängte sie sich über die Schulter.

»Treffen wir uns zum Mittagessen, Callie?« Sie schüttelte den Kopf. »Oder zum Abendessen?«

»Danke, aber ich kann leider nicht.«

»Machen wir heute nachmittag einen kleinen Rundgang durch die Stadt? Zeigen Sie mir ein paar Sehenswürdigkeiten?«

»Nicht gerade das ideale Wetter dafür.« Sie seufzte. »Hören Sie, wir könnten uns zum Tee treffen.«

»Zum Tee?«

»Sind Sie noch nie zum Tee verabredet gewesen?«

»Nein, aber ich bin neugierig. Wo treffen wir uns?«

»In Ihrem Hotel. In der Halle. Dort servieren sie wunderbaren Tee. Um halb fünf?«

»Gut, um sechzehn Uhr dreißig«, stimmte Jake zu. »Ich bin pünktlich da.«

Callie ging rasch in den Nieselregen davon. An der nächsten Ecke blieb sie stehen und drehte sich um. Jake sah ihr noch immer nach. »Stehen Sie nicht rum!« rief sie. »Beeilen Sie sich, sonst werden Sie krank!«

Jake winkte ihr zu. »Wir sehen uns im Peninsula!«

Er machte sich auf den Rückweg ins Hotel. Schon nach kurzer Zeit begann er wieder zu traben und vergaß dabei die Nässe und seine schmerzenden Muskeln.

»Du hättest sie wenigstens fragen können, ob sie 'ne Freundin hat!« rief Sammy beim Rasieren aus dem Bad.

Jake stand am Fenster und beobachtete den Regen und die über den Hafen ziehenden niedrigen grauen Wolken. Das

Wasser war so still und dunkel, daß es ölig wirkte, und das deutlich sichtbare Kielwasser von Sampans, Kähnen und Fähren erinnerte an das von Spielzeugbooten auf einem Teich. Nach seiner Rückkehr ins Hotel hatte er ein genußvolles heißes Bad genommen. Jetzt spürte er ein Ziehen in den Wadenmuskeln. »Ich wünschte, dieser Regen würde endlich aufhören.«

»Ich an deiner Stelle hätte sie gefragt, ob sie nicht irgendwo ein nettes Mädchen für dich versteckt hat. Die Welt ist voller einsamer Frauen, die eine Gelegenheit herbeisehnen, einen netten Kerl mit Geld kennenzulernen. Ich bin ledig, gutaussehend, fast wohlhabend – und du hast keiner dieser armen Frauen eine Chance gegeben! Ist das etwa Freundschaft?«

Jake sah zum Bad hinüber. »Hey, diese eine Verabredung ist mühsam genug gewesen.«

»Verabredung? Du nennst 'ne Einladung zum *Tee* eine Verabredung?«

»Mehr ist nicht rauszuholen gewesen.«

»Hast du sie gefragt, ob sie 'ne Freundin hat? Ha? Scheiße, ich möchte wetten, daß du's nicht mal versucht hast!«

»Es hätte nicht geklappt, Sammy.«

Lundeen kam in der Unterhose aus dem Bad. »Okay, Grafton, ich verstehe allmählich. Du willst nur nicht, daß ich dabei bin und dir bei deinem Tee-und-Crumpets-Mädchen in die Quere komme.«

»Nö, das ist's nicht. Ich hab' dir doch gesagt, daß...«

»Vergiß es einfach.« Sammy winkte hochmütig ab. »Ich kann mir selbst ein Mädchen suchen. Ich brauche keine Hilfe bei meinen Romanzen. Ich weise nur auf diesen kleinen Fleck auf unserer Freundschaft hin.« Er machte ein gekränktes Gesicht. »Aber das vergess' ich dir nie, Grafton. Niemals! Vielleicht erzähle ich Cowboy sogar, daß du sein Handtuch geklaut und ihn aus seiner Kabine ausgesperrt hast.«

»Aber das bist doch *du* gewesen!«

»Ja, aber wenn Kameraden sich streiten, fangen sie an, Lügen zu erzählen – und wer weiß, wohin das noch führt?«

»Lieber nicht«, warnte Jake ihn, »sonst muß ich ihnen sagen, daß du das Phantom bist.«

Lundeen warf ihm einen prüfenden Blick zu. Dann setzte er sich auf sein Bett, sah zu Jake auf und grinste. »Das stimmt übrigens.«

»Was?«

»Ich bin das Phantom«, bestätigte Sam lachend. »Das hast du nie vermutet, stimmt's?«

»Bist du verrückt? Sie suchen irgendeinen Perversen, den sie in die Klapsmühle stecken können. Falls sie dich schnappen, wirst du in einer Zwangsjacke in die Staaten zurückgebracht... Das ist nicht dein Ernst, stimmt's?« Er musterte Lundeens Gesicht. »Du willst mich bloß wieder reinlegen.«

»Doch, es ist wahr. Ich bin der vermummte Rächer. Nein, das ist Batman – aber ich könnte mich mit Cowboys Handtuch vermummen.« Er stellte sich aufs Bett und nahm eine dramatische Pose ein. »Ich bin der geflügelte Zorn, die Geißel bürokratischer Dämlichkeit.« Sammy ließ sich fallen. »Nein, ich muß mir was anderes ausdenken.«

»Bist du übergeschnappt, du Idiot? Verdammt noch mal, wie bist du auf diese dämliche Idee gekommen?«

»Warum hast du diesen Kerl in den Alligatorteich geworfen? Weil du Arschlöcher wie ihn satt hast! Okay, vielleicht hab' ich auch einiges satt! ›Kapitänleutnant Peckerhead ist starkem, gut gezieltem Abwehrfeuer geschickt und mutig ausgewichen, um seinen vernichtenden Angriff auf die Baumschule Bang Whang zu fliegen. Sein Mut und seine Hartnäckigkeit verdienen größte Anerkennung... bla-bla-bla... und sind Ausdruck bester Marinetradition.‹« Sammy sprach jetzt schreiend laut. »Dieses Zeug steht mir bis hier, verstehst du?« Er starrte Grafton an. »Nachdem ich lange genug über diesen Scheiß nachgedacht habe, bin ich zum Scheißen gegangen. Ich hab' herzhaft darüber gelacht, und weil mir danach wohler gewesen ist, hab' ich gleich ein weiteres halbes Dutzend Empfehlungen für Ordensverleihungen geschrieben und sie Rabbit Wilson geschickt, dem sie prima gefallen haben.«

Jake drehte sich zum Fenster. Im Nebel konnte er gerade noch das Segel einer Dschunke ausmachen. Er beobachtete einen Frachter, der, von Sampans und Schleppkähnen umgeben, seine Ladung löschte. »Jeder ist 'n gottverdammter Held«, murmelte er.

»Das ist eben das Verrückte!« bestätigte Sammy. »Alle unsere Jungs sind Helden. Sie riskieren bei jedem Einsatz ihr Leben. Sie weichen der Flak und den SAMs aus, sie greifen ihre Ziele an, sie bringen ihre Bomben genau ins Ziel. Dafür ist das bißchen Fliegerzulage nicht genug. Sie haben Orden verdient.« Lundeen stand auf und versetzte dem Bettende einen Tritt. »Wofür? Ja, wofür eigentlich? Das wüßte ich liebend gern!«

»Ich wollte, ich könnt's dir sagen...« Jake drehte sich nach Sammy um. »Gehen wir dann zum Essen?«

Lundeen antwortete nicht gleich. »Ja, natürlich.«

Sie waren im Aufzug allein. »Der letzte Haufen ist übrigens nicht von mir gewesen«, stellte Sammy fest. »Ich bin in den Ruhestand getreten, bevor Kapitän Boma richtig wütend geworden ist. Irgend jemand hat mich imitiert.«

»Hoffentlich bleibst du im Ruhestand.«

»Das hab' ich eigentlich vor. Ich fliege zu gern.« Die Aufzugstüren öffneten sich zur Hotelhalle hin, aber Sammy blieb noch stehen. »Vielleicht gibt's einen Grund für alles – irgendeinen vernünftigen Grund –, und ich bin bloß nicht clever genug, um ihn rauszukriegen.«

»Das hoffe ich«, sagte Jake, der an die Flak, die Lenkwaffen und Morgan dachte. »Das hoffe ich wirklich.«

Sie betraten die Hotelhalle. »Ich wollte, du hättest sie gefragt, ob sie 'ne Freundin hat.«

»Nächstes Mal.«

Jake mampfte einen Keks, der ihm zu süß und zu trocken war. Er hatte Durst, aber der Darjeelingtee war noch zu heiß, als daß er ihn hätte trinken können. Er wünschte sich ein Bier. Sein Blick fiel auf die efeugrüne Säule hinter Callie. Sie war dick wie vier Männer, stand auf einem Marmorsockel und war oben vergoldet. Auch die hohe Decke prunkte mit üppigem Goldzierat.

»Ich merke schon, daß Sie nicht darüber sprechen wollen«, sagte Callie. Ihre Sessel standen nebeneinander, so daß sie sich mühsam zur Seite drehen mußten, um sich unterhalten zu können. Der Tee und die Kekse – »Biskuits« hatte der chinesische Kellner sie genannt – standen auf einem niedrigen Tischchen zwischen den Sesseln. »Erzählen Sie mir wenigstens vom Fliegen. Dieser Teil gefällt Ihnen doch wirklich, stimmt's?« Sie trank einen Schluck Tee, während sie auf seine Antwort wartete. Ohne ihren Hut war ihr Gesicht runder und sanfter; sie wirkte jünger. Ihr sorgfältig gebürstetes Haar war weniger lockig.

Die vielen Stimmen in der geräumigen Hotelhalle erzeugten vielfältige Echos, und Jake mußte unbehaglich laut sprechen, um sich verständlich zu machen. »Klar, das Fliegen gefällt mir.« Warum hatte sie von dem gottverdammten Krieg anfangen müssen? »Früher habe ich mich für einen Glückspilz gehalten, den die Navy für etwas bezahlt, das er liebend gern umsonst tun würde.«

»Und jetzt haben Sie dieses Gefühl nicht mehr?«

»Doch, manchmal. Ziemlich selten.« Jake trank einen kleinen Schluck Tee. Nicht genug Zucker. Er stellte die Tasse ab und wußte, daß er nicht wieder nach ihr greifen würde.

»Erzählen Sie mir mehr davon, Jake? Was empfinden Sie beim Fliegen? Ein unbeschreibliches Hochgefühl? Wie ich beim Achterbahnfahren?«

»Manchmal hat es Ähnlichkeit mit einer Achterbahnfahrt – aber das ist nicht das eigentliche Gefühl.« Callies Augen beobachteten ihn über ihre Tasse hinweg, während er nach Worten suchte. »Nun«, sagte Jake, »man kommt sich wie ein Junge vor, der krank spielt, um nicht in die Schule gehen zu müssen. Der Rest der Welt arbeitet in Büros, Schulen und Fabriken. Aber man selbst sitzt in seinem Cockpit, kommt sich vor, als schwänze man die Schule, genießt den Himmel und die Wolken und blickt auf die Erde herab. Man ist frei und empfindet es als Vorrecht, fliegen zu dürfen.« Er machte eine Pause. »Aber auf dem Boden gleicht ein Pilot einem Mann, der auf einen Zug wartet. Er ist ruhelos, kann es kaum erwarten wegzukommen. Ein Pilot wartet nur darauf, daß ihn seine Maschine wieder in die Luft entführen kann. Auf dem Erdboden kommt er sich wie ein Besucher vor.«

Callie stellte ihre Tasse ab. »Mir gefällt, wie Sie das ausdrücken.«

Jake merkte, daß er beim Reden heiser geworden war. »Ich bin schrecklich durstig. Wollen wir nicht in die Bar gehen?«

Dort konnten sie sich gegenübersitzen, und die Sessel waren bequemer als in der Hotelhalle. Callie hatte einen Gin Tonic bestellt; Jake trank eine Flasche San Miguel. Um diese Zeit war die Bar fast leer und das Klavier unbesetzt.

»Ich weiß nicht recht, ob Ihnen der Tee Spaß gemacht hat«, meinte Callie zweifelnd.

Jake lächelte. »Ich habe mich vermutlich fehl am Platz gefühlt. Wo ich herkomme, trifft sich kein Mensch zum Tee.«

»Woher kommen Sie denn?«

»Aus Ridgeville, einer Kleinstadt in Virginia. Im Südwesten Virginias, nicht weit von der Grenze nach North Carolina. Ein ziemlich verschlafenes Nest.« Er trank einen Schluck Bier. »Und wo sind Sie aufgewachsen, Callie?«

»Chicago. Hyde Park. Das ist das Universitätsviertel. Mein Vater lehrt an der Business School, und meine Mutter ist Linguistin.«

»Haben Sie in Chicago studiert?«

»Selbstverständlich. Etwas anderes wäre gar nicht in Frage gekommen. Und ich habe natürlich Linguistik studiert.«

»Ein richtiger Familienbetrieb«, sagte Jake.

»Das ist eben das Problem gewesen. Mom und Dad haben einfach angenommen, daß ich eine akademische Laufbahn anstreben würde. Beide sind entsetzt gewesen, als ich mich zur Einstellungsprüfung für den diplomatischen Dienst angemeldet habe – und noch entsetzter, als ich sie bestanden habe! Sie haben mir zugeredet zu promovieren, aber ich wollte lieber die Welt sehen, wie's so schön heißt.«

»Und Sie wollten selbständig sein.«

»Klar, das hat auch eine wichtige Rolle gespielt.«

»Dann sprechen Sie also Chinesisch?« fragte Jake.

»Mhm-hmm. Ich spreche Mandarin und bemühe mich, hier Kantonesisch dazuzulernen.«

»Alle Achtung!«

»Chinesisch – das heißt gesprochenes Chinesisch – ist weniger schwer zu lernen, als viele Leute glauben. Die Grammatik ist nicht sonderlich schwierig. Aber es ist sehr schwierig zu lesen.«

»Können Sie's lesen?«

»Nur ein bißchen. Man braucht Jahre, um es einigermaßen zu beherrschen. Die Sache läuft auf reines Auswendiglernen hinaus.«

Jake betrachtete Callies Glas. »Sie möchten noch keinen zweiten Drink, nehme ich an.«

»Bestellen Sie sich ruhig noch ein Bier.«

Als Jake aufsah, kam sofort ein junger chinesischer Kellner an ihren Tisch. Er deutete auf seine leere Bierflasche. »Noch ein San Miguel, bitte.«

»Erzählen Sie mir von Ihrer Heimatstadt«, forderte Callie ihn auf. »Wovon leben die Leute dort?«

»Die meisten sind Farmer, die viel Gemüse anbauen. Und wer keine Farm hat, verkauft Dinge, die Farmer brauchen.«

»Erzählen Sie mir etwas über die charakteristische Atmosphäre dort.«

Jake überlegte kurz. »Bei meinem letzten Heimaturlaub ist die große Neuigkeit in Ridgeville, Virginia, die Tatsache gewesen, daß der Filmprojektor im Plaza seit zwei Monaten defekt war. Der Kinobesitzer, der jedermann seit Monaten versprochen hatte, ein neues Gerät zu kaufen, hatte schließlich zugegeben, daß es vielleicht doch zu teuer wäre – und das Plaza ist das einzige Filmtheater in der Stadt.«

»Eine regelrechte Tragödie!« lachte Callie.

»Allerdings. Und die zweite große Neuigkeit war, daß Sam Chaplains sechzehnjährige Tochter – Sam ist unser Fordhändler – schwanger war.«

»Nein!«

»Zum zweiten Mal.«

»Wirklich?« fragte Callie. Sie prustete vor Lachen. »Ich möchte wetten, daß ich weiß, wann's passiert ist.«

Jake grinste. »Das wissen Sie?«

»Natürlich. Es ist in einer Nacht passiert, nachdem der Filmprojektor im Plaza den Geist aufgegeben hatte.«

»Richtig!« bestätigte Jake lachend. »Aber die Sache geht noch weiter. Außer ihr hat's in Ridgeville ungefähr fünfzehn Frauen gegeben, die alle zufällig im zweiten Monat schwanger waren.«

»Ich finde, wir sollten aufs Plaza trinken.« Callie erhob ihr Glas. »Möge es bald einen neuen Projektor bekommen.«

Sie stießen miteinander an.

»Mal ganz ehrlich, Jake: Gefällt's Ihnen in Ridgeville?«

»Doch, durchaus. Ich bin dort aufgewachsen und zur Schule gegangen. Die Arbeit auf Dads Farm hat mir Spaß gemacht, und ich bin gern zum Angeln und auf die Jagd gegangen. Vielleicht wissen die Leute zuviel übereinander, so daß man das Gefühl hat, in einem Goldfischglas zu leben, aber sie sind wirklich freundlich und hilfsbereit. Natürlich gibt's auch ein paar miese Typen, aber die meisten sind in Ordnung. Ich habe dort alte Freunde, mit denen ich lebenslänglich befreundet bleiben werde.«

Sie erkundigte sich nach diesen Freunden, und er erzählte ihr von einer nach einem Kirchenpicknick improvisierten Bier-und-Nacktbadeparty am Caldwell Lake; er schilderte ihr, wie die Bremsen seines 57er Chevys auf der Rückkehr von einem Jagdausflug mit Freunden am Hodam Mountain versagt hatten, so daß er einen historischen Grenzstein umgefahren hatte; er berichtete von weiteren Erlebnissen, die sie zum Lachen brachten. Callie lachte leicht und gern. Als sie erneut nach der Fliegerei fragte, erzählte Jake, wie er Fliegen gelernt hatte: nicht bei der Navy, sondern auf einer Cessna 140 auf dem kleinen Flugplatz am Stadtrand. Er hatte die Ausbildung mit fünfzehn Jahren begonnen und den Pilotenschein zum frühestmöglichen Termin an seinem siebzehnten Geburtstag erhalten. Am nächsten Tag hatte sich sein Vater bereitgefunden, sein erster Passagier zu sein.

»Sind Sie nervös gewesen?«

»Ich bin aufgeregt, aber zuversichtlich gewesen. Er sollte sehen, was ich konnte.«

»Und Ihr Vater?«

»Na ja, der ist anfangs ziemlich nervös gewesen. Er hat sich die Vorflugkontrollen, die Steuerung und sämtliche Instrumente erklären lassen. Aber sobald er gemerkt hat, daß ich meine Sache verstehe, hat er den Flug genossen.«

»Ist er stolz auf Sie gewesen?«

»Das nehme ich an. Von *mir* weiß ich's.«

»Eine tolle Leistung, am siebzehnten Geburtstag den Pilotenschein zu bekommen!«

»Das ist nichts Außergewöhnliches. Das haben andere auch schon geschafft.«

»Sie spielen nur den Bescheidenen, glaube ich.«

Jake machte dem Kellner ein Zeichen, eine weitere Runde zu bringen. Er sah, daß an der Bar jetzt mehr Betrieb herrschte, und hörte deutlich akzentuierte britische Stimmen.

»Damit bin ich für heute abend bestens in Form«, protestierte Callie. Jake warf ihr einen fragenden Blick zu. »Gestern ist eine Kongreßdelegation eingetroffen. Der GK – Entschuldigung, der Generalkonsul – gibt heute abend einen Empfang für sie. Ich glaube nicht, daß es ihm recht wäre, wenn ich lallend aufkreuzen würde.«

»Wollen Sie unbedingt hin?« fragte Jake enttäuscht.

»Der Empfang reizt mich nicht sonderlich.«

»Warum bleiben Sie dann nicht einfach weg?«

»Ich muß hingehen. Das gehört zu meinem Job.«

»Wie kommt das?«

»Zu meinen sonstigen Pflichten gehört auch die Betreuung von Kongreßdelegationen, und ich...«

»Warum betreuen Sie sie dann jetzt nicht?«

»Heute nachmittag ist Shopping angesagt, deshalb habe ich ein paar Stunden frei. Theoretisch sind sie hier, um festzustellen, wie sich die Haltung der Chinesen gegenüber Amerika nach Nixons Reise verändert hat. Wir wissen nie so recht, wie wir Kongreßdelegationen behandeln sollen.«

»Nehmen Sie sie hart ran. Grob, wie sie's von ihren Wählern gewöhnt sind.« Er genoß ihr Lachen. »Oder zeigen Sie ihnen die hiesigen Sehenswürdigkeiten.«

»Das tun wir ohnehin. Wir rollen natürlich den roten Teppich aus, aber der führte geradewegs aus dem Konsulat hinaus.«

»Clever. Je beschäftigter sie sind, desto weniger fallen sie Ihnen zur Last. Wahrscheinlich wollen sie hier nur günstig einkaufen.«

»Das gehört zweifellos auch dazu. Aber sie suchen natürlich auch ihren politischen Vorteil. Sollte es zur Aufnahme diplomatischer Beziehungen mit China kommen, wollen sie daran beteiligt gewesen sein.«

Scheißtypen! dachte Jake und starrte in sein Glas. Sie machen Vergnügungsreisen, während gute Männer bei Angriffen auf wertlose Ziele sterben.

»Einen Penny für Ihre Gedanken?« fragte Callie.

Jake hob den Kopf und erwiderte ihren Blick. »Ein falscher Nickel wäre passender.«

»Was haben Sie plötzlich?«

Das wollte er ihr nicht erklären. »Nichts«, antwortete er schließlich. »Wie steht's mit Ihrer sonstigen Arbeit im Konsulat? Mit der Visaerteilung? Macht Ihnen das Spaß?«

»Der viele Papierkram und die Routinearbeit sind langweilig, aber es gibt auch Dinge, die mir Spaß machen. Ich arbeite in der Visumstelle für Nichteinwanderer und spreche gern mit den jungen Leuten, die in Amerika studieren wollen. Viele von ihnen sind erst vor kurzem aus Rotchina geflüchtet und können leider nicht nachweisen, daß sie nach Abschluß ihres Studiums nach Hongkong zurückkehren werden. Und das ist die Voraussetzung für Studentenvisa. Aus den Erzählungen von Flüchtlingen bekommt man ein einzigartiges Bild der Zustände auf dem Festland. Manche dieser Fluchtberichte sind geradezu erschütternd.«

Callie hatte bisher ihr Glas in der Hand gehalten. Jetzt stellte sie es ab und beugte sich zu Jake hinüber. »Ich will Ihnen von einem jungen Mann erzählen, den ich letzte Woche befragt habe. Ein sympathischer Junge namens Tschiang Wehan. Achtzehn Jahre alt, klein für sein Alter, aber kräftig. Ihm ist vor sechs Wochen die Flucht gelungen, indem er über die Deep Bay zu den New Territories hinübergeschwommen ist. Er und sein…«

»Wie weit hat er schwimmen müssen?«

»Fast zwölf Kilometer.«

Jake stieß einen leisen Pfiff aus. »Dazu braucht man Mut und viel Durchhaltewillen.«

»*Viel* Mut«, sagte Callie. »Tschiang, das ist sein Nachname, und sein älterer Bruder haben sich tagelang in den Hügeln versteckt gehalten, um die richtigen Bedingungen für die Durchquerung der Bucht abzuwarten. Sie wollten eine dunkle Nacht, um nicht gesehen zu werden, und schwachen Wind, um nicht gegen Wellen ankämpfen zu müssen. In einer Nacht mit Wolken und Nieselregen – ziemlich wie heute, nehme ich an – sind sie losgeschwommen. Die kürzeste Route, ungefähr fünf Kilometer, konnten sie nicht nehmen, weil sie stark bewacht wird. Etwa auf halber Strecke ist Tschiangs Bruder müde geworden und hat starke Krämpfe bekommen...«

»Der arme Kerl!«

»Tschiang hat ihn aufgefordert, sich auf dem Rücken liegend treiben zu lassen, weil die Krämpfe dann vielleicht aufhören würden. Aber sie haben nicht aufgehört. Der Bruder hat Wasser geschluckt und viel gehustet. Tschiang hat versucht, ihn über Wasser zu halten, aber dann sind sie beide untergegangen. Tschiang konnte nichts sehen – das Wasser war pechschwarz – und hatte das Gefühl, seine Lungen müßten platzen. Sein Bruder hat sich so an ihn geklammert, daß er sich mit Gewalt aus seinem Griff befreien mußte.«

»Großer Gott!« rief Jake. »Wie hat er's bloß geschafft, danach die restliche Strecke zu schwimmen?« Jake konnte sich die schreckliche Szene vorstellen, wie sich der Junge unter Wasser aus dem Klammergriff seines ertrinkenden Bruders befreite. Er erinnerte sich daran, daß auch Morgan seinen Arm umklammert hatte. »Wenigstens hat Tschiangs Bruder gewußt, wofür er gestorben ist.«

»Hoffentlich hat er's gewußt. Vor allem hat er besser leben wollen. Und die Familie hatte die beiden Jungen auf alles vorbereitet. Ihr Vater hatte sie angewiesen, allein weiterzuschwimmen, falls dem anderen etwas zustoße. Tschiangs Familie ist sehr praktisch veranlagt gewesen. Sie hat die Risiken gekannt. Wenigstens sind die beiden nicht von Haien angegriffen worden.« Sie beugte sich noch weiter nach vorn und berührte seine Hand. »Alles in Ordnung, Jake?«

Er holte tief Luft. »Ja, natürlich. Tschiang hat die Anweisungen seines Vaters nicht wirklich befolgt – wofür ich Verständnis habe. Ich weiß nicht, ob ich's an seiner Stelle getan hätte. Aber ich sehe ein, daß Tschiang viel mehr darunter leiden würde, wenn sein Vater diese Anweisungen nicht gegeben hätte. Weiß die Familie, was passiert ist?«

»Ja, sie weiß es. Es gibt Möglichkeiten, Nachrichten über die Grenze zu bringen.«

Jake sah sich in der Bar um. Er betrachtete die Tische, die elegant gekleideten britischen Gentlemen, die ihr Ale tranken, den Gläser spülenden chinesischen Kellner und den Spiegel hinter der Bar, der den Raum vergrößerte. Er dachte daran, wie es sein mußte, nachts auf See gegen das Ertrinken anzukämpfen und auf die Haie zu warten. »Können Sie dafür sorgen, daß Tschiang in die Staaten darf?«

»Ich tue mein Bestes, Jake.« Callie trank aus und seufzte dann. »Nun, hat mich gefreut, Sie kennenzulernen.«

»Müssen Sie schon gehen?« fragte Jake.

»Ja, ich muß leider heim und mich für den Empfang umziehen.«

»Ich möchte Sie nach Hause begleiten.«

»Danke, aber das ist nicht nötig. Dazu müßten Sie zweimal mit der Fähre fahren.«

»Kein Problem. Unter anderem werde ich für Schiffsreisen bezahlt.«

»Nein, das wäre wirklich zu umständlich.«

»Ich möchte Sie wiedersehen.«

Sie starrte die Tischplatte an. »Morgen habe ich frei.«

»Ich zufällig auch.«

Callie hob den Kopf. »Wollen Sie mich zur Star Ferry begleiten? Unterwegs können wir alles besprechen.«

Der Regen hatte aufgehört. Callie und Jake gingen an Luxuslimousinen vorbei – hauptsächlich Rolls und Mercedes –, die in der Kurve der Hotelzufahrt parkten. Obwohl der Hafen ganz in der Nähe lag, konnte Jake ihn nicht sehen – so dicht war der Nebel.

Callie fuhr sich mit einer Hand durchs Haar. »Puh, dieses

Wetter! Und ich hab' nicht viel Zeit, was für meine Haare zu tun.«

Als sie die Straße überquerten, kamen ihnen drei chinesische Jugendliche entgegen. Ihre schwarzen Mähnen glänzten ölig, und sie trugen grellbunte langärmelige Hemden mit offenem Kragen. Sie redeten betont laut miteinander, und einer von ihnen versuchte, Callie anzurempeln, die aber geschickt auswich. »Teddyboys«, erklärte sie Jake. »Die hiesigen Halbstarken.«

Sie hatten Mühe, auf den Gehsteig zu gelangen, auf dem dichtes Gedränge herrschte. Hier mußten Callie und Jake ihr Tempo dem der Menge anpassen. Der Singsang hoher Stimmen brandete gegen Jakes Ohren. Er spürte, wie sich seine Magennerven verkrampften. »So viele Leute!« sagte er. »Mein Schiff hat fünftausend Mann Besatzung, aber an Bord herrscht nie solches Gedränge. Wie vertragen Sie das bloß?«

Callie lachte. »Habe ich behauptet, daß ich's vertrage? Man kommt sich vor, als würde man gemeinsam mit fünf Millionen Menschen in einem Kleiderschrank leben. Bleiben Sie dran, Jake – wir haben's nicht mehr weit!«

In der Nähe der Anlegestelle ließ das Gedränge etwas nach, aber die kompakte Menge vor ihnen schien darauf zu warten, an Bord einer der Fähren gehen zu dürfen. Nun konnte Jake Teile des Hafens überblicken. Callie blieb stehen. »Sehen Sie das Gebäude dort drüben?« fragte sie. »Das ist das Ocean Terminal, wo die Fahrgastschiffe anlegen und Horden von kaufwütigen Touristen ausspucken.« Als Jake sich nicht dazu äußerte, ging sie weiter.

Unterwegs erzählte Callie ihm von wunderbaren Läden, den vielen Luxusartikeln, die es in Hongkong gab, und den Restaurants – vor allem von Maxine's Boulevard, das ihr Lieblingslokal war. Sie erzählte von der Star House Arcade gleich neben dem Terminal, zu deren interessanten Geschäften ein Laden gehörte, der auf Seiko-Uhren spezialisiert war. Wer eine gute Uhr brauchte, war dort an der richtigen Adresse. Callie schwatzte weiter, und Jake fand, daß sie wie eine Fremdenführerin sprach.

»Callie«, unterbrach er sie, »halt mal kurz die Luft an. Ich bin nicht irgendein idiotischer Abgeordneter.« Sie blieb stehen und sah verwundert zu ihm auf. Er legte ihr die Hände auf die Schultern. »Ich bin nicht hergekommen, um einzukaufen. Ich bin hier, um den gottverdammten Krieg für ein paar Tage zu vergessen. Und jetzt wünsche ich mir nur, mit dir zusammensein zu können.«

Jake nahm ihren Kopf zwischen seine Hände; seine Handflächen drückten leicht gegen ihre Ohren, zwischen den Fingern spürte er Haarsträhnen. Dann küßte er sie. So weich, dachte er. So sanft. Er fühlte, wie sich ihre Arme um seine Taille schlangen, umarmte sie und drückte sie an sich. Callie duftete frisch und frühlingshaft nach Flieder. Sie löste sich von ihm und sagte lächelnd: »Was für eine Überraschung!«

Wegen des Andrangs dauerte es fünf Minuten, bis Jake und Callie eines der Drehkreuze für Fährpassagiere erreicht hatten. Während zwei Schiffe vollbesetzt ablegten, schmiedeten sie Pläne für den nächsten Tag. Dann kam der Augenblick, in dem Callie gehen mußte. Aber sie drehte sich noch einmal um und rief: »Auf Wiedersehen, bis morgen!« Als sie ihm lächelnd zuwinkte, empfand er ein angenehmes Wärmegefühl wie nach dem ersten Schluck eines milden Whiskys. Er beobachtete, wie die grün-weiße Fähre im Nebel verschwand.

Bis Jake das Peninsula erreichte, war es dunkel geworden. Sein Magen rebellierte wieder einmal. Er war froh, die Hotelhalle betreten und die Feuchtigkeit und die Horden von Menschen hinter sich lassen zu können. Als er das Zimmer betrat, war er enttäuscht, daß Sammy Lundeen nicht da war, aber nicht überrascht. Er hatte ihm von Callie erzählen wollen.

Nachdem Jake lange geduscht hatte, fühlte er sich wohler. Er zog frische Sachen an, ging ins Chesa, das Schweizer Restaurant des Hotels, aß ein Steak und trank dazu ein Bier.

Das beruhigte seinen Magen wieder. Er kehrte in sein Zimmer zurück, zündete sich mit leicht zitternden Händen die zweite Zigarette des Tages an und saß noch ein bißchen vor dem Fernseher, bevor er ins Bett ging.

Zuerst dachte er an Callie und rief sich möglichst detailliert ins Gedächtnis zurück, was sie zueinander gesagt und was sie getan hatten. Dann erinnerte er sich an diese Massen asiatischer Gesichter, diese schrillen Stimmen. Sie hatten ihn körperlich bedrängt. Ihr Stimmengewirr hatte seine Ohren belästigt. Man hätte glauben können, sie wollten ihm zeigen, daß sie wirklich existierten.

Eigentlich verdrängt man, daß man richtige Menschen tötet, dachte Jake. Man löst seine Bomben aus, aber man sieht sie nicht fallen und hört keine Detonationen. Gelegentlich sieht man lautlose Rauchwolken aufsteigen – aber wie sollten die jemand töten können? Nichts davon ist real. Man beginnt zu glauben, Asiaten seien vielleicht Lebewesen, die nicht atmen, nicht essen, nicht scheißen, nicht leiden, nicht aufschreien können. Zuletzt beginnt man zu glauben, daß sie nicht wirklich existieren.

Man verdrängt die Tatsachen möglichst, weil man weiß, daß man nicht töten will – Gott, das will man nicht! Aber trotzdem tötet man, manchmal bis zu fünfzig Menschen auf einmal. Man hat Bomben, und im Krieg wird kein Pardon gegeben, und man weiß, daß man etwas Unrechtes tut. Man lebt in Schmach und Schande. Es wäre anders, wenn man wüßte, daß man einen Gegner töten muß, um selbst zu überleben – wie beim Duell zweier Revolverhelden oder zweier Jagdflieger. Manchmal hat man Gelegenheit, die anzugreifen, die einen mit Flak und Lenkwaffen abzuschießen versuchen, und wenn man sie tötet, kommt man damit zurecht.

Aber man hat Bomben. Meistens tötet man Menschen, die einem nichts tun. Die Kinder, die man möglicherweise umgebracht hat, verursachen die schlimmsten Träume, weil man sehen kann, wie die Bomben ihre kleinen Leiber zurichten, und ihre Schreie hören kann. Aber man weiß nicht wirklich, ob man Kinder getroffen hat – vielleicht hat man keine auf dem Gewissen. Das kann man sich einreden, solange man nicht erfährt, daß man Scheiß gebaut und eine Schule oder ein Krankenhaus bombardiert hat. Deshalb bemüht man sich angestrengt, das alles, die Wahrheit und die vermutete Wahrheit zu verdrängen. Und deshalb würde man jeden Hundesohn, der einem grinsend berichtet, wie viele Menschen man nach exakter Zählung getötet hat, am liebsten den Kragen umdrehen.

11

Gleißend helles Sonnenlicht flutete in ihr Zimmer, als Sammy schwungvoll den Vorhang aufriß.

»Los, Grafton, sieh zu, daß du deinen Hintern aus dem Bett kriegst? Dieser Tag wird großartig!«

»Hintern?« fragte Jake gähnend.

»Ich hab' mich mit Briten rumgetrieben. Phantastische Burschen.«

»Wie spät ist es?« Jake stellte fest, daß Sammys Bett unbenützt war.

»Fast zehn. Komm schon, Maat! Raus aus den Federn, ran an den Speck!«

»Warum so eilig?« ächzte Jake. »Wo bist du übrigens letzte Nacht gewesen?«

»Diese Briten, die ich kennengelernt habe – Royal-Navy-Typen –, haben mir 'ne Australierin besorgt – eine Stewardeß, die meine wahren Qualitäten auf den ersten Blick erkannt hat. Sie hat's nicht ertragen können, die Nacht ohne mich zu verbringen.« Sammy verdrehte anerkennend die Augen. »Cool Hand, heute ist dein Glückstag. Sie hat eine Freundin. Ein liebesbedürftiges weibliches Wesen, das sich danach verzehrt, dich kennenzulernen.«

Jake stand auf und verschwand im Bad. Sammy blieb an der Tür stehen. »Hey, Grafton, ist's schon so lange her, daß du vergessen hast, was Sex ist? Ich habe gesagt, daß ich dir eine Frau besorgt habe. Ich hab' natürlich ein bißchen schwindeln müssen und ihr erzählt, daß die Weiber dir nur so nachlaufen. Aber was soll's, Freund bleibt Freund, stimmt's?«

»Richtig«, bestätigte Jake. Er kam aus dem Bad. »Ich bin dir echt dankbar, aber die Sache hat einen Haken. Ich ...«

»Einen Haken? Wovon redest du eigentlich?«

»Du erinnerst dich doch an die Frau, von der ich dir gestern erzählt habe? Mit der ich mich...«

»Was?« fragte Sammy ungläubig. »Du meinst diese Miss Tee-und-Crumpets? Das kann nicht dein Ernst sein! Ich hab' dir 'ne *richtige* Frau besorgt – auch eine Australierin. Und obwohl ich wirklich gut bin, wären beide auf einmal zuviel für mich.«

»Klar«, bestätigte Jake. »Aber ich bin verabredet und...«

»Hör mal zu, Jake.« Sammy sprach sehr langsam und deutlich wie mit einem Kleinkind. »Ich möchte, daß du verstehst, worum es geht. Du kannst heute *bumsen.* Mit dieser großen, üppigen, sehr hübschen Blondine. Mit einer Traumfrau, alter Junge! Du weißt, wovon ich rede. B-U-M-S-E-N.«

»Ja«, sagte Jake. »Aber laß mich doch endlich ausreden, verdammt noch mal, anstatt...«

»Okay«, stellte Sammy abschließend fest, »ich weiß jetzt, was los ist.« Er ging zur Tür. »Eigentlich wollte ich mit dir frühstücken, aber da ich halb verhungert bin und sehe, daß du heute nicht ganz bei Trost bist, warte ich lieber nicht auf dich.« Er öffnete die Tür und drehte sich nach Jake um. »Eines würde mich noch interessieren. Bist du an ihre Crumpets rangekommen, ja? Ja?«

»Scher dich zum Teufel!«

»Ha, ich hab's gewußt! Keine weiteren Fragen mehr.« Sammy knallte die Tür hinter sich zu.

Jake beschloß, später zu duschen, und rasierte sich hastig. Er traf Sammy noch beim Frühstück an. Reste auf seinem Teller zeigten, daß er Spiegeleier gegessen hatte. Jake bestellte Kaffee, Tomatensaft und Toast mit Orangenmarmelade.

»Du hättest vorher fragen sollen«, sagte Jake. »Ich hab' dir gestern von ihr erzählt.«

»Wie hätte ich das anstellen sollen? Und wie soll ich eine Mieze ernst nehmen, die sich mit dir zum Tee treffen will? Zum *Tee*!«

»Ich nehme sie ernst. Sie ist in Ordnung.«

»Ja, natürlich.«

»Ich möchte, daß du sie kennenlernst«, sagte Jake.

»Ich weiß nicht, woher ich die Zeit dafür nehmen soll. Ich bin heute ziemlich beschäftigt. Neue Absprachen müssen getroffen werden, verstehst du?«

»Ja, ich verstehe. Ich bin dir wirklich dankbar für deine Bemühungen. Trotzdem möchte ich, daß du sie kennenlernst. Ich wüßte gern, was du von ihr hältst.«

Sammy trank zwei kleine Schlucke Kaffee, bevor er antwortete. »Nun, wie ich bereits gesagt habe, bin ich heute sehr beschäftigt. Aber ich werd's mir überlegen.«

Als Callie aus der Hotelhalle anrief, erklärte Jake ihr, er wolle ihr einen Kameraden vorstellen. Im Flur fragte Sammy: »Was sind eigentlich Crumpets, verdammt noch mal?«

»Keine Ahnung.«

Während sie auf den Lift warteten, sagte Jake: »Sei nett, okay?«

»Grafton, falls mein kleiner Deal mit den beiden Stewardessen platzt, weil ich keinen zweiten Kerl auftreiben kann, kannst du dich auf was gefaßt machen.«

Sie betraten die Hotelhalle, die sonniger war, als Jake sie bisher erlebt hatte. »Ist sie das«, fragte Sammy, »neben der Säule?«

»Richtig«, bestätigte Jake und erwiderte Callies Winken. »Das ist sie.«

Callie trug eine schwarze Leinenhose und eine offene weiße Wolljacke über einer gelben Bluse. Über der Schulter hatte sie eine kleine Umhängetasche.

»Nicht übel«, meinte Sammy. »Gar nicht übel.«

Jake hätte sie am liebsten umarmt, aber statt dessen machte er sie mit Sammy bekannt, der die Hacken zusammennahm und eine kleine Verbeugung machte. »Jake hat mir erzählt, daß er sich an Bord eine Kabine mit Ihnen teilt«, sagte Callie lächelnd. »Sind Sie auch Pilot?«

»Ja, Ma'am«, bestätigte Sammy. »Ich bin auch verrückt.«

Callie lachte. »Ich hab' nicht gewußt, daß man verrückt sein muß, um zu fliegen.«

»Man muß verrückt sein, um zu fliegen – und um in der Navy zu sein«, behauptete Sammy ernsthaft. »Folglich sind wir doppelt bescheuert. Nur Geisteskranke sind imstande, monatelang wie eine Horde Mönche auf einem Schiff zusammengepfercht zu leben.«

»Wie lange machen Sie sich schon gegenseitig verrückt?«

Die beiden Männer wechselten einen Blick. »Wir kennen uns schon ein paar Jahre, glaub' ich«, sagte Jake.

»Ja«, stimmte Sammy zu. »Und da wir seit ungefähr einem Jahr zusammenwohnen, kenne ich Jakes sämtliche Fehler. Wenn wir wieder in unserem schwimmenden Kloster sind, kann ich eine Liste für Sie zusammenstellen. Soviel Papier muß ich allerdings per Luftfracht schicken.«

Callie sah mit hochgezogenen Augenbrauen zu Jake hinüber. Dann wandte sie sich erneut an Sammy. »Ohne das Thema wechseln zu wollen – gefällt Ihnen Hongkong?«

»Aber sicher!« antwortete Sammy. »Ich amüsiere mich herrlich!«

»Callie zeigt mir heute das *wahre* Hongkong«, warf Jake ein. »Sie will verhindern, daß ich in Touristenfallen gerate.«

»Aber mit einer Ausnahme«, stellte Callie fest. »Wir fahren zum Victoria Peak hinauf. Das ist eine Sehenswürdigkeit, die niemand versäumen sollte.«

»Ich weiß«, sagte Sammy. »Ich bin letzte Nacht oben gewesen.«

»Letzte Nacht?« fragte Callie. »Da können Sie doch nichts gesehen haben!«

»Meine Freundin und mich hat's nicht gestört.«

»Na ja«, sagte Jake, »ich sehe schon, daß die Monate der Einkehr und des Betens bei dir überhaupt nicht angeschlagen haben.«

»Ihre Freundin und Sie sollten noch mal rauf fahren«, rief Callie. »Nur wegen der Aussicht.«

»Ich denke ernsthaft darüber nach«, versprach Sammy. »Aber jetzt muß ich euch jungen Leute leider verlassen.« Er beugte sich zu Callie hinab und flüsterte ihr ins Ohr: »Die Liste von Jakes Fehlern ist nicht sehr lang. Eigentlich können Sie von Glück sagen. Er ist nämlich ein großartiger Bursche.«

»Was hältst du von Sammy?« fragte Jake, während er mit Callie in den hellen Sonnenschein trat.

»Er ist amüsant«, sagte sie. »Nur ein bißchen verrückt. Er gefällt mir.«

Bei wolkenlos blauem Himmel war die Luftfeuchtigkeit angenehm niedrig. Eine leichte Brise brachte Kühlung. Jake nahm Callies Hand, und sie schlenderten die Nathan Road entlang. »Hier haben die meisten Läden wohl auch sonntags offen?« erkundigte er sich.

»Da geht das Geschäft besonders gut. Vor allem Touristen kaufen gern hier ein.«

Callie führte ihn durch eine schmale Seitenstraße, auf der fliegende Händler frisches Obst und Gemüse feilboten. Ihre Weidenkörbe quollen über von Früchten in allen möglichen Farben und Formen. »Was ist das?« fragte Jake und griff nach einer kleinen Frucht mit pelziger Schale.

»Das sind Kiwis. Und dies hier sind Mangos. Sie schmekken süß und köstlich.«

Der Duft tropischer Früchte erfüllte die Luft, und auf der Gasse drängten sich die Einkaufenden. Jake riß Callie im letzten Augenblick zurück, bevor ein schwankender Radfahrer von sieben oder acht Jahren mit ihr kollidierte.

»Ich möchte wetten, daß er keinen Führerschein hat«, sagte Callie lachend.

»Wahrscheinlich hat er's eilig, um zu seiner Freundin zu kommen.«

Sie kamen an einem Blumengeschäft vorbei, in dessen Schaufenster bunte Plastikblumen prangten. Eine zahnlose Alte hastete heraus und hielt Jake am Ärmel fest. »Blumen für die Lady? Blumen für die Lady?«

Jake lächelte Callie zu. »Möchtest du welche, falls sie auch echte hat?«

»Danke, aber sie würden jetzt nur verwelken.«

Die Alte wiederholte ihre Frage, ohne seinen Ärmel loszulassen. »Keine Blumen«, wehrte Jake ab. »Die Lady möchte keine Blumen. Nein, danke.« Die Alte lächelte zahnlos und zerrte noch fester. »Nein, nein. Keine Blumen! Nein!«

Callie lachte. »Sie hat einen Blick für Kunden, die leicht zu überreden sind.« Dann sprach sie die Alte auf chinesisch an. In Jakes Ohren klang ihre Stimme wie die anderen nasalen Singsangstimmen um ihn herum. Das verblüffte ihn so, daß er sekundenlang das Gefühl hatte, Callie sei eine Hochstaplerin: eine Chinesin, die in der Haut einer Amerikanerin steckte. Die Alte ließ sofort seinen Arm los. Aber als sie sich an Callie wandte, blitzten ihre Augen vor Lachen, und sie überschüttete die beiden mit einem Wortschwall, vor dem Jake und Callie flüchteten.

Nach einiger Zeit in diesem Labyrinth aus Gassen glaubte Jake zu wissen, daß in Kowloon alles angeboten wurde, was man sich nur wünschen konnte. Aber er wollte nichts davon: keine Jade, keine bestickten Pullover, keine Armbanduhren, keine Elfenbeinschnitzereien, keinen Goldschmuck, keine emaillierten Ringe, keine Seidenstoffe, keine Spielsachen. Obwohl er inzwischen hungrig geworden war, hatte er keine Lust, die Ente vom Holzkohlengrill eines Straßenhändlers zu versuchen oder gesalzene, in der Sonne getrocknete Eidotter zu kosten. Für einige Zeit verging ihm sogar der Appetit, als er bei einem Fleischer an Stricken hängende Hühner und in Blutlachen liegende Rinderköpfe sah. Und er wollte sich nicht die Zukunft weissagen lassen – das am allerwenigsten.

Callie versuchte, ihn dazu zu überreden, sich einen Anzug und ein paar Hemden machen zu lassen. »Damit verpaßt du einen wirklichen Gelegenheitskauf.«

»Das stört mich nicht. Ich trage zu selten Zivil. Können wir jetzt auf den Victoria Peak fahren?«

»Bist du müde?«

»Schon möglich«, sagte er. »Die vielen Leute, die einem alle irgendwas andrehen wollen...«

Callie legte ihm eine Hand hinter den Kopf und massierte seinen Nacken. Dann küßte sie ihn. »Ich wette, daß du Hunger hast.«

Sie führte ihn durch eine enge Gasse, die kaum so breit wie ein Gehsteig war. Auf beiden Seiten standen Regale mit Büchern, auch englischen Titeln, und Tonbandkassetten.

»Diese Bücher und Kassetten sind nicht zu verkaufen«, erklärte Callie. »Sie gehören zum Bestand einer Leihbücherei.«

Kurze Zeit später blieb Callie stehen. »Wir sind da«, sagte sie und öffnete die Tür eines winzigen Lokals. Jake trat über die Schwelle und sah sich um. Hier gab es nur drei mit Zeitungspapier gedeckte Tische, und an der Rückwand standen ein Mann und eine Frau mittleren Alters am Herd. An einem der Tische saß bereits ein junges chinesisches Paar. Callie führte Jake zu dem Tisch am Fenster. Als er sich setzte, landete eine Fliege auf seiner Stirn. Er verjagte sie irritiert.

»Das Lokal ist viel besser, als es aussieht«, sagte Callie.

Die blauen Wände waren verblichen, und an der Decke drehten sich leise quietschend ein primitiver Holzventilator. Die Frau trocknete sich die Hände an der Schürze ab, als sie an ihren Tisch trat. Sie lächelte freundlich, als sie Callie erkannte. »Ich bestelle uns Klöße«, verkündete Callie. »Gebraten schmecken sie am besten. Möchtest du ein Bier?«

»Und wie! Vielleicht ist es mein ganzes Mittagessen.«

Callie sagte ein paar Worte zu der Frau. Ihre sprachliche Metamorphose verblüffte Jake erneut. »Du sprichst wirklich gut Chinesisch«, sagte er, als die Frau gegangen war.

Callie lächelte. »Woher willst du das wissen?«

»Bekommen wir Klöße und Bier, weiß ich, daß du gut bist. Bekommen wir gebratene Schlangen oder eingelegte Hasenohren, weiß ich, daß du's versiebt hast.«

Sie warf ihren Kopf in den Nacken und lachte.

Die Frau servierte eine Pyramide kleiner Klöße auf einem Teller, den sie sich teilten. Jake kostete den ersten etwas mißtrauisch. »Köstlich!« schwärmte er mit vollem Mund und nahm sich den nächsten.

»Ich hab' gewußt, daß es dir schmecken wird.«

Nachdem sie die Klöße aufgegessen hatten, überlegte Jake, ob er ein weiteres Bier bestellen sollte.

»Fühlst du dich frischer?« fragte Callie.

»Wie 'ne Schauspielerin, die sich hat liften lassen. Ich bin zu allen Schandtaten bereit.«

»Gut. Komm, wir fahren zum Peak hinauf. Heute ist wunderbares Wetter dafür.«

Auf dem Weg zur Star Ferry führte Callie ihn durch abfallende Gassen, in denen sie bisher noch nicht gewesen waren. Jake blieb stehen, um einem Mann zuzusehen, der auf einem Hocker sitzend etwas schrieb, während eine neben ihm stehende weißhaarige Frau mit ihm sprach. Die schwarzen chinesischen Schriftzeichen schienen aus seiner Feder zu fließen. »Er ist ein Schreiber«, erklärte Callie. »Er schreibt für die Frau einen Brief, weil sie selbst nicht schreiben kann. Dafür bezahlt sie ihn dann.«

»Wovon handelt der Brief?«

»Augenblick.« Callie hörte zu. »Großer Gott, Jake!« sagte sie dann. »Ihre Enkelin hat Zwillinge bekommen! Das hat allgemeinen Jubel ausgelöst, weil es der Familie Glück bringen wird. Aber ich weiß nicht, wem sie das schreibt.«

»Wundervoll«, stimmte Jake zu. »Meinen Glückwunsch!«, sagte er zu der Weißhaarigen, die zu ihm aufsah, und machte mit zwei Fingern das Friedens- und Siegeszeichen. Die Urgroßmutter nickte zustimmend und erwiderte sein Lächeln. Als Callie und Jake weitergingen, rief sie ihnen etwas nach. »Was hat sie gesagt?« fragte Jake.

»Hmmm, ich weiß nicht recht, ob ich's dir verraten soll.«

»Los, komm schon!«

»Gut, ich will's dir sagen. Sie wünscht uns, daß wir ähnlich gesegnet werden.«

»Eine hübsche Idee.«

Die Sitze in der Zweiten Klasse der Star Ferry bestanden aus dünnen Holzlatten, auf denen Jake unbehaglich herumrutschte. Gestern war das Wasser schwarz gewesen, aber heute glitzerte es blaugrün. Jake genoß die Brise, obwohl sie manchmal nach Fisch stank. Er staunte darüber, wie die langsamen Dschunken und andere kleine Boote es schafften, nicht mit der Fähre zusammenzustoßen. Callie saß unter dem Sonnensegel neben ihm, und ihre modischen gelben Ohrringe bewegten sich im Wind. Als Jake ihr einen Arm um die Schultern legte, ließ sie ihre Hand auf seinem Knie ruhen.

Vor dem Anlegen an der Pier erzitterte die Fähre, als ihre Maschinen rückwärtsliefen. »Wir sollten ein Taxi zur Tram nehmen«, schlug Callie vor. »Außer du hast Lust auf eine kleine Bergwanderung.«

»Ich hab' meine Kletterstiefel zu Hause vergessen.«

Sie warteten an der Haltestelle der Peak Tram in der Garden Road und ließen einige Bahnen wegfahren, ohne einzusteigen, bis Callie sicher war, daß sie Plätze auf der rechten Seite des letzten Wagens bekommen würden, wo die Aussicht am besten war.

Die Gleise der von einem dicken Drahtseil gezogenen rumpelnden, überfüllten Straßenbahn führten steil zum Peak hinauf, und die Großstadt blieb unter ihnen zurück. Das L-förmige Hongkong Hilton und andere Hochhäuser schienen zusammenzuschrumpfen. Gegenüber der Haltestelle lag das amerikanische Generalkonsultat: ein attraktives Gebäude mit vielen Balkonen, das Callie Jake gezeigt hatte, nachdem sie aus dem Taxi gestiegen waren. Sie hatte ihm auch einen beigen Wohnblock ganz in der Nähe gezeigt – ihr Apartmentgebäude Estoril Courts – und Jake bedauernd erzählt, der frühere Hafenblick von ihrem Balkon aus sei ihr jetzt leider durch einen Neubau versperrt.

Als die Straßenbahn leicht schwankend zum dritten Mal anhielt, fragte Jake: »Wie viele Haltestellen sind's noch bis zum Gipfel?«

»Wen kümmert das schon? Der Tag ist doch herrlich!«

Die Steigung nahm gewaltig zu, bis Jake das Gefühl hatte, mehr auf dem Rücken zu liegen, als zu sitzen. »Wäre dieser Zug achtzigmal schneller«, sagte er zu Callie, »hättest du eine Vorstellung davon, was schnellstes Steigen mit der A-6 bedeutet.«

»Das macht bestimmt Spaß«, sagte sie. »Lädst du mich mal zum Mitfliegen ein?«

Jake musterte sie prüfend. Dann legte er ihr seinen Arm um die Schultern und sagte: »Verlaß dich drauf.«

Auf dem Peak fielen Straßenhändler, die Diaserien und andere Andenken verkauften, aggressiv über die aus der Haltestelle strömende Menge her. Callie nahm Jake bei der Hand und führte ihn über die Straße zu einem Gartenrestaurant.

Jake blieb stehen. »Du willst doch hoffentlich nicht vorschlagen, wieder Tee zu trinken?«

»Nicht in dieser Touristenfalle. Aber was hättest du dagegen, mit mir Tee zu trinken?«

»Sammy hat sich darüber lustig gemacht, daß ich mich mit dir zum Tee getroffen habe. Er bezeichnet dich als mein Tee-und-Crumpet-Girl.«

Sie lachte. »Mir sind schon schlimmere Namen an den Kopf geworfen worden. Du kannst Sammy ausrichten, daß ich ihn für einen netten Kerl, aber auch für ein bißchen anmaßend halte.«

»Anmaßend?«

»Findest du das nicht? Wenn er mich doch als ›dein Girl‹ bezeichnet?«

»Hmmm, ich weiß nicht recht«, meinte Jake grinsend. »Sammy neigt eigentlich nicht zu voreiligen Schlüssen.«

Callie schob nachdenklich die Unterlippe vor. »Tatsächlich bin ich niemandes ›Girl‹. Aber ich nehme an, daß ich das ›Girl‹ von jemandem sein könnte...« Sie lachte kurz. »Nein! Das ist ganz falsch rausgekommen!« Nach einer Pause meinte sie: »Vielleicht sollte ich's auf chinesisch versuchen.«

»Nein, bitte nicht!« bat er lachend. »Dann würde ich dich nie verstehen. Hör zu, ich habe einen Vorschlag. Wollen wir nicht gemeinsam tun, was wir können, damit Sammy nicht als Lügner dasteht? Mein Gott, wir müssen schließlich seine Ehre verteidigen!«

Callie schüttelte langsam den Kopf. »Jake Grafton, du bist ein ganz gerissener Kerl. Aber ich mache mit. Ich bin bereit – zumindest für heute –, gemeinsam mit dir zu überlegen, was wir tun können, um Sammys Ehre zu retten.«

»Dann wird's höchste Zeit!« behauptete Jake. Er faßte sie an den Oberarmen und küßte sie leicht. Dann zog er Callie an sich, beobachtete, wie sich ihre dunklen Augen schlossen, und fühlte, wie sie in seinen Armen nachgab. Als er sie erneut küßte, drängte sie sich gegen ihn. Er hätte am liebsten endlos weitergeküßt, aber Callie schob ihn sanft von sich fort. Jake merkte, daß er schwer atmete, und stellte fest, daß sie ebenfalls außer Atem war.

»Diese Küsserei in der Öffentlichkeit muß aufhören«, sagte Callie und fuhr sich mit einer Hand durchs Haar.

»Der Öffentlichkeit ist das egal, glaube ich. Aber an mir soll's nicht liegen. Mir ist jeder andere Ort ebenso recht.«

»Los, Casanova«, forderte sie ihn auf und nahm seine Hand, »wir besichtigen jetzt, was wir uns vorgenommen haben.«

Sie standen in der Nähe eines verrosteten Münzfernrohrs, zu dessen Okular ein junger Chinese mit Pilotenbrille seinen gestikulierenden, vor Begeisterung quietschenden kleinen Sohn hochhob. Jake beobachtete die beiden, während Callie erklärte: »Heute haben wir unglaublich klares Wetter. Das ist wirklich ungewöhnlich. Die Luftverschmutzung hat so zugenommen, daß man oft kaum etwas sieht.«

»Die Sicht ist ausgezeichnet. Heute wäre großartiges Flugwetter.« Er betrachtete den Hafen und das Durcheinander von Motorbooten und Segelschiffen auf dem Wasser. Nur die Fähren schienen bestimmte Ziele anzulaufen. Er zählte drei, die zwischen Hongkong Island und Kowloon unterwegs waren.

»Siehst du den Berg dort drüben, Jake? Das ist der Castle Peak. Dahinter liegt die Deep Bay, in der Tschiangs Bruder ertrunken ist.«

»Ja, ich sehe ihn.«

»Jenseits der Bucht beginnt das chinesische Festland.«

Jake betrachtete die gewaltigen blaugrauen Berge. Im Vergleich zu ihnen waren die grünen Berge Virginias, die er so gut kannte, fast nur Hügel. Unwegsames Gelände für abgeschossene Flieger, überlegte er sich. »Ja«, sagte er schließlich, »sehr eindrucksvoll.«

»Manchmal komme ich ganz allein her«, erzählte Callie. »Meistens folge ich der Straße zur anderen Seite des Peaks, um vom Gedränge wegzukommen. Unterwegs kann man gut nachdenken. Zum Beispiel kann man rauskriegen, woran man glaubt.«

»Hast du schon was rausgekriegt?« fragte Jake, der weiter die Berge anstarrte.

Callie dachte über seine Frage nach. »Nichts Weltbewegendes. Ich habe schon immer an Gott geglaubt – aber ich halte nicht viel von organisierter Religion. Ich will nicht, daß etwas zwischen Gott und mir steht, vermute ich.« Sie lächelte. »Ich ziehe wie Moses das direkte Gespräch vor.«

Jake grinste. »Aber Moses hat einen Berg gehabt. Hast du schon mal Steintafeln hierher mitgebracht und nach brennenden Büschen Ausschau gehalten?«

»Nein«, antwortete sie lachend. »Ich bin noch auf der Suche nach dem richtigen Berg.« Sie legte den Kopf schief. »Ob ich mal 'ne Suchanzeige aufgebe?«

»Hmmm, du könntest inserieren: ›Berg gesucht! Muß starke Blitze, gewaltige Stürme und eine Stimme aushalten, die lauter als tausend Donner spricht.‹«

Callie spann den Faden weiter. »›Zahle guten Preis für den richtigen Berg und Zuschlag für Ausstattung mit Steintafeln. Anrufe nur sonntags. Bitte keine Makler.‹«

Sie lachten. Danach wurde Callie wieder ernst. »Und woran glaubst du?« wollte sie wissen.

»Heutzutage weiß ich das nicht so genau. Aber eines weiß ich ganz sicher: Ich glaube an Jake Grafton. Ich glaube, daß er heil bleiben kann, wenn er gut genug, hart genug und wach genug ist. Vielleicht kommt er dann durch.«

Callie runzelte die Stirn. »Das klingt ziemlich nach Macho, finde ich. Nach Tarzan, der sich mit den Fäusten gegen die Brust trommelt.«

»So hab' ich's nicht gemeint.«

»Du sprichst vom Überleben. Das verstehe ich. Aber es muß auch andere Dinge geben, an die du glaubst.«

»Was sind meine Überzeugungen wert, wenn ich nicht überlebe? Ich *muß* an mich selbst glauben. Wenn ich kein Vertrauen mehr zu mir selbst habe, bin ich so gut wie tot. Ein Trägerpilot ohne Selbstvertrauen gehört ziemlich bald der Geschichte an.«

»Hast du dein Selbstvertrauen noch nie eingebüßt?«

»Es hat Zeiten gegeben, in denen es verdammt wacklig gewesen ist, aber ich glaube nicht, daß ich's schon mal eingebüßt habe. In der Intruder, die ich fliege, bekommt man jede

Menge moralische Unterstützung von dem Mann, der neben einem im Cockpit sitzt – von dem Bombenschützen.«

»Deine Fliegerei klingt sehr schwierig. Ich nehme an, daß du dir keine Fehler leisten kannst.«

»Jeder Pilot macht Fehler. Tatsächlich gibt es keinen einzigen perfekten Flug. Man macht einen Haufen Fehler. Manche korrigiert man, und andere lassen sich nicht korrigieren. Man darf nur nicht den Fehler machen, der einem das Leben kostet. Dazu braucht man das Selbstvertrauen. Man muß *wissen*, daß man diesen tödlichen Fehler nie machen wird.«

Auf der Rückfahrt vom Victoria Peak war die Bahn nur mäßig besetzt. Die Spätnachmittagsbrise war kühl, und Callie hockte zusammengesunken neben ihm. Seit dem Einsteigen hatten sie kaum mehr miteinander gesprochen.

»Einen falschen Nickel für deine Gedanken?« fragte sie.

»Die sind mehr wert. Ich habe gerade an dich gedacht.«

»Wie schmeichelhaft!«

»Ich muß morgen früh abfliegen.«

»Ja, ich weiß. Daran habe ich auch schon gedacht.«

»Ich will aber nicht fort von dir. Ich wünschte, ich könnte ein bißchen länger bleiben.«

»Und ich wünschte, du könntest viel länger bleiben. Aber wir wollen nicht Trübsal blasen. Die Nacht ist jung, und ich bin so hungrig, daß ich ein halbes Pferd essen könnte.«

»Ein halbes Pferd?«

»Ich bin noch nie so hungrig gewesen, daß ich ein *ganzes* Pferd hätte essen können.«

»Ich bin hungrig genug, um ein Gespann zu essen«, behauptete Jake lachend. »Aber ein gutes Steak wäre mir eigentlich doch lieber.«

Sie fuhren mit einem Taxi zu Jimmy's Kitchen, einem Restaurant im Westernstil, das beim Personal des Generalkonsulats sehr beliebt war, wie Callie sagte. Ein Ober mit buschigen Augenbrauen führte sie zu ihrem Tisch in einer Ecke des dunklen, holzgetäfelten Restaurants. Jake staunte über seine Ähnlichkeit mit Tschou En-Lai, dessen Bilder er in Nachrichtenmagazinen gesehen hatte.

»Ich dachte, du trinkst nur Bier«, sagte Callie, während sie eine Garnele in Cocktailsauce tauchte.

»Scotch mag ich auch.« Jake nahm noch einen Schluck. Er bestrich ein Brötchen mit Butter und aß es mit drei Bissen. Als der Ober ihre Salate brachte, bestellte Jake einen weiteren Scotch mit Eis.

Callie trank einen kleinen Schluck von ihrem Gin Tonic, bevor sie beiläufig sagte: »Ich weiß noch immer nicht recht, woran du außer Jake Grafton glaubst.«

Jake beobachtete, wie der Kerzenschein sich in ihren Augen spiegelte. »Es gibt noch was anderes, an das ich glaube. Ich bemühe mich, meinen Kameraden, mit denen ich fliege, die Treue zu halten. Wir bemühen uns, einander nicht im Stich zu lassen.«

»Und halten sich tatsächlich alle an diese Verabredung?«

»Ja, eigentlich meistens.« Jake stellte sein Glas auf den Tisch und starrte hinein. Dann sprach er weiter, ohne aufzublicken. »So muß es auch sein. Vor allem, was das Verhältnis zwischen dem Piloten und seinem Bombenschützen betrifft.« Er hob den Kopf. »Die beiden müssen sich aufeinander verlassen können. Ein gravierender Fehler, den einer von ihnen macht, kann beiden das Leben kosten. Deshalb muß zwischen den beiden vollkommenes Vertrauen herrschen. Aber das ist nichts, worüber man spricht. Wenn's da ist, spürt man's; wenn's fehlt, spürt man's auch.« Jake sprach mit gespieltem Ernst und unterstrich jedes Wort mit taktierenden Bewegungen seines Zeigefingers. »Flieg mit keinem Mann, dem du nicht traust!«

»Ich gehe mit keinem Mann aus, dem ich nicht traue«, antwortete Callie. Sie kostete nachdenklich ihren Salat. »Dann sind also nicht alle zuverlässig und vertrauenswürdig?«

»Na ja, manche eben weniger als andere.«

»Ich weiß, daß du's bist. Das merkt man dir an.«

Jake holte tief Luft und atmete langsam aus. »Das bilde ich mir gern ein. Aber manchmal bin ich mir da keineswegs sicher.«

»Wie meinst du das?« fragte sie überrascht.

Jake hatte nicht vorgehabt, Callie von Morgan zu erzählen.

Als er davon anfing, fragte er sich, weshalb er es tat. Aber dann schilderte er ihr doch alle Einzelheiten seines letzten Flugs mit Morgan – bis hin zu dem schrecklichen Bild, das ihr Cockpit nach der Landung geboten hatte. Aber von seinen Alpträumen erzählte er nichts.

»Du machst dir doch nicht etwa Vorwürfe deswegen?« fragte sie. »Das wäre unvernünftig.«

»Schon möglich. Vielleicht bin ich unvernünftig. Aber ich empfinde eine gewisse Verantwortung – wie Tschiang für seinen Bruder.«

»Du hast getan, was du konntest«, sagte Callie. »Mehr hättest du nicht tun können. Du hast deinen Kameraden nicht im Stich gelassen.«

Als Callie aus der Toilette zurückkam, überwachte Tschou En-Lais Doppelgänger die Herstellung von zwei flambierten Châteaubriands. Ein Ober, den Jake bisher nicht gesehen hatte, nahm das leere Glas mit, in dem Jake mit seinen Eiswürfeln geklappert hatte. Callie hängte ihre Schultertasche über die Lehne eines freien Stuhls. »Hoffentlich hast du einen Riesenhunger. Diese Portionen sehen riesig aus.«

»Ich könnte sie beide verputzen.«

»Finger weg von meinem Châteaubriand, Jake! Ich bin halb verhungert.«

Der Kellner servierte Callie ein Glas Burgunder. Sie betrachtete Jakes frischen Scotch und fragte mit hochgezogenen Augenbrauen: »Noch einer?«

Jake zuckte mit den Schultern. »Ich hab' keinen bestellt.«

»Oh.«

Der Ober servierte ihr lächelnd und mit schwungvoller Bewegung ein noch auf dem Teller brutzelndes Châteaubriand. Callie bedankte sich in Chinesisch. Sie wartete, bis auch Jake seinen Teller vor sich stehen hatte, bevor sie nach ihrem Besteck griff.

»Phantastisch!« stellte sie eine Minute später fest.

Jake, der den Mund voll hatte, nickte begeistert. Sie redeten nur wenig, bis sie fast alles aufgegessen hatten.

»Wirklich ein Spitzenrestaurant«, meinte er.

»Ich habe nachgedacht«, sagte Callie. »Über dich, Jake.«

»Nicht sehr lohnend.«

»Ich halte dich für einen guten Menschen, Jake.« Sie griff über den Tisch nach seiner Hand. »Ich bin froh, daß du mir von Morgan erzählt hast. Ich bin froh, daß du so viel Vertrauen zu mir gehabt hast.«

»Keine schöne Geschichte.« Mit der Gabel schob Jake zwei Kartoffelkroketten über den Teller. »Wenn ich nur sicher wüßte, wofür Morgan sein Leben gelassen hat...«

Callie ließ seine Hand los. »Findest du's falsch, daß wir in Vietnam sind?«

»Nein, das meine ich nicht«, sagte Jake. »Ich meine, daß ich Angst habe, daß Morgan umsonst gefallen ist, weil die Schweinehunde in Washington uns den Krieg nicht gewinnen lassen. Sie fürchten sich davor, das zu tun, was getan werden müßte, um zu siegen. Wir könnten diesen Krieg gewinnen, weißt du, wenn sie uns nur ließen.«

»Vielleicht sollten wir dann überhaupt nicht in Vietnam sein?«

Jake kippte seinen restlichen Scotch hinunter. Er fühlte sich unbehaglich. »Wahrscheinlich ist's falsch gewesen, sich überhaupt dort zu engagieren. Nachträglich zeigt sich das ziemlich deutlich. Vor allem deshalb, weil der Krieg in der Heimat praktisch keine Unterstützung findet. Aber das ist nicht mehr zu ändern. Tatsache ist, daß wir dort sind, und ich bin nicht der Meinung, daß wir jetzt einfach abhauen können.«

»Soll das heißen, daß wir nur deshalb bleiben sollten, um unser Gesicht zu wahren?«

»Nein, ich behaupte keineswegs, daß wir allein aus diesem Grund bleiben sollten. Du mußt die Sache anders sehen. Wie glaubwürdig wären die Vereinigten Staaten noch, wie stünde es mit ihrem Ansehen, wenn wir aus einem Freiheitskrieg weglaufen würden? Führungsmacht der freien Welt? Diesen Anspruch hätten wir verwirkt.« Jake machte eine Pause und beschrieb mit der Fingerspitze einen Kreis auf der weißen Tischdecke. »Und es gibt noch weitere Gründe.«

»Ich würde gern einen vernünftigen hören.«

Jake merkte, daß er rot anlief. Er bemühte sich, ruhig zu sprechen. »Okay, ich kann dir einen wirklich guten Grund sagen. Im Augenblick befinden sich über tausend Amerikaner in vietnamesischer Kriegsgefangenschaft – die genaue Zahl ist nicht bekannt. Diese Männer leiden Hunger; sie werden gedemütigt und gefoltert. Während unsere Kriegsgefangenen die Hölle auf Erden durchmachen, verbrennen langhaarige Drückeberger in den Staaten ihre Einberufungsbefehle oder verstecken sich in Graduate Schools und versuchen sich einzureden, der Krieg sei unmoralisch, weil sie im Innersten wissen, daß sie nicht den Mut hätten, in Vietnam zu kämpfen.«

Jake mußte husten und sprach danach mit gedämpfter Stimme weiter.

»Wir *müssen* unsere Kriegsgefangenen rausholen. Wenn wir's nicht tun, verfaulen sie bei lebendigem Leibe in den Gefangenenlagern. Wir müssen den Krieg gewinnen oder die Kommunisten unter so starken Druck setzen, daß sie die Kriegsgefangenen freilassen und möglichst viele Vermißtenschicksale aufklären. Wir dürfen unsere Jungs nicht im Stich lassen.«

»Ich verstehe, was du meinst, Jake. Ich wünsche mir auch, daß diese Männer bald freikommen. Aber im Augenblick fordert der Krieg Tag für Tag Hunderte von Menschenleben. Viele tausend Menschen würden gerettet, wenn wir den Krieg jetzt beenden könnten.«

»Den Krieg jetzt beenden? Einfach aus Vietnam abhauen? Woher sollen wir Soldaten für den nächsten Krieg nehmen, wenn wir unsere Kriegsgefangenen jetzt im Stich lassen?« Er griff nach seinem Glas, stellte es wieder ab und erwiderte ihren Blick. »Seien wir doch realistisch, Callie. Für dich könnte der Krieg ebensogut auf der anderen Seite des Mondes stattfinden.«

»Das stimmt nicht«, widersprach Callie leise. »Ich wollte dir ohnehin etwas erzählen. Mein Bruder Theron...«

»Dein Bruder? Klar, dein Bruder hält den Krieg für ungerecht, für unmoralisch. Stimmt's?«

»Ja, das stimmt. Aber ich wollte...«

»Hat dein Bruder einen Tip über die Freuden des Lebens in Kanada bekommen? Dort ist die große Freiheit heutzutage etwas billiger zu haben. Ist er glücklich, wenn er seine Stereoanlage aufdreht und Haschisch rauscht und sich sehr moralisch vorkommt? Oder ist er in Berkeley? Demonstriert er gegen den Krieg, wenn er nicht gerade fixt, und...«

Callie stand ruckartig auf und griff nach ihrer Umhängetasche. Sie beugte sich über den Tisch und sprach sehr langsam und deutlich. »Ich wollte dir eben erzählen – bevor ich unterbrochen worden bin –, daß mein Bruder in Vietnam beide Beine verloren hat. Er bemüht sich verzweifelt zu glauben, daß dieser Krieg moralisch zu rechtfertigen ist. Aber er kann's nicht – und das frißt ihn auf.«

Sie wandte sich ab, als der Ober gerade zwei Tassen Kaffee servierte. »Du willst doch nicht etwa gehen?« fragte Jake. »Einfach so?«

»Allerdings! Einfach so!«

Jake stand auf. »Ich hab' doch nicht ahnen können...«

»Du kannst sehr grausam sein, Jake Grafton.« Sie hob abwehrend die Hand. »Danke, ich möchte allein gehen.«

Der Ober stand mit dem Tablett hinter ihr. Sein Gesichtsausdruck zeigte, wie verwirrt er war. Callie ging an ihm vorbei und verließ das Restaurant.

Jake setzte sich und griff nach seinem Kaffee, der aus der Tasse schwappte. Er starrte die unberührte zweite Tasse lange an. Dann zahlte er und ging ebenfalls.

Draußen war es dunkel. Er fuhr mit einem Taxi zum amerikanischen Generalkonsulat. An der Haltestelle gegenüber wartete eine Menschenmenge auf die Straßenbahn. Jake schaute nach rechts und sah die von Lichtern gebildeten Umrisse des Victoria Peaks. Nachdem er sich überlegt hatte, wo Callies Apartmentgebäude im Verhältnis zum Konsulat liegen mußte, ging er die Garden Road hinauf. Seine Gefühle wirbelten durcheinander wie Herbstlaub im Sturm.

Als er das Gebäude endlich gefunden hatte, suchte er die menschenleeren Flure ab und las die Namensschilder an allen Türen. Das Echo seiner Schritte auf den Steinplatten hallte durch die Korridore. Jake stieg in den zweiten Stock hinauf. Auf einem weißen Klebstreifen unter dem Spion in ihrer Wohnung stand ihr handgeschriebener Name: *C. McKenzie*. Er klopfte, und sie machte ihm auf. Sie trug jetzt einen blaßgelben Seidenkimono. Ihre Augen waren gerötet und vom Weinen geschwollen.

Jake sprach als erster. »Das mit Theron tut mir aufrichtig leid. Und was ich gesagt habe, tut mir auch leid.«

Er beobachtete, wie Callies abweisender Gesichtausdruck sanfter wurde. »Danke«, sagte sie. »Jetzt weiß ich, daß ich mich nicht in dir getäuscht habe.«

Sie zog ihn herein und schloß die Tür.

12

In Cubi Point Officers Club war die Hölle los. Zumindest hatten Jake und Sammy diesen Eindruck, als sie die Eingangstür öffneten. Sofort brandete ohrenbetäubender Lärm über sie hinweg. Die Rockband erzeugte nur einen Teil des Krachs. Den meisten Lärm machten die singenden und grölenden Stimmen der Besatzungen, die ein letztes ausgelassenes Trinkgelage feierten. Der Flugzeugträger sollte am nächsten Morgen um acht Uhr auslaufen.

Snake Jones, einer ihrer Staffelkameraden, saß gleich am Eingang. »Wie war's in Hongkong, Jungs?«

»Großartig«, antwortete Lundeen. »Bei meiner nächsten Wiedergeburt ziehe ich dorthin.«

»Du mußt lauter reden. Ich verstehe kein Wort.«

»Großartig!« brüllte Lundeen.

»Schade, daß ihr zurückkommen mußtet«, sagte Snake. »Eure Drinks müßt ihr euch übrigens selbst holen. Die Mädchen sind vor über 'ner Stunde beleidigt abgehauen.«

»Was ist passiert?«

»Irgendein A-7-Jockey hat sich auf den Tisch gestellt und 'nen Strip hingelegt. Dann ist er umgekippt. Seine Kumpel haben ihn in die Tailhook Bar runtergeschleppt. Dort ist er auf der Theke aufgebahrt.«

Die beiden Neuankömmlinge drängten sich bis zur Bar durch. »Happy-Hour-Preise, Jungs«, sagte der Barkeeper und verlangte je einen Dime.

»Das nenne ich Glück!« sagte Lundeen zu Jake. »Für vier, fünf Dollar kannst du dich richtig besaufen.«

Jake stieß mit Sammy an und leerte sein Bierglas auf einen Zug. Während er darauf wartete, daß der Barkeeper nachschenkte, sah er sich in dem verräucherten Saal um. An der Rückwand sangen die Jagdflieger im Chor unanständige Lieder und warfen ihre leeren Gläser in den offenen Kamin. Auf dem Musikpodium in der Saalmitte bemühte sich der Sänger der Rockband tapfer, beim allgemeinen Dezibelwettbewerb mitzuhalten, indem er einen Schlager plärrte. Zwischen Bar und Band hatten Würfelspieler an vier Tischen Klondikespiele aufgezogen.

Die beiden Kameraden schlenderten zu den Spieltischen. Nach Jakes Schätzung wurde an keinem Tisch um mehr als hundert Dollar gespielt, aber die Nacht war jung. Später, wenn sich noch mehr leere Gläser angesammelt hatten, konnten mit einem einzigen Wurf ein paar hundert Dollar gewonnen werden, und kurz bevor der Club schloß – wenn plötzlich Schecks angenommen wurden –, würden einige Männer ihren Monatssold verlieren. Abend für Abend saßen dieselben Spieler an den Tischen, aber die Cracks erschienen erst am Abend vor dem Auslaufen. Dann ging es wirklich ums große Geld.

Cowboy Parker, der einen dicken Stapel Zwanziger vor sich hatte, hielt an einem Tisch die Bank. Er nickte den beiden zu, sagte etwas, das Jake im allgemeinen Lärm nicht verstand, und konzentrierte sich wieder aufs Spiel. Jake erinnerte sich daran, daß Cowboy ihm einmal erzählt hatte, von den Spielgewinnen während seines ersten Törns im Westpazifik habe er ein ganzes Haus einrichten können.

Sie erkannten Razor Durfee und Abe Steiger, die mit einigen anderen Männern an einem etwas weiter von der Band entfernten Tisch saßen, und arbeiteten sich durchs Gedränge zu ihnen vor.

»Das hier ist dein neuer Bombenschütze, Jake«, erklärte

Razor. Der Uniformierte neben ihm stand auf, und streckte seine Hand aus. Er war einige Zentimeter größer als Jake und hatte breite Schultern und von der Sonne gebleichtes Haar. Aus einem sonnengebräunten Gesicht leuchteten kalte, scharfe blaue Augen. Unter seinen BN-Schwingen trug er drei Reihen Orden. Links oben erkannte Jake das Distinguished Flying Cross mit zwei Goldsternen.

»Virgil Cole.« Jakes Rechte bekam einen kräftigen Händedruck ab. Auch Sammy schüttelte Cole die Hand und schlenderte dann weiter. Jake setzte sich, um den Neuen kennenzulernen. Cole lehnte sich bequem zurück und hatte offenbar nichts dagegen, Razor das Wort zu überlassen.

Während Durfee seinen militärischen Werdegang schilderte, trank Cole nur kleine Schlucke von seinem Bier. »Nach zwei Fronteinsätzen ist er bei VA-42 BN-Ausbilder gewesen. Jetzt gehört er zu unserem Haufen«, schloß Razor.

»Er ist seit acht Jahren in der Navy«, ergänzte Steiger.

Razor beugte sich zu Jake hinüber und sagte leise: »Cole redet nicht viel.« Diesen Eindruck hatte Grafton bereits gewonnen. »Und er lächelt auch nicht oft.«

Jake fragte Cole, wo er aufgewachsen sei und welches College er besucht habe. Die Antworten lauteten: »Winslow, Arizona« und »Phoenix.«

Danach schwieg Jake, während der Lärm um sie herum weiter anschwoll, und beobachtete Cole, den Razor mit verschiedenen Leuten bekannt machte.

Seine scharfen blauen Augen musterten jedes neue Gesicht. Coles Mundwinkel blieben zu einer Art Lächeln verzogen, das sich aber nie recht entwickelte. In der Maske, die Coles Gesicht war, bewegten sich nur seine Augen. Er umgab sich mit einer Aura amüsierter Überlegenheit.

Das Widerstreben des Neuen, sich in Gespräche verwikkeln zu lassen, bewirkte bald, daß sich die Unterhaltung anderen Themen zuwandte. Da nicht über den Zwischenfall mit den Alligatoren gesprochen wurde, nahm Jake erleichtert an, daß diese Sache, wie von Lundeen vorausgesagt, im Sande verlaufen war. Das Gespräch drehte sich um die beiden anderen Neuen – einen Piloten und einen Bombenschützen –, die frisch von VA-128 gekommen waren. Sie waren jeden Tag geflogen und sollten sich morgen auf See mit sechs Taglandungen und drei Nachtlandungen erneut qualifizieren. Der A-6-Pilot hatte sich erst vor vier Wochen für den Trägereinsatz qualifiziert, aber Jake wußte, daß er seine Fähigkeit auf der *Shiloh* erneut beweisen mußte, um Camparelli und den CAG zufriedenzustellen.

»Wo stecken die beiden überhaupt?« fragte Lundeen, der inzwischen zurückgekommen war. Als Sammy hörte, daß sie in der Tailhook Bar waren, nickte er Jake zu, der aufstand.

»Kommen Sie, Cole«, sagte Jake. »Wir gehen mal runter.« Der Bombenschütze folgte den beiden Piloten durch den Saal zum Nebenausgang. Auf dem Weg über den Rasen zu dem aus Hohlblocksteinen errichteten niedrigen Anbau des Clubs fragte Jake ihn, wie er genannt werden wolle.

»Virgin ist okay. Oder einfach Cole. Spielt keine Rolle.« Das war das meiste, was Jake bisher von ihm gehört hatte.

Die Tailhook Bar war ursprünglich das Kellergeschoß eines größeren Gebäudes gewesen, das nie fertiggestellt oder abgerissen worden war. Aber das lag lange zurück, und die Männer, die sich jetzt dort versammelten, machten sich nicht die Mühe, danach zu fragen. Die Tailhook Bar war der Zufluchtsort aller wahren Rowdies und Trinker. Die Gäste konnten heiße Sandwiches vom Grill und jede Menge Alkohol bestellen – während der Happy Hour für einen Dime und danach für einen Quarter pro Drink. Frauen war der Zutritt verboten.

Die Bar war überfüllt, als Jake, Sammy und Cole hereinkamen. Sämtliche Anwesenden schienen schon seit Stunden nicht mehr nüchtern zu sein. Fliegerlatein und Seemannsgarn wurden Zuhörern, die keinen Viertelmeter vom Erzähler entfernt waren, mit lauter Stimme zugebrüllt. Wie von Snake angekündigt, lag tatsächlich ein nackter Bewußtloser mit dem Gesicht nach unten auf der Theke. Zwischen die Pobacken hatte ihm jemand eine Maraschinokirsche geklemmt.

»Warum liegt er auf dem Bauch?« fragte Grafton.

»Mein Gott, Jake!« Little Augie baute sich vor ihnen auf. »Wo hast du dein Leben lang gesteckt? Daß man einen Betrunkenen auf den Bauch legt, damit er nicht erstickt, falls er sich übergeben muß, weiß doch jeder! Bist du denn nie Pfadfinder gewesen?«

»Klingt vernünftig«, antwortete Jake. Er nahm Little Augie, der zwei Gläser in den Händen hielt, eines davon weg und trank es mit einem Schluck halb aus. Dann gab er es zurück.

»Dieser Drink ist für Mad Jack gewesen, Grafton. Solltest du noch durstig sein, brauchst du's mir nur zu sagen.«

»Danke.«

Lundeen beugte sich über den Nackten und zog den Barkeeper am Ärmel. »Scotch mit Eis...« Er sah zu Grafton und Cole hinüber. »Dreimal.«

Mit ihren Gläsern in der Hand verfolgten sie die Aktivitäten um ein ausgemustertes Cockpit, das im Hintergrund des Raums auf Schienen montiert war. Die mit Druckluft beschleunigte »Bestie« lief sechs bis sieben Meter weit waagerecht, bis die Schienen leicht abfallend durch eine offene Terrassentür in einen schlammigen Löschwasserteich führten. Einem Bad konnte man nur entgehen, indem man den Hebel im Cockpit betätigte, der einen Fanghaken herausschnellen ließ, der das vor der Gefällestrecke quer über die Schienen gespannte Halteseil erfassen mußte. Um das Seil zu erwischen, mußte der Pilot blitzschnell reagieren. An diesem Abend war das Gerät ununterbrochen in Betrieb: Während die Zuschauer »Abbruch! Abbruch! Abbruch!« brüllten, klatschte ein Mann nach dem anderen ins Wasser.

Ferdinand Magellan und ein weiterer Mann, den Jake nicht kannte, kamen herüber und machten sich bekannt. Der Fremde war tatsächlich der neue Pilot. Er schien kaum volljährig zu sein und strahlte unschuldige Harmlosigkeit aus, die ihn zur Zielscheibe vieler primitiver Witzeleien machen würde.

Während sie sich unterhielten, fiel Jake auf, daß sich Cowboy zu ihnen gesellt hatte. »Hast du das Spiel schon satt?« fragte er ihn.

Parker schüttelte angewidert den Kopf. »Noch zu früh. Die Knicker setzen nicht genug. Ich gehe später wieder rauf. Wie ich sehe, hast du Virgil kennengelernt.« Jake nickte wortlos. Was sollte er zu diesem Kerl sagen?

»Wie war's in Hongkong?« fragte Cowboy.

»Okay«, sagte Jake.

»Habt ihr gebumst?« wollte Cowboy wissen.

»Ja«, antwortete Lundeen grinsend, während Jake rot wurde. Er beobachtete, wie Cole von einem zum anderen sah. Seine Augen sind ein gottverdammtes Röntgengerät, dachte er.

Alle anderen sahen zu, wie der letzte Pilot der Bestie klatschnaß aus dem Cockpit gezogen wurde.

»Wir haben einen neuen Mann für die Bestie!« verkündete Cowboy mit Stentorstimme. Die Menge teilte sich wie das Wasser des Roten Meeres, und Parker faßte Jake an den Schultern und stieß ihn nach vorn. »Sucht euch 'nen anderen!« protestierte Jake. »Schafft mir diesen Irren vom Hals! Ich hab' keine Lust, mich in das verdammte Ding zu setzen!«

Dutzende von Händen packten ihn. Er wurde hochgehoben und zu der mit Schlamm überzogenen Bestie geschleppt. Jake ergab sich seinem Schicksal und ließ zu, daß er ins Cockpit gesetzt und angeschnallt wurde.

Parker und Lundeen machten sich am Kontrollpunkt zu schaffen. »Wie wird überhaupt die verdammte Luft angestellt?« murmelte Sammy. Anscheinend durch einen Bedienungsfehler platzte ein Ventil, und die Druckluft katapultierte den Schalthebel quer durch den Raum, so daß er einen der Spiegel hinter der Bar zertrümmerte. Zwei Männer konnten dem Projektil gerade noch ausweichen, und der Barkeeper fuhr heftig zusammen, als der Spiegel hinter ihm zersplitterte. Das Publikum lachte schallend.

»Ihr Idioten!« brüllte ein stämmiger Mann mit imposantem Schnauzer. »Laßt andere ran, bevor's Tote gibt!« Unter erneutem Gelächter wurden Sammy und Cowboy beiseite gedrängt und durch erfahrenere Kräfte ersetzt.

Irgend jemand brachte Jake einen Drink, während er darauf wartete, daß der Schalthebel ersetzt und eine neue Druckluftflasche angeschlossen wurde. Allmählich machte ihm diese Sache Spaß. Er lehnte sich zurück, fischte eine Zigarette aus der Hemdtasche und stellte den rechten Fuß auf den Cockpitrand. Dann bemerkte er Cole, der kalt und distanziert wirkte und dessen blaue Augen ihn durchdringend anstarrten. Um Himmels willen, wie soll ich tagtäglich mit diesem Mann fliegen? Der Gedanke an so viele Stunden erzwungener Gemeinsamkeit hatte etwas Erschreckendes an sich. In diesem Augenblick blinzelte Cole ihm zu.

Jake grinste und drückte dem nächsten Zuschauer sein Glas in die Hand. »Wie lange wollt ihr eigentlich noch herumspielen, Jungs?« fragte er die Reparaturmannschaft hinter sich. »Banditen sind mit zehn Knoten im Anflug und kommen gleich durch die Terrassentür geschossen, wenn ihr euch nicht beeilt!«

»Wer startet diesen Kerl?« rief Schnauzbart.

»Das übernehm' ich«, polterte eine Stimme mit Südstaatenakzent. Stabsbootsmann Marian Muldowski trat vor. Er war über 1,85 Meter groß und hatte einen gewaltigen Wanst und trotz seiner ziemlich schmalen Schultern sehr muskulöse Arme. Solange Grafton zurückdenken konnte, war Muldowski, der sich vom Matrosen hochgearbeitet hatte, Katapultwartungsoffizier der *Shiloh* und startete in dieser Funktion auch regelmäßig Flugzeuge. Seine imposante Erscheinung verschaffte ihm Achtung bei Offizieren und widerspruchslosen Gehorsam von Matrosen, die ihn mit einer Mischung aus Angst und Respekt betrachteten. Selbst der Air Boss, ein Fregattenkapitän, dem sämtliche Flugdeckdivisionen unterstanden, hatte Muldowski versehentlich schon mit »Sir« angesprochen.

Alle beobachteten den Deckoffizier, der Jake Grafton und die Bestie musterte. »Kann's losgehen, Maat?« erkundigte er sich mit dröhnender Stimme.

Jake nahm seinen Fuß vom Cockpitrand und zog die Schultergurte fester. »Jederzeit, Chief.«

Muldowski trank sein Bier aus, zerdrückte die Dose mit einer Hand und warf sie durch die offene Tür in den Teich. Danach knöpfte er sein Hemd auf und zog es aus. Auf seinem T-Shirt stand in feuerroten Buchstaben *WORLD's FINEST CAT OFFICER.* Im Publikum wurde gekichert.

Als der große Mann einige der Kichernden grimmig anfunkelte, trat sofort Ruhe ein. »Wie steht's mit euch dort hinten?« fragte der Schnauzbart. »Seid ihr bald fertig?«

Schnauzer reckte beide Arme hoch, um dem Katapultoffizier zu signalisieren, daß das Katapult startbereit war. »Okay«, sagte Muldowski. »Sobald Sie möchten, kann's losgehen«, erklärte er Jake. Der Pilot saß mit der rechten Hand am Fanghakenknebel da und beobachtete den Decksoffizier aus dem Augenwinkel heraus. »Na?« fragte Muldowski.

»Na?« wiederholte Jake.

»Ich höre Ihr Triebwerk nicht laufen und sehe Sie nicht grüßen«, sagte Muldowski, als habe er einen siebzehnjährigen Rekruten aus Iowa vor sich.

Auf dieses Stichwort hin begannen sofort alle – auch Jake – wie ein Düsentriebwerk zu röhren. Der Lärm von fünf Dutzend Stimmen erfüllte den Raum, rollte durch die offene Tür über den Teich und verhallte in der Nacht. Jake grüßte vorschriftsmäßig und griff sofort wieder nach dem Hebel. Er holte tief Luft und biß aufs Filterende seiner Zigarette, während er versuchte, Muldowski und das Halteseil zugleich im Auge zu behalten. Die rechte Hand des Stabsbootsmanns beschrieb eine kreisende Bewegung über seinem Kopf; dann machte er einen raschen Ausfallschritt nach rechts und schwang die Hand in einem weiten Halbkreis bis zum Fußboden. Grafton versuchte sich wieder auf das Halteseil zu konzentrieren, aber dafür war es schon zu spät.

Das Cockpit raste die Schienen entlang. Jake riß an seinem Hebel, aber die Bestie wurde noch schneller. Nun noch die Gefällestrecke... Schlammiges Wasser schlug über ihm zusammen, während die Bestie zum Stehen kam.

Jake zog an seiner durchweichten Zigarette. Er drehte sich nach der Tailhook Bar um. Einige der prustend lachenden Männer deuteten mit einer Hand auf ihn.

Nachdem das Cockpit wieder in Ausgangsposition zurückgezogen worden war, erkundigte sich der Chief mit seiner Flugdecksstimme: »Wie ist Ihr Flug gewesen?«

»Einwandfrei – bis auf die etwas harte Landung. Am besten versuchen wir's noch mal.«

Lundeen beugte sich ins Cockpit und sagte halblaut: »Diesmal aufs Seil achten, nicht auf den Chief.«

Dann raste Grafton mit einem weiteren lauten Kriegsschrei das Gleis entlang. Und in den Teich. Nachdem er zurückgehievt worden war, erklärte er der Menge: »Bisher hab' ich bloß geübt. Jetzt wird's ernst!«

Als der Fanghaken die Bestie beim dritten Versuch bremste, wäre Jake beinahe mit dem Kopf gegen die Instrumententafel geknallt. Frenetischer Beifall ließ die Fenster erzittern, während Sammy Lundeen ihm lachend aus dem Cockpit half. Irgend jemand drückte ihm ein volles Glas in die Hand.

»Wer von euch brandheißen Fliegern ist jetzt dran?« polterte der Chief.

»Sammy Lundeen!« schlug Jake vor.

»Laßt mich in Ruhe«, wehrte Lundeen wenig überzeugend ab. Eifrige Hände hoben ihn auf den schlammigen Sitz. »Paßt mal auf, wie der größte Pilot, der je gelebt hat, das Seil beim ersten Versuch erwischt!« prahlte Sammy. »Ich bin im Cockpit geboren. Ich hab' eher fliegen als laufen können.«

»Das muß beim Stillen lustig gewesen sein!« spottete jemand. »Hast du wie 'n Kolibri im Fliegen getrunken?«

»Seht her und weint, ihr Schweine.«

»Haben Sie auch Geld, mein Junge?« fragte der Chief.

»Fünfzig Dollar, ihr ungläubigen Hunde, ihr Kleinmütigen, ihr Anhänger des falschen Propheten...«

»Ich setze zehn!«

»Ich auch... ich auch!« riefen mehrere Stimmen durcheinander.

»Danke, Jungs«, sagte Lundeen triumphierend, nachdem er das Halteseil erwischt hatte. »Es macht immer Spaß, euer Geld auszugeben.« Er steckte seinen Gewinn ein und zog sich mit Grafton an die Bar zurück, wo Cole sie mit leichtem Lächeln um die Mundwinkel erwartete. Die drei beobachteten, wie Cowboy und fünf weitere Männer den heftig Widerstand leistenden Chief zur Bestie schleppten.

Jake musterte den nackten Betrunkenen auf der Theke und beschloß, Sitte und Anstand wenigstens andeutungsweise hochzuhalten. Er streifte seine nassen Socken ab und zog sie dem bewußtlosen Corsairpiloten an. Danach wandte er sich an Lundeen. »Danke, daß du mich nach Hongkong mitgenommen hast. So gut hab' ich mich schon lange nicht mehr amüsiert.«

»Nichts zu danken.«

»Verdammt noch mal, ich fühl' mich richtig wohl. Das ist 'ne tolle Idee gewesen. Ehrlich, Sam, mir geht's echt gut.«

»Du bist betrunken, Jake. Du fühlst dich immer großartig, wenn du betrunken bist.«

Grafton mußte sich eingestehen, daß Sams Behauptung zutraf. Er war dabei, sich zu betrinken – und dann fühlte er sich immer wohl.

»Na ja«, sagte eine Stimme hinter ihnen, »wenigstens einer, der ganz ruhig ist.« Ein Kapitän zu See in weißer Uniform mit kurzärmeligem Hemd betrachtete den Nackten auf der Theke. Über der linken Brusttasche trug der Kapitän vier Reihen Ordensbänder und ein goldenes Pilotenabzeichen. Ganz links oben glänzte ein Silver Star. Sein kurzgeschnittenes schwarzes Haar war grau gesprenkelt, und er trug seine Mütze mit dem goldenen Blattwerk auf dem Schirm lässig nach hinten gerückt. »Lebt er noch?« fragte er Sammy ganz beiläufig.

»Ja, Sir. Als wir zuletzt nach ihm gesehen haben, hat er noch geatmet.«

Der Kapitän drehte sich nach dem kleinen Zivilisten neben ihm um. »Ich dachte, Sie hätten gesagt, dieser Mann sei völlig nackt?«

»Richtig – und das ist er auch! Er hat sich oben auf einen Tisch gestellt und sich ausgezogen, was unser weibliches Personal schockiert hat.«

»Er trägt Socken«, stellte der Kapitän fest. »Er ist teilweise bekleidet.«

»Sir, wenn solches Benehmen einreißt, kann ich unser Personal nicht halten. Und wer bezahlt die vielen Glasschäden oben im Saal? Und diesen Spiegel?« Der Clubmanager deutete auf die Scherben hinter der Bar.

»Ich bin sicher, daß Personal leicht zu bekommen oder zu

halten ist. Bei mir liegen über hundert Bewerbungen für alle zivilen Jobs auf diesem Stützpunkt – auch für Ihren. Und ich weiß, daß diese Offiziere für den angerichteten Schaden gern bezahlen werden. Schicken Sie mir einfach eine Liste der Dinge, die ersetzt werden müssen, und ich sorge dafür, daß Sie Ihr Geld bekommen.«

»Aber...«

»Gehen Sie wieder rauf, und managen Sie diesen Club. Die Liste schicken Sie mir morgen.« Der Kapitän wandte sich lächelnd an Grafton und Lundeen. »Na, wie gefällt's Ihnen heute abend?«

»Sehr gut, Sir. Aber darf ich einen Vorschlag machen? Nehmen Sie lieber Ihre Mütze ab, bevor jemand verlangt, daß Sie eine Runde ausgeben.«

Der Kapitän griff nach seiner Mütze, ließ dann jedoch die Hand sinken. »Das ist so Brauch, was? Barkeeper!« Er erhob seine Stimme. »An der Theke steht einer, der die Mütze aufhat! Eine Runde Drinks für alle!« Fünf Dutzend Männer drängten zur Bar.

Mit einem Drink in der Hand musterte der Kapitän die Männer um ihn herum und erkannte Stabsbootsmann Muldowski. »Skie! Ich dachte, daß Sie vor fünf, sechs Jahren in den Ruhestand getreten sind!«

»Aye, Kapitän Harrington, das bin ich auch. Aber ich hab' mich gelangweilt, wissen Sie. Den ganzen Tag bloß rumhokken und der Alten zuhören – und das noch dazu im Krieg... Nun, jetzt bin ich wieder da!«

Der Kapitän betrachtete seine klatschnassen Sachen. »Wie ich sehe, haben Sie's übernommen, den jungen Gentlemen etwas beizubringen.«

Muldowski starrte angewidert sein nasses T-Shirt an. »So könnte man's ausdrücken, Sir.«

In der Tailhook Bar war es ruhiger geworden. Da Muldowski in redseliger Stimmung war, spendierten die Männer ihm ein Bier nach dem anderen und hörten sich seine Stories an. Er löste sämtliche Probleme der Navy, schickte den Kongreß zum Teufel, schimpfte über jeden, der nicht Marineblau trug, und äußerte seine wohlüberlegte Einschätzung des Standes der meisten Zivilisten: »Tiefer als Walscheiße auf dem Meeresboden.«

Gegen zwei Uhr morgens kamen vier oder fünf Angehörige der A-7-Staffel vorbei, um ihren nackten Kameraden abzuholen. Bevor er gezwungen wurde, sich aufzusetzen, hatte er zufrieden geschnarcht, aber nun verlangte er einen Drink. Er bekam Eiswasser, mit dem er gurgelnd zum Leben erwachte.

Jake ging ins Freie und setzte sich einige Meter vom Gebäude entfernt ins Gras. Von seinem Platz aus konnte er die mit Scheinwerfern angestrahlte *Shiloh* an der Trägerpier liegen sehen. Selbst aus zweieinhalb Kilometern Entfernung wirkte sie gigantisch. Jenseits des Schiffs erstreckte sich das schwarze Wasser der Bucht bis zu den Bergketten der Westküste, während im Süden gerade noch die Einfahrt zur Bucht zu erkennen war. Die nächtliche Brise mit ihrem deutlichen Salzgeruch tat wohl. Er streckte sich im Gras aus und sah zu den Sternen auf.

In zwei Tagen würde er wieder fliegen. In Vietnam warteten jede Menge Flak und weitere wertlose Ziele, die sie erfolglos angreifen würden. Jake erinnerte sich an den vermuteten Lastwagenpark, den Morgan und er bombardiert hatten... Wann war das gewesen? Vor einer Woche, vor zehn Tagen? So viel Flak. Obwohl alles schon eine Ewigkeit zurückzuliegen schien, würde er niemals vergessen, wie das Cockpit ausgesehen hatte, nachdem er die Haube geöffnet hatte. So viel Blut.

Er fuhr mit den Händen durchs Gras und spürte die feuchte Erde unter seinen Fingern. Dann setzte er sich auf. Er dachte an Callie und die Zukunft und starrte die Riesenmasse des Flugzeugträgers und die dunkle See vor der Einfahrt zur Bucht an.

13

Am nächsten Morgen um acht Uhr legte die *Shiloh* ab, während die Sonne über den zerklüfteten Rand der die Bucht abschließenden Berge kroch. Schlepper zogen den Flugzeugträger von der Pier weg, bis er mit eigener Kraft drehen und Fahrt aufnehmen konnte. Zwei Geleitzerstörer liefen voraus; vier weitere folgten achtern. Sobald die offene See erreicht war, nahmen die Zerstörer ihre Sicherungspositionen um den Riesen herum ein. Dann ging die Trägerkampfgruppe auf Westkurs. Innerhalb von drei Stunden waren die höchsten Gipfel des Küstengebirges von Luzon scheinbar im Meer versunken. So weit das Auge reichte, war die See wieder leer. Der Passat trieb kleine Wattebauschwolken über den Himmel.

Mittags drehte das Schiff in den Südwestpassat und setzte seine Fahrt herunter, bis der Gegenwind auf 30 Knoten zurückgegangen war. Dann nahm es Flugzeuge an Bord, die während seiner Hafenliegezeit von Cubi Point aus geflogen waren. Mehrere F-4 und A-7, eine E-2 und eine EA-6B Prowler landeten. Aber nur eine der beiden Intruder, die an Land gewesen waren, erschien über dem Schiff. Daraufhin fand im Bereitschaftsraum eine hastige Besprechung statt, bei der entschieden wurde, ein Instandsetzungsteam mit dem täglichen Frachtflugzeug nach Cubi Point zu entsenden.

»Sieht so aus, als könnten Corey Ford und der Boxmann sich auf 'ne weitere Nacht an Land freuen«, meinte Parker.

»Hoffentlich gibt sie dem Jungen nicht den Rest«, sagte der Alte, der dabei an Box dachte.

Jake Grafton stand im Pri-Fly, der großen Glaskanzel, in der ihr Air Boss arbeitete, und beobachtete den seiner Staffel zugeteilten neuen Piloten, der den Spitznamen »New Guy« bekommen hatte. Die Aussichtskanzel hoch oben in den Inselaufbauten ragte übers Flugdeck hinaus und bot freie Sicht aufs Deck und alle Flugzeuge, die in der Nähe des Trägers in der Luft waren.

Nach sechs Trägerlandungen bei Tageslicht würde jeder neu an Bord gekommene Pilot an diesem Abend drei Nachtlandungen machen. Nach diesem Abschlußexamen gab es kein Diplom oder dergleichen. Der LSO des Geschwaders besprach die Landungen mit dem Piloten, und wenn der Operationsoffizier der jeweiligen Staffel keine Einwände hatte, erschien der Name des Neuen ab sofort auf dem Dienstplan. Ohne große Feierlichkeiten war der junge Flieger jetzt ein Trägerpilot. Er ging seine Wachen und flog die befohlenen Einsätze – und wenn er gut genug und glücklich genug war, konnte er diese Frontperiode überleben.

Jake machte es Spaß, im Pri-Fly Dienst zu tun. Auf See war jeweils ein Offizier jeder Staffel dorthin abkommandiert, um nicht nur die neuen, sondern auch die erfahrenen Piloten zu beobachten. In der Fliegerei war ein Mann gut genug, oder er taugte nichts, und diese Tatsache wurde mit Blut geschrieben. Die Reaktionen und Kommentare der jungen Offiziere hinter den Sesseln, auf denen der Air Boss und sein Assistent thronten, erinnerten an die Tribüne bei einem Pferderennen. Eigentlich fehlte nur noch, daß irgendein cleverer Typ Wetten darauf annahm, welches Halteseil die nächste Maschine erwischen würde. Für die von den Staffeln entsandten Beobachter kommentierte der Air Boss das Verhalten jedes Neulings, und Grafton machte sich im Logbuch seiner Staffel umfangreiche Notizen.

Jake beobachtete den neuen Intruderpiloten, der bei keiner der sechs Landungen durchstarten mußte und dreimal das ideale dritte Halteseil erwischte. Er hielt genügend Abstand vom Schiff und achtete auf die richtige Staffelung zu anderen Maschinen, aber der Air Boss beanstandete zweimal, er kurve zu spät zum Endanflug an. Grafton notierte sich diesen Punkt.

Als alle Flugzeuge wieder an Bord waren, machten sich die Beobachter aus dem Pri-Fly und die vor kurzem gelandeten Piloten auf den Weg zu ihren Bereitschaftsräumen, um sich einem schriftlichen Test zu unterziehen. Der Prüfungsstoff stand in NATOPS – *Naval Aviation Training and Operating Procedures* –, die für jedes Flugzeugmuster als eigener Band existierten. Jake und Sammy fragten sich regelmäßig nach der Hydraulik, der Elektronik, den Triebwerken, den Sicherheitseinrichtungen und den Flugleistungen der Intruder unter allen nur denkbaren Verhältnissen aus. Darüber hinaus übten sie die Anwendung der komplizierten Diagramme, aus denen sich Treibstoffverbrauch, Geschwindigkeiten, maximale g-Werte und ähnliche Informationen ablesen ließen. Der Schwerpunkt bei NATOPS-Tests lag auf Notverfahren, obwohl alles, was das Buch enthielt, gelegentlich geprüft wurde.

»Was ist, wenn ich durchfalle?« fragte Little laut.

»Wer durchfällt, darf nicht fliegen«, antwortete Big Augie von der anderen Seite des Raumes aus.

»Aber was ist, wenn ich nicht fliegen will?« erkundigte sich Little ängstlich.

»Dann lassen wir uns was anderes einfallen!« antworteten vier Stimmen im Chor.

Später an diesem Abend schaute Jake bei Chief Styert vorbei, um mit ihm über Hardesty und seine Heiratsurkunde zu reden. »Wo steckt Ihr junger Ehemann?« fragte Jake. Der Chief ließ Hardesty rufen.

Während sie warteten, informierte Grafton den Chief über einige der Ergebnisse der letzten Offiziersbesprechung. »Der Skipper sagt, daß wir eine Menge sehr wichtiger Nachtangriffe, aber auch Alpha Strikes bei Tag fliegen werden. Diesmal stehen uns anstrengende Wochen bevor, aber dafür laufen wir nächstes Mal voraussichtlich Singapur an.«

»Den Männern wäre Subic Bay lieber«, stellte Styert fest. Schnaps und Frauen waren dort billiger, und das ungezügelte Nachtleben entsprach eher ihrem Geschmack. Jake seufzte innerlich. *Join the Navy and see Po City!*

»Ja, ich weiß, aber dort liegt dann ein anderer Träger – deshalb müssen wir nach Singapur.« Der Chief machte ein mißmutiges Gesicht. Vielleicht hatte auch er eine Freundin in Po City.

Hardesty wirkte blaß, als er hereinkam. »Na, wie ist Ihr Urlaub gewesen?« erkundigte Jake sich.

»Okay.« Hardesty hatte sich seit Tagen nicht mehr rasiert, so daß etwa zwei Dutzend kümmerliche Barthaare durch die Pickel an seinem Kinn sprossen.

»Sind Sie nach Manila runtergekommen?«

»Hmmm«, antwortete der Junge, indem er seine Schuhspitzen anstarrte.

»Der Chief hat mir erzählt, daß Sie heute morgen auf der Personalstelle die Papiere für Ihre Frau ausgefüllt haben.« Hardesty nickte stumm. Der läßt sich jedes Wort aus der Nase ziehen! dachte Jake. »Haben Sie eine Abschrift der Heiratsurkunde mitgebracht?«

Hardesty zog einige Papiere aus der Hemdtasche. Er blätterte darin, wählte ein auf Pergament geschriebenes Dokument aus und hielt es Jake hin, ohne ihn anzusehen.

Der Offizier faltete es auseinander. Er hielt das spanische Original in der Hand, auf dem die Namen des Brautpaars prangten: John Thomas Hardesty und Consuelo Maria Garcia Lopez de Hernandez. Viele beglaubigte Unterschriften, mehrere Wachssiegel und ein Datum. Jake sah auf den Kalender hinter Styerts Schreibtisch und starrte dann wieder die Urkunde an.

»Sie ist zwei Tage alt«, stellte er fest.

»Ja, Sir.«

»Sie haben erst vor zwei Tagen geheiratet?«

»Ja.«

»Nachdem ich Sie vor weniger als einer Woche darüber belehrt habe, daß Sie die Erlaubnis der Navy brauchen, um eine Filipina heiraten zu können, sind Sie losgezogen und haben's trotzdem getan?« Jakes Stimme klang aufgebracht. »Sie haben vor einer Woche hier gestanden und mir eine Lüge nach der anderen erzählt. Sie haben mich angelogen, und Sie haben den Chief belogen.«

Der Junge sah auf und schien etwas sagen zu wollen, aber Jake ließ ihn nicht zu Wort kommen.

»Sie haben bewußt gegen die Dienstvorschriften verstoßen. Sie haben sich Ihren Urlaub mit einer unwahren Begründung erschlichen.« Graftons Stimme wurde lauter. »Verdammt noch mal, Hardesty! Glauben Sie denn, daß wir hier bei den Pfadfindern sind? In welcher Sache wollen Sie nächstes Mal lügen! Wollen Sie dem Chief melden, Sie hätten ein Flugzeug instandgesetzt, obwohl Sie's gar nicht getan haben? Wie sollen wir in Zukunft noch Vertrauen zu Ihnen haben?«

Jake schwieg und lehnte sich auf seinem Stuhl zurück. Der Chief räusperte sich. »Nur zu, Chief, wenn Sie sich auch dazu äußern wollen.«

Während Styert den Jungen zusammenstauchte, ließ sich Jake die Sache durch den Kopf gehen. Hardesty hatte heiraten wollen, beschlossen, nicht auf Onkel Sams amtlichen Segen zu warten, und gelogen, um Urlaub zu bekommen. Ging es die Navy wirklich etwas an, wann oder wen ein Matrose heiratete? Der Junge hatte gesagt: »Zum Teufel mit der Navy!« Und was war daran so schlimm?

»Du bist ein selten dämliches Arschloch« , behauptete der Chief. »Deinen Urlaub hättest du auch gekriegt, wenn du bloß gesagt hättest, du wolltest ein paar Tage frei haben. Hast du das nicht gewußt?« Hardesty schüttelte den Kopf. »Verdammt noch mal, warum bist du nicht zu mir gekommen und hast diese Sache mit mir besprochen? Wozu ist dein Chief deiner Meinung nach überhaupt da? Hältst du mich für 'nen Idioten, der gerade erst Chief geworden ist? Ich bin schon zur See gefahren, als du noch gar nicht auf der Welt warst. Ich hab' in Olongapo gebumst, als du noch in den Windeln gelegen hast. Sohn, du machst mich echt sauer!«

»Gehen Sie in Ihre Unterkunft, Hardesty«, befahl Jake dem Jungen.

Nachdem Hardesty verschwunden war, besprachen der Offizier und der Chief sein Vergehen. »Sieht wie ein Fall für den Mast aus, Chief.« Styert nickte zustimmend. »Und Sie knöpfen sich den Jungen vor und sorgen dafür, daß er und die anderen in Zukunft wissen, daß sie mit ihren Problemen erst mal zu Ihnen kommen sollen.«

»Ja, Sir«, antwortete der Chief, der zu merken schien, daß er eben einen Verweis erhalten hatte.

Jake traf den Wartungsoffizier, Korvettenkapitän Joe Wagner, in seiner Kabine inmitten des für die Instandhaltung von 16 Hochleistungsflugzeugen notwendigen Papierkrams an. Nachdem Grafton ihm die Sachlage im Fall Hardesty erläutert hatte, wühlte Wagner in einer Schublade und gab Jake einen Vordruck für eine dienstliche Meldung. »Ich glaube, Sie sollten mit dem Skipper reden, bevor Sie Meldung erstatten. Das ist vielleicht ein bißchen ungewöhnlich, aber diese Sache klingt so, als könnte sich irgendein Abgeordneter für sie interessieren. Hören Sie sich erst mal an, was Camparelli dazu zu sagen hat, bevor Sie Ihre Meldung schreiben.«

Fregattenkapitän Camparelli saß in Unterwäsche an seinem Schreibtisch. »Hallo, Grafton. Nehmen Sie sich einen Stuhl.« Der Skipper ließ seine Lesebrille nach vorn rutschen und sah über den Rand. »Was führt Sie zu mir?«

Jake berichtete von Hardesty und legte die Heiratsurkunde auf den Schreibtisch. »Ich müßte ihn melden, weil er mich und den Chief angelogen hat«, schloß er. »Aber Joe Wagner hat vorgeschlagen, daß ich die Sache erst mit Ihnen bespreche, bevor sie offiziell wird.«

»Sehr vernünftig«, stimmte Camparelli zu, während er die Urkunde studierte. »Es gibt 'ne Menge Dinge, von denen ich lieber nur inoffiziell weiß. Zum Beispiel die kleine Auseinandersetzung vor Pauline's Place, von der ich inoffiziell erfahren habe. Ein Matrose der Decksmannschaft scheint irgendwie in den Alligatorteich geraten zu sein, und einige seiner Kameraden haben bei der darauf folgenden Schlägerei leichte Verletzungen – eigentlich nur Kratzer – erlitten.« Er starrte Grafton an. »Ein Mann hat ein paar Zähne eingebüßt.«

»Na ja, bei 'ner Schlägerei...«, murmelte Jake.

»Wissen Sie irgendwas über diesen Vorfall – inoffiziell, versteht sich?«

»Ein bißchen.« Der Skipper wartete. »Nun, ich hab' gewissermaßen mitgeholfen, diesen Kerl in den Teich zu befördern. Wir wollten ihn bloß kurz eintunken, aber er ist dann doch zu schwer gewesen.« Er machte eine Pause. Der Alte schwieg weiter. Jake schämte sich, weil er seine Rolle so verniedlicht hatte. »Tatsächlich ist das meine Idee gewesen. Wir wollten den Jungen anständig erschrecken, ohne ihn ganz reinzuwerfen. Und ich habe mich gewehrt, als einer der Umstehenden mich angegriffen hat. Ich hab' ihn gut getroffen und ihm wahrscheinlich ein paar Zähne eingeschlagen.«

»Wer hat Ihnen geholfen?«

»Das möchte ich lieber nicht sagen.«

»Das hat der Boxmann auch gesagt.«

Camparelli nahm seine Brille ab und biß auf einen der Plastikbügel. »Kapitän Boma ist wegen dieses Vorfalls ziemlich verärgert. Offenbar hat sich der Führer der Küstenstreife bei ihm beschwert. Die beiden sind der Meinung, daß Schlägereien außerhalb der Stützpunkte ein brutales Eingreifen der dortigen Ordnungskräfte – also der philippinischen Armee – provozieren könnten. Diese Macho-Muchachos würden liebend gern mal mit ihren Maschinenpistolen rumballern. Dann gäb's Tote und vielleicht internationale Verwicklungen.«

Der Skipper setzte seine Brille wieder auf.

»Deshalb hat Kapitän Boma mich gebeten, wegen dieser Sache zu ermitteln – inoffiziell. Freut mich, daß Sie unaufgefordert zu einem Schwätzchen vorbeigekommen sind.«

»Oh.«

»Ich glaube, daß Sie bei der nächsten Hafenliegezeit lieber an Bord bleiben sollten. Das ist inoffiziell. Kein umständlicher Papierkram. Sie haben inoffiziell Bordarrest.«

Jake war sich darüber im klaren, daß Camparelli auch ein förmliches Disziplinarverfahren hätte einleiten können, das etwaige Beförderungschancen für immer torpediert hätte. »Ja, Sir.«

»Nun aber zurück zum ursprünglichen Thema – Ihrem liebeskranken Seemann. Sie werfen ihm in erster Linie vor, daß er gelogen hat, um Urlaub zu bekommen, und weniger, daß er durch seine Eheschließung gegen Dienstvorschriften verstoßen hat.« Der Skipper lehnte sich zurück und schlug die nackten Beine übereinander. Jake fand, daß er wie ein Vorstandsvorsitzender aussah, der ein Millionendollarproblem löste – obwohl er nur Unterwäsche trug. »Wie viele Urlaubsgesuche, auf denen eine Begründung gestanden hat, haben Sie bisher zu Gesicht bekommen?«

Jake überlegte. Auf dem Vordruck gab es nicht einmal eine Rubrik für eine Begründung. Er machte Camparelli darauf aufmerksam, daß Hardesty seinen Grund auf den Rand gekritzelt hatte.

»Eben. Wenn Sie einen Matrosen fragen, wohin er will und weshalb, können Sie darauf wetten, daß er in mindestens fünfzig Prozent aller Fälle lügt. Als Matrose findet er, daß das keinen Offizier was angeht. Und ich freue mich zu hören, daß Sie seinen Verstoß gegen die Dienstvorschriften nicht weiter verfolgen wollen. Die Vorschrift, daß man die Navy um Erlaubnis fragen muß, bevor man eine Ausländerin heiratet, ist meiner Meinung nach unsinnig und wahrscheinlich verfassungswidrig. Ich möchte nicht wissen, was der Oberste Gerichtshof dazu sagen würde ... Ich versuche jedenfalls, meinen Leuten gegenüber tolerant zu sein. Sie sind ein Beispiel dafür. Solange die Bomben ins Ziel treffen und die Flugzeuge zurückkommen, lasse ich meine Männer in Ruhe. Hardesty hat sich auf verdammt viel eingelassen, aber wir können dabei nur zusehen. Sollte er seinen Unterhaltspflichten nicht nachkommen oder seine Frau verlassen, verschaffen wir den Vorschriften Geltung. Mehr können wir nicht tun.«

»Ich möchte eine außerplanmäßige Beurteilung über Hardesty schreiben.«

»Das ist Ihr gutes Recht. Er ist wahrscheinlich nicht intelligent genug, um es irgendwann zum Unteroffizier zu bringen. Und Sie brauchen nicht zu glauben, daß er schon alles überstanden hat. Chief Styert wird dafür sorgen, daß er in nächster Zeit nichts zu lachen hat. Das kann er bestimmt besser als Sie oder ich.«

Jake fühlte sich ausgepumpt. »Noch was, Skipper?«

»Nein.« Frank Camparelli trank einen Schluck eisgekühlte Coke.

Grafton stand auf und ging zur Tür. »Nehmen Sie die Sache mit dem Bordarrest nicht zu schwer«, sagte der Skipper. »Ein junger Offizier, der einen ganzen Törn ohne Bordarrest übersteht, ist keinen Schuß Pulver wert.«

»Ja, Sir.« Jake öffnete die Tür.

»Übrigens noch was: Richten Sie Sammy Lundeen aus, daß ich ihn die Scheiße vom Deck essen lasse, wenn ich noch mal höre, daß er woanders als auf dem Klo scheißt.«

Jake bekam den Mund nicht mehr zu.

»Das war's, Jake. Gute Nacht.« Der Skipper schmunzelte. Grafton wollte hinausgehen, blieb dann stehen und drehte sich erneut nach dem Alten um, der jetzt einen großen Schluck nahm »Knallen Sie die Tür beim Rausgehen nicht zu«, forderte Camparelli ihn grinsend auf.

»Setz dich, Sam.« Sie waren in ihrer Kabine.

»Ha?«

»Du sollst dich setzen. Ich habe dir was zu sagen.« Sammy gehorchte, ohne den Blick von Jake zu wenden.

»Der Skipper weiß, daß du das Phantom bist.«

»Was?« Sammy starrte Jake an. »Weißt du das bestimmt?«

»Todsicher. Er weiß es.«

»Großer Gott!« Sammy sprang auf. »Von wem hat er das, verdammt noch mal?«

»Wahrscheinlich von mir.«

»Unsinn! Wieso solltest du...«

»Ich glaube, daß er mit einem Schuß ins Blaue einen Volltreffer erzielt hat.« Jake wiederholte, was der Skipper gesagt hatte. »Mann, ich bin verdammt überrascht gewesen – und das hat er mir angemerkt. Mein Gesicht hat ihm gezeigt, daß er recht hatte.«

»Dieser alte Fuchs! Und das ist's gewesen? Sonst nichts?«

»Nein, mehr hat er nicht gesagt. Diese Salve hat er abgefeuert, als ich schon gehen wollte.«

Sammy warf sich auf Jakes Koje. »«Der Teufel soll mich holen!« jaulte er. »Wie kann er bloß darauf gekommen sein?«

»Wahrscheinlich hat er bloß geraten. Vielleicht hat Cowboy ihm einen Tip gegeben.«

Sammy überlegte kurz. »Ausgeschlossen, Mann! Cowboy hätte dichtgehalten. Nein, du hast recht, glaub' ich. Der Skipper muß es erraten haben.« Er lachte.

»Lach dich bloß nicht tot. Mir hat er Bordarrest verpaßt.«

»Wofür?«

»Weil ich den Kerl den Alligatoren vorgeworfen habe.«

»Pech. Aber mach dir nichts daraus. Ein junger Offizier, der...«

»Ich weiß, ich weiß! ›...ist keinen Schuß Pulver wert.‹ Aber ich hab' keine Lust, dich im nächsten Hafen als Offizier vom Dienst zu vertreten, deshalb brauchst du gar nicht danach zu fragen. Mein Gott, hoffentlich muß ich nicht so schnell wieder bei Camparelli antreten!«

Sammy ließ sich zurücksinken und runzelte nachdenklich die Stirn. »Wo kann das Phantom als nächstes zuschlagen?«

Jake schlenderte zur Tür. »Ich an deiner Stelle hätte andere Sorgen, Maat. Das Phantom hat bereits Nachahmer gefunden. Da Camparelli jetzt Bescheid weiß, hat das geflügelte Gespenst nichts zu lachen, falls seine Bewunderer es übernehmen, seinen Ruhm tatkräftig zu mehren.«

Jake schloß die Kabinentür und überließ Sammy seinen Gedanken. Er schlenderte mit tief in den Hosentaschen vergrabenen Händen den Korridor entlang. Im nächsten Hafen an Bord bleiben zu müssen! Das bedeutete, daß er Callie erst in einem Vierteljahr wiedersehen würde. Camparelli hat ein Pfund Fleisch gekriegt, dachte Jake trübselig, obwohl er's nicht mal ahnt.

Irgendwo hämmerte ein Kompressor, und Jake hörte das gedämpfte Pfeifen eines Elektrobohrers – vielleicht auf dem Hangardeck über ihm. Fünftausend Männer, von denen jeder sein eigenes Leben mit seinen eigenen Bedürfnissen, Sorgen und Problemen führt. Und jeder bildete sich ein, die Welt drehe sich um ihn.

Als er in Richtung Mannschaftsmesse weiterging, hörte er Musik. Er schlenderte darauf zu. Die Musik war ein scharfer rhythmischer Beat, der von den stählernen Wänden zurückgeworfen wurde und durch die Korridore hallte. Jake fand die Musiker auf einer Plattform zwischen zwei Niedergängen.

Vier schwarze Matrosen in T-Shirts spielten Elektrogitarren, während ein fünfter Mann am Schlagzeug saß. Ohne eine Note auszulassen, trat der Sänger mit seinem Mikrofon in der Hand beiseite, um den Piloten vorbeizulassen. Jake stieg zum nächsten Deck hinauf und folgte dem Gang, bis der Beat nicht mehr so schmerzhaft laut war. Dort lehnte er sich an die Wand und schloß die Augen.

Die Band spielte Motown: den Großstadtsound, den pulsierenden Detroiter Beat. An diesen Sound erinnerte er sich aus dem Radio seines 57er Chevys, mit dem er an Sommerabenden, die nach frischem Heu und Ackererde geduftet hatten, unterwegs gewesen war. Von dieser Musik bekam er Heimweh.

Auf dem O-3-Deck ging Jake nach außenbords bis zur Lichtschleuse, deren einfache Winkelkonstruktion verhinderte, daß Licht aus dem Schiffsinneren nach draußen drang. Er tastete sich hindurch und hatte dann die vier Stufen vor sich, die zu dem ums Flugdeck führenden Laufgang führten. Da die Form des Schiffsrumpfs die vorbeiströmende Luft nach oben ablenkte, blies ein kalter, feuchter Wind durch die Grätings.

Das Flugdeck befand sich in Brusthöhe. Im schwachen Licht der Mastscheinwerfer waren die Flugzeughecks über Jakes Kopf gerade noch zu erkennen. Die Maschinen waren mit hochgeklappten Flügeln dicht nebeneinander abgestellt. Alle Flugzeuge standen so mit dem Heck nach außen, daß ihr Hauptfahrwerk die hochgezogene Kante des Flugdecks berührte; fünf Meter ihres Rumpfes und das Leitwerk ragten übers Meer hinaus.

Er folgte dem Laufgang nach vorn, bis er den Bug erreicht hatte. Hier kam der Wind genau von vorn. Wenn sich Jake über die Reling lehnte, konnte er die weiße Bugwelle im schwarzen Wasser sehen. Er stützte beide Arme auf die Reling.

Jake dachte an Callie. Er versuchte, sich ihr Gesicht, ihre Stimme und ihre Wärme vorzustellen, was in der überwältigenden Gegenwart der nächtlichen See schwierig war. War es Liebe, was er für sie empfand?

Reiß dich zusammen, Grafton! Die Wirklichkeit besteht aus einer weiteren langen Einsatzperiode. Wieder wertlose

Ziele, wieder Flak, wieder SAMs. Wieder Bombenangriffe. Der einzige Unterschied besteht darin, daß McPherson jetzt tot ist. Tot wegen ein paar tausend Quadratmetern zersplitterter Bäume.

Und woran hatte Morgan geglaubt? Jake und er hatten sich nie privat über den Krieg ausgesprochen. Der Krieg – das waren nächtliche Katapultstarts und Bombenangriffe im Tiefstflug. Und der Tod.

McPherson. Tot.

»Du hättest mit mir reden sollen, Morg. Du hättest mit mir reden sollen.« Der Seewind verwehte seine Worte. Jake sprach mit der unendlichen Nacht, der Morgan McPherson jetzt angehörte. »Wie kommt's, daß wir nie miteinander gesprochen haben? Du hättest mit mir reden sollen...«

Was würde Morgan zu mir sagen? Ich bin mit dir geflogen, Jake, und ich habe gelebt, wie du gelebt hast, und ich habe gefühlt, was du gefühlt hast, und ich bin bereit gewesen, mit dir zu sterben. Trotzdem bin ich allein gestorben. Aber ich bin kämpfend gestorben, ich habe mit Radar und Computer gearbeitet, um meine Bomben ins Ziel zu bringen.

McPherson würde ihn auffordern, weiter zu kämpfen. Vom Katapult zu starten und seine Bomben ins Ziel zu bringen. Weiter anzugreifen...

Ein lohnendes Ziel anzugreifen. Ein Ziel, dessen Zerstörung etwas bedeutete. Ein Ziel, dessen Vernichtung dem Gegner einen schweren Schlag versetzte.

Aber was kann man mit einer zum Einsatz gegen Industrieziele konstruierten Waffe vernichten, wenn der Gegner in einem reinen Agrarstaat lebt?

Brücken, Eisenbahnlinien und Kraftwerke waren längst angegriffen und zerstört worden. Ölraffinerien gab es keine; Treibstoff wurde in 200-Liter-Fässern gelagert, und die Lagerplätze wurden angegriffen, wo immer sie ausfindig gemacht werden konnten. Das einzige Stahlwerk war flachgelegt worden. Die Werften in Haiphong waren so schwer zerstört, daß sie nur noch Fischereifahrzeuge instandsetzen konnten. Munitionslager? Wo sie durch Luftbildaufklärung entdeckt wurden, wurden sie bis zur Zerstörung bombardiert. Große Fabriken zur Herstellung von Chemikalien, Lastwagen, Geschützen, Glas, Konservendosen, Radios, Fernsehgeräten, Flugzeugen, Haushaltswaren, Möbeln? Nicht in Nordvietnam? Die gesamte Produktion fand in dörflichen Kleinbetrieben statt. Es gab nicht einmal eine Lebensmittelindustrie, sondern nur die für Asien charakteristischen Märkte, auf denen Reis und Seetang und verfaulende Fische an klapprigen Ständen verkauft wurden. Die Dämme und Deiche wären verwundbar gewesen, aber die Politiker weigerten sich, sie als Ziele freizugeben. Was blieb also übrig? Nichts – außer Menschen. Die einzigen tatsächlichen Ressourcen des Gegners waren seine Menschen.

War das die Lösung? Konnten die vietnamesischen Kommunisten es sich vielleicht nicht leisten, ihre Führung zu verlieren? Zum Teufel damit! Er konnte sich wenigstens einmal damit befassen. Dazu brauchte er als erstes einen Stadtplan von Hanoi mit den wichtigsten Straßen und Gebäuden.

Abe Steiger hielt sich in den Räumen der Einsatzplanung auf. »Schläfst du eigentlich nie?« fragte der Pilot.

»Das könnte ich dich auch fragen«, sagte Steiger, indem er seinen Zeigefinger auf den Nasenbügel seiner Brille legte und sie hochschob.

Jake zuckte mit den Schultern. »Ich hab' noch zu tun gehabt.« Er sah sich um, weil er hoffte, an einer der Wände einen Plan von Hanoi zu sehen. Dann trat er an das aushängende Verzeichnis der Karten von Indochina. »Hast du Detailkarten von Hanoi? Irgendeine, auf denen die Straßen zu sehen sind?« Nach einem Blick auf das Verzeichnis begann Steiger, in den Schubfächern eines Planschranks zu wühlen. »Nur zur Information«, fügte Jake hinzu. Aber er wußte, daß Steiger neugierig sein würde. »Ich habe mich bloß gefragt, wie Hanoi wirklich aussieht.«

»Ich weiß, was du meinst«, sagte Steiger, indem er aus einer der flachen, tiefen Schubladen Karten zog. »Ich sehe sie mir gelegentlich aus demselben Grund an.«

Die Karte zeigte die Hauptstraßen mit den wichtigsten Gebäuden und die Brücken über den Roten Fluß. Das war so ziemlich alles. Für einen Bombenschützen wäre es eine verdammt mühsame Arbeit gewesen, danach die Kurse für einen Radaranflug zu berechnen. »Hast du nichts Detaillierteres?«

»Nö, das war's schon. Wir sind schließlich nicht die National Geographic Society.«

»Wo ist das Hanoi Hilton?«

Steigers Zeigefinger tippte auf die Unterkunft der amerikanischen Kriegsgefangenen. »Dieses alte Gefängnis hier.«

Jake zündete sich eine Zigarette an und beugte sich über die Karte. Die Franzosen, die bis zu ihrer Vertreibung fast ein Jahrhundert lang in Indochina gewesen waren, hatten ihre wichtigen Gebäude bestimmt an Plätzen und an großen Boulevards errichtet.

»Hast du auch Bilder?«

»Ein paar«, sagte Steiger. »Augenblick!« Der Nachrichtenoffizier ging ins Nebenzimmer, wo Luftbilder entwickelt, ausgewertet und katalogisiert wurden. Nach einigen Minuten kam er mit zwei Stapeln Schwarzweißphotos zurück. »Die paar, die wir haben, sind leider nicht sehr aktuell.«

Jake blätterte die Luftbilder durch. Senkrecht- und Schrägaufnahmen waren durcheinandergemischt. Er las die Bezeichnungen und hoffte, auf eine zu stoßen, die »Parlament« oder »KP-Zentrale« hieß. Zwei Aufnahmen zeigten größere Gebäude, und vor einem davon wehte eine Fahne. Aber das konnte auch die Hauptpost sein. Jake blätterte langsam weiter und achtete darauf, sich nicht allzu sehr für ein bestimmtes Bild zu interessieren.

Grafton hatte sich bei Abe noch nicht für die Szene in der Offiziersmesse entschuldigt, obwohl er das irgendwann vorgehabt hatte. Seit diesem Vorfall waren Steiger und er zum ersten Mal wieder allein zusammen. Jake spürte eine gewisse Kälte zwischen ihnen, aber er mied dieses heikle Thema und beschränkte sich auf gelegentliche Bemerkungen zu den Luftaufnahmen.

Hanoi bestand größtenteils aus endlosen Reihen zwei- und dreistöckiger Wohngebäude – die Bilder zeigten in fast jedem Fenster zum Trocknen aufgehängte Wäsche – und heruntergekommenen kleinen Fabriken mit gemauerten Kaminen. Dort gab es weder Hotels für Touristen noch große öffentliche Gebäude wie in anderen Hauptstädte. Selbst Karl Marx, dachte Jake, wäre über dieses erbärmlich trübselige Paradies der Arbeiter entsetzt gewesen. Er fand eine Aufnahme mit den Überresten der Paul-Doumer-Brücke und betrachtete sie nachdenklich. Für die Zerstörung dieser Brücke waren Männer gestorben und Flugzeuge abgeschossen worden.

Jake breitete die Photos aus und begutachtete sie einzeln. Welches Ziel würdest du bombardieren, fragte er sich, wenn du in Nordvietnam freie Wahl hättest? Nun, es müßte hier in der Hauptstadt liegen. Falls sie überhaupt was Wertvolles haben, müßte es auf diesen Luftbildern zu finden sein. Aber wo?

»Hast du drüben auch Infrarotaufnahmen?«

Steiger machte ein zweifelndes Gesicht. »Ich muß mal nachsehen.« Sobald er verschwunden war, schob Jake ein halbes Dutzend der interessantesten Photos in sein Hemd. Er versuchte, die wichtigsten Gebäude auf der Übersichtskarte zu finden, als Steiger mit drei großformatigen Senkrechtaufnahmen zurückkam.

Man hätte diese Photos mit nächtlichen Zeitaufnahmen der Stadt verwechseln können – aber das Licht kam von Wärmequellen, nicht von Straßenlampen. Die asphaltierten Straßen, die tagsüber Sonnenwärme gespeichert hatten, zeichneten sich als schwach erkennbare Streifen ab. Einige der helleren Wärmequellen waren vermutlich Fabriken. Die stecknadelkopfgroßen Lichtpunkte konnten Hauskamine sein.

Was ist aus diesen Bildern noch zu erfahren? fragte sich Jake. Würde aus öffentlichen Gebäuden kalte oder warme Luft strömen? Würde das nicht von der Tageszeit abhängen? Ein Vergrößerungsglas wäre vielleicht nützlich gewesen. Jake erkannte, daß er nicht genügend wußte, um diese Aufnahmen richtig deuten zu können, deshalb gab er sie zurück.

»Kann ich die mal mitnehmen?« fragte Jake, während er die Übersichtskarte zusammenrollte.

Unten in ihrer Kabine schlief Sammy bereits. Jake setzte sich leise auf seine eigene Koje und betrachtete die gestohlenen Aufnahmen nochmals, bevor er sie in seinen Safe sperrte.

Ein wichtiges Ziel – vielleicht die Zentrale der Kommunistischen Partei? Zu welchem Schluß würde die Führungsspitze in Hanoi gelangen, wenn er es schaffte, das Gebäude mit zwei bis drei 450-kg-Bomben zu treffen? Die Kommunisten könnten annehmen, Washington habe diesen Angriff befohlen. Möglicherweise brachte sie das dazu, den Krieg zu beenden.

Jake starrte das im Dunkel glühende Ende seiner Zigarette an, während er über die Wirkung eines solchen Angriffs nachdachte. Die Idee war verlockend. Dies würde kein Einsatz gegen einen »vermuteten Lastwagenpark«, kein Angriff auf einen ausgebomten Güterbahnhof sein. Nein, dieses Ziel würde sich endlich einmal lohnen, und ein erfolgreicher Angriff konnte den Ausgang des ganzen Krieges positiv beeinflussen. Kommunisten haben ein gutes Gespür für Kanonenpolitik, dachte Jake. Sie werden diese Botschaft verstehen. Natürlich werden sie Hanoi mit ihrer gesamten Luftabwehr verteidigen, und wir müssen dort hindurch.

Morgan wäre sofort bereit gewesen, die KP-Zentrale in Hanoi anzugreifen, überlegte Jake – aber würde Cole mitmachen. Falls Cole ein erstklassiger Bombenschütze und – wie Jake vermutete – ein Kämpfer war, ließ er sich vielleicht dafür gewinnen. Das würde sich in den nächsten Tagen zeigen.

Jake drückte seine Zigarette aus und zog sich in der Dunkelheit aus. Einmal ein wirklich lohnendes Ziel anzugreifen!

14

Schweißnasse Oberkörper glänzten in der frühen Nachmittagssonne. Die bis zur Taille nackten Waffenwarte in unten ausgestellten Uniformjeans arbeiteten in Gruppen, um die Bomben von den Transportwagen fast zwei Meter hoch an die Aufhängepunkte des Flugzeugs zu heben. Bei jedem Hochstemmen traten ihre Muskeln deutlich hervor. Heute waren zwei Teams im Einsatz, um die Intruder mit Bomben zu bewaffnen.

Auf den Befehl »Hoch!« des Gruppenführers grunzten acht Matrosen gleichzeitig, stemmten die 450-kg-Bombe in die Höhe und hielten sie mit reiner Muskelkraft dort, während der Gruppenführer den Verriegelungsmechanismus schloß und die Sicherungsstifte mit den roten Flaggen einsteckte. Sobald drei der grünen Riesenwürste nebeneinander eingehängt waren, ging ein weiterer Mann von Bombe zu Bombe, schraubte die mechanischen Kopfzünder ein und installierte zuletzt die Zünddrähte. Die Waffenwarte erinnerten Jake an ein High-School-Footballteam: lauter Jugend und Muskeln, lauter breite Schultern und flache Bauchmuskeln, lauter unbekümmerte Kameradschaft.

Einige der Männer schienen immer die Zeit zu finden, ein oder zwei Bomben mit Kreide mit persönlichen Botschaften an die Nordvietnamesen zu beschriften. In den ersten Wochen dieses Seetörns hatten das alle getan, aber für die meisten hatte es inzwischen den Reiz des Neuen verloren. Ihre Väter hatten auf diese Weise Flugzeuge mit Bomben beladen und ähnliche Botschaften an die Japaner draufgeschrieben. Dem Piloten fiel eine hingekritzelte Mitteilung auf: *Schwein gehabt, wenn du das lesen kannst, Gomer!*

Jake kontrollierte alle Bomben, um sich davon zu überzeugen, daß sie richtig eingehängt waren, und inspizierte dann ihre Kopfzünder. Jede Bombe war so eingestellt, daß sie nach 6,5 Sekunden im freien Fall scharf wurde. Heute trug Graftons Intruder zwölf 450-kg-Bomben und einen Rumpftank mit 900 Kilogramm Treibstoff – über das Doppelte der Nutzlast einer B-17 im Anflug auf Berlin.

»Zeigen Sie's ihnen, Mister Grafton!« sagte der Gruppenführer, bevor er mit seinen Leuten zur nächsten Maschine abrückte. Jake setzte seine Vorflugkontrolle fort. Die Sonne auf seinen Schultern fühlte sich angenehm warm an, und sein T-Shirt war bald durchgeschwitzt, während er Reifen, Bremsen und Verriegelungen überprüfte. Er machte eine Pause, schloß die Augen und hob sein Gesicht der Sonne entgegen, die er durch die Augenlider sah. Der Wind zerzauste sein

Haar. Jake öffnete die Augen und betrachtete die Kumulustürme am blauen Himmel. Bald...

Als Jake ins Cockpit kletterte, saß Virgil Cole schon angeschnallt auf seinem Platz und überprüfte seine Flugunterlagen. Maggot, der Flugzeugwart, folgte Jake die Leiter hinauf und beugte sich ins Cockpit, um ihm beim Anlegen der Gurte behilflich zu sein. »Wie geht's Ihrem Vater, Maggot?« erkundigte sich Jake.

»Schon wieder besser, Mister Grafton. Ich hab' daheim in Texas angerufen, wie Sie mir geraten haben. Ich glaube, daß er bald wieder auf dem Damm ist. Hey, wohin geht's heute?«

Der Pilot griff in die Beintasche seines Druckanzugs und zog seine Karte heraus. Er faltete sie auseinander und tippte mit dem Zeigefinger darauf. »Dorthin.«

Der Flugzeugwart sah grüne und braune Flächen, die Täler und Berge bezeichneten, die blauen Linien von Flüssen sowie Punkte und Kreise für Dörfer und Städte mit exotischen Namen. »Was ist dort?«

»Ein Kraftwerk.« Jake wußte, daß es im vergangenen halben Jahr mindestens dreimal bombardiert worden war.

»Und wo liegt Hanoi?« fragte Maggot.

Jake klappte die Karte um ein Segment weiter auf. »Hier. Und wir sind hier unten auf Yankee Station.« Sein Zeigefinger tippte auf den Golf von Tonking.

Der Flugzeugwart grinste. »Nur gut, daß ich nicht mit muß«, sagte er und verschwand die Leiter hinunter.

Jake brauchte wie üblich keine Checkliste, während er die Stellung sämtlicher Hebel, Knöpfe und Schalter vor sich kontrollierte. Danach machte er es sich in seinem Sitz bequem. Aah! dachte er. Mein liebster Sessel. Er schloß die Augen und überprüfte nochmals sämtliche Schalter, zu denen seine Finger wie von selbst fanden.

Er verglich seine Armbanduhr mit der vor ihm eingebauten Borduhr mit Fünftagewerk. In drei Minuten würde der Air Boss den Befehl zum Anlassen der Triebwerke geben. Unten an Deck trugen der Flugzeugwart und die Waffenwarte jetzt ausnahmslos Hemden, Schutzhelme und aufblasbare Schwimmwesten – für den Fall, daß sie von dem Abgasstrahl eines Düsentriebwerks über Bord geblasen wurden. Der Pilot lehnte sich zurück und beobachtete das Spiel von Licht und Schatten zwischen den Wolkenbergen. »Wunderbares Flugwetter«, erklärte er Virgil Cole, der von seinem Computer aufsah.

»Stimmt.«

Jake setzte seinen Helm auf und wartete auf das Zeichen des Flugzeugwarts zum Anlassen der Triebwerke. Keine zehn Minuten später rollten sie zum Katapult drei in der Mitte des Flugdecks. Dort startende Maschinen flogen übers Winkeldeck statt über den Bug ab.

Während sie am Katapult warteten, beobachtete Jake Stabsbootsman Muldowski, der heute für die Rumpfkatapulte zuständig war. Mit herausgestrecktem Bauch und zurückgenommenen Schultern stolzierte er wie ein Piratenkapitän übers Flugdeck, wobei er die Pri-Fly-Kanzel und die von dort kommenden Lichtsignale im Auge behielt. Sobald die Starts begannen, hatte er alle Hände voll zu tun: Er prüfte die Windgeschwindigkeit, stellte den Dampfdruck für jedes Flugzeug ein und überwachte zugleich das Einhängen des Flugzeugs auf dem zweiten Katapult. Dann gab er dem Piloten das Zeichen, auf Startleistung zu gehen, während er die Maschine inspizierte, erwiderte seinen Gruß und gab zuletzt das Startzeichen, indem er mit ausgestrecktem Arm einen großen Ausfallschritt in den mit 30 Knoten wehenden Wind machte. Diese Stellung behielt er bei, während der Flügel des davonrasenden Flugzeugs über ihn hinwegpfiff. Der Wind und die heißen Abgase brachen sich an ihm wie eine Sturmbö an einem großen Felsen.

An allen Katapulten wartete eine Reihe von Flugzeugen mit noch hochgeklappten Flügeln. Hinter jedem Katapult befand sich ein Strahlabweiser – eine schrägstellbare große Stahlplatte –, der die Abgase der startenden Maschine über die wartenden Flugzeuge hinweglenkte. Nach dem Start wurde dieser Abweiser heruntergeklappt, damit der nächste Vogel aufs Katapult rollen konnte. Wartungstechniker unterzogen das unmittelbar hinter dem Strahlabweiser stehende Flugzeug einer letzten Sicherheitsinspektion; Waffenwarte zogen die Sicherungsstifte der Bombenaufhängungen heraus. Jeder Mann arbeitete konzentriert und achtete trotzdem darauf, nicht von einem Fahrwerk überrollt, in einen Lufteinlaß gesaugt oder von einem glühendheißen Abgasstrahl übers halbe Deck geblasen zu werden.

Jake spürte das Höherdrehen seiner Triebwerke und sah den Katapultoffizier, der ihm mit kreisenden Zeigefingern das Zeichen »volle Leistung!« gab, die unter seinem Flugzeug hervorkriechenden Warte und die Flugdeckkante, die sich im Rhythmus der See langsam hob und senkte. Und er genoß die Vorfreude auf den spannenden Augenblick, in dem das Katapult seine Maschine in zweieinhalb Sekunden auf Fluggeschwindigkeit bringen würde.

Als die Intruder das Katapult entlangschoß und in die klare salzhaltige Luft hinausraste, stieß Jake einen Freudenschrei aus: Ein durch die Bordsprechanlage gellendes Heulen, das Virgil Cole dazu bewog, ihn kritisch zu mustern, sobald sie in der Luft waren. Jake kurvte leicht nach links ein, um genügend Abstand vom Bug zu halten, und ließ den schwerbeladenen Bomber auf 500 Fuß steigen, wo er leicht gierte, während die Klappen und Vorflügel eingefahren wurden.

Er hielt seine Maschine in 500 Fuß – der für Abflüge bei Sichtflugbedingungen vorgeschriebenen Höhe –, bis das TACAN sieben Seemeilen Entfernung vom Schiff anzeigte; dann legte sich die A-6A in eine Linkskurve und begann den Steigflug.

Als sie in 10000 Fuß über die Wolken kamen, sah Jake etwa fünf Meilen hinter sich zwei Tankflugzeuge KA-6D mit ihrem Gefolge aus F-4 Phantoms. Während die Tanker gleichmäßig Kreise flogen, warteten die Jäger seitlich gestaffelt darauf, daß sie an die Reihe kamen.

Nachdem Jake in 13000 Fuß in den Horizontalflug übergegangen war, suchte er den Horizont nach weiteren A-6 ab. Er entdeckte zwei in mindestens zehn Seemeilen Entfernung. Der Pilot kurvte steiler ein, brachte seine Maschine wieder in die Normalfluglage und schloß über dem Schiff zu ihnen auf. Nachdem er sich rechts neben den Skipper gesetzt hatte, der eine Warteschleife flog, sah er sich um. Die letzte Intruder ihrer Viererformation war keine Meile mehr entfernt und kam rasch näher. Das war New Guy, der diesmal sein Rottenflieger sein würde.

Grafton gewöhnte sich rasch wieder an das Fliegen im Verband. Bis sie einzeln nach vorn abkippten, um das Kraftwerk im Sturzflug anzugreifen, würde er rechts neben dem Skipper kleben wie New Guy neben ihm. Sollte ihre Formation sich auflösen, würde Little Augie, der jetzt links neben Camparelli flog, bei dem Führer bleiben, während Jake und New Guy eine neue Rotte bildeten. Auf diese Weise gab es wenigstens Augenzeugen, falls jemand abgeschossen wurde.

Der Skipper führte seine A-6-Formation 1000 Fuß höher und schloß zu den fünf A-7 auf, die diesen Angriff anführen würden. Die erste Intruder setzte sich wie vereinbart ungefähr 70 Meter halbrechts hinter die A-7-Formation. Weitere fünf A-7 Corsairs schlossen von links auf. Damit waren die Bomber und Jagdbomber komplett.

Der Scrambler piepste, und Jake hörte die Stimme des Geschwaderkommandeurs. »Devil fünf-zwo-drei, Hawk eins«, sagte der CAG. »Wie lange dauert das Tanken noch?«

»Ungefähr drei Minuten.«

»Okay, ich überfliege jetzt das Schiff und gehe auf Kurs. Die Jäger können nachkommen, wenn sie bis dahin noch nicht fertig sind.« Der CAG stand im Ruf eines Mannes, der niemals darauf wartete, daß irgend etwas von selbst geschah. Das war einer der Gründe dafür, daß er diesen Job hatte.

Der Verband nahm in leichtem Steigflug Kurs auf Nordvietnam. Wenige Minuten später schlossen zwei mit Rockeyes beladene Phantoms von unten kommend zu ihm auf. Sie setzten sich rechts und links neben die Führerformation. Die Phantoms waren zur Flakbekämpfung eingeteilt: Sie würden als erste hinabstoßen und die Flak- und Raketenstellungen um das Kraftwerk herum angreifen. Wenn alles wie geplant klappte, würden die Bomber und Jagdbomber ins Ziel stürzen, während die Rockeyes über den Feuerstellungen detonierten. Genaueste zeitliche Abstimmung war hier der Schlüssel zum Erfolg.

In 22000 Fuß ging der Verband in den Horizontalflug über.

Die Kumuluswolken unter Jake erschienen ihm wie vom Wind geblähte Clippersegel. Gleißend helles Sonnenlicht erfüllte die Cockpits und ließ die mattweißen und hellgrauen Flugzeuge vor dem Dunkelblau des Himmels weiß aufleuchten. Im Osten bildete der Horizont eine gerade Linie, die Himmel und Erde voneinander trennte, aber vor ihnen im Nordwesten verschwammen Erde und Himmel in weißlichem Dunst. Das bedeutete Wolken über dem Zielgebiet. Jake Grafton seufzte.

»Hawk eins, Stagecoach zwo-null-eins. Wir sind in ungefähr zwei Minuten in Position.«

»Verstanden.« Stagecoach 201 war der Führer einer Phantomkette, die 20 bis 30 Seemeilen vor dem Verband patrouillierte, um etwa angreifende feindliche Jäger abzufangen. Weitere F-4 von Stagecoach flogen 5000 Fuß über den Bombern hin und her, um sich auf MiGs zu stürzen, denen es vielleicht gelungen war, die vordere Kette zu umfliegen. Darüber hinaus begleiteten zwei F-4 einer anderen Staffel den Verband seitlich mit einer Seemeile Abstand.

Der CAG nahm über Funk Verbindung mit der E-2 Hawkeye und der EA-6B Prowler auf. Diese Flugzeuge würden über dem Meer bleiben. Die mit modernster Elektronik vollgestopfte Prowler hatte den Auftrag, gegnerische Radarfrequenzen zu stören.

Diese als Alpha Strike bezeichnete schlagkräftige Kombination aus Bombern, Jagdbombern, Flakbekämpfern, Begleitjägern und Unterstützungsflugzeugen sollte ein stark verteidigtes Ziel in weniger als 60 Sekunden mit größtmöglicher Waffenwirkung angreifen und dabei die feindliche Abwehr so überwältigen, daß der Gegner praktisch außerstande war, sein Feuer auf eine bestimmte Maschine zu konzentrieren. Gründliche Planung und sorgfältige Koordination aller Angriffselemente waren unerläßlich. Ebenso notwendig waren gute Sichtverhältnisse im Zielgebiet. Grafton konnte sich vorstellen, wie der CAG jetzt wahrscheinlich vor sich hinfluchte, während er die Wolken vor ihnen anstarrte.

Jake stellte fest, daß er seine Position durch winzige Bewegungen der Leistungshebel halten konnte. Er sah zu Little

Augies Maschine hinüber, die links neben Camparelli flog, und mußte lächeln, als Big Augie grüßend mit dem Zeigefinger wackelte. Wenn die Augies zu Scherzen aufgelegt waren, war die Welt in Ordnung.

Das Funkgerät piepste, und eine angewidert klingende Stimme meldete sich: »Hawk eins, Mustang eins-null-vier. Meine Hydraulik ist gerade teilweise ausgefallen.« Jake sah zu der Phantom hinüber, die nur wenige hundert Meter entfernt rechts neben dem Verband hing. Während er sie beobachtete, setzte sich eine der Corsairs neben die F-4.

»Mustang, unten aus Ihrem Rumpf tritt Hydraulikflüssigkeit aus.« Die Flüssigkeit war rot gefärbt, damit sie besser sichtbar war.

»Mustang, Hawk eins. Fliegen Sie nach Hause.«

»Verstanden.« Der schwarze Abgasstrahl aus den Triebwerken nahm sichtbar ab, und die Phantom sank unter den Verband. Einige tausend Fuß tiefer begann sie eine weite Kehrtkurve und blieb rasch zurück, während der Verband in den Nachmittag hinein weiterflog.

Über ihnen verdeckten eine Stratokumulusschicht und hohe Zirruswolken die Sonne. Unten schlossen sich die Kumuluswolken zusammen, bis das Meer nur noch gelegentlich durch Wolkenlöcher sichtbar war. Das Wasser hatte seinen blauen Glanz verloren und sah dunkel, beinahe schwarz aus. Wenige Minuten später befanden sich die Flugzeuge zwischen zwei geschlossenen Wolkendecken. Mit der Sonne waren auch Licht und Wärme verschwunden und hatten lediglich ein einförmiges Grau hinterlassen. Dies war der Hintergrund, für den der grau-weiße Anstrich von Marineflugzeugen gedacht war.

»Führer Stagecoach, Hawk eins. Wie sieht das Wetter dort vorn aus?«

»Wolken über und unter uns. Nur in Küstennähe gibt's ein paar Löcher. Keine idealen Voraussetzungen.«

»Verstanden.«

Jake zog seine Gurte fester an. Der CAG flog trotzdem weiter. »Wie funktioniert das System?« fragte der Pilot seinen neuen Bombenschützen.

»Das Radar scheint in Ordnung zu sein, aber der Computer ist ein bißchen unruhig. Der Cursor läßt sich manchmal nicht verschieben...« Cole schien der Dampf auszugehen.

»Optimist!« sagte Jake. Als Cole keine Antwort gab, fuhr er fort: »Automatischen Abwurf vorbereiten. Ich glaube, daß wir das verdammte Ziel nicht zu sehen kriegen werden.«

»Ich hab' das Ziel.« Cole stellte sein Radargerät besser ein. »Die Küste ist tatsächlich noch da! In ungefähr vier Minuten sind wir drüber.«

Dann hörten sie den Baßton eines Suchradars, eines feindlichen Radars, und alle anderen schienen ungefähr gleichzeitig auf den noch leisen Ton aufmerksam geworden zu sein, denn der Verband schloß sich enger zusammen. Während das Radar den Himmel absuchte, war sein Baßton nur etwa alle 15 Sekunden zu hören, aber er wurde lauter, je näher sie der nordvietnamesischen Küste kamen.

»Black Eagle, Black Eagle, Hawk hat trockene Füße.« Jake ließ seine Stoppuhr anlaufen. Ihre Zeiger zählten eine Sekunde nach der anderen.

Nun ging der Verband in leichten Sinkflug über. Das Vario zeigte, daß sie erst mit 7,5 Meter pro Sekunde, dann mit 10 Meter sanken. Ihre Geschwindigkeit erhöhte sich. Der Baßton des Suchradars war jetzt alle vier bis fünf Sekunden zu hören, weil es nur noch einen schmalen Sektor abtastete.

»Mustang eins-null-sieben, Sie bleiben bei uns.« Der CAG sprach so beiläufig, als bestelle er sich vor dem Filmabend in der Offiziersmesse eine Tüte Popcorn.

»Okay.« Auch diese Stimme klang emotionslos, aber der Pilot der zur Flakbekämpfung verbliebenen einzelnen Phantom war sicher erleichtert. Anstatt dem Verband vorauszufliegen und sich allein auf ein stark verteidigtes Ziel zu stürzen, würde er jetzt gemeinsam mit den Bombern angreifen. Die feindliche Flak würde trotzdem schießen – aber Mustang 107 brauchte es wenigstens nicht allein mit ihr aufzunehmen.

Aber vielleicht erübrigten sich solche Überlegungen ohnehin. In 18000 Fuß schienen sie eine geschlossene Wolkendecke unter sich zu haben. Gab es irgendwo eine Lücke? Konnten sie überhaupt angreifen?

»Zwölf Meilen bis zum Ausgangspunkt«, meldete Cole.

Die Nadel des Fahrtmessers stand bei 340 Knoten. Jake betätigte den Hauptschalter des Waffenpults. Jetzt brauchte er nur noch auf den Abwurfknopf zu drücken, um fünfeinhalb Tonnen Sprengstoff in die Tiefe zu schicken.

»SAM, SAM, SAM!« – »Drei Uhr!« – »Zwei Stück!« – »Drei!« – «Paß auf, Pete!«

Wegen des Heultons der Raketenwarnung war das Stimmengewirr im Kopfhörer größtenteils unverständlich. Als der Skipper nach rechts kurvte, blieb Grafton neben ihm in Position. Der schrille SAM-Warnton tat Jake in den Ohren weh. Die rote Warnleuchte neben dem Bombenzielgerät blinkte. Der Lichtzeiger des Anflugwarners zeigte hinter ihren rechten Flügel – in Richtung Haiphong.

»Sehen Sie sie?« fragte er Cole.

»Nein.« Cole blickte über seine rechte Schulter. New Guy war noch dran, aber er hatte seinen Abstand auf mehrere Flugzeuglängen vergrößert, um Jake Platz für Ausweichmanöver zu lassen.

»Weiterkurven, Pete.« Wieder eine Stimme im Funk. Wer war dieser Pete, verdammt noch mal?« Die Ereignisse überstürzten sich jetzt. »Vorsicht!« – »Mehr Abstand!«

Aus dem Augenwinkel heraus beobachtete Jake sekundenlang, wie eine weitersteigende Rakete an ihnen vorbeizischte.

»Wieder SAMs! Diesmal von links.«

Der Skipper kurvte zur anderen Seite hin ein, um auf die Gefahr zudrehen zu können. Die A-6 links neben ihm war verschwunden. Jake ging tiefer und blieb auf der Innenseite der Kurve des Skippers, um nicht abgehängt zu werden.

Wo waren die Lenkwaffen? Die Warnleuchte vor Jake blinkte noch immer, und der Heulton im Kopfhörer war ohrenbetäubend laut. Jake riskierte einen raschen Blick nach unten. Nichts als Wolken. Eine schöne Scheiße! Am Rand seines Gesichtsfeldes nahm er die dunkelgrauen Sprengwolken von Flakgranaten wahr: Die feindliche Luftabwehr schoß vermutlich blind durch die Wolken.

Im Funk sprachen zu viele aufgeregte Stimmen zur gleichen Zeit. Eine scheinbar aus dem Nichts kommende einzelne A-7 raste plötzlich von rechts nach links vor Camparelli vorbei. Der Verband war auseinandergesprengt.

»Haben Sie das Ziel?« fragte Jake seinen Bombenschützen.

»Steuerkurs stimmt.« Der Pilot konzentrierte sich auf die Blickfelddarstellung. Da die Steuermarke weit rechts stand, kurvte er nach rechts von dem Skipper weg und drückte seinen Steuerknüppel nach vorn.

»Auf *Attack* umschalten!« Jake mußte schreien, um den Funkverkehr und die ECM-Signale zu übertönen. Er brauchte einen vom Computer errechneten Kurs zum Zielpunkt. Als Cole auf einen Knopf drückte, erschien am unteren Rand der Blickfelddarstellung das Wort ATTACK. Grafton hielt nach anderen Flugzeugen Ausschau und sah eine ganze Ladung Bomben in der Wolkendecke verschwinden. Irgend jemand hatte seine Waffenlast abgeworfen, um beweglicher zu sein, und man konnte wetten, daß sie scharf waren. Der Teufel mochte wissen, was sie treffen würden.

Als die Steuermarke in der Mitte stand, nahm Jake wieder die rechte Flügelspitze hoch. Die Intruder befand sich auf einer mit 20 Grad geneigten Bahn. Dichte Wolken hüllten sie ein, während sie dem Boden entgegenraste.

Das Steuersymbol rutschte weit nach links, und Jake drückte den Knüppel bis zum Anschlag nach links, um ihm zu folgen.

»Steuerkurs ignorieren«, wies Cole ihn an. »Fadenkreuz wandert. Angriff abbrechen.«

Scheiße! Der Computer oder die Trägheitsnavigation hatte versagt. Über 500 Knoten. Sie mußten hochziehen und es noch mal versuchen. Jake brachte seine Maschine in die Normalfluglage und zog den Steuerknüppel zurück.

»Und New Guy ist nicht mehr dran.«

In 13000 Fuß rasten sie aus den Wolken und stiegen steil weiter. Der Pilot behielt dieses Steigen bei, bis der Bomber gefährlich an Fahrt verlor, verringerte dann den Anstellwinkel und stieg weiter. Unter ihnen rasten Flugzeuge kreuz und quer durcheinander, und gelegentlich stieg eine SAM aus den Wolken. Die A-6 blieb mit 250 Knoten im Steigflug.

»Verdammt noch mal, was tun wir hier oben?« fragte Cole. »Wollen Sie, daß wir 'ne SAM in den Arsch kriegen?«

»Ich suche ein Wolkenloch. Wir sind hier, um ein Ziel anzugreifen. Sehen Sie zu, daß Sie das gottverdammte System zum Laufen bringen, sonst sind wir den ganzen Scheißtag lang hier oben.«

Je höher sie stiegen, desto weiter konnte Jake die Wolkendecke unter ihnen überblicken. Dann sah er ein Loch – einen schmalen, unregelmäßig gezackten Riß. Er hielt darauf zu und versuchte zu erkennen, wie tief er hinunterreichte.

»Wahrscheinlich schießen die Jungs dort unten durch dieses Loch, weil sie hoffen, daß irgendein Idiot dort runtergeht«, sagte Cole.

Unter dem Loch war dunkelgrüne Vegetation zu erkennen. Und ein Fluß. Und ein Bahngleis. Und ein Kraftwerk.

Der Bomber erzitterte an der Grenze zum Überziehen. Jake legte die A-6 auf den Rücken, so daß er den Erdboden und das Kraftwerk jetzt über sich hatte. Dann brachte er den Flugzeugbug nach unten, bis er genau auf das Kraftwerk zeigte.

Unter der kombinierten Wirkung der Schwerkraft und zweier mit Vollschub arbeitenden Triebwerke schoß die Intruder nach vorn. Jetzt sprachen auch die Steuerorgane wieder an. Das Ziel in Jakes Bombenvisier wurde stetig größer. Flaksprengwolken vermischten sich mit den grauen Wolkenmassen, von denen der Tunnel eingefaßt war. Cole sagte die Höhen an. Unten auf der Erde glitzerte etwas wie Diamanten: Mündungsfeuer.

In 9000 Fuß klinkte Jake die Bomben aus, verließ den Tunnel und verschwand in den Wolken. Der Beschleunigungsmesser zeigte 4 g an, aber er spürte kaum etwas davon.

Auch in 5000 Fuß waren sie noch immer in Wolken. Jake fing die jetzt 540 Knoten schnelle Intruder allmählich ab. Er spürte das durch Verdichtungsstöße ausgelöste Rütteln seines Sitzes, als die Kopfwelle der Maschine bei Mach 0,9 keine weitere Erhöhung ihrer Geschwindigkeit mehr zuließ. Jake verringerte den Andruck, blieb aber im Sinkflug, weil sein Instinkt und die heulende Raketenwarnung ihn drängten, die Wolken zu verlassen, damit er wieder sehen konnte.

In 2000 Fuß ging Jake in den Horizontalflug über und flog durch Regen und graue Wolkenschleier, die bis zu den überfluteten Reisfeldern hinabreichten. Die Raketenwarnung war verstummt, aber er hatte die aufgeregten Stimmen anderer Piloten in seinem Kopfhörer. Er flog in weiter Kurve nach Südosten ab, hielt dabei nach anderen Flugzeugen Ausschau. Er war allein.

Unter sich sah Jake Mündungsfeuer und über die Dämme zwischen den Reisfeldern laufende Menschen. Aber vor ihnen lag das Meer, und sie flogen heim.

»Verdammt noch mal«, rief er Virgil Cole zu, »wir haben's geschafft!« Er schlug Cole mit der rechten Hand auf den Oberarm und bewegte dabei den Steuerknüppel mit der linken Hand vor und zurück. Das Mündungsfeuer schwerer Flak blitzte auf – vermutlich aus dem Raum Haiphong –, aber Jake flog mit spielerischer Leichtigkeit Kurven und Rollen. Sie waren jetzt unverwundbar.

Sobald sie über dem Meer in Sicherheit waren, hakten Grafton und Cole ihre Sauerstoffmasken auf einer Seite aus und ließen sie von ihren Helmen baumeln. Jake grinste zu dem Bombenschützen hinüber, der sich bemühte, ein Lächeln zustande zu bringen. »Melden Sie uns bei Red Crown an«, verlangte Jake. »Wir machen einen tiefen Vorbeiflug.« Cole stellte die Frequenz des als Radarvorposten eingesetzten Zerstörers ein und meldete ihre Absicht.

Als der Zerstörer vor ihnen in Sicht kam, nahm der Pilot die Leistungshebel zurück und fuhr die Bremsklappen aus. Sobald ihre Geschwindigkeit auf unter 250 Knoten sank, fuhr er Landeklappen und Fahrwerk aus. Er stabilisierte die Intruder bei 150 Knoten und ging bis dicht übers Wasser hinunter. Der Zerstörer rollte und stampfte in schwerer See, die über seinen Bug gischtete. Jake flog in nur 50 Fuß die Steuerbordseite entlang, während Cole den Männern in T-Shirts in den offenen Luken zuwinkte.

Dann fuhr Jake Klappen und Fahrwerk wieder ein, schob die Leistungshebel nach vorn und begann zu steigen. Über den Wolken schien die Sonne.

Jake Grafton nahm einen letzten langen Zug von seiner Zigarette und zündete sich mit dem Stummel eine neue aus der zerdrückten Packung in der Tasche seines Druckanzugs an. Danach lehnte er sich auf seinem Stuhl zurück, lockerte die Beingurte etwas, damit sie ihn nicht im Schritt beengten und hörte sich an, was im Auswertungsraum um ihn herum gesprochen wurde.

»Ein Affentheater!« Der CAG zündete sich eine Zigarre an. »Der Verband ist auseinandergefallen, als überall SAMs hochgekommen sind.«

Ein A-7-Pilot sah von dem Einsatzbericht auf, den er gerade ausfüllte. »Bei diesem beschissenen Wetter hätten wir das Ziel selbst dann nicht getroffen, wenn die Gooks keinen Schuß abgegeben hätten.«

Der CAG schüttelte den Kopf. Er sah müde aus. In ein paar Minuten würde er dem Admiral Bericht erstatten müssen. »Wir müssen konzentrierter angreifen, sonst treffen wir nie was – auch bei gutem Wetter nicht. Die ganze Arbeit, die Bomben, der Treibstoff... vergeudet! Und eine Maschine ist so stark beschädigt, daß sie für drei bis vier Wochen ausfällt.« Er sah zu den Nachrichtenoffizieren in ihren gebügelten Khakiuniformen hinüber. »Hat überhaupt jemand das verdammte Ziel getroffen?«

Abe Steiger antwortete. »Ja, Sir. Grafton dort drüben hat visuell angegriffen, und eine andere A-6 hat vorher automatisch abgeworfen.«

Der CAG drehte sich nach Jake um. »Haben Sie getroffen?«

»Weiß ich nicht, Sir. Ich hab's nicht kontrollieren können. Wir sind so schnell wie möglich abgehauen.« Die Wolken, in denen sie beim Abfangen gesteckt hatten, hatten ihnen die Sicht genommen.

Der CAG wandte sich an den dienstältesten Nachrichtenoffizier, einen Korvettenkapitän. »Ich will die Vigilante-Aufnahmen sehen, sobald sie entwickelt sind. Rufen Sie mich auf der Brücke an, wenn's soweit ist.« Der Aufklärer RA-5C Vigilante hatte das Zielgebiet nur wenige Minuten nach der vorgesehenen Angriffszeit im Tiefflug aufgenommen.

Der Oberspion nickte, und der CAG ging mit qualmender

Zigarre hinaus, ohne sich einen Teufel darum zu scheren, wer ihn auf den Korridoren rauchen sah.

Grafton und Cole griffen nach ihren Helmtaschen. Auf dem Gang begegneten sie New Guy, der zur Auswertung unterwegs war. New Guy berichtete, er habe Jake nach dem Abfangen nach dem mißglückten ersten Angriff nicht mehr gesehen und danach selbst einen automatischen Abwurf versucht, der jedoch wegen Radarausfalls nicht geklappt habe. Jake murmelte etwas Mifühlendes. New Guy schien seinen ersten scharfen Einsatz gut überstanden zu haben.

»In Zukunft müssen Sie wirklich versuchen am Führer dranzubleiben«, riet Jake. »Ein Rottenflieger muß drankleben wie Gestank an Scheiße.« Er wußte, daß New Guys Selbstwertgefühl als Profi, als Mitglied des Clubs, erforderte, daß er sich die uneingeschränkte Anerkennung der erfahreneren Piloten sicherte. »Gut gemacht«, sagte Jake und klopfte ihm auf den Rücken. Das Engelsgesicht verzog sich zu einem dankenden Lächeln.

Als sie im Umkleideraum ihre Ausrüstung verstauten, sagte Cole: »Wir bleiben wohl zusammen, schätze ich.«

»Wie meinen Sie das?«

»Hätten Sie sich als Pilot erwiesen, der nichts riskiert, hätte ich einen anderen verlangt. Aber Sie sind in Ordnung.«

»Du sollst ins CAG-Büro raufkommen, Grafton. Irgendein Reporter will dich interviewen.« Boxmann, der Offizier vom Dienst war, überbrachte ihm die Mitteilung hämisch grinsend. »Deine Heimatzeitung hat ihn hergeschickt. Du kommst auf die Titelseite – zwischen den Meldungen und dem Photo einer Hundertzweijährigen.«

»Box, du bist ein Arschloch. Hat deine Muter dir das nie gesagt?«

»Im Ernst, ein Reporter will ein Interview. Los, los, Beeilung!«

Jake machte sich mit gemischten Gefühlen auf den Weg zum Air Wing Office. Einerseits fühlte er sich ein klein wenig geschmeichelt, daß sein Name in einer Zeitung stehen sollte;

andererseits war er mißtrauisch, weil er recht gut wußte, wie leicht man dabei zum Narren gemacht werden konnte.

Als er das Dienstzimmer betrat, winkte Korvettenkapitän Seymore Jaye, der Operationsoffizier des Geschwaders, ihn an den Tisch, an dem er mit einem bärtigen Mann in Khakiuniform ohne Namensschild saß. Die fehlenden Rangabzeichen wiesen den Bärtigen als Zivilisten aus. »Grafton, das ist Les Rucic, ein Reporter, der Sie interviewen möchte.«

Der Pilot schüttelte Rucics ausgestreckte Hand. »Warum gerade mich?« fragte er Jaye.

Der Operationsoffizier verzog die Mundwinkel leicht nach unten. Das war eine Angewohnheit von ihm. »Ich hab' Sie vorgeschlagen, Cool Hand«, sagte er, als genüge das als Antwort und als sei Grafton gut beraten, es dabei bewenden zu lassen.

»Sie haben doch nichts dagegen, mit mir zu reden?« fragte Rucic lächelnd.

»Kein Problem.« Jake gab seinen vollständigen Namen und seinen Heimatort an, und Rucic notierte sich beides sorgfältig in Druckschrift.

»Ich habe Korvettenkapitän Jaye um Erlaubnis gebeten, Sie interviewen zu dürfen. Sie gehören zu den Piloten, die heute nachmittag im Einsatz gewesen sind? Wie hat der Angriff geklappt?«

Jake wußte nicht recht, was er antworten sollte. Gab er damit nicht militärische Geheimnisse preis? Nun, die Gomers wußten genau, wie dieser Angriff geklappt hatte – warum sollten die Amerikaner dann nichts darüber erfahren? »Ohne große Probleme«, sagte er und fragte dann: »Wie sind Sie auf mich gekommen?«

Rucic lächelte entwaffnend. »Ich habe vor Ihnen mit einem Jagdflieger gesprochen – mit Fighting Joe Brett. Er hat mir erzählt, daß Sie einer der besten Piloten an Bord sind. Allerdings hat er sich etwas drastischer ausgedrückt. ›Grafton ist ein scheißheißer Jockey‹, hat er gesagt.«

Jake errötete leicht und zuckte mit den Schultern. Brett hatte zweifellos geglaubt, ihm einen Gefallen zu tun, wenn er dem Reporter seinen Namen nannte.

Rucic warf einen Blick auf seine Notizen. »Jacob Lee Grafton. Aus Virginia. Mit der Familie Lee verwandt?«

»Nein, den Namen verdanke ich einem Großvater, der ihn Robert E. Lee verdankt. Ich persönlich hab' den General immer für einen Verräter gehalten, aber bei uns daheim in Virginia gilt er als großer Mann.«

»Ist Ihr Vater Berufssoldat?«

Was hatte das mit Bombenangriffen auf Nordvietnam zu tun? »Nein, er ist Farmer. Im Zweiten Weltkrieg hat er für Patton einen Panzer gefahren, aber seitdem ist er Farmer.«

»Ist das Ihre Vorstellung von Ihrer Tätigkeit? Ein Flugzeug für den Admiral oder Richard Nixon zu fliegen?«

Grafton sah zu Jaye hinüber, der die Kaffeekanne auf dem Tisch anstarrte, als sei sie ein faszinierender Kunstgegenstand.

»Ich stelle mir vor, daß ich ein Flugzeug für Onkel Sam fliege.«

Rucic grinste, und Jake fiel auf, daß ihm aus beiden Nasenlöchern jeweils drei, vier schwarze Haare sprossen. »Wie ist einem zumute, wenn man im Einsatz sein Leben aufs Spiel setzt, obwohl der Krieg schon fast beendet ist?«

»Ist er das?«

»Kissinger behauptet es.«

»Das kann ich nicht beurteilen. Von Diplomatie verstehe ich nichts.«

»Erzählen Sie mir von Ihrem heutigen Einsatz?«

»Na ja, da gibt's nicht allzu viel zu erzählen. Wir sind hingeflogen, das Wetter ist mies geworden, der Gegner hat verdammt viel geschossen, einigen von uns ist es gelungen, trotz der Wolken ihre Bomben zu werfen, und wir sind alle heil zurückgekommen.«

Rucic wirkte leicht enttäuscht. »Aber Sie haben das Kraftwerk getroffen?« Davon mußte Jaye ihm erzählt haben.

»Wir haben darauf gezielt.«

»Aber haben Sie's getroffen?«

»Ich hab' mich nicht umgesehen. Wer weiß?«

»Aber Sie müssen doch eine Vorstellung davon haben, Kapitänleutnant«, hakte der Reporter nach.

»Nun, Les, die Sache ist folgendermaßen gelaufen: Die anderen haben mit reichlich Flak und Raketen auf uns geschossen, und ich bin verdammt beschäftigt gewesen. Als ich meine Bomben geworfen hatte, hab' ich den Arsch zusammengekniffen und bin so schnell abgehauen, wie's mit zwei Triebwerken und einem Gebet möglich gewesen ist.«

Rucic machte eine Pause und kritzelte dann etwas auf seinen Notizblock. »Wissen Sie, Grafton, ich bin in Korea F-86-Pilot gewesen. Bei der Air Force.«

»Okay, dann bringen Sie die richtigen Voraussetzungen für diesen Job mit.«

»Ich weiß, wie's damals gewesen ist. Wie ist's jetzt über Nordvietnam?«

»Sie schießen viel.«

»Auch bei Nacht?«

»Da sieht's wie am Unabhängigkeitstag aus. Viel Leuchtspur, ab und zu eine SAM. Spektakulär.«

Rucic notierte sich: *Unabhängigkeitstag ...*

O Gott, jetzt hatte er's geschafft! Rucic würde schreiben, Jake Grafton habe gesagt, Einsätze über Nordvietnam seien genau wie die Feiern zum Unabhängigkeitstag. »Äh, vielleicht verwenden Sie das besser nicht.«

Rucic hörte zu schreiben auf und musterte den Piloten prüfend.

»Das könnten die Leute mißverstehen. Sie wissen doch, was ich meine?«

Rucic lächelte. »Sie wissen noch immer nicht, ob Sie dieses Kraftwerk getroffen haben?«

Jake gab keine Antwort.

»Was ist, wenn die Bomben ein nichtmilitärisches Ziel getroffen haben?«

Jake wußte, daß der Begriff »nichtmilitärisches Ziel« gefährlich war. Er konnte von Bäumen oder Deichen bis hin zu Schulen oder Krankenhäusern alles bezeichnen. »Der Krieg ist schrecklich.«

»Soviel ich von Ihnen gehört habe, wäre das denkbar.«

»Ein ›nichtmilitärisches Ziel‹ gibt's nicht«, antwortete Jake. »Fragen Sie den Vietkong, was er verschont hat, als er Hue eingenommen hat. Jedenfalls haben meine Bomben das Kraftwerk oder seine Umgebung getroffen.«

»Wie definieren Sie den Begriff ›Umgebung‹?«

»Als den Bereich, in dem meine ins Ziel geworfenen Bomben detonieren.«

»Das könnte ein großes Gebiet sein.«

»Wie groß es ist, hängt vom Können des Piloten ab. Ich bin gut genug. ›Scheißheiß‹, haben Sie vorhin gesagt.«

»Was...« Aber Grafton war aufgestanden und ging bereits.

»Genießen Sie Ihre Seereise, Les.« Der Pilot winkte Seymore zu und schloß die Tür hinter sich. In seiner Reportage würde Rucic ihn wahrscheinlich als empfindungslosen Halbtrottel hinstellen, dem es ganz egal war, wen er umbrachte.

Aber das ist mir nicht egal! Ich mache mir etwas aus McPherson, den 47 zerfetzten Leibern und all den anderen, von denen ich nichts weiß und nichts wissen will.

Erschöpfung drang von allen Seiten auf ihn ein. Er schlug mit der flachen Hand gegen die Korridorwand. »Verdammt noch mal!«

15

Nach dem Abendessen ging Jake in die Schiffsbücherei und erklärte dem Matrosen an der Ausgabe: »Mich würde interessieren, was Sie über Nordvietnam haben.«

»Oh, danach werden wir ständig gefragt.«

»Haben Sie zum Beispiel Landkarten des Nordens?« erkundigte sich der Pilot.

»Das *National Geographic* hat vor ein paar Jahren einen Artikel mit 'ner Karte gebracht.« Der Matrose zog eine Schreibtischschublade auf und brachte ein abgegriffenes Heft dieses in vielen Wartezimmern ausliegenden Magazins zum Vorschein. »Die Karte ist hinten.«

Jake unterschrieb für das Magazin und versuchte, nicht zu interessiert zu wirken. »Haben Sie auch Bücher oder so was?«

»Nun, Sie könnten's mit *Inside Asia* von John Gunter versuchen. Es ist ziemlich alt, aber viele Leute fragen danach.« Der Bibliothekar nahm einen Band aus dem Regal neben seinem Schreibtisch. »Es wird so viel verlangt, daß wir's Ihnen nur für ein paar Tage überlassen können.«

Nach der Rückkehr in seine Kabine schaute sich Jake zuerst die Landkarte an. Sie war bunt und zeigte das Relief gut, aber ihr fehlten die Längen- und Breitengrade, die Messungen erst ermöglicht hätten. Außerdem war der Maßstab viel zu groß. Und es gab keine Stadtpläne – nicht einmal von Saigon. Er faltete sie enttäuscht zusammen und legte das Magazin beiseite.

Gunters *Inside Asia,* ein Buch aus dem Jahre 1939, unterteilte Asien in vier Regionen: Japan, China, Indien und Naher Osten. Da Indochina im Inhaltsverzeichnis nicht vorkam, schlug Jake im Register nach, wo er es mit zwei Seitenzahlen fand. Der Verfasser hatte ganz Indochina auf eineinhalb Seiten abgehandelt. Jake klappte das Buch angewidert zu und las den Vietnamartikel im *National Geographic.* In dem 1967 geschriebenen Beitrag wurden Militärkreise mit der Aussage zitiert, Amerika sei dabei, den Krieg zu gewinnen. Nun, vielleicht hatten sie nach der Tet-Offensive ihre Meinung geändert. Aber vielleicht auch nicht.

Um seinen Angriff planen zu können, brauchte er genauere Unterlagen. Er brauchte die Karten und Luftbilder von Hanoi, die Steiger gestern abend nicht herausgerückt hatte. Da Jake zu wissen glaubte, daß Abe Zugang zu besserem Material hatte, würde er den Nachrichtenoffizier zum Mitmachen bewegen müssen – wie natürlich auch Cole. Aber würde Cole mitmachen? Er nahm das Material aus der Bücherei unter den Arm und brachte es zurück.

Grafton traf sich mit Cole im Bereitschaftsraum zur Einsatzbesprechung, weil sie einen Tanker fliegen sollten. Aber der Wachhabende teilte ihnen mit, die einzig verfügbare A-6B-Besatzung sei vom Dienstplan gestrichen worden, weil sie keine Taglandung gemacht habe. Wie die meisten Vorschriften, die den Alltag der Flugzeugbesatzungen regelten, basierte diese Bestimmung, daß jeder Pilot nach einer Hafenliegezeit eine Taglandung an Bord machen mußte, bevor er wieder nachts auf dem Träger landen durfte, auf mit Blut geschriebenen Erfahrungen. »Deshalb«, sagte der Wachhabende, »dürft ihr beiden Galgenvögel die B fliegen.«

»Hey, ich hab' keine Musterberechtigung für die B!« protestierte Jake. »Ich hab' noch nicht mal in einer dieser Kisten gesessen!«

»Aber Cole kennt sie, und ihr seid unsere einzige Besatzung, deshalb fliegt ihr. Cowboy hat's angeordnet.«

Cole lächelte kaum merklich, während er den Piloten beruhigte. »Ich bin früher Ausbilder auf der B gewesen. Ich sag' Ihnen, was Sie tun sollen.«

Die A-6B war eine in eine Startplattform für Anti-Radarlenkwaffen (ARMs) umgebaute Intruder. Statt mit einem Navigations- und Angriffsrechner war die A-6B mit hochempfindlicher Elektronik ausgerüstet, die feindliche Radargeräte identifizierte, so daß das Flugführungssystem der ARM auf ihre Frequenz eingestellt werden konnte, bevor die Lenkwaffe abgeschossen wurde. Die Staffel besaß zwei dieser Spezialflugzeuge.

Die A-6B konnte zwei Lenkwaffentypen tragen: die Shrike oder die Standard ARM (STARM). Die Shrike steuerte das gegnerische Radar an, dessen Impulse sie als Leitstrahl benützte, und konnte irregeführt werden, indem das Radargerät nach ihrem Start ausgeschaltet wurde. Das hatten die Nordvietnamesen rasch erkannt. Trotzdem war die Shrike nützlich, weil sie den Gegner zum Abschalten seiner Radargeräte zwang. Die STARM enthielt einen Bordcomputer und eine Trägheitsnavigationsanlage, mit deren Hilfe die Lenkwaffe ein einmal erfaßtes Ziel selbst dann ansteuern konnte, wenn das Radar ausgeschaltet wurde. Die Standard ARM war tödlich treffsicher und sehr teuer.

Während Jake und Cole mit der A-6B unterwegs waren, würden Sammy Lundeen und Harvey Wilson Ziele im Mündungsgebiet des Roten Flusses bombardieren. Virgil Cole zog sich mit Jake in eine Ecke des Bereitschaftsraums zurück, um ihm die Spezialausrüstung des Lenkwaffenträgers zu erklären. Was die Taktik anging, sagte der Bombenschütze nur: »Wir fliegen einfach in einer Höhe, in der uns alle sehen können, und warten ab, was passiert. Könnte interessant werden.«

Da hat er recht, dachte Jake. Als er hinausging, begleitete Sammy ihn auf dem kurzen Weg zum Umkleideraum. »Hast du gesehen, daß für den ollen Rabbit Wilson 'ne Nachtlandung auf dem Dienstplan steht?«

»Richtig. Er rechnet wohl mit 'nem verdammt hellen Vollmond dort draußen.«

»Oder mit 'nem Silver Star.«

Sie überflogen die nordvietnamesische Küste in 18000 Fuß mit dem Piepsen von Suchradargeräten in den Ohren. Einsetzender Ostwind hatte die tiefhängenden Regenwolken des Nachmittags nach Westen gegen die Berge getrieben, aber die hohe Zirrusschicht blockierte nach wie vor alles Sternenlicht. Die beiden Bomber sollten die Küste erst fünf Minuten später überfliegen. »Am besten fliegen wir ein bißchen herum und machen die Gomers auf uns aufmerksam, bevor die anderen nachkommen«, sagte Cole, und Jake stimmte zu, weil er nichts von der Einsatztaktik der A-6B verstand.

Beide Bomber sollten vermutete Lastwagenparks am Ostrand von Hanoi angreifen. Cole schlug vor, etwa 20 Seemeilen östlich der nordvietnamesischen Hauptstadt zu kreisen, um ihre Lenkwaffen gegen die zahlreichen Flak-Raketenkomplexe in der weiteren Umgebung Hanois einsetzen zu können.

Ihre Bewaffnung bestand aus zwei Standard ARMs an den inneren Aufhängepunkten unter den Flügeln und zwei Shrikes an den äußeren. Auf dem Flugdeck hatte Jake die weißen Lenkwaffen eingehend begutachtet. Die riesigen STARMs – bei 4,57 Meter Länge betrug ihr Durchmesser etwa 35 Zentimeter – enthielten einen Feststofftreibsatz und einen auf Splitterwirkung ausgelegten Gefechtskopf. Die Shrikes waren kleiner – bei 3,05 Meter Länge betrug ihr Durchmesser etwa 20 Zentimeter – und wurden durch kleine Vorflügel in der Mitte ihres zylinderförmigen Rumpfes gesteuert.

»Haben Sie solche Raketen schon mal abgeschossen?« fragte Cole.

»Nicht nachts.«

»Wenn die Triebwerke nachts zünden, dürfen Sie nicht hinaussehen, sonst werden Sie geblendet. Bei klarem Wetter sehen die Gomers die Zündung auch. Ziemlich spektakulär.«

Nun waren sie bereit, die Shrike auf Station fünf – außen unter dem rechten Flügel – abzuschießen. Der Pilot sah sich nach den linken Flügelstationen um, aber die Lenkwaffen waren in der Dunkelheit nicht zu sehen. Trotzdem waren sie da und abschußbereit.

Jetzt brauchte die Besatzung nur noch ein Ziel zu finden. Das erste Radargerät, das sie erfaßte, war ein Feuerleitradar mit der NATO-Bezeichnung Firecan. Jake begann mit willkürlichen Kurswechseln, damit die schwere Flak, die im allgemeinen zu diesem Gerätetyp gehörte, es schwerer hatte, sie zu finden. »Wie wär's mit 'nem Kreis, damit wir uns umsehen können?« schlug Cole vor. Jake blieb in einer Linkskurve und suchte das Gebiet ab, in dem das feindliche Radar stehen mußte. Er beobachtete das Mündungsfeuer der schweren Flak und sah genau unter ihnen kleinere Kaliber, die ganze Ströme von Leuchtspurgeschossen in die Höhe schickten.

»Was in den Hinterhöfen steht, schießt alles bloß nach Gehör«, stellte Cole fest. »Nur die großen Kaliber – fünfundachtzig und hundert Millimeter – sind mit Radargeräten gekoppelt und können uns hier oben erreichen.«

Mit Höhenänderungen bis zu 500 Fuß kehrte Jake auf ihren ursprünglichen Rundkurs zurück. Links von ihnen sah er weiße Lichtblitze. Das mußten Flakgranaten sein, die in vorher eingestellten Höhen detonierten.

Sie hörten, daß die Bomber das Überfliegen der Küste meldeten. Jake sah auf die Borduhr und stellte fest, daß Sammy und Rabbit einige Minuten Verspätung hatten.

Dann wurde Jake auf einen Lichtschein vor ihnen aufmerksam. »Dort vorn ist eine SAM gestartet«, sagte er zu Cole und betätigte den Hauptschalter des Waffenpults. Er wußte, daß die von den Nordvietnamesen im allgemeinen eingesetzte sowjetische Boden-Luft-Lenkwaffe SA-2 eine zweistufige Rakete ohne eigenen Suchkopf war, die vom Boden aus gesteuert werden mußte. Die ersten sieben Sekunden ihres Fluges legte sie ungelenkt zurück; dann wurde die ausgebrannte erste Stufe abgeworfen und legte einen Empfänger frei, der auf Steuerbefehle eines Radars mit der NATO-Bezeichnung Fansong ansprach. Auf ein eingeschaltetes Fansong-Radar reagierten die ECM-Geräte der A-6 mit stetig leuchtender Raketenwarnung und einem Dauerton in Jakes Kopfhörer. Sobald Steuerbefehle entdeckt wurden, begann die Warnleuchte zu blinken, während der Warnton in ein Trillern überging.

Jake kurvte nach rechts, um den Winkel zwischen den beiden Flugbahnen zu vergrößern, und behielt den kleinen Lichtpunkt tief unter ihnen im Auge. Die Rakete flog, aber das Fansong lenkte sie noch nicht. Dann begann die Raketenwarnung auf dem Sonnenschutz vor Jake zu blinken, und er hörte ein warnendes Trillern. Der Lichtzeiger des Signaldetektors zeigte ihm ein Fansong in Sieben-Uhr-Position – aber das wußte er bereits. Jake konzentrierte sich wieder auf die SAM und beobachtete den Start einer weiteren Flak-Rakete.

»Wollen Sie schießen?« fragte er Cole.

»Nö, wir lassen sie erst noch ein paar ihrer teuren Dinger verschießen, bevor wir unsere Karten aufdecken.«

Jake stieß einen Düppelbehälter aus, um das Fansong irrezuführen. Er beobachtete die verräterischen Feuerschweife der Raketen und wußte, daß die Lenkwaffen etwa 3000 Stundenkilometer schnell waren. Er mußte sie nahe – aber nicht zu nahe! – herankommen lassen und ihnen dann ausweichen. Die Raketen waren zu schnell, um der Intruder in Kurven folgen zu können. Das Warten auf den richtigen Augenblick war nicht leicht.

Als er's nicht länger aushalten konnte, drückte er dreimal rasch nacheinander auf den Düppelknopf und legte die Maschine beinahe auf den Rücken.

»Noch nicht«, warnte Cole.

Jake drückte den Steuerknüppel nach vorn und hielt den Bug hoch. Die Feuerkugeln wurden größer und kamen offensichtlich näher. »Jetzt!« wies Cole ihn an.

Der Pilot zog, bis der Beschleunigungsmesser 4 g anzeigte und ließ die Intruder im Rückenflug unter den heranrasenden Lenkwaffen wegtauchen. Die Flak-Raketen hielten jetzt auf sie zu, aber die erste SAM würde sie garantiert verfehlen. Jake beobachtete die Raketen gespannt. Die erste verfehlte sie um mindestens einen Kilometer und detonierte hoch über ihnen – vermutlich von der Bodenmannschaft gesprengt, als klar war, daß sie nicht treffen würde. Als die zweite ihren Kurs korrigierte, um die Intruder abzufangen, kurvte der Pilot in noch steilerem Sturzflug ein, um ihr die Kurskorrektur zu erschweren. Die ausmanövrierte SAM raste über sie hinweg. Die Raketenwarnleuchte erlosch. Jake brachte die A-6B in die Normalfluglage und nutzte den Fahrtüberschuß, um wieder auf 18000 Fuß zu steigen. Das Firecan hielt sie weiter erfaßt.

»Na prima«, sagte Cole.

»Das macht Ihnen wohl mehr Spaß, als wenn Ihre Alma Mater beim Jahrgangstreffen ein Tor erzielt, was?«

»Interessanter ist's jedenfalls. Sobald die Gomers mindestens vier SAMs in der Luft haben, kriegen sie unsere feuerbereite Shrike. Wenn sie dann abschalten, sind alle Raketen auf einmal futsch, tun sie's nicht...«

Jake Grafton holte keuchend Luft. SAMs wich man aus, wie sie's eben getan hatten, indem man im Sturzflug Fahrt und Höhe gegen Kursänderungen eintauschte, so daß die Rakete einem nicht mehr folgen konnte. Falls sich genügend Raketen in der Luft befanden, konnte man alle Fahrt und Höhe verloren haben, bevor man die letzte ausmanövriert hatte. Diese Tatsache kannte Cole so gut wie er – vermutlich sogar besser.

»Wie kommt's, daß Sie soviel Vertrauen zu meinen fliegerischen Fähigkeiten haben?« fragte Jake.

»Mein Lieblingsonkel hat 'ne Nase wie Sie gehabt.«

Das Firecan verstummte jetzt, so daß nur noch die Impulse von Suchradargeräten die Stille durchbrachen. Ein Fansong erfaßte sie sekundenlang, verstummte dann aber ebenfalls.

Die Warterei ist das Schlimmste, dachte Jake. Man wartet auf die Einsatzbesprechung, man wartet auf den Katapultstart, man wartet darauf, beschossen zu werden. Über das Warten hat sich bestimmt schon der erste Krieger beschwert, aber selbst diese Erkenntnis macht es nicht leichter erträglich.

Die Raketenwarnleuchte flammte wieder auf. Der Lichtzeiger des Signaldetektors zeigte Jake, daß sich das Radar in Fünf-Uhr-Position befand. Er kurvte steil ein, ohne an Höhe zu verlieren, und suchte die Dunkelheit ab. Zwei Flak-Raketen waren bereits gestartet; eine dritte hob in dieser Sekunde ab. Die Warnleuchte blinkte, und der Dauerton wurde zu einem Trillern. »Drei SAMs gestartet«, sagte Grafton. Coles einzige Antwort war ein Grunzen.

Der Pilot kurvte weiter, bis sich die rasant steigenden Lenkwaffen in Ein-Uhr-Position befanden. In der Tiefe startete eine vierte SAM und raste in den Himmel hinauf. »Jetzt sind's vier«, sagte Jake zu Cole.

Der Bombenschütze setzte sich auf und sah kurz nach draußen. »Radar ansteuern, und Bug um fünfzehn Grad heben«, wies er Jake an. Als der Pilot gehorchte, verschwanden die Raketen unter dem Bug der Intruder. »So halten!« verlangte Cole.

Jake spürte, wie seine Magennerven sich verkrampften. Die unsichtbaren SAMs ängstigten ihn noch mehr. Das hohe Trillern der Raketenwarnung ließ sein Herz wild schlagen.

»Feuer!« befahl Cole. Der Daumen des Piloten drückte auf den Knopf am Steuerknüppel, während sein Zeigefinger den Abzug betätigte. Cole hatte ihn angewiesen, beide eine Sekunde lang gedrückt zu halten – die eingebaute Verzögerung sollte ein unbeabsichtigtes Abfeuern verhindern –, und eine Ewigkeit später entstand unter dem rechten Flügel ein fauchend davonrasender weißer Feuerball. In dem grellen Lichtschein, der in Sekundenbruchteilen davonschoß und erlosch, wurde der Bombenschütze gespenstisch angestrahlt.

»Halbes S«, befahl Cole, als der Pilot nicht schnell genug reagierte. Grafton, der durch die unerwartete Helligkeit geblendet war, legte die A-6B ungefähr auf den Rücken und ging in steilen Sturzflug über. Er blinzelte heftig, weil er sein Nachtsehvermögen eingebüßt hatte.

»Düppel«, erinnerte Cole. Jake drückte zwei-, dreimal auf den Knopf.

Allmählich konnte er wieder sehen. Er erkannte seine Instrumente und die Blickfelddarstellung. Die Maschine befand sich im Rückenflug mit 70 Grad Bahnneigung. Die Raketenwarnleuchte blinkte weiter.

Warum hatten die Gomers ihr Radar nicht ausgeschaltet? Er drückte den Steuerknüppel nach vorn, brachte ihre Maschine in die Normalfluglage und suchte dabei den Nachthimmel nach heranrasenden Raketen ab. Die SAMs waren hintereinander aufgereiht; die erste befand sich hoch über ihnen und beschrieb jetzt eine Parabel, die sie verfehlen würde.

»Weitere hinter uns«, meldete Cole. Jake flog eine steile Linkskurve und warf dabei einen Blick auf den Signaldetektor. Das Radar, auf das sie die Shrike abgefeuert hatten, arbeitete nicht mehr, aber dafür hatte ein weiteres Gerät hinter ihnen die Führung der Lenkwaffen übernommen. Er entdeckte die heranrasenden Lichtpunkte, kurvte weiter und drückte leicht nach, um keine Fahrt zu verlieren. Da er jetzt nur 300 Knoten schnell war, hätte er lieber stärker nachgedrückt, um Fahrt aufzuholen, aber seine Höhe betrug nur 12000 Fuß, und falls eine weitere SAM gestartet wurde, nachdem er 10000 Fuß unterschritten hatte, würde er bis fast auf den Erdboden hinuntergehen müssen.

Die Raketen befanden sich in seiner Höhe in Zwei-Uhr-Position, als Jake die linke Flügelspitze hob und den Steuerknüppel nach vorn drückte, bis Cole und er schwerelos in ihren Gurten hingen. In der Parabel senkte sich der Flugzeugbug nur langsam, aber ohne den induzierten Widerstand der Flügel, die in der Schwerelosigkeit keinen Auftrieb erzeugten, stieg ihre Fahrt rasch auf über 400 Knoten an. Die erste SAM mußte sie verfehlen, aber die zweite hatte eine Kurskorrektur vorgenommen. Der Pilot stieß Düppel aus, rollte nach rechts und riß den Steuerknüppel nach hinten. Jetzt! Auch die zweite Lenkwaffe würde sie verfehlen. Die Raketenwarnleuchte erlosch, als die zweite SAM in etwa 300 Meter Entfernung detonierte.

Jake drehte im Steigflug nach Nordwesten ab. In der plötzlichen Stille merkte er, daß sein Körper zitterte. Der Warnton war verstummt, die Warnleuchte erloschen – aber für wie lange?

Im Süden – 15 bis 20 Seemeilen entfernt – zerriß Flakfeuer die Nacht. »Unsere Bomberfreunde scheinen da zu sein«, sagte Jake durch die Bordsprechanlage zu Cole. Über Funk fragte er: »Hörst du mich, Sammy?« Mit der behandschuhten Linken wischte er sich den Schweiß von der Stirn.

»Laut und klar«, antwortete Lundeen.

»Fünf-null-drei?« fragte Jake, als ihm eine weitere Flakkonzentration etwas weiter nördlich auffiel.

»Ebenso«, bestätigte Rabbit Wilson.

Jake hörte, wie der BN seine Sprechtaste drückte. »Fünf-null-sechs, wie weit sind Sie noch vom Ziel entfernt?«

»Ungefähr vierzig Meilen«, sagte Lundeen.

»Steigen Sie auf fünfzehnhundert und bleiben Sie ein bißchen dort«, schlug Cole vor. »Wir verwenden Sie als Köder.« Lundeen klickte zweimal mit der Sprechtaste.

Sind wir nicht alle Köder? dachte Jake.

»Sollte Lundeen von Hanoi aus beschossen werden«, erklärte Cole, »schießen wir die Standard ab, sobald wir die erste SAM sehen. Dort gibt's eine Station, die sich ab und zu eingeschaltet hat, und ich habe die STARM auf ihr Signal programmiert.« Mit Glück steuerte ihre Lenkwaffe das Fansong weiter an, selbst wenn es nach dem Abschuß der Rakete ausgeschaltet werden sollte. Mit viel Glück.

Grafton erreichte 18000 Fuß und nahm die Drehzahl beider Triebwerke auf 90 Prozent zurück. Sie mußten Treibstoff sparen. Er nahm Kurs auf Hanoi und stieg mit abnehmender Geschwindigkeit weiter. Höhe ließ sich durch Nachdrücken jederzeit in Fahrt verwandeln. »Ungefähr fünf Grad steigen, nicht mehr«, wies Cole ihn an.

Mündungsfeuer in der Dunkelheit unter ihnen bezeichnete Sammys Flugweg durch den Nachthimmel. Wann würde die nächste SAM starten? Jake fuhr sich mit einem behandschuhten Finger über die Augenbrauen. »Mann, ist das wieder lustig«, murmelte er. Cole sah zu ihm hinüber. »Das hat Morgan gern gesagt«, erklärte Jake.

»Da!« Cole zeigte nach vorn. Der Pilot erkannte den winzigen Lichtpunkt bei ein Uhr. Diesmal hielt er die Augen geschlossen, als er die Lenkwaffe abschoß. Er hörte das Fauchen, mit dem das Triebwerk zündete, und nahm die Helligkeit des STARM-Feuerballs trotz geschlossener Lider wahr. Seit dem Start der ersten SAM waren etwa drei Sekunden vergangen.

»Jetzt sind eine SAM und unsere Standard in der Luft«, informierte Cole Lundeen. »Bleiben Sie so lange wie möglich in fünfzehnhundert.« Bis er ausgesprochen hatte, war eine weitere SA-2 gestartet und folgte der ersten. »Sie werden gesteuert«, teilte Cole Grafton nach einem Blick auf seine Instrumente mit. Ihr eigenes optisch-akustisches Warnsystem sprach nicht an, weil das Fansong sie nicht erfaßt hatte.

»Weiter so, Baby«, flüsterte Cole ins Mikrofon der Bordsprechanlage. Aber Jake wußte, daß er in Wirklichkeit den Mann am feindlichen Radargerät meinte, der in einem abgedunkelten Trailer saß und den Leuchtpunkt verfolgte, der Devil 506 darstellte. Noch ein paar Sekunden...

Jakes Aufmerksamkeit konzentrierte sich auf die Stelle im Dunkel, von der aus die beiden SAMs gestartet waren. Er zwang sich dazu, nicht auf die Feuerschweife der feindlichen Lenkwaffen zu achten, die parallel zur unsichtbaren Erdoberfläche auf Sammy Lundeen und Marty Greve zurasten.

»Ich bin jetzt lange genug hier oben gewesen«, sagte Lundeen über Funk.

»Es ist ausgeschaltet«, stellte Cole fest.

Die STARM war jetzt unsichtbar, weil sie ausgebrannt war, kurz bevor sie damit begonnen hatte, das Fansong anzusteuern.

Grafton sah einen schwachen Lichtblitz. Er berichtete Cole davon. Der Bombenschütze zuckte mit den Schultern. »Vielleicht haben wir's erwischt.« Er betätigte weitere Schalter des Waffenpults, um die zweite STARM feuerbereit zu machen.

Der Pilot drehte ab und ließ den Bug etwas nach unten kippen. Er stabilisierte die Maschine in 18000 Fuß. Sie befanden sich weiter im Bereich der Suchradargeräte und wurden sekundenlang von einem Firecan erfaßt. Jake sah zuckende

Lichtblitze, wo Lundeens Bomben detonierten, und eine Minute später etwas näher ähnliche Detonationen, wo der X.O. sein Ziel angegriffen hatte. Leuchtspurgeschosse zeichneten den Flugweg der beiden A-6A im Dunkel nach.

Grafton und Cole kreisten weiter, während die Bomber das Flußdelta in Richtung Küste überflogen. Die SAM-Radargeräte blieben ausgeschaltet. Sammy Lundeen meldete schließlich, er habe »nasse Füße«, und eine Minute später kam dieselbe Meldung von Rabbit Wilson.

Sie flogen in 18000 Fuß mit 400 Knoten nach Südosten in Richtung Meer. Ab und zu hörten sie ein Fansong, das links von ihnen im Raum Haiphong arbeitete. Es sendete jeweils einige Sekunden lang, schaltete dann ab und wiederholte diesen Zyklus eine halbe Minute später. Jake suchte die Dunkelheit unter ihnen nach Lichtpunkten ab, die heranrasende SAMs verraten hätten. Nichts.

Während er die Warnleuchte beobachtete, deren Blinken anzeigte, daß das Fansong wieder arbeitete, flammte ein weiteres Warnsignal auf: I-Band. Jake sah hastig auf den Signaldetektor, dessen schwach leuchtender I-Band-Lichtzeiger tatsächlich nach hinten gerichtet war. Als das Fansong verstummte, konnte er den hohen Doppelimpuls des anderen Radars sogar hören. Wenig später wurden daraus drei rhythmisch klickendende Einzeltöne, die sich pro Sekunde einmal wiederholten. Virgil Cole starrte den Signaldetektor an. Auch er schien angestrengt zu horchen.

»Anscheinend haben wir 'ne MiG-21 hinter uns«, stellte er fest. »Klingt das nicht wie der Suchkegel eines Jägerradars?«

MiG! Noch während Cole sprach, glaubte Jake zu hören, daß das Klicken lauter geworden war. Falls das eine MiG war, kam sie näher. Der Pilot schob ruckartig die Leistungshebel nach vorn, stieß drei Düppelbehälter aus, riß den Steuerknüppel nach links und drückte ihn gleichzeitig nach vorn. Der Flugzeugbug sackte nach unten, während die Maschine sich sekundenschnell auf den Rücken legte. Im nächsten Augenblick brachte Jake den Steuerknüppel in die Mittellage zurück und zog ihn bis zum Anschlag, so daß die Intruder senkrecht dem Erdboden entgegenstürzte. Der Höhenmesserzeiger drehte sich wie verrückt, während Jake auf das Bordradar des Jägers horchte, dessen Klicken sich mit dem Trillern des jetzt im Zielerfassungsbetrieb arbeitenden Fansongs vermischte. Falls sich die MiG durch das von den Düppeln erzeugte Scheinziel täuschen ließ, konnte er sie in Bodennähe abhängen. Dort war das Jägerradar außerstande, sie zu erfassen. Hoffentlich.

Er drehte die Maschine um 90 Grad und begann in 7000 Fuß eine mit 5 g geflogene Steilkurve in Richtung Haiphong, während er weiter Düppel ausstieß. Der Primärkreisel war offenbar ausgefallen, denn die Blickfelddarstellung zeigte weiter senkrechten Sturzflug an. Jake ignorierte sie und hielt sich an die Anzeige des zweiten künstlichen Horizonts.

»Zehn Grad rechts und mit zwanzig Grad steigen«, wies Cole ihn an, »damit wir die STARM abschießen können.«

»Du spinnst wohl?« Der Radarhöhenmesser zeigte weniger als 3000 Fuß an, und der Bug der Intruder befand sich noch immer fünf Grad unter dem Horizont. Jakes rechte Hand hielt krampfhaft den Steuerknüppel umklammert. Fünf g, 540 Knoten IAS. Die I-Band-Warnung war erloschen, der Warnton verstummt. Sie hatten die MiG abgehängt.

Coles Faust traf seinen Bizeps. »Los, verdammt noch mal!«

Jake fing die Maschine in 2000 Fuß ab und brachte sie ins Steigen. Während die Intruder mit 20 Grad stieg, wartete er darauf, daß Cole die STARM abfeuerte. Ihre Fahrt ging auf unter 480 Knoten, dann auf 460 zurück.

»Mach schon, Idiot!« brüllte Jake den Bombenschützen an. »Wir schießen das Scheißding ab und verschwinden, bevor die MiG rauskriegt, wohin wir weggekurvt sind!« Er hörte den Fansong-Warnton im Kopfhörer, während ihre zweite Standard sich vom rechten Flügel löste und, einen gleißend hellen Feuerschweif hinter sich herziehend, davonraste. Wenn der MiG-Pilot nicht blind war, wußte er jetzt wieder, wo er sie zu suchen hatte. Grafton leitete eine enge Rechtskurve in Richtung Küste ein.

»Black Eagle, Devil fünf-null-null«, sagte Cole über Funk. »Uns sitzt ein Bandit im Nacken. Schicken Sie die BARCAP her. Beeilung!«

Sie waren mit 510 Knoten in 5000 Fuß, als Jake wieder das Klicken des Jägerradars hörte. Der Leuchtzeiger des Signaldetektors stand auf vier Uhr. Sie mußten *hinunter,* bis dicht über den Boden. Die MiG kam von schräg rechts hinten, und ihm blieb keine Zeit mehr, von ihr wegzukurven.

»Devil, hier Mustang. Wir kommen! Wie ist Ihre Position?«

»Dreißig Meilen südlich des Leuchtturms, fünfzehn landeinwärts«, antwortete Cole.

Jake aktivierte die noch verbliebene Shrike und schoß sie ab. Die Lenkwaffe raste in Richtung Erdboden davon. Nun noch ein handfestes Scheinziel für die MiG, nicht nur eine Düppelwolke. Er drückte auf den Notabwurf über dem Fahrwerkshebel. Die leeren Raketenhalterungen und der Zusatztank unter dem Rumpf lösten sich mit einem Schlag.

Die MiG kam rasch von der Seite heran. Sie waren in 2000 Fuß.

»Devil, laß ihn nicht entkommen!«

»Arschloch!« rief Grafton wütend. Er zog die Leistungshebel in Leerlaufstellung zurück und fuhr die Bremsklappen aus, während er den Knüppel nach vorn drückte.

Eine Rakete zischte nur wenig über ihnen vor der Windschutzscheibe vorbei. Jake fing die Intruder ab, bevor sie in den Boden raste. Er wollte die Leistungshebel nach vorn schieben – aber sie ließen sich nicht bewegen! Dann fiel die Cockpitbeleuchtung aus.

Heilige Mutter Gottes! Er hatte die Leistungshebel versehentlich bis hinter die Sicherheitssperren zurückgezogen und die Triebwerke stillgelegt. Die Bremsklappen waren noch ausgefahren, aber sie sollten sich bei Stromausfall von selbst anlegen. Jake tastete verzweifelt nach dem hinter ihm angeordneten Startergriff des Staustrahltriebwerks zur Notstromversorgung. Er brauchte Strom, um die Triebwerke wieder anlassen zu können.

Wo war bloß der verdammte Griff?

Seine Finger ertasteten ihn in der Dunkelheit. Er riß mit der Kraft der Verzweiflung daran.

Die Cockpitbeleuchtung flammte wieder auf. Der linke Flügel hing. Er nahm ihn hoch.

Nur 250 Knoten! Jake schob den Leistungshebel des linken Triebwerks nach vorn, während er den darauf montierten Notzündknopf mit dem Daumen gedrückt hielt. Fluglage normal, 400 Fuß.

Auf der Instrumententafel vor Jake flammten Warnleuchten auf: beide Generatoren, Treibstoff, Öldruck. Ein regelrechter Weihnachtsbaum! Ohne das Hintergrundgeräusch der Triebwerke war es im Cockpit totenstill.

»Zündung!« kreischte er das widerspenstige Triebwerk an, während er den künstlichen Horizont im Auge behielt. Falls die Sicherung für die Notzündung herausgeflogen war, würde das Triebwerk nie mehr zünden. Die Sicherung befand sich auf einer Tafel neben seinem linken Fuß, aber er konnte sie jetzt nicht kontrollieren. Statt dessen hielt er den Zündknopf fest gedrückt. 210 Knoten. Ohne Klappen und ohne Leistung würden sie bei ihrem Fluggewicht mit ungefähr 180 Knoten abstürzen.

Das Triebwerk zündete mit hörbarem Fauchen. Danach dauerte es quälend lange, bis die Drehzahl bei 60 Prozent in den Leerlaufbereich kam. Verdammt noch mal! Endlich! Jake schob den Leistungshebel bis zum Anschlag nach vorn und griff nach dem rechten, um diesen Vorgang zu wiederholen. Der Fahrtmesser zeigte 195 Knoten an.

»Nur hundert Fuß«, meldete Cole. Wieder ein Blick auf den Fahrtmesser. Stetig bei 195 Knoten. Das linke Triebwerk auf 85 Prozent Leistung. Jake zog den Steuerknüppel leicht zurück und trimmte nach. Während das linke Triebwerk seine volle Leistung erreichte, zündete er auch das rechte.

Als beide Leistungshebel vorn am Anschlag standen, schaltete Jake die Generatoren zu. Die Radarwarnleuchten blieben dunkel. Auch der Warnton war verstummt. Die Kontrolleuchten waren wieder erloschen. Die Intruder beschleunigte über 250 Knoten hinaus.

»Black Eagle, Devil hat nasse Füsse«, meldete Cole.

»Wo haben Sie gesteckt? Sie haben meinen Anruf nicht beantwortet.«

»Äh, wir haben vorhin ein kleines mechanisches Problem gehabt, Black Eagle«, sagte Cole. »Wo ist der Bandit?«

»Die Mustangs sind hinter ihm her.«

»Ich bin froh, daß ich nicht in dieser MiG sitze und die Phantoms im Nacken habe«, sagte Cole über die Bordsprechanlage.

Jake stieg auf 500 Fuß, hielt diese Höhe und flog schwankend weiter. Die Küste lag 30 Seemeilen hinter ihnen, als sein jagender Puls sich halbwegs beruhigt hatte. Erst dann ging er in den Steigflug über und zog die Leistungshebel etwas zurück.

Während Cole über Funk sprach, nahm Jake die Sauerstoffmaske ab und wischte sich den Schweiß vom Gesicht. Verdammt, das war knapp gewesen!

In der Warteschleife erklärte Jake Grafton seinem neuen Bombenschützen, er sei ein hirnverbrannter Idiot. »Wieso wolltest du unbedingt die zweite STARM abschießen?«

»Dieses Fansong hat dem Abfangjäger unsere Höhe und Position gemeldet. Es hat ihn herangeführt, bis sein eigenes Radar uns erfassen konnte. Daher hat der Rote Baron gewußt, wo wir zu finden waren. Und wie kommt's, daß du die zweite Shrike in den Boden geschossen hast?«

»Ich hab' mir überlegt, daß die Shrike uns eine Atempause verschaffen würde, falls er eine Jagdrakete mit Infrarotsuchkopf abschießen würde. Und ich wollte die Halterungen abwerfen können, ohne den Gomers eine intakte Shrike in die Hände zu spielen.«

»Jedenfalls bist du der einzige Pilot, den ich kenne, der im Luftkampf absichtlich die Triebwerke stillegt. Und das so dicht über Grund.«

»Hör zu, du weißt genau, daß das ein Versehen, ein gottverdammter Irrtum gewesen ist. Ich hab' einen Fehler gemacht. Warum bist du nicht ausgestiegen?«

»Damit du's zuletzt doch schaffst und ohne deinen Bombenschützen landest? Die ganze Navy hätte über mich gelacht.«

»Wir wären beinahe draufgegangen.«

»Aber wir leben noch. Nur das zählt.« Der BN legte seinen Kopf an die Kopfstütze und schloß die Augen.

Jake Grafton stieg die Pilotenleiter hinunter und hielt sich dabei vorsichtig mit beiden Händen fest. Er hatte weiche Knie, während er Virgil Coles hochgewachsener Gestalt folgte. Da er sich kaum noch auf den Beinen halten konnte, bat er Cole, zur Auswertung beim Nachrichtendienst zu gehen, und verschwand sofort in den Bereitschaftsraum, wo er auf einen Stuhl sank. Nach einer Minute merkte er, daß er eine Zigarette brauchte, und bewegte sich genug, um die Packung aus seiner linken Ärmeltasche zu ziehen.

Als Lundeen hereinkam, ließ er sich auf den Stuhl neben Jake fallen. Grafton schilderte ihm den Vorfall mit der MiG. Bald war er von einem halben Dutzend Männer umgeben, die ihn mit Fragen eindeckten und nervös über seine Antworten lachten.

»Die Mustangs haben die MiG abgeschossen«, berichtete Marty Greve.

»›Devil, laß ihn nicht entkommen!‹« kreischte Lundeen. Das fanden alle zum Totlachen.

»Jetzt weiß ich, wie's Jonas zumute gewesen ist, kurz bevor der Wal ihn verschlungen hat«, sagte Jake.

»Und wie hat Cole sich bewährt?« fragte Lundeen, als das Gelächter sich gelegt hatte.

»Der Kerl ist ein gottverdammter Tiger«, antwortete Jake.

Dieser Spitzname »Tiger« blieb dem wortkargen Bombenschützen. »Er paßt zu ihm«, versicherte Jake seinen Kameraden mit einem Lächeln.

16

Als der Film anfing, ging Jake in seine Kabine hinunter, zog sich aus und machte sich auf den Weg zum Duschraum. Das Wasser war ein Genuß, und er war versucht, es laufen zu lassen, während er sich einseifte. Aber dann drehte er es doch ab.

Von Kopf bis Fuß mit Seifenschaum bedeckt, drehte Jake die Hähne wieder auf. Ein Wasserstrahl spritzte heraus, versiegte zu einem Rinnsal, wurde zu einzelnen Tropfen. Irgendwo im Schiff hatte jemand das Wasser abgestellt. Jake sackte gegen die Seitenwand der Duschkabine. Die Seifenblasen auf seinem Körper platzten mit leisem *Plop!*

In seiner Kabine spülte Jake die Seife mit Wasser aus dem Waschbecken ab. Danach wischte er den Boden mit einem Handtuch auf, zog frische Unterwäsche an und setzte sich an seinen Schreibtisch.

Jake hielt seine Hände unters Licht: Sie zitterten wie die eines alten Mannes. Er hatte Papierkram zu erledigen, konnte aber weder die Energie noch das Interesse dafür aufbringen. Er starrte ins Dunkel der Kabine und dachte an Callie. Was tat sie an diesem Abend? Tanzte sie mit irgendeinem Abgeordneten? Ihre Welten waren so unterschiedlich. Eines Tages würde er sie in die Hügel Virginias mitnehmen, wo die Luft sauber war und nach Tannen duftete.

Daheim in Virginia hatte der Winter eingesetzt. Die Laubbäume waren kahl; das abgefallene Laub lag nach herbstlichen Regenfällen durchnäßt auf dem Erdboden. Wegen der Kälte blieben die Eichhörnchen bis mittags in ihren Kobeln. Die jagdbaren Vögel lagen in ihren Verstecken; die Rehe blieben auf ihrem Lager zusammengerollt. Jake erinnerte sich an die Rehe: so elegant, so vorsichtig. Das Rotwild sprang von seinem Lager unter einem Lorbeer- oder Tannenast auf, flüchtete durch den kahlen Wald und verharrte dann unter Umständen in sicherer Entfernung, um den Eindringling anzustarren...

Er dachte wieder an den hinter ihm liegenden Einsatz. Die Sekunden, in denen er darauf gewartet hatte, daß das Triebwerk zündete, während die Intruder sich dem Überziehen näherte, waren die längsten Augenblicke seines Lebens gewesen. Das Abstellen der Triebwerke war ein schwerer Fehler der Art gewesen, die er Callie gegenüber für sich ausgeschlossen hatte. Je länger er über den Gang seines Lebens nachdachte, desto stärker wurde das Gefühl, daß er dabei war, die Kontrolle zu verlieren. Noch schlimmer: Er fragte sich, ob irgend jemand wirklich die Kontrolle ausübte. Irgend jemand mußte doch den Krieg planen! Aber die Ziele waren Scheiße. Leben wurden aufs Spiel gesetzt und geopfert, ohne daß sich etwas änderte. Und der Krieg ging weiter.

Nachdem Jake mit der Faust durch die Ärmel und Beine einer frischgestärkten Uniform gefahren war, zog er sie an. Er nahm seine lederne Fliegerjacke vom Haken neben der Tür, verließ die Kabine, sperrte hinter sich ab und ging den Korridor entlang, während er an die Parteizentrale in Hanoi dachte. Würde Cole mitmachen? Würde Steiger ihnen helfen, sie zu finden? Dieser Cole... jemand, auf den man sich verlassen kann. Das hat der heutige Einsatz gezeigt. Aber was ist, wenn Cole nein sagt? Aber er sagt bestimmt ja. Natürlich sagt er das. Aber was ist, wenn er ablehnt?

Vor dem Schiffslazarett begegnete er Mad Jack. »Warum bist du nicht im Bereitschaftsraum und siehst dir den Film an, Jake?«

»Der interessiert mich nicht.«

»Heute abend ist's anstrengend gewesen, was? Dagegen verschreibe ich einen Film und richtig ausschlafen.«

»Klar, Jack, klar. Ein paarmal kichern und acht Stunden pennen. Schon verstanden.« Jake marschierte weiter und ging erst langsamer, als er um die nächste Ecke gebogen war.

Coles Miene ließ keine Reaktion erkennen, während er Grafton zuhörte. Sie waren eben von einem nächtlichen Tankereinsatz zurückgekommen. Die beiden Männer saßen allein in der einen Messe, für die keine Anzugordnung galt, und tranken Kaffee. Nachdem der Pilot sein Vorhaben erläutert hatte, fragte Cole: »Wozu willst du das tun?«

»Wir müssen irgendein wichtiges Ziel angreifen, um sie zu ernsthaften Friedensverhandlungen zu bewegen.«

»Gibt's denn so ein Ziel?«

»Schon möglich. Die Parteizentrale in Hanoi. Ihre Staatsführung. Das könnte funktionieren. Ich finde, daß sich das Risiko lohnt.«

»Was soll ich dabei tun?«

»Wir brauchen Steigers Hilfe bei der Flugvorbereitung. Vor unserer letzten Hafenliegezeit bin ich mal mit ihm aneinandergeraten. Seitdem ist das Verhältnis zwischen uns ein bißchen gespannt. Ich glaube, daß er uns hilft, wenn wir ihn richtig ansprechen, aber das bleibt natürlich riskant.«

»Ich rede mit ihm«, entschied Tiger Cole.

»Falls Steiger ablehnt und Meldung erstattet, ist dein Gespräch mit ihm eine Handlung, die dich wie mich vors Kriegsgericht bringen kann.« Jake rutsche unbehaglich auf seinem Stuhl hin und her. »Laß dir die Sache lieber noch mal durch den Kopf gehen, bevor du mit Abe redest. Schon die Idee, ein nicht genehmigtes Ziel zu bombardieren, könnte uns vors Kriegsgericht bringen.«

»Hast du das nicht auch riskiert, als du vor ein paar Minuten dieses Gespräch angefangen hast?«

»Ja«, sagte Jake und errötete leicht.

Cole lachte heiser. »Unsere Chancen, eines Tages im Bett zu sterben, steigen mächtig, wenn wir vors Kriegsgericht kommen.«

Eine Stunde später wurde an Graftons Kabinentür geklopft. Als Jake aufmachte, stand Cole mit Steiger draußen.

»Abe möchte ein paar Fragen beantwortet haben«, sagte Cole, während die beiden Männer sich setzten.

»Hat Cole keinen Scheiß erzählt? Willst du tatsächlich die Zentrale der Kommunistischen Partei bombardieren?«

»Richtig! Zur Abwechslung sollen mal sie 'nen Tritt in die Eier kriegen.«

Steiger nahm die Brille ab und putzte die Gläser mit seinem Taschentuch. Er ließ sich dabei viel Zeit und hielt sie ans Licht, um zu kontrollieren, ob sie blitzblank waren. Jake gab ihm eine Büchse lauwarmes Coke. Der Nachrichtenoffizier riß sie auf und nahm einen großen Schluck. »Warum willst du das tun, Jake? Weshalb willst du riskieren, daß jemand rauskriegt, daß du die Roten in Hanoi bombardiert hast?«

Der Pilot rieb sich mit beiden Händen das Gesicht. Er sah erst zu Cole, dann zu Steiger hinüber. »Wir müssen kräftiger hinlangen. Das ist der einzige Grund. Wir müssen sie so kräftig wie möglich in den Arsch treten.«

»Habt ihr beiden vor, als Berufsoffiziere in der Navy zu bleiben?« erkundigte sich Steiger. Der Pilot zuckte mit den Schultern. »Cole?« Der Bombenschütze zeigte mit dem Daumen nach unten. »Na, das ist gut, denn ihr zwei scheint ziemlich selbständig veranlagt zu sein.« Seine Finger trommelten auf Jakes Schreibtisch. »Wißt ihr, ich hab' ursprünglich daran gedacht – in der Navy zu bleiben, meine ich. Aber das letzte Jahr, in dem ich nie was riskiert habe, während ihr Jungs eure Einsätze geflogen habt, hat mir zu denken gegeben.« Er sah von einem Flieger zum anderen. »Ich erwarte nicht, daß ihr das versteht. Ihr riskiert dort draußen euer Leben, und ich bin in euren Augen nur der kleine Mann, der euch hilft, eure Einsätze zu planen.«

»Vergiß nicht«, sagte Cole, »daß unser Ziel mitten in der Stadt liegt. Das wird kein Zuckerlecken.«

Jake sah ihn an und schüttelte kaum merklich den Kopf. Er machte eine kurze Pause, bevor er sagte: »Wir wissen, daß du deinen Teil beiträgst, Abe. Und wir sind uns darüber im klaren, daß wir verdammt viel von dir verlangen. Du hast natürlich recht, wenn du sagst, daß wir jede Nacht mit größtem Einsatz spielen. Aber vielleicht wird man von selbst zum Spieler, wenn man Gelegenheit dazu hat.«

»Ohne mich könnt ihr diese kleine Sache nicht durchziehen, stimmt's?« fragte Abe Steiger. »Nehmen wir mal an, ihr würdet abgeschossen. Dann wäre ich der Dumme und müßte behaupten, nicht die geringste Ahnung davon zu haben, was ihr über Hanoi wolltet. Und ich bin kein sehr guter Lügner.« Als er den Kopf schüttelte, rutschte ihm die Brille an der schweißnassen Nase herunter. Er schob sie mit dem Mittelfinger wieder nach oben.

»Wenn wir nicht der Überzeugung wären, heil zurückzukommen, würden wir nicht hinfliegen«, sagte Cole.

»Wir wissen, daß du 'ne Menge riskierst«, ergänzte Jake.

»Ich tue meine Arbeit. Ich stelle die Unterlagen zusammen, interpretiere die Aufklärungsergebnisse und helfe euch Jungs bei der Einsatzplanung.« Nach einer Pause fügte Steiger hinzu: »Mein Job ist angenehm und sicher.«

Jake zündete sich eine Zigarette an. Das Streichholz zitterte in seinen Fingern. Er sah zu Abe hinüber und stellte fest, daß der Nachrichtenoffizier mit gesenktem Kopf seine eigenen Schuhspitzen anstarrte. »Verstehst du nicht, worum es geht,

Abe? Kannst du dir das Blut und die Schreie und die zerfetzten Menschenleiber nicht vorstellen? Das ist blanker Mord! Vorsätzlicher Mord, der geschickt verbrämt wird, damit den Leuten nicht das Kotzen kommt. Unsere Bomben treffen nie die eigentlich Schuldigen. Wir treffen nie die Kerle, die in Hue Massengräber ausgehoben und Zivilisten mit Maschinengewehren erschossen haben. Wir treffen nie die Kerle, die Lehrern die Kehle durchschneiden. Wir treffen Kinder und alte Frauen und Leute, die diesen Krieg nur überleben wollen. Aber diesmal haben wir's auf die dortigen Machthaber abgesehen; diesmal machen wir Jagd auf die Schweinehunde ganz oben!«

»Den Gang der Dinge kannst du nicht ändern, Grafton. Nicht mit nur einem Flugzeug. Nicht mit nur zwei Kerlen.«

»Mit drei Kerlen«, korrigierte Jake. Er beobachtete den gekräuselt aufsteigenden Rauch seiner Zigarette. Dann sah er wieder zu Steiger hinüber. »Okay, wir greifen also weiter den Flugplatz Kep an und zerschmeißen die Startbahn. Wie oft haben wir das schon getan? Oder wir bombardieren einen ›vermuteten Lastwagenpark‹, der sich als ein Stück Dschungel herausstellt, oder Schlammbänke an einem Fluß, die jemand als ›Bootswerft‹ bezeichnet hat. Hättest du nicht auch Lust, ihnen ein einziges Mal einen wirklich schweren Schlag zu versetzen? Vielleicht können wir durch einen Angriff auf die Parteizentrale ihre gesamte Führungsspitze ausschalten.«

»Oder bei diesem Versuch umkommen.«

»Dann werden Grafton und Cole eben abgeschossen! Das ist nicht gleich das Ende der Welt. Sollte das passieren, kannst du dir eines merken: Uns hat's nicht erwischt, während wir unabsichtlich Zivilisten getötet haben... während wir kleine Mädchen umgebracht haben, die das Pech hatten, in der Nähe eines ausgebombten Kraftwerks zu wohnen. Wir sind auf der Jagd nach dem obersten Schweinehund gestorben. Das kannst du auf unsere Grabsteine schreiben.«

Steiger kaute auf einem Fingernagel herum. »Vielleicht hab' ich diesen sicheren Job lange genug gehabt«, meinte er nach langer Pause. »Vielleicht wird's Zeit, daß ich auch mal was riskiere. Wie wär's, wenn ihr morgen zu mir in die Einsatzplanung raufkommen würdet, während der Film läuft?« Abes bisher trübselige Miene hellte sich auf. »Na ja, wenn's mit der Parteiführung nichts wird, erwischt ihr vielleicht Jane Fonda oder Ramsey Clark.«

Jake lachte. »Wenn ich soviel Glück hätte, Abe, hätte ich inzwischen die Irish Sweepstakes gewonnen und wäre mit dem Playmate des Jahres verheiratet.« Er wurde wieder ernst und sah Steiger in die Augen. »Übrigens noch was, Abe – tut mir leid, daß ich dich neulich in der Messe angebrüllt habe.«

»Nö, das ist meine Schuld gewesen. Ich hätte dir das alles nicht erzählen sollen. Ich hab' nur gedacht, du würdest es wissen wollen.« Abe war aufgestanden und kratzte mit dem Fingernagel über eine Lackblase am Türrahmen. »Wenn ich's mir recht überlege, hätte ich's an deiner Stelle auch nicht wissen wollen. Ein Infanterist muß es wissen, weil er so nahe dran ist. Aber wozu soll man sich damit belasten, wenn man's nicht wissen muß?«

Die Luftfahrtkarte lag vor ihnen auf dem Tisch ausgebreitet. Zwei Tage waren vergangen, seit Grafton und Cole sich Steigers Unterstützung gesichert hatten. In dieser Zeit war es ihm nicht gelungen, in den an Bord befindlichen Zielunterlagen Informationen über die Parteizentrale zu finden. »Natürlich könnte ich das Zeug beschaffen«, hatte er Grafton und Cole erklärt, »aber ich müßte es eigens anfordern. Das wäre so, als würde man ohne Gesichtsmaske eine Bank überfallen und das eigene Auto als Fluchtfahrzeug benützen.« Sie hatten sich darauf geeinigt, daß das Gebäude der Nationalversammlung das zweitbeste Ziel sei.

Dann schienen sich die Dinge zu ihren Gunsten zu entwickeln. Nachtangriffe wurden üblicherweise mit einem Dutzend 225-kg-Bomben geflogen, die dem massiven Steinbau nur Kratzer zugefügt hätten. »Heute nacht kriegen wir zwölf Snakes mit«, sagte Cole zu Abe und Jake. Die Snakes oder Snake-eyes waren herkömmliche 450-kg-Allzweckbomben mit gewölbten Flossen, die nach dem Abwurf herausklappten und die Bombe wie ein Fallschirm abbremsten, so daß sie fast senkrecht fiel, während der Bomber aus dem Splitterbereich flog. Diese Flossen ließen eine Angriffshöhe von nur 500 Fuß über Grund zu.

»Wir werfen vier auf das Kraftwerk und acht auf die Nationalversammlung«, erklärte Cole. »Da niemand damit rechnet, daß wir nach Hanoi abdrehen, können wir die Stadt vielleicht ohne allzu starkes Abwehrfeuer überfliegen.«

Sie betrachteten wieder die Karte mit der Strecke, die Tiger mit Abes Hilfe ausgearbeitet hatte. Ein dünner schwarzer Strich bezeichnete die Route, die sie fliegen mußten. Sie erstreckte sich vom Schiff aus 150 Seemeilen nach Norden bis zu einem Punkt, der etwa zehn Meilen östlich der Mündung des Roten Flusses lag. Von dort aus führte der Strich nach NNW über die Küste, an der Stadt Hai Duong vorbei und zum Zusammenfluß zweier Flüsse zwölf Meilen vor Bac Giang, einer Stadt an der von Hanoi aus in nordöstlicher Richtung führenden Eisenbahnstrecke nach China. Der Zusammenfluß war ihr Ausgangspunkt AP, von dem aus die schwarze Linie nach Bac Giang und dem dortigen Kraftwerk weiterführte.

Das Kraftwerk war das Ziel, das die Navy für ihren Nachtangriff festgelegt hatte. Aber die Navy wußte nicht, daß der schwarze Strich von Bac Giang aus der Eisenbahnlinie nach Hanoi folgte, über die Stadt hinwegführte und danach parallel zum Roten Fluß nach Südosten verlief, um, an Nam Dinh vorbeiführend, die Küste zu erreichen. Jake Grafton und Tiger Cole studierten die Karte und versuchten sich die Realität vorzustellen.

Cole legte eine zwei Jahre alte Luftaufnahme des Kraftwerks auf den Tisch. »Die vier Bomben werfen wir im Reihenwurf mit nullkommanullsechs Sekunden Abstand.« Danach legte er ein sechs Jahre altes Luftbild des Gebäudes der Nationalversammlung auf das Photo des Kraftwerks. »Um dies hier zu treffen, werfen wir die restlichen acht Bomben in zwei Gruppen mit nullkommanullsechs Sekunden Abstand.«

»Das bedeutet größtmöglichen Schaden bei geringster Trefferwahrscheinlichkeit«, stellte Jake fest.

Steiger zog eine detaillierte Luftaufnahme der nordvietnamesischen Hauptstadt heraus und deutete mit dem Bleistift auf das Gebäude der Nationalversammlung. »Es ist auf drei Seiten von anderen Gebäuden umgeben. Ich hab' keine Ahnung, was darin untergebracht ist. Wahrscheinlich Behörden – aber wer weiß das schon?«

Jake deutete auf das Einzelphoto des Gebäudes der Nationalversammlung. »Vielleicht wär's besser, so hoch anzufliegen, daß wir die Snakes mit eingeklappten Flossen werfen können. Mit Verzögerung dringen sie wahrscheinlich nicht weit genug in dieses Gebäude ein, um es wirklich zu beschädigen.«

Tiger Cole nickte. »Am besten warten wir ab, auf wieviel Flak wir treffen, und entscheiden uns dann.«

Jake verzog zweifelnd das Gesicht. »Wenn wir sie mit Verzögerung werfen, prallen sie vielleicht nur ab. Dieses Gebäude sieht verdammt massiv aus.« Die drei Männer sahen sich die Luftaufnahme erneut an. Grafton hatte recht. Die Bomben mußten ungebremst auftreffen, was bedeutete, daß sie aus mindestens 2500 Fuß über Grund geworfen werden mußten, damit die Intruder aus dem Splitterbereich fliegen konnte.

Der Pilot griff nach der Luftfahrtkarte, auf der das Zielgebiet in Hanoi detailliert dargestellt war. Dies war die Karte, die ihn neulich abend interessiert hätte, aber er erzählte Steiger nichts davon. Jake drehte sie, bis das Gelände und der Fluß dem Blick aus dem Cockpit entsprachen. Dann versuchte er sich die Biegung des Flusses, den Verlauf der Boulevards und die Lage des Zielgebäudes einzuprägen. Sollte ihr Radar im letzten Augenblick ausfallen, mußte die Helligkeit über der Stadt für einen Abwurf nach Sicht ausreichen.

Steiger sprach als erster wieder. »Der Mond nimmt ab und geht erst gegen zweiundzwanzig Uhr vierzig auf.« Aber der Pilot rechnete damit, daß ihr Ziel wegen des Feuerzaubers der Flak trotzdem sichtbar sein würde. Irgendwie konnten sie es schon finden.

»Wie sieht's mit Treibstoff aus?« fragte Jake Tiger.

»Der reicht auf jeden Fall. Wir kommen natürlich mit Verspätung an die Küste, aber das merkt keiner. Sollten wir gefragt werden, behaupten wir einfach, wir hätten zweimal anfliegen müssen.«

»Welches Ziel hat die andere Maschine?« erkundigte sich Jake.

»Joe Wagner sucht die Nationalstraße eins nach Lastwagen ab«, antwortete Abe.

»Und die A-6B?«

»Fliegt diesmal nicht«, sagte Abe.

Sehr gut! Dann würde niemand aus der Staffel nach der vielen Flak um Hanoi fragen. Einige A-7- oder F-4-Jockeys würden den Feuerzauber sehen, ohne jedoch zu wissen, wer dort war – und ohne sich dafür zu interessieren.

Jake sah sich die Luftaufnahme des Gebäudes der Nationalversammlung erneut genau an. In der näheren Umgebung standen vier ähnlich große Bauten. »Dieses Gebäude wird nicht leicht zu identifizieren sein«, stellte er fest und dachte dabei an das Radarbild, das Cole vor sich haben würde. Aber der Bombenschütze zuckte mit den Schultern.

»Bist du schon mal über Hanoi gewesen?« fragte Jake, während Cole die Unterlagen zusammenpackte.

»Ja«, antwortete Tiger Cole.

»Wie oft?« erkundigte Abe sich.

»Ein paarmal.«

»Wie viele Male?«

»Vier- bis fünfmal.«

»Wie oft genau?«

»Genau achtmal. 1967 im Spätsommer und Herbst, als Lyndon Johnson ihnen 'ne Lektion erteilen wollte.«

»Wie ist's gewesen?« Abe klopfte geistesabwesend mit seinem Bleistift auf die Tischplatte.

»Schlimm.«

»Starkes Abwehrfeuer?«

»Als ob man seinen Pimmel in ein Hornissennest steckt. Wir haben 'ne Menge Flugzeuge verloren. Ich glaube nicht, daß sie viel gelernt haben – außer daß man uns reinlegen kann.«

Als sie gingen, legte Steiger Jake kurz seinen Arm um die

Schultern. »Paß auf deinen Arsch auf!« Die großen Augen hinter seinen Brillengläsern blinzelten.

»Na, Abe hast du ganz schön Angst eingejagt«, stellte Jake draußen im Gang fest.

»Dann geht's allen gleich. Wir haben alle drei Angst.«

»Warum machst du dann mit?«

»Weil du mich dazu aufgefordert hast.« Cole ging auf der schmalen Eisentreppe eines Niedergangs voraus und sagte über die Schulter hinweg: »Und weil man nur siegen kann, wenn man zu kämpfen bereit ist.«

17

Das Meer war ein öliger Spiegel, der die Grautöne des Abendhimmels reflektierte. Kein Windhauch war zu spüren. Selbst die Dünung war unter dem Druck dieser unbeweglichen Luftmasse zusammengefallen. Um Flugzeuge starten zu können, mußte das Schiff aus eigener Kraft Gegenwind erzeugen. Sein Flugdeck bebte, während die vier Schrauben das glatte Wasser zu einer breiten Schaumspur aufwirbelten, die sich achteraus in den starken Dunst erstreckte, in dem Meer und Himmel ineinander übergingen.

Aus seinem Cockpit betrachtete Jake diesen Dunst, der bei 500 Knoten die Sicht behindern und ihre Überlebenschancen vermindern würde. Er versuchte, sein Unbehagen abzustreifen, aber die Sorgen blieben.

Jake wartete hinter dem Strahlabweiser des Katapults drei, als er sah, wie Stabsbootsmann Muldowski eine Tafel mit einer Mitteilung für den Piloten der auf dem Katapult stehenden Phantom hochhielt. Grafton konnte den Text zwar nicht lesen, aber er konnte sich denken, was auf der Tafel stand. Der Katapultoffizier informierte den Piloten, daß er nicht wie sonst mit 15 Knoten über seiner Überziehgeschwindigkeit gestartet werden würde, und forderte ihn auf, mit weniger auszukommen. Jetzt wandte sich Muldowski ab. Der Pilot, dem in Wirklichkeit nicht viel anderes übrigblieb, als die verminderte Startgeschwindigkeit zu akzeptieren, hatte offenbar zustimmend den Daumen gehoben.

Der leitende Ingenieur im Kesselraum kaute wahrscheinlich auf seiner Unterlippe herum. Die Kessel erzeugten nicht genug Dampf, um die Turbinen bei Höchstfahrt anzutreiben und alle vier Katapulte mit Höchstleistung arbeiten zu lassen. Folglich mußte er Dampf sparen – und die ersten Opfer waren dann die riesigen Druckkessel der Katapulte. Weniger Druck in den Kesseln bedeutete, daß die Startgeschwindigkeit der Flugzeuge geringer war und von den Piloten ausgeglichen werden mußte. Wie üblich, dachte Jake, liegt die Lösung fast aller Probleme wieder mal im Cockpit.

Während die Decksmannschaft unter dem Jäger hervorhastete, erreichten die Triebwerke der Phantom auf Kat drei ihre Startleistung. Die über den Strahlabweiser hinwegtosenden Abgasstrahlen ließen die wartende Intruder erbeben. Jetzt wurden die Nachbrenner zugeschaltet, so daß drei Meter lange Feuerstrahlen aus den Triebwerken schossen. Die Austrittsklappen öffneten sich weiter, um die weißglühenden Flammen austreten zu lassen. Muldowski erwiderte den Gruß des Jagdfliegers und gab mit weitausholender Armbewegung das Startzeichen. Die Phantom raste das Katapult entlang.

Als die Maschine das Deck verließ, stieg ihr Bug steil in die Höhe. Er stieg und stieg und stieg, bis er sich fast 25 Grad über dem Horizont befand.

»Scheiße!« rief Cole aus.

Der F-4-Pilot hatte den Steuerknüppel zu ruckartig gezogen und die Kontrolle über seine Maschine verloren. Ohne den sonst vorhandenen Fahrtüberschuß war der optimale Steigwinkel rasch überschritten worden, so daß die Strömung an den Flügeln abgerissen war. Dadurch war der Druckpunkt so nach vorn gewandert, daß die Nase der F-4 noch höher stieg, obwohl der Pilot den Steuerknüppel jetzt ganz gedrückt hielt.

Mit unnatürlich hochgerecktem Bug hing das Flugzeug sekundenlang unbeweglich am Himmel, um dann langsam unter der Kante des Flugdecks zu verschwinden.

Im Funk herrschte aufgeregtes Durcheinander. »Bomben weg!« »Tank abwerfen!« »Notabwurf!« Die Stimmen überlagerten sich und wurden zuletzt ganz unverständlich.

»Da ist er!« sagte Cole, der Jakes Arm gepackt hielt.

Die Phantom erschien mit weit hochgerecktem Bug direkt über dem Meeresspiegel. Während ihre Triebwerke beinahe das Wasser berührten, schwankte die Maschine von einer Seite zur anderen, weil mal dieser, mal jener Flügel herabsackte. Dann verdeckte eine Wasserfontäne das Flugzeug.

»Ist er drin?« flüsterte Jake.

»Nein, er hat seine Bomben und den Zusatztank abgeworfen.«

Der Jäger war fast eine Seemeile von der *Shiloh* entfernt, als seine Nase sich senkte und die von den Triebwerken aufgewirbelte Gischt sich legte. Die F-4 begann sich aus der tödlichen Umarmung der See zu befreien. Jetzt flog sie endlich!

Stabsbootsmann Muldowski trat mit seiner Tafel, auf die er mit Kreide *8 + Knoten* geschrieben hatte, an die Intruder heran. Jake reagierte wie der Pilot vor ihm: Er reckte den linken Daumen hoch. Wenigstens ist die A-6 im Langsamflug gutmütiger als die überschallschnelle F-4, dachte er. Der Grenzbereich zum Überziehen ist bei ihr kein so schmaler Grat.

Der Pilot schob die Leistungshebel bis zum Anschlag nach vorn und umfaßte den Katapultgriff... eine letzte Kontrolle der Steuerorgane... Tiger Coles Klarmeldung... Drehzahlen und Abgastemperaturen hatten sich bei Startleistung stabilisiert, als Jake nach draußen grüßte.

Dann rasten sie in den Dunst hinaus, während sie die gewaltige Beschleunigung in ihre Sitze preßte. Zweieinhalb Sekunden später waren sie über dem glatten Wasser, und der Pilot drückte vorsichtig nach, um einen Teil seiner kostbaren Höhe – er hatte nur 60 Fuß – in Fahrt zu verwandeln. Als er das Fahrwerk einfuhr, zeigte die Variometernadel sofort Steigen an.

»Ich hab's Orville gesagt, und ich hab's auch Wilbur gesagt: Dieses Ding fliegt niemals«, verkündete Cole, während er das Radar einschaltete und den Computer überprüfte.

Sie warteten über dem Meer, bis das letzte Licht aus dem dunkelgrauen Himmel verschwunden war. Jake, der den Autopiloten eingeschaltet und die sparsamste Triebwerksleistung gewählt hatte, warf ab und zu einen Blick auf die Instrumente, während Cole das Radargerät einstellte und den Computer und die Trägheitsnavigationsanlage überwachte. Der Pilot fragte sich, ob dieser Dunst auch über dem Land lag, und befürchtete es, obwohl er das Gegenteil hoffte.

Der Himmel war so friedlich wie die See: eintönig gleichförmig, ohne klare Konturen. Er wirkte ungefährlich. Wie Jake wußte, setzte hohe Luftfeuchtigkeit jedoch die Sichtweite herab, was bedeutete, daß er Leuchtspurgeschosse und die Feuerschweife von Fla-Raketen in der ersten Phase ihres Einsatzes später als sonst sehen würde. In einer Nacht wie dieser konnte einen der Tod ohne Vorwarnung ereilen.

Er zog an seinen Gurten, die bereits so straff waren, wie er's aushalten konnte, und sah erneut auf die von Cole vorbereitete Karte mit ihrer Angriffsroute. Der schwarze Strich war so kühn, so zielbewußt!

Ich hätte mein Testament machen sollen, überlegte er sich. Dafür hätte ich mir die Zeit nehmen sollen.

Diesen Angriff fliegen wir für dich, Morgan. Für dich und all die anderen Jungs, die für nichts gestorben sind. Diesmal geht's um mehr als nichts, Morgan. Mit viel Glück können wir dafür sorgen, daß ein paar der Gomers, die dort die Befehle geben, heute nacht erleben, wie in ihrer Nationalversammlung die Hölle ausbricht. Drück uns die Daumen, Morg.

Callie, ich hab' jetzt ein bißchen Angst, weiß Gott, ich hab' ein bißchen Angst...

»Es geht los«, sagte Cole.

Die Intruder flog durch absolute Dunkelheit, denn die hohe Luftfeuchtigkeit verschluckte jeden Lichtschein. Da draußen nichts zu sehen war, konzentrierte sich Jake auf seine Instrumente. Über der glatten See funktionierte der Radarhöhenmesser nicht, deshalb benützte Jake den barometrischen Höhenmesser, um die Maschine beim Anflug auf die Küste in 500 Fuß zu halten. Zwischendurch hielt er kurz nach dem Strand Ausschau, weil er glaubte, ihn zu sehen, sei ein gutes Omen. Jake suchte noch immer die Küste, als Tiger sie bei Black Eagle abmeldete und die Stoppuhr anlaufen ließ. Danach drehte er die Sicherheitsmanschette des Waffenhauptschalters und betätigte den Schalter.

Eine Minute später beobachtete der Pilot die Mündungsblitze von Handfeuerwaffen unter ihnen. Die stotternden Feuerstöße einer großkalibrigen Waffe, vielleicht einer 57-mm-Flak, schossen durch den Nebel. Jeweils vier weiße Leuchtspurgranaten – das war eine Siebenundfünfziger. Er schätzte die Sichtweite auf etwa eine Seemeile; das genügte, um Leuchtspurgeschosse rechtzeitig zu sehen, aber es reichte nicht für SAMs. Jake rechnete sich im Kopf aus, daß eine mit Mach 3 anfliegende SAM die letzte Meile in etwa zwei Sekunden zurücklegen würde.

Der Pilot kontrollierte den Radarhöhenmesser und wischte sich Schweiß aus den Augen. Über Land zeigte der Radarhöhenmesser genau an, und Jake ging auf 400 Fuß hinunter.

Flak schoß scheinbar willkürlich in den Nachthimmel, als spucke sie ihr Gift reflexartig aus, sobald Triebwerke zu hören waren. Ein Anflug mit Überschall wäre ruhiger, überlegte Jake, weil die Gomers einen nicht kommen hören würden. Aber die Gomers erwischen uns nicht, selbst wenn wir nur 420 Knoten schnell sind. Uns kann nichts erwischen, sagte er sich und wackelte etwas mit dem Steuerknüppel. Die schnellen, beweglichen Reaktionen des Flugzeugs waren beruhigend.

Die Flakgeschütze – zwei oder drei, aber auch bis zu einem halben Dutzend – standen im allgemeinen auf Deichstraßen zwischen den Reisfeldern aufgereiht. Die orangeroten Leuchtspurgeschosse der Waffen mit Gurtzuführung in den Kalibern 12,7, 14,5 und 23 Millimeter kamen als lange Bänder heraufgeschwebt. In dieser Nacht pulsierte der Nebel von ihrem grellen Leuchten. Im Cockpit wurde das trotzige Donnern der Flak jedoch vom Hintergrundgeräusch der Triebwerke, dem Quietschen und Pfeifen der ECM-Geräte und den atmosphärischen Störungen im Funk übertönt.

»Nur zwei Knoten Wind«, meldete Cole, der mit dem

Bordcomputer beschäftigt war. Um die Position des Flugzeugs verfolgen und den Angriff genau durchrechnen zu können, brauchte der Computer nicht nur genaue Standortbestimmungen, sondern auch Angaben über die Windversetzung. Darüber hinaus beeinflußte der Wind auch die Flugbahn abgeworfener Bomben. Eingegebene Korrekturen der Windgeschwindigkeit verstand der Computer als zusätzlichen Wind. Heute nacht bedeutete der sehr schwache Wind, daß ihr System aus Computer, Radargerät und Trägheitsnavigationsanlage perfekt funktionierte.

Der Bombenschütze hatte keine Mühe, den AP für den Angriff auf das Kraftwerk zu identifizieren. Kurz davor ging Jake auf volle Leistung.

»AP. Neuer Kurs zwo-acht-sieben.«

Jake kurvte ein und ließ die Maschine auf 500 Fuß steigen, während er wegen der höheren Geschwindigkeit nachtrimmte. Die Warnleuchten vor ihm blinkten bedrohlich, und er hatte das Piepsen von Radargeräten, die nach ihnen suchten, in den Ohren. Aber die Intruder flog zu tief, um entdeckt zu werden; sie befand sich weiterhin im Schutz der Bodenechos. Jake konzentrierte sich darauf, in 500 Fuß auf Kurs zu bleiben. Sporadisches Mündungsfeuer erhellte die Dunkelheit links von ihm – wie in einem gigantischen Stadion aufflammende Blitzlichtbirnen.

»Ziel erfaßt, auf Angriff umgeschaltet.«

Jetzt wurde die computererzeugte Blickfelddarstellung komplizierter. Das Zielsymbol – ein kleines schwarzes Quadrat – erschien dicht unter der Horizontlinie, und die Anflugstrecke wurde durch eine Linie angezeigt, die knapp über dem Ziel endete. Dort war das Steuersymbol eingeblendet: ein leeres Rechteck, das der Computer nach rechts oder links verschob, um dem Piloten den Kurs zum vorausberechneten Abwurfpunkt zu zeigen. Jake kurvte weiter, bis das Steuersymbol genau über dem Zielsymbol stand. Am rechten Rand der Darstellung wurde die langsam nach unten sinkende schwarze Linie der Auslösemarkierung sichtbar. In dem Augenblick, in dem sie ganz verschwand, löste der Computer die Bomben aus.

Ohne den Blick vom Radarschirm zu nehmen, betätigte Cole das Dutzend Schalter des Waffenpults. Jake, der ihn kurz beobachtete, war beeindruckt: Er selbst mußte die Scharfstellschalter jeweils durch einen Blick kontrollieren.

Vor ihnen stiegen pulsierende Leuchtspurgeschosse aus dem Nebel auf. Ihre Feuerbälle waren riesig – sie bewegten sich wie in Zeitlupe, ohne ihre Position zueinander zu verändern –, und Jake hob ihre Maschine über den herankommenden Strom hinweg. Dabei wurden sie von einem Firecan-Zielsuchradar in Zehn-Uhr-Position erfaßt. Er stieß Düppel aus und ging tiefer, sobald der feurige Strom hinter ihnen lag. Um ganz sicherzugehen, stieß Jake einen weiteren Düppelbehälter aus – und fuhr zusammen, als unter der Intruder ein greller Lichtblitz aufzuckte.

»Was war das?«

»Infrarotleuchtkörper zwischen den Düppeln«, sagte Cole.

Jake, der sich ärgerte, daß er zusammengefahren war, konzentrierte sich wieder auf das tanzende Steuersymbol und die Feuerströme der Flak.

»Noch ungefähr dreißig Sekunden«, sagte Cole. »Boden erfaßt.« Der Pilot sah vor sich nur Dunkelheit. Aber das Kraftwerk war da. Cole hatte es angekündigt. »Gib mir 'ne feste Zielerfassung, Baby«, forderte Cole das Terrainfolgeradar der Intruder auf. Sobald ihr Radar das Ziel erfaßt hatte, erhielt der Computer genaue Entfernungsangaben. »Heute gibt's keine Zielerfassung.« Also wurde lediglich der Neigungswinkel des Radarstrahls in den Computer eingegeben.

Jake ging 200 Fuß tiefer und ließ einen Strom Leuchtspurgeschosse über sie hinwegzischen. Sekunden später zog er die Maschine wieder hoch.

»Höhe halten...«, flüsterte Cole irritiert, weil es ihm darauf ankam, die Momentgeber der Trägheitsnavigationsanlage nicht durch unnötige Bewegungen zu beeinflussen.

Die Auslösemarkierung versank unaufhaltsam. Als sie ganz verschwand, drückte Jake mit dem rechten Daumen auf den Auslöseknopf, um das Computersignal zum Bombenabwurf durch seinen manuellen Befehl zu ergänzen.

Die vier Bomben waren in einer Fünftelsekunde unterwegs, und Jake ließ die Maschine 200 Fuß steigen, während er steil nach links wegkurvte, um nicht von Bombensplittern getroffen zu werden, falls eine der Snake-eyes ungebremst fiel. Hinter ihnen detonierten die Bomben. Jake, der die Detonationen gerade noch hatte beobachten können, sah wieder nach vorn.

Jetzt nach Hanoi!

Das Steuersymbol sprang nach rechts. »Nicht beachten. Der Cursor wandert. Kurs zwo-null-fünf.«

»Woran liegt's diesmal?«

»Die verdammten Geschwindigkeiten stimmen nicht mehr. Das kann an der Trägheitsnavigation oder am Computer liegen.« Cole studierte den Bildschirm. »Der Scheißcomputer hat schlappgemacht. Wir müssen ohne ihn angreifen.«

Tiger Cole versetzte der Säule zwischen seinen Beinen einen kräftigen Tritt. Tatsächlich gehörte das zu den auf Erfahrung beruhenden Tricks bei der Behandlung des Walzencomputers, der den neuesten Stand der Technik repräsentierte – den des Jahres 1956. Diesmal blieben Tritte und Flüche jedoch wirkungslos. Cole gab es auf, den Computer wieder zum Laufen zu bringen, und stellte den Radarcursor manuell auf den zuvor an Bord berechneten Auslösepunkt ein. Ohne den Computer hatten sich ihre Chancen, das Gebäude der Nationalversammlung zu treffen, dramatisch verschlechtert.

Jake betätigte die Schalter des Waffenpults, um die letzten acht Bomben scharfzustellen. Er entschied sich dafür, sie in Reihe statt in zwei Gruppen zu je vier Bomben abzuwerfen. Das erhöhte die Wahrscheinlichkeit, wenigstens einen Treffer zu erzielen, dessen Wirkung allerdings geringer sein würde. Cole nickte zustimmend. Während sie mit fast 500 Knoten nach Südwesten flogen, gab Tiger dem Piloten kleine Kurskorrekturen an.

Sie rasten in 400 Fuß über Bac Ninh hinweg, wo sie wieder beschossen wurden. Großkalibrige Leuchtspurgranaten erhellten das Cockpit, während sie über die Intruder zischten.

Jake schluckte trocken. Hanoi würde stark verteidigt sein.

Als Cole zehn Seemeilen bis zum Ziel meldete, blieb der Pilot weiter in 400 Fuß. Das Flakfeuer wurde dichter, weil hier einfach mehr Geschütze standen. Bei acht Meilen beschloß Jake, erst ab sechs Meilen zu steigen. Im Lichtschein des Abwehrfeuers erkannte er die Außenbezirke der Großstadt.

»Sechs Meilen.«

Jake zog den Steuerknüppel zurück und erreichte 1500 Fuß, bevor der Signaldetektor aufleuchtete und ihn vor Firecans vor und hinter ihnen warnte. Er stieg weiter und ging in 2500 Fuß, wo die Bodenechos keinen Schutz mehr boten, in den Horizontalflug über. Die Sichtverhältnisse waren besser als erwartet.

Vor ihnen eröffnete eine ganze Batterie Maschinenkanonen das Feuer. Ohne auf Coles Kursansagen zu achten, stellte Jake die A-6A auf den linken Flügel und flog durch eine Lücke in dem Feuervorhang. Eines mußte man den kleinen Ärschen lassen: Sie taten ihr Bestes. Danach ging er rasch wieder in die Normalfluglage, damit Cole das Ziel wiederfinden konnte.

»Ich hab's, glaub' ich. Rechts fünf.«

Der Pilot bewegte ruckartig den Knüppel, um so schnell wie möglich auf Kurs zu gehen. Vor ihm lag die Stadt ausgebreitet. Im flackernden Lichtschein der Leuchtspurgeschosse, die von jeder Straßenecke aufzusteigen schienen, sah sie unwirklich aus.

»Links eines... so halten.« Ohne den Computer mußte Cole ihren Steuerkurs vom Radarschirm ablesen.

Der Rote Fluß war eine schwarze Schlange, die sich durch die Stadt wand.

»Kleinigkeit links. Halten!«

Die Raketenwarnleuchte begann zu blinken, während die akustische Warnung einsetzte. Der Lichtzeiger des Signaldetektors war lang und hell – ein sicheres Zeichen dafür, daß das gegnerische Radar ganz in der Nähe war. Der Pilot suchte den Nebel vor ihnen in der angezeigten Zwei-Uhr-Position ab.

»Haaalten...«

Sie waren viel zu hoch, um sich zwischen Bodenechos verstecken zu können. Grafton kam sich nackt und schutzlos vor. Er stieß Düppel aus und hoffte, daß die dadurch entstehenden Scheinziele das feindliche Radar täuschen würden.

Da! Zwei riesige Feuerbälle... im Nebel... Sie hypnotisierten Jake beinahe, aber es gelang ihm, den Knüppel leicht nach vorn zu drücken und gleichzeitig weitere Düppelbehälter auszustoßen. Im Sinkflug, 1500 Fuß, weiter sinkend...

Die erste Feuerkugel kam aus dem Nebel und folgte der sinkenden Maschine wie an der Schnur gezogen nach unten. Jake riß den Steuerknüppel zurück, und die Lenkwaffe raste unter ihrem Rumpf vorbei, wo sie mit einer Druckwelle detonierte, die das Flugzeug durchrüttelte. Jake blieb bei 4 g und sah den Feuerschweif der zweiten SAM, die jetzt eine Bahnkorrektur vornahm, um wie die Intruder zu steigen.

Er legte die Maschine auf den Rücken. In 3000 Fuß begann sie zu sinken... 2000 Fuß... 4 g...

»Halbe Rolle. Abfangen.« Coles Stimme klang drängend, gepreßt.

Jake wartete noch eine Sekunde, die ihm wie eine Ewigkeit vorkam, drückte dann den Steuerknüppel zur Seite und brachte die Intruder in die Normalfluglage. In 1000 Fuß und mit 15 Grad Bahnneigung hielt er den Knüppel mit aller Kraft gezogen. Die Lenkwaffe schoß über sie hinweg und detonierte mit ohrenbetäubendem Knall, der das Flugzeug erneut durchrüttelte und etwas durchs Plexiglas jagte, das Jake an den Beinen traf.

Sie befanden sich in 400 Fuß. »Bleib unten«, drängte Tiger. »Am besten fliegst du 'ne Runde, damit ich mich orientieren kann.«

Der Pilot gehorchte. Cole beobachtete seinen Radarschirm. »Vor uns ist ein Hügel. Etwas steigen.« Als sie 1000 Fuß erreichten, leuchtete der Lichtzeiger des Signaldetektors wieder auf. Weitere Düppelbehälter. Zwischen ihnen befand sich noch ein Infrarotleuchtkörper, aber diesmal kniff Jake nur die Augen zusammen.

»Du kannst wieder runtergehen«, erklärte Cole. »Diesen Kurs halten.« Sie flogen nach Nordosten zurück. Jake ging wieder auf 500 Fuß hinunter. Sein Rückspiegel zeigte ihm das noch immer aus Hanoi aufsteigende wütende Abwehrfeuer. Jake merkte zum ersten Mal, wie aufgeregt sein Herz schlug.

»Jetzt eine Kehrkurve, damit wir's noch mal versuchen können«, forderte Cole ihn auf.

Und ob ich schon wanderte im finsteren Tal...

»Sieben Meilen. Komm, wir gehen wieder rauf und zeigen's ihnen richtig!«

...fürchte ich kein Unglück.

Der Pilot konzentrierte sich darauf, zu steigen und in genau 2500 Fuß in den Horizontalflug überzugehen.

»Ich hab' das Ziel... Drei Grad rechts... Sieht gut aus.«

Leuchtspurgeschosse bezeichneten den gesamten sichtbaren Horizont.

»Fertig machen!«

Ein Firecan-Zielsuchradar erfaßte sie, und riesige weiße Leuchtspurgranaten kamen in Vierergruppen aus dem Nebel herangerast. Jake stieß verzweifelt Düppelbehälter aus.

»Ein Grad links... Haaalten...«

Großer Gott!

Die Granaten zischten hinter und unter der Intruder vorbei.

»Jetzt!«

Als das stotternde Rumpeln, mit dem die Bomben ausgelöst wurden, die Maschine erzittern ließ, stieg rechts von ihnen eine SAM auf. Über der Stadt war die Sicht besser. Der Pilot hielt seinen Kurs und beobachtete, wie die Lenkwaffe Höhe gewann und ohne wesentliche Kursänderung in den Horizontalflug überging, der genau auf sie zuführte. Während seine Raketenwarnleuchte zu blinken begann, detonierten unten ihre Bomben.

Jake drückte den Steuerknüppel nach vorn und kurvte nach rechts – weg von der radargesteuerten Flak und quer zur Flugbahn der anfliegenden Lenkwaffe –, während er zugleich weitere Düppelbehälter ausstieß. Aber die SAM blieb unbeirrbar auf Kollisionskurs. Er fluchte halblaut vor sich hin und ging auf 100 Fuß herunter. Der Zeiger des Radarhöhenmessers zuckte erratisch, während der Bomber im Tiefstflug über die Hausdächer raste.

»Wir haben keine Düppel mehr«, meldete Cole.

»Mann, ist das wieder lustig!«

Die SAM befand sich jetzt in Elf-Uhr-Position und schien weiter nach links auszuscheren. Das Mündungsfeuer der Flak-Geschütze bildete einen künstlichen Horizont, der sich beinahe in Jakes Augenhöhe befand. Er war viel zu tief.

Die Lenkwaffe änderte ihren Kurs und steuerte nach unten.

Noch ein bißchen warten, sagte sich Jake, noch ein kleines bißchen... Okay, ziehen! Er ging in stetiges Steigen mit 6 g über. Die Intruder reckte ihren Bug höher und höher. Der große Zeiger des Höhenmessers drehte sich rasend schnell.

Die SAM steuerte weiter nach unten. Jake drückte in einer Reflexbewegung immer wieder auf den Düppelabwurfknopf.

Die Flak-Rakete, deren weißglühender Feuerschweif deutlich sichtbar war, raste mit fast Mach 3 dicht unter ihnen vorbei und detonierte. Jake hörte Splitter auf die Beplankung ihrer Maschine prasseln.

»Noch eine!« rief Cole. Die zweite SAM kam aus derselben Richtung wie die erste, aber sie war tiefer und befand sich noch im Steigflug.

Der Höhenmesser zeigte 3000 Fuß an. Jake hielt den Knüppel gezogen und drückte ihn gleichmäßig nach links, um eine Faßrolle einzuleiten. In der Rückenlage schien die geisterhafte Stadt über ihren Köpfen zu schweben. Überall durchzogen lange Ketten von Leuchtspurgeschossen die Luft, aber Jakes Blick blieb auf die SAM gerichtet.

»Nase am Horizont«, meldete Tiger. »Jetzt fünf Grad darunter.« Sie befanden sich weiterhin mit 4 g im Rückenflug.

»Zweitausendfünfhundert Fuß.« Die Lenkwaffe stieg noch immer.

»Zehn darunter, hundertzwanzig Grad Schräglage, zweitausend...«

Die Flak-Rakete änderte ihren bisherigen Kurs, aber diese Korrektur kam zu spät. Sie würden ihr entkommen!

»Fünfzehn darunter...« Coles Stimme klang heiser und gepreßt.

Die SAM hörte auf, sie zu verfolgen, und flog ballistisch weiter. Jake zwang sich dazu, sich wieder auf seine Instrumente zu konzentrieren. Großer Gott, wir sind viel zu steil! Er rollte schneller, und der Andruck preßte sie in die Sitze, und der Zeiger des Radarhöhenmessers ging erschreckend rasch zurück, und sie sanken tiefer, immer tiefer, dem unten lauernden Tod entgegen, noch tiefer...

Die Höhenmessernadel blieb bei 50 Fuß stehen. Jake hielt den Steuerknüppel gezogen. Etwas Dunkles, das schwärzer als die sie umgebende Nacht war, raste scheinbar so dicht unter ihnen vorbei, daß Jake fürchtete, es könnte ihren Zusatztank unter dem Rumpf abreißen.

Grafton blieb in 200 Fuß und kurvte nach Südosten ein, um Hanoi in weitem Bogen zu überfliegen. In der Schräglage hatte Jake den Eindruck, als flögen sie unterhalb der Stadt – als befänden sich das Mündungsfeuer der Flak und die Schatten der Gebäude über ihnen. Diese optische Täuschung wirkte so desorientierend, daß er mit Knüppel und Ruderpedalen versuchte, eine Bodenberührung zu vermeiden. Aber er wußte, daß sie nur eine Chance hatten, wenn er sich auf die rotbeleuchteten Instrumente statt auf seinen Instinkt verließ. Dreh jetzt nicht durch! ermahnte er sich. Wir haben's schon beinahe geschafft.

Dann flogen sie in sicherer Höhe von 400 Fuß übers Land. Eine der vier Hydraulikpumpen schien ausgefallen zu sein. Im Rückspiegel sah Jake, daß die Luftabwehr der Großstadt noch immer versuchte, die flüchtenden Eindringlinge abzuschießen. Das Flakfeuer wurde schwächer, und die nach ihnen greifenden Perlenschnüre aus Leuchtspurgeschossen spiegelten sich in unter Wasser stehenden Reisfeldern. Die A-6A raste mit Höchstleistung im Tiefflug in Richtung Küste davon.

Das Blinken von Jakes Zusammenstoßwarnleuchte wurde vom Helm des Bombenschützen des Tankflugzeugs reflektiert. Big Augie begutachtete die A-6 neben ihnen.

»Soviel ich sehen kann, scheint alles in Ordnung zu sein, Jake. Zwischen den Düsen tritt etwas Hydraulikflüssigkeit aus, aber ansonsten ist alles okay. Vielleicht habt ihr ein paar kleine Löcher, die nicht zu erkennen sind...«

Jake fuhr das Fahrwerk aus und betätigte den Klappenschalter, bevor er die Tankerstation in 20000 Fuß verließ. Auch der Tanker hatte Fahrwerk und Klappen ausgefahren, um neben ihnen bleiben zu können.

Grafton flog unruhig; er schaffte es nicht mehr, die Arm- und Beinbewegungen flüssig zu koordinieren.

»Die Landung wird ein Kinderspiel«, sagte Cole.

»Yeah.«

»Bloß ein paar Turbulenzen wegen der Aufbauten – das ist schon alles. Die See ist ruhig. Der Ball hängt völlig still.«

»Mmh-hmm.«

Cole sah schweigend zu, wie Jake die Maschine bei Kursänderungen herumriß. Zuletzt öffnete der BN den Reißverschluß seiner Überlebensweste, zog eine kleine Plastikflasche heraus und schraubte sie auf. »Nimm mal 'nen Schluck daraus. Der tut dir gut.«

Jake griff nach der Flasche und setzte sie an die Lippen. Die Flüssigkeit brannte wie Feuer, so daß er sich fast verschluckt hätte. »Was ist das, verdammt noch mal?«

»Cognac.«

»Scheiße! Das hab' ich nicht gebraucht!«

»Doch, du hast irgendwas gebraucht. Beruhig dich jetzt, sonst bringst du uns bei der Landung beide um.«

Jake erkannte, daß er 200 Fuß höher als die zugewiesenen 5000 Fuß war, und korrigierte seine Höhe. »Arschloch!«

»Du schaffst es, Jake!« Coles Stimme klang sanft und beruhigend. »Wenn's sein muß, kannst du diese Maschine auf 'ne Briefmarke setzen. Achte auf die Instrumente, und laß dich nicht durcheinanderbringen. Sieh zu, daß du den Kurs hältst. So ist's richtig. Sehr gut. Du hast schon Hunderte von Trägerlandungen hinter dir. Da ist nichts dabei.« Cole betätigte den Fanghakenhebel. »Los, wir fliegen mit voller Leistung an. Wir haben noch reichlich Sprit, und der Tanker ist neben uns.«

»Schon gut, Grandma. Mir fehlt nichts mehr.«

»Okay, aber mir ist nach Reden zumute. Heute nacht haben wir's diesen Scheißkerlen wirklich gezeigt. Jetzt brauchen wir nur noch zu landen, dann haben wir's geschafft, Jake. Du zeigst dem LSO, wie der beste Anflug aussieht, den er je erlebt hat, und erwischst das dritte Seil. Wenn du das nicht könntest, wäre ich nicht mit dir losgeflogen, um Onkel Ho zu bombardieren.«

Seine Stimme klang so ruhig, so nüchtern, daß sich Jakes Nervosität legte. Cole schwatzte unbekümmert weiter. »Wenn wir wieder nach Cubi kommen, kauf' ich mir wahrscheinlich 'ne Stereoanlage. Eines dieser japanischen Geräte mit zweiundfünfzig Knöpfen und sechs oder acht Anzeigen, deren Nadeln im Takt der Musik zucken. Die macht Spaß, glaub' ich. Mal sehen, vielleicht kauf' ich mir die Anlage, die Cowboy hat...« Der Controller unterbrach ihn mit Landeanweisungen.

Tiger Cole setzte seinen Monolog über Stereoanlagen fort, bis der Flugzeugträger eine Seemeile vor ihnen am Ende des Gleitpfads erschien. Von diesem Augenblick an bezogen seine Kommentare sich auf ihren Landeanflug. »Rechter Flügel hängt etwas... drei Meter sinken... etwas mehr Leistung... so halten... sieht gut aus...«

Das Hauptfahrwerk setzte auf, und der Fanghaken faßte das dritte Seil.

»Habt ihr's getroffen?« wollte Steiger von Jake Grafton und Tiger Cole wissen, als sie nach der Ergebnisbesprechung ihres Einsatzes auf dem Gang standen. Die beiden Flieger trugen noch ihre persönliche Ausrüstung und stanken nach Schweiß und Zigarettenrauch. Jake hatte den Reißverschluß seiner Kombi bis zur Taille geöffnet, so daß sein durchgeschwitztes T-Shirt zu sehen war.

Jake zuckte mit den Schultern und starrte die Blutflecken an seinen Oberschenkeln an, in denen er stechende Schmerzen hatte. Mad Jack würde die Metallsplitter herausziehen müssen, von denen einige die Luftkammern seines Druckanzugs durchlöchert hatten. Auf diese Weise kriege ich endlich doch einen neuen Druckanzug, überlegte er sich.

Tiger legte Abe eine Hand auf die Schulter. »Wie du weißt,

hat unser Computer schlappgemacht.« Er nahm seine Helmtasche in die linke Hand und rieb sich unbehaglich den Hinterkopf. »Der Cursor auf dem Radarschirm ist ein hauchdünner Strich – und trotzdem überdeckt er einen sechzig Meter breiten Geländestreifen. Wir haben versucht, ein vielleicht fünfzig Meter breites Ziel zu treffen. Aber eine mit fünfhundert Knoten anfliegende Maschine legt diese Strecke in weniger als einer Fünftelsekunde zurück. Um die Trefferwahrscheinlichkeit zu erhöhen, haben wir die Bomben in Reihe geworfen. Der zeitliche Mindestabstand zwischen zwei Bomben beträgt sechs Hundertstelsekunden, so daß bei fünfhundert Knoten alle fünfzehn Meter eine Bombe auftrifft. Unsere Bombenreihe ist nur etwas über hundert Meter lang gewesen.« Er schüttelte den Kopf.

»Ohne Computer ist ein so kleines Ziel kaum zu treffen«, fügte Jake hinzu. »Wenn wir wirklich Glück gehabt haben, haben wir kein Krankenhaus oder Wohngebäude fünf Straßen weiter getroffen.«

Steiger biß sich auf die Unterlippe und sah von einem erschöpften Gesicht zum anderen. In den Räumen der Einsatzplanung, wo Luftbilder studiert und Kurse auf Karten eingetragen wurden, hatte alles so einfach ausgesehen. »Ihr habt euer Bestes getan. Ich verstehe«, murmelte er.

Der Pilot und sein Bombenschütze schlurften mit hängenden Schultern den Korridor entlang davon.

Jake Grafton saß im Schiffslazarett in der Unterhose auf dem Operationstisch, während Mad Jack mit Nadel und Pinzette die Splitter aus seinen Oberschenkeln entfernte und die Stellen mit einem Antiseptikum behandelte. Camparelli saß rittlings auf einem Stuhl und stützte seine verschränkten Arme auf die Rückenlehne.

»Erzählen Sie mir von den Lenkwaffen. Steiger sagt, daß eine SAM von oben runtergekommen ist.«

»Ja, Sir – sogar mehrere. Aber ich glaube nicht, daß sie mit Infrarotsuchköpfen ausgerüstet gewesen sind. Ich vermute, daß sie in einiger Entfernung gestartet und von einem Radar ganz in unserer Nähe ins Ziel gelenkt worden sind. Wir müssen ganz in der Nähe dieser Station gewesen sein. Und sie haben eine Rakete gestartet und den Brennschluß der ersten Stufe abgewartet, bevor sie ihr Radar eingeschaltet haben. Sie haben dazugelernt – oder jemand, der Russisch spricht, hat ihnen geholfen.«

»Möglich.« Der Alte fuhr sich mit einer Hand über seinen Bürstenhaarschnitt. »Ich hätte nicht gedacht, daß sie dieses Kraftwerk so stark verteidigen würden. Sie büßen sie zwar nur ungern ein, aber eigentlich brauchen sie den Saft gar nicht. Verdammte Reisfarmer!« Er schüttelte den Kopf. »Ihre Maschine ist ziemlich durchlöchert. Keine schweren Beschädigungen – vor allem nicht an den Flügeln –, aber es wird ein paar Tage dauern, bis sie wieder einsatzbereit ist.«

Jake äußerte sich nicht dazu.

»Ich gehe lieber mal rauf und sage Steiger, daß er nicht vergessen soll, die neuen SAM-Stellungen einzuzeichnen.« Der Skipper stand auf und sprach Mad Jacks gekrümmten Rükken an. »Kann er fliegen?«

»Ja. Das sind bloß Nadelstiche, für die ein Heftpflaster reicht.«

Camparelli verließ den Raum.

Sie brauchen also keine Kraftwerke, dachte Jake. Zum Teufel, wozu bombardieren wir sie dann? Vor seinem inneren Auge sah er wieder die Flak und aufsteigende SAMs, erinnerte sich an seine Angst und stellte sich dann ein ausgebombtes, brennendes Parlamentsgebäude vor.

»Entspann dich ein bißchen«, verlangte Mad Jack, ohne den Kopf zu heben, »sonst dauert das hier die ganze Nacht.«

18

Drei Tage nach ihrem Angriff auf Hanoi zog Abe Steiger Jake in der Einsatzplanung beiseite, um ihm eine Meldung zu zeigen. Nordvietnam hatte sich vor der internationalen kommunistischen Presse darüber beschwert, daß eine Bombe keine drei Meter vor dem Gebäude der Nationalversammlung eingeschlagen, die Fassade schwer beschädigt und sämtliche Fenster zertrümmert habe. Da die anderen sieben Bomben nicht erwähnt wurden, vermuteten Jake und Steiger, daß sie auf die Straße vor dem Gebäude gefallen waren. Die Vietnamesen warfen den »Yankee-Luftpiraten« vor, sie hätten bewußt versucht, ihren Regierungssitz zu zerstören, und fügten fast nebenbei an, daß der Angriff drei Menschenleben gekostet habe. Der US-Nachrichtendienst tat diese Behauptung als reine Propaganda ab und führte etwaige Schäden auf die Detonation einer SAM oder Flakgranate zurück.

»Glaubst du, daß die Gomers das wirklich für eine absichtliche Bombardierung gehalten haben?«

»Hat der liebe Gott einen weißen Vollbart? Ist Adolf Hitler schwul gewesen? Gibt's im Paradies Sex? Zum Teufel, woher soll ich das wissen, Abe?«

»Na ja, das ist doch was, worüber man nachdenken kann.«

»Hoffentlich tun sie das! Hoffentlich zerbrechen sie sich den Kopf darüber, wie alles zusammenhängt.«

Jake erzählte Tiger Cole von der Meldung. »Keine Zigarre«, war sein ganzer Kommentar.

Eines Abends bekamen Grafton und Lundeen Besuch von New Guy.

»Willst du 'n warmes Coke?« fragte Sammy ihn.

»Klar«, sagte New. »Warum habt ihr euch eigentlich keinen Kühlschrank gekauft, Jungs?«

»Was führt dich übrigens in diese Lasterhöhle?« erkundigte sich Sammy. Er warf New eine Dose zu, weil er wußte, daß sie dann überschäumen würde, sobald der Verschluß aufgerissen wurde. Das tat sie prompt. New wischte sich die klebrige Hand an seiner Hose ab.

»Ich gebe meine Schwingen ab«, kündigte New an. »Ich habe mit dem Skipper darüber gesprochen, und er hat mir geraten, die Sache erst mal mit einigen der Jungs zu besprechen. Mein Entschluß soll feststehen, bevor ich den schriftlichen Antrag stelle.«

Sammy und Jake wechselten einen Blick. Die meisten Männer wären nicht bereit gewesen, freiwillig fast zweieinhalb

Jahre harter Arbeit wegzuwerfen, denn so lange dauerte es, bis man als Pilot zu einer A-6-Einsatzstaffel kam: achtzehn Monate Flugzeugführerschule, einen Monat Zusatzausbildung für Instrumentenflug und acht Monate A-6-Ersatzstaffel. Erst dann wurde der Neuling einer Staffel bei der Flotte zugeteilt. Der Prozentsatz der Erfolglosen, die ausgesiebt wurden oder freiwillig aufgaben, war hoch.

»Dieses Stück Metall hat dich verdammt viel Mühe und Arbeit gekostet.« Jake deutete auf das goldene Pilotenabzeichen über der linken Brusttasche von New Guys Khakihemd.

»Richtig, aber ich glaub' echt, daß ich auf 'nem anderen Posten nützlichere Arbeit leisten könnte.«

»Bist du verheiratet?« warf Lundeen ein.

New Guy nickte.

»Was hält deine Frau davon?«

Der andere interessierte sich plötzlich für seine Schuhspitzen. »Sie hält diesen Krieg für unrecht und findet, wir sollten uns aus Vietnam zurückziehen.«

»So denken heutzutage viele. Wie stehst du dazu?«

»Weiß ich nicht.«

»Ist deine Ehe gefährdet, wenn du weiterfliegst?« erkundigte sich Jake.

»Schon möglich«, gab New Guy zu.

»Sie hat dir mit Scheidung gedroht?« fragte Sammy weiter.

New Guy zuckte mit den Schultern.

»Hör zu«, sagte Grafton, »dies ist deine Karriere, nicht ihre.«

»Diese Entscheidung hab' ich selbst getroffen«, beteuerte New Guy.

Jake musterte das glatte, unschuldige Gesicht des Jungen nachdenklich. »Falls du Schiß vor Granaten und SAMs hast, befindest du dich in gottverdammt bester Gesellschaft. Ab der Küste hat doch jeder Angst. Das ist kein Grund, sich zu schämen oder den Kram hinzuschmeißen.«

Der neue Pilot schüttelte den Kopf. »Das ist's nicht.«

»Was ist's dann, verdammt noch mal?« fragte Lundeen.

»Ich habe nur das Gefühl, der Navy letzten Endes als Wartungs- oder Verwaltungsoffizier mehr nützen zu können.«

»Lassen wir den Scheiß mal beiseite, ja?« schlug Lundeen vor. »Meinetwegen gehst du hin, lieferst deine Schwingen ab und überläßt das Kämpfen den anderen. Kommt dann jemand bei 'nem Einsatz um, der an sich deiner gewesen wäre, kann's dir nur recht sein. Sollen die anderen doch bluten und sterben!« New Guy schien unter Lundeens Tirade kleiner zu werden. »Du mieser kleiner Feigling! Die Staaten sind voll von Arschlöchern wie dir – von gottverdammten Wehrdienstverweigerern, die ihre kostbaren Ärsche nicht riskieren wollen. Nein, sie überlassen das Bluten und Sterben anderen, während sie zu Hause sitzen, ihre Freiheit genießen und ihr Gewissen dadurch erleichtern, daß sie sich gegenseitig versichern, der Vietnamkrieg sei unmoralisch und...«

»Das reicht, Sam«, unterbrach ihn Jake, der sich daran erinnerte, daß er Callie gegenüber vor nicht allzu langer Zeit ähnlich argumentiert hatte. Falls Lundeen weitermachte, gelang es ihm vielleicht, New Guy dazu zu bringen, aus Scham im Cockpit zu bleiben. Aber welchen Bombenschützen hätte man dazu verurteilen sollen, mit ihm zu fliegen? Ohne Selbstvertrauen konnte ein Pilot nicht nachts an Bord landen, nicht lange genug warten, bevor er den SAMs auswich, und sich nicht ehrlich bemühen, seine Bomben ins Ziel zu bringen. Nein, wenn New es nicht hatte, hatte er's nicht. »Du kannst dem Skipper sagen, daß du mit uns geredet hast. Hier geht's um dein Leben und deine Entscheidung. Vielleicht hast du die richtige Wahl getroffen.«

New Guy stand langsam auf. Er versuchte zu lächeln, aber Jakes kalter Blick hinderte ihn daran. »Unsere Fliegerei ist verdammt anstrengend. Man muß wieder und wieder die Leiter zum Schleudersitz hinaufkriechen. Dabei steht niemand neben einem, um einem zu versichern, daß man das Richtige tut.« Er betrachtete seine zitternden Hände. Dann hob er den Kopf und starrte New Guy an. »Ich weiß nicht, woran du glaubst, aber ich bezweifle, daß du an dich selbst glaubst.«

»Am besten verschwindest du jetzt«, forderte Lundeen den Jungen auf.

Der Skipper leitete New Guys Versetzungsgesuch, das er

befürwortete, ans Marinepersonalamt weiter und teilte ihn als ständigen Wachhabenden ein, der täglich von Mittag bis Mitternacht im Bereitschaftsraum Dienst hatte. Da alle Offiziere vom Kapitänleutnant abwärts diese Zwölfstundenwache gehen mußten, übernahm New Guy jetzt die Hälfte ihrer Wachen. Das gefiel ihnen. Die mit seiner Entscheidung nicht einverstanden waren, ließen es ihn spüren, indem sie nur das Nötigste mit ihm sprachen. Aber sie waren in der Minderheit. Die meisten ließen New Guy nicht links liegen, sondern behandelten ihn wie einen leicht geistig behinderten jüngeren Bruder.

Jake Grafton und Tiger Cole kamen zu einem verspäteten Abendessen in die Messe getrabt, für die keine Anzugordnung galt. Sie waren nachmittags im Einsatz gewesen und hatten einen Bärenhunger. Als beide ihr Aluminiumtablett mit Cornedbeeftoast in der Hand hielten, sahen sie sich nach zwei freien Plätzen um. Cowboy Parker winkte sie an seinen Tisch. Neben ihm saß ein Offizier in der zweiteiligen grünen Fliegerkombi der Air Force.

»Das ist Major Frank Allen. Frank und ich haben gemeinsam an der UT studiert.«

»In Knoxville?« erkundigte Cole sich.

Jake grinste, als Parker anbiß und dem Bombenschützen gekränkt erklärte, seine Alma Mater sei Austin. Frank Allen lächelte.

Cowboy erzählte, sein ehemaliger Studienfreund besuche die *Shiloh* im Rahmen eines inoffiziellen Austauschprogramms zwischen Marinefliegern und den im thailändischen Nakhon Phanon, im militärischen Sprachgebrauch als NKP oder »naked fanny« bezeichnet, stationierten Luftwaffenpiloten. Vor zwei Monaten war ein Hauptmann, der F-105 Wild Weasels – das bei der Air Force eingesetzte Gegenstück der A-6B – flog, an Bord gewesen. Danach hatte Big Augie es geschafft, ihre Waffenbrüder in Thailand besuchen zu dürfen, und war mit solchen Stories über Bars und Bordelle zurückgekommen, daß seine Kameraden annehmen mußten, er habe die drei Tage gänzlich in alkoholischen und sexuellen

Exzessen verbracht. Der Boxmann hatte wie erwartet reagiert und drei Gesuche geschrieben, nach Nakhon Phanom zu dürfen, die aber jedesmal abgelehnt worden waren.

»Fliegen Sie die F-105?« fragte Jake den Major.

»Nein, A-1 Skyraiders, die bei euch ›Spads‹ heißen«, antwortete Frank Allen. »Wenn ich nicht bei Bombenangriffen mit einem FAC zusammenarbeite, führe ich gelegentlich Such- und Rettungsflüge durch.«

»Wir lassen ihn morgen mit einem Tanker mitfliegen«, sagte Parker. »Er soll einen Katapultstart und eine Trägerlandung mitkriegen, damit er der Tailhook Association beitreten und zum nächsten Jahrestreffen nach Las Vegas kommen kann.« Fast alle Marineflieger gehörten dieser Vereinigung an und hielten das Wochenende in Las Vegas für eine tolle Sache.

Nach dem Abendessen zogen sich die vier in Cowboys Kabine zurück. Während sie mit minimalen Einsätzen Poker spielten, erwähnte Jake Big Augies Trip nach Thailand, seine Erlebnisberichte aus den dortigen Bordellen und ihre Wirkung auf Box. Nach kurzer Diskussion wurde der Boxmann eingeladen, sich zu ihnen zu gesellen. Nachdem er etwa einen halben Dollar gewonnen hatte, brachte jemand das Gespräch auf die Großstadt in der Nähe des Luftwaffenstützpunkts, auf dem Allen stationiert war.

Frank Allen schüttelte den Kopf. »Dort gibt's das größte Bordell östlich von Port Said«, vertraute er ihnen an. »Sensationell! Über hundert Frauen, eigentlich noch Mädchen, lauter kleine braune Fickmaschinen, und für fünf US-Dollar kann man die ganze Nacht bleiben. Man kriegt so viele Mädchen, wie man will – alles ohne Aufpreis.« Box warf sein Blatt auf den Tisch und starrte Allen an.

»Am besten gefällt's mir«, fuhr Allen fort und beugte sich dabei nach vorn, »wenn man sich ganz auszieht und auf einen gepolsterten Tisch legt. Diese Mädchen lecken einen überall, bis man 'nen Steifen hat, und dann lassen sie ein Mädchen in 'ner Art Schaukel auf einen runter. Man ist in ihr, aber der einzige Kontakt ist der sexuelle.« Ein Schauder durchlief Allen, während er sich an seine Ekstase zu erinnern schien. Jake griff beiläufig nach den Karten, die der Boxmann abgelegt hatte: Box hatte ein Paar Könige weggeworfen.

»Sind diese Mädchen sauber?« erkundigte sich der Boxmann, leerte sein Glas in einem Zug und goß sich sofort ein neues Coke ein. Jake konnte sich vorstellen, warum er das fragte: Er befand sich wegen eines Trippers in ärztlicher Behandlung – zum dritten Mal auf diesem Törn.

»Klar doch«, versicherte Allen ihm. »Sie tragen alle weiße Söckchen. Das ist ihr Erkennungszeichen.« Die anderen Männer lachten, während Box gequält lächelte.

Am nächsten Morgen schrieb Box in aller Frühe ein weiteres Gesuch, um einen Flug ins Sündenbabel des Orients genehmigt zu bekommen. Der Skipper lehnte das Gesuch ab, indem er es im Bereitschaftsraum vor seinen Augen verbrannte.

Frank Allen durfte in einem Tanker mitfliegen, erlebte eine Trägerlandung und hielt vor der A-6-Staffel einen Vortrag über Such- und Rettungsverfahren im Urwald. Der CAG lud ihn ein, den Vortrag für die übrigen Bereitschaftsräume zu wiederholen. Als der Major dann das Schiff verließ, sorgten Cowboy und die anderen dafür, daß der Boxmann ihn zu der Transportmaschine begleiten und ihm gute Reise wünschen mußte.

Eines Morgens um drei Uhr saß Jake Grafton in seiner Fliegerkombi allein in der Messe, für die keine Anzugordnung galt. Er hielt die Tasse mit beiden Händen fest, damit kein Kaffee überschwappte, und starrte die Brotkrümel und Flekken auf der Tischdecke an.

»Ah, Mister Grafton! Darf ich mich zu Ihnen setzen?« Les Rucic nahm ihm gegenüber Platz. Er schlürfte seinen Kaffee und zündete sich eine Zigarette an. »Sind Sie geflogen?«

»Hmmmm.«

»'nen Einsatz?«

»Mmh-hmm.«

»Schade, daß man hier keinen Drink kriegen kann«, stellte Rucic fest.

Jake starrte weiter in seine Kaffeetasse. Weiß er von unserem Angriff auf Hanoi? Ist er deshalb hier? Der Pilot spürte, wie seine Magennerven sich verkrampften.

»Sieht so aus, als wäre dies meine letzte Nacht an Bord.«

Jake musterte das Gesicht des Reporters. Seitdem der Pilot ihn zuletzt gesehen hatte, schienen die aus seiner Nase wachsenden Haare noch länger geworden zu sein.

»Wahrscheinlich bleibe ich ungefähr 'ne Woche in Saigon, um ein Gefühl für die dortige Atmosphäre zu bekommen, und fliege dann in die Staaten zurück. Haben Sie daheim jemanden, den ich anrufen und von Ihnen grüßen soll?«

Ja, Mrs. Grafton, ich habe Ihren Sohn auf der *Shiloh* kennengelernt. Ihm geht's ausgezeichnet, und er hat mich gebeten, Sie anzurufen und Ihnen fröhliche Weihnachten zu wünschen. Was halten Sie von seinem Einsatz drüben in Vietnam? Finden Sie, daß Amerika sich dort engagieren sollte? Grafton fragte sich, ob die Verachtung, die er für Rucic empfand, ihm auf der Stirn geschrieben stand.

»Gewinnen oder verlieren wir?« fragte Rucic plötzlich.

»Was?«

»Gewinnen oder verlieren wir den Krieg?«

»Keine Ahnung.«

»Los, packen Sie ein bißchen aus! Ich habe einige der anderen Piloten und Seeoffiziere interviewt und ziemlich gutes Material bekommen.« Er schwenkte sein Notizbuch.

Jake spürte, wie seine Verkrampfung nachließ. Hätte Rucic von dem Angriff auf das Gebäude der Nationalversammlung gewußt, hätte er bestimmt längst nachgebohrt. Jake atmete erleichtert auf und fragte: »Was haben Sie gesagt?«

Rucic blätterte in seinem Notizbuch. »Wir verschaffen den Südvietnamesen eine Atempause«, las er vor. »Ob sich der Aufwand dafür lohnt, hängt davon ab, was sie – die Südvietnamesen – mit dieser Zeit anfangen... Freiheit ist das kostbarste Gut der Welt...«

»Das in die Zeitung zu setzen, wäre Papierverschwendung«, knurrte Grafton. »Warum heben Sie sich solche Sprüche nicht für den vierten Juli auf?«

Rucic schlürfte seinen Kaffee. »Wollen Sie mir nicht von dem Einsatz erzählen, bei dem Ihr Bombenschütze umgekommen ist?« Er schlug wieder in seinem Notizbuch nach. »Morgan McPherson.«

Der Hundesohn hat mich also gesucht!

»Können Sie mir schildern, wie's passiert ist? Als ich Sie neulich interviewt habe, habe ich nicht gewußt, daß Sie Ihren Bombenschützen verloren hatten.«

Jake starrte ihn wortlos an.

»Hören Sie, Grafton, es ist mein Recht, hier zu sein und diese Fragen zu stellen. Wenn Sie nicht mitspielen, muß ich mich bei Ihren Vorgesetzten beschweren.« Rucics Augen erinnerten Jake an die Augen toter Fische, die in Hongkonger Gassen verkauft wurden.

Der Pilot stand auf. Er stemmte die Fäuste auf den Tisch und beugte sich zu dem Reporter hinüber. »Mit Ihnen brauche ich überhaupt nicht zu reden, Arschloch. Falls Sie meinen Namen in Ihren Stories verwenden, verklage ich Ihr Blatt – und Sie – wegen Verletzung der Intimsphäre.« Seine Stimmlage wurde höher, aber dagegen war er machtlos. »Ihre Zeitungen verkaufen sich besser, wenn Sie die Druckerschwärze mit ein bißchen Blut vermengen, stimmt's?«

Jake marschierte davon, weil er merkte, daß er dabei war, die Beherrschung zu verlieren.

19

An einem wolkenlosen Morgen zog Jake Grafton seine Sitzgurte straff, als Cowboy Parker übers Flugdeck auf die Maschine zugerannt kam. Gemeinsam mit Little Augie und Big Augie, deren Intruder neben seiner stand, sollten Grafton und Tiger Cole ein vermutetes Treibstofflager angreifen. Sie hatten vor, es mit den 16 Rockeyes, die jede Maschine trug, in Brand zu setzen. Boxmann und Corey Ford, sein Pilot, bemannten die Reservemaschine mit 16 225-kg-Bomben Mark 82, die nur starten würde, falls einer der Bomber den Start wegen mechanischer Defekte abbrechen mußte. Grafton sah Parker unbehaglich entgegen. Hoffentlich kein eiliges Ziel!

Cowboy kam die Pilotenleiter herauf. »Ihr habt ein neues Ziel, Jake. Vergiß das Treibstofflager.« Er hielt eine Luftfahrerkarte hoch, in die mit weichem Bleistift ein Dreieck eingezeichnet war. Jake sah, daß es einen feindlichen Flugplatz umschloß.

»Was gibt's dort?«

»MiGs!« antwortete Parker. »Zwei, vielleicht sogar drei. Sie sind vor eineinhalb Stunden dort gelandet, und wir wollen sie bombardieren, bevor sie wieder starten. Du hast die Führung. Wir starten auch die Reservemaschine, damit ihr zu dritt seid. Die Einsatzbesprechung findet nach dem Rendezvous auf unserer taktischen Frequenz statt.« Cowboy gab Jake den Kartenstreifen und mehrere Luftbilder des Flugplatzes. Er stieg eine Leitersprosse hinunter, blieb stehen und sah erneut zu Jake auf. »Das wird verdammt schwierig. Der Platz ist schwer verteidigt.«

»Sag den anderen, daß wir uns in zehntausend treffen.«

Cowboy nickte und verschwand die Leiter hinunter.

Jake studierte die Karte gemeinsam mit Tiger. »Scheiße«, murmelte Cole. »Der verdammte Platz liegt in Laos.« Ihr Angriffsziel lag fünf bis sechs Meilen jenseits der laotischen Grenze hinter dem Bartholomäus-Paß, dessen Höhe in der Karte mit 3937 Fuß angegegeben war. Jake erinnerte sich daran, daß der Meteorologe von tief in den Bergen hängenden Wolken gesprochen hatte.

Wie sollten sie anfliegen? Flogen sie erst nach Hue, dann westlich nach Laos und nördlich zum Flugplatz – wie hieß er gleich wieder? – Nong Het, waren sie so lange unterwegs, daß der Gegner gewarnt war. Wenn sie dagegen auf dem kürzesten Weg über Nordvietnam anflogen, mußten sie unterwegs mit Flak rechnen, aber die Nordvietnamesen hatten weniger Zeit, die Verteidigung des Flugplatzes vorzubereiten. Falls die MiGs als Köder dienten, um den Löwen anzulocken, mußte die Vorwarnzeit möglichst verkürzt werden.

Jake Grafton rieb sich das Kinn und starrte aufs Meer hinaus. Er dachte an die Flak und den Flugplatz auf einem Talboden. Vielleicht war die kürzeste Route doch die beste. »Was denkst du, Tiger? Direktanflug?«

»Richtig.«

Der Flugzeugwart gab das Zeichen zum Anlassen der Triebwerke. Jake überließ Karte und Luftbilder dem Bombenschützen und konzentrierte sich auf den Startvorgang. Er war zu abgelenkt, um den Katapultstart zu genießen, als es dann soweit war.

Sie trafen sich in 10000 Fuß über dem Schiff. Corey Ford setzte sich links neben Jake, der die Führung übernahm, und Little Augie schloß rechts zu ihm auf. Jake wies sie durch ein Handzeichen an, auf die taktische Frequenz der Staffel umzuschalten, und begann langsam weiterzusteigen.

»Zwo hört«, meldete Little.

»Drei hört.« Das war Corey.

»Scrambler einschalten.« Alle drei schalteten die Scrambler ein, die den Funksprechverkehr automatisch verschlüsselten. Ein Mithörer ohne Scrambler mit dem jeweiligen Tagescode hätte lediglich ein unverständliches Summen empfangen. »Okay, Jungs, wir nehmen den kürzesten Weg. Die Küste nördlich von Vinh überfliegen, das richtige Tal finden, unter die Wolken, über den Paß und blitzschnell im Sturzflug angreifen. Hat jemand was dagegen?«

Als keine Einwände kamen, fuhr Jake fort: »Dieser Platz liegt bestimmt in Ost-West-Richtung längs zum Tal.« Cole, der die Luftaufnahmen studierte, reckte zustimmend seinen linken Daumen hoch. »Little, du übernimmst die rechte Seite; Corey und ich nehmen die linke. Werft eure Bomben auf die Baumreihen an den Platzrändern. Ich gehe jede Wette ein, daß diese MiGs unter den Bäumen abgestellt sind. Seht ihr sie aber im Freien, wißt ihr, was ihr zu tun habt. Ist das verstanden?«

Die Antwort bestand aus zweimaligem Doppelklicken. »Wie auf der Karte zu sehen ist, liegt das Ziel in einem Tal, das nach links abbiegt. Auf beiden Seiten ragen hohe Berge auf – rechts bis über sechstausendzwohundert Fuß. Nach dem Abwurf mußt du allein zurechtkommen, Little. Ich möchte, daß du aus Sicherheitsgründen nach rechts abdrehst und dich zurückmogelst. Corey, du bleibst bei mir, und wir drehen beide nach links ab. Unter Umständen versuchen sie, uns im Abflug noch 'ne SAM zu verpassen. Jeder hütet sich davor, in eine dieser Granitwolken einzufliegen. Noch Fragen?«

Niemand hatte Fragen. Sie schalteten wieder auf die Strike-Frequenz um.

»Glaubst du, daß wir sie überraschen können?« fragte Jake seinen Bombenschützen.

Tiger schüttelte den Kopf.

»Ich auch nicht«, grunzte Jake. »Ich hab' den leisen Verdacht, daß wir versuchen, den Käse aus der Mausefalle zu holen.«

Für diesen Angriff gab es nur zwei Methoden: Sie konnten hoch über Bergen und Wolken anfliegen oder im Tiefflug unter die Wolkendecke gehen. Wurden die Rockeyes aus zu großer Höhe abgeworfen, öffneten sie sich so früh, daß ihre Kleinbomben wirkungslos weit verstreut auftrafen. Deshalb hatten sie eigentlich gar keine andere Wahl, als den Platz im Tiefflug anzugreifen.

Jake dachte über diese Dinge nach, während er den Computerkurs zu dem von Cole gewählten Überflugpunkt 20 Seemeilen nördlich von Vinh steuerte. Sie würden die Küste aus Südosten anfliegen. Er ging in 20000 Fuß in den Horizontalflug über und suchte den fernen Horizont ab. Links von sich sah er einen Streifen Land und die Wolken in den aus der Küstenebene aufsteigenden Bergen.

Jake wies die anderen Besatzungen an, wieder ihre Scrambler einzuschalten. »Devil drei, da du Mehrzweckbomben hast, mußt du wahrscheinlich höher gehen, um die Zünder scharfzumachen.« Corey Ford klickte mit seiner Sprechtaste. »Aber paß auf, daß du dabei nicht gegen einen Berg fliegst!«

»Verstanden.«

»Nach dem Abwurf steigst du über die Berge und siehst zu, daß du zur Küste zurückkommst, ohne auf mich zu warten.«

»Wird gemacht.«

»Boxmann, wie funktioniert dein Radar?« Da Grafton die Kette führte, ließ er sich seine Besorgnis anmerken.

»Funktioniert erstklassig, Jake.«

»Corey, du mußt eine S-Kurve oder etwas langsamer fliegen, damit ich weit genug voraus bin, wenn du wirfst.« Der andere Pilot drückte zweimal auf seine Sprechtaste. Jake wollte sichergehen, daß Corey nicht so früh warf, daß er im Tiefflug von seinen Bomben getroffen wurde oder in ihren Detonationsbereich geriet. Ein bis zwei Sekunden Vorsprung würden genügen.

Jake fiel noch etwas ein. »Der Platz wird bestimmt stark verteidigt. Sollte jemand getroffen werden und aussteigen müssen, ist er auf sich allein gestellt. Macht keinen Scheiß, und bleibt in der Nähe, um aufzupassen, ob die Fallschirme sich öffnen, sondern seht zu, daß ihr wegkommt.« Die Antwort bestand aus dem Klicken von Sprechtasten.

Sie flogen schweigend weiter. Jakes Kehle war so trocken, daß er einen Schluck aus seiner Wasserflasche nahm. Er hielt sie Cole hin, der seine Maske abnahm, die Flasche an die Lippen setzte und sie dann zurückgab.

Jake drückte den Knüppel leicht nach vorn und veränderte die Trimmung für den Sinkflug. Die Besatzungen hakten ihre Einsatzchecklisten ab. In 10000 Fuß und 15 Seemeilen vor der Küste meldete Jake dem Überwachungsflugzeug E-2C Hawkeye, daß er sein IFF-Gerät ausschalte. Nun waren sie auf sich allein gestellt. Er sah zu den anderen Maschinen hinüber und wies die Piloten an, etwas mehr Abstand zu halten. Als sie den Abstand auf 30 Meter vergrößert hatten, konzentrierte er sich auf das Land vor ihnen. Reisfelder glitzerten in der Morgensonne.

Frank Camparelli und Cowboy Parker standen in der Einsatzplanung über eine Luftfahrtkarte gebeugt. Der Skipper war sich bewußt, daß drei seiner Bomber bei Tageslicht und ohne ausreichende Planung zu einem stark verteidigten Ziel unterwegs waren, und fürchtete eine mögliche Katastrophe.

»Wie fliegt Grafton Ihrer Meinung nach an?«

»Jake nimmt garantiert den kürzesten Weg, Skipper. Seiner Ansicht nach geben Tricks und Finten dem Gegner auf einem so kleinen Kriegsschauplatz nur mehr Zeit, seine Abwehr zu alarmieren.«

»Ja, das stimmt.« Camparelli trat an die Flakkarte an der Wand. Das Gebiet um den Flugplatz herum war mit Nadeln vollgesteckt. »Ich fürchte, daß sie dort auf uns lauern.«

»Schon möglich – aber als Köder dienen echte MiGs.« Parker trat ebenfalls an die Wandkarte. »Diese MiGs sind wirklich da«, sagte er und dachte an die Meldung der elektronischen Aufklärung, daß auf dem Flugplatz Nong Het seit zwei Stunden von MiG-19 stammende Radarsignale festgestellt worden seien. »Tatsache ist, daß wir's uns leisten können, ein Flugzeug gegen ein anderes zu tauschen.«

Camparelli drehte sich langsam um und musterte Cowboy von Kopf bis Fuß. »Sie geben eines Tages einen guten Admiral ab, Parker.«

Cowboy wurde rot. »Skipper, das heißt nicht, daß...«

»Ich weiß, ich weiß.« Camparelli winkte ab und ließ seinen Blick über die Karte auf dem Tisch gleiten, während er sich das kurzgeschnittene Haar rieb. Sechs Männer und Material für 18 Millionen Dollar aufs Spiel gesetzt, um einen oder zwei 15 Jahre alte einsitzige Tagjäger zu zerstören, aus denen F-4 Phantoms im Luftkampf Hackfleisch gemacht hätten. »Warum gehen Sie nicht ins CIC und hören auf der Einsatzfrequenz mit?«

»Aye, aye, Sir.« Parker machte sich sofort auf den Weg.

Der Skipper ging langsam von einer Wandkarte zur anderen. Er blieb vor der Karte mit den eingezeichneten SAM-Stellungen stehen und begutachtete sie interessiert. Sein Blick wanderte vom Flugplatz Nong Het nach Norden in Richtung Hanoi. Da er in Gedanken bei Grafton war, sah er sich das Gebiet um das Kraftwerk bei Bac Giang genauer an.

»Steiger!« Der Fregattenkapitän stapfte zur Tür der Luftbildauswertung. »Steiger! Wo ist Steiger?«

Dreißig Sekunden später stand Abe Steiger mit rotem Kopf vor der Karte mit den SAM-Stellungen und starrte Camparellis Zeigefinger an, der gebieterisch auf den mit Bac Giang bezeichneten schwarzen Punkt an der Bahnlinie tippte. »Warum sind hier keine SAM-Stellungen eingezeichnet? Wo sind die Stellungen, die Grafton neulich zu schaffen gemacht haben?«

Steiger öffnete mehrmals den Mund, ohne ein Wort herauszubringen.

»Ich habe Ihnen gesagt, daß Sie die Stellungen, die Grafton beschossen haben, in diese Karte eintragen sollen. Ich habe Sie ausdrücklich angewiesen, sie in Ihre Tagesmeldung aufzunehmen.« Der Finger deutete nach nebenan. »Holen Sie mir die Meldung, Mister Steiger. Sofort! Ich möchte sie sehen.«

»Diese Stellungen stehen nicht drin, Sir.« Abe konnte dem Skipper nicht in die Augen sehen.

»Ich glaube, Sie kommen jetzt am besten mit in meine Kabine, Mister Steiger, damit wir uns ein bißchen unterhalten können.«

Die drei Bomber überflogen die Küste im Sinkflug mit 480 Knoten in 6000 Fuß. »Devils haben trockene Füße«, meldete Jake der irgendwo über dem Golf von Tonking kreisenden Hawkeye.

Er bekam die übliche Antwort: »Viel Erfolg!«

Die Wolkenuntergrenze schien bei etwa 2500 Fuß zu liegen, aber Jake ging noch tiefer hinunter. Im Tiefflug bei Tageslicht mußten sie fast die Bäume streifen, um der feindlichen Flak das Zielen zu erschweren. Und je tiefer sie flogen, desto weniger Leute konnten sie sehen.

Sie flogen in 1000 Fuß genau über ein Dorf an einer Straßenkreuzung und gingen noch tiefer. Mündungsfeuer zeigte, daß sie beschossen wurden, und alle drei Flugzeuge machten kleine Ausweichbewegungen, ohne die Formation zu verlassen. Als sie in 50 Fuß ganz dicht über den Bäumen in den Horizontalflug übergingen, war kein Platz mehr für Ausweichbewegungen. Geschwindigkeit war nun ihre einzige Verteidigung. Jake schob die Leistungshebel bis zum Anschlag nach vorn und erwartete eine Meldung für den Fall, daß jemand nicht mithalten konnte. Nach weniger als einer Minute sagte Corey über Funk: »Zwo weniger, Jake.«

Grafton verminderte seine Triebwerksdrehzahl um zwei Prozent und zog die Klemmschraube an, die ein unabsichtliches Weiterschieben der Leistungshebel verhindern sollte.

Er konzentrierte sich darauf, gelegentlich auftauchende Baumreihen zu überspringen. Die Maschinen rasten über große Reisfelder, eine Straße, Hütten, weitere Reisfelder, eine zweite Straße, eine Baumreihe und noch mehr Reisfelder hinweg. Das Geschwindigkeitsgefühl war berauschend.

»Wir sind im Tal«, meldete Cole.

Jake sah die Hochspannungsleitung beinahe erst, als er sie mit atemberaubend geringem Abstand überflog.

Aus einem Baum unmittelbar vor ihm flog ein Vogelschwarm auf. Jake sah ihn unter sich verschwinden und wußte, daß die Wirbel hinter seiner Maschine die Vögel in den Baum zurückschleudern würden.

Flak vor ihnen auf der Straße. Mündungsblitze. Eine ganze Reihe wie Blitzlichtbirnen. Die Bomber rasten auf die Straße zu und hatten sie im nächsten Augenblick bereits hinter sich gelassen.

Der Talboden stieg an. Hier gab es mehr Bäume. Ihre Fahrt schien abzunehmen. Jake wollte automatisch die Leistungshebel nach vorn drücken; dann fiel ihm die Klemmschraube ein, und er überzeugte sich davon, daß die Drehzahlen unverändert waren. Bevor wir hinkommen, sterbe ich an Altersschwäche, dachte er.

Eine halbe Minute später rückten die Felswände enger zusammen, und die Flugzeuge folgten dem Talverlauf. Dichter Urwald bedeckte die Bergflanken, deren Grate höher und höher aufragten, bis sie die Wolken berührten. Jake sah auf seinen Höhenmesser. Sie befanden sich 1700 Fuß über dem Meeresspiegel.

Daheim in den Staaten hatte Jake Grafton großes Vergnügen an Flügen dieser Art auf Ausbildungsstrecken über einsame Gebiete gefunden, wo die gesetzliche Mindesthöhe 500 Fuß über Grund betrug. Als selbstbewußter junger Mann war er oft aus Spaß so tief geflogen, wie er nur konnte. Damals, als Militärflugzeuge noch nach Sicht fliegen durften, hatte er die Cascade Range auf dem Rückflug zur NAS Whidbey Island oft in nur 200 oder 300 Fuß Höhe überquert, war mit Vollschub über die Pässe gerast und hatte sich am Verlauf der Bäche orientiert, die zu Flüssen wurden und in den Puget-Sund mündeten. Von höherer Stelle waren diese illegalen Flüge dann verboten worden. Jetzt war er froh, daß er damit Erfahrungen gesammelt hatte.

Das Tal schlängelte sich serpentinenartig bergauf. Der Höhenmesser zeigte, daß sie rasch stiegen. Jetzt war's nicht mehr weit. »Hauptschalter«, befahl Jake über Funk. Cole betätigte den Hauptschalter des Waffenpults mit der linken Hand und tastete dann nach den übrigen Schaltern, um sich davon zu überzeugen, daß sie in richtiger Position standen.

Vor sich sah Jake das Talende: erst ein flacher Hang, danach ein zerklüfteter Grat, der die Wolken nicht ganz berührte. Das grüne Blätterdach schien die Unterseiten der auf die Paßhöhe zurasenden Flugzeuge zu streicheln.

Durchs Bombenvisier sah Grafton den baumlosen Felsgrat und das Mündungsfeuer der dort stehenden Geschütze. Lange Ketten weißglühender Granaten durchzogen die Luft.

Sie können uns nicht verfehlen. Unmöglich. Wir sind viel zu nahe. Jake spürte, wie die weißen Blitze aufs Cockpit zurasten, um dann im letzten Augenblick abzubiegen und irgendwo neben oder über ihnen zu detonieren.

Sie können uns nicht verfehlen. Unmöglich. Wir sind viel zu nahe.

Als er die kahle Paßhöhe überflog, blickte er nach unten. In sein Gedächtnis brannte sich ein wirres Bild, das er sein Leben lang nie mehr vergessen würde: Mündungsfeuer aus Geschützen, die von schwarzgekleideten Männern geladen und abgefeuert wurden und dabei Staubwolken aufwirbelten.

Er sah zu Corey Ford und dem Boxmann hinüber und stellte fest, daß sie etwa 30 Meter von ihm entfernt fast auf seiner Höhe flogen. Plötzlich schlugen Flammen aus der Rumpfunterseite. Dann explodierte die andere Maschine.

Der Feuerball war gelb mit weißem Kern. Er wuchs langsam weiter und verschwand dann hinter der Paßhöhe.

Jake und Little Augie rasten ins Tal hinunter.

»Ford hat's erwischt«, sagte Little über Funk.

»Dort vorn ist die Landebahn«, meldete Cole. Das enge Tal war mit den aufsteigenden Feuerströmen von Maschinenwaffen angefüllt. Die von der hämmernden Flak aufgewirbelten Staubwolken flankierten die Landebahn wie Wachposten aus dem Totenreich. Da Jake wußte, daß Little die rechte Seite bombardieren würde, steuerte er die Baumreihe am linken Platzrand an. Er hielt die Maschine im Horizontalflug und ließ den Boden wegsacken.

Rummms!

Ein Schlag wie von einem Vorschlaghammer traf die Intruder. Der Pilot kontrollierte sofort seine Instrumente: Drehzahl rechts abfallend. Abgastemperatur rechts steigend. Jake riß den Leistungshebel des getroffenen Triebwerks zurück, um es abzustellen, und kurvte steil nach links ein, um die Berge zu übersteigen.

Angst und Entsetzen erfüllten ihn und ließen nur noch Raum für einen Gedanken: Bloß weg von hier, bevor sie auch das andere Triebwerk treffen!

Dann sah er zwischen den Bäumen auf halber Höhe der Landebahn etwas Silbernes glitzern. Eine MiG!

Zum Teufel damit! Tot sind wir sowieso!

Jake stürzte sich auf die MiG. Als das Flugzeug am Unterrand des Bombenvisiers auftauchte, betätigte sein Daumen den Auslöseknopf am Steuerknüppel. Er spürte die kleinen, langsamen Rucke, mit denen sich die Rockeyes von den Aufhängepunkten lösten – alle Drittelsekunde ein Paar.

Ein Strom weißer Leuchtspurgeschosse zischte übers Cockpit hinweg und schmetterte ins Leitwerk der Intruder. Die Nadel des Fahrtmessers fiel auf Null zurück.

Am Westrand des Flugplatzes feuerten nur zwei einsame Geschütze in die Luft.

Als die letzte Bombe gefallen war, zog Jake das Flugzeug in einer Linkskurve nach oben, um die Berge zu übersteigen. Noch ein Blick über die Schulter in Richtung Flugplatz. Zwischen den Bäumen stieg ein Feuerball auf. »Eine hab' ich erwischt«, flüsterte er.

Wolken hüllten sie ein. »Wir hätten von Westen anfliegen sollen«, erklärte er Cole.

Als sie die Küste überflogen hatten, meldete Jake der *Shiloh* auf der Strike-Frequenz den Abschuß seines Rottenfliegers.

Er fügte hinzu, falls ein weiterer Angriff geplant sei, sollten die Maschinen von Westen anfliegen und nach dem Abwurf steil in die Wolken hochziehen. Danach rief er Little Augie, um sich mit ihm zu treffen.

Die zweite A-6 wirkte anfangs wie ein am sonnendurchglühten Himmel schwebender Samen, aus dem Flügel und ein Leitwerk sproßten. Wenig später konnte Jake die Männer im Cockpit unterscheiden. Little Augie kam so nahe heran, daß Jake alle Nieten, alle Ölspuren, alle Flecken an seiner Maschine erkennen konnte.

»Du hast vier oder fünf hübsche Löcher im Leitwerk, Jake.« Little tauchte unter ihm hinweg, blieb kurz verschwunden und kam rechts wieder hoch. »Der rechte Lufteinlaß ist unbeschädigt. Von außen ist nichts zu sehen. Vielleicht ist was reingeraten?« Allerdings – etwas aus einem Geschützrohr! »In der rechten Klappe hast du zwei Löcher, Jake. Und die Panzerplatte über dem rechten Triebwerk ist ziemlich verbeult. Ansonsten...«

Jake und Cole suchten die andere A-6 sorgfältig ab, ohne mehr als ein kleines Loch im linken Höhenleitwerk zu entdecken.

Nachdem Jake wieder die Führung übernommen hatte, löste er seinen Fanghaken aus und zog ihn wieder hoch. Er prüfte, ob Fahrwerk und Klappen funktionierten. Die Maschine wollte nach links oder rechts ausbrechen, wenn er den Leistungshebel zurücknahm oder nach vorn schob, aber das war beim Flug mit nur einem Triebwerk normal und ließ sich leicht mit dem Seitenruder kompensieren. »Sieht nicht schlecht aus«, meinte Little. Jake fuhr das Fahrwerk ein und drückte nach, um Fahrt aufzunehmen, damit die Klappen in Mittellage zurückkehrten. Nachdem er die Schäden an seinem Flugzeug gemeldet hatte, erhielt er wenig später Anweisung, an Bord zu landen, anstatt nach Da Nang auszuweichen.

Die beschädigte Intruder landete als letzte Maschine. Jake flog auf dem kürzesten Weg an, ohne die Bremsklappen auszufahren. Da er wußte, daß Piloten, die mit nur einem Triebwerk landen mußten, häufig den Fehler machten, die Leistung des einen Triebwerks nicht genug zu drosseln, weil sie fürchteten, dann zu starkes Sinken nicht mehr abfangen zu können, konzentrierte er sich darauf, ausreichend Leistung wegzunehmen und notwendige Leistungserhöhungen zu verdoppeln. Er erwischte das dritte Halteseil, und Cole sagte: »Nicht schlecht für 'ne Landung mit einem Triebwerk.«

Die Flügel klappten langsam hoch, weil nur eine Hydraulikpumpe den Druck lieferte. Jake wurde zum zweiten Aufzug gewinkt und sofort aufs Hangardeck hinuntergefahren. Nachdem er von der Plattform in die riesige Wartehalle gerollt war und darauf wartete, daß die Blauhemden der Decksmannschaft seine Maschine mit Bremsklötzen und Ketten sicherten, öffnete Jake das Kabinendach und stellte das Triebwerk ab.

Am Fuß der Pilotenleiter warteten mehrere Männer mit ernsten Gesichtern. Grafton nahm Zuflucht zu Routinehandgriffen: Er ließ die Sicherheitsklinken des Schleudersitzes einrasten, kontrollierte sämtliche Schalterstellungen und löste zuletzt sein Gurtzeug. Als er den schlimmen Augenblick nicht länger hinausschieben konnte, kletterte er aus dem Cockpit und stieg die Leiter hinunter.

Cowboy trat ihm entgegen. »Tut mir leid, daß das passiert ist, Maat.«

Jake Grafton begann zu schluchzen. Er hatte nicht mehr geweint, seitdem seine Großmutter gestorben war, als er sechzehn gewesen war. Parker und Sammy Lundeen führten ihn zu einem Aufgang neben dem Hangardeck, wo er sich auf die eiserne Treppe setzte.

Cowboy schloß die Luke zum Hangardeck und zündete eine Zigarette an, die er Jake gab. »Hat er das mit den Händen schon lange?« hörte Grafton ihn Sammy fragen.

Nach zwei Stunden Sauerstoffatmung brannte der Tabakrauch in seiner Lunge. Die Zigarette erlosch, als die Glut das Filtermundstück erreichte. Jake steckte es sorgfältig in seine linke Ärmeltasche. »Okay, jetzt geht's wieder«, sagte er und stand auf. Er sah Lundeen ins Gesicht. »Ich hab' die falsche Entscheidung getroffen. Wir hätten von Westen anfliegen sollen.«

»Das hast du nicht wissen können.« Sammy legte Jake eine Hand auf die Schulter. »Kopf hoch, Jake! Laß dich nicht unterkriegen!«

Jake nickte wortlos. Er würde es versuchen. Aber das wurde immer schwieriger, und er war so verdammt müde.

20

Er wachte auf und sah auf seine Armbanduhr: 8.03 Uhr – aber morgens oder abends? Als er Sammy in der oberen Koje schnarchen hörte, tippte er auf 20.03 Uhr, weil Sammy sonst Dienst gehabt hätte. Er blieb eine Weile liegen und versuchte, die auf seinem Gemüt lastenden Schatten zu vertreiben. Er erinnerte sich an die große rote Kapsel in Mad Jacks ausgestreckter weißer Handfläche. Er hatte das Beruhigungsmittel gleich ohne Wasser geschluckt. Weshalb so bereitwillig? Schiffsgeräusche drangen an seine Ohren, und vor seinem inneren Auge erschien ein in einem Feuerball explodierendes Flugzeug. Corey Ford und der Boxmann – ihretwegen hatte er die Kapsel geschluckt.

Von dem Beruhigungsmittel hatte er Kopfschmerzen. Er schob ein Bein über den Kojenrand und setzte seinen Fuß auf den Boden. Das zweite Bein folgte. Nach einer Ruhepause richtete er sich auf, bis er saß. Dann stolperte er ans Waschbecken und hielt einen Waschlappen unters kalte Wasser. Zuletzt ließ er sich wieder in die Koje fallen und legte sich das nasse Tuch auf die Stirn. Wie oft er das schon getan hatte! Wenn er verkatert gewesen war...

Während er im Dunkel lag, versuchte er, die feuchte Kühle auf Stirn und Augen ganz zu nutzen, obwohl er zwischendurch immer wieder Szenen ihres Angriffs am Vortag sah. Nach einer Viertelstunde war er endlich wach und schleuderte das Tuch in Richtung Waschbecken. Er wechselte die Unterwäsche, zog eine Khakiuniform an, griff sich seine Fliegerjacke und schloß die Tür hinter sich.

Er fand Devil 502, sein Flugzeug vom Vortag, in der Ecke

des Hangars, in der schwer beschädigte oder auf Ersatzteile wartende Maschinen abgestellt wurden. Devil 502 war eine Hangarkönigin geworden. Na ja, ihr verdammter Computer hatte sowieso nie richtig funktioniert. Trotzdem hatte das alte Mädchen gehalten und Cole und ihn zurückgebracht.

Er stieg auf eine Arbeitsbühne am Heck und trat ans Seitenleitwerk. Die Schußlöcher hatten ungefähr zwei Zentimeter Durchmesser und gingen glatt hindurch. Er zählte fünf davon. Ein Blick durch eine gezackte Einschußöffnung zeigte einen strukturellen Schaden: Ein Stringer war völlig durchtrennt.

Der Wartungsoffizier ihrer Staffel, Korvettenkapitän Joe Wagner, stand am Bug der Maschine. Jake kletterte von der Arbeitsbühne und ging zu ihm nach vorn. »Sieht schlimm aus, was?« rief Wagner ihm entgegen.

Jake nickte wortlos.

»Sie sind ein Glückspilz, Grafton, ein echter Glückspilz. Ich bin eigens noch mal hergekommen, um mir dieses Wrack anzusehen, über Ihr Glück zu staunen und zu versuchen, ein bißchen davon abzukriegen.«

Jake schnaubte. »Mein Glück würden Sie nicht wollen.«

»Sagen Sie das nicht! Sehen Sie die Löcher hier? Ich tippe auf vierzehnkommafünf Millimeter. Eines, vielleicht auch zwei stammen von Sprenggeschossen, die nicht detoniert sind. Da haben Sie unwahrscheinliches Glück gehabt, denn sonst wäre ihr halbes Seitenleitwerk weg gewesen. Ich weiß nicht, ob dieser Vogel damit noch fliegt. Die Geschosse haben die einzige Stelle des Flugzeugs getroffen, die so wenig Widerstand bietet, daß die Aufschlagzünder intakt geblieben sind. Kommen Sie, ich will Ihnen noch was zeigen.«

Er führte Jake zum rechten Triebwerkseinlaß und trat etwas zurück, damit Jake besser hineinsehen konnte. Der Eintrittskegel war völlig zerfetzt, und die Verdichterschaufeln waren abenteuerlich verbogen.

»Hier tippe ich auf siebenunddreißig Millimeter – ein anständiges Kaliber. Die Granate hat den Eintrittskegel genau in der Mitte getroffen und ihn zerlegt, so daß seine Trümmer in den Verdichter geraten sind. Zum Glück haben Sie das

Triebwerk sofort abgestellt, sonst wären die Verdichterschaufeln weggeflogen und hätten die Rumpfbeplankung aus Aluminium und den Haupttank durchschlagen. Dann wäre Treibstoff aufs heiße Triebwerk gespritzt – und dieser Vogel wäre eine Tausendstelsekunde später explodiert. Selbst wenn der Tank heilgeblieben wäre, hätte sich das weiterlaufende Triebwerk aus seinen Halterungen gerissen, weil der Treffer die beiden ersten Lager zerstört hat.«

Jake Grafton nickte. »Eine Tausendstelsekunde – so lange haben Ford und Box noch zu leben gehabt. Eben sind sie noch dagewesen, und im nächsten Augenblick sind sie in einem Feuerball verschwunden.«

Joe Wagner sah zu Boden. »Wahrscheinlich hat ein Sprenggeschoß den Haupttank getroffen. Oder eine ihrer Bomben, die dann hochgegangen ist. Jedenfalls ist's ein schneller Tod gewesen.«

Sie sprachen noch einige Zeit miteinander; dann stieg Jake wieder zum Flugdeck hinauf. Er ging zwischen geparkten Maschinen hindurch nach achtern zu den Inselaufbauten und trat dort auf den tieferliegenden Laufgang hinunter. Neben der gigantischen *Shiloh* lag ein Munitionstransporter. Jake sah auf die Brücke des Versorgungsschiffs hinunter, das viel mehr in der Dünung arbeitete als der Flugzeugträger.

Das kleinere Schiff versorgte das größere mit todbringenden Waffen. An übers Wasser gespannten Drahtseilen schwebten Bombenkisten herüber, die gelegentlich in die Wellen tauchten. Jake beobachtete die hierhin und dorthin fahrenden Gabelstapler und die Männer, die sich mit den schweren Kisten mit noch zünderlosen Bomben abmühten, und war nicht imstande, einen Zusammenhang zwischen dieser Betriebsamkeit und seinem Abwerfen dieser Bomben zu erkennen. Er schlug den Kragen seiner Fliegerjacke hoch und ging davon.

Laut Dienstplan hatte Jake nach Tagesanbruch zwei Wachen im Pri-Fly zu gehen. Jetzt war es erst Mitternacht. Da er zu ruhelos war, um schlafen zu können, schlenderte er in die Messe und aß einen Hamburger, während der Raum unter den Rammstößen der Bugkatapulte erzitterte, die nun die ersten Maschinen des neuen Tages starteten. Der ganze Raum bebte, und alles Geschirr klirrte, wenn die Laufkatzen der Katapulte mit lautem Knall von den Wasserbremsen zum Stehen gebracht wurden.

Jake ließ sich beim Kaffee Zeit und rauchte eine Zigarette, während er über die Männer nachdachte, die von den Katapulten in die Nacht geschleudert wurden. Als die letzte Maschine gestartet war, drückte er seine Zigarette aus und machte sich auf den Weg in den Bereitschaftsraum, um nach Post zu sehen. Er hoffte auf einen Brief von Callie, aber an diesem Abend enthielt sein Brieffach nur Dienstsachen. Jake ließ sich auf einen Stuhl fallen und blätterte in diesen Papieren.

Wenig später merkte er, daß New Guy ihn von seinem Platz hinter dem Schreibtisch des Wachhabenden aus heimlich beobachtete. Die beiden Männer waren im Bereitschaftsraum allein. Jake befaßte sich angelegentlich mit seinen Akten. Was dachte New Guy jetzt? War er auf ihn wütend – oder vielleicht auf Ford und Box, die rücksichtslos genug gewesen waren zu fallen? Oder war er auf sich selbst wütend und verglich sich mit den Piloten, die er im Bereitschaftsraum erlebte?

Früher war New Guy einer von ihnen gewesen: Früher hatte er wie sie auf den gepolsterten Stühlen gesessen und bei Einsatzbesprechungen zugehört. Wie sie hatte er seinen Garderobenschrank aufgesperrt, nach Überlebensweste, Druckanzug und Gurtzeug gegriffen, den alten Schweiß gerochen und an hinter ihm liegende Schrecken gedacht, während er sich auf den nächsten Start vorbereitete. Schämte er sich, weil er aufgegeben hatte? Dann würde er sich nicht lange selbst Vorwürfe machen. Er würde die Schuld anderen zuweisen: dem Skipper, dem System, anderen Piloten oder seiner Frau.

Das Telefon auf dem Schreibtisch des Wachhabenden klingelte. New Guy griff nach dem Hörer wie ein Ertrinkender nach einem Rettungsring. Dann legte er auf, ließ die Hand auf dem Hörer und sagte: »Jake, der Skipper, möchte dich in seiner Kabine sprechen.«

Jake stand langsam auf und legte die Akten in sein Brieffach zurück. Beim Hinausgehen sah er sich nach New Guy um und stellte fest, daß er über den Dienstplan gebeugt dahockte und wieder einmal die Namen der Männer las, zu denen er sich früher hatte zählen dürfen.

Ein Grunzen antwortete Jake, als er anklopfte. Er trat ein. Der Alte saß hinter seinem Schreibtisch, während Cowboy Parker mit grimmiger Miene auf der Koje hockte. Fregattenkapitän Camparelli musterte Jake von Kopf bis Fuß; dann nickte er zur Couch hinüber.

Der Skipper zündete sich eine Zigarette an und fuhr sich mit den Fingerspitzen über seinen Bürstenhaarschnitt. Jake wartete, während er ein Schriftstück überflog. Schließlich sah Camparelli zu ihm hinüber. »Ein toter Bombenschütze, eine in der Luft explodierte Maschine – und jetzt das hier.« Er hielt das Blatt Papier hoch und betrachtete Grafton wie eine naturwissenschaftliche Kuriosität. »Wissen Sie, was das ist?«

»Nein, Sir.«

»Dies ist eine Geheimmeldung der Siebten Flotte, die bis hinauf nach Washington gegangen ist. Ihr Name kommt mehrmals darin vor. Möchten Sie wissen, was für interessante Informationen diese kleine Mitteilung enthält?«

Jake schüttelte den Kopf.

»Als ich mir gestern in der Einsatzplanung die aktuellen SAM-Karten angesehen habe, ist's mir nicht gelungen, all die SAM-Stellungen zu finden, von denen Sie beim Angriff auf das Kraftwerk Bac Giang beschossen worden sind. Deshalb habe ich in den Tagesmeldungen nachgesehen und hier und da ein paar Fragen gestellt. Dann habe ich mich freundschaftlich mit Ihrem Kumpel Steiger unterhalten. Können Sie sich vorstellen, was er mir erzählt hat?«

»Nein, Sir.« Jakes Atmung hatte sich beschleunigt.

»Merkwürdig. Ich hätte tausend Dollar gewettet, daß Sie's erraten würden.« Camparellis Gesicht war zornrot, und seine Halsadern traten deutlich hervor. »Mister Steiger hatte ein kleines Geständnis abzulegen. Allerdings erst, nachdem er zu erklären versucht hatte, weshalb all die SAM-Stellungen, von denen Sie im Raum Bac Giang beschossen worden waren, weder in der Tagesmeldung noch den Karten zu finden waren, obwohl ich ihm ausdrücklich befohlen hatte, sie darin aufzunehmen. Anscheinend hat er gewußt, daß sich die Stellungen nicht an den Orten befinden, die Sie in Ihrem Einsatzbericht angegeben haben.« Seine Stimme war jetzt schreiend laut. »Ich will's kurz machen: Steiger hat zugegeben, daß Sie und Cole nicht bei Bac Giang gewesen sind, als Sie diesen SAMs ausweichen mußten. Er hat eingeräumt, daß Sie zu diesem Zeitpunkt auf einem kleinen Privatausflug nach Hanoi gewesen sind.«

Jake senkte den Kopf.

»Das stimmt also, was? Wissen Sie überhaupt, was Sie angestellt haben? Bevor ich mit Ihnen fertig bin, werden Sie sich wünschen, Sie hätten statt McPherson diese verdammte Kugel abgekriegt. Nehmen Sie Haltung an, Mister Grafton!« Das »Mister« klang geradezu verächtlich.

Jake sprang auf, nahm Haltung an und ließ seinen Blick auf die Wand neben der Tür gerichtet. Camparelli blieb dicht vor ihm stehen. »Ich bin seit zwanzig Jahren in der Navy und habe wie verrückt geschuftet, um diesen Posten zu kriegen. Und Sie haben hinter meinem Rücken mein Vertrauen und das jedes einzelnen Offiziers dieser Staffel mißbraucht. Mein Gott, begreifen Sie denn nicht, daß wir beim Militär auf Vertrauen angewiesen sind? Außer Ihrem Bombenschützen kann niemand in Ihrer Maschine mitfliegen. Wenn Sie nicht imstande oder nicht willens sind, Befehle auszuführen, sind Sie einen Dreck wert! Selbst New Guy, dieser feige Schwachkopf, wiegt dann zehn von Ihrer Sorte auf. Bei ihm kann ich mich darauf verlassen, daß er ein jämmerlicher Feigling ist. Aber ich kann mich auf ihn verlassen. Haben Sie das begriffen?«

Jake brachte kein Wort heraus.

»Als Sie zum Offizier befördert worden sind, Grafton, haben Sie geschworen, die Verfassung der Vereinigten Staaten gegen alle inneren und äußeren Feinde zu verteidigen und *die Befehle mir vorgesetzter Offiziere zu befolgen*. Das ist der Eid, den jeder amerikanische Marineoffizier seit fast zweihundert

Jahren geleistet hat. Und Sie haben ihn durch Ihren Ungehorsam gebrochen!« Der Skipper ließ sich in seinen Sessel fallen. »Sehen Sie gefälligst geradeaus, Mister.«

Als Camparelli weitersprach, klang seine Stimme beherrschter, aber noch immer verbittert. »Überall in Amerika werden Matrosen und Soldaten auf Flugplätzen und Busbahnhöfen angespuckt. ROTC-Kadetten weigern sich, ihre Uniform zu tragen, weil sie darin beschimpft und verspottet werden. Können Sie sich das vorstellen? Amerikaner bespucken die Männer, die geschworen haben, sie zu verteidigen und die Befehle der vom Volk gewählten Regierung auszuführen.«

Die Faust des Skippers krachte auf den Schreibtisch.

»Seit zweihundert Jahren gehorcht das Militär den Zivilisten, aus denen unsere gewählte Regierung besteht. Diese Zivilisten sind nicht immer klug, nicht immer im Recht und in einigen Fällen nicht mal sonderlich intelligent gewesen. Tatsächlich sind viele Präsidenten unseres Landes nur zweitklassige Politiker gewesen, deren einzige Qualifikation für ihr Amt die Fähigkeit war, die Mehrheit der Wähler hinters Licht zu führen. Aber selbst den schlechtesten Präsidenten ist gehorcht worden. Wissen Sie, weshalb? Können Sie sich das denken?«

Jake stand schweigend da.

»Ich verlange eine Antwort, Mister Grafton!«

»Nein, Sir.«

»Dann will ich's Ihnen so erklären, daß selbst Sie es verstehen. Sollte sich unsere militärische Führung jemals einfallen lassen, sie habe das Recht, der Stimme ihres Gewissens zu folgen und zu tun, was sie für richtig hält, anstatt erhaltene Befehle auszuführen, stehen die Vereinigten Staaten vor einer Militärdiktatur. Dann sind wir nichts anderes als eine weitere chaotische Bananenrepublik.«

Jake hörte das Klicken eines Feuerzeugs. Der Fregattenkapitän stand wieder auf und blieb dicht vor Jake stehen. Seine Stimme war zu einem heiseren Flüstern geworden. »Sie haben kein Recht, Befehle zu verweigern. Nicht das geringste! Sie tun, was Ihnen befohlen wird – und wenn Sie dabei umkommen. Sie gehorchen, selbst wenn Sie das Ihr Leben und Ihre unsterbliche Seele kostet, falls Sie eine haben. Mir ist's scheißegal, ob Ihr Vater der Papst ist und Sie eine Direktverbindung zu Gott dem Allmächtigen haben. Wir reden hier von unserem Land und unserer Marine, Sie Schwachkopf!« Camparelli marschierte in der Kabine auf und ab. »In den Magazinen dieses Schiffs lagern genügend Waffen, um Vietnam oder China vom Erdboden zu tilgen. Was wäre, wenn der Kapitän sich einfallen ließe, er besitze die Macht und den Weitblick, um auf eigene Faust zu handeln?«

Er blieb vor Grafton stehen, der weiter stramm Haltung bewahrte. »Das Rückgrat der Marine ist Gehorsam. Amerika wird seine Marine stets brauchen.« Der Skipper wandte sich ab und trat zwei Schritte auf seinen Schreibtisch zu. »Und es wird stets darauf angewiesen sein, daß seine Marine gehorcht. Was Sie getan haben, ist falsch, grundfalsch.«

Frank Camparelli ließ sich in den Schreibtischsessel fallen. »Sie glauben also, daß dieser Buschkrieg in diesem gottverlassenen Land es wert ist, die US Navy zu kompromittieren, was? Sie bilden sich ein, diese verdammten Kommunisten mit Ihrem Flugzeug und ein paar Bomben persönlich besiegen und gute Demokraten und Republikaner aus ihnen machen zu können?« Der Alte zog an seiner Zigarette. Dann seufzte er. »Sie sind ein Dummkopf, weil Sie nicht begriffen haben, daß wir selbst dann gehorchen müssen, wenn wir alle unser Leben oder sogar diesen gottverdammten Krieg verlieren.

Welches Problem haben Sie eigentlich, Grafton? Wir sind Ihnen wohl nicht aggressiv genug? Scheiße! Bloß schade, daß ich Ihnen nicht Gelegenheit geben kann, Ford und Box zu fragen, ob wir ihnen aggressiv genug gewesen sind.«

Die Stille hing wie Aasgeruch in der Luft.

Grafton spürte, daß seine Augen brannten. Cowboy räusperte sich, um die Aufmerksamkeit des Skippers auf sich zu lenken, und starrte Jakes zitternde Hände an. Nach einem kurzen Blick sprach Camparelli weiter.

»Sie gehen anschließend ins Schiffslazarett und bestellen Mad Jack, daß ich angeordnet habe, Sie auf Fliegertauglichkeit zu untersuchen. Falls er einverstanden ist, schicke ich Sie mitsamt Ihrer persönlichen Ausrüstung mit der Morgenmaschine nach Cubi. Wir bekommen zwei neue Flugzeuge, die aus den Staaten dorthin überführt werden, und ich kann keine Besatzungen entbehren, um Sie abholen zu lassen. Diesen Psychopathen Cole nehmen Sie auch mit.

In Ihrer Abwesenheit wird eine Untersuchung gegen Sie eingeleitet, und Sie werden dazu vernommen, wenn Sie wieder zurück sind. Sie melden uns das Eintreffen der neuen Maschinen und bekommen gesagt, wann Sie damit über dem Schiff sein sollen. Dann fliegen Sie eines der Flugzeuge an Bord, und wir schicken eine Besatzung los, die das zweite holt. Nach Ihrer Ankunft und solange Sie in Cubi sind, melden Sie sich morgens und abends beim Offizier vom Dienst. Sind diese Befehle klar und ausführlich genug?«

Jake nickte.

»Antworten Sie gefälligst!« brüllte der Skipper ihn an.

»Ja, Sir. Die Befehle sind klar und ausführlich.«

»Dann sehen Sie zu, daß Sie sich daran halten, Grafton!« Camparelli machte eine kurze Pause. »Steiger darf seine Kabine nicht verlassen und keinen Besuch empfangen. Er hat Anweisung, nicht ans Telefon zu gehen. Versuchen Sie ja nicht, mit ihm Verbindung aufzunehmen! Und jetzt verschwinden Sie, bevor ich selbst nachsehe, was Sie statt Hirn im Kopf haben!«

Jake ging hinaus.

Der Sanitätsmaat im Schiffslazarett forderte Grafton auf, um sieben Uhr zum Krankenappell zu kommen. Aber er hatte keine Lust, sich abwimmeln zu lassen. »Ich will jetzt untersucht werden. Los, sehen Sie nach, wo Ihr Boß ist!« Wie sich herausstellte, war der Arzt doch da. Anscheinend hatte er gerade mit Camparelli telefoniert.

Jake, der nur seine Unterhose trug, ließ die Routineuntersuchung geduldig über sich ergehen. In Gedanken war er woanders. Vor seinem inneren Auge erschienen Morgan und die Gesichter jetzt toter Männer, die er gekannt hatte. Zwei davon waren bei Verkehrsunfällen umgekommen, aber etwa ein halbes Dutzend hatte bei Flugunfällen den Tod gefunden. Einer war in der Ausbildung aus einer brennenden F-9 ausgestiegen und dem Tod entgegengestürzt, als sein Fallschirm sich nicht geöffnet hatte. Jake hatte Morgan am besten gekannt, aber er war auch mit einem Jungen aus Kalifornien, der mit seiner A-6A auf einem Nachtflug in Nevada gegen einen Hügel gerast war, gut befreundet gewesen.

Mad Jack betrachtete Jakes Hände. »Bist du flugtauglich?«

»Ich bin kein Arzt«, sagte Jake. »Ich fliege bloß Flugzeuge. Für Onkel Sam...«, fügte er unsicher hinzu. Der Skipper hätte das vermutlich anders gesehen. Schön, Frank Camparelli hatte recht – aber er auch. Es mußte eine Obergrenze geben, bis zu der man sich Dummheit in Führungskreisen gefallen lassen mußte. Hatten die gewählten Zivilisten nicht die Absicht, den Druck zu verstärken, bis der Krieg gewonnen war, hatten sie auch nicht das Recht, durch ihre Unentschlossenheit Menschenleben zu opfern. Camparelli versucht nicht, Dummheit zu entschuldigen; er akzeptiert sie einfach. Vielleicht liegt das Problem darin, daß die Admirale und Generale den gewählten Amtsinhabern nie erklären, was für Dummköpfe sie sind.

»Bist du flugtauglich?« wiederholte der Arzt.

»Wie beurteilst du mich? Du bist vor ein paar Wochen mit mir geflogen. Hast du dich in Gefahr gefühlt? Ist das teure Medizinstudium, das deine Eltern bezahlt haben, irgendwie gefährdet gewesen?«

»Du kannst dich wieder anziehen.« Mad Jack kritzelte etwas in die Krankenakte.

»Na, wie lautet dein fachmännisches Urteil? Läßt du mich weiter diese Vögel fliegen oder nicht?«

»Was möchtest du selbst?« fragte der Arzt. »Willst du weiterfliegen?«

Jake zog seine Schuhe an. »Keine Ahnung, Doc.« Er sprach langsam, weil er sich zu konzentrieren versuchte. »Ich fliege, seit ich fünfzehn bin. Ich kann eigentlich nur fliegen. Sollte der Krieg weitergehen, werde ich wohl in einem Flugzeug den Tod finden.« Jake nahm Geldbörse und Schlüsselbund vom Schreibtisch. »In Wirklichkeit ist mir das scheißegal.«

Der Arzt musterte ihn prüfend. »Als wir vor ein paar Wochen an Land geflogen sind, hast du mir eine Frage gestellt, von der ich geglaubt habe, du könntest sie beantworten. Du hast gefragt: ›Ist dieses Leben den eines Tages unvermeidlichen Absturz wert?‹ Okay, wie lautet deine Antwort? Ist es ihn wert?«

»Ich kann mich nicht erinnern, das gefragt zu haben.« Der Pilot stützte seine Ellbogen auf die Knie. »Ich habe immer geglaubt, die Fliegerei sei jedes Opfer wert«, antwortete er endlich.

»Das Leben ist weit prosaischer als die Fliegerei, nicht wahr? Jedenfalls viel komplizierter. Häufig nicht ruhmreich. Im Gegensatz zur Fliegerei bietet es nur wenig Gelegenheit, sich eindeutig zwischen richtig und falsch zu entscheiden.« Während Mad Jack seinen Monolog fortsetzte und über gute Piloten philosophierte, die im Leben oft schlimme Entscheidungen trafen, konzentrierte sich Jakes Aufmerksamkeit auf die gerahmten Drucke an den Kabinenwänden. Sie zeigten berühmte Augenblicke der Marinegeschichte: Dewey in Manila Bay; Farragut, der an den Forts von Mobile vorbeidampfte; *Monitor* und *Merrimack* auf Hampton Reede.

Mad Jack hatte auch ein Foto aufgehängt. Es zeigte Marines mit vor Anstrengung verzerrten Gesichtern in japanischem Abwehrfeuer am Strand von Iwo Jima. Dort war kein Ruhm zu holen gewesen.

21

Jake ließ Tiger Cole an der Bar im Cubi Point Officers' Club zurück. Da kein Träger an der Pier lag, war der Club wie ausgestorben. Mit einem frischen Scotch in der Hand und 30 Dollar in Quarters in den Hosentaschen war er zur Telefonzelle unterwegs. Cole und er waren am Tag zuvor angekommen und hatten sich im Offiziersheim einquartiert und beim Offizier vom Dienst gemeldet, wie Camparelli ihnen befohlen hatte. An der Bar hatte Cole gesagt: »Du solltest anrufen.«

»Das wäre viel von ihr verlangt«, wandte Jake ein.

Cole schüttelte den Würfelbecher und stülpte ihn um. »Ruf sie an.« Er ließ zwei Dreier liegen und warf die anderen Würfel wieder in den Becher. »Ich wollte, ich hätte dein Problem.« Er würfelte einen dritten Dreier. »Los, mach schon!«

Jake hatte das Gefühl, einen Glücksspielautomaten mit Münzen zu füttern. Sein Scotch war zu zwei Dritteln getrunken, als er zwischen einem stetigen Summen und gelegentlichen atmosphärischen Störungen endlich Callies Stimme hörte.

»Ich bin's – Jake.«

Eine kurze Pause. »Jake! Ich freue mich so, deine Stimme zu hören! Ich dachte, du seist auf See. Wo steckst du?«

»In Cubi Point auf den Philippinen. Ich bin gestern nachmittag mit meinem Bombenschützen hier angekommen. Das tägliche Frachtflugzeug hat uns mitgenommen.«

Wieder eine Pause. »Hast du Urlaub?«

»Gewissermaßen.«

»Jake! Bist du verwundet?«

»Nein, nein, mir geht's gut. Wirklich, mir fehlt nichts. Ich rufe aus dem Offiziersclub an und habe einen Scotch in der Hand.«

»Wenn du Scotch trinkst, muß bei dir wohl alles in Ordnung sein.«

»Na ja, nicht alles. Ich hab' gerade ziemliche Schwierigkeiten.«

»Schwierigkeiten? Was für Schwierigkeiten?«

Jake suchte seine Taschen nach Zigaretten ab. »Schwierigkeiten mit der Navy. Ich hab' was angestellt, mich nicht genau an meine Befehle gehalten.«

»Wie schlimm ist die Sache? Die Schwierigkeiten, in denen du steckst?«

»Oh, sie könnten schlimmer sein. Mir droht kein Standgericht oder dergleichen. Ich werd's überleben. In drei, vier Tagen überführe ich ein neues Flugzeug auf den Träger. Aber ich möchte dich noch einmal sehen, bevor ich zurückfliegen muß.«

»Ich möchte dich auch wiedersehen. Ehrlich!«

»Könntest du kommen?«

»Was? Ich soll auf die Philippinen fliegen? Sofort?«

»Yeah. Ich weiß, daß das viel verlangt ist, aber...«

»Ich weiß gar nicht, ob ich Urlaub bekommen kann. Mein Job... Das kommt so überraschend. Vielleicht...«

»Callie, ich brauche dich.« Während Jake auf ihre Antwort wartete, klemmte er sich den Hörer zwischen Kopf und Schulter und zündete sich eine Zigarette an.

»Wie könnte ich hinkommen?«

»Du fliegst nach Manila. Ich kann dich dort abholen und nach Cubi mitnehmen.«

»Warum bleiben wir nicht in Manila?«

»Das geht nicht. Ich muß mich jeden Morgen beim Offizier vom Dienst melden.«

»Die Sache ist wirklich ernst, was?«

Jake holte tief Luft, bevor er antwortete. »Ja, ziemlich ernst.«

»Bleib einen Augenblick dran. Ich frage gleich nach, was sich machen läßt. Du kannst doch dranbleiben?«

»Klar.«

Einige Minuten später forderte die Telefonistin ihn auf, weitere Münzen einzuwerfen. Jake steckte sie so schnell wie möglich in den Einwurfschlitz. Ein Quarter rutschte ihm aus den Fingern, prallte von der Ablage unter dem Telefon ab und fiel zu Boden. Jake machte sich nicht die Mühe, ihn aufzuheben. Schließlich meldete sich Callie wieder.

»Jake?«

»Hier.«

»Ich kann erst übermorgen kommen.«

»In Ordnung.«

»Ich kann eine Maschine nehmen, die am Samstag um dreizehn Uhr fünfzehn in Manila ankommt. Dann hätten wir nicht viel Zeit füreinander. Soll ich trotzdem kommen?«

»Ja, bitte. Ich freue mich schon sehr.«

»Okay. Ich komme mit der Cathay Pacific. Flug neun-zwei-drei.«

»Verstanden. Hey, ich kann's kaum erwarten, dich wiederzusehen – und vielen Dank!«

Nachdem er Callie versprochen hatte, sich zu erholen und sich keine Sorgen zu machen, führte Jake ein weiteres Telefongespräch, bevor er zu Cole an die Bar zurückkehrte. »Sie kommt, Maat!« Cole quittierte diese Mitteilung mit der Andeutung eines Lächelns. Jake fuhr fort: »Ein Mann aus dem hiesigen Fliegerclub, den ich kenne, fliegt mich nach Manila, damit ich sie abholen kann.«

Jake sammelte die Würfel ein und warf sie in den Becher. Nachdem er ihn geschüttelt hatte, stülpte er ihn auf der Theke um.

Fünf Einser.

Die beiden Männer wechselten einen Blick und starrten danach das Schild hinter der Bar an: *Eins bis fünf Zahlen eine Lokalrunde, fünf Einser kaufen die Bar.*

Cole sah sich langsam in dem leeren Raum um. »Barkeeper!« rief Tiger. »Geben Sie mir einen Doppelten von dem teuersten Zeug, das Sie dort hinten haben. Und schenken Sie sich einen für sich ein.« Seine blauen Augen erwiderten Jakes Blick, und seine Mundwinkel zuckten. »Verdammt noch mal, Mann, du bist der größte Glückspilz, den ich kenne!«

Jake ließ seinen Arm um Callie gelegt, während Harold eine gründliche Vorflugkontrolle der viersitzigen Cessna 172 durchführte. Harolds Gründlichkeit beeindruckte Jake. Die meisten Piloten hätten vor dem Rückflug am selben Tag nur nach Öl und Benzin gesehen. Trotzdem wußte Jake, daß er sich mit Harold am Steuer nicht wohl fühlen würde. Er fühlte sich nur in Flugzeugen wohl, die er selbst flog.

»Hoffentlich ist dieser Flug ruhiger als der vorige«, sagte Callie. Sie hatte über Turbulenzen auf dem Flug nach Manila geklagt, schon bald nachdem Jake sie nach der Zollkontrolle in die Arme geschlossen und geküßt hatte.

»Auf dem Herflug ist's in viertausend Fuß ziemlich ruhig gewesen«, versicherte Jake ihr.

Callie drückte seine Hand. »Ich will dich nicht drängen, aber vielleicht erzählst du mir unterwegs, was für Schwierigkeiten du hast.«

Jake schüttelte grinsend den Kopf. »Diese Propellermaschinen sind ziemlich laut. Man müßte schreien, um sich zu verständigen. Ich dachte, wir würden in Cubi als erstes ins Hotel gehen. Dann könnten wir an den Strand fahren. Ich kenne einen mit schneeweißem Sand, den ich aus der Luft entdeckt habe. Das wäre ein guter Platz für unser Gespräch.«

Callie nickte lächelnd. »Das klingt wie ein guter Plan.«

Im Steigflug war die Luft anfangs turbulent, aber sobald sie 3700 Fuß erreicht hatten, hörte das Rütteln schlagartig auf. Harolds Sitz war höher als die Rücksitze, auf denen Jake und Callie saßen, und wirkte durch die Schräglage der Maschine noch höher. Jake hatte den Eindruck, daß Harold auf einem Thron saß. Seine Glatze glänzte in der Nachmittagssonne. Jake war traurig bei dem Gedanken, daß er nach einem letzten Flug mit einer A-6 Intruder nie wieder einen Steuerknüppel in der Hand halten würde.

Im Gegenanflug vor der Landung in Cubi Point schätzte Jake nach Form und Stellung des Windsacks, daß Harold im Endanflug mit etwa 15 Knoten Seitenwind von links zu kämpfen haben würde – nicht wenig für eine Cessna. Sobald Harold in den Endanflugteil einkurvte, trat er das rechte Ruderpedal, um den Bug der Maschine auf die Landebahn ausgerichtet zu halten. Jetzt blieb das Flugzeug trotz des starken Seitenwindes auf die Mittellinie der Landebahn ausgerichtet. Jake hörte ein leises Quietschen, als das linke Rad der Cessna aufsetzte, und ein leiseres, mit dem das rechte den Asphalt berührte. »Gut gemacht!« sagte er laut. »Sie haben das dritte Halteseil erwischt.«

Jake und Callie nahmen ein Taxi zum Haupttor der NAS Cubi Point und gingen zu Fuß über die Brücke bis zum nächsten Hotel. Jake war bereits zuvor dagewesen und hatte einen horrenden Preis fürs beste Zimmer des Hauses bezahlt.

Callie sah sich in dem Zimmer um. Die dunkelgrüne Wandfarbe blätterte ab. Wand und Decke wiesen Wasserflecken auf. Der Wasserhahn über den abgestoßenen Waschbecken tropfte. »Hier komme ich mir vor, als sei ich zu einem Seitensprung in einem Stundenhotel.«

Jake äußerte sich nicht dazu, sondern trat ans Waschbek-

gen. Ich wollte, daß der Skipper ihm eine anständige Disziplinarstrafe aufbrummt, aber der Alte hat's dann doch nicht getan. Ich habe für eine Strafe plädiert, weil dieser Matrose gelogen, weil er mein Vertrauen mißbraucht hatte. Was ich getan habe, ist weit schlimmer. Sie werden mich streng bestrafen, darauf kannst du dich verlassen! Über meinen Ungehorsam können sie nicht einfach hinweggehen, dafür ist die Sache zu schwerwiegend. Das Außenministerium muß über den Fall informiert werden – vielleicht sogar der Präsident.«

»Das ist mir auch klar. Ich versuche durchaus nicht, die Schwere deines Vergehens zu bagatellisieren. Aber ich finde, du solltest nicht gleich alle Hoffnung aufgeben. Was könnte die Marine noch tun, außer dich hinter Gitter zu schicken?«

»Sie könnten mir einen Fußtritt geben und mich unehrenhaft entlassen. Damit hätte ich im Zivilleben größte Schwierigkeiten, einen anständigen Job zu finden. Oder sie könnten mich auffordern, freiwillig auszuscheiden, um ehrenhaft entlassen zu werden. Dann hätte ich wenigstens Aussicht auf einen Job in der Fliegerei.«

»Sonst noch irgendwas?«

»Na ja, sie könnten mir als Mindeststrafe einen dienstlichen Verweis erteilen, der in meine Personalakte eingetragen würde. Damit könnte ich zunächst in der Marine bleiben, aber das hätte nicht viel Sinn. Ich würde nie mehr befördert werden und bis zu meiner Pensionierung ein kleiner Kapitänleutnant bleiben.«

»Könnten sie dich nicht mündlich streng verwarnen und s dabei bewenden lassen?«

»Kräftig zusammenstauchen und abtreten lassen? Das äre zu schön! Nein, mit meiner Marinelaufbahn ist's aus.«

Callie äußerte sich nicht dazu.

t der Sonne stand nun ein heller Dreiviertelmond am mel. Es war kühler geworden, und sie saßen aneinanelehnt auf dem Handtuch. Callies Arme umfaßten ihre gezogenen Beine, die fast unter dem T-Shirt verschwan-

»Wie kommst du damit zurecht, falls sich herausstellt, u nicht mehr fliegen darfst?«

ken, um das Tropfen abzustellen. Dann erstarrte er mit einer Hand am Wasserhahn: Im Abfluß lag eine über zwei Zentimeter große schwarze Schabe unbeweglich auf dem Rücken. Jake trat rasch in die Toilette und riß einen langen Streifen Klopapier ab. Als er herauskam, starrte Callie das Bild einer schwarzweiß gefleckten Kuh an, die ihren Blick kummervoll erwiderte. Die Kuh stand auf einer sehr grünen Wiese. »Das könnte Teil einer Käsewerbung sein.«

»Amerikanische Exportkunst.«

Jake stellte sich vor das Waschbecken, damit Callie nicht hineinsehen konnte. Er griff ins Becken, brachte die Schabe zwischen zwei Lagen Toilletenpapier und achtete darauf, nicht zu fest zuzupacken. Dann hörte er hinter sich Callies Stimme.

»Was hast du da in der Hand?«

»Äh, nichts Besonderes...«

»Was denn? Irgendein Insekt, stimmt's?«

»Ja.«

»Was für eines?«

»Es ist ein schwarzer Käfer.«

»Was für einer?«

»Eine Schabe«, antwortete Jake seufzend.

Callie setzte sich vorsichtig auf eines der beiden Einzelbetten, deren Federn quietschend protestierten.

Jake wollte den Klodeckel hochheben, zögerte dann und beschloß, erst einmal probeweise zu spülen.

»Wie groß ist sie eigentlich gewesen?« fragte Callie von nebenan.

Der Spülkasten rauschte und klapperte, während er wieder vollief. »Ich hab' sie nicht gemessen.«

»Es ist 'ne große gewesen. Das weiß ich!«

Er hob den Deckel, ließ das Papier hineinfallen und betätigte erneut die Spülung.

»Mein Gott, dann ist sie also noch größer! Ist sie schon weg?«

»Immer mit der Ruhe, Callie. Ich hab' sie erst beim zweitenmal runtergespült.«

»Wozu hast du dann vorhin gespült?«

»Ich wollte bloß sehen, ob die Toilette funktioniert. Sie scheint in Ordnung zu sein.«

Der Wasserkasten polterte, bevor er ganz vollief. Jake beobachtete ihn, bis er ganz sicher war, daß er nicht überlaufen würde. Dann ging er ins Zimmer und setzte sich neben Callie aufs Bett. Sie saß mit hinter dem Kopf gefalteten Händen da. Zu Jakes Erleichterung hatte sie keine Tränen in den Augen.

»Ich weiß, daß dieses Loch eine Zumutung ist.« Er legte ihr seinen Arm um die Schultern. »Tut mir leid.«

Sie sah ihn an. »Gibt's dort drinnen eine Badewanne oder eine Dusche?«

»Nein. Aber draußen gibt's eine Etagendusche.«

»Ich hab'eine brillante Idee! Warum ziehen wir nicht ins Hilton um? Oder ins Holiday Inn? Das wäre auch in Ordnung.«

»Wir sitzen hier fest, fürchte ich. Hier gibt's keine anständigen Hotels.«

»Okay, dann sieh nach, ob die Betten ungezieferfrei sind. Ich möchte nicht nachts angefressen werden. Wenn wenigstens die Betten okay sind, halte ich's hier aus. Und du?«

»Klar – solange du bei mir bist.«

Der Jeepney war orangerot und weiß gestrichen und hatte ein Sonnendach mit weißen Fransen. Mit Callie und Jake auf dem Rücksitz verließ er Po City und raste eine mit Schlaglöchern übersäte staubige Landstraße entlang. Der junge Filipino am Steuer schien sich ein Vergnügen daraus zu machen, diese Löcher mit Höchstgeschwindigkeit zu treffen, und ignorierte Jakes Aufforderungen, langsamer zu fahren. Seine Passagiere flogen von einer Seite zur anderen und manchmal sogar senkrecht in die Höhe.

»Wie lange soll das noch dauern?« fragte Callie.

»Gute zwanzig Minuten.«

»Ich glaub' nicht, daß ich das durchstehe.«

»Halt dich gut fest.«

»Wäre ich schwanger, würde ich nach dieser Fahrt das Baby verlieren.« Der Fahrer scheuchte mit seiner blechern klingenden Hupe einige Hühner von der Straße.

Sie stiegen am Rand eines kleinen Fischerdorfs aus. Jake

brachte den Filipino dazu, auf sie zu warten, indem er einen Zwanzigdollarschein durchriß und ihm eine Hälfte davon gab. Danach stapften sie etwa 200 Meter weit zum Strand.

Callie und Jake schlenderten barfuß und Hand in Hand über den sauberen weißen Sand, wo die einsetzende Ebbe ihn feucht und weich zurückgelassen hatte. Jake genoß es, wenn die schäumende Brandung um seine Knöchel gischtete und beim Ablaufen seine Füße mit feinem Sand umspülte. Jake und Callie hatten den Strand für sich allein.

»Dieser Sonnenuntergang ist herrlich«, sagte Callie.

»Du solltest mal einen in dreißigtausend Fuß erleben.«

»Das würde ich gern. Er ist bestimmt spektakulär.«

»Allerdings! Hoffentlich bekomme ich noch welche aus der Luft zu sehen.«

Callie trug Jakes T-Shirt, das sie als Mitglied im Jersey City Athletic Club auswies; bei ihr sah es wie ein Minikleid aus. Jake hatte sein Hemd ausgezogen und seine Jeans hochgerollt. Sie hatten einen langen Strandspaziergang gemac
und waren jetzt auf dem Rückweg zu der Stelle, wo sie
aus dem Hotel mitgenommenes Handtuch zurückgelas
hatten. Ein dunkelblaues Handtuch, das aus Beständen
US Navy stammte, wie Jake vermutete.

»Was kann dir passieren?« fragte Callie jetzt.

»Sie könnten mich vors Kriegsgericht stellen. Sie k
mich einsperren.«

»Sie würden dich doch nicht einsperren?«

»Auch damit muß ich rechnen. Im Augenblick
Bord Ermittlungen angestellt. Sobald sie abgeschl
wird vermutlich entschieden, uns vors Kriegsge
len.«

»Dort findet eine richtige Verhandlung statt

»Ja. Nur eben in militärischem Rahmen.«

»Du könntest also freigesprochen werder

»Ziemlich unwahrscheinlich.«

»Aber ausgeschlossen ist's nicht.«

»Hör zu, was ich getan habe, ist ver
gend. Vor ein paar Wochen hat mich ein

»Keine Ahnung. Vermutlich werde ich mich irgendwie damit abfinden müssen. Aber der Krieg wird mir nicht fehlen, darauf kannst du Gift nehmen! Ich hab' die Bombenwerferei gründlich satt.«

»Du hast deinen Teil getan.«

»Das möchte ich nicht behaupten. Mir gefällt's nicht, das Kämpfen den anderen überlassen zu müssen. Das ist fast so, als ließe ich die Jungs im Stich. Klar, dieser Krieg ist beschissen. Aber ich kämpfe nur dann nicht weiter, wenn mich die Marine zum Aufhören *zwingt.*« Dann fügte er hinzu: »Du findest, wir sollten *alle* sofort aufhören, stimmt's?«

»Ja«, antwortete sie, »das ist meine Überzeugung. Aber wir wollen nicht wieder davon anfangen, okay?«

Er dachte darüber nach. »Richtig. Wer will schon über den Krieg reden? Zum Teufel damit! Komm, wir gehen ins Wasser.«

Jake trat einige Schritte zur Seite, um sich auszuziehen. Während er aus Jeans und Unterhose schlüpfte, beobachtete er aus dem Augenwinkel heraus Callie, die sich im Sitzen auszog, indem sie Shorts und Slip unter dem T-Shirt abstreifte, das sie anbehielt. Als sie zu kichern begann, war er verblüfft. Er hatte sie noch nie kichern gehört.

»Was ist denn so lustig?« fragte er.

Jetzt lachte Callie. »Du präsentierst eine so interessante Silhouette.«

Jake sah an sich herab und verstand, was sie meinte.

»Ich wollte, ich hätte mein Skizzenbucn mitgenommen«, sagte sie. »Eine wahre Heldengestalt!«

Jake wandte sich ab und fragte über die Schulter hinweg: »Willst du etwa mit meinem T-Shirt ins Wasser gehen?«

»Schon möglich.«

»Das ist mein bestes T-Shirt, weißt du.«

»Jake, glaubst du wirklich, daß der Gedanke ans Schwimmen so *erhebend* ist?«

Jake mußte lachen. Als er zurückkam, hob Callie die Arme, und er half ihr, das T-Shirt auszuziehen. Sie streckten sich engumschlungen nebeneinander aus. Dann löste sich Callie aus seiner Umarmung und sank auf den Rücken, während er sich neben ihr auf einen Ellbogen stützte. Jake umfaßte sanft ihre Brustspitzen, die sich unter seiner Berührung aufrichteten, küßte ihre Brüste und ließ seine Zunge um ihren Nabel kreisen. »Das kitzelt!« flüsterte Callie lachend. »Weißt du bestimmt, daß unser Taxifahrer kein Fernglas hat?«

»Um was zu erkennen, müßte er ein Infrarot-Nachtsichtgerät haben. Außerdem ist diese Düne ein guter Sichtschutz.«

Callie holte plötzlich tief Luft und seufzte leise, als Jakes Hand, die ihren Oberschenkel hinaufgeglitten war, die Stelle berührte, wo er Feuchtigkeit spürte.

»Du bist wunderschön, Callie.«

Später standen sie engumschlungen am Strand und beobachteten die im Mondschein glitzernden dunklen Wogen. Das einzige Geräusch war das rhythmische Tosen der Brandung.

Ihr Zimmer stank nach Insektenvertilgungsmittel. Jake schloß daraus, daß der Portier, den er nachmittags angebrüllt hatte, seine Beschwerde ernst genommen hatte. Das Bad sah nicht viel sauberer aus, aber daran ließ sich vermutlich nichts ändern. Sie zogen sich rasch zum Abendessen um und entschieden sich dafür, die Fenster geschlossen zu lassen, damit das Vertilgungsmittel ganze Arbeit leisten konnte.

Der Speisesaal im Cubi Point Officers' Club war fast menschenleer. In dem Panoramafenster spiegelte sich die auf ihrem Tisch stehende Kerze. »Ich habe ein Geschenk für dich«, sagte Callie.

»Was denn?«

Sie legte ihm etwas Flaches hin, das sie in ein Papiertaschentuch gewickelt hatte. Jake schlug es auseinander. »Ein Sanddollar«, erklärte Callie ihm. »Ich hab' ihn am Strand gefunden. Ein tadelloses Exemplar.«

»Oh, vielen Dank!«

»Er bringt Glück, weißt du.«

»Denn hebe ich ihn gut auf. Ich brauche so viel Glück, wie ich nur kriegen kann.« Bevor Jake weitersprach, trank er einen Schluck Bier. »Was hältst du übrigens davon, daß ich ein nicht freigegebenes Ziel bombardiert habe?«

Callie, die einen Kräcker aß, nahm einen kleinen Schluck von ihrem Gin Tonic. »Mir geht's wie dir, glaub' ich. Du hättest es nicht tun sollen. Aber ich verstehe, was dich dazu getrieben hat. Und ich weiß, daß ich wegen dieser Sache keine schlechtere Meinung von dir habe. Du weißt, was ich über diesen Krieg denke, aber ich muß dich dafür bewundern, daß du dein Leben – und deine Karriere – für deine Überzeugung aufs Spiel gesetzt hast.«

»Dafür bin ich dir dankbar. Und ich bin verdammt froh, daß du gekommen bist.«

»Darüber bin ich auch froh. Aber mir tut's leid, daß ich meinen Skizzenblock nicht mitgebracht habe.«

Obwohl die Fenster jetzt weit geöffnet waren, hielt sich der Gestank des Insektenvertilgungsmittels. »Wo ist dein Schlafanzug?« fragte Callie.

»Ich habe keinen. Ich schlafe immer in meiner Unterhose.«

»Der moderne Gentleman«, sagte sie, schlug die Bettdecke zurück und untersuchte ihr Bett genau, bevor sie unter die Decke schlüpfte.

Jake knipste die Deckenlampe aus und tastete sich zu ihrem Bett zurück. Callie lachte, weil die Sprungfedern knarrten, als er sich auf die Bettkante setzte.

»Was ist so lustig?« erkundigte Jake sich.

»Meine Freunde glauben, ich sei weggeflogen, um ein herrlich romantisches Wochenende zu verleben. Und jetzt sind wir hier. In einem gräßlichen Hotel. Und du schläft in der Unterhose.«

»Nächstes Mal wird alles anders – Champagner, Rosen, Violinen.« Jake bewegte sich absichtlich, um die Sprungfedern im Takt knarren zu lassen. Dann sagte er leise: »Callie, dieser Tag ist herrlich gewesen.«

Ihre Hand fand die seine. »Ja, das stimmt.«

Er beugte sich über sie. Ihre festen feuchten Lippen öffneten sich bereitwillig. Ihr Atem auf seiner Wange war heiß. Sie roch noch immer nach Meerwasser. »Hoffentlich erleben wir noch viele Tage wie diesen.«

»Küß mich noch mal.«

Jakes Bett war bequemer als erwartet, und er schlief rasch ein. Als Callie irgendwann nachts aufstand und in sein Bett kam, drehte er sich auf die Seite, und sie schmiegte sich an ihn. Er genoß ihre Nähe und Wärme.

Kurz nach sieben Uhr bezahlten sie die Hotelrechnung und fuhren mit einem Taxi zum Offiziersheim. Während sie dort frühstückten, hielt Jake immer wieder Ausschau nach Cole. Zuletzt entschuldigte er sich und ging ans Telefon, um seinen Bombenschützen anzurufen.

»Was'n los?« fragte Tiger verschlafen.

»Hast du vergessen, daß wir heute fliegen müssen?«

»Nein.«

»Glaubst du nicht, daß es Zeit wird, deinen Arsch aus dem Bett zu hieven?«

»Nein. Ich bin gestern bei Operations gewesen.«

»Wann sollen die Maschinen landen?«

»Gegen halb zehn. Ich bin schon angerufen worden, daß sie im Anflug sind. Du brauchst bloß mit deiner Ausrüstung auf den Platz zu kommen. Alles übrige erledige ich.«

»Klingt gut.«

»Du brauchst dich auch nicht beim Offizier vom Dienst zu melden. Das hab' ich für dich erledigt.«

»Hey, vielen Dank!«

»Nichts zu danken.«

Nach dem Frühstück fuhren sie mit einem Taxi zur Abstellfläche neben der Trägerpier. Jake lud seine Ausrüstung und Callies Reisetasche vor dem Wartungsgebäude aus und bezahlte den Fahrer.

Callie und er saßen auf einer Bank vor dem eingeschossigen Wellblechbau in der Sonne. Es war heiß, und der stechende Kerosingeruch von Düsentreibstoff zog in Schwaden vorbei. Jake hörte in weiter Ferne Triebwerksgeräusche. Dann erkannte er die beiden in der Sonne glitzernden A-6 über der Einfahrt zur Subic Bay. »Siehst du sie?« fragte er Callie.

»Noch nicht.« Eine halbe Minute später rief sie: »Jetzt sehe ich sie auch!«

Die Intruder fuhren ihr Fahrwerk aus und kurvten nebeneinander zum Endanflug ein. Jake lief ins Wartungshäuschen. »Sie kommen«, erklärte er dem Chief. »Haben Sie Bier da?«

»Jede Menge.«

Jake nahm einen Sechserpack aus dem Kühlschrank und gab dem Chief einen Fünfer. Dann setzte er sich wieder neben Callie und verfolgte, wie die Bomber, deren pfeifende Triebwerke wabernde Abgasstrahlen ausstießen, langsam heranrollten. Callie hielt sich die Ohren zu, als sie keine 50 Meter vor ihnen zum Stehen kamen. »Sie sind so laut!« sagte sie, als die Piloten ihre Triebwerke abstellten. Jake ging rasch aufs Vorfeld hinaus und warf den Männern in den Cockpits je eine Dose Bier zu.

Jake führte die Besatzungen herüber und stellte sie Callie einzeln vor. Während Jake zu den A-6A zurückging, um das Betanken zu überwachen, unterhielt sich Callie mit den vier Männern über ihren Flug über den Pazifik. Nachdem die Besatzungen mit einem grauen Dienstwagen weggefahren waren, nahm sie wieder auf der Bank Platz und beobachtete, wie Jake mit dem Chief und seinen Leuten die Maschine inspizierte, die er fliegen würde.

Als Jake zurückkam, fragte er Callie: »Willst du mal 'ne Intruder aus der Nähe sehen?«

»Sehr gern.«

»Mit dem stumpfen Bug sieht sie nicht gerade elegant aus«, sagte Jake, als sie sich den Flugzeugen näherten. »Aber sie fliegt großartig.«

»Die Flügel sehen riesig aus.«

»Sechzehn Meter fünfzehn Spannweite. Vier Meter neunzig bis zur Leitwerksoberkante. Und die Maschine ist sechzehn Meter achtzig lang.«

»Sie ist groß.«

»Das muß sie auch sein, damit sie all den Treibstoff und ihre Bewaffnung transportieren kann.« Jake legte seine Hand auf den Flugzeugbug. »Eine großartige Maschine. Von Grumman zum Fliegen gebaut.«

Er machte mit Callie einen Rundgang um die Intruder,

zeigte ihr die Hauptbaugruppen und erläuterte ihre Funktion. Danach stieg er die Pilotenleiter hinauf und trat in den Lufteinlaß des linken Triebwerks. Er beugte sich nach unten und streckte Callie eine Hand entgegen. »Komm rauf, dann kannst du mal im Cockpit sitzen.« Sie stieg unbeholfen die Leiter hinauf und wollte aufs Sitzkissen des Pilotensitzes treten. »Das darfst du nicht«, sagte Jake.

»Wie soll ich sonst reinkommen?« Jake zeigte ihr, wie man mit einem Schwung ins Cockpit gelangte. Callie sah sich langsam darin um. »Hier stimmt irgendwas nicht«, behauptete sie. »Diese Maschine ist viel zu kompliziert, um von Menschen geflogen zu werden.«

Jake lachte und erklärte ihr die Funktion von Höhenmesser, Fahrtmesser, Variometer und anderer wichtiger Instrumente. Er überging die komplizierteren Navigationsinstrumente, die ECM-Ausrüstung und weitere elektronische Instrumente, die in so kurzer Zeit schwierig zu erklären gewesen wären. Aber er zeigte und erklärte ihr den Steuerknüppel und die Leistungshebel. »Mit den vielen Knöpfen sieht der Steuerknüppel wie mit Warzen besetzt aus«, stellte Callie fest.

»Die sind dort angeordnet, damit der Pilot sie bedienen kann, ohne die Hand vom Knüppel zu nehmen.«

»Welcher löst die Bomben aus?«

»Der hier.« Jake deutete auf einen roten Knopf, der mit dem rechten Daumen betätigt wurde.

»Ich möchte dich auf dem Pilotensitz sehen.«

»Okay. Kannst du rüberrutschen und meinen Bombenschützen mimen?« Callie zog ihren Rock weit hoch, und Jake half ihr über die Mittelkonsole hinweg auf den rechten Sitz. »Na, was hältst du davon?«

Da der Bombenschütze eine Handbreit tiefer und etwas hinter dem Piloten saß, mußte Callie zu ihm aufblicken. »Wirklich eindrucksvoll! So viele Hebel, Knöpfe, Schalter und Anzeigen. Jetzt weiß ich, warum diese Maschine von zwei Leuten geflogen werden muß.«

»Alles nur eine Frage der Ausbildung. Du könntest lernen, sie zu fliegen.«

»Das kann ich mir nicht vorstellen.«

Sie schwiegen beide. Auf dem Flugplatz war es still, und Jake hörte das leise Klirren, mit dem der Wind die Verdichterschaufeln drehte. »Jetzt ist's fast Zeit für meinen letzten Flug als Marinepilot.«

Callie seufzte. »Ich wollte, ich könnte alles für dich in Ordnung bringen.«

»Ich wollte fliegen, weil ich die Freiheit am Himmel liebe, aber jetzt bin ich in einen Krieg hineingeraten. Und ich habe gemerkt, wie hoch der Preis ist, den ich dafür bezahlen muß. Ich bin eben dumm gewesen. Ich hätte wissen müssen, daß die Marine mich nicht dafür bezahlt, daß ich mich beim Fliegen amüsieren kann.«

»Ich glaube, daß du zu selbstkritisch bist. Wie viele Piloten kennst du, die zur Marine gegangen sind, weil sie auf einen Krieg scharf gewesen sind? Sie haben alle bloß fliegen wollen, nicht wahr?«

»Klar, sie haben alle bloß fliegen wollen. Aber ich glaube, daß die meisten gewußt haben, daß sie ziemlich sicher im Vietnamkrieg eingesetzt werden.« Jake machte eine Pause. »Ja, ich hab's auch gewußt. Vielleicht hab' ich's mir sogar gewünscht. Ich habe mir eingebildet, es würde wie im Abenteuerroman sein – Ritter der Lüfte und dergleichen. Aber ich habe nie damit gerechnet, in einen Krieg *dieser* Art reinzuschlittern. In einen absolut sinnlosen Krieg, wie wir ihn in Vietnam führen.«

»Wer hätte das voraussehen können?«

Jake sah nach draußen. Tiger Cole stand vor dem Wartungsgebäude. Er trug seine Fliegerkombi und hatte die Arme verschränkt. »Jetzt ist's soweit«, sagte Jake. Er drehte sich nach Callie um, lächelte und schüttelte den Kopf. »Weißt du, ich glaube, ich liebe dich.« Als er sich über sie beugte, um sie zu küssen, schlang sie ihm die Arme um den Hals.

»Wie nett, daß du das zu deinem Bombenschützen sagst. Jake, ich möchte, daß du ewig weiterfliegst.«

»Warum heißen Sie Tiger?« fragte Callie.

Cole sah leicht verlegen zu dem Piloten hinüber. »Weil er

ein Kämpfer ist«, antwortete Jake an seiner Stelle. »Er ist ein Tiger.«

»Hast du auch einen Spitznamen?« fragte Callie ihn. Jake zuckte grinsend mit den Schultern. Sie wandte sich an Tiger. »Hat er einen?«

»Cool Hand«, sagte der Bombenschütze. »Cool Hand Jake.«

»Cool Hand? Warum heißt er so?«

»Weil er cool bleibt, wenn die Schießerei anfängt. Richtig cool.«

»Das kann ich mir vorstellen«, meinte Callie. »Was ist mit Sammy? Hat er auch einen Spitznamen?«

»Er hat einen«, bestätigte Jake. »Aber den kennen nur wenige.« Er blinzelte Cole zu. »Tatsächlich ist's ein sehr privater Spitzname.

Callie wollte etwas sagen, aber Cole unterbrach sie. »Ops steht in Verbindung mit dem Schiff. Wir müssen in vierzig Minuten gestartet sein.«

»Wie ist das Wetter?«

»Gut«, sagte Cole, »aber wir haben starken Gegenwind.«

»Irgendwelche Probleme?«

»Alles klar.«

Jake wandte sich an Callie. »Ich frage, ob einer der Warte dich zum Fliegerclub rüberfahren kann. Bin gleich wieder da.«

Callie und der Bombenschütze blieben vor der A-6A stehen. »Für Sie ist das also vielleicht auch der letzte Flug in einer Militärmaschine?«

»Ja«, antwortete Cole, »aber mir macht das weniger aus als Jake. Er fliegt diese Maschinen nicht – er zieht sie an und trägt sie.«

Während Cole den Bomber inspizierte, den sie fliegen würden, stellte Jake Callies Reisetasche in den Kofferraum der grauen Limousine neben dem Wartungsgebäude.

»Laß mich bitte wissen, wie's ausgegangen ist«, sagte sie.

»Wird gemacht.«

»Sobald du kannst.«

»Ich schreibe dir, sobald ich was weiß.«

»Hast du den Sanddollar noch?«

»Hier«, antwortete Jake und legte die rechte Hand auf seine linke Ärmeltasche. »Danke, daß du gekommen bist. Das rechne ich dir hoch an.«

»Ich bin sehr froh, daß ich gekommen bin.«

Beim Einsteigen sagte sie: »Kopf hoch, Jake!«

22

Sammy saß am Schreibtisch des Wachhabenden, als Jake und Tiger in den Bereitschaftsraum kamen und ihr Gepäck auf zwei Stühlen am Eingang ablegten. Die vier übrigen anwesenden Offiziere ignorierten die beiden Männer. Während Tiger über einen Tisch gebeugt die Wartungsvordrucke ausfüllte, ging Jake zu Sammy hinüber und zog sich einen Stuhl heran. Nachdem er sich eine Zigarette angezündet hatte, sagte er: »Hey, Maat!«

Sammys Gesicht wirkte eingefallen. »Wie ist's in Cubi gewesen, Jake?«

»Leer. Kein Träger im Hafen. Kein Mensch da.«

»Hast du Callie angerufen?«

»Sie ist aus Hongkong runtergekommen.«

Sammy warf einen Blick auf seine Notizen. »Morgen um vierzehn Uhr findet im Aufenthaltsraum vor der Messe eine Art Anhörung statt. Aus Washington sind ein Kapitän und zwei Stabstypen da. Sobald die Bombe des Skippers geplatzt war, müssen sie ins nächste Flugzeug gesprungen sein. Sie sind seit gestern an Bord und haben schon mit allen gesprochen – auch mit mir.« Er machte eine Pause und musterte seinen Freund. »Diese Sache ist heiß, Jake. Glühendheiß. Irgend jemand wird sich die Finger daran verbrennen.«

»Ja – ich. Was hast du ihnen gesagt?«

Sammys Stimme sank zu einem Flüstern herab. »Ich habe gelogen. Ich habe behauptet, du hättest dich nie über lausige Ziele beschwert oder Andeutungen über einen Angriff auf eigene Faust gemacht. Der Skipper hat mir das nicht abgenommen und mich zusammengestaucht, aber ich bin bei meiner Aussage geblieben. Fall mir jetzt nicht in den Rücken.«

»Du weißt, daß du dich auf mich verlassen kannst.«

Sammy nickte. »Tiger und du seid nicht zum Fliegen eingeteilt. Der Skipper wollte dich sprechen, sobald du gelandet bist. Ich soll ihn gleich anrufen. Was ist mit dem neuen Vogel, den du geflogen hast – irgendwelche Probleme?«

Jake schüttelte den Kopf. »Nur Kleinigkeiten, die bei der Abnahmeinspektion in Ordnung gebracht werden können.« Er sagte, was er zu beanstanden hatte.

Sammy telefonierte mit dem Wartungsdienst und gab die Beanstandungen weiter. Danach wählte er die Nummer des Skippers und meldete, daß Grafton und Cole zurück seien. Er hörte einige Sekunden lang zu, sagte: »Aye, aye, Sir« und legte auf.

»Der Alte will dich sprechen, Jake. In zehn Minuten. Nach dir ist Cole dran.«

Jake drückte seine Zigarette im Aschenbecher aus und stand auf. Er ging zu Tiger hinüber, der noch über die Vordrucke gebeugt stand. »Jetzt kommt die große Abrechnung«, erklärte er ihm. »Ich soll zu Camparelli. Danach bist du dran.«

»Okay.«

Tigers Gelassenheit ging Jake auf die Nerven. »Wäre nett, wenn du zur Abwechslung auch mal ein kleines bißchen nervös wärst.«

»Ich hab' vor Angst die Hosen voll«, antwortete Cole ruhig.

Jake starrte ihn an und rang sich ein Lächeln ab. »Okay, aber das solltest du dir nicht so anmerken lassen.«

Nachdem Jake seine persönliche Ausrüstung im Umkleideraum verstaut hatte, ging er in seine Kabine, wo er seinen Kleidersack mitten im Raum abstellte und sich eine weitere Zigarette anzündete. Er rauchte sie hastig und machte sich dann auf den Weg zur Kabine des Skippers.

Cowboy Parker öffnete ihm die Tür, als er anklopfte. Jake trat ein und blieb stehen, bis Camparelli, der hinter seinem Schreibtisch saß, ihn mit einer Handbewegung aufforderte, auf der Koje Platz zu nehmen. Am Kleiderhaken an der Tür hing ein Khakihemd mit dem Pilotenabzeichen. Der Alte sah müde aus, als hätte er in letzter Zeit nicht viel geschlafen. Jake konnte sich denken, daß das vermutlich stimmte.

»Jetzt wird ausgepackt, Grafton!« Fregattenkapitän Camparellis Blick schien ihn durchbohren zu wollen. »Was haben Sie vorzubringen?«

Jake schluckte trocken. »Was möchten Sie wissen, Sir?«

»Ich möchte, daß Sie mir genau erklären, was Sie und dieser verrückte Cole getan haben. Ich möchte als erster wissen, was Sie diesem Kopfjäger aus dem Pentagon morgen bei Ihrer Anhörung erzählen werden. Als raus mit der Sprache!«

»Sir, nachdem Cole und ich neulich das Kraftwerk bei Bac Giang angegriffen hatten, haben wir versucht, das Gebäude der Nationalversammlung in Hanoi mit acht ungebremsten Mark acht-drei Snakes zu zerstören. Offenbar haben wir's nicht getroffen.«

»Jetzt erzählen Sie mir, welche weiteren nicht auf der Liste stehenden Ziele Sie und Cole in Ihrer kombinierten Weisheit – die nicht ausreichen würde, um den Kopf einer Ameise zu füllen – zu zerstören beschlossen haben.«

»Das war's schon, Sir! Nur dieser eine Angriff. Aber ich wollte, wir hätten das Gebäude damit in Trümmer gelegt. Hätten wir gewußt, was danach kommen würde, hätten wir uns mehr angestrengt.« Jake war klar, daß er übertrieb. Selbst wenn ihr Angriff Ho Chi Minh persönlich gegolten hätte, hätten sie sich nicht mehr anstrengen können.

»Was weiß Lundeen von dieser Sache?«

»Gar nichts.« Für seine Freunde konnte Jake lügen – aber nicht für sich selbst.

»Reden Sie keinen Scheiß, Grafton!« Camparelli stand auf und trat dicht vor ihn hin. »Sie lügen!«

»Cole und ich müssen als Opfer genügen, Sir.«

»Hat Cowboy davon gewußt?«

Jake sah verblüfft zu Parker hinüber, der keine Reaktion erkennen ließ, und schüttelte energisch den Kopf. »Nein, Sir. Ganz entschieden nein. Ich habe Cole zu dem Job mit der Nationalversammlung überredet, und wir haben Steiger dafür gewonnen. Cowboy – und alle anderen – haben nicht das geringste davon gewußt.«

»Sie reden von einem ›Job‹. Zum Teufel, für wen halten Sie sich eigentlich – für zwei Safeknacker oder Mafiakiller? Aber vielleicht sind das die einzigen Berufe, die Sie in Zukunft noch ergreifen können, falls Sie nicht in Leavenworth eingebuchtet werden.« Camparelli setzte sich auf die Schreibtischkante. Er schwieg einen Augenblick. »Warum? Warum haben Sie's getan?«

Jake betrachtete das Gesicht mit den Sorgenfalten. »Neulich haben Sie den Nagel auf den Kopf getroffen, Skipper. Aus Dummheit. Ich wollte wirkungsvoller angreifen, als die Zielliste zuläßt. Ich hab's mir überlegt, daß die anderen wenigstens wissen sollten, daß wir dagewesen sind, wenn mein Bombenschütze und ich schon unseren Arsch riskieren.«

»Na, jedenfalls haben Sie echt Scheiß gebaut.« Camparelli schüttelte den Kopf. »Sollte meine Karriere diesen Schlag überstehen, wär's ein Wunder – als ob ein Hund ein Ei legt. Ich hab' zuviel in meine Laufbahn bei der Marine investiert, um einfach darauf verzichten zu wollen.«

»Tut mir leid, Skipper. Ich weiß, daß ich Ihr Vertrauen enttäuscht habe.«

Der Alte rieb sich mit der flachen Hand den Kopf. »Das haben Sie allerdings, Jake.« Er wandte sich an Parker. »Cowboy, Sie und ich müssen zusehen, daß wir etwas Schlaf abkriegen. Da weder Grafton noch New fliegen, müssen wir ran. Erste Besprechung um zweiundzwanzig Uhr.« Er sah auf seine Armbanduhr. »In sechs Stunden.«

Cowboy stand auf. »Jake«, fügte der Skipper hinzu, »wenn wir morgen in dieser Anhörung sind, möchte ich, daß Sie keine Ausflüchte machen, verstanden? Wenn Sie ohne Rücksicht auf Verluste die Wahrheit sagen, können wir vielleicht alle irgendwie damit leben.«

Draußen im Gang entschuldigte sich Jake bei Cowboy, der ihm kurz einen Arm um die Schultern legte. »Da gibt's nichts zu entschuldigen. Ich wollte bloß, ihr hättet dieses Gebäude mitsamt der ganzen gottverdammten Nationalversammlung in Trümmer gelegt.«

Jake ging in seine Kabine und verriegelte die Tür von innen. Er überlegte, ob er sich einen Drink genehmigen sollte, und entschied sich dann doch dagegen. Statt dessen mußte ein lauwarmes Coke genügen.

Die Unordnung in der Kabine, die blaßgrünen Wände und die Schiffsgeräusche lasteten auf ihm. Er wollte mit Callie McKenzie zusammensein – nicht nur für eine Nacht oder ein Wochenende. Er hatte nicht mal ein Photo von ihr. Jake wühlte in seinem Schreibtisch, bis er den Briefpapierblock gefunden hatte. Nach einer halben Seite wollte er ihr plötzlich einen Verlobungsring kaufen, wenn sie den nächsten Hafen anliefen. Falls er an Land durfte. Dann fiel ihm ein, daß er im Schaufenster des Bordladens einige Ringe gesehen hatte. Vielleicht hatte er noch offen. Mit dem Scheckbuch in der Hand knallte er die Tür hinter sich zu.

Sie saßen in der leeren Messe neben dem Aufenthaltsraum, in dem die Anhörung stattfand. Außer Jake und Tiger waren Sammy Lundeen, Cowboy Parker und Abe Steiger da. Fregattenkapitän Camparelli und Rabbit Wilson waren bereits drinnen. Sie alle trugen frischgestärkte Khakiuniformen; die meisten rauchten; keiner hatte etwas zu sagen. Ein Korporal der Marines in Paradeuniform hielt an der Tür Wache.

Dann wurde endlich die Tür geöffnet, und ein Kapitänleutnant in weißer Uniform streckte den Kopf heraus. »Sie sollen reinkommen, Grafton.«

Jake stemmte sich hoch und ging zur Tür. Sammy nickte ihm aufmunternd zu. Der Pilot lächelte schwach und trat durch die Tür, die der Korporal hinter ihm schloß.

Das am Kragen offene langärmlige Khakihemd des Vorsitzenden war kaum imstamde, seinen vorquellenden Wanst zusammenzuhalten. Über den Kragenecken glitzerten silberne Adler, und auf seiner Brust glänzte ein goldenes Pilotenabzeichen. Die aufgekrempelten Ärmel ließen schwarz behaarte muskulöse Unterarme sehen. Sein kurzgeschnittenes Kopfhaar war weniger dicht.

»Mister Grafton.« Er blieb hinter dem langen Tisch stehen. »Nehmen Sie bitte Platz. Ich bin Kapitän Fairleigh Copeland.

Ich habe Sie hereingebeten, damit Sie hören, was Doktor Catton über die kürzlich bei Ihnen vorgenommene Fliegertauglichkeitsuntersuchung aussagt. An sich sind die Ergebnisse solcher Untersuchungen vertraulich, aber ich könnte sie im Zuge dieser dienstlichen Ermittlungen hören und ohne Ihre Einwilligung ins Protokoll aufnehmen lassen. Aber ich wollte Sie fragen, ob diese anderen Gentlemen hören dürfen, was der Arzt zu sagen hat.«

Jake konnte sich nicht erinnern, schon jemals Mad Jacks Familiennamen gehört zu haben. Er sah sich in dem Raum um, Kapitän Boma, der Kommandant der *Shiloh,* trug seine gewohnte weiße Uniform, obwohl alle übrigen Offiziere an Bord Khaki trugen. Der Stabschef der Trägerkampfgruppe, auch ein Kapitän, saß neben ihm. Ebenfalls anwesend waren der CAG, sein Operationsoffizier, Fregattenkapitän Camparelli, Rabbit Wilson und einige jüngere Offiziere, die Jake nicht kannte. Er vermutete, daß die Leichtgewichte aus Washington mitgekommen waren, um Kapitän Copeland bei seinem Kreuzzug gegen die Ungläubigen zu unterstützen. »Ich habe nichts dagegen, Sir«, erklärte er Copeland.

»Okay, Doktor. Was haben Sie festgestellt, als Sie Kapitänleutnant Grafton untersucht haben.«

»Ich habe Kapitänleutnant Grafton am siebten Dezember in den frühen Morgenstunden untersucht.« Mad Jack warf einen Blick in seine Unterlagen. »Er ist siebenundzwanzig Jahre und ein gesunder Weißer mit hundert Prozent Sehfähigkeit und sehr gutem Gehör. Puls und Blutdruck liegen an der Untergrenze des normalen Bereichs. Der einzige körperliche Defekt sind sich entwickelnde Hämorrhoiden. Wie Sie wissen, Gentlemen, ist das eine durch extreme g-Belastungen verschlimmerte Berufskrankheit von Jetpiloten. Davon abgesehen ist sein Gesundheitszustand erstklassig.«

Mad Jack klappte den Schnellhefter zu. »Ich möchte erwähnen, daß Kapitänleutnant Graftons Hände gezittert haben, als ich ihn untersucht habe. Händezittern wird üblicherweise mit hohem Alter oder Nervenkrankheiten in Verbindung gebracht. In seinem Fall schreibe ich es dem schweren Dauerstreß zu, unter dem dieser Offizier gestanden hat. Ich habe es auch schon bei Marines erlebt, die lange in feindlichem Gebiet waren, wo es kein Nachlassen der Spannung gab. Wegen seines ansonsten guten Gesundheitszustands ist Kapitänleutnant Graftons Händezittern aus ärztlicher Sicht lediglich ein Warnsignal, daß er Urlaub vom Dauerstreß braucht.«

Jake betrachtete rasch seine Hände, die nur kaum merklich zitterten. »Sonst noch was?« fragte Copeland.

»Nein, Sir.«

»Was ist mit seinem Geisteszustand?«

»Ich bin kein Psychiater, Kapitän, aber ich würde sagen, daß seine Gemütsverfassung am Morgen der Untersuchung die eines Mannes unter schwerem Streß gewesen ist. Und ich habe den Verdacht, daß Kapitänleutnant Grafton nicht der einzige Pilot an Bord ist, der Streßsymptome erkennen läßt.«

»Wie steht's mit seinem Urteilsvermögen?«

»Mir fehlen die Fachkenntnisse, um das beurteilen zu können. Dafür sind Sie ebenso qualifiziert wie ich, Gentlemen.«

»Danke, Doktor. Ich wäre Ihnen dankbar, wenn Sie Ihre Beurteilung zu Papier bringen und einem meiner Assistenten geben würden.«

Kapitän Copeland sah sich um und gab dann Anweisung, die draußen Wartenden einzulassen. Während sie sich Plätze suchten, kritzelte er auf seinem Schreibblock herum.

»Gentlemen, dies ist eine vom Oberbefehlshaber der Pazifikflotte angeordnete dienstliche Untersuchung, die nach den Vorschriften für Kriegsgerichtsverfahren durchgeführt wird. Ich bin Kapitän Copeland und habe in den vergangenen achtundvierzig Stunden bereits mit den meisten von Ihnen gesprochen. Mein Ermittlungsergebnis melde ich dem CINCPAC, der dann die Maßnahmen ergreift, die er für richtig hält. Wie ich in diesem Zusammenhang erwähnen möchter, gehört zu seinen Optionen die Einberufung eines Kriegsgerichts.« Sein Blick wanderte von einem zum anderen.

»Mein Assistent hier...« Er deutete mit dem linken Daumen »... hat in seinem Aktenkoffer bereits vom Personalchef der Navy unterzeichnete Versetzungsbefehle. Ich brauche nur noch die Namen reinzuschreiben. Die Dienstorte sind

Adak in Alaska, Diego Garcia im Indischen Ozean, die Kanalzone und weitere Kurorte. Sollte jemand meine Ermittlungen nicht vorbehaltlos unterstützen, geht er noch heute von Bord und kann damit rechnen, in einem dieser Nester zu verfaulen, während er darauf wartet, daß sein Abschiedsgesuch bearbeitet wird. Aus Erfahrung kann ich Ihnen sagen, daß die Bearbeitung drei oder vier Jahre dauern wird. Ich hoffe, daß ich mich klar genug ausgedrückt habe.«

Er holte tief Luft. »Da ich annehme, daß Sie alle mit mir reden wollen, spare ich mir den juristischen Hokuspokus in bezug auf Ihr Recht, sich von einem Anwalt beraten zu lassen und die Aussage zu verweigern. Sie alle sagen hier gewissermaßen unter Eid aus. Jeder einzelne sagt die Wahrheit, die ganze Wahrheit und nichts als die Wahrheit. Ist das klar?«

Allgemeines Schweigen, bis Copeland fragte: »Klar, Mister Grafton?«

»Völlig klar, Sir.«

»Sind Sie bereit, meine Fragen zu beantworten?«

»Ja, Sir.«

»Haben Sie jemals ein nicht genehmigtes Ziel angegriffen?«

»Ja, Sir, das habe ich«, sagte Jake.

»Wo und wann ist das gewesen?«

»Vor ungefähr einer Woche haben Kapitänleutnant Cole und ich ein genehmigtes Ziel angegriffen, uns acht Bomben aufgehoben und dann versucht, das Gebäude der Nationalversammlung in Hanoi zu treffen.«

»Nur ein Angriff?«

»Ja, Sir. Nur dieser eine.«

»Wissen Sie das ganz bestimmt?« fragte Copeland drängend.

»Ja, Sir.«

»Kapitänleutnant, ich hoffe sehr, daß Sie merken, daß Sie jetzt reinen Tisch machen müssen. Sie stecken verdammt tief in der Scheiße, und wenn Sie jetzt nicht auspacken, streiten sich sämtliche Kapitäne der US Navy darum, bei der Kriegsgerichtsverhandlung gegen Sie den Vorsitz führen zu dürfen. Nach dieser Anhörung darf es keine Überraschungen mehr geben – keine nachträglichen Enthüllungen, nur weil Ihnen irgendwas entfallen ist.« Er beugte sich nach vorn und schlug mit der Faust auf den Tisch. »Ich will die *ganze* verdammte Story hören, kapiert?« Die ranghohen Offiziere am anderen Tisch saßen kerzengerade.

»Das ist die ganze Story, Sir. Es hat nur diesen einen Angriff gegeben.«

»Stimmt das, Mister Cole?«

»Er hat gesagt, daß es nur einen gegeben hat«, antwortete Cole.

Der Zeigefinger des Kapitäns schien Tiger durchbohren zu wollen. »Noch eine Antwort dieser Art, Mister Cole, dann werden Sie unser Marineattaché in Nepal. Ich frage Sie noch mal: Ist Kapitänleutnant Graftons Aussage wahr?«

»Ja, Sir, sie ist wahr.«

»Sie und er haben *ein* nicht genehmigtes Ziel bombardiert?«

»Ja, Sir.«

Der Kapitän konzentrierte sich wieder auf Jake. »Haben Sie diesen Angriff bei den Besprechungen nach dem Einsatz gemeldet?«

»Nein, Sir.«

»Haben Sie ihn in Ihrem schriftichen Einsatzbericht erwähnt?«

»Nein, Sir.«

»Haben Sie irgend jemandem erzählt, daß Sie ein nicht genehmigtes Ziel angreifen würden?«

»Mister Steiger, Sir.«

»Sonst hat niemand gewußt, was Sie vorhatten?«

»Nur Cole, Steiger und ich.«

»Wie steht's mit Ihnen, Cole? Haben Sie mit irgend jemandem über Ihr kleines Abenteuer gesprochen?«

»Nein, Sir. Ich bin von Natur aus geschwätzig, aber diesmal hab' ich dichtgehalten.« Diese Bemerkung trug ihm einen eisigen Blick von Copeland ein, während Cowboy Parker husten mußte und Camparelli rot anlief. Jake Grafton biß sich auf die Unterlippe und sah zu Sammy hinüber, der keine Miene verzog. Der Kapitän musterte Cole eingehend, als wolle er weitere Bemerkungen provozieren, aber Cole blieb mit ausdruckslosem Gesicht stumm.

Copeland trank einen Schluck Wasser, zog seinen Schreibblock zu sich heran und machte sich Notizen. Offenbar wußte er aus langer Erfahrung, daß Schweigen eine äußerst wirksame Waffe war. Jake, der die zunehmende Spannung im Raum spürte, stellte sich vor, wie oft Copeland diese Waffe wohl schon in vergleichbaren Fällen eingesetzt haben mochte. Zuletzt brach der Kapitän sein Schweigen, indem er Grafton fragte: »Und wie haben Sie das Ziel für diesen Befreiungsschlag identifiziert und gefunden?«

Der Pilot wußte, daß er sich auf sehr dünnem Eis bewegte. »Wir haben Luftfahrtkarten benutzt. Und Luftbilder, die wir uns vom Nachrichtendienst geliehen haben.«

»Als vertraulich eingestufte Luftaufnahmen?«

»Ja, Sir.«

»Sie haben sie mitgenommen und damit gegen die Geheimhaltungsvorschriften verstoßen?«

»Ja, Sir.« Bei Tagangriffen nahmen die Piloten oft Luftbilder mit, um ihre Ziele leichter identifizieren zu können, aber Jake wollte Copeland nicht unnötig reizen.

»Mit Mister Steigers Hilfe?«

»Ja, Sir. Wir haben seine Unterstützung gebraucht. Eigentlich wollten wir in Hanoi die Zentrale der Kommunistischen Partei angreifen, aber wir konnten sie nicht identifizieren. Selbst mit seiner Hilfe nicht.«

»Ist das wahr, Mister Steiger?«

Seine Augen hinter den dicken Brillengläsern wirkten noch größer als sonst.

»Ich habe Ihre Antwort nicht gehört, Mister Steiger.«

»Ich habe Grafton und Cole geholfen, ihren Angriff auf Hanoi zu planen.«

»Danke, Mister Steiger. Wie ich gehört habe, ist die Sache aufgeflogen, als Fregattenkapitän Camparelli sich die Luftabwehrkarten und die Tagesmeldungen angesehen hat und zu seiner großen Überraschung außerstande gewesen ist, die SAM-Stellungen zu finden, von denen Grafton beschossen worden war. Weshalb haben Sie diese Unterlagen nicht gefälscht, nachdem Sie mitgeholfen hatten, den Angriff zu planen?«

Steiger blinzelte hinter seinen Brillengläsern. »Das konnte ich nicht. Ich habe gewußt, wo die Raketenstellungen waren, die Kapitänleutnant Grafton beschossen hatten. Sie waren bereits als erkannte Stellungen eingetragen. Ich hab's nicht über mich gebracht, nicht tatsächlich vorhandene Stellungen einzuzeichnen.«

»Haben Sie Grafton gesagt, daß Sie Ihre Unterlagen nicht fälschen würden?«

»Nein, Sir, darüber habe ich nicht mit ihm gesprochen. Das ist auch nicht nötig gewesen. Trotz dieser Sache ist Kapitänleutnant Grafton ein verdammt guter Offizier, und ich habe gewußt, daß er lieber eine Entdeckung riskieren als falsche Angaben machen würde.«

»Welche Gefahr könnte von eingezeichneten, aber nicht vorhandenen SAM-Stellungen ausgehen?«

»Bombenschützen planen ihren An- und Abflug so, daß sie die größten Flakkonzentrationen meiden. Ich durfte nicht riskieren, daß jemand in die Nähe einer echten Stellung kommt, um einer nicht vorhandenen auszuweichen.«

Der Kapitän grunzte. »Das ist das einzige Mal, daß Sie bei diesem blödsinnigen Unternehmen vernünftig gedacht haben.« Er blätterte in seinen Notizen. Das Rascheln des Papieres in dem sonst totenstillen Raum klang in Jakes Ohren laut wie Gewehrschüsse.

»Nun, Mister Grafton, Sie haben hier ein aufmerksames Publikum. Vielleicht könnten Sie diese Gelegenheit nutzen, uns zu erklären, weshalb Sie einen Zweimannkrieg für angebracht gehalten haben.«

»Ist das wirklich eine Frage gewesen, Sir?«

»Mmh-hmm.« Copeland starrte die Wand neben der Tür an.

»Er ist mir als gute Idee vorgekommen.«

Copeland richtete seinen Blick auf den Piloten. »Kommen Sie, kommen Sie, Mister Grafton! Wir sitzen alle mit angehaltenem Atem da und warten gespannt auf Ihre Erklärung. Warum haben ein anscheinend geistig normaler Pilot und sein Bombenschütze plötzlich einen Rappel gekriegt und gegen sämtliche gottverdammten Zielvorschriften der Navy verstoßen? Von falschen dienstlichen Meldungen und mehreren Dutzend Verstößen gegen Geheimhaltungsvorschriften ganz zu schweigen. Los, werfen Sie etwas Licht in dieses geheimnisvolle Dunkel!«

Jake holte tief Luft. »Ich kann nur für mich selbst sprechen. Ich hab's satt gehabt, Nacht für Nacht meinen Arsch und den meines Bombenschützen sowie ein teures Flugzeug bei Angriffen auf völlig wertlose Ziele zu riskieren: vermutete Lastwagenparks, vermutete Truppenansammlungen, Bootswerften, die schon zehnmal bombardiert worden waren, Straßenkreuzungen... Sie wissen, was ich meine.« Er holte nochmals tief Luft. »Ich weiß nicht, wer die Ziele auswählt, aber ich wette um ein Jahresgehalt, daß diese Leute nicht durchs feindliche Feuer fliegen und ihre kostbaren Ärsche riskieren, um diese Ziele zu bombardieren.«

Er sah von einem Gesicht zum anderen. »Morgan McPherson, mein erster Bombenschütze, und etwa fünfzigtausend weitere Amerikaner sind tot. Nicht alle diese Männer sind im Kampf gefallen. Manche sind auf Flugdecks umgekommen, wo sie Maschinen gestartet haben. Aber sie haben alle am selben Strang gezogen. Und wofür sind sie gestorben? Weiß das irgend jemand? Ich weiß es nicht, aber ich weiß etwas anderes: Morgan McPherson ist nicht beim Angriff auf ein lohnendes Ziel umgekommen. Er ist gestorben, während er eine Baumgruppe bombardiert hat. Ich wünschte, er und ich hätten mit vollem Einsatz ein vernünftiges Ziel angegriffen, als ihn diese Kugel getroffen hat!«

Jake beugte sich nach vorn. »Ich vermute, daß dieser geistig normale Pilot am Geisteszustand der Offiziere und Politiker gezweifelt hat, die zu glauben scheinen, die richtige Art der Kriegführung bestünde daraus, die eigenen Soldaten zu behindern. Fregattenkapitän Camparelli hat mich neulich darauf hingewiesen, daß Amerikas Streitkräfte seine einzige Verteidigung gegen weit stärkere Feinde sind, als es dieser Haufen kommunistischer Spinner in Hanoi jemals sein wird. Amerika ist darauf angewiesen, daß sein Militär gehorcht.

Darüber hinaus braucht es Krieger: Soldaten, die kämpfen können.

Aber unsere militärische Führung beharrt nicht nachdrücklich auf vernünftigen militärischen Zielsetzungen. Wir vergeuden Tag für Tag das Leben Hunderter von Soldaten. Wir müssen diesen Krieg beenden oder endlich mit vollem Einsatz führen. Operieren wir weiter so zögerlich wie bisher, hat Amerika vielleicht bald keine Streitkräfte zu seiner Verteidigung mehr, weil wir keine guten Leute mehr bekommen – und weil wir den Kongreß nicht dazu bewegen können, uns genügend Waffen zu kaufen.«

Jake sprach Kapitän Copeland direkt an. »Den Admiralen in Washington können Sie ausrichten, daß Kapitänleutnant Nobody selbstverständlich bereit ist, Befehle auszuführen.« Er nickte Camparelli zu. »Aber ich für meinen Teil hoffe, daß sich diese Gentlemen mit den Sternen daran erinnern, daß Marineoffiziere nicht auf Cocktailparties glänzen, sondern den Kampf suchen sollen. Sonst haben wir irgendwann keine Marine mehr, die diesen Namen verdient und die sie führen können.«

Er senkte seine Stimme. »Kapitän, Sie haben eine Erklärung verlangt. Was ich gesagt habe, ist meine persönliche Meinung. Ich spreche lediglich für mich. Ich habe befehlswidrig gehandelt und bedaure diese Tatsache. Nichts von dem, was ich vorgebracht habe, kann mein Verhalten entschuldigen. Ich bin bereit, alle gegen mich verhängten Maßnahmen zu akzeptieren.«

»Möchten Sie noch etwas hinzufügen?« fragte Copeland.

Jake überlegte kurz. »Nein, Sir.«

»Gut, Kapitänleutnant. Sie können gehen.«

Jake saß auf seiner Koje, als Sammy hereinkam. »Uns Jüngeren hat er kurz nach deinem Abgang vor die Tür gesetzt«, berichtete Lundeen, wobei er sich auf seinen Scheibtischstuhl fallen ließ. »Mann, ich hab' mir vor Angst fast in die Hose gemacht!«

»Ich auch«, stimmte Grafton zu. »Ich habe mich nicht sonderlich geschickt verteidigt, fürchte ich. Aber ich habe mal gesagt, was ich schon lange sagen wollte. Jetzt brauche ich mich nur noch vor dem Kriegsgericht schuldig zu bekennen.« Er griff in seine Tasche. »Gefällt er dir?« fragte er und hielt Sammy den Ring hin.

Lundeen starrte ihn an, als hätte er noch nie einen Verlobungsring gesehen. »Was ist das? Ein beschissener Verlobungsring? In solchen Zeiten gehst du hin und kaufst 'nen beschissenen Ring?«

»Genau«, bestätigte Grafton. »Mir ist endlich klargeworden, was wirklich wichtig ist. Wie findest du ihn?«

Sammy starrte ungläubig den Ring, seinen Freund und wieder den Ring an. »Hast du ihn im Bordladen gekauft?«

»Richtig.« Jake lächelte zufrieden.

»Du bist übergeschnappt, Mann! Die anderen wollen dich von der höchsten Rah baumeln sehen, und du kaufst Klunker im Bordladen. Ich kann's nicht fassen!« Er legte die Fingerspitzen einer Hand an die Stirn. »Wieviel hat er gekostet?«

»Knapp dreihundert Dollar.«

»Hmm, er sieht gut aus, aber ich verstehe rein gar nichts von Brillantringen. Ich will auch nichts davon verstehen!«

»Ich hab' Callie noch nicht gefragt, aber ich glaube, daß sie ja sagen wird. Ich frage sie, wenn wir uns nächstes Mal sehen.« Er hielt den Ring ans Licht.

Sammy beobachtete seinen Freund aus dem Augenwinkel heraus. Er zündete sich eine Zigarette an, rauchte sie langsam und sagte zuletzt: »Laß mich den Ring noch mal sehen.« Während er sich anerkennend darüber äußerte, wurde an ihre Tür geklopft.

Camparelli trat ein. »Machen Sie 'nen kleinen Spaziergang, Sammy, ja? Ich möchte mit Jake reden.« Der Alte blieb am Fußende der Koje stehen. »Wahrscheinlich kommen Sie nicht vors Kriegsgericht, aber dafür kann noch niemand garantieren.« Er sah sich in der Kabine um. »Gibt's in dieser Bruchbude wenigstens einen Schnaps?«

Jake holte eine Flasche aus dem Schreibtischsafe und goß Camparelli ein halbes Glas voll ein.

»Trinken Sie einen mit, Jake. Sie haben verdammt Schwein gehabt.«

»Was ist passiert? Ich dachte, Kielholen wäre noch zu gut für mich?«

Der Alte trank einen Schluck. »Das Eis fehlt«, stellte er fest. »Offenbar hat Ihre Begründung für Ihren Ausflug den Nagel ziemlich auf den Kopf getroffen. Im Weißen Haus ist man der Meinung, wir seien nicht aggressiv genug gewesen. In ungefähr vierundzwanzig Stunden wird der Präsident der Vereinigten Staaten eine allgemeine Luftoffensive gegen Nordvietnam bekanntgeben. Unter anderem genehmigt Nixon den Einsatz von B-52 gegen Ziele in Nordvietnam.

Wir werden unser gesamtes Luftkriegsarsenal – ausgenommen Atomwaffen – einsetzen, um Nordvietnam in die Knie zu zwingen. Zivile Ziele bleiben natürlich verschont, aber wir werden alles angreifen, was nur entfernt militärische Bedeutung hat.« Der Alte zuckte mit den Schultern. »Die Mächtigen haben sich überlegt, daß wir als richtige Idioten dastehen würden, wenn es zu einer öffentlichen Kriegsgerichtsverhandlung gegen einen siebenundzwanzig Jahre alten Piloten käme, der bloß getan hat, was der Präsident der Vereinigten Staaten uns jetzt allen befohlen hat.«

Jake schüttelte den Kopf. Copeland hatte sich also nur Namen notiert und jeden in Sichtweite zum Schwitzen gebracht, um sicherzustellen, daß das Ketzertum ausgerottet wurde. Der Leviathan hatte den Mückenstich gespürt und verärgert um sich geschlagen, aber er hatte sie nicht zerschmettert.

»Sie wissen, daß das, was Sie getan haben, falsch gewesen ist. Grundfalsch! Eine zweite Chance bekommen Sie nur, weil das Militär im Augenblick ein PR-Problem hat, im Vergleich zu dem die Mafia eine hervorragende Presse hat. Die Linken halten uns für Verbrecher, und die Rechten halten uns für Feiglinge. Da hat's keinen Zweck, in einem Hornissennest herumzustochern, was man mit einem Kriegsgerichtsverfahren täte.« Camparelli rutschte unbehaglich auf seinem Stuhl hin und her und schien nach Worten zu suchen. »Krieg führen ist unser Beruf. Ich für meinen Teil hab' die Nase voll von Marinetheoretikern und Systemanalysten, die sich nicht mal aus 'nem Bordell rauskämpfen können.«

»Darf ich Sie so zitieren, Sir?« fragte Jake mit nervösem Lachen.

»Natürlich nicht.« Der Alte trank noch einen Schluck. »Wir sind Berufssoldaten. Vom Oberbefehlshaber der Marine abwärts tun wir, was uns befohlen wird. So muß es sein, und ich möchte es gar nicht anders haben. Aber haben wir die Pflicht, unter bestimmten Umständen ungehorsam zu sein? Möglicherweise. Aber wo? Und wann? Diese Entscheidung können Sie nicht treffen, Grafton.«

»Ja, ich verstehe.«

»Aber Sie können wieder fliegen. Ab heute abend teilt Cowboy Cole und Sie wieder ein. Sie kriegen den Tanker, den ich hätte fliegen sollen – und ich gönne mir eine Nacht im Bett.« Er sprach etwas lauter. »Lundeen, Sie können wieder reinkommen!«

Sammy kam leicht verlegen herein.

»Grafton fliegt ab heute abend wieder«, erklärte Camparelli ihm. Sammy nickte wortlos, und der Alte forderte ihn mit einer Handbewegung auf, sich zu setzen. Er gab ihm ein Zahnputzglas, kippte einen Schuß Whisky hinein und meinte dann im Gesprächston: »Letzte Nacht hat jemand auf die Back geschissen.«

»Nicht ich, Skipper!« versicherte Sammy ihm hastig.

Frank Camparelli trank einen Schluck aus seinem Glas. »Das glaub' ich Ihnen sogar. Hätte ich Sie in Verdacht, Sam, wären Sie in dieser Minute auf dem Rückflug in die Staaten. Aber es wäre vielleicht 'ne gute Idee, wenn Sie Jake in der nächsten Hafenliegezeit hier an Bord Gesellschaft leisten würden. Oder in den beiden nächsten Hafenliegezeiten.«

»Ich bin's aber nicht gewesen!« protestierte Sammy, indem er dem Skipper reichlich nachschenkte.

»Nein, aber das Ganze ist Ihre Idee gewesen. Deshalb haben Sie Bordarrest. Sollte sich jemand für den Grund interessieren, sagen Sie am besten, daß ich in Ihrer Kabine Schnaps gefunden habe. Sie sind Marineoffizier, Sam, kein unbekümmert trinkfester Student mehr!« Er nahm noch einen Schluck. »Ziemlich gutes Zeug.«

Sie saßen schweigend beieinander. Dann sah Camparelli

den Ring in Jakes Hand und griff danach. Er hielt den Brillanten ans Licht und drehte ihn langsam, so daß er Feuer sprühte. Zuletzt gab er ihn ohne Kommentar zurück.

Der Alte trank den Rest seines Drinks, als er mit seiner Zigarette fertig war. Er drückte sie aus und spülte das Glas im Waschbecken ab. Beim Hinausgehen blieb er an der Tür stehen. »Passen Sie dort draußen auf Ihren Arsch auf, Jake. Dieses Mädchen will Sie heil zurückhaben.« Danach schloß sich die Tür mit leisem Klicken.

23

Die Presse in den Vereinigten Staaten bezeichnete sie als die Weihnachtsoffensive. Gewaltige B-52-Verbände donnerten über Nordvietnam hinweg, um seine Unterhändler an den Pariser Verhandlungstisch zurückzubomben. Daheim in Amerika gab es weitverbreitete Proteste, die an einigen Colleges in Gewalttätigkeiten ausarteten. Von den Bombenangriffen und den Protesten las Jake Grafton in den letzten Tagen des Jahres 1972 in der *Chicago Tribune,* die er als Soldat im Kriegsgebiet kostenlos erhielt. Trafen die gebündelten Zeitungen einmal in der Woche ein, packte er sie aus, ordnete sie und las jede einzelne sorgfältig durch.

Jake hatte den Eindruck, daß sich Amerika selbst zerfleischen würde, bevor der Norden am Verhandlungstisch vernünftig wurde. Obwohl er nicht bezweifelte, daß das kommunistische Regime keine über längere Zeit hinweg mit vollem Einsatz geführte Luftoffensive überstehen konnte, fragte er sich, wie lange die amerikanische Regierung ihren Willen angesichts zunehmender Proteste würde durchsetzen können. Aber die Frage, wessen Durchhaltewillen zuerst versagen würde, ließ sich nicht beantworten.

Um keine unnützen Spekulationen anzustellen, beschäftigte sich Jake lieber mit den Anzeigen, die die Geschenkflut eines amerikanischen Weihnachten feierten. Leitartikler der *Tribune* mochten die Kommerzialisierung des Fests verurteilen, aber der Pilot am anderen Ende der Welt genoß die Bilder glücklicher Menschen, die sich Herzenswünsche erfüllten, indem sie Kleidung, Autos, Parfüms und teuren Whisky kauften. Irgendwo auf der Welt, schienen die Photos schöner Frauen und gutaussehender Männer vor offenen Kaminen zu sagen, gab es Wärme und Stabilität.

Die Nachteinsätze der Staffel hatten sich verändert. Ihre Flugzeuge wurden mit je 16 Rockeyes beladen, die sie wenige Minuten vor dem Anflug der B-52 auf SAM-Stellungen abwarfen. Für Jake war dieser Umschwung in der amerikanischen Politik ein glücklicher Zufall, der bedeutete, daß er weiterfliegen durfte. Meistens flog er Bomber, aber gelegentlich waren Tiger und er auch mit den A-6B unterwegs, um die B-52 vor feindlichen Flak-Raketen zu schützen.

Trotz ihrer Bemühungen, die gegnerische Luftabwehr auszuschalten, erlebten Jake und Tiger das Ende einiger der Riesenflugzeuge am Nachthimmel über Nordvietnam. Die eine Feuerspur hinter sich herziehenden Bomber – gelbe Lichtpunkte in schwarzer Nacht – scherten aus ihrem Verband aus. Einer der B-52-Piloten meldete die Katastrophe mit ruhiger Stimme über Funk, bevor die sechsköpfige Besatzung – oder die Männer, die den SAM-Treffer überlebt hatten – in großer Höhe bei eisiger Kälte absprang, während ihr in Flammen stehendes Flugzeug in die Tiefe stürzte.

Seit ihrem Kurzurlaub in Cubi Point hatte Jake schon mehrere Briefe von Callie bekommen, aber er wartete ungeduldig auf ihre Reaktion auf seinen Brief, in dem er ihr das Ergebnis der Anhörung mitgeteilt hatte. Am ersten Weihnachtsfeiertag fand er in seinem Brieffach einen blaßgelben Umschlag. Er lächelte, während er daran roch und zarten Fliederduft wahrnahm. Um ihren Brief richtig genießen zu können, beschloß er, ihn in seiner Kabine zu lesen. Aber als er den Bereitschaftsraum verlassen wollte, rief New Guy ihn an.

»Du erwartest wohl gute Nachrichten, Jake? Du siehst wie die Katze aus, die den Kanarienvogel gefressen hat.«

Jake grinste nur. »Und wie geht's dir heutzutage, New?«

»Oh, ziemlich gut. Könntest du mich mal 'ne halbe Stunde ablösen, damit ich 'nen Hamburger essen kann?«

»Okay, meinetwegen.« Grafton nahm hinter dem Schreibtisch des Wachhabenden Platz. »Was liegt denn an?« fragte er, während er sich überlegte, ob er Callies Brief wenigstens würde flüchtig lesen können.

»Wir haben gerade zwei Bomber der letzten heutigen Serie gestartet, die um zweiundzwanzig Uhr dreißig begonnen hat. Der Tanker ist auf dem Katapult defekt geworden, und sie haben die Reservemaschine gestartet.«

Jake warf einen Blick auf den Einsatzplan. Rabbit Wilson und Fred Mogollon hatten den auf dem Katapult stehenden Tanker als defekt gemeldet.

»Der Wartungsdienst ruft gleich an, um zu melden, welcher Tanker für die letzten Landungen bereitstehen soll«, fügte New hinzu. »Die Einsatzbesprechung findet in ungefähr zehn Minuten statt. Der Skipper ist in seiner Kabine.« Während der letzten Landungen stand ein Bereitschaftstanker für den Fall, daß in der Luft zusätzlicher Treibstoff benötigt wurde, bemannt und startbereit an Deck.

»Okay, du kannst essen gehen. Ich bin im Bilde.«

Ferdinand Mogollon kam in den Bereitschaftsraum, sammelte die Wartungsvordrucke ein und kam damit an den Schreibtisch des Wachhabenden. Er zog sich einen Stuhl heran, griff in die Schachtel mit Gebäck, die New von seiner Frau geschickt bekommen hatte, und schob sie dann Jake hin.

»Was ist mit eurer Maschine passiert?« fragte Jake kauend. Er sah auf den Einsatzplan. »Fünf-zwo-zwo?«

»Der X. O. hat sie auf dem Katapult für defekt erklärt. Er hat gesagt, mit dem linken Triebwerk sei etwas nicht in Ordnung. Während der Katapultoffizier Tobsuchtsanfälle bekommen hat, hat er es mindestens viermal auf volle Leistung gebracht – und ist dann doch nicht gestartet. Daraufhin haben sie uns weggerollt und Snake Jones und Dick Clark an unserer Stelle gestartet.«

»Wo hat der Tanker beim Einsteigen gestanden?«

»Auf Katapult zwo. Wir haben dagesessen und in ein schwarzes Loch gestarrt.«

»Finster dort draußen?«

»Schwärzer als 'ne schwarze Katze im Kohlenkeller um Mitternacht bei Neumond. Schwärzer als Hitlers Herz. Schwärzer als...«

»Und wie gefällt's dir bei der Flotte, Fred?« unterbrach Jake ihn, als Wilson hereinkam.

»Ich hab' gelernt, Scheiße mit dem Löffel zu essen«, sagte der BN und füllte schweigend seine Vordrucke aus, während Jake sich für den Einsatzplan interessierte.

Der Korvettenkapitän nahm seinen Platz unmittelbar hinter dem Wachhabenden ein. »Wir müssen dafür sorgen, daß die Tanker besser gewartet werden«, meinte Wilson. »Welche weiteren Defekte schreiben Sie auf, Mogollon?« Fred nannte zwei Kleinigkeiten, und Rabbit wies ihn an: »Am besten gehen Sie damit gleich zum Wartungsdienst und geben die Vordrucke dem Chief. Ich hab' ihn eben im Detail motiviert, was das Triebwerk betrifft, damit's keine Ausrede gibt, wenn sie's nicht instandsetzen können.«

»Ja, Sir.« Der Bombenschütze sammelte seine Vordrucke ein und ging hinaus.

Das Telefon klingelte. Jake nahm den Hörer ab. »Wir arbeiten noch an dem Bereitschaftstanker«, meldete ihm der Chief vom Wartungsdienst. »Ich rufe Sie später zurück.«

»Okay, Chief.« Während Jake den Anruf vermerkte, begann im Fernsehen eine Videoaufnahme der letzten Landung zu laufen.

»Na, wie geht's, Grafton, seit dem Wunder bei Ihrer Anhörung?« fragte Wilson seinen Rücken.

»Gut, Sir«, antwortete Jake über die Schulter hinweg.

»Sie müssen einen Onkel als Senator haben. Sie können von Glück sagen, daß die Entscheidung nicht bei mir gelegen hat. Ich erkenne einen Hot Dog, wenn ich ihn vor mir habe.«

Jake drehte sich mit dem Stuhl um und sah dem Korvettenkapitän ins Gesicht. »So haben Sie mich schon zum zweiten Mal genannt. Das paßt mir nicht.«

»Oh, das paßt Ihnen nicht, was? Sie haben viel Mumm, Grafton, aber nicht genug Hirn, um bei 'ner Fliege das maximale Abfluggewicht zu erreichen. Nach meinem Verständnis ist das ein Hot Dog. Was würden Sie dazu sagen?«

»Wenigstens hab' ich Mumm in den Knochen.«

»Was wollen Sie damit sagen?« Wilson, der leicht rot angelaufen war, kniff die Augen zusammen.

Jake schob die Unterlippe vor, während er überlegte, wie weit er gehen sollte. »Ich habe gehört, daß einige der Piloten Sie ›Rabbit‹ nennen. Hinter Ihrem Rücken, versteht sich. Ich glaube nicht, daß sie damit auf Ihr Geschlechtsleben anspielen, Rabbit.«

»Unverschämter Kerl! Ich bin Korvettenkapitän! Ich hab's nicht nötig, mir von jüngeren Offizieren Frechheiten anzuhören!« Wilson sprang mit hochrotem Gesicht auf. »Das werden Sie noch bereuen!« Er reckte das Kinn nach vorn. »Sie halten sich für scheißheiß, was? Ich kann Ihnen gar nicht sagen, wie satt ich draufgängerische Arschlöcher wie Sie habe!«

Das Telefon klingelte erneut. Jake griff nach dem Hörer, ohne den Mann, der mit geballten Fäusten vor ihm stand, aus dem Augen zu lassen. »Kapitänleutnant Grafton.« Seine Stimme klang heiser.

»Joe Wagner. Wo ist der Skipper?«

»In seiner Kabine.«

»Wir haben die Fünf-zwo-zwo auf dem Prüfstand gehabt. Ihre Triebwerke sind völlig in Ordnung. Tragen Sie sie als Bereitschaftstanker ein.«

»Aye, aye, Sir.« Jake legte den Hörer auf und wandte sich an den Korvettenkapitän. »Übrigens ist die Zwoundzwanzig wieder einsatzbereit.«

»*Was* ist sie?« fragte Wilson ungläubig. »Scheiße! Ich hab' sie vorhin als defekt gemeldet. Wer hat da angerufen?«

»Joe Wagner«, antwortete Jake gelassen. »Er sagt, daß sie okay ist.«

»Das werden wir ja sehen! Mit *Ihnen* rechne ich später ab.« Während er hinaushastete, murmelte Wilson noch: »Gottverdammter Hot Dog!«

Jake blieb am Schreibtisch sitzen und atmete tief durch. Über den Bildschirm in einer Ecke des Raums flimmerte eine stumme Landung nach der anderen. Die vor kurzem gelandeten Besatzungen füllten langsam den Bereitschaftsraum. Als New gerade aus der Messe zurückkam, klingelte wieder das Telefon. »Bereitschaftsraum vier, Kapitänleutnant Grafton, Sir.«

»Ist der X. O. da?« fragte Camparelli.

»Nein, Sir. Ich vermute, daß er beim Wartungsdienst ist, um mit Joe Wagner zu sprechen.«

»Joe ist hier unten in meiner Kabine. Schicken Sie jemanden los, der Korvettenkapitän Wilson sucht und bittet, zu mir zu kommen. Ich möchte ihn sprechen.« Der Skipper legte auf.

»New, mach dich auf die Suche nach dem X. O. Er ist vermutlich beim Wartungsdienst und macht denen die Hölle heiß.« Jake gelang es nicht, seine Befriedigung aus seiner Stimme herauszuhalten. »Sag ihm, daß der Skipper ihn in seiner Kabine sprechen will.«

Als New Guy zurückgekommen war, ging Jake in seine Kabine hinunter. Jetzt würde er endlich Callies Brief lesen! Er war gerade dabei, ihn auseinanderzufalten, als das Telefon klingelte.

»Willst du was Heißes hören?« fragte Sammy triumphierend. »Rabbit Wilson fliegt nicht mehr! Sein Fliegerstatus ist gestrichen worden.«

»Nur vorläufig oder endgültig?«

»Für immer! Endgültiger geht's nicht. Der fliegt nie wieder!«

»Warum so plötzlich?«

»Wie man hört, soll er einmal zu oft kalte Füße gekriegt haben.«

Jake räusperte sich. »Ziemlich schlimm für ihn«, brachte er heraus.

»Das bricht mir mein schwarzes Herz«, schnaubte Sammy und legte auf.

Der Pilot ließ den Hörer auf die Gabel sinken und lachte laut. Er lachte, bis er Tränen in den Augen hatte.

Dann faltete Jake endlich Callies Brief auseinander. Sie hatte ein Photo beigelegt, das er ins Licht der Schreibtischlampe hielt. Callie stand auf dem Victoria Peak, wo die Berge der New Territories den verschwommenen Hintergrund bildeten. Die eigentlich wenig bemerkenswerte Aufnahme zeigte eine attraktive Frau in einem schlichten weizengelben Sommerkleid, aber für Jake war jedes kleine Detail interessant. Er betrachtete ihre Lippen, auf denen ein Lächeln stand, und erinnerte sich daran, wie sie vor ihrem Abschiedskuß ausgesehen hatte.

Er schüttelte den Kopf. Er schob das Photo hinter die Seiten und begann zu lesen. »Liebster Jake«, schrieb sie, »ich bin sehr froh, daß alles so gut gegangen ist. Der Sanddollar, den ich Dir in Cubi Point als Talisman geschenkt habe, muß sehr wirkungsvoll gewesen sein!« Sie beglückwünschte ihn dazu, daß er wieder fliegen durfte, und Jake freute sich, daß sie verstand, was das für ihn bedeutete. Einige Sätze weiter las er: »Ich weiß, wie wichtig Dir das Fliegen ist, und habe befürchtet, daß Du im Falle eines permanenten Flugverbots das Gefühl hättest, ein großer Teil, vielleicht sogar der wichtigste Teil Deines Ichs sei damit gestorben.«

Jake dachte in der Sicherheit seiner Kabine darüber nach, wie lebenswichtig das Fliegen für ihn war. Als Junge hatte er in der Fliegerei eine abenteuerliche Freiheit gefunden, die sein sonstiges Leben ihm nicht hatte bieten können. Aber wie war ihm jetzt zumute, wenn Fliegen bedeutete, daß man darauf wartete, SAMs ausweichen oder im Messerflug durch einen Vorhang aus Leuchtspurgeschossen rasen zu müssen? Dann wurde ihm klar, daß er sich nur richtig lebendig fühlte, wenn SAMs und Leuchtspurgeschosse nach ihm griffen, wenn er ihnen mit knapper Not entging. Er war süchtig nach durch die Nähe des Todes ausgelösten Adrenalinschüben.

Jake betrachtete Callies Photo erneut und las dann weiter. »Ich habe mein Leben lang nach einem Mann Ausschau gehalten, der keine Maske trägt, nach einem Mann, der wirklich das ist, was er zu sein scheint, nach jemandem, der weiß, was er will, und nicht nur eine Rolle spielt. Ich glaube, daß ich ihn gefunden habe.«

Er las den Brief zu Ende, faltete ihn wieder zusammen und steckte ihn in den Umschlag zurück. Das Photo baute er vor sich auf dem Schreibtisch auf. Dann erinnerte er sich an den

Sanddollar in der linken Ärmeltasche seiner Fliegerkombi und angelte ihn heil heraus, was an ein Wunder grenzte, weil er so zerbrechlich war. Er steckte ihn mit in den Briefumschlag, den er in seinen Schreibtischsafe legte.

Er nahm den Verlobungsring aus dem blauen Etui und hielt ihn unter die Lampe. An der Wand erschienen regenbogenfarbene Lichtflecken. Vielleicht ist das doch keine so verrückte Idee! sagte er sich. Er steckte den Ring in die Ärmeltasche, aus der er den Sanddollar geholt hatte, und zog den Reißverschluß zu.

Am 28. Dezember erfuhren Jack und Tiger, daß sie zum fünften Mal zur SAM-Bekämpfung eingeteilt waren. Diesmal lag ihr Ziel am Nordrand von Hanoi.

»Vielleicht wär's am besten, wenn wir um die Stadt herumfliegen würden«, schlug Tiger vor.

Jake betrachtete die Wandkarte. Flak- und SAM-Konzentrationen waren durch farbige Stecknadeln gekennzeichnet. Hanoi glich einem Nadelkissen. Nun, Cole und er wußten, was einen dort erwartete. Jake trat wieder an den Tisch, auf dem Tiger seine Unterlagen ausgebreitet hatte. »Wahrscheinlich hast du recht«, bestätigte er. Dann erkundigte er sich: »Wann kommen die großen Brummer vorbei?«

»Die B-52 sollen etwa zehn Minuten nach unserem Abwurf um neunzehn Uhr dreiunddreißig anrollen.«

Jake begutachtete die von Steiger zusammengesuchten Luftbilder der SAM-Stellung. Sie zeigten den klassischen Aufbau eines SA-2-Raketenkomplexes: Sechs Lenkwaffen auf fahrbaren Startrampen bildeten einen Kreis um einen Trailer mit einer Radarantenne. Die Startrampen standen in Gruben und waren von Erdwällen umgeben, damit eine durch Beschuß oder beim Start detonierende SAM weder die anderen Lenkwaffen noch den Radartrailer beschädigte. Am rechten Bildrand erkannte Jake zwei abgestellte Zugmaschinen. Er hatte schon Photos von Hunderten von identischen SAM-Stellungen gesehen. Als er die Aufnahmen umdrehte, sah er, daß diese Luftbilder über eineinhalb Jahre alt waren.

In der oberen rechten Ecke befand sich ein verschwommener weißer Fleck. Jake wußte, daß das ein Geschütz war, das den Aufklärer RA-5C Vigilante beschossen hatte.

Er warf die Luftbilder auf den Tisch und begutachtete die von Tiger eingezeichnete Route. Der Bombenschütze wollte die Küste knapp südlich des Leuchtturms an der Einfahrt zum Hafen Haiphong überfliegen, dann geradewegs auf eine Insel im Roten Fluß am Nordrand von Hanoi zuhalten und ab dort auf Angriffskurs gehen. Nach dem Abwurf würden sie in einer weiten Linkskurve um die Stadt herumfliegen, im Südosten herauskommen und dort die sichere See vor sich haben. Der Pilot studierte eine Karte des Geländes um die Insel herum, die heute ihr Ausgangspunkt sein würde, und prägte sich die Lage des Ziels ein. Vielleicht war die Nacht wenigstens so hell, daß die Flüsse zu erkennen waren. Bestimmt nicht!

»Wieder mal 'ne schöne Navy-Kiste«, sagte Jake und klopfte seinem Bombenschützen auf die Schulter. Nachdem er sich die Flakkarte erneut angesehen hatte, ging er in die Messe, um vor der Einsatzbesprechung eine Tasse Kaffee zu trinken.

Die beiden Augies, die einen Tanker fliegen würden, waren im Umkleideraum, als Jake und Tiger hereinkamen. Seit Jakes Rückkehr aus Cubi Point hatte Little Augie kein Wort mehr mit ihm gesprochen. Aber jetzt fragte er ihn: »Wohin bist du heute nacht unterwegs?«

Grafton erklärte es ihm, ohne sich die Mühe zu machen, den kleinen Piloten dabei anzusehen. Little Augie blieb noch stehen und sah zu, wie Jake die Patronen für seinen 9.1-mm-Magnum untersuchte, bevor er den Revolver lud. Seinen Dienstrevolver Kaliber .38 hatte er längst wieder in der Waffenkammer abgegeben, um diese effektivere Waffe tragen zu können.

»Kriege ich deine Stereoanlage, falls es dich heute nacht erwischt?«

Jake grinste. Was Little Augie ihm an Sünden vorzuwerfen gehabt hatte, war offenbar vergeben und vergessen. »Ja, wenn du eine findest«, antwortete er. Im Gegensatz zu den meisten anderen hatte er aus der Cubi Point Exchange noch keine teure japanische Anlage mitgebracht. Little schlug ihm auf die Schulter und verließ den Umkleideraum.

Den Inhalt seiner Taschen – auch seine Geldbörse – legte Jake ins oberste Fach seines Garderobenschranks. In die linke große Brusttasche seiner Fliegerkombi schob er eine Klarsichthülle mit einer grünen Ausweiskarte der US Navy, einer Karte mit dem Text der Genfer Konvention auf vietnamesisch und einem Zwanzigdollarschein. Wie die meisten Flieger hatte er für den Fall, daß er Einheimische entlohnen oder bestechen mußte, von der Marine zur Verfügung gestellte Goldplättchen im Wert von mehreren tausend Dollar in seiner Überlebensweste, aber sonst trug er nichts von materiellem oder persönlichem Wert bei sich. Bis auf den Verlobungsring. Der steckte in seiner linken Ärmeltasche, in der er bisher den Sanddollar bei sich getragen hatte.

Als er angezogen war, blieb er mit seiner Helmtasche in der Hand vor dem Schrank stehen, bevor er die Tür schloß. Wie vor jedem Flug betrachtete er den Schrankinhalt und war sich darüber im klaren, daß Lundeen diese Bruchstücke seines Lebens ausräumen mußte, falls er abgeschossen wurde. Nun, bisher entsprach die Zahl seiner Landungen genau der seiner Starts. Er tastete nach dem Ring, überzeugte sich davon, daß der Reißverschluß ganz zugezogen war, knallte die Schranktür zu und verstellte das Zahlenschloß.

Sie starteten in der Abenddämmerung. Jake ließ die Intruder auf 20000 Fuß steigen und flog gemächlich den Golf hinauf. Spektakuläre Rot-, Orange- und Gelbtöne, der Widerschein der untergehenden Sonne, drangen durch die Wolken über den laotischen Bergen. Dunkelblaue und purpurrote Schatten begannen das goldene Leuchten zu überdecken. Obwohl er schon viele Sonnenaufgänge und -untergänge aus der Luft gesehen hatte, beeindruckte dieses Schauspiel ihn jedesmal wieder. Irgendwann würde er mit Callie einen Sonnenaufgang aus der Luft genießen.

»Das System funktioniert echt gut«, meldete Cole ihm. Jake schaltete den Autopiloten ein. Das stetige Piepsen eines Zielsuchradars war jetzt deutlich zu hören. »Die verdammten Commies haben uns wieder mal«, knurrte Tiger.

Jake wurde auf eine Sternschnuppe aufmerksam. Was sollte er sich wünschen? Zu überleben? Heil zu Callie zurückzukommen? Darüber hinaus wünschte er sich weitere Sterne, und bald wurde sein Wunsch erfüllt.

»Ich hab' unsere Flugzeit bis zum Leuchtturm.« Das Leuchtfeuer auf der in die Einfahrt des Hafens Haiphong hineinragende Halbinsel Do Son war seit Jahren außer Betrieb. »Wir sind sechs Minuten zu früh dran. Wie wär's mit 'nem Sechsminutenkreis nach rechts?«

Jake bewegte den Steuerknüppel und ließ ihn dann los. Der Autopilot hielt die Maschine in der von ihm gewählten Schräglage. »Heute abend bist du ziemlich gesprächig«, erklärte er dem Bombenschützen.

»Checkliste«, forderte Tiger ihn auf. Die beiden Männer betätigten die Schalter des Waffenpults, prüften zweimal ihre ECM-Geräte und beobachteten zwischendurch Kompaß und Borduhr. Gegen Ende des Vollkreises bestimmte Tiger erneut ihre Position. Die Steuermarke im Blickfeld des Piloten bezeichnete jetzt den Überflugpunkt. Jake sah kurz zu Tiger hinüber und stellte dann den Autopiloten ab. In 10000 Fuß schaltete er Positionslichter, IFF und TACAN aus. »Devil fünf-null-null würgt Papagei ab.«

»Black Eagle verstanden, Fünf-Doppelnull.«

Die A-6A sank weiter in Richtung Meeresspiegel. Die Piepstöne des feindlichen Radars folgten jetzt dichter aufeinander. Das Gerät suchte nur mehr einen schmalen Sektor ab, erfaßte sie dadurch häufiger und zeigte Kurs und Geschwindigkeit der Intruder an. In 500 Fuß ging Jake in den Horizontalflug über und mit der Fahrt auf 420 Knoten zurück. »Drei Meilen bis zum Überflug«, meldete Tiger. Das feindliche Radar suchte jetzt wieder einen halbkreisförmigen Sektor ab. Vielleicht war ihr Flugzeug in den Radarreflexionen über der See verschwunden.

Jake blinzelte, weil ihm Schweißtropfen in die Augen liefen, und hielt nach dem silbernen Sandstreifen zwischen Land und Meer Ausschau. Aus etwa einer Seemeile Entfernung erkannte er ihn und die schmale, ungleichmäßige Brandung. Er dachte an Callie am Strand.

»Black Eagle, Devil fünf-null-null hat trockene Füße.«

»Verstanden, Fünf-null-null. Trockene Füße um neunzehn Uhr neunzehn.« Noch 14 Minuten bis zum Ziel.

Sternenlicht spiegelte sich auf Reisfeldern und gemächlich ins Meer fließenden breiten Wasserläufen. Die feindliche Flak hatte bisher geschwiegen. Das Zielsuchradar piepste noch immer etwa alle zwölf Sekunden, aber in 400 Fuß über dem tischebenen Flußdelta waren sie in den Bodenechos unsichtbar.

Irgendwo links von ihnen begann die erste Flak des Abends auf sie zu schießen. Jake konzentrierte sich darauf, Kurs und Höhe zu halten.

Tiger meldete den AP; Jake betätigte den Hauptschalter des Waffenpults und schob beide Leistungshebel bis zum Anschlag nach vorn, während er einkurvte. Der neue Kurs war noch nicht ganz erreicht, als vor ihnen eine ganze Reihe von Flak-Geschützen das Feuer eröffnete. Der Pilot sah den Vorhang aus Leuchtspurgeschossen und reagierte automatisch: Er stellte die Intruder auf den linken Flügel und versuchte, sie durch eine Lücke in dem Feuervorhang zu quetschen. Sie waren schon fast über den Außenbezirken von Hanoi.

Als Jake durch die Lücke flog, eröffnete ein weiteres Geschütz das Feuer.

Im ersten Augenblick war Jake vor Entsetzen wie gelähmt, als der weißglühende Todesfinger nach ihnen griff. Die A-6A erzitterte unter den Treffern; dann hatten sie plötzlich den Feuervorhang durchstoßen und raste ins schwarze Nichts weiter. Alles war sekundenschnell vorüber.

Während Jake in die Normalfluglage zurückkehrte, erhellte das grelle Rot der Brandwarnleuchte des linken Triebwerks das Cockpit. Ein Blick in den Rückspiegel ließ noch keinen sichtbaren Feuerschein erkennen. Aber die Abgastemperatur des getroffenen Triebwerks war auf über 700 Grad Celsius gestiegen, und seine Drehzahl war um über zehn Prozent abgefallen. Im Sitz, im Bodenblech unter seinen Füßen, an den Leistungshebeln und am Steuerknüppel spürte Jake, daß die Maschine bockte. Ihr Vogel war schwer verwundet. Mit einer raschen Bewegung stellte der Pilot die Treibstoffzufuhr zum linken Triebwerk ab.

Tiger hob den Kopf vom Radarschirm, beugte sich nach links und warf einen Blick auf die Triebwerküberwachungsinstrumente vor Jakes linkem Knie. »Wie schlimm ist's?« Die Brandwarnleuchte spiegelte sich in seinem Helmvisier.

»Das linke Triebwerk ist hin. Hast du das Ziel?«

Tiger preßte sein Gesicht wieder an die Blendschutzhaube. »Zehn Grad links.«

Jake zentrierte die Steuermarke und warf dann einen Blick auf den Meilenzähler zwischen seinen Knien. Noch acht Seemeilen. In der Blickfelddarstellung erschien das rote Leuchtsignal ATTACK, das Jake durch einen kurzen Druck auf den Auslöseknopf am Steuerknüppel betätigte. Als ihre Fahrt auf nur 350 Knoten zurückging, fiel der linke Generator aus. Mit lediglich einem Generator funktionierten zwar Radar und Computer, aber keine ECM-Geräte mehr. Daß nun in Jakes Kopfhörer Stille herrschte, lag keineswegs daran, daß die Gomers den Laden für diese Nacht dichtgemacht hatten. Alle Leuchten der Konsolen des Bombenschützen waren jetzt erloschen.

Glück gehabt, ihr Scheißkerle! Euer Zufallstreffer hätte uns fast erledigt!

Dann fiel sein Blick auf die Hydraulikanzeigen. Eines der beiden Hydrauliksysteme war drucklos. Und im anderen arbeitete nur noch eine Pumpe. Scheiße! Vorher waren's vier Pumpen gewesen...

Jake sah wieder auf die vom Computer erzeugte Steuermarke. Beinahe zentriert. Die Brandwarnleuchte war so hell, daß er sie mit der linken Hand abdecken wollte, aber dann ging sie aus. Im Cockpit war es wieder dunkel.

»Noch drei Meilen«, meldete Tiger.

Weitere Leuchtspurgeschosse zerrissen die Nacht. Jake bemühte sich, sie zu ignorieren; er versuchte, sich auf einen perfekten Anflug zu konzentrieren. Dann nahm er etwas vor ihnen wahr.

Ein gleißend heller Streifen reinweißen Feuers kam genau auf sie zugeschossen. Jake riß instinktiv den Steuerknüppel zurück, und die feindliche Rakete raste unter ihnen vorbei. Verdammt, das war knapp! Jake drückte nach und steuerte die SAM-Stellung an, die diese Rakete abgeschossen hatte.

»Ich hab' den Radartrailer«, meldete Cole.

Jake beobachtete, wie die Auslösemarke in der Blickfelddarstellung nach unten wanderte. Als sie verschwand, drückte er wütend auf seinen Knopf am Steuerknüppel, um den Computerbefehl zum Bombenabwurf zu wiederholen.

Die Bomben wurden nicht ausgelöst.

Sein Daumen betätigte den Auslöseknopf mehrmals nacheinander. Erfolglos.

Jake drehte den Hauptschalter des Waffenpults nach links und gleich wieder nach rechts, stellte eine Bombe auf manuellen Abwurf ein und drückte den Auslöseknopf. Wieder ohne Erfolg.

Vor ihnen schweres Flakfeuer. »Kannst du's wiederfinden?« fragte er Cole.

»Ja.«

Jake senkte die linke Flügelspitze und kurvte nach Süden ein. Diesmal wollte er die Bomben durch den Notwurfknopf mitsamt ihren Halterungen abwerfen. Dabei würden die Rockeyes sich nicht ausbreiten, sondern in ihren Behältern in den Halterungen bleiben. Wo sie alle auf einmal hochgingen, war die Hölle los. »Wir sind noch längst nicht am Ende«, erklärte er Cole. »Aber du solltest mal melden, daß wir Schwierigkeiten haben.«

Während sie weiterkurvten, sprach sein Bombenschütze über Funk mit Black Eagle.

Weitere Leuchtgranaten stiegen auf, ohne ihnen gefährlich zu werden. Jake flog eine weite Kurve und kontrollierte dabei immer wieder die Druckanzeige der einzigen Hydraulikpumpe. Da seine Steuerbefehle hydraulisch übertragen wurden, konnten zu heftige Ausschläge die Pumpe überlasten, so daß der Pilot dann auf die sehr schwache elektrische Reservepumpe angewiesen war. Eine Kontrolleuchte zeigte an, daß sie arbeitete, aber sie lieferte nur genug Druck für langsamere Ruderausschläge mit kleineren Winkeln. Das Drahtseil, auf dem sie balancierten, franste allmählich aus.

»Welchen Waffentyp soll ich eingeben?« Jake blieb nichts anderes übrig, als die Bomben mit ihren Halterungen abzuwerfen. Aber keine der über 50 gespeicherten Optionen, die dem Computer Informationen über die ballistischen Eigenschaften vieler Bombentypen lieferten, paßte zum Abwurf ganzer Halterungen. Somit hatte Cole die entscheidende Frage gestellt.

»Was schlägst du vor?« fragte Jake.

»Die Halterungen fallen ungefähr wie 'ne gebremste Snake, vielleicht etwas flacher«, sagte Tiger. »Wir nehmen diesen Wert, und ich tippe eine Korrektur ein.«

Der Pilot sah auf den Fahrtmesser. Die Nadel blieb stetig bei 325 Knoten. Das war sehr wenig, aber nach dem Abwurf würden sie ungefähr 30 Knoten zulegen.

Um sie herum detonierten Feuerbälle. Etwas krachte in einen der Flügel und ließ den Steuerknüppel in Jakes Faust zucken. Er suchte rasch den linken Flügel ab. Alles okay. Aber aus dem rechten Flügel spritzte aus zwei Löchern Treibstoff und wurde nach hinten weggerissen.

Großer Gott! Lieber Gott, hilf uns, hier heil rauszukommen!

»Ich hab' das Ziel, und wir sind im Angriff«, meldete Cole. Der rechte Flügeltank war jetzt leergelaufen. Im linken Flügel hatten sie noch eine Tonne Treibstoff, aber die Flügeltanks wurden durch eine gemeinsame Pumpe entleert, die nur funktionierte, solange sie aus beiden Tanks Treibstoff bekam. Jake blieb keine andere Wahl: Er öffnete den Schnellablaß und ließ den unnützen Treibstoff ab. Aber sie hatten noch immer über 4000 Kilogramm Treibstoff im Rumpftank, und wenn sie damit das Tankflugzeug über dem Golf erreichten, hatten sie eine Chance.

»Zwei Meilen.« Jake hielt sich bereit, den Notabwurfknopf zu drücken. Die Auslösemarke wanderte stetig nach unten.

»Denk an die eine Sekunde Verzögerung!« forderte er Cole auf. Um zu verhindern, daß die Halterungen versehentlich abgeworfen wurden, mußte dieser Knopf mindestens eine Sekunde lang gedrückt werden.

»Jetzt!«

Jake hielt den Notabwurfknopf gedrückt. Rummms! Er kurvte steil nach links weg. Fahrt und Hydraulikdruck gingen dabei zurück, aber er mußte aus dem Aufschlagbereich fort, sonst gerieten sie in die Detonation. Dann gingen die Bomben hoch. In den Rückspiegeln war ein grellweißer Lichtblitz zu sehen, und die Druckwelle rüttelte das Flugzeug durch, ohne es jedoch zu beschädigen. Der Bomber befand sich auf Südkurs, um die Stadt zu überfliegen.

Tiger meldete sich über Funk bei dem Controller von Black Eagle, der bequem und sicher in seiner E-2 über dem Golf saß. »Fünf-Doppelnull ist nach dem Angriff auf dem Rückflug.«

»Verstanden. Erklären Sie den Notfall?«

»Positiv. Wir brauchen einen Tanker, sobald wir nasse Füße haben.«

Jake schaltete den Treibstoffmesser auf den Haupttank im Rumpf um und wich feindlichem Flakfeuer aus, während er darauf wartete, daß die Nadel die richtige Menge anzeigte.

Scheiße! Nur noch 2250 Kilogramm! Der Rumpftank mußte leck sein wie ein Sieb. Damit kommen wir nicht mal mehr bis zum Tanker. Wir müssen aussteigen! Aber wo? Schon die Flucht aus Nordvietnam ist verdammt schwierig.

Vor ihnen bildeten aufsteigende Leuchtspurgeschosse schimmernde Feuervorhänge. Jetzt waren sie über Hanoi und wurden von allen Seiten beschossen. Im Sternenschein und dem unheimlichen Glühen von Leuchtspurmunition waren die schwarzen Umrisse von Häusern und Bäumen deutlich zu erkennen. Jake ging tiefer, bis er fast die Hausdächer streifte. Schon der Flug über Hanoi war verdammt schwierig.

Im Tiefstflug waren sie für jeden Mann, jede Frau und jedes Kind mit einer Schußwaffe sichtbar. Jake spürte die Einschläge von Geschossen aus Handfeuerwaffen im Rumpf ihrer Maschine. Die Meute hatte den Fuchs schon fast gestellt.

Während er Cole auf den Treibstoffmesser hinwies, kam ein Feuerstrom von rechts genau auf die Windschutzscheibe zugeschossen. Jake riß die A-6A hoch, so daß sie über den Strom hinwegsetzte, und beide Männer zuckten zusammen

– ein nutzloser Reflex. Diesmal hatten sie noch Glück. Die Einschläge lagen hinter ihnen.

»Ihre Position?« fragte jemand über Funk.

»Mitten über Hanoi!« rief Grafton. Im Schein der Leuchtspurgranaten glich die Stadt einem offenen Tor zur Hölle. Auf jedem Gebäude schien eine ganze Flakbatterie zu stehen.

»Das Funkgerät ist ausgefallen«, sagte Tiger.

Weitere Schläge, als das Flugzeug erneut getroffen wurde. Die sonst dunkle Tafel mit Warnleuchten war mit gelben Lichtern übersät. Linker Generator ausgefallen, linke Bremsklappe defekt, Hydraulikpumpen, Treibstoffilter... Weshalb der Treibstoffilter? Jake hatte keine Zeit, darüber nachzudenken. Gelbe Feuerkugeln schlängelten sich heran, und irgend etwas schmetterte gegen die Flügel.

Der Vogel würde sich nicht mehr lange in der Luft halten. Jake sah zu Tiger hinüber. »Wenn du willst, kannst du jetzt aussteigen...«

»Das hat noch Zeit.«

Der Pilot kurvte steil nach rechts ein und sprach ins Mikrofon des ausgefallenen Funkgeräts: »Devil fünf-null-null dreht nach Westen ab. Wir fliegen nach Laos.«

Jake konzentrierte sich darauf, den Bug hochzuhalten und kein Gebäude zu rammen. Da die Geschützbedienungen bei diesem Licht das Flugzeug sehen konnten, mußte er möglichst tief bleiben, um ihnen das Zielen zu erschweren. Da die Möglichkeit bestand, daß der Sender noch funktionierte, meldete Cole weiter ihre Absichten über Funk.

Links vor ihnen eröffnete ein Richtschütze das Feuer mit einem langen Feuerstoß. Die Leuchtspurgeschosse kamen in flachem Bogen auf sie zu. Als Jake das Flugzeug leicht hochzog, zischten die Geschosse unter ihnen hindurch. Aber der Richtschütze korrigierte die Erhöhung. Jake nahm den Leistungshebel kurz zurück, so daß sie langsamer wurden, und sah die Leuchtspur vor ihnen liegen. Dann schob er ihn wieder bis zum Anschlag nach vorn und ging noch etwas tiefer. Die Leuchtspur schien ihnen im Zeitlupentempo zu folgen. Vor Jake ragte plötzlich ein Hochhaus auf. Der Bomber kurvte rechts daran vorbei, und die Leuchtspurgeschosse trafen das Gebäude.

Blitze. Weiße Lichtblitze irgendwo rechts von ihnen. Jake kniff die Augen zusammen, während er sie beobachtete. Gewaltige Blitze, ein Dutzend pro Sekunde, marschierten quer über die Großstadt.

»Das sind die B-52«, stellte Tiger fest.

Hanoi lag nackt im pulsierenden Licht der Bombendetonationen. Die von den Druckwellen durchgeschüttelte Intruder hing scheinbar unbeweglich in einem Gewittersturm aus Bombenblitzen und weißglühenden Feuerbällen. Fast eine Minute lang verwüsteten die unsichtbaren B-52 die Stadt. Die Intruder raste ins Dunkel über die Reisfelder. In seinem Rückspiegel sah der Pilot Großbrände und noch immer aufsteigende Leuchtspurgarben.

»Verdammt«, murmelte Tiger Cole.

»Wir schaffen's, Mann!« sagte Jake, dessen Stimme sich zu überschlagen drohte.

Der Treibstoffmesser stand auf 1800 Kilogramm. Ab und zu erhellten die Mündungsblitze von Handfeuerwaffen die Nacht – Nadelstiche im Vergleich zu dem, was sie hinter sich hatten. Grafton ließ die Maschine steigen, bis der Radarhöhenmesser knapp 500 Fuß anzeigte. Die Nadel des barometrischen Höhenmessers bewegte sich nicht mehr.

»Fünf Grad rechts«, wies Tiger ihn an. »Der Computer ist vorhin ausgefallen, aber das Radar funktioniert noch. Vor uns beginnt ein Tal, dem wir folgen sollten.«

Das Gelände stieg an. Jake hielt die Intruder jetzt in 500 Fuß über Grund. Außerhalb des Cockpits herrschte pechschwarze Nacht. Während sie weiterflogen, ordnete Tiger immer wieder kleine Kursänderungen an.

Die linke Brandwarnleuchte flammte erneut auf. Sie erwies sich als störend hell, deshalb zertrümmerte Jake sie mit seiner Taschenlampe. Er beobachtete den Treibstoffmesser. Noch 1450 Kilogramm. Sie überflogen den höchsten Punkt des Tals und stiegen weiter. Sekunden später überstiegen sie den Meßbereich des Radarhöhenmessers, der sich daraufhin wie vorgesehen ausschaltete.

»Links zehn und diesen Kurs halten.«

Tiger stellte im Funk die militärische Wachfrequenz ein, die ständig abgehört wurde. Dafür gab es an Bord einen eigenen Sender, so daß sie vielleicht gehört wurden, selbst wenn es in ihren Kopfhörern still blieb. Jakes Augen tränten. Er lokkerte seine Sauerstoffmaske und sog prüfend die Cockpitluft ein. Irgendwo brannte etwas. Er stellte die Klimaanlage ab. Der Brandgeruch blieb. Der Pilot setzte die Sauerstoffmaske wieder auf und zog sie fest an.

Jake konnte zusehen, wie der Zeiger des Treibstoffmessers zurückging. Wohin verschwand der Treibstoff? Offenbar spritzte er durch von Einschlägen gerissene Löcher ins noch immer heiße linke Triebwerk. Falls er sich dort entzündet, können wir uns mit Corey Ford und dem Boxmann zu 'nem Harfenquartett zusammentun. Jake überzeugte sich davon, daß der linke Hauptschalter auf AUS stand, damit kein Zündstrom fließen konnte. Der Schalter stand richtig, obwohl Jake sich nicht daran erinnern konnte, ihn betätigt zu haben; hätte er das allerdings nicht getan, wären sie vermutlich längst tot gewesen.

Der Treibstoffmesser zeigte 1050 Kilogramm an. Pro Minute verschwanden über 130 Kilogramm Treibstoff – teils ins rechte Triebwerk, teils in die Nachtluft. Jake rechnete sich im Kopf aus, daß das rund 8000 Kilogramm pro Stunde waren. Sie konnten noch acht Minuten fliegen – etwa 50 Seemeilen weit.

Mit jeder Meile, die sie zurücklegten, stiegen ihre Chancen, nicht gefangengenommen, sondern gerettet zu werden. Die SAR-Teams der Air Force konnten sie aus Laos herausholen, aber Nordvietnam wurde zu stark verteidigt, als daß ein Hubschrauber dort hätte überleben können.

Weiter so, Baby! Laß uns jetzt nicht im Stich!

Noch 820 Kilogramm Treibstoff. Jake spürte, wie seine Magennerven sich verkrampften, und hatte Mühe, einen klaren Gedanken zu fassen. »Bist du schon mal ausgestiegen?« fragte er Tiger Cole.

»Ja – und hab' mir's Bein gebrochen.«

Das Schreckgespenst aller Kriegsflieger stand zum Greifen

nah vor ihnen. Sie würden über feindlichem Gebiet aussteigen und sich mit Köpfchen und den kümmerlichen Hilfsmitteln in ihren Überlebenswesten durchschlagen müssen. Nicht gerettet zu werden, bedeutete den Tod oder Gefangenschaft in einer winzigen Zelle. Gefangenschaft war ein Tod auf Raten.

Nur noch 550 Kilogramm. Die Treibstoffwarnleuchte brannte jetzt.

Ein von den Wolken zurückgeworfener schwacher Feuerschein erregte Jakes Aufmerksamkeit. Er verstellte seinen Rückspiegel. Unter dem linken Flügel flackerte eine gelbliche Flammenzunge.

»Wir brennen!« rief er. Sie würden *sofort* aussteigen müssen.

»Noch nicht«, widersprach Cole und legte dem Piloten seinen linken Arm vor die Brust. »Vielleicht noch ein paar Meilen.«

»Brennende Jets haben die üble Angewohnheit zu explodieren«, sagte Jake. Vor seinem inneren Auge erschien eine Zeile aus dem Betriebshandbuch der A-6A Intruder: *Sobald Feuer sichtbar wird, Schleudersitz betätigen!*

Der Bug der Maschine sackte nach unten. Jake zog den Knüppel zurück, aber die Nase sank unaufhaltsam weiter. Das Hydrauliksystem war drucklos. Das Feuer hatte die Druckleitungen geschmolzen.

Tiger hörte zu funken auf und sah zu Jake hinüber.

Langsam, ganz langsam kam der Bug wieder nach oben, aber die Maschine rollte jetzt nach links. Jake betätigte Knüppel und Ruderpedale. Keine Reaktion. Devil 500 war erledigt.

Die beiden Männer starrten sich an.

Tiger Cole griff mit beiden Händen nach oben, umklammerte den Primär-Abzuggriff und zog ihn mit einer raschen, gleichmäßigen Bewegung über den Kopf nach unten. Im nächsten Augenblick war er mit einem Donnerschlag aus Lärm, Wind und Plexiglas verschwunden.

Aus Gewohnheit glitt Jakes Blick noch ein letztes Mal über die Instrumente; dann zog er den Sekundär-Abzuggriff zwischen seinen Beinen hoch. In den Bruchteilen einer Sekunde, bevor der Schleudersitz ihn durchs Plexiglas hinausschoß, brannte sich das Bild der Instrumententafel und der vom Spiegel reflektierten gelben Flammen unauslöschlich in Jakes Gedächtnis ein.

Irgend etwas hämmerte gegen seinen Körper und traf jeden Quadratzentimeter von Hals, Brust, Armen und Beinen. Noch während er sich darüber klarwurde, daß das Regentropfen sein mußten, ging ein gewaltiger Ruck durch seinen Unterleib, als der Fallschirm sich öffnete.

Nach dem alle Sinne betäubenden Orkan beim Herausschießen aus dem Bomber herrschte jetzt Stille. Aber er konnte nichts sehen. Nahezu in Panik grapschte er über sich nach den Fangleinen. Die Gurtenden über seinen Schultern waren straff wie Drahtseile. Das beruhigte ihn insoweit, daß er wieder nachdenken konnte.

Weshalb war er blind? Das war er nicht; die Nacht war nur zu finster, als daß er etwas hätte sehen können. Er hielt die zu beiden Seiten seines Halses aufsteigenden Nylongurte mit beiden Händen fest und ließ die Sekunden verstreichen. Dabei hörte er einen Augenblick lang das leise Pfeifen eines Düsentriebwerks.

Die Sauerstoffmaske! Sollte er bei der Landung bewußtlos werden und die Maske noch tragen, würde er ersticken, wenn der Sauerstoffvorrat in der Sitzwanne zu Ende ging. Die Maske mußte weg. Mit der rechten Hand tastete er nach den Verschlüssen, die sie am Helm festhielten. Seine Finger waren so ungeschickt, daß er wieder in Panik zu geraten drohte. Er unterdrückte sie und tastete erneut die Stellen ab, wo die Verschlüsse sein mußten. Diesmal fand er sie, löste die Maske vom Helm und schleuderte sie in die Dunkelheit hinaus. Seine linke Hand umklammerte dabei weiter mit eisernem Griff die Fangleinen.

Nun tastete er mit der rechten Hand nach den Schnellverschlüssen des Bauchgurts. Die Sitzwanne, die für Wasserlandungen gedacht war, würde er nicht brauchen. Er löste den rechten Verschluß und spürte, wie das Gewicht auf der Rückseite seiner Oberschenkel sich verlagerte. Nachdem er sorgfältig umgegriffen hatte, mühte er sich mit dem linken Verschluß ab. Schließlich verschwand das an seinen Beinen hängende Gewicht, als die Sitzwanne abfiel. Seine rechte Hand erfaßte automatisch wieder die Fangleinen.

Er hörte den dumpfen Knall einer fernen Explosion. Das war vermutlich sein Flugzeug gewesen. Das Ende von Devil 500.

Ein schwacher Luftzug fächelte sein Gesicht. Irgendwo unter ihm lauerte der Dschungel. Wann würde er in ihn eintauchen? Die Dunkelheit war total. Er dachte an die Taschenlampe in seiner Überlebensweste, wollte dann aber nicht riskieren, sie bei der Landung zu verlieren.

Das Pochen seines Herzens, das sanfte Streicheln von Wind und Regen und die beruhigende Straffheit der Fangleinen waren die einzigen Sinneswahrnehmungen in der dunklen Stille.

Er begann zu überlegen. Würde er in Bäumen, einem Reisfeld oder einem mit Felsbrocken übersäten Bachbett landen? Würde er gegen eine Felswand geschleudert werden? Er schlug seine Beine übereinander, um den Unterleib zu schützen, legte die linke Hand auf die rechte Schulter und die rechte Hand auf die linke und drückte sein Gesicht nach vorn in die Armbeugen. Jetzt konnte er nur noch warten.

Sein Körper erwartete angespannt den Aufschlag. Ganz locker! ermahnte er sich. Nein, weiter angespannt bleiben. Laß die Beine zusammen, damit die Kronjuwelen geschützt sind.

Irgend etwas schlug gegen seine Beine und krachte dann gegen seinen Körper. Er wurde von einer Serie rascher, schmerzhafter Schläge durchgeschüttelt, spürte, wie seine Beine auseinandergerissen wurden, und schrie auf, als ein brennender Schmerz die linke Körperseite hinaufzuckte. Dann überschlug er sich, und seine Arme, die keinen Halt fanden, griffen vergeblich nach den Fangleinen, die nicht mehr da waren. Seine untere Gesichtshälfte wurde von Hieben wie mit einer Bullenpeitsche getroffen. Dann verlor er das Bewußtsein.

24

Major Frank Allen saß im Cockpit seiner A-1 Skyraider über Laos. Ein fliegender Controller arbeitete mit den FACs zusammen, um für Allen ein Ziel zu finden, das den Einsatz seiner Waffen lohnte. Er und sein Rottenflieger 1000 Fuß unter ihm befanden sich seit fast einer Stunde in Warteposition, als der Controller sie über eine abgeschossene A-6A Intruder der Navy – Rufzeichen Devil fünf-null-null – informierte. Nachdem Allen die Meldung bestätigt hatte, überprüfte er seinen Treibstoffvorrat und notierte sich die Zeit auf seinem Kniebrett.

»Nomad eins-sieben«, sagte der Controller, »wir schicken Sie dorthin, um zu sehen, ob Sie Funkkontakt aufnehmen können. Bitte warten.«

»Verstanden, Nomad eins-sieben.«

Der Controller gab durch, in welchem Gebiet die vermißte Maschine vermutlich abgestürzt war, und Allen legte den Kurs dorthin fest. Als seine Skyraider in der Warteschleife die richtige Ausgangsposition erreicht hatte, flog er auf diesem Kurs ab und veränderte die Stellung von Gashebel und Gemischregulierungsknopf. Das große Kolbentriebwerk der A-1 reagierte willig, und die Fahrtmessernadel kletterte auf 140 Knoten. Sein Rottenflieger setzte sich hinter ihn.

Allen zeichnete die Koordinaten der vermutlichen Absturzstelle ein und maß die Entfernung ab – ungefähr eine Stunde Flugzeit. Er optimierte seinen Kurs, stellte das zweite Funkgerät auf die Wachfrequenz ein, drehte den Lautstärkeregler nach rechts und nahm die Rauschsperre fast ganz heraus. Dann funkte er: »Devil fünf-null-null, Devil fünf-null-null, hier Nomad ein-sieben auf der Wachfrequenz, kommen.«

Schweigen. Als mehrere Anrufe ohne Echo blieben, gab Allen diesen Versuch schließlich auf. Die Sterne beleuchteten eine fast geschlossene Wolkendecke einige tausend Fuß unter ihm. Er dachte an die beiden amerikanischen Flieger, die irgendwo im Dschungel um ihr Überleben kämpften, und hoffte, daß Cowboy Parker, sein Studienfreund von der University of Texas, nicht einer von beiden war.

Die Guerillas der Befreiungsbewegung Pathet Laos erledigten Gefangene oft, um sie nicht mitschleppen und durchfüttern zu müssen. Fielen die beiden jedoch in die Hände nordvietnamesischer Soldaten, die auf dem Ho-Chi-Minh-Pfad patrouillierten, wurden sie vermutlich nach Hanoi gebracht und mit den übrigen Kriegsgefangenen zusammengesperrt. Aber sie konnten auch an Bäume gebunden und zu Tode gemartert werden. Während Frank Allen über die Chancen eines Fliegers im Dschungel unter ihm nachdachte, behielt er seine Instrumente im Auge und horchte auf das Brummen seines Motors – wie bei über 200 Einsätzen zuvor.

Der Motor klang gesund. Allens Gedanken wandten sich bald seiner in drei Wochen bevorstehenden Ablösung zu. Sollte er in die Staaten zurückkehren oder sich für eine weitere Einsatzperiode verpflichten? Er schwankte noch immer und dachte neuerdings zu unmöglichen Zeiten über diese Frage nach.

Die Wolken würden morgens Schwierigkeiten machen, wenn es Zeit wurde, die Marineflieger aus dem Dschungel zu bergen. Hoffentlich rissen sie so weit auf oder stiegen so hoch an, daß Flugzeuge und Hubschrauber eingesetzt werden konnten.

Er drehte den Lautstärkeregler des zweiten Funkgeräts etwas nach rechts und flog weiter.

Jake Grafton stand allein in einem großen Saal, dessen Wände im Nebel verschwanden. Auf dem rohen Holzboden standen zwei offene Särge. Er ging mit durch den Raum hallenden Schritten darauf zu, bis er in sie hineinblicken konnte. In einem lag Tiger Cole, aber der andere war leer. Statt mit roter Seide und Satin war der leere Sarg mit Erde und vermoderndem Laub ausgeschlagen. Als er sich angewidert abwandte, sah er sich einer dichtgedrängten Menschenmasse gegenüber, die Schulter an Schulter gegen ihn vorrückte. Geschäftsleute in Anzügen, langmähnige Studenten in Jeans und kleine gelbe Männer in schlafanzugartigen schwarzen

Uniformen – sie alle bedrängten ihn. Er spürte, wie er von Händen ergriffen und hochgehoben wurde; dann stürzte er sich überschlagend in ein schwarzes Nichts.

Auf sein Gesicht klatschender Regen weckte Jake. Er war völlig verwirrt und nicht imstande, sich zu bewegen. Schwindelerregende Übelkeit durchflutete ihn in Wellen. Er schloß den Mund und versuchte, durch die Nase zu atmen, aber seine Nase war verstopft. Er riß den Mund wieder auf und sog Luft und Regen ein. Dann wurde ihm klar, daß sein Kopf sich unterhalb seiner Beine befand. Er blieb scheinbar endlos lange im Dunkel hängen und sammelte seine Kräfte.

Als er um sich tastete, berührte seine rechte Hand etwas Weiches und zugleich Festes. Laub und Erdreich. Seine Panik legte sich, als er entdeckte, daß er kaum einen halben Meter über dem Boden hing. Er biß die Zähne zusammen, um nicht wegen der Schmerzen in seiner linken Körperhälfte aufzuschreien, und tastete im Dunkel nach den Gurtschlössern des Fallschirms. Sie mußten sich auf seiner Brust unmittelbar vor den Schlüsselbeinen befinden. Aber er konnte sie nicht ertasten, riß sich vor Zorn, Angst und Schmerzen halb von Sinnen die Handschuhe ab und grapschte verzweifelt nach den vertrauten Metallschlössern. Er war so frustriert, daß er in Panik zu geraten drohte, und hörte gerade noch rechtzeitig zu zappeln auf, bevor sie ihn überwältigte.

Vielleicht hatten sich die Schlösser durch seine Bewegungen verschoben. Er tastete langsam seinen Oberkörper ab. Das linke Gurtschloß entdeckte er über der Schulter. Es ließ sich mühelos öffnen. Da er jetzt wußte, wo er zu suchen hatte, fand er das rechte Schloß schneller, und sein Körper sackte tiefer, bis er halb auf dem Boden lag. Aber seine Beine hingen noch immer über ihm fest.

Er brauchte seine Taschenlampe. Er zwang sich dazu, sich zu erinnern, wohin er die bleistiftdünne Stabtaschenlampe gesteckt hatte, und arbeitete methodisch daran, sie herauszuholen. Der Lichtstrahl durchdrang die Dunkelheit. Seine Augen brauchten einige Sekunden, um scharf zu sehen; dann erkannte er, daß seine Beine in den in die Bäume hinaufführenden Fangleinen verwickelt waren.

Etwas Nasses lief ihm in den Mund. Es schmeckte kupfrig. Blut? Er berührte sein Gesicht mit einer Hand und hielt sie in den Lichtstrahl der Taschenlampe. Sie war hellrot. Er zog sich Splitter des Plexiglasvisiers seines Helms aus der Haut. Stechender Schmerz durchzuckte ihn, als er mit der Hand an seine Nase kam. Gebrochen.

Eine Minute verstrich, bevor er sich soweit erholt hatte, daß er sich wieder bewegen konnte. Er zog das Fallschirmkappmesser aus einer Tasche seiner Weste und machte sich daran, die Nylonleinen, die seine Beine festhielten, durchzuschneiden. Es waren viele Leinen. Er gönnte sich eine Ruhepause und bewegte die Taschenlampe im Kreis. Überall dunkle Urwaldvegetation.

Lautlos fluchend nahm er wieder den Kampf gegen die verhedderten weißen Leinen auf, in denen er wie eine Fliege in einem Spinnennetz gefangen war. Die Schmerzen in seiner linken Körperhälfte behinderten ihn stark. Er bekam wieder Blut in den Mund und spuckte es aus. Eine Mischung aus Regenwasser, Schweiß, Erbrochenem und blutigem Speichel durchnäßte ihn. Dann wurde endlich sein rechtes Bein frei. Er rutschte erneut tiefer, lag nun auf dem Boden und hing nur noch mit dem linken Bein fest.

Seine zum Greifen nahe Befreiung verlieh ihm neue Kräfte. Er hackte mit dem Kappmesser an den Fangleinen herum. Dann wurde endlich auch sein linkes Bein unter stechenden Schmerzen frei.

Sein Stöhnen war der erste Laut, den er von sich gab. Als die Schmerzen nachließen, setzte er sich mühsam auf und untersuchte sein linkes Bein sorgfältig im Licht der Taschenlampe. Am Knie, das der Druckanzug freiließ, war seine Fliegerkombi blutig und zerrissen. Das Kniegelenk war geschwollen, aber er konnte es noch abbiegen.

Nachdem er Erde und Blätter aus dem Kragen seiner Kombi geholt hatte, nahm er den Helm ab. Das Visier war zersplittert. Er fuhr sich mit den Fingern durch sein Haar, das verschwitzt und klebrig war.

Die Funkgeräte! Er griff in die Brusttasche seiner Überlebensweste und zog eines seiner beiden Handfunkgeräte heraus. Es schien unbeschädigt zu sein, als er es im Licht der Taschenlampe untersuchte. Er schaltete das Notfunkfeuer ein, mit dem er angepeilt werden konnte, falls jemand nach ihm suchte. Dann stellte er es wieder ab, schaltete auf Normalbetrieb um und regelte die Lautstärke ein.

»Tiger, hier ist Jake.« Keine Antwort. Er rief Cole noch mehrmals in Minutenabständen und bekam endlich eine Antwort.

»Hey, Jake.« Obwohl die Stimme schwach klang, hätte der Pilot am liebsten laut gejubelt.

»Wo steckst du?«

»Woher soll ich das wissen, verdammt noch mal?«

»Ich bin halbwegs heil. Du auch?«

Die Stimme des anderen klang müde und schwach. »Nicht direkt. Ich komm' nicht aus meinem Fallschirm.«

Scheiße!

»Ich bin aus meinem draußen. Keine Angst, ich finde dich. Halt durch, bis ich komme!«

»Weg kann ich schließlich nicht.«

Jake ließ sein Funkgerät sinken und leuchtete mit der Taschenlampe die Umgebung ab; überall nur Bäume und Unterholz. Er blieb noch sitzen, zog eine seiner Babyflaschen aus Plastik heraus und leerte sie mit zwei langen Zügen. Das Wasser war warm, aber es schwemmte den salzigen, kupfrigen Geschmack aus seinem Mund. Obwohl er noch immer durstig war, hob er sich die zweite Flasche für später auf, wenn er noch durstiger sein würde. Die leere Flasche schraubte er zu und steckte sie wieder in seine Weste.

»Devil fünf-null-null, Devil fünf-null-null, wie hören Sie mich? Kommen.«

Jakes Puls begann zu jagen, während er seine Sprechtaste drückte. »Devil fünf-null-null Alpha hört Sie laut und klar, kommen.«

»Devil, hier ist Nomad eins-sieben. Schalten Sie für dreißig Sekunden auf Piepser um, kommen.«

»Verstanden, piepse.« Jake schaltete das Notfunkfeuer ein und hielt das Gerät dann so, daß die kleine Wendelantenne senkrecht nach oben zeigte. Jetzt konnte der Pilot von Nomad 17 ihn mit seinem Funkkompaß anpeilen. Nach 30 Sekunden schaltete Jake wieder auf Sprechfunk um. »Nomad, Devil fünf-null-null Alpha, haben Sie mein Signal empfangen? Kommen.«

»Wir haben Ihren Piepser. Geben Sie Name, Dienstgrad und Wehrnummer an, kommen.«

»Jacob Lee Grafton, Kapitänleutnant, Nummer sieben-drei-fünf-neun-neun-vier.«

»Verstanden. Warten Sie.«

Jake saß im Dunkel und ließ sich von freudiger Hoffnung überfluten. Wir sind bereits gefunden! Wir werden gerettet!

»Devil, Nomad. Sind Sie schon mit Ihrem zweiten Mann zusammen, und sind Sie verletzt?«

»Wir sind noch nicht zusammen, und der Pilot ist leicht verletzt.« Jake machte eine Pause. »Tiger, bist du verletzt? Kommen.«

Danach herrschte Schweigen, bis der Rettungspilot sagte: »Verstanden, nicht zusammen, Pilot leicht verletzt.«

»Mein Bombenschütze hängt irgendwo«, erklärte Jake.

»Okay, Devil Alpha. Halten Sie durch. Ich rufe Sie in ein paar Minuten wieder.«

Jakes Hochstimmung schlug in Depression um. Während er zusammengekauert im Dunkel hockte, ging er ihren Flug nochmals durch und listete sämtliche Fehler auf. Sie hätten das Ziel nicht zum zweiten Mal anpeilen dürfen. Er hätte den Notabwurfknopf drücken und in Richtung Meer abdrehen sollen. Dann könnten Tiger und er jetzt in ihren Schlauchbooten sitzen und auf den SAR-Hubschrauber warten. Ja, zwischen Haien, die sie in der nachtschwarzen See umkreisten...

»Devil Alpha, hier Nomad. Schalten Sie Ihren Piepser noch mal dreißig Sekunden ein.«

Jake befolgte die Aufforderung.

»Okay, Devil«, sagte der Nomad-Pilot, »wir haben eure Position ziemlich genau ermittelt. Wir holen euch bei Tagesanbruch raus. Sucht euch irgendein Loch und verkriecht euch darin. Haben Sie Ihre Uhr noch?«

Jake blickte auf sein Handgelenk; die Leuchtzeiger seiner

Armbanduhr waren deutlich zu erkennen. »Ja. Es ist zwanzig Uhr siebenundfünfzig.«

»Okay. Irgend jemand ruft Sie um zweiundzwanzig Uhr und danach jeweils zur vollen Stunde. Verstanden?«

Mit Jakes Bestätigung war ihr Funkverkehr beendet. Er legte das Gerät neben sich und versuchte nachzudenken. Als erstes mußte er Cole finden und aus seinem Fallschirm befreien. Aber war er in diesem Dschungel zu finden?

Als sie ausgestiegen waren, war ihr Kurs 250 Grad gewesen. Wieviel Zeit war zwischen Coles Aussteigen und seinem verstrichen? Er wußte genau, was der Fahrtmesser zuletzt angezeigt hatte: 245 Knoten. Er hatte seinen Schleudersitz eine, vielleicht zwei Sekunden nach Cole betätigt. Jetzt versuchte er, ihre Geschwindigkeit in Meter pro Sekunde umzurechnen, gab dann aber auf und schätzte die Entfernung auf höchstens 300 Meter. Etwa die Länge des Flugdecks der *Shiloh* – vermutlich sogar weniger. Cole befand sich keine 300 Meter von ihm entfernt irgendwo in diesem Dschungel.

Er zog seinen Kompaß heraus, wickelte die Fallschirmleine ab, die er vor vielen Monaten durch die Ösen gezogen hatte, und hängte ihn um seinen Hals.

Bevor er aufbrach, untersuchte er sich nochmals. Er hatte blutende Verletzungen am Knie und über der linken Hüfte, aber die Blutungen schienen zum Stehen gekommen zu sein. In seiner Überlebensweste hatte er ein Verbandpäckchen, das er um sein Knie wickelte – über Druckanzug, Fliegerkombi und alles. Die Fleischwunde über seiner Hüfte konnte er nicht versorgen, aber sie war offensichtlich nicht allzu schlimm – noch nicht.

Er sammelte Funkgerät und Taschenlampe ein, stemmte sich gegen einen Baumstamm und kam mühsam auf die Beine. Er hatte sich getäuscht: Seine Fleischwunde war verdammt schmerzhaft. Als er das verletzte Bein etwas belastete, knickte es unter ihm zusammen, so daß er sich erneut hochstemmen mußte. Die Wirkung des Adrenalins ließ allmählich nach. Sämtliche Muskeln taten weh von den Schlägen, die er beim Fall durch die Bäume erhalten hatte. Aber er stellte fest, daß er sich hinkend bewegen konnte, wenn er das verletzte Bein steif hielt. Er warf einen Blick auf den Kompaß und brach auf.

Nachdem sich Jake eine Zeitlang mühsam hinkend fortbewegt hatte, legte er eine Pause ein. Was war, wenn er in der Dunkelheit an Cole vorbeilief?

»Tiger?« flüsterte Jake in sein Funkgerät. Ihm war inzwischen eingefallen, daß sie in diesem Dschungel möglicherweise nicht allein waren.

Die Antwort kam noch leiser: »Ja?«

»Du sagst mir, wenn du mich rumstolpern hörst, okay? Ich hol' dich aus dieser Scheiße raus.«

»Ja.« Mehr sagte er nicht. Jake hielt sich das Funkgerät ans Ohr, weil er auf mehr hoffte, aber dieses eine Wort war die ganze Antwort. Er ließ das Gerät eingeschaltet, steckte es in seine Brusttasche und zog den Reißverschluß zu. Nach einem Blick auf den Kompaß hinkte er weiter.

Er kam nur langsam und mühsam voran, stolperte über Wurzeln, Äste und Lianen, und Zweige schnellten ihm ins Gesicht. Er ging mehrmals zu Boden, zwang sich aber jedesmal dazu, sich wieder aufzurappeln. Nach einiger Zeit sah er auf seine Uhr und stellte fest, daß er erst eine Viertelstunde unterwegs war. Welche Strecke hatte er zurückgelegt – 200 Meter? Er wußte, daß Jäger und Wanderer dazu neigten, die zurückgelegten Entfernungen zu überschätzen. Seine linke Körperhälfte schmerzte bei jedem Atemholen; er mußte sich mehrere Rippen gebrochen haben. Er leuchtete seine Umgebung mit der Taschenlampe ab und sah auf allen Seiten nur tropfnasse Urwaldvegetation.

Nachdem er sich eine weitere Viertelstunde abgemüht hatte, sprach er wieder ins Funkgerät: »Tiger?«

Keine Antwort. Er wartete fast eine Minute, bevor er den Anruf wiederholte. Dann hielt er sich den kleinen Lautsprecher ans Ohr.

»Ja?« Ein schwaches Flüstern.

»Schon was gehört? Ich mache ziemlichen Lärm.«

»Nein.«

Weshalb hatte Cole nicht geantwortet, als er gefragt worden war, ob er verletzt sei? »Wie schlimm bist du verletzt?«

Jake wartete. Vielleicht hatte Tiger die Frage nicht gehört. Natürlich hatte er sie gehört. Weshalb antwortete er nicht?

»Mein Rückgrat ist gebrochen, glaub' ich.«

Frank Allen schlug sich mit der Faust auf den Oberschenkel. Ein gebrochenes Rückgrat! Ein Schwerverwundeter konnte sich nicht vor feindlichen Suchtrupps in Sicherheit bringen oder das Gurtzeug der Rettungswinde anlegen. Der SAR-Hubschrauber würde ein, vielleicht sogar zwei Besatzungsmitglieder abseilen müssen, die den Mann auf eine Tragbahre schnallten. Während der Hubschrauber dort schwebte, würden viele Menschenleben in Gefahr sein.

Allen drückte die Sprechtaste seines Primärfunkgeräts und sprach mit dem fliegenden Controller auf einer eigenen taktischen Frequenz über die Verletzung des Bombenschützen. Von dem Controller erfuhr er, wie die Abgeschossenen hießen. Der Spitzname »Tiger« war ihm bekannt vorgekommen, aber jetzt erinnerte sich Allen an die beiden Männer und sah ihre Gesichter vor sich. Wie lange war es schon her, daß er auf der *Shiloh* gewesen war? Drei oder vier Wochen? Der Controller wies ihn und seinen Rottenflieger an, auf ihren Stützpunkt Nakhon Phanom zurückzukehren. Allen sollte den morgigen SAR-Einsatz leiten. Sein Rufzeichen würde dann »Sandy eins« lauten.

Bis Sonnenaufgang hatte Frank Allen noch viel zu tun. Auf seinem Kniebrett machte er sich einige Notizen. Zur Bergung der beiden Männer wurden wenigstens zwei Jolly Green Giants gebraucht. Die SAR-Hubschrauber würden sie aus dem Dschungel heraufholen. Aber Allen und sein Schwarm Skyraiders würden die Abgeschossenen finden und dafür sorgen müssen, daß die Hubschrauber ungefährdet operieren konnten. Notfalls konnte er aus ganz Südostasien Bomber und Jabos anfordern, um feindliche Stellungen angreifen zu lassen.

Er sah erneut auf die Karte und überprüfte die nach den ADF-Peilungen eingetragenen Standlinien sowie seinen TANCAN-Kurs und die von Nakhon Phanom übermittelten Entfernungsangaben. Der Schnittpunkt der beiden Standlinien lag nur vier Seemeilen von der letzten bekannten Position von Devil 500 entfernt, die ihm der fliegende Controller durchgegeben hatte. Wegen der großen Entfernungen und möglicher Gerätefehler war die Übereinstimmung nach Allens Auffassung lediglich zufällig. Die beiden Flieger konnten sich irgendwo in einem Radius von zehn Meilen um diese Positionen befinden.

Allen zog einen Zehnmeilenkreis um beide Punkte und studierte die Karte im Lichtschein seiner rot abgeblendeten Taschenlampe. Innerhalb dieses Kreises lagen Berge bis zu 5800 Fuß Höhe und die Dörfer Sam Neua und Ban Na Yeung. Er hoffte, daß die Flieger nicht in der Nähe dieser Dörfer gelandet waren, denn falls die Dorfbewohner den Absturz gehört hatten, würden sie bei Tageslicht ausschwärmen, um nach Fallschirmen zu suchen und das Unterholz zu durchkämmen.

Auf seiner Karte war eine Straße eingezeichnet, die durch Sam Neua nach Westen zum Oberlauf des Mekongs und zur Ebene der Tonkrüge führte. Der unbefestigte Weg, einer der nördlichen Zubringer des Ho-Chi-Minh-Pfads, schlängelte sich durch ein Tal, das dicht bewachsen und von verkarsteten Kreidefelsen gesäumt sein würde. Eine Straße bedeutete Männer. Männer und Lastwagen und Waffen. Frank Allen schrieb das Wort Napalm und unterstrich es doppelt.

Jake meldete sich um 23.00 Uhr, aber Tiger blieb stumm. Obwohl der fliegende Controller sich bemüht hatte, Grafton Mut zuzusprechen, blieb Jake nach dem Abschalten mit seiner Verzweiflung allein. Er war sich nicht nur der Gefahren bewußt, die Cole und ihm drohten, sondern nach den Anstrengungen der letzten Stunde auch völlig erschöpft.

Das Bedürfnis nach Wasser und einer Zigarette machte ihn wieder munter. Das Wasser wollte er sich noch aufheben, aber er würde eine Zigarette rauchen. Er wischte sich die schmutzigen Hände an den Oberschenkeln ab und tastete nach seinen Zigaretten. Die halbvolle Packung in der linken Ärmeltasche war durchnäßt und zerdrückt. Er ließ sie fallen, überlegte sich dann, daß sie vielleicht wieder trocknen würde, und hob sie auf. In der linken Beintasche seines Druckanzugs fand er eine unangebrochene Packung und sein Feuerzeug. Er riß das Zellophan mit zitternden Händen ab.

Der Rauch in seinen Lungen tat gut, aber als er durch die Nase ausatmete, brannte sie wie von tausend Nadelstichen. Er stieß den Rauch durch den Mund aus und sog sich dann wieder gierig die Lungen voll.

Der Rauch! Was war, wenn die Gooks ihn rochen? Jake hätte die Zigarette beinahe ausgedrückt, bevor er sich sagte, daß seine Angst übertrieben war. Trotzdem zog er seinen Revolver und hielt ihn so schußbereit, daß die Mündung in die ihn umgebende totale Finsternis zielte. Der einzige Lichtpunkt war das glühende Ende seiner Zigarette.

Form und Gewicht der Waffe halfen, seine flatternden Nerven zu beruhigen. Der kalte Stahl des Laufs, die sanften Kurven des Griffs, die Rauhigkeit der hölzernen Griffschalen und die Rillen des Hammers schienen für Macht und Sicherheit zu bürgen. Aber gegen eine Gruppe von mit Sturmgewehren Bewaffneter hätte der Revolver ihm nicht mehr als eine Spielzeugpistole genützt. Trotzdem war es beruhigend, ihn in der Hand zu halten.

Er erinnerte sich an den Ring, den er für Callie gekauft hatte. Er tastete seine linke Ärmeltasche ab und spürte ihn durch den dünnen Stoff. Er holte ihn heraus und drehte ihn zwischen den Fingern, um sich davon zu überzeugen, daß der Brillant noch in seiner Fassung saß. Dann ließ er den Ring wieder in die Ärmeltasche gleiten und zog den Reißverschluß ganz zu.

Jake rauchte seine Zigarette, hielt den Revolver schußbereit und horchte auf die Nachtgeräusche des Dschungels. Er versuchte zu denken. Er mußte Tiger finden und ihn so bequem wie möglich betten. Bei Tagesanbruch, wenn die Sandys kamen, konnte er sie zu ihrer Position dirigieren. Nachdem die Sandys sie genau geortet hatten, würden sie darauf warten, daß die Jolly Green Giants kamen und sie in Sicherheit hievten. Tiger würde als erster auf einer Tragbahre an Bord geholt werden, während er unten wartete. Danach würde der Hubschrauber für ihn einen Dschungelpenetrator herablassen – eine grell orangerote schwere Kapsel, die dafür konstruiert war, das Blätterdach des Tropenwaldes zu durchstoßen. Okay, so mußte es ablaufen. Jetzt sorg dafür, daß es geschieht!

Mit seiner Taschenlampe sah er sich nach einem Krückstock um. Er fand einen geeigneten jungen Baum, hackte ihn mit dem Kappmesser dicht über den Wurzeln ab, trennte die kleine Krone vom Stamm und hatte nun einen fast zwei Meter langen Stab. Dann stemmte er sich hoch und benützte ihn als Gehhilfe. Nachdem er seinen Kompaß im Licht der Taschenlampe abgelesen hatte, schleppte er sich nach Osten weiter.

Jake fiel oft hin. Jeder Schritt erforderte eine neue Anstrengung. Er umklammerte seinen Stab mit beiden Händen und hielt die Taschenlampe zwischen dem Holz und der rechten Hand eingeklemmt. Er schleppte sich über unebenen Boden weiter und kämpfte sich durch dichten, zähen Widerstand leistenden Tropenwald. Er vergaß seinen Kompaß und konzentrierte sich darauf, einen Fuß vor den anderen zu setzen. Mit bleischweren Gliedern brauchte er nach jedem Sturz länger, um sich wieder aufzurappeln. Die Taschenlampe fiel auf den Waldboden, ohne daß er es merkte. Trotz Erschöpfung und Schmerzen beherrschte ihn ein einziger Gedanke: Tiger Cole finden!

Nach endlos langem Umherirren stolperte Jake, fiel in einen kleinen Bach und schlug sich die gebrochene Nase an einem Stein an. Der Schmerz drang durch seine Erschöpfung, und das kalte sprudelnde Wasser belebte ihn. Er trank mit kleinen Schlucken, zwischen denen er tief Luft holte. Als er genug getrunken hatte, wälzte er sich im Bach liegend auf den Rücken.

Er mußte weiter. Er mußte Tiger Cole finden. Das war der einzige Grund für seine Existenz. Er grapschte nach seinem Stab, konnte ihn aber nicht mehr finden. Er nahm alle Kraft zusammen, wälzte sich auf den Bauch und begann zu kriechen. Seine Nase schien gegen jeden herabgefallenen Ast zu stoßen, und sein linkes Knie fand jeden Stein.

Zuletzt konnte er nicht weiter. Erschöpfung und Schmerzen überwältigten ihn, und er fiel in tiefen Schlaf.

Der Regen hörte zwei Stunden vor Tagesanbruch auf, als das Gewitter aus den Bergen durchs Tal des Roten Flusses in Richtung Meer weiterzog. Die hochgesättigte Luft gab weiter Feuchtigkeit ab. Auf Blättern und Zweigen bildeten sich Wassertropfen, die durch die einzelnen Vegetationsschichten nach unten rannen und zuletzt den Waldboden erreichten, wo die Feuchtigkeit den verrottenden Laubteppich tränkte. Von alldem merkte Jake Grafton nichts. Er lag dort, wo seine Kräfte ihn im Stich gelassen hatten.

25

In der SAR-Zentrale in NKP hörte Frank Allen um 0.15 Uhr, daß keines der beiden Besatzungsmitglieder der A-6A geantwortet hatte, als der fliegende Controller sie um Mitternacht gerufen hatte. Das war kein gutes Zeichen. Allen unterbrach seine Anstrengungen, den Rettungseinsatz zu organisieren und die Beteiligten einzuweisen, um die damit verbundenen Schwierigkeiten abzuwägen.

Die Wetterberater schienen optimistisch zu sein, was die Möglichkeit betraf, daß die Wolkendecke im Einsatzgebiet bei Tagesanbruch aufreißen würde – aber das war fast der einzige Lichtblick in einer schwierigen Situation. In diesem Karstgebiet mit Felsgraten und tiefen Tälern würde es verhältnismäßig einfach sein, die abgeschossenen Flieger zu retten, falls sie sich auf einem Hügelrücken befanden. Waren sie jedoch in einem der Täler gelandet, mußten die SAR-Hubschrauber damit rechnen, unter schweren Flakbeschuß von hoch auf den Hügeln stehenden Geschützen zu geraten.

Der Bombenschütze war schwer verwundet, und der Pilot meldete sich nicht mehr über Funk. Allen fragte sich, ob die beiden in Gefangenschaft geraten waren. Er hatte den Piloten angewiesen, an Ort und Stelle zu bleiben, aber der Kerl irrte vermutlich durch die Gegend und suchte seinen Kameraden. Möglicherweise war er dabei in ein NVA-Lager oder ein Treibstoffdepot in der Nähe der Straße gestolpert. Er konnte auch sein Funkgerät verloren haben oder im Dunkel über eine Felswand abgestürzt sein.

Allen gab es auf, sich mögliche Szenarios auszudenken, und konzentrierte sich auf Details, die sich als nützlich erweisen konnten: Bewaffnung, Rufzeichen, Treibstoffmengen und Navigationspunkte – lauter Dinge, die ihm je nach Entwicklung der Lage Optionen verschaffen würden. Die einzige Gewißheit, die er schon jetzt hatte, war das Bewußtsein, daß er Optionen brauchen würde, um die bevorstehende Schlacht zu gewinnen.

Um 4.30 Uhr war Allen wieder in der Luft. Die zehn Skyraider – kolbengetriebene Oldtimer im Düsenzeitalter – flogen über der Wolkendecke, in der sich jetzt dunkle Risse bildeten, nach Norden. Jedes Flugzeug war mit vier 20-mm-Maschinenkanonen in den Flügeln bewaffnet. Außerdem trug es unter den Flügeln zwei Zusatztanks sowie eine Vielzahl von Waffen: ungelenkte 70-mm-Raketen, Rauchraketen mit weißen Phosphorbrandsätzen und vier 115-kg-Bomben mit »Daisy Cutters«, fühlerförmigen Berührungszündern mit 90 Zentimeter Durchmesser.

Als der Schwarm den von Allen festgelegten und mit Alpha bezeichneten Wartepunkt erreichte, begannen acht der Skyraider mit geringster Marschgeschwindigkeit zu kreisen, während der Major und sein Rottenflieger zum SAR-Gebiet weiterflogen. Allen hatte beschlossen, die Masse seiner Kräfte in Reserve zu halten, bis er wußte, wo die abgeschossenen Flieger waren und wie stark die feindliche Abwehr sein würde.

Der Himmel im Osten färbte sich rosarot. Frank Allen betätigte den Hauptschalter seines Waffenpults und überprüfte den Zielpunkt des optischen MK-Visiers. Das Visier funktionierte einwandfrei. Die Sterne verblaßten, als der Morgenhimmel heller wurde. Der Major warf einen Blick auf die Fragen, die er den Abgeschossenen stellen würde, falls er wieder Funkverbindung zu ihnen bekam. Diese persönlichen Fragen, die jedes Besatzungsmitglied selbst formuliert hatte, waren in der SAR-Zentrale gespeichert und ermöglichten eine Identifizierung der Antwortenden. Es hatte schon Fälle gegeben, in denen englischsprechende NVA-Soldaten versucht hatten, Rettungsmaschinen anzulocken. Oder die Abgeschossenen konnten gefangengenommen und gezwungen werden, sich über Funk zu melden. Allein die richtigen Antworten, die nur der Mann wußte, der die Fragen aufgeschrieben hatte, brachte die Hubschrauber ins SAR-Gebiet.

»Devil fünf-null-null, hier Sandy eins auf der Wachfrequenz. Wie hören Sie mich? Kommen.« Dieser Anruf ging wie zu jeder vollen Stunde der vergangenen Nacht vier- oder fünfmal hinaus. Auch diesmal kam keine Antwort.

Das Warten war jetzt schwieriger. Die Gipfel der Wolkenberge glühten feuerrot. Allen blickte durch Wolkenlöcher in die Tiefe und fragte sich, was sie dort unten erwarten würde.

Wie war es den abgeschossenen Fliegern in dieser Nacht ergangen? War mit feindlicher Flak zu rechnen? Allen trommelte mit den Fingern der linken Hand auf dem Haubenrand und pfiff eine namenlose Melodie vor sich hin.

Das Donnern eines Skyraidermotors tief über den Bäumen weckte Jake Grafton. Er lag wach und horchte auf das in der Ferne verklingende Motorengeräusch. Das Dunkel der Nacht war grauem Zwielicht gewichen. Er tastete nach seinem Funkgerät und fand den Ein/Aus-Schalter. Sein erster hastiger Anruf blieb ohne Echo. Nach dem zweiten Versuch antwortete eine laute Stimme: »Devil fünf-null-null, hier Sandy eins. Schalten Sie Ihren Piepser wenn möglich dreißig Sekunden lang ein. Kommen.«

»Verstanden.« Jake betätigte die Schalter mit erstarrten Fingern.

»Empfange Ihren Piepser. Gehen Sie auf zwo-acht-zwo-komma-null, kommen.«

»Wird ausgeführt.« Jake schaltete auf die zweite Notfrequenz um und hörte: »...und der zweite Fallschirm hängt ungefähr fünfzig Meter nördlich der Straße.«

Jake drückte auf seinen Sprechknopf. Die Worte sprudelten nur so aus ihm hervor. »Sandy, hier Devil fünf-null-null

Alpha. Vorhin ist eine Spad über mich weggeflogen. Genau über mich hinweg! Bin ich froh, daß ihr da seid, Jungs!«

Eine unbekümmerte, selbstbewußte Stimme antwortete. »Guten Morgen, Devil Alpha. Wir freuen uns, hier zu sein. Aber zuerst ein paar Fragen zur Identifizierung. Was ist das beste jemals gebaute Auto?«

»Ein siebenundfünfziger Chevy.«

»Welche Farbe hat das beste jemals gebaute Auto?«

»Blau.«

»Warten Sie.« Jake atmete so hektisch, daß er sich bewußt dazu zwingen mußte, langsamer Luft zu holen. »Devil Alpha, wir haben etwa fünfzig Meter nördlich der Straße einen Fallschirm in Sicht. Sind Sie in seiner Nähe?«

Jake sah sich um. Nichts als Dschungel. »Weiß ich nicht«, antwortete er bedrückt.

»Okay, schalten Sie den Piepser noch mal fünfzehn Sekunden lang ein. Dann sagen Sie mir, wenn das nächste Flugzeug über Ihnen ist.«

»Verstanden.«

Jake, dem jeder Pulsschlag in den Ohren dröhnte, horchte angestrengt. Die Luft war voll vom tiefen Brummen großer Kolbenmotoren, das Freiheit und Sicherheit versprach. Der Motorenlärm schien aus allen Richtungen gleichzeitig zu kommen.

In seiner wachsenden Aufregung wäre er am liebsten aufgesprungen und losgerannt. Statt dessen wartete er und horchte angestrengt, um den einen Motor zu entdecken, der lauter als die anderen war. Die Spannung wuchs, als das Motorengeräusch näher kam. Jake verrenkte sich fast den Hals, um einen Blick durchs Blätterdach des Dschungels in fast 50 Meter Höhe über ihm werfen zu können. Unmöglich. Nicht das kleinste Stückchen blauer Himmel war zu sehen.

»Sie kommen näher!« rief er über Funk.

Das Flugzeug war fast über Jake. Der Motorenlärm schwoll an, erreichte seinen Höhepunkt und flutete über ihn hinweg. »Jetzt!« kreischte er. »Eben haben Sie mich überflogen.« Er hatte das Fluggzeug nicht gesehen.

Das Brummen wurde rasch leiser. »Okay, Sie scheinen ungefähr vierzig Meter westlich eines Fallschirms zu sein. Eher vierzig Meter nordwestlich. Der Fallschirm hängt etwa fünfzig Meter nördlich einer in Ost-West-Richtung verlaufenden Straße in den Bäumen und könnte von der Straße aus zu sehen sein. Ist das Ihr Fallschirm?«

Jake holte tief Luft. »Hey, er könnte meinem BN gehören – Devil Bravo. Vielleicht.« Diese Einschränkung machte er, als ihm wieder einfiel, wie er nachts durch den Dschungel geirrt war. »Haben Sie von Devil Bravo gehört?«

»Negativ.«

Inzwischen hatte Jake sich aufgerappelt und sah auf seinen Kompaß, der noch an der Schnur um seinen Hals hing.

»Sandy, das könnte der Schirm meines Bombenschützen sein. Ich gehe mal hin und sehe nach. Mein Schirm müßte irgendwo westlich von hier hängen.«

Er begann nach Südosten zu humpeln. Lieber Gott, laß Tiger unter diesem Fallschirm sein.

»Jake? Können Sie sich an den Namen unseres gemeinsamen Freundes aus Texas erinnern?«

Texas? »Cowboy!« Zum Teufel, wer ist das? Etwa Frank Allen?

»Richtig! Hören Sie mir jetzt gut zu, Jake. Sie sind ganz in der Nähe einer Straße, auf der anscheinend ziemlich viele Gomers herumfahren. Bisher hat noch niemand auf uns geschossen, aber sie sind dort unterwegs und suchen zweifellos nach Ihnen.«

Jake nahm sein Funkgerät zutiefst erschrocken in die linke Hand und stellte es leiser. Mit der rechten Hand zog er seinen Revolver.

»Scharf aufpassen, Jake!«

»Okay«, flüsterte er.

Dann humpelte er weiter. Schließlich sah er etwas Weißes zwischen den Bäumen hervorleuchten. Zum Glück hing der Fallschirm nicht ganz oben in den Bäumen, sonst hätten die Gomers ihn sicher längst entdeckt. Und Tiger hätte dann in 30 Meter Höhe über dem Boden gehangen. Jake blieb bewegungslos stehen und horchte. Sein Herz jagte, und er rang in der schwülen Urwaldluft nach Atem. Er hörte Blätter rascheln, aber dieses Geräusch schien aus den Baumkronen zu kommen, die ein Windstoß bewegt hatte. Sein linkes Knie pochte. Als er sich nach vorn beugte und es mit dem linken Handrücken berührte, durchzuckten ihn neue Schmerzen. Scheiße! Er wollte den nächsten Schritt machen, blieb dann aber stehen und überprüfte seinen Revolver. Ohne es zu merken, hatte er den Hammer zurückgezogen, so daß sich ein Schuß lösen konnte, falls er stolperte. Er klemmte sich das Funkgerät unter den Arm und benützte beide Daumen, um den Hammer vorzuschieben.

Obwohl der Lautsprecher von seinem Arm verdeckt war, konnte Jake hören, wie die Piloten miteinander sprachen. Sie hatten offenbar den zweiten Fallschirm entdeckt. Das Funkgerät kam ihm laut wie eine Blaskapelle vor. Er wußte, daß die Gomers den Dschungel nach ihm durchkämmten, und schaltete sein Gerät ab, bevor eine blechern plärrende amerikanische Stimme aus der Luft ihn verraten konnte.

Mit ausgeschaltetem Funkgerät und dem Brummen der Flugzeugmotoren in weiter Ferne kam Jake der Dschungel um ihn herum bedrohlich still vor. Ein krampfartiges Zittern lief mehrmals durch seinen Körper. Seine Finger umklammerten den Revolvergriff. Wie bei einem in die Enge getriebenen wilden Tier waren alle seine Sinne aufs höchste angespannt. Er wartete noch einen Augenblick, bevor er einen Schritt auf die vor dunkler Urwaldvegetation leuchtende weiße Seide zuging. Beobachten, horchen, einen Schritt machen... beobachten... horchen... einen Schritt machen... beobachten...

Tiger Cole lag mit schlaff herabhängenden Armen auf einem etwa kniehohen Felsblock auf dem Rücken. Sein Kopf war unbedeckt; sein Helm lag neben dem Felsen. Die Fangleinen seines Fallschirms lagen in wirrem Durcheinander über und neben ihm. Er war in einem mit großen Steinen und Felsblöcken übersäten Bachbett gelandet.

Coles Augen waren geschlossen, und sein Mund stand offen. Sein Gesicht war geschwollen und verfärbt – offenbar von Insektenstichen. Jake berührte seine Stirn. Sie war warm. Seine Brust hob und senkte sich.

Gott sei Dank! Er lebt!

Jake erinnerte sich an die über ihm kreisenden Flugzeuge und schaltete das Funkgerät wieder ein. »Ich hab' ihn gefunden. Er lebt, aber er ist bewußtlos. Wir sind hier unter seinem Fallschirm.«

»Verstanden.«

Jake umfaßte den Kopf des Bewußtlosen vorsichtig mit beiden Händen und massierte seine Wangen. »Hey, Tiger! Hey, Tiger! Wach auf! Ich bin's – Jake.«

Die Lider zuckten, dann öffneten sie sich. Tiger starrte in die Ferne, bevor er seinen Blick auf Jake richtete. Dann schien er ihn zu erkennen.

»Jake?«

»Ja. Ich bin hier, Maat. Die Guten haben uns gefunden, aber die Bösen nicht. Wir werden bald rausgeholt.« Jake zog den Reißverschluß von Coles Weste auf, nahm eine seiner Flaschen heraus, schraubte die Kappe ab und hob Tigers Kopf etwas hoch, damit er trinken konnte.

Coles Hinterkopf fühlte sich matschig an. Grafton stellte fest, daß er mit Blut bedeckt war. Er warf einen Blick auf den neben dem Felsblock liegenden Helm, der fast in zwei Teile zerbrochen war. Coles Helm hatte ihm vermutlich das Leben gerettet.

Jake tröpfelte etwas Wasser zwischen die geöffneten Lippen. Coles Adamsapfel bewegte sich beim Schlucken auf und ab. Jake kippte ihm noch etwas Wasser in den Mund.

»Genug!« prustete Tiger.

»Wo bist du verletzt?«

»Rückgrat ist gebrochen. Kann mich nicht bewegen. Mit den Augen ist auch was nicht in Ordnung. Und ich werde immer wieder ohnmächtig.«

»Vielleicht ist's nicht gebrochen. Spürst du das?« Jake griff nach seiner linken Hand.

»Ja.«

Jake packte ihn am Oberschenkel. »Und das?«

»Ein bißchen, aber ich kann mich nicht bewegen.«

Er legte seine Hand auf die Stirn des Bombenschützen, um ihm den Schweiß abzuwischen – und einfach nur, um ihn zu berühren. Zwei, drei Tränen liefen ihm übers Gesicht. Mit tränennassen Augen stellte er fest, daß eine von Coles Pupillen unnatürlich geweitet war.

»Hol mich von diesem Scheißfelsen runter.«

»Jede Verlagerung kann lebensgefährlich sein.«

»Irgendwann ist jeder von uns dran. Hol mich von diesem Scheißfelsen runter und leg mich ins Laub.«

Jake öffnete Coles Gurtschlösser und zog das Gewirr aus Fangleinen zur Seite. Coles Rückgrat war noch intakt, und eine Verlagerung konnte ihn zum Krüppel machen oder das Leben kosten. »Du bleibst, wo du bist, bis ein Mann aus dem Hubschrauber mir hilft, dich auf die Tragbahre zu legen.«

Cole beschimpfte Jake, der ihn ignorierte, die Fangleinen packte und den Fallschirm herunterzuziehen versuchte. Obwohl er mit aller Kraft in verschiedene Richtungen zerrte und sich trotz seiner schmerzenden Rippen sogar mit seinem ganzen Gewicht daranhängte, blieb der Fallschirm in den Bäumen. Durch einige Stellen des Blätterdachs war hier sogar der Himmel zu sehen, weil die Dschungelvegetation auf felsigem Untergrund weniger dicht war.

»Diesmal hab' ich uns wirklich reingeritten, Tiger. Wir sitzen echt in der...« Aber dann sah Jake, daß Cole wieder bewußtlos war. Jake öffnete eine Reißverschlußtasche seiner Überlebensweste, fand sein zweites Verbandspäckchen, riß die Umhüllung ab und legte es unter Coles Hinterkopf. Wenigstens war es weicher und sauberer als der Felsblock. Er hob Coles Funkgerät auf, das Tiger nachts aus der Hand geglitten sein mußte, und stellte es ab, um die Batterien zu schonen. Dann meldete er sich wieder bei den Sandys.

Danach befaßte er sich wieder mit Cole. »Aufwachen, Tiger, wach auf! Komm schon, Virgil!« Er schüttelte Cole etwas Wasser ins Gesicht. Cole öffnete die Augen.

»Hey, was soll das, Jake? Taufst du mich – oder ist das die letzte Ölung?«

»Du bleibst jetzt wach, verstanden? Wir müssen beide zusammenhelfen, um unsere Ärsche hier rauszukriegen. Bleib gefälligst wach. Laß dir bloß nicht einfallen, mir unter den Händen wegzusterben, du Hundesohn!«

»Kommt nicht in Frage. Hey, du hast was am Hals. Scheint ein Blutegel zu sein.«

Jakes Finger ertasteten etwas Kaltes und Schleimiges. Er bemühte sich, den Schmarotzer nicht zu zerreißen, zog daran und spürte einen brenenden Schmerz, als ein Stück Haut mitging. Er zitterte vor Ekel. Wo einer war, gab es auch andere. Jake schlüpfte rasch aus Weste, Gurtzeug und Fliegerkombi und suchte hastig seinen Körper ab. Dicht über der rechten Schulter saß ein weiterer Blutegel, den er beim Herausziehen zerriß. Zwei weitere saßen an seinem linken Arm, und drei hatten sich unmittelbar über den Stiefelrändern in seine Beine gebohrt. Sie waren dick, mit Blut vollgesogen. Nachdem er sie alle herausgerissen hatte, wischte er seine blutige Hand am Oberschenkel ab.

Er untersuchte Cole und fuhr mit der Hand in seine Ärmel, ohne etwas zu finden. Dann machte er sich daran, ihn aus Weste und Gurtzeug zu schälen.

»Nein, nicht. Ich hab' genug Blut übrig. Laß mich einfach so liegen.«

Jake schlüpfte wieder in Gurtzeug und Überlebensweste und überzeugte sich davon, daß alle Taschenreißverschlüsse zugezogen waren. Dann setzte er sich neben Cole und behielt den Revolver auf seinen Knien.

»Ich hab' nachts Stimmen gehört«, flüsterte Tiger. »Die Gomers sind überall.«

Frank Allen hatte ein Problem. Er hatte noch keinen Hinweis auf Nordvietnamesen entdeckt, obwohl offensichtlich war, daß sie diese Straße häufig benutzten. Falls sie auf den steilen Karstgraten, die sich in Ost-West-Richtung das Tal entlangzogen und bis zur Wolkenuntergrenze hinaufreichten, Flakgeschütze in Stellung gebracht hatten, war in diesem Tal kein Flugzeug und kein Hubschrauber sicher. Bestimmt warteten die NVA-Soldaten aufs Eintreffen der Hubschrauber, um erst dann das Feuer zu eröffnen.

Allen flog erneut die Straße entlang, weil er hoffte, feindliches Feuer auf sich zu ziehen oder eine getarnte Flakstellung zu entdecken. Wieder vergebens.

Schon in wenigen Minuten würde die Sonne so hoch stehen, daß sie in dieses Ost-West-Tal schien und Mündungsfeuer und Leuchtspurgeschosse schwer erkennbar machte. Allen, der diese Gefahr voraussah, flog vom Landeort der abgeschossenen Besatzung aus in beiden Richtungen eine Meile weit die Hänge entlang. Sein Rottenflieger folgte ihm seitlich versetzt und mit leichter Überhöhung, um feindliche Feuerstellungen sofort angreifen zu können. Aber Allen wurde nicht beschossen.

»Hier ist's mir zu ruhig«, erklärte er seinem Rottenflieger Hauptmann Bobby »Pear« Bartlett, einem hervorragenden Piloten. »Mal sehen, was passiert, wenn wir uns die Südseite der Straße vornehmen.«

»Okay.«

Allen flog nach Osten. Dort war der Himmel hell, und die beiden tieffliegenden Skyraider, die sich deutlich vom hellen Hintergrund abhoben, mußten ein verlockendes Ziel bieten. Allen teilte Grafton, der ihren Funk mithören konnte, ihre Absicht mit, eine Seite der Straße mit Bordwaffen zu beschießen, kurvte ein und flog zurück.

Der rote Punkt seines Bordwaffenvisiers wanderte über die Bäume. Als er 1000 Fuß Höhe erreichte, betätigte er den Abzug an seinem Steuerknüppel. Die Skyraider erzitterte unter dem Rückstoß ihrer 20-mm-Maschinenkanonen, deren Leuchtspurgeschosse in den Dschungel rasten. Allen bewegte das Seitenruder, während er den Abzug gedrückt hielt. Nach einem einsekündigen Feuerstoß seiner vier MKs ließ er den Abzug los, und Bartlett gab den nächsten Feuerstoß ab. So flogen sie abwechselnd schießend das Tal entlang.

Vom Nordrand der Straße aus griff eine kurze Leuchtspurgarbe nach ihnen. Beide Piloten sahen sie gleichzeitig und machten heftige Ausweichbewegungen.

»Sieht wie 'ne Dreiundzwanziger unter 'ner Art Tarnnetz aus«, meinte Pear Bartlett.

Sie kurvten dicht unter den aufgelockerten Wolken in 4000 Fuß ein und flogen zurück: Der Major voraus, Bartlett etwas seitlich hinter ihm versetzt. Allen konzentrierte sich ganz auf die Stelle, wo er die getarnte Flak vermutete. Der rote Punkt des Bordwaffenvisiers wanderte erneut über den Dschungel.

Jetzt! Er betätigte den Abzug, und seine Maschinenkanonen hämmerten los.

Auf beiden Seiten der Straße eröffnete Flak das Feuer und deckte die erste Skyraider mit einem Geschoßhagel ein. »Ziehen, Frank!« brüllte sein Rottenflieger.

Die Instrumententafel vor Frank Allen explodierte, und er erhielt einen schweren Schlag gegen das linke Bein. Trotzdem umklammerte er weiter den Steuerknüppel und bemühte sich verzweifelt, die Maschine hochzuziehen. Die Haubenverglasung zersplitterte, und Teile der Motorverkleidung flogen am Cockpit vorbei, während das Flugzeug unter den Einschlägen schwerer Kaliber erzitterte. Nach hinten spritzendes Öl bedeckte die Windschutzscheibe, so daß er nichts mehr sehen konnte.

Dann war er plötzlich aus dem Schußbereich der Flak heraus und schwebte über dem Dschungel. Nur einige wenige der 18 Zylinder arbeiteten noch. Die Skyraider verlor rasch an Fahrt, und er sank den Bäumen entgegen. Er schlug auf den Notabwurfknopf und fühlte, wie die Außenlasten abfielen. Dann sah er automatisch auf den Fahrtmesser, aber wo das Instrument gewesen war, gähnte jetzt ein riesiges Loch, aus dem abgerissene Drähte hingen.

Sein linkes Bein war völlig gefühllos. Als er den Steuerknüppel bewegte, reagierte die Maschine kaum noch.

Zeit zum Aussteigen. Er zog ruckartig am Auslösegriff des Schleudersitzes. Ohne Erfolg.

Scheiße! Er war schon zu tief, um mit dem Fallschirm abspringen zu können. Höchstens noch 300 Fuß über den Bäumen.

Die Straße! Vielleicht konnte er das alte Mädchen auf die Straße setzen. Aber sie wurde immer langsamer und mußte bald die Überziehgeschwindigkeit erreichen. Er suchte das Gelände links von sich ab und hielt nach dem schmalen Band kahler Erde Ausschau.

Da – parallel zu seiner Flugrichtung, aber zu weit, viel zu weit entfernt!

Er schlug den Klappenhebel um und nutzte jedes Gramm Auftrieb, als die Klappen langsam ausgefahren wurden.

Nein, er würde es nicht schaffen. Als die Baumkronen nach dem zerschossenen Flugzeug griffen, stellte Frank Allen die Zündung ab, so daß der Motor stillstand. Der Urwald schien die Skyraider zu liebkosen; sie bäumte sich noch einmal auf und sank danach in die Wipfel.

Frank Allen wurde mit Brachialgewalt auf seinem Sitz nach vorn geworfen; dann wurde es dunkel um ihn.

Als Jake Grafton im Funk hörte, daß die Skyraider die Straße mit Bordwaffen beschießen wollten, legte er sich neben seinem Bombenschützen auf die Erde und vertraute darauf, daß der Felsblock und die Bäume als Deckung genügen würden. Sein Knie tat verdammt weh.

Bei inzwischen besserem Licht überprüfte er seinen Revolver und überzeugte sich davon, daß in allen Trommelkammern Stahlmantelgeschosse – nicht Signalmunition– steckten. Danach nahm er sich Tigers Waffe vor: eine Coltpistole Kaliber 45. Jake zog den Schlitten zurück, ließ eine Patrone in die Kammer gleiten, spannte den Hammer und legte den Sicherungshebel um.

Als der rollende Donner der Maschinenkanonen der Skyraider ihn erreichte, vergrub Jake seinen Kopf in den Armen. Die großen Geschosse konnten Bäume und Unterholz durchschlagen und vom Erdboden oder von Felsen abprallen. Jedes dieser daumengroßen Geschosse konnte einen Mann zerfetzen.

Er hörte die hämmernden Feuerstöße der 23-mm-Flak der Gomers und verfolgte im Funk, wie die Sandy-Piloten über das Geschütz sprachen. Jake hob den Kopf und versuchte die Flakstellungen zu orten, aber ihr Hämmern wurde von den Steilwänden des Tals zurückgeworfen. Er hörte das Brummen der Kolbenmotoren und einen Feuerstoß, der jäh anschwoll, als weitere Geschütze einfielen. Dann verstummte das Feuer ebenso plötzlich wieder, und an seine Ohren drang das gedämpfte, unregelmäßige Stottern eines zerschossenen Motors.

Jake fühlte seinen Puls jagen, spürte jeden Herzschlag in seinen Schläfen und der gebrochenen Nase.

Er hörte den Absturz: Ein erschreckender Schlag, dann das lang anhaltende Kreischen verdrehten, verformten und zerreißenden Metalls. Die zuletzt eintretende Stille war geradezu unheimlich.

Der Pilot sah sich ratlos und verzweifelt um. Wo war die Skyraider abgestürzt? Wer hatte sie geflogen? Hatte er sich retten können?

Über Funk kam die Meldung, daß Frank Allen der Pilot gewesen und mit seiner Maschine abgestürzt sei. Jake überlegte, ob er losziehen und ihn suchen sollte. Vielleicht hatte Allen den Absturz überlebt und war in dem Flugzeugwrack eingeklemmt. Aber er wagte nicht, Cole allein zurückzulassen. Was war, wenn die Nordvietnamesen ihn während seiner Abwesenheit entdeckten?

Verdammt noch mal! Jake schlug mit den Fäusten auf den Boden und verfluchte seine Hilflosigkeit. Sie saßen hier fest, und die NVA-Soldaten benützten sie als Köder für die Sandys und die Hubschrauber. Und das war alles seine Schuld! Er hätte auf den zweiten Angriff verzichten müssen. Er hätte statt dessen versuchen sollen, die rettende See zu erreichen. Jake verfluchte sich selbst und seine dumme Sturheit. Er zog das unverletzte Bein an, umschlang es mit den Armen und stöhnte leise vor sich hin.

Irgendwo in Frank Allens Welt gab es Licht – ein helles, vertrautes Licht. Er kramte in seinem Gedächtnis, aber sein Erinnerungsvermögen glich einem leeren Raum. Er hörte ein Geräusch wie von einem tropfenden Wasserhahn.

Oh, das Licht mußte die Sonne sein. Genau, die Sonne. Die Wolkendecke mußte aufgerissen sein, so daß die Sonne ihn erreichen konnte.

Mit großer Anstrengung brachte er seine Augen dazu, sich zu bewegen. Er saß im Cockpit, aber die Instrumente befanden sich nicht an den richtigen Stellen. Die gähnenden Löcher in der Instrumententafel beunruhigten ihn vage, und er versuchte, sich daran zu erinnern, was geschehen war. Allmählich gelang es ihm, aus seinen bruchstückhaften Erinnerungen ein Mosaik zusammenzusetzen. Er bewegte erneut die Augen. Das Flugzeug lag in rotem Schlamm, in einer häßlichen Schneise durch den Tropenwald. Er versuchte, seine Hände zu bewegen. Unmöglich. Sie waren gefühllos. Er fühlte überhaupt nichts. Er war also durch die Bäume bis zur Straße gekommen. Vermutlich lebte er nur deshalb noch.

Warum konnte er sich nicht bewegen?

Er schaffte es, den Kopf zu neigen und nach unten zu blikken. Die Unterkante der Instrumententafel berührte fast seinen Sitz. Der Steuerknüppel war dazwischen eingequetscht und verbogen. Seine Beine waren unter der Instrumententafel eingeklemmt, und er sah, daß aus seiner Fliegerkombi Blut sickerte. Die Instrumententafel war dort, wo seine Beine hätten sein sollen.

Sein linker Arm war nicht zu sehen. Er schien richtig aus der Schulter herauszukommen, bog dann aber plötzlich hinter den Sitz ab. Der Sitz selbst war aus seiner Verankerung gerissen worden. Nun, zumindest sein rechter Arm und die Hand schienen o. k. Das war immerhin etwas.

Der Versuch, den rechten Arm zu bewegen, erforderte mehr Kraft und Willensstärke, als er aufbringen konnte. Sein Kopf sank wieder nach hinten.

Irgend etwas tropfte. Aber was? Treibstoff aus einem aufgerissenen Tank? Dann sah er die rote Schmiere an der als Blendschutz hervorragenden Oberkante der Instrumententafel. Das Metall war eingebeult. Von seinem Kopf? Sein Gesicht schien naß zu sein. Das Tropfen ging weiter. Er bewegte seinen Kopf neugierig nach vorn. Jetzt sah er einen Blutfleck auf seiner Überlebensweste und die von seinem Kinn herabfallenden Tropfen. Und ihm fiel auf, daß sein Helmvisier verschwunden war – wahrscheinlich zersplittert.

Da seine Neugier befriedigt war, ließ er den Kopf wieder zurücksinken und dachte über dieses und jenes nach, aber an nichts Bestimmtes. Sein Blick fiel auf die Bäume entlang der Straße, und er sah gelbliche Strahlen, wo die Sonne den Morgendunst durchdrang. Sonnenschein fiel durch das Loch unter der Instrumententafel, wo die Windschutzscheibe gewesen war, und wärmte sein Gesicht. Hatte er die Sonne nicht im Rücken gehabt, als er getroffen wurde? Beim Anprall gegen die Bäume mußte die Maschine herumgerissen worden sein. Er nahm diese Tatsache zur Kenntnis und hakte sie gleich wieder ab, weil er lieber schlafen wollte.

Nein, er durfte nicht schlafen. Die Gooks konnten jederzeit aufkreuzen. Aber was konnte er unternehmen? Er kam auf keine brauchbare Lösung, und seine Aufmerksamkeit wandte sich anderen Dingen zu. Er beobachtete einen Käfer, der über den oberen Rand der Instrumententafel krabbelte.

Die Gooks würden diese Straße entlangkommen. Das Problem war wieder da, und er versuchte es zu lösen. Sie würden gar keine Anstrengung unternehmen, ihn aus diesem zertrümmerten Wrack zu bergen, und er konnte sich unmöglich selbst befreien. Aber vielleicht konnte die Besatzung eines SAR-Hubschraubers ihn aus dem Wrack herausschneiden? Schon während er daran dachte, erkannte er, daß dieser Versuch für jeden, der ihn wagte, tödlich enden würde.

Mit größter Anstrengung, die ihn alle Kraft kostete, die er aufbringen konnte, zwang er seine rechte Hand dazu, sich von ihrem Ruheplatz auf seinem Schoß zu dem am Oberschenkel festgeschnallten Halfter zu bewegen. Seine Finger ertasteten den Pistolengriff, der sich hart und kalt anfühlte.

Diese Bewegung hatte ihn sehr angestrengt, so daß er sich mit wegen des grellen Sonnenlichts halb geschlossenen Augen wieder ausruhte. Zu schade, daß es dazu hatte kommen müssen. Was würde sie sagen, wenn sie davon erfuhr? Ihre gemeinsame Zeit war so schön gewesen. Warum hatte sie ihn verlassen?

Nun setzten die Schmerzen ein. Er hatte das Gefühl, daß zwischen seinen Schulterblättern ein Messer steckte. Die Schmerzen würden vermutlich noch schlimmer werden.

Mit zusammengebissenen Zähnen zwang er seine rechte Hand dazu, die Pistole aus dem Halfter zu ziehen und in seinen Schoß zu legen. Mehr schaffte er nicht. Jede Bewegung machte die Schmerzen im Rücken und in seinem linken Arm schlimmer. Schweiß lief ihm in Augen und Mund. Er schmeckte das Salz.

Jetzt setzten die Schmerzen erst wirklich ein – weißglühende Schmerzblitze zuckten durch sein Bewußtsein.

Mit jeder Minute wurden die Schmerzen etwas schlimmer. Er kniff die Augen zusammen, um sie vor Schweißtropfen zu schützen, und versuchte, sich Erinnerungen ins Gedächtnis zurückzurufen, an Dinge zu denken, die ihm Freude gemacht hatten. Aber es kostete verdammt viel Mühe, sich auf diese Bilder zu konzentrieren.

Tief im Schatten unter den Bäumen am Straßenrand, wo die aufgehende Sonne noch nicht hinreichte, bewegte sich irgend etwas. Seine Augen nahmen die Bewegung wahr, konnten die verborgene Gestalt jedoch nicht fixieren. Dann trat ein schmächtiger, dunkel gekleideter Mann langsam und vorsichtig in die Sonne. Der Mann trug ein Gewehr, mit dem er auf Frank Allen zielte.

Der Pilot verfolgte den Mann mit den Augen. Der Orientale wirkte groß, viel zu groß. Irgendwie stimmte die Perspektive nicht. Aha, die Skyraider lag auf dem Bauch, statt auf ihrem Fahrgestell zu stehen.

Motorenlärm zerriß die Stille. Der Soldat sah fluchtbereit zum Himmel auf, verschwand dann aber doch nicht im Dschungel, sondern kam langsam weiter auf die Maschine zu. Jetzt konnte Allen schon seine Augen sehen. Schließlich stieg der Soldat auf den Stumpf des abgerissenen linken Flügels und starrte den im Cockpit Eingeklemmten an. Sein Grinsen legte gelbliche, lückenhafte Zähne frei.

Die Pistole auf Allens Schoß explodierte, und der Soldat fiel mit vor Staunen weit aufgerissenen Augen nach hinten.

Aber auch Allens Waffe war verschwunden. Ihr Rückschlag war für seinen schwachen Griff zuviel gewesen. Allen wartete darauf, daß der Soldat wieder hochkommen würde. Jetzt hatte er bei jedem Atemzug Schmerzen.

Vielleicht war der Soldat tot.

Allen neigte den Kopf nach vorn und suchte seine Pistole. Sie mußte in den Raum zwischen Sitz und rechter Instrumententafel gefallen sein. Der Spalt zwischen Sitzkante und vorderer Instrumententafel war kaum einen Zentimeter breit.

Frank, du Idiot! Du hättest *dich* erschießen sollen!

Er hörte mehrere Skyraider mit Vollgas und hämmernden Maschinenkanonen über sich hinwegdonnern und nahm deutlich das entfernte Abwehrfeuer der 23-mm-Flak wahr. Sekunden später hörte er das dumpfe Brausen sich entzündenden Napalms.

Das Funkgerät! Sein Notfunkgerät steckte in seiner Überlebensweste. Er hob mühsam die rechte Hand und bekam den Reißverschluß zu fassen. Aber er war zu schwach, um ihn aufzuziehen. Da er die Hand nicht länger hochhalten konnte, lehnte er sich zurück und lauschte auf seinen jagenden Puls. Schließlich unternahm er einen zweiten Versuch. Diesmal gelang es ihm, den Reißverschluß zu öffnen und das Funkgerät mit der Hand zu erreichen.

Vor Schmerzen schossen ihm Tränen in die Augen. Allen biß die Zähne zusammen und versuchte, die Tränen durch Blinzeln wegzubekommen.

Gott, diese Schmerzen!

Er atmete schnell und flach, und mit jedem Atemzug schien in seiner Brust etwas zu zerreißen.

Da er nicht die Kraft hatte, das Funkgerät an seine Lippen zu heben, drückte er die Sprechtaste und versuchte sich zu melden. »Sandy eins.« Das kam als heiseres Flüstern heraus, und die Anstrengung bewirkte, daß ihn weitere Flammenspeere durchbohrten.

»Sandy eins, bei dir alles okay? Bist du aus dem Cockpit heraus?«

Mit fast übermenschlicher Anstrengung drückte Allen wieder die Sprechtaste und schaffte es, das Funkgerät etwas näher an seine Lippen heranzubringen. »Nein.« Er atmete keuchend. »Ich bin eingeklemmt... und erledigt.«

»Halt durch, Frank! Die Jolly Greens sind in ungefähr einer halben Stunde hier. Wir säubern die Umgebung und holen dich raus. Hab Vertrauen zu uns.«

Frank Allen liefen die Tränen übers Gesicht. Bartlett ist ein schrecklicher Lügner. Er kann die Jollys nicht rufen, bevor das ganze Tal gründlich bearbeitet worden ist. Das kann Stunden dauern.

»Ich schaff's nicht, Bob... Hilf mir jetzt.«

»Du mußt durchhalten, Frank. Wir halten sie von dir ab, bis die Jollys kommen.«

»Ich tät's selbst, Bob... aber ich kann's nicht. Jesus, Bob... ich tät's auch für dich...«

Die Anstrengung war zuviel für ihn. Seine Hand fiel auf seinen Schoß zurück. Er biß sich jetzt auf die Unterlippe, und das Blut aus dieser Wunde mischte sich mit dem, was noch immer von seiner Stirn tropfte.

Ein leises Stöhnen riß sich tief aus seinem Inneren los und entfloh seinen Lippen. O Gott! *Jesus ich habe gesündigt. Heilige Maria Mutter Gottes, O Jesus diese Schmerzen zerreißen mich und du bist für mich gestorben und ich bekenne meine Sünden und bitte dich um Vergebung und heilige Maria Mutter Gottes erlöse mich von meinen Schmerzen...*

Er hörte das Röhren eines großen Sternmotors, das seine Schreie übertönte, und sah die Skyraider dicht über der Sonne. Er sah den Luftschraubenkreis in der Sonne glitzern; er sah das Aufblitzen des Mündungsfeuers an den Flügelvorderkanten. Dann kam die Dunkelheit.

26

Jake Grafton lag um sein Funkgerät zusammengekrümmt auf dem Erboden. Er hatte alles mitangehört: Die Bitten und das Stöhnen, den langhallenden Donner der Maschinenkanonen und die tiefe endgültige Stille. Ein Mann war für ihn gestorben.

Das entfernte Pfeifen von Düsentriebwerken drang in sein Bewußtsein. Sie kamen näher, wurden lauter und lauter. Mit den Jagdbombern brach ein Stahlgewitter über den Dschungel herein. Die Geschosse von 20-mm-MKs zerfetzten das Blätterdach. Bomben detonierten, Luft-Boden-Raketen fauchten, und das Hämmern der 23-mm-Flak hallte durch die Bäume. Zwischendurch erreichte ihn auch das Knistern und Knacken von durch Napalm ausgelösten Bränden. Während der Angriff weiterging, verlor Jake alles Zeitgefühl. In seiner Seele hörte er noch immer die letzten Worte des Skyraiderpiloten. Sein flehentliches Bitten prägte sich ihm tiefer ein als irgend etwas zuvor in seinem Leben.

Er wartete im Dreck liegend und nahm den starken Geruch des Dschungelbodens durch seine zertrümmerte Nase wahr. Die Flakgeschütze verstummten, als ihre Bedienungen – wie Jake sich vorstellte – in dem Sturm aus Feuer und Stahl umkamen. Einige Zeit später verstummte auch das metallische Hämmern der Zwanziger, als die fliegenden Scharfschützen entdeckten, daß es keine Ziele mehr für sie gab.

Jake drehte den Kopf zur Seite und sah zu Tiger Cole hinüber, der noch immer genauso dalag, wie er ihn aufgefunden hatte. Aber Tigers breite Brust hob und senkte sich weiterhin. Ein tapferes Herz!

»Jake?« Tigers Stimme war ein heiseres Krächzen. Der Pilot richtete sich auf seinem unverletzten Knie auf, damit Cole ihn sehen konnte. »Du hättest nichts für ihn tun können, Jake, außer ihm wie sein Freund zu helfen.«

»Du hast alles mitgekriegt?«

»Ja.«

»Ich hab' Angst gehabt«, bekannte Jake und verbarg das Gesicht in den Händen. Dann sah er wieder zu Cole hinüber. »Ich wollte, ich hätte ihm beistehen können. Niemand sollte allein sterben müssen.« Er umklammerte den Arm des anderen.

Tiger flüsterte jetzt. »Ich weiß, was Angst ist.« Er machte eine Pause und holte mehrmals keuchend Luft. »Ich könnte niemals Pilot sein, weil ich Angst vor dem Schiff habe. Ich wäre nicht imstande, die Leistung zurückzunehmen oder den Bug zu senken.« Er blinzelte heftig. »Jetzt hab' ich auch Angst.«

»Sie holen uns hier raus«, sagte Jake ohne große Überzeugungskraft.

»Der Teufel soll dich holen, Grafton! Er ist *tot*, weil er uns zu helfen versucht hat!« Tiger schloß erschöpft die Augen. Als er sie wieder öffnete, forderte er Jake auf: »Sieh dir den blauen Himmel dort oben an. Wo die Blätter nicht so dicht sind, kann man kleine Stücke sehen.« Er sah wieder zu dem

Piloten hinüber. »Du kommst hier raus. Ich hab' genug hinter mir. Ich will nicht noch vierzig Jahre im Rollstuhl hocken. Ich möchte hier sterben. Ich will, daß du...«

»Devil«, unterbrach ihn eine Stimme über Funk, »drei oder vier Figuren sind zu euch unterwegs. Sie sind gerade über die Straße gerannt und scheinen den Fallschirm gesehen zu haben. Sie erreichen euch, bevor wir euch Feuerschutz geben können. Geht lieber in Deckung, falls das möglich ist.«

»Verstanden«, sagte Jake leise ins Mikrofon. Er legte das Funkgerät neben sich und suchte das Unterholz in allen Richtungen mit den Augen ab.

»Los, hau ab!« drängte Tiger Cole. »Ich bin erledigt. Hau schon ab! Verschwinde!«

Der Revolver erschien wie von selbst in Jakes Hand. Seine Augen suchten den Dschungel in Richtung Straße ab. Das Drängen des Bombenschützen hallte in seinen Ohren. Er richtete sich auf, wich rückwärtsgehend von Cole zurück, machte kehrt und hastete davon. Aber er war noch nicht sehr weit gekommen, als er stolperte und hinfiel.

Panik überwältigte ihn, als er auf dem Bauch im Unterholz lag. Er rappelte sich wieder auf und stürmte weiter. Schon nach vierzig Metern stürzte er wieder hin. Diesmal blieb er liegen.

Was tust du? Wie willst du jemals damit leben? Der Spadpilot ist so gut wie tot gewesen, aber Cole lebt noch. Nur du kannst ihm helfen, hier mit dem Hubschrauber rauszukommen. Er will, daß du's schaffst, selbst wenn ihn das sein Leben kostet. Er läßt seinen Kameraden nicht im Stich.

Jakes Panik legte sich und machte ruhiger Entschlossenheit Platz. Eines stand für ihn fest: Er würde eher sterben, als Tiger Cole hilflos zurückzulassen.

Er setzte sich auf und überprüfte seine beiden Schußwaffen. Die Kammer der Pistole zog er gerade so weit zurück, daß das Blitzen der Messinghülse in der Kammer zu sehen war. Danach sicherte er die Waffe und nahm sie so in die Hand, daß sein Daumen auf dem Sicherungshebel lag. Er dachte ans Pistolenschießen auf dem Schießstand und erinnerte sich daran, wie schnell diese Waffe schußbereit war, wenn man den Hebel mit dem Daumen umlegte, während man abdrückte. Seinen großkalibrigen Revolver hielt er in der linken Hand, ohne den Hammer zurückzuziehen. Noch nicht.

Jake schlich in die Richtung zurück, aus der er gekommen war. Als er Tiger auf dem Felsblock liegend ausmachen konnte, trat er hinter einen dicken Baumstamm und horchte. Er hörte das Rauschen des Windes in den Baumkronen und in der Ferne Motoren und Düsentriebwerke.

Wieder einmal war er daheim in den Appalachen auf Rotwildpirsch: Erwartungsvoll, ohne Angst.

Wenn er hier starb, würde er neben Frank Allen und Tiger Cole liegen. Wenn er überlebte, würde er Callie für sich gewinnen. Er berührte mit der rechten Hand seine Ärmeltasche und fühlte die Härte und das Versprechen des Rings.

Du mußt dich näher heranarbeiten, wenn du eine Chance haben willst. Du mußt nahe genug sein, um sie zu erschießen, bevor sie ihre Sturmgewehre einsetzen können. Er wartete mit gelassenem Fatalismus, aber sein Atem ging flach. Er hielt die Pistole in der rechten Hand und den Revolver in der linken. Was er vorhatte, war äußerst riskant. Seine Gegner waren erfahrene Dschungelkämpfer, die auf das Unerwartete gefaßt sein würden; er war ein Krieger, der vom Himmel gefallen war.

Das dumpfe Röhren einer tief über den Bäumen anfliegenden Skyraider lenkte ihn sekundenlang ab. Er hob den Kopf, und als er wieder zu Cole hinübersah, stand ein Mann neben ihm. Jake schlich weiter, während das Motorengeräusch lauter wurde. Der schwarzuniformierte, mit dem Rücken zu Grafton stehende Mann blickte zum Himmel. Jake erkannte eine weitere Gestalt, die sich über Tiger beugte. Als der Motorenlärm anschwoll, hallte ein kurzer Feuerstoß aus einem Sturmgewehr durch den Dschungel. Jake fuhr zusammen, zwang sich danach aber wieder zur Ruhe. Es gab viel zu tun, bevor eine Kugel ihn niederstreckte.

Unendlich geduldig trat er einen weiteren Schritt vor.

Durchs Laub erkannte er einen dritten Mann, der sein AK-47 von der Schulter nahm, als das Motorengeräusch der

Skyraider verhallte. Danach suchte er mit den Augen ihre Umgebung ab. Keiner der Soldaten entdeckte Grafton in der grünen Fliegerkombi in dieser Welt aus Grüntönen.

Die drei Soldaten drängten sich um die bewegungslos daliegende Gestalt und schwatzten aufgeregt halblaut durcheinander. Einer von ihnen beugte sich nach vorn und schlug Cole ins Gesicht, und die anderen lachten, als fühlten sie sich jetzt vor dem Stahlhagel der Flugzeuge sicher.

Drei Soldaten mit Sturmgewehren. Oder etwa mehr? Vorsicht, Grafton! Falls du einen Mann übersehen hast, kommst du überhaupt nicht zum Schuß.

Er wartete. Er war noch über 15 Meter von ihnen entfernt – zu weit, um alle sicher zu treffen. Einer oder zwei waren nicht genug. Falls sie Tiger zu erledigen versuchten, würde er sofort schießen müssen, aber vorerst wartete er noch. Er schaute sich ihre Uniformen aus schwarzem Baumwolltuch und ihre dunklen Buschhüte genau an. Die beutelförmigen Taschen an ihren Gürteln enthielten vermutlich Munition und Proviant.

Dann war sehr leise das Funkgerät zu hören. Die drei Männer suchten die knöchelhohe Schicht aus Laub und lockerem Humus auf dem Waldboden ab. Einer von ihnen hob das Funkgerät auf und hielt es triumphierend hoch, damit die anderen es sehen konnten.

Jake machte einen Schritt und noch einen. Die um das Funkgerät zusammengedrängten Männer waren noch immer teilweise durchs Unterholz verdeckt. Grafton trat zwei weitere Schritte auf sie zu.

Wenn sie sich nur weiter für das Funkgerät interessieren würden!

Er ging einen weiteren Schritt. Die Entfernung betrug nur noch zwölf Meter.

Während Jake sein Körpergewicht verlagerte, um wieder einen Fuß vor den anderen zu setzen, streckte er den rechten Arm mit der Pistole aus. In diesem Augenblick entdeckte ihn der Soldat, der ihm zugewandt in der Mitte der Dreiergruppe stand. Auf seinem braunen Gesicht stand ein überraschter Ausdruck, als die Kugel aus dem Colt Kaliber 45 ihn mitten in der Brust traf. Sein Kopf schnappte nach vorn, und sein Buschhut fiel zu Boden, als er zusammenbrach.

Der Mann rechts duckte und wand sich, während er sein Gewehr hochzureißen versuchte. Jake schoß erneut. Da er glaubte, einen Treffer erzielt zu haben, richtete er die Pistole auf den zu Boden gehenen Mann links und drückte dreimal nacheinander ab, während der Soldat zwischen von den Kugeln aufgewirbelter Erde seitlich wegrollte. Langsam! Zielen!

Während der Mann sich ins Unterholz weiterwälzte, zielte Jake sorgfältig und drückte erneut ab. Der Körper des Uniformierten zuckte, als die Kugel ihn durchschlug, und blieb sich windend liegen.

Jake wandte sich wieder dem rechten Mann zu, der sich aufrichtete und sein Gewehr hochzunehmen versuchte. Jake drückte rasch ab und schoß daneben. Der Gewehrlauf war schon fast waagrecht. Er drückte nochmals ab. Das Gewehr fiel zur Seite, als der Soldat zusammenklappte.

Der teilweise von Unterholz verdeckte Mann links bewegte sich noch immer, deshalb trat Jake einige Schritte auf ihn zu. Er zwang sich dazu, sich auf Kimme und Korn der Pistole zu konzentrieren, während er die Waffe ruhig hielt. Er drückte ab. Nichts! Die Pistole war leergeschossen. Er ließ sie fallen, umfaßte den Griff seines Revolvers mit beiden Händen und zog mit beiden Daumen den Hammer zurück.

Der Mann lag jetzt auf dem Rücken im Laub. Er kreischte gellend. Jake trat zur Seite, um besser schießen zu können. Aus dem Gewehr des Mannes blitzte wiederholt Mündungsfeuer, während Jake auf die sich windende Gestalt zu zielen versuchte. Er drückte in dem Augenblick ab, in dem etwas gegen seinen Kopf hämmerte.

Sein Kopf drohte vor Schmerzen zu platzen. Er nahm seine Umgebung nur verschwommen wahr. Als er sich zu bewegen versuchte, machte diese Anstrengung die Schmerzen in seinem Kopf unerträglich.

»Jake?«

Die Stimme klang verzerrt und schien aus weiter Ferne zu kommen.

»Jake?«

Diesmal schien die Stimme näher zu sein. Er streckte eine Hand aus.

»Ich bin hinter dir, Jake.«

Jake wälzte sich langsam, ganz langsam auf den Rücken. Um ihn herum drehte sich alles, und er hatte das Gefühl, ins Bodenlose zu fallen, aber nach einiger Zeit wurde das Kreiseln langsamer. Nachdem er sich etwas erholt hatte, wollte er sich aufsetzen. Aber er sank stöhnend zurück.

»Du scheinst 'nen Streifschuß an der Schläfe abgekriegt zu haben, Jake. Aber du hast den Hundesohn erwischt.«

Der Pilot wälzte sich auf die linke Seite. Er starrte Cole an, der etwa drei Meter von ihm entfernt auf dem Felsblock lag und zu ihm hinübersah. Jakes Blick wurde allmählich wieder klar, obwohl Tiger bei jedem Pulsschlag verschwamm.

»Ich hab' gewußt, daß du zurückkommen würdest, Grafton.«

Jake rollte sich langsam zusammen und setzte sich mühsam auf. Er preßte beide Hände wie einen Schraubstock gegen seine Schläfen.

»Wahrscheinlich hast du von dem Streifschuß 'ne Gehirnerschütterung.«

Sein Blick ging in die Runde. Die nordvietnamesischen Soldaten lagen um ihn herum – mit weggestreckten Armen und Beinen, die Körper schlaff, leblos.

So sieht das also aus.

Er kroch quälend langsam auf den nächsten Leichnam zu. Die toten Augen waren auf einen weit, weit entfernten Punkt außerhalb des Erfahrungsbereichs von Lebenden gerichtet. Dies war der erste Mensch, den er erschossen hatte. Jake rückte ihm noch näher. Der Soldat hatte viele Straßen erlebt, viele Tagesmärsche zurückgelegt, vieles gesehen, wahrscheinlich viele Menschen getötet und mit seinen Kameraden hier im Dschungel den Tod gefunden. Trotz seiner verstopften Nase nahm er den Gestank von Exkrementen wahr. Der Schließmuskel des Toten hatte sich geöffnet. Der Geruch des Todes ist also Scheißgestank. Sehr passend.

Jake setzte sich auf und wartete, bis seine Umgebung sich

nicht mehr um ihn drehte. Von dem Pochen in seinen Schläfen und dem Kreiseln wurde ihm schlecht, so daß er sich übergeben mußte. Danach beruhigte sich die Welt wieder. Er starrte erneut die Toten an. Die Leichen schienen bereits zur Erde zurückzukehren. Sie waren teilweise mit Laub bedeckt.

In seiner Nähe lag ein Sturmgewehr, das sie brauchen konnten, falls weitere Nordvietnamesen kamen. Jake griff danach und stellte fest, daß es auf Dauerfeuer gestellt war. Im offenen Verschluß sah er Patronen, die darauf warteten, durch den Ladehebel in die Kammer gedrückt zu werden. Als er die Waffe schüttelte, fielen Erde und Blätter aus dem offenen Verschlußteil. Die Stiche in seinem Kopf ließen nach und gingen in gewaltiges Kopfweh über. Er stellte den Gewehrkolben auf den Boden und zog sich langsam an der Waffe hoch.

»Ich hab' dich für tot gehalten. Schaffst du's?« fragte Tiger.

»Ja.«

»Dann würd' ich das Scheißfunkgerät suchen und die Flieger fragen, wann sie uns hier rausholen wollen. Wenn sie noch lange rumscheißern, mußt du ein ganzes Regiment abknallen.«

Jake fand das Funkgerät, bückte sich sehr vorsichtig und hob es auf. Ebenso behutsam brachte er seinen Revolver wieder an sich und hielt dann nach der Coltpistole Ausschau.

»Falls du die Pistole suchst – sie müßte dort drüben liegen. Mann, Jake, du hast wie Wyatt Earp ausgesehen, als du diese Kerle erschossen hast! Erinnere mich daran, in Zukunft immer ›Sir‹ zu dir zu sagen!«

Jake hob die Pistole auf und drückte die Sprechtaste. »Ich hab' die Gomers erledigt. Sie sind tot. Wann kommt der Hubschrauber?«

»Ihre Wehrnummer?«

Jake starrte das Funkgerät an und versuchte nachzudenken. »Scheiße, die hab' ich vergessen! Holt uns endlich raus, ihr Arschlöcher!«

»Was ist das beste Auto der Welt?«

»Ein siebenundfünfziger Chevy.«

»Sie haben die Kerle erledigt, was? Gut gemacht! Der Hubschrauber kommt in fünf Minuten. Hören Sie jetzt gut zu. Als erstes läßt er einen Mann und eine Tragbahre runter, um Ihren Bombenschützen raufzuholen. Sie bleiben in Deckung, bis der Dschungelpenetrator runterkommt; dann haken Sie sich ein, und wir hieven Sie und den Hubschraubermann raus. Kommen.«

»Okay. Aber das muß zügig gehen, verstanden?«

»Es wird 'ne Menge Feuer und Rauch geben, Devil Alpha. Wir glauben, daß wir die Flak ausgeschaltet haben, aber dort unten laufen viele Leute mit Handfeuerwaffen herum. Falls das Feuer zu stark wird, muß der Hubschrauber unter Umständen für einige Zeit abdrehen und Sie und den abgesetzten Mann unten zurücklassen. Aber das ist kein Grund zur Panik.«

»Verstanden.« Jake ließ das Funkgerät sinken und wischte sich Blut von der rechten Schläfe.

»Halten Sie die Stellung, und sagen Sie mir, wenn der Hubschrauber genau über Ihnen ist.«

»Ja.«

Er setzte sich neben Cole, ersetzte die verschossene Revolverpatrone durch eine aus seiner Überlebensweste und steckte die Waffe in ihr Halfter zurück. Dann zog er ein volles Magazin aus Coles Weste, warf das leergeschossene weg und schob die geladene Pistole oben in seine Überlebensweste.

Mit dem Gewehr über den Knien lehnte er sich an den Felsblock, auf dem Cole lag, und beobachtete den Dschungel um sie herum. Seine Kopfschmerzen konzentrierten sich auf die rechte Schläfe, in der jeder Pulsschlag schmerzhaft pochte.

»Vielleicht solltest du die Toten durchsuchen. Vielleicht haben sie Dokumente bei sich.«

»Scheiß drauf.«

»Wenn sie uns nicht bald rausholen, kommen bestimmt wieder welche. Hier muß es von Gomers wimmeln. Und wenn sie uns in der Nähe dieser Leichen schnappen, können wir uns auf einen langsamen Tod gefaßt machen.«

»Sie kriegen uns aber nicht.« Das Sturmgewehr lag schwer auf seinen Oberschenkeln. »Wir kommen hier raus – Frank Allen ist dafür gestorben.«

»Bist du deshalb zurückgekommen?«

Jake erinnerte sich daran, was Callie gesagt hatte, nachdem er ihr von Morgan erzählt hatte: *Du hast getan, was du konntest; du hättest nicht mehr tun können. Du hast ihn nicht im Stich gelassen.* Er suchte nach Worten, um auf Coles Frage zu antworten: »Ich mußte zurückkommen. Frank Allen hat uns nicht im Stich gelassen. Morgan hat zu mir gehalten. Du und ich haben versagt, als wir diesen Krieg allein gewinnen wollten. Aber du hast zu mir gehalten.«

»Ich bin froh, daß wir zusammen geflogen sind«, sagte Cole. »Horch!« Die Motorengeräusche in der Ferne wurden lauter. Jake ging neben dem Felsblock in Deckung.

Am Rand der Straße brach die Hölle los. Napalm entzündete sich brausend, als das eingedickte Benzin zur Verbrennung gewaltige Luftmengen ansaugte. Schwarzer, Übelkeit erregender Rauch trieb durch die Bäume heran.

Einige Minuten später flogen die Skyraider einen weiteren Angriff. Der blaßgraue Rauch von weißem Phosphor – Willy Pete – zog in Schwaden unter den hohen Baumstämmen heran, deren schwarze Säulen nie ein Sonnenstrahl erreichte.

Dann hörte Jake das Geräusch, auf das er sehnsüchtig gewartet hatte. In das Röhren von mit Vollgas laufenden Kolbenmotoren mischte sich das Pfeifen von Düsentriebwerken und das Knattern von Hubschrauberrotoren. Er suchte das Blätterdach über sich nach Anzeichen des Abwindes unter den Rotoren ab. Dann sagte eine ruhige Stimme über Funk: »Okay, ich habe den Fallschirm in Sicht.«

»Sie sind genau darunter.«

Das Knattern der Rotoren und das Pfeifen der Triebwerke wurden noch lauter. Die Rettung nahte mit Höllenlärm.

Jake sichtete die schwankende grüne Metallmasse, die über dem wild bewegten Blätterdach schwebte. Ein Wirbelsturm erfaßte ihn und ließ Blätter und Zweige nach allen Richtungen davonfliegen. »Wir sind hier!« brüllte er ins Funkgerät. »Genau unter euch! Halt!«

Der Hubschrauber schwebte jetzt über ihm. Jake war wieder aufgestanden, hinkte erregt hin und her und hätte am liebsten laut gejubelt.

Ein Mann mit Helm, dessen Visier die obere Gesichtshälfte verdeckte, schwebte mit der Tragbahre nach unten. Die Sicht war schlecht, weil die Luft mit Blättern und aufgewirbeltem Erdreich angefüllt war. Jake bekam kaum noch Luft. Er hielt die Augen halb geschlossen und blinzelte nur durch die Lider, die den Schmutz abhielten. Als die Tragbahre den Boden berührte, kämpfte sich Jake gegen den Wind voran und half dem Hubschraubermann, sie auszuhaken und zu Cole hinüberzutragen.

»Er hat sich das Rückgrat gebrochen!« schrie Grafton dem Mann ins Ohr.

»Ich weiß.« Der Hubschraubermann bewegte den Kopf von einer Seite zur anderen und starrte die drei Toten an. »Hey, das muß knapp gewesen sein...«

Sie erreichten Cole. Der Hubschraubermann beugte sich über ihn und untersuchte seine Pupillen. Dann machte er Jake ein Zeichen, Tigers Beine zu nehmen. Zu zweit hoben sie den Hilflosen gerade so hoch, daß sie ihn auf die Tragbahre schieben konnten. Jake versuchte noch, den unteren Gurt festzuziehen, als der Hubschraubermann mit seinem fertig war und zu ihm kam, um ihm dabei zu helfen.

Der Hubschraubermann deutete wortlos auf den Haken am Ende des Drahtseils. Jake holte ihn her, und sie ließen alle vier Ösen der Traggurte einschnappen. Danach traten sie zur Seite, und der Hubschraubermann sprach in sein Handfunkgerät.

Jake sah, daß Tiger Cole ihn anstarrte. Tränen liefen ihm übers Gesicht. Während sich das Seil straffte, drückte Jake ihm flüchtig die Hand. Die Tragbahre löste sich vom Erdboden, pendelte leicht, wurde dann nach oben gehievt und verschwand in dem windgepeitschten Blätterdach über ihnen.

Jake, der seine überschäumende Begeisterung nicht länger bremsen konnte, umarmte den Hubschraubermann und drückte ihn mit aller Kraft an sich. Der Hubschraubermann erwiderte seine Umarmung ebenso kräftig. »Wir schaffen's!« brüllte er Jake ins Ohr.

Jake Grafton nickte freudestrahlend und umarmte ihn nochmals. Dann führte der Hubschraubermann ihn zu dem

Dschungelpenetrator, hakte den Brustkarabiner von Jakes Gurtzeug an eines der kurzen Drahtseile der Kapsel und hängte sich ebenfalls ein. Nachdem er kurz in sein Funkgerät gesprochen hatte, wurden die beiden Männer nach oben gehievt.

Während sie durchs Blätterdach in die Höhe schwebten, wurde der Lärm ohrenbetäubend. Aber dann schienen die Geräusche erstaunlicherweise abzuflauen, so daß in Jakes Ohren nur noch dumpfe Schmerzen und ein fernes Brausen zurückblieben. Ohne den Helm, der seine Ohren geschützt hätte, wurde er vorübergehend taub.

Als sie aus den Bäumen heraufkamen, setzte sich der Hubschrauber in Bewegung und schleppte Jake und das Besatzungsmitglied mit sich. Aus den von Napalmbomben gerissenen brennenden Schneisen stieg dichter schwarzer Rauch auf. Als der Rauch dünner wurde, sah Jake den die Berghänge bedeckenden Urwald, der seine Feuchtigkeit in aufsteigenden zarten Nebelschwaden abgab, die in den fast waagerechten Strahlen der Morgensonne ätherisch wirkten. Gen Himmel fahrende Seelen, dachte Jake.

Die bewegte Luft fächelte und kühlte sein Gesicht.

Jake sah, daß der Hubschraubermann ihn lachend beobachtete. Als der Windenmann sie in den Hubschrauber zog, hielten sie sich fest an den Händen.

Internationale Thriller

Desmond Bagley
Die Gnadenlosen
9695

Sol Stein
Um Leib und Leben
9791

Clive Cussler
Cyclop
9823

Stephen Coonts
Flug durch die Hölle
9821

Friedrich Nesnanskij
Drogen für den Kreml
9334

Tom Clancy
Die Stunde der Patrioten
9693

GOLDMANN